AtV

PHILIPPA GREGORY hat Geschichte und englische Literatur des 18. Jahrhunderts studiert. Sie arbeitete als Journalistin und für BBC Radio, bevor sie freie Schriftstellerin wurde. Philippa Gregory ist heute eine der populärsten Autorinnen Englands.

Weitere Werke: Die Glut (1988), Die weise Frau (1993), Die Traumsammlerin (1995), Meridon (1996), Die Schwiegertochter (1998), Die Farben der Liebe (1999), Die Lügenfrau (2000).

Philippa Gregory erzählt das abenteuerliche Leben von John Tradescant (1577–1638), dem Begründer der englischen Gartenkunst. Gärtner, Botaniker und Reisender in der Epoche der großen Entdeckungen, gestaltet Tradescant die Parks der mächtigsten Männer seiner Zeit, trägt seltene Pflanzen aus ganz Europa zusammen und sammelt Raritäten für den Herzog von Buckingham, für den er schließlich arbeitet. Buckingham ist eine der schillerndsten Persönlichkeiten seiner Zeit. Wie der König verfällt Tradescant dem Charme des intriganten Herzogs. Stets stellt er dessen Forderungen und Wünsche über die seiner Frau und seines Sohnes und bringt so Karriere, Besitz, Familie und Leben in Gefahr. Nach Buckinghams Ermordung gründet die Familie Tradescant ihr eigenes Geschäft, doch schon bald ruft König Charles I. wieder nach dem berühmten Gärtner.

# Philippa Gregory
# Irdische Freuden

*Roman*

*Aus dem Englischen
von Justine Hubert*

Aufbau Taschenbuch Verlag

Die Originalausgabe
*Earthly Joys*
erschien 1998 bei HarperCollins *Publishers*, London.

ISBN 3-7466-1906-8

1. Auflage 2003
© Aufbau Taschenbuch Verlag GmbH, Berlin 2003
Copyright © 1998 by Philippa Gregory
Umschlaggestaltung Torsten Lemme unter Verwendung des Gemäldes
»The Enchanted Garden« von J. W. Waterhouse, 1916, National
Museums & Galleries on Merseyside, Walker Art Gallery, Liverpool
Druck Clausen & Bosse, Leck
Printed in Germany

www.aufbau-taschenbuch.de

# April 1603

Die gelben Narzissen stünden einem König gut an. Die zarten wilden Narzissen mit den tausend im Wind tanzenden und sich wiegenden Köpfen, mit federleichten Blütenblättern und biegsamen Stengeln, die sich wie ein Feld unreifen Hafers in der Sommerbrise bewegen, über die Wiese verstreut, dichter um die Baumstämme, als wären es kleine Teiche aus goldenem Tau. Wie wilde Blumen sahen sie aus, doch es waren keine. John Tradescants Idee war es gewesen, er hatte sie in die Erde gesteckt und gehegt. Nun betrachtete er sie und lächelte – als begrüßte er alte Freunde.

Sir Robert Cecil näherte sich; im knirschenden Kies war sein ungleichmäßiger Schritt unverkennbar. John wandte sich um und zog den Hut.

»Sie sehen wunderschön aus«, bemerkte Seine Lordschaft. »Gelb wie spanisches Gold.«

John verbeugte sich. Die Männer waren fast gleichaltrig – beide in den Dreißigern –, doch der Mann vom Königshof ging schief wegen seines Buckels, und sein Gesicht war zerfurcht von der lebenslangen Vorsicht bei Hofe und von den Schmerzen seines gebeugten Rumpfes. Er war klein geraten, kaum mehr als ein Meter fünfzig, und seine Feinde nannten ihn hinter seinem krummen Rücken einen Zwerg. An dem schönheitsbewußten, modeverrückten Hof, wo eine glänzende Erscheinung viel zählte und ein Mann nach dem Aussehen und nach seinem Auftreten bei der Jagd und auf dem Schlachtfeld beurteilt wurde, war Robert Cecil mit einem entscheidenden Nachteil behaftet:

mißgestaltet, von kleinem Wuchs und geplagt von Schmerzen. Neben ihm wirkte der sonnengebräunte Gärtner mit seinem kräftigen Rücken zehn Jahre jünger. Stumm wartete er darauf, daß sein Herr weitersprach, denn ihm kam es nicht zu, das Gespräch fortzusetzen.

»Irgendwelches Frühgemüse?« fragte Seine Lordschaft. »Spargel? Man sagt, Seine Majestät ißt gern Spargel.«

»Dazu ist es noch zu früh, mein Lord. Selbst ein Herrscher, der sich erstmals in sein neues Königreich begibt, kann nicht im gleichen Monat Hochwild jagen und bestimmte Dinge essen wollen. Alles zu seiner Zeit. Im Frühling reifen keine Pfirsiche.«

Sir Robert lächelte. »Du enttäuschst mich, Tradescant. Ich hatte angenommen, du könntest Erdbeeren im Winter wachsen lassen!«

»In einem Treibhaus, mein Lord, mit zwei offenen Feuern, einigen Laternen und einem Gehilfen zum Gießen und Hegen könnte ich Euch vielleicht zum Dreikönigsfest Erdbeeren servieren.« Einen Augenblick dachte er nach. »Das Licht ist es«, murmelte er in sich hinein. »Ich denke, man braucht Sonnenlicht, damit sie reifen. Kerzenlicht oder Laternen taugen dazu wohl nicht.«

Cecil beobachtete seinen Gärtner amüsiert. Am schuldigen Respekt gegenüber seinem Herrn ließ es Tradescant nie fehlen, aber wegen seiner Pflanzen konnte er oft alles andere vergessen. Wie jetzt verstummte er einfach, geriet über diese knifflige gärtnerische Sache ins Grübeln und übersah dabei seinen vor ihm stehenden Herrn gänzlich.

Jemand, der mehr auf seine Würde bedacht war, hätte einen Bediensteten schon aus einem geringeren Grund davongejagt. Aber Robert Cecil schätzte das. Von allen Männern seines Gesindes traute er allein dem Gärtner die Wahrheit zu. Die anderen redeten ihm nach dem Munde. Das war einer der Nachteile seines hohen Amtes und seines ungeheuren Reichtums. Für ihn war jedoch einzig jene Mitteilung von Wert, die ihm nicht aus Furcht oder um seiner Gunst willen zugetragen wurde; und alle Informationen, die Spitzel ihrem Dienstherrn für Geld lieferten, waren wertlos. Nur John Tradescant, dessen Gedanken immer zur Hälfte bei seinem Garten weilten, verhielt sich ihm gegenüber anders.

»Ich bezweifle, daß sich deine Anstrengungen lohnen würden«, bemerkte Sir Robert. »Für die meisten Vorhaben kommt irgendwann die richtige Zeit.«

Als es John aufging, welche Parallele es zwischen seiner Tätigkeit und der seines Herrn gab, grinste er. »Und Eure Zeit ist gekommen, mein Lord«, sagte er schlau. »Die Zeit, Eure Ernte einzubringen.«

Beide wandten sich um und gingen zurück zu dem großen Haus, Tradescant einen Schritt hinter dem bedeutendsten Mann des Königreichs, stets ehrerbietig aufmerksam, obwohl er bei jedem Tritt von einer Seite zur anderen schaute. Verschiedenes im Garten war noch zu erledigen – aber das war ja immer so. An der Allee mit den miteinander zur Hecke verflochtenen Linden mußte das Astwerk neu zusammengebunden werden, ehe die Frühsommertriebe als wilde Zweige hervorschossen, der Küchengarten mußte umgegraben und Rettiche, Lauch und Zwiebeln in den sich erwärmenden Frühjahrsboden gebracht werden. Die großen Wasserläufe, das Wunder von Schloß Theobalds, mußten vom Unkraut befreit und gereinigt werden. Doch er schlenderte hinter seinem Herrn her, als hätte er alle Zeit der Welt, und wartete schweigend auf die Äußerungen Seiner Lordschaft.

»Ich habe es richtig gemacht«, sagte Sir Robert halb zu sich, halb zu seinem Gärtner. »Die alte Königin lag im Sterben und besaß keinen Erben mit einem so sicheren Thronanspruch, wie er ihn hat. Keinen Erben, der imstande gewesen wäre zu regieren. Seinen Namen durfte man ihr gegenüber kaum erwähnen, flüsterte ihn in ihrer

Nähe nur: ›König James von Schottland‹. Doch alle Berichte, die man mir zutrug, sprachen von einem Mann, der über zwei Königreiche gebieten und sie vielleicht sogar miteinander vereinigen konnte: England und Schottland. Und er hatte Söhne und eine Tochter – da gäbe es keine Sorgen wegen eines Erben. Und er ist ein guter Christ, keine Spur von Papismus. In Schottland ziehen sie strenge Protestanten heran ...«

Einen Augenblick hielt er inne und schaute auf sein großes, erhöht stehendes, der Themse zugewandtes Schloß. »Ich beschwere mich nicht«, sagte er offen. »Für mein Tun wurde ich gut entlohnt. Und ich werde noch mehr bekommen.« Er lächelte seinem Gärtner zu. »Man wird mir den Titel Baron Cecil von Essenden verleihen.«

Tradescant strahlte. »Ich freue mich für Euch.«

Sir Robert nickte. »Reicher Lohn für harte Arbeit ...« Er zögerte. »Manchmal kam ich mir treulos vor. Brief auf Brief schrieb ich ihm, unterrichtete ihn, wie es in unserem Lande stand. Und sie ahnte nichts davon. Sie hätte mich enthaupten lassen, wenn sie es gewußt hätte! Hochverrat wäre es gewesen – gegen Ende bedeutete es schon Hochverrat, auch nur seinen Namen auszusprechen. Aber einer mußte ihn doch auf seine künftige Aufgabe vorbereiten ...«

Sir Robert brach ab, und John Tradescant beobachtete ihn mit stillem Mitgefühl. Seine Lordschaft kam oft allein zu ihm in den Garten. Zuweilen redeten sie über die Anlagen, den kunstvollen Schmuckgarten, die Obstgärten, den Park, über das Pflanzen zur richtigen Jahreszeit oder über neue Gewächse. Manchmal sprach Sir Robert ausführlich über etwas streng Vertrauliches, denn er wußte, daß Tradescant ein Geheimnis bewahren konnte und ein Mann ohne Falsch und von unverbrüchlicher Treue war. Sir Robert hatte Tradescant genauso endgültig zu seinem Eigentum gemacht, als wäre der Gärtner an dem Tage, an dem ihm Seine Lordschaft den Garten von Theobalds Palace anvertraut hatte, auf den Boden niedergekniet und hätte ihm Lehenstreue geschworen. Für den damals Vierundzwanzigjährigen war das eine gewaltige Herausforderung gewesen, doch Sir Robert war das Wagnis eingegangen, daß Tradescant ihr gewachsen wäre. Er war ja selbst noch jung, erpicht darauf, die Stellung seines Vaters am Hofe zu erben, und voller Hoffnung, daß ältere und mächtigere Männer seine Vorzüge und Gewandtheit erkennen würden. Er hatte auf Tradescant gesetzt, und dann hatte die Königin auf ihn gesetzt. Nun, sechs Jahre später, hatten beide ihr Handwerk gelernt – die Staatskunst und die Gartenkunst –, und Tradescant war jetzt ganz und gar Sir Roberts Gefolgsmann.

»Die Königin wollte, daß er in Unkenntnis gehalten wurde«, sagte Sir Robert. »Sie wußte, wie ihr Hof reagieren würde, wenn sie ihn als Nachfolger benannte. Alle würden sie ihr den Rücken kehren und davonlaufen, die große Straße nach Norden hinauf, nach Edinburgh, und sie würde allein sterben, denn sie war eine alte Frau, eine häßliche alte Frau ohne Familie, ohne Liebhaber, ohne Freunde. Ich war es ihr schuldig, dafür zu sorgen, daß die Höflinge bis zum Ende nach ihrer Pfeife tanzten. Aber ihm war ich es schuldig, ihn zu unterrichten, so gut ich konnte – selbst aus der Ferne. Es sollte sein Königreich werden, er mußte lernen, wie man es regiert, und es gab niemand anderen als mich, ihn zu unterweisen.«

»Und jetzt kann er es?« fragte John, um die Sache auf den Punkt zu bringen.

Sir Robert horchte auf. »Wieso fragst du? Gibt es etwa Gerüchte, daß er nicht dazu in der Lage ist?«

John Tradescant schüttelte den Kopf. »Davon habe ich nichts gehört«, antwortete er. »Aber er ist kein Grünschnabel mehr, der aus dem Nichts auftaucht. Als Mann mit Erfahrung und einer eigenen Krone erledigt er die Dinge gewiß auf seine Art. Und ich frage mich, ob er Eure

Ratschläge annimmt, besonders jetzt, wo er es sich aussuchen kann, welchem Rat er folgt. Und es kommt darauf an ...«

Er unterbrach sich, und sein Herr wartete darauf, daß er zu Ende sprach.

»Wenn man einen Lord oder einen König hat«, fuhr John fort und wählte seine Worte mit Bedacht, »muß man sicher sein, daß dieser weiß, was er tut. Denn er ist doch derjenige, der darüber entscheidet, was man selbst tut.« Er blieb stehen, beugte sich hinunter und zog rasch die kleine gelbe Blüte eines Kreuzkrauts heraus. »Wenn man erst einmal zu ihm gehört, bleibt man an ihn gefesselt«, bemerkte er freimütig. »Es muß ein Mann mit gutem Urteilsvermögen sein, denn wenn er etwas falsch einschätzt, geht er zugrunde und man selbst mit ihm.«

Cecil wartete ab, ob sein Gärtner noch mehr zu sagen hätte, doch Tradescant blickte ihn nur zaghaft an. »Ich bitte um Verzeihung«, fuhr er fort, »ich wollte damit nicht andeuten, daß der König nicht wüßte, was er tun solle. Ich dachte nur an uns Untertanen.«

Mit einer Geste seiner langfingrigen Hand wischte Sir Robert diese Entschuldigung beiseite. Zusammen schlenderten sie die prachtvolle Allee durch den großen symmetrisch angelegten Ziergarten, auch Knotengarten genannt, entlang zur Vorderterrasse des Schlosses. Der Garten war noch im alten Stil gehalten, und John hatte nichts daran verändert. Er war von Sir Roberts Vater in der kahlen Eleganz der damaligen Mode geschaffen worden. Scharf umrissene geometrische Muster aus Buchsbaumhecken umschlossen verschiedenfarbige Kies- und Steinpartien. Die Schönheit des Gartens konnte man am besten von oben bewundern, vom Haus aus. John Tradescant hatte jedoch den Ehrgeiz, den Ziergarten nach den neuesten Vorstellungen umzugestalten – das regelmäßige Viereck und die rechteckigen Formen aufzulösen und alle getrennten

Beete zu einem einzigen langen zusammenzufügen wie zu einem Ziersaum oder einem endlos verschlungenen Schal, der sich in und um sich selbst windet. Wenn sein Herr einmal von der hohen Politik weniger in Anspruch genommen sein würde, wollte John ihm das vorschlagen.

Hatte er Sir Robert erst einmal überredet, seinen Plan zu akzeptieren, wollte er noch weitergehen. Ihm schwebte vor, den Kies zwischen den von niedrigen Hecken umschlossenen Formen herauszunehmen und die Flächen mit Kräutern, Blumen und Sträuchern zu bepflanzen. Ihn bewegte die unausgesprochene, fast noch ungeformte Meinung, daß ein Garten mit Steinwegen, von Buchsbaum gesäumt und Kiesbeeten umrandet, etwas Hartes, Totes an sich habe. Vor seinem geistigen Auge sah Tradescant Pflanzen, die sich über die Buchsbaumhecken ergossen und ein dichtes Grün von Wildwuchs und Fruchtbarkeit zeigten, sogar bunte Farben. Es war ein Bild, das von den Hecken am Wegesrand der wildromantischen englischen Landschaft inspiriert war, deren Reichtum er in den Garten übernahm und ihn dort einer gewissen Ordnung unterwarf.

»Ich vermisse die alte Königin«, gestand Sir Robert.

John wurde wieder an seine Pflicht gemahnt – daß er seinem Herrn bedingungslos gehörte, daß ihm gefallen mußte, was diesem gefiel, daß er so denken mußte wie dieser und er ihm, ohne zu fragen, zu folgen hatte. Sogleich verschwand das Bild der sich wiegenden weißen Blüten von Schleierkraut und Margeriten, die von Weißdornhecken im Flor des ersten Frühlingsgrüns gerahmt wurden.

»Sie war eine große Königin«, erlaubte sich John zu bemerken.

Sir Roberts Miene hellte sich auf. »Ganz recht«, sagte er. »Alles, was ich über die Regierungsgeschäfte weiß, habe ich von ihr gelernt. Elizabeth war die raffinierteste

Spielerin, die es je gegeben hat. Und am Ende bestimmte sie ihn als ihren Nachfolger. Die alte Königin hat ihre Pflicht getan, ganz auf ihre Weise.«

»Ihr habt ihn bestimmt«, sagte John trocken. »Ich habe gehört, daß Ihr es wart, der die Proklamation verlas, die ihn als künftigen König benannte, während die anderen immer noch zwischen ihm und den anderen Erben hin und her sprangen wie Flöhe zwischen schlafenden Hunden.«

Cecil warf John sein flüchtiges, verschmitztes Lächeln zu. »Ich habe ein wenig Einfluß«, stimmte er zu. Die beiden Männer gelangten zu den Stufen, die auf die erste Terrasse führten. Sir Robert stützte sich auf die kräftige Schulter seines Gärtners.

»Er wird schon keine Fehler machen, solange ich ihn leite«, sagte Sir Robert nachdenklich. »Und weder ich noch du werden dabei verlieren. Es gehört schon eine gute Portion Geschicklichkeit dazu, einen Herrscherwechsel zu überstehen, Tradescant.«

John Tradescant lächelte. »Gott gebe, daß dieser König für den Rest meines Lebens bleibt«, meinte er. »Ich habe eine Königin erlebt, die größte, die es je gegeben hat, und jetzt kommt ein neuer König. Das reicht.«

Sir Robert nahm die Hand von Tradescants Schulter und zuckte die Achseln. »Oh! Du bist doch noch jung! Du wirst König James auf dem Thron erleben und danach seinen Sohn Prinz Henry! Das steht für mich fest!«

»Amen für diese sichere Thronfolge«, erwiderte John Tradescant treu ergeben, »ob ich es nun erlebe oder nicht.«

»Du bist ein zuverlässiger Mensch«, erklärte Sir Robert. »Kommen dir niemals Zweifel, Tradescant?«

Schnell schaute John seinen Herrn an, um zu sehen, ob er Spaß machte; aber Sir Robert meinte es ernst.

»Ich habe mir meinen Herrn ausgesucht, als ich zu Euch kam«, antwortete John unverblümt. »Damals versprach ich, der treueste Diener zu sein, den es gibt. Und ich gelobte der Königin Treue, und jetzt gelobe ich sie ihrem Nachfolger, jeden Sonntag zweimal in der Kirche vor Gott. Ich bin kein Mensch, der so etwas in Frage stellt. Ich lege meinen Eid ab, und damit ist die Sache für mich erledigt.«

Sir Robert nickte, wie immer von der Treue Tradescants überzeugt, der so geradlinig war wie der Flug eines Pfeils. »Das ist die alte Art«, sprach er halb zu sich selbst. »Eine Kette von Herr und Gefolgsmann, die sich bis an die Spitze des Königreichs fortsetzt. Eine Kette vom niedrigsten Bettler zum höchsten Lord und dem König über ihm und zu Gott über diesem. Die hält das Land fest zusammen.«

»Mir gefällt es, wenn jeder weiß, wo er hingehört«, pflichtete ihm Tradescant bei. »Das ist wie in einem Garten. Alles an seinem richtigen Platz, in die rechte Form geschnitten.«

»Keine wilde Unordnung? Keine durcheinanderrankenden Kletterpflanzen?« fragte Sir Robert mit einem Lächeln.

»Nicht in einem Garten, das gibt es außerhalb«, erwiderte John mit fester Stimme. Er schaute hinunter auf den Ziergarten, auf die kurzgeschorenen Hecken und die Steinmosaiken, die sie einschlossen; jedes Teil an seinem richtigen Ort. Die Arbeiter, die das Unkraut aus dem Kies herauszupften, konnten das Muster nicht genau erkennen. Um die Symmetrie des Gartens wahrzunehmen, mußte man zum Adel gehören – von einem Schloßfenster darauf herunterblicken.

»Meine Aufgabe ist es, zur Freude der Herrschaft Ordnung zu schaffen«, meinte Tradescant.

Sir Robert berührte seine Schulter. »Die meine auch. Alles fertig für Seine Majestät?« erkundigte er sich, obwohl er die Antwort schon kannte.

»Alles bereit.«

Tradescant wartete, ob Seine Lordschaft noch etwas sagen würde. Dann verbeugte er sich und blieb zurück. Er schaute zu, wie Sir Robert auf das große Gebäude zuging, um die Vorbereitungen für den Besuch des Gesalbten des Herrn, Englands neuen, glorreichen König, zu überwachen.

## April 1603

Die Nachricht von seiner Ankunft war eingetroffen, lange bevor die ersten Vorreiter durch die großen Tore hereinpreschten. Das halbe Land war ausgezogen, den neuen König zu sehen. Der gesamte Hofstaat reiste mit – der Troß hinter seinen Kutschen brachte alles mit, vom silbernen und goldenen Tischbesteck bis zu den Bildern für die Wände. Einhundertfünfzig englische Edelleute hatten sich sofort dem neuen König angeschlossen, Bänder mit Rot und Gold an den Hüten, um ihre Loyalität zu demonstrieren. Doch mit ihm reiste auch sein eigener schottischer Hof, den das Versprechen leichter Beute von den reichen englischen Besitzungen nach dem Süden lockte. Dahinter ritten all die Gefolgsleute – zwanzig für jeden Lord –, und diesen folgten ihr Gepäck und die Extra-Pferde. Es war ein stattlicher Zug von Nichtstuern, der da auf den Beinen war. In der Mitte des ganzen Zuges ritt der König auf einem großen Jagdpferd. Wegen der Lords und der niederen Adligen, die um ihn herumschwirrten, war er kaum in der Lage, sich das Land anzuschauen, das er als sein eigenes in Besitz zu nehmen kam.

Die Hälfte der Nichtadligen, die sich dem Troß auf den staubigen Landstraßen angeschlossen hatten, wurden von Sir Roberts Leuten – seiner persönlichen Armee – an den großen Schloßtoren zurückgeschickt. Der König ritt weiter die Allee und die große Zufahrt zum Schloß hinauf. Als man den äußeren Hof erreichte, verschwand das Gefolge; alle suchten ihre Unterkünfte und riefen nach den Stallburschen, die die Pferde versorgen sollten. Der König wurde von Sir Roberts höchstem Bedienten, dem Haushofmeister, in seinem Königreich willkommen geheißen. Dann trat Sir Robert vor und kniete vor der Majestät nieder.

»Ihr könnt Euch erheben«, sagte der König mit barscher Stimme, die auf alle Untertanen höchst merkwürdig wirkte, da sie einen Monarchen bisher nur in dem wohlklingenden, sanften Tonfall der Königin hatten sprechen hören.

Unbeholfen wegen seiner körperlichen Behinderung erhob sich Sir Robert und geleitete seinen König in die große Halle von Theobalds Palace. Obwohl König James auf den englischen Reichtum und den englischen Stil gefaßt war, verharrte er an der Tür, denn ihm stockte der Atem. Decke und Wände der Halle waren so reich mit geschnitzten Zweigen, Blüten und Blättern verziert, daß die Wände selbst wie die Äste eines Waldes wirkten. Diese prächtige Halle, so groß wie zwei Scheunen, bot dem staunenden Betrachter an Stein, Holz, venezianischem Glas, Edelmetallen und Edelsteinen ein Übermaß an Verspieltheit und vornehmer Größe.

»Das ist herrlich! Was für Juwelen in den Planeten! Welch kunstvolle Schnitzereien!«

Sir Robert lächelte mit gebotener Bescheidenheit und verbeugte sich leicht, doch nicht einmal seine höfische Gewandtheit vermochte seinen Besitzerstolz zu verbergen.

»Und diese Wand!« rief der König aus.

Er meinte die Wand, auf welcher der Stammbaum der Familie Cecil dargestellt war. Ältere Mitglieder des Hofes und bedeutendere Familien mochten die Nase über die Cecils rümpfen, die erst vor wenigen Generationen von einem Bauernhof in der Grafschaft Herefordshire gekommen waren, diese Wand jedoch bildete Sir Roberts Antwort. Sie zeigte das Wappenschild der Familie mit dem

Sinnspruch *Prudens Qui Patiens* – passend ausgewählt für eine Familie, die in zwei Generationen mit ihren Ratschlägen für die Monarchin ein Vermögen erworben hatte –, von dem Girlanden und Lorbeerzweige zu den Gliedern der Familie und deren Wappen führten. Der Stammbaum veranschaulichte die Macht und den Einfluß der Cecils. Sir Robert hatte in jedem adligen Bett des Landes eine Cousine oder Nichte, und umgekehrt hatte jede Adelsfamilie im Lande irgendwann einmal die alles besiegelnde Zustimmung der Cecils gesucht. Die üppigen, herabhängenden Schlingen des geschnitzten und polierten Laubwerks, die ein Wappenschild mit dem nächsten verbanden, glichen einem Kartenbild der Macht Englands vom Ursprung und Hauptstrang der Familie Cecil, der dem Thron am nächsten stand, bis zu den entferntesten untergeordneten Zweigen unbedeutender Lordschaften und Baronets aus dem Norden des Landes.

An der Wand gegenüber stand Cecils große Planetenuhr. Sie gab die Tageszeit in Stunden und Minuten an. Eine große massive Goldkugel stellte die Sonne dar. Auf der einen Seite befand sich der aus purem Silber gehämmerte Mond, und die Planeten, aus Silber oder Gold und mit Edelsteinen geschmückt, bewegten sich auf ihren Bahnen. Alles bekundete die natürliche Ordnung des Universums, eine Harmonie, die England in den Mittelpunkt der Welt stellte, und spiegelte damit die auf der gegenüberliegenden Wand getroffene Anordnung wider, die Cecil in den Mittelpunkt Englands rückte.

Selbst für einen Palast mit außergewöhnlichem Prunk war das ein bombastischer Aufwand.

Der König schaute von einer Wand zur anderen, sprachlos angesichts des Reichtums. »In meinem ganzen Leben habe ich so etwas noch nicht gesehen!« verkündete er.

»Das war der ganze Stolz meines Vaters«, bemerkte Sir

Robert. Sogleich hätte er sich die Zunge abbeißen mögen – diesem Mann gegenüber seinen Vater zu erwähnen! William Cecil war nämlich der Ratgeber der Königin gewesen, als sie gezögert hatte, den Tod ihrer Cousine, der schottischen Königin Mary Stuart, zu beschließen. Cecils Vater war es gewesen, der Königin Elizabeth das Todesurteil auf den Tisch gelegt und gesagt hatte, die Lady müsse sterben, ob verwandt oder nicht, ob Monarchin oder nicht, ob unschuldig oder nicht, denn er könne die Sicherheit Ihrer Majestät nicht garantieren, solange ihre so gefährlich anziehende Rivalin noch am Leben sei. William Cecil war es, der für Marys Tod Verantwortung trug, und nun hieß dessen Sohn den Sohn der toten schottischen Königin in seinem Haus willkommen.

»Ich muß Euch die königlichen Gemächer zeigen.« Rasch faßte sich Robert Cecil wieder. »Und wenn es Euch an irgend etwas fehlen sollte, genügt ein Hinweis Euer Majestät.« Er wandte sich um und winkte einem Mann mit einer schweren Kassette. Dieser hatte sein Stichwort erst später erhalten sollen, aber nun trat er vor und bot dem König die Schmuckkassette auf einem Knie dar.

Der Glanz der Diamanten ließ Cecils falschen Zungenschlag ganz und gar vergessen. James entbrannte vor Verlangen. »Mir wird es an nichts fehlen«, erklärte er. »Zeigt mir die königlichen Zimmer.«

Cecil kam es merkwürdig vor, diesen untersetzten, nicht gerade reinlichen Mann in die Räume zu führen, die ausschließlich der Königin gehört hatten, in ihrer Abwesenheit stets leer geblieben und nur von ihrer königlichen Aura erfüllt waren.

Wenn sie bei einem ihrer langen und kostspieligen Besuche hier residierte, wurden ihre Gemächer mit Rosenwasser und Orangenblütenessenz besprengt und darin die wohlriechendsten Kräuter und Ambrakugeln ausgelegt. Auch wenn sie sich nicht hier aufhielt, hing ein Hauch ihres Parfüms in dem Raum, so daß jeder, der ihn betrat, ehrfurchtsvoll kurz auf der Schwelle stehenblieb. Es war üblich, daß ihr Sessel wie ein Thron mitten ins Zimmer gestellt wurde, denn ihre Autorität erhob ihn zum Thron. Ob die geringste Dienstmagd oder der Lord persönlich, jedermann verbeugte sich vor ihm beim Betreten und Verlassen des Raums – so eine herrschaftliche Macht übte Englands Königin selbst während ihrer Abwesenheit aus.

Es sprach allem Hohn und war unrecht, daß ihr Thronerbe, dem sie nie begegnet war und dessen Namen sie wie die Pest gehaßt hatte, nun über ihre Schwelle trat und sich mit gierigem Vergnügen lauthals über das mit Schnitzwerk verzierte, vergoldete Bett äußerte, ebenso über dessen schwere Vorhänge und die Tapisserien. »Das ist ein Schloß, wahrlich eines Königs würdig«, sagte James mit nassem Kinn, als sei ihm bei diesem Anblick der Speichel im Munde zusammengelaufen.

Sir Robert verneigte sich. »Ich werde mich zurückziehen, damit Euer Majestät es sich behaglich machen kann.«

Und schon verlor das Zimmer den leichten Duft von Orangenblüten. Der neue König roch nach Pferden und kaltem Schweiß. »Ich werde sofort speisen«, sagte er.

Sir Robert verbeugte sich tief und verließ ihn.

John Tradescant mußte das letzte bestellte Gemüse für die Küche liefern. Er überprüfte die großen Körbe, die vom Kühlhaus im Küchengarten zur Hintertür der Gemüseküche getragen wurden, und konnte deshalb die Ankunft des Königszuges nicht sehen. In den Küchenräumen des Schlosses herrschte Tumult. Die Fleischköche schwitzten und waren im Gesicht so rot wie die großen blutigen Rinder- und Schweinehälften, und die Bäcker waren vom Mehl und von der Aufregung ganz bleich. Die drei riesigen Küchenfeuer prasselten, und die Gehilfen, die die Bratspieße über der Glut drehten, waren betrunken vom

Dünnbier, das sie in großen Zügen hinunterschluckten. In den Räumen, in denen das Fleisch für die Spieße zurechtgehackt wurde, schwamm der Fußboden vor Blut, und überall liefen die Hunde beider Haushalte herum, leckten es auf und fraßen Innereien.

In der Hauptküche rannten Diener bei ihren Besorgungen hin und her, und laute Bestellrufe gellten durch den Raum. John überzeugte sich davon, daß seine Karren mit Wintergemüse und Kohl dem richtigen Koch gebracht worden waren, und stahl sich gleich wieder fort.

»O John!« rief ihm eine der Serviermägde nach und wurde darauf purpurrot. »Mr. Tradescant, meine ich!«

Beim Klang ihrer Stimme drehte er sich um.

»Nehmt Ihr Euer Essen in der großen Halle ein?« fragte sie.

John zögerte. Als Sir Roberts Gärtner gehörte er zweifellos zu seinem Gefolge und könnte am anderen Ende der Halle essen und zuschauen, wie der König mit allem Pomp speiste. Andererseits könnte er als Mitglied des Gesindes zusammen mit dem Servierpersonal und den Köchen essen, nachdem das Hauptmahl aufgetragen worden war. Als Sir Roberts vertrauter Bevollmächtigter und Planer der Gärten wiederum könnte er an einem besseren Tisch sitzen, zur Mitte hin, natürlich hinter dem niederen Adel, doch ein ganzes Stück vor den Soldaten und Jägern. Wenn Sir Robert ihn nahe bei sich haben wollte, könnte er an seiner Schulter stehen, während sein Herr das Dinner einnahm.

»Heute werde ich nicht essen«, erklärte er, um der Entscheidung aus dem Wege zu gehen. Die Männer würden aufpassen, wo er sich hinsetzte, und Vermutungen über seinen Einfluß auf seinen Herrn und seine Vertrautheit mit ihm anstellen. Schon vor langer Zeit hatte John von Sir Robert Zurückhaltung gelernt; nie protzte er mit seiner Stellung. »Aber ich werde von der Galerie aus dem König beim Tafeln zusehen.«

»Soll ich Euch einen Teller Wildbret bringen?« fragte die Serviermagd. Unter ihrem Häubchen warf sie ihm einen verstohlenen Blick zu. Es war ein hübsches Mädchen, eine Waise, die Nichte von einem der Köche. Da er schon zu lange ein Junggesellendasein führte, bemerkte John voll Verdruß bei sich die ihm vertraute Regung eines Begehrens, das stets unterdrückt werden mußte.

»Nein«, antwortete er mit Bedauern. »Ich komme in die Küche, wenn dem König aufgetragen wurde.«

»Wir könnten uns einen Teller, etwas Brot und einen Krug Bier teilen«, schlug sie vor, »wenn ich mit der Arbeit fertig bin.«

John Tradescant schüttelte den Kopf. Das Bier wäre stark und das Fleisch gewiß gut. Es gab ein Dutzend Orte auf dem großen Herrensitz, wo ein Mann und ein Mädchen ungestört zusammensein konnten. Und der Park war Johns eigenes Reich. Abseits der Förmlichkeit der Ziergärten gab es Waldwege und heimliche Verstecke. Da war das Badehaus ganz aus weißem Marmor mit plätscherndem Wasser und allem Luxus. Es gab einen kleinen Hügel mit einem Sommerpavillon oben, die Fenster mit seidenen Vorhängen verhüllt. Jeder Pfad führte zu einer Laube mit lieblich duftenden Blumen, hinter jeder Ecke befand sich eine Bank, geschützt von Bäumen und von den Wegen aus nicht zu sehen. Da standen Banketthallen für den Sommer und Dutzende von Winterschuppen, in denen zarte Pflanzen gehegt wurden. Es gab eine Orangerie, die nach Zitrusblättern duftete und in der ständig ein wärmendes Feuer brannte. Dazu noch mehrere Schuppen für Geräte und Werkzeuge. An vielen verschwiegenen Plätzen konnten sich John und das Mädchen treffen, wenn sie es wollte und wenn er so leichtsinnig wäre, darauf einzugehen.

Catherine war erst achtzehn, in der Blüte ihrer Schönheit und Fruchtbarkeit. John war ein vorsichtiger Mensch.

Falls sie schwanger würde, müßte er sie heiraten, und er würde für immer die Aussicht auf eine ansehnliche Mitgift und auf die Chance verlieren, ein paar Sprossen auf der langen Leiter hinaufzurutschen; das hatte sein Vater mit ihm vorgehabt, als er ihn vor zwei Jahren mit der Tochter des Pfarrers von Meopham in der Grafschaft Kent verlobte. John hatte die Absicht, erst dann zu heiraten, wenn er über genügend Geld verfügte, um für eine Frau sorgen zu können, und es fiel ihm nicht ein, das feierliche Versprechen zu brechen. Elizabeth Day würde auf ihn warten, bis ihre Mitgift und seine Ersparnisse eine gesicherte Zukunft garantierten. Nicht einmal Johns Gärtnerlohn würde im Augenblick zum Gedeihen eines jungvermählten Paares in dem Lande ausreichen, in welchem die Bodenpreise ständig stiegen und die Kosten fürs tägliche Brot gänzlich von schönem Wetter abhingen. Und sollte sich die Frau als fruchtbar erweisen, dann würden sie mit einem Kind jedes Jahr bald in Armut versinken.

»Catherine«, sagte er, »du bist zu hübsch für meinen Seelenfrieden, ich kann dir nicht den Hof machen. Und mehr wage ich nicht ...«

Einen Moment war sie unschlüssig. »Wir könnten es zusammen wagen ...«

Er schüttelte den Kopf. »Ich besitze nichts außer meinem Lohn, und du hast keine Aussteuer. Uns würde es schlecht ergehen, Mädchen.«

Vom Küchentisch wurde nach ihr gerufen. Sie blickte sich flüchtig um, zog es aber vor, nicht darauf zu hören; dann trat sie näher an ihn heran.

»Ihr verdient eine Menge Geld«, wandte sie ein. »Und Sir Robert vertraut Euch. Er gibt Euch Gold, damit Ihr Bäume für ihn kauft, und der Lord steht hoch in der Gunst des Königs. Man sagt, er wird Euch gewiß mit nach London nehmen, um dort seinen Garten herzurichten.«

John Tradescant ließ sich seine Überraschung nicht anmerken. Er hatte sich schon gedacht, daß sie heimlich hinter ihm her war und ihn begehrte, genau wie er sie trotz seiner Vorsicht im Auge gehabt hatte. Doch aus ihrem gründlich überlegten Vorgehen sprach keine törichte Achtzehnjährige. »Wer sagt das?« fragte er mit absichtlich unbeteiligter Stimme. »Dein Onkel?«

Sie nickte. »Er meinte, Ihr habt alle Aussichten, ein großer Mann zu werden, obwohl Ihr bloß Gärtner seid. Er hat gesagt, Gärten sind jetzt in Mode und daß Mr. Gerard und Ihr die richtigen Leute dafür seid. Und Ihr werdet es gewiß noch bis nach London bringen. Vielleicht sogar bis in die Dienste des Königs!« Ganz begeistert von dieser Aussicht brach sie ab.

Die Enttäuschung bereitete John einen bitteren Geschmack im Mund. »Vielleicht.« Er konnte es sich nicht verkneifen, ihre Zuneigung zu ihm auf die Probe zu stellen. »Aber vielleicht würde ich lieber auf dem Lande bleiben und dort Blumen und Bäume züchten. Würde dir denn eine kleine Hütte genügen, wo ich ganz bescheiden als Gärtner lebe und eine kleine Parzelle bestelle?«

Unwillkürlich trat sie zurück. »Oh, nein! Etwas so Armseliges wäre nichts für mich! Aber Mr. Tradescant, das wollt Ihr doch nicht wirklich?«

John schüttelte den Kopf. »Ich kann es nicht sagen.« Er spürte, wie er krampfhaft nach einem ehrenvollen Rückzug suchte, und dabei stand ihm seine Begierde im Gesicht. Er spürte die Hitze seines Bluts und die ernüchternde Gewißheit, daß sie ihn nur als eine Chance für ihren Ehrgeiz und niemals mit Verlangen betrachtet hatte. »Ich könnte nicht versprechen, daß ich dich überhaupt wohin mitnehme. Weder Reichtum noch Erfolg könnte ich versprechen.«

Wie ein enttäuschtes Kind verzog sie ihren Mund. Tradescant steckte beide Hände in die tiefen Taschen seines Rocks, um nicht in Versuchung zu geraten, sie dem

Mädchen um die schmiegsame Taille zu legen und sie an sich zu ziehen, um sie zu küssen.

»Dann könnt Ihr Euch die Mahlzeit selber holen!« schrie sie mit schriller Stimme und drehte sich abrupt weg von ihm. »Und ich werde mir einen hübschen jungen Mann suchen, der mit mir ißt. Einen Schotten vom Hofe! Eine Menge Männer wären froh, wenn sie mich bekämen!«

»Das bezweifle ich nicht«, sagte John, »und ich wäre es auch, wenn ...« Sie wartete seine Ausrede nicht ab, sondern verschwand rasch.

Ein Bediensteter mit einer riesengroßen Holzplatte voll feinem weißem Brot schob sich an ihm vorbei, ein anderer mit vier Weinflaschen in jedem Arm rannte ihm hinterher. Da kehrte Tradescant dem Küchenlärm den Rücken und begab sich in die große Halle.

Der König saß an dem riesigen Kamin und trank Rotwein. Er war schon ziemlich betrunken. Von der Jagd an dem Tag und von der Reise auf den morastigen Landstraßen war er noch schmutzig – er hatte sich nicht gewaschen. In der Tat erzählte man sich, daß er sich nie wusch, sondern nur die entzündeten, fleckigen Hände mit den schmutzigen Fingernägeln sanft an der Seide abwischte. Neben ihm saß ein gutaussehender junger Mann; er trug genauso kostbare Kleider wie ein Prinz, doch es war weder Prinz Henry, der ältere Sohn des Königs und sein Erbe, noch dessen jüngerer Bruder Prinz Charles. Während John Tradescant vom anderen Ende der Halle zuschaute, zog der König den Jüngling an sich und küßte ihn hinters Ohr, wobei er ihm die gefältelte weiße Halskrause mit Rotwein besabberte.

Als über irgendeinen zotigen Witz stürmisches Gelächter ausbrach, stieß der König seinem Günstling die Hand in den Schoß und drückte den gepolsterten Hosenbeutel. Der Jüngling ergriff die Hand und küßte sie. Männer wie Frauen ergingen sich in lautem wüsten Lachen. Und niemand hielt einen Augenblick inne, als er sah, wie der König von England und Schottland seine dreckige Hand im Schoß eines Mannes vergrub.

Tradescant beobachtete sie, als wären es merkwürdige Geschöpfe aus einem exotischen Land. Die Damen hatten sich von den großen Pferdehaarperücken bis zu den halbnackten Brüsten weiß geschminkt, die Augenbrauen ausgezupft und nachgezogen, damit die Augen unnatürlich groß wirkten, und die Lippen blaßrot angemalt. Ihre Kleider waren über den hervorquellenden Brüsten tief eckig ausgeschnitten, und die Taillen wurden von bestickten, mit Edelsteinen besetzten Miedern eingeschnürt. Im Kerzenlicht glühten die Farben der Seiden-, Satin- und Samtkleider so, als leuchteten sie von selbst.

Der König rekelte sich in seinem Sessel, und ein halbes Dutzend Vertrauter umlagerte ihn, die meisten von ihnen schon betrunken. Hinter ihnen leerte der gesamte Hofstaat eine Flasche schweren Rotweins nach der anderen. Sie girrten und flirteten, schmiedeten Ränke und zechten, einige schon so berauscht, daß ihnen die Zunge nicht mehr gehorchte, andere konnte man wegen ihres starken schottischen Akzents nicht verstehen. Aus Sorge, von den Engländern belauscht zu werden, sprach dieser oder jener leise im heimatlichen Dialekt.

Später sollte ein Maskenspiel über das Aufeinandertreffen von Weisheit und Gerechtigkeit aufgeführt werden, und einige Höflinge waren bereits in ihre Maskenkostüme geschlüpft. Die Gerechtigkeit lag stockbetrunken zusammengesackt auf der Tafel, und eine der Dienerinnen der Weisheit lehnte hinten in der Halle mit dem Rücken an der Wand, während ein schottischer Edelmann die verschiedenen Schichten ihrer Unterröcke erforschte.

John Tradescant wurde sich des großen Nachteils bewußt, diese Szene in völlig nüchternem Zustand zu beobachten; so griff er nach einem Becher auf dem Tablett eines vorbeikommenden Dieners und nahm einen gehörigen Schluck vom allerbesten Wein. Einen kurzen Moment dachte er an den Hof der letzten Königin, an dem gewiß genug Eitelkeit und Prunksucht geherrscht hatten. Doch zugleich hatte es da die strenge Disziplin der selbstherrlichen hohen alten Frau gegeben, nach der der übrige Hof, da sie sich selbst die Lust versagt hatte, züchtig leben mußte. Wo immer Elizabeth hingereist war, wurden üppige Geselligkeiten veranstaltet, prächtige Maskenspiele, Bälle und Picknicks, doch sie hatte stets mit ihrem grimmigen Blick das Verhalten der Beteiligten im Auge, und alles unterlag strikter Zurückhaltung. John wurde es klar, daß die lange karnevaleske Reise von Schottland nach England für die englischen Höflinge eine Offenbarung gewesen sein mußte, und was er jetzt gerade erlebte, entsprach ganz der plötzlichen Erkenntnis, daß von nun an alles erlaubt sei.

Nach einem erneuten sabbernden Kuß nahm der König den Kopf wieder hoch. »Mehr Musik muß her!« rief er laut. Die Musikanten auf der Galerie, die sich abgemüht hatten, bei dem Tumult in der Halle gehört zu werden, setzten zu einem neuen Stück an.

»Tanzt!« grölte der König.

Ein halbes Dutzend Angehöriger des Hofes stellte sich in zwei Reihen auf und begann einen Tanz. Unterdessen zog der König den schönen Jüngling zu sich heran, setzte ihn zwischen seine Knie und streichelte dessen dunkle Locken. Dann beugte er sich herab und küßte ihn auf den Mund. »Mein entzückender Junge«, sagte er.

John Tradescant spürte den Wein in seinen Adern und im Kopf, fürchtete aber, daß kein Wein stark genug wäre, um ihn davon zu überzeugen, daß dieses eine erfreuliche Szene und der Herr dort ein gütiger König sei. Solche Gedanken waren Landesverrat, und John war zu loyal, um etwas Verräterisches zu denken. Er drehte sich um und verließ die Halle.

## Juli 1604

»Womit könnten wir den größten Eindruck machen?« Sir Robert stieß auf Tradescant im Duftgarten, einem viereckigen Innenhof, in dem er Jasmin, Geißblatt und Rosen vor den Hauswänden angepflanzt hatte, um deren tristes Grau zu verstecken. John balancierte ganz oben auf der Leiter und war dabei, das Geißblatt zu beschneiden, dessen Blüten gerade zu welken begannen.

Der Gärtner wandte sich seinem Herrn zu und bemerkte sogleich die von starker Anspannung herrührenden neuen Falten in dessen Gesicht. Das erste Regierungsjahr des neuen Königs hatte sich für seinen Minister keineswegs als einträglich erwiesen. Cecil, seine Familie und seine Anhänger waren mit Reichtum und Ehren überschüttet worden; aber mit Reichtum und Ehren waren auch Hunderte von anderen überhäuft worden. Der in ein Königreich voller Armut hineingeborene König hielt die Schatztruhen Englands für unerschöpflich. Allein Cecil wußte, daß der Reichtum, den Königin Elizabeth so argwöhnisch gehortet hatte, schneller aus der Schatzkammer des Londoner Tower abfloß, als er sich bei aller Zuversicht dort wieder ansammeln könnte.

»Eindruck machen?« fragte John. »Etwa mit einer besonderen Blume?« Über seinen verblüfften Gesichtsausdruck mußte Seine Lordschaft plötzlich laut lachen.

»Donnerlittchen, John, ich habe schon wochenlang nicht mehr gelacht. Wo mir der verdammte spanische Gesandte ständig auf den Fersen ist und der König mir jedesmal entwischt und man mich andauernd fragt: ›Was meint wohl der König?‹ und ich ohne Antwort dastehe! Was wächst bei uns, das einen großen Eindruck macht?«

Einen Augenblick überlegte John. »Pflanzen habe ich noch nie dazu gerechnet. Meint Ihr selten, mein Lord? Oder schön?«

»Selten, exotisch, schön. Es soll ein Geschenk sein. Ein Geschenk, bei dem alle staunen sollen, das jedermann bewundert.«

John nickte. Wie ein Junge rutschte er die Leiter hinunter und wollte den Garten mit flottem Schritt verlassen. Rechtzeitig fiel ihm noch ein, wem er voranging, und er mäßigte sein Tempo.

»Du brauchst dich nicht nach mir zu richten«, fuhr ihn sein Herr an. »Ich komme schon hinterher.«

»Ich bin nur langsamer geworden, um nachzudenken, mein Lord«, sagte John rasch. »Jetzt im Hochsommer ist die Hauptblütezeit ja schon vorbei. Wenn Ihr vor zwei Monaten etwas Großartiges gewünscht hättet, dann wären da einige Tulpen von unschätzbarem Wert oder die großen rosettenartigen Narzissen gewesen, die dieses Jahr besser gediehen als alles andere. Aber jetzt ...«

»Nichts?« fragte Sir Robert empört. »So ein großer Garten und nichts, was du mir zeigen könntest?«

»Nicht gar nichts«, beteuerte Tradescant gereizt. »Ich habe Rosen, die das zweite Mal blühen, das Beste, was es im ganzen Königreich gibt.«

»Zeig sie mir.« Tradescant ging voran auf den Hügel zu. Er war nicht sonderlich hoch, und der Pfad hinauf war breit genug für einen Ponywagen. Oben befand sich ein Pavillon mit einem kleinen Tisch und Stühlen. Manchmal machten sich die drei Cecil-Kinder das Vergnügen, dort oben zu speisen und auf ihren Besitz hinunterzuschauen, doch Robert Cecil kam selten hierher. Für ihn war der Anstieg zu steil, um mühelos hinaufzukommen, und er wollte nicht, daß man ihn reiten und seine Kinder laufen sah.

Die Hecken am Rande des Weges, der sich den Hügel hinaufwand, bestanden aus allen englischen Rosensorten, die Tradescant in den benachbarten Grafschaften hatte finden können: cremefarbene, blaßrote, pfirsichfarbene und weiße. Jedes Jahr pfropfte er neue Reiser auf alte Stämme, um neue Farben, eine neue Form oder einen neuen Duft hervorzubringen.

»Man erzählt mir, diese hier duftet süßlich«, sagte der Gärtner und bot Seiner Lordschaft eine weiß und scharlachrot geflammte Rose an. »Eine Rosamund-Rose mit einem betörenden Wohlgeruch.«

Sein Herr beugte sich nieder und roch daran. »Wie kannst du etwas nach dem Geruch züchten, wenn du selbst die Blumen nicht riechst?« fragte er.

John zuckte die Schultern. »Ich frage die Leute, ob sie gut riechen oder besser als andere Rosen. Aber das läßt sich nur schwer beurteilen. Sie beschreiben mir immer einen Duft mit anderen Düften. Und da ich mit meiner Nase noch nie etwas gerochen habe, hilft mir das nicht. Sie sagen: ›Wie eine Zitrone‹, als ob ich wüßte, wie eine Zitrone riecht. Sie sagen: ›Wie Honig‹, und das hilft mir auch nicht, denn ich halte das eine für sauer und das andere für süß.«

Robert Cecil nickte. Er war der letzte, der jemanden wegen eines Gebrechens bemitleidet hätte. »Nun, für mich riecht sie gut«, sagte er. »Im August brauche ich davon einen üppigen Strauß.«

John Tradescant zögerte. Ein weniger treuer Diener hätte zugesagt und dann, wenn es darauf ankam, seinen Herrn enttäuscht. Ein geübter Schmeichler hätte seine Aufmerksamkeit auf etwas anderes gelenkt. John schüttelte einfach den Kopf. »Ich dachte, Ihr wolltet sie heute oder morgen haben. Im August kann ich Euch keine liefern, mein Lord. Kein Mensch kann das.«

Cecil wandte sich ab und humpelte auf das Haus zu.

»Komm mit!« befahl er kurz angebunden über seine schiefe Schulter. Der Gärtner sprang an seine Seite, und Cecil stützte sich auf seinen Arm. Diese geringe Last trug Tradescant leicht, und er spürte, wie ihn das Mitleid mit dem Mann nachsichtiger stimmte, der die gesamte Verantwortung für drei, nein, mit dem dazugekommenen Schottland vier Königreiche auf sich nahm, ohne die wirkliche Macht zu besitzen.

»Es ist für die Spanier«, erläuterte er seinem Gärtner in gedämpftem Ton, »das Geschenk, das ich brauche. Was halten die Leute im Lande von dem diesjährigen Frieden mit Spanien?«

»Sie trauen ihm nicht, glaube ich«, antwortete John. »Wir haben so lange mit Spanien Krieg geführt und sind nur knapp einer Niederlage entgangen. Man kann sich unmöglich vorstellen, daß sie gleich am nächsten Tag unsere Freunde sind.«

»In unserem Interesse muß ich den Krieg auf dem Kontinent verhindern. Wir gehen zugrunde, wenn wir noch länger Soldaten und Gold in die Vereinigten Provinzen der Niederlande oder nach Frankreich schicken. Und Spanien stellt keine Bedrohung mehr dar. Ich muß Frieden haben.«

»Solange sie nicht herkommen«, meinte John zögernd. »Niemand interessiert, was in Europa geschieht, mein Lord. Die einfachen Leute sorgen sich nur um ihr eigenes Heim, um ihr eigenes Land. Die Hälfte der Menschen hier in Cheshunt und Waltham Cross sorgt sich allein darum, daß keine Spanier nach Surrey gelangen.«

»Keine Jesuiten«, sagte Cecil und benannte damit die größte Furcht.

John nickte. »Gott verschone uns! Niemand von uns will noch einmal brennende Scheiterhaufen auf dem Marktplatz sehen.«

Cecil schaute seinem Gärtner in die Augen. »Du bist ein braver Mann«, bemerkte er kurz. »Wenn ich mit dir von meinem Hügel bis zur Orangerie spaziere, lerne ich mehr als von einer ganze Armee von Informanten.«

Beide schwiegen. Die weißgestrichenen Flügeltüren der Orangerie standen offen und ließen die warme Sommersonne ins Innere fluten. Die zarten Schößlinge der Orangen, Zitronen und Weinstöcke wurden immer in der Orangerie gelassen – Tradescant war ein überaus vorsichtiger Gärtner. Die voll entwickelten Obstbäume jedoch stellte man in der warmen Jahreszeit nach draußen; man hielt sie in großen Kübeln mit vier Schlaufen zum Tragen. Im Sommer schmückten sie die drei Innenhöfe und verliehen diesem englischsten aller Schlösser einen Hauch von Exotik. Lange vor dem ersten Anzeichen von Frost ließ Tradescant sie wieder in die Orangerie schaffen und in den Kaminen Feuer machen, um sie gut durch den englischen Winter zu bringen.

»Ich vermute, Orangen machen weiter keinen Eindruck«, sagte John. »Nicht bei den Spaniern, die ja in Orangenhainen wohnen.«

Cecil war drauf und dran, ihm zuzustimmen, doch er hielt inne. »Wie viele Orangen könnten wir aufbieten?«

John dachte an die drei ausgewachsenen Bäume, die in der Mitte der drei Höfe standen. »Wollt Ihr etwa alle Früchte von den Bäumen abnehmen lassen?« fragte er.

Cecil nickte.

Beim Gedanken an dieses Opfer mußte John schlucken. »Ein Faß Früchte. Im August vielleicht zwei Faß.«

Cecil klopfte seinem Gärtner auf die Schulter. »So machen wir's!« rief er aus. »Der Sinn ist der, wir zeigen ihnen, daß sie nichts haben, an dem es uns mangelt. Wir überreichen ihnen große Äste mit Orangen und beweisen ihnen damit, daß wir alles, was sie haben, auch haben. Daß wir in dieser Angelegenheit nicht die Bittsteller sind, sondern diejenigen, die die Macht ausüben. Daß uns ganz England gehört und wir auch Orangengärten besitzen.«

»Ganze Äste?« fragte John. »Ihr meint, die Orangen sollen nicht abgepflückt werden?«

Cecil schüttelte den Kopf. »Es ist ein Geschenk des Königs an den spanischen Gesandten. Es muß überaus prächtig aussehen. Ein Faß Orangen hätte man am Hafen kaufen können, aber ein riesiger Zweig mit Früchten dran – sie werden an den Blättern erkennen, daß er ganz frisch abgenommen wurde. Die Äste müssen sich vor Früchten biegen.«

John stellte sich das grausame Zerhacken seiner schönen Bäume vor, hielt aber seinen peinvollen Aufschrei zurück. »Gewiß, mein Lord«, sagte er. Cecil verstand sofort; er faßte Tradescant um die Schultern und drückte ihm einen herzhaften Kuß auf die Wange. »John, ich habe leichteren Herzens von Männern verlangt, ihr Leben für mich hinzugeben. Vergib mir, aber ich benötige eine große Geste seitens des Königs. Und deine Orangen sind das Opferlamm.«

Gegen seinen Willen mußte John in sich hineinlachen. »Ich warte also auf Eure Anweisung, mein Lord. Dann werde ich, sobald Ihr es fordert, Äste mit Früchten abhacken und nach London schicken.«

»Bringe sie selbst hin«, wies ihn Cecil an. »Ich möchte nicht, daß etwas schiefgeht, und du bist der einzige Mensch, der so sorgsam auf sie aufpassen wird wie auf den erstgeborenen Sohn.«

## August 1604

Im Mittelpunkt des Festmahls zur Feier des Friedens standen Johns Orangen. König James und Prinz Henry schworen vor den Edlen und dem spanischen Gesandten auf die Bibel, daß der Vertrag von London ihnen einen feierlichen und dauerhaften Frieden bescheren werde. In einer prächtigen Zeremonie brachte de Velasco einen Toast auf den König aus und erhob einen mit Diamanten und Rubinen besetzten Achatbecher, den er dann dem König zum Geschenk überreichte. Königin Anne an seiner Seite erhielt einen kristallenen Kelch und drei diamantene Anhänger.

Der König nickte Cecil zu, und Cecil drehte sich zu Tradescant um. Dieser trat nun vor, in den Armen einen Ast mit Orangen, der so schwer war, daß man ihn kaum tragen konnte. Die Blätter waren grün und glänzten, Wassertropfen rannen die Mitteladern entlang. Die Früchte waren rund und reif, sie leuchteten und dufteten. Der König berührte den Ast, und nach dieser Geste legte Tradescant ihn dem spanischen Gesandten zu Füßen, während zwei seiner Gehilfen je einen weiteren darauf zu einem Berg reifer, reicher Ernte türmten.

»Orangen, Eure Majestät?« rief der Gesandte aus.

James nickte mit einem Lächeln. »Für den Fall, daß Euch das Heimweh überkommt«, sagte er.

De Velasco warf seinen Begleitern hinter ihm einen kurzen Blick zu. »Ich hatte keine Ahnung, daß Ihr in England Orangen züchten könnt«, bekannte er neidvoll. »Ich dachte, hier wäre es zu kalt und zu feucht dafür.«

Robert Cecil machte eine lässige Handbewegung. »Oh, nein«, entgegnete er ungezwungen. »Wir können hier alles züchten, was unser Herz begehrt.«

Ein Page bahnte sich den Weg durch die Menge; er trug einen großen Obstkorb, und ein anderer Page folgte ihm mit einem weiteren, in dem inmitten aromatischer Eberraute eine große helle Melone prangte.

»Warte einen Augenblick«, sagte John. »Das muß ich mir genauer ansehen.«

Der Page trug Lord Woottons Livree. »Laßt mich durch«, sprach er mit Nachdruck, »ich soll das dem König überreichen, damit er es dem spanischen Gesandten schenkt.«

»Woher kommt die?« zischte John.

»Aus Lord Woottons Garten in Canterbury«, antwortete der junge Bursche und schob sich vorbei.

»Lord Woottons Gärtner kann Melonen anbauen?« fragte John Tradescant verwundert. Er wandte sich an seinen Nachbarn, doch außer ihm interessierte sich offenbar niemand dafür. »Wie kriegt Lord Wootton das fertig, Melonen in Canterbury zu züchten?«

Die Frage blieb unbeantwortet. In einem nahe gelegenen Wirtshaus fand John Tradescant den Gärtner von Lord Wootton, der ihn nur auslachte und sagte, das gehe mit einem Trick, doch John würde in Lord Woottons Dienste treten müssen, wenn er ihn erlernen wolle.

»Pflanzt Ihr die Melonen in der Orangerie?« riet John. »Habt Ihr darin ein Beet mit dem richtigen Boden angelegt?«

Der Mann lachte. »Der große John Tradescant fragt mich um Rat!« spottete er. »Kommt nach Canterbury, Mr. Tradescant, und Ihr sollt meine Geheimnisse erfahren.«

John schüttelte den Kopf. »Lieber diene ich dem größten Lord in den größten Gärten Englands«, erwiderte er hochmütig.

»Nicht mehr lange der größte«, warnte ihn der Gärtner.
»Wieso? Was meint Ihr denn damit?«

Der Gärtner trat ein bißchen näher. »Es gibt Leute, die sagen, er habe sein Abschiedsgesuch schon eingereicht«, erklärte er. »Jetzt, wo Spanien Frieden mit England geschlossen hat, wer kann da noch bezweifeln, daß die Lords, die durch alle Wirren am wahren Glauben festgehalten haben, nicht an den Hof zurückkehren werden. Sie werden bei Hofe wieder ihren Platz einnehmen.«

»Katholiken am Hof?« wollte John wissen. »Bei so einem kalvinistisch erzogenen König wie unserem? Das würde er niemals dulden.«

Der Mann zuckte die Schultern. »König James ist nicht die alte Königin. Er liebt unterschiedliche Meinungen und disputiert gern. Königin Anne besucht selbst die heilige Messe. Mein eigener Lord geht zur Messe, wenn er im Ausland ist, und meidet die englische Kirche, wann immer er kann. Und wenn er hoch in der Gunst des Königs steht, ihm Melonen schenkt und ähnliches, dann wendet sich das Blatt. Und die hartnäckigen alten Verfechter des Glaubens wie Euer Lord werden entdecken, daß ihre Zeit vorbei ist.«

John nickte, bestellte dem Mann noch ein Bier und verließ die Schenke, um Cecil aufzusuchen.

Sein Herr befand sich in einem der Höfe von Whitehall und schickte sich an, sein Boot zu besteigen, das ihn die Themse flußaufwärts nach Theobalds Palace bringen sollte.

»Ah, John«, sagte er, »willst du auf dem Fluß mit nach Hause kommen oder lieber mit der Kutsche zurückfahren?«

»Ich fahre mit Euch, wenn Ihr erlaubt, mein Lord«, antwortete er.

»Dann schaffe deine Tasche her, denn wir brechen gleich auf, ich will die Flut nutzen.«

John holte eiligst seine Sachen. Das große Boot war bereit abzulegen. Die Bootsleute standen mit erhobenen Rudern zur Begrüßung da. An Bug und Heck wehte der Cecil-Wimpel. Robert Cecil saß in der Bootsmitte, über seinem Kopf einen Baldachin und neben sich eine dicke Decke gegen die Abendkühle. Behende sprang John an Bord und setzte sich achtern hinter den vergoldeten Sessel. Der Bootsführer legte ab.

Tradescant bemerkte, wie der vorzeitig mit grauen Strähnen gezeichnete Kopf Cecils nickte und dann heruntersank. Nach monatelangen gewissenhaften Verhandlungen und endlosen Höflichkeiten, meist in einer fremden Sprache ausgetauscht, war der Mann erschöpft.

Als das Blau des Himmels dunkler wurde und die ersten Sterne herauskamen, streckte John die Hände nach seinem Herrn aus und schlug ihm die Decke um die krummen Schultern. Dieser Mann, der größte Staatsmann des Landes, wahrscheinlich der größte ganz Europas, war so leicht wie ein kleines Kind. Sein Kopf rollte an Johns Schulter und blieb dort liegen. Um die Ruhe seines Lords besorgt, zog John ihn zu sich heran, während das Boot auf der hereinkommenden Flut flußaufwärts dahinglitt.

Kurz vor dem Anlegesteg wachte Cecil auf. Er lächelte, als er Johns Arme um sich spürte.

»Heute abend bist du mir ein warmes Kissen gewesen«, bemerkte er vergnügt.

»Ich wollte Euch nicht aufwecken«, erwiderte John. »Ihr saht so müde aus.«

»So müde wie ein Hund nach einer Tracht Prügel«, gähnte Cecil. »Aber jetzt kann ich mich ein paar Tage ausruhen. Die Spanier sind abgereist, und der König wird zur Jagd nach Royston aufbrechen. Da können wir unsere Orangenbäume wieder in die richtige Form stutzen, wie, John?«

»Es gibt da etwas, mein Lord«, fing John behutsam an, »etwas, das mir zu Ohren gekommen ist, und ich dachte, ich sollte es Euch gleich erzählen.«

Sofort war Cecil hellwach. »Was hast du gehört?« fragte er leise.

»Lord Woottons Gärtner deutete an, daß nun nach dem Friedensschluß mit Spanien die Katholiken an den Hof zurückkehren werden und daß Ihr bei Hofe und in der Gunst des Königs neue Rivalen kriegen werdet. Und daß die Königin der katholischen Kirche zugeneigt ist und zur Messe geht. Und er bezeichnete seinen Herrn als jemanden, der seine Andacht in der alten Weise verrichtet, wenn er kann oder im Ausland weilt, und der seine eigene Kirche zu Hause nach Möglichkeit meidet.«

Cecil nickte bedächtig. »Noch etwas?«

John schüttelte den Kopf.

»Sagt man, ich werde von den Spaniern bezahlt? Daß ich Bestechungsgelder angenommen habe, damit ich den Friedensvertrag durchbringe?«

John war aufs tiefste bestürzt. »Gütiger Himmel, mein Lord! Nein!«

Cecil machte ein zufriedenes Gesicht. »Dann wissen sie das also noch nicht.«

Als er Johns erstaunte Miene bemerkte, lachte er stillvergnügt. »Ach John, mein John, es bedeutet keinen Verrat am König, wenn man Geld von seinen Feinden nimmt. Es ist erst dann Verrat, wenn man Geld von seinen Feinden nimmt und tut, was sie verlangen. Ich mache das eine, aber ich tue das andere nicht. Und mit dem spanischen Geld werde ich viel Land kaufen und hier meine Schulden begleichen. Auf diese Weise bezahlen die Spanier hart arbeitende englische Männer und Frauen.«

John machte ein Gesicht, als könne ihn das nicht beschwichtigen. Cecil kniff ihn in den Arm. »Nimm dir an mir ein Beispiel«, sagte er. »Es gibt keine Prinzipien; es gibt nur die Praxis des Lebens. Was immer du tust, sollen sich doch die anderen um die Prinzipien scheren!«

John nickte, ohne das richtig zu begreifen.

»Was die Rückkehr der katholischen Lords betrifft«, meinte Cecil nachdenklich, »so jagen die mir keine Angst ein. Wenn die Katholiken in England in Frieden leben wollen und unsere Gesetze beachten, dann kann ich durchaus ein paar neue Gesichter im Rat des Königs tolerieren.«

»Haben diese Lords dem Papst Gehorsam geschworen?«

Cecil zuckte die Schultern. »Ich kümmere mich nicht darum, was sie insgeheim denken«, sagte er. »Was sie in der Öffentlichkeit tun, das beschäftigt mich. Wenn sie uns Engländer in Ruhe und Frieden unserem eigenen Gewissen folgen lassen, dann können sie von mir aus Gott auf ihre Weise dienen.« Er schwieg einen Moment. »Es sind die Ungestümen, die ich fürchte«, sprach er leise, »die Verrückten, denen jedes Urteilsvermögen abgeht, die sich an keinerlei Übereinkunft halten und nur danach trachten, ihrem Tatendrang nachzugeben. Die würden lieber für ihren Glauben sterben als mit ihren Nachbarn in Frieden leben.«

Das Boot stieß sacht an den Anlegesteg an, und die Ruderer rissen die Riemen senkrecht hoch. Auf der Holzbrücke wurden ein Dutzend Laternen angezündet; sie leuchteten dem Lord zu beiden Seiten des breiten, von Blättern bedeckten Pfades bis zum Haus. »Wenn sie versuchen, den Frieden im Lande zu stören, um den ich so hart gerungen habe, dann sind es bald tote Männer«, sagte Cecil sanft.

## Oktober 1605

Der Frieden, für den Robert Cecil wirkte, trat nicht sofort ein. Mitte August des folgenden Jahres sah John Tradescant bei seiner Arbeit im Ziergarten, wie ein Hausdiener die feuchten Terrassenstufen herunter auf ihn zukam. Cecil hatte endlich zugestimmt, daß sein Gärtner den Kies entfernen und dafür etwas anpflanzen dürfe. John setzte gerade einige kräftige Sträucher Heiligenkraut ein, von denen er annahm, sie würden dem Frost widerstehen und sich im Winter mit ihren Wollfedern weiß färben und schön aussehen und damit seinen Herrn davon überzeugen, daß ein Garten mit prächtigen Pflanzen ebenso vollkommen war wie ein Garten aus Steinen.

»Der Graf möchte Euch sprechen«, sagte der Diener, wobei er den neuen Adelstitel betonte und damit die Freude des gesamten Gesindes ausdrückte. »Der Graf möchte Euch in seinem Privatgemach sprechen.«

Der Gärtner richtete sich auf, er ahnte nichts Gutes. »Ich muß mich erst waschen und umziehen«, sagte er und wies auf seine schmutzigen Hände und die groben Kniebundhosen.

»Er hat gesagt, sofort.«

Im Laufschritt eilte Tradescant zum Haus, trat vom Königshof durch die Seitentür ein, lief durch die große Halle, in dem nach dem mittäglichen Tumult nun die stille, freundliche Nachmittagsruhe herrschte, und ging durch die kleine Tür hinter dem Sessel des Lords, die zu dessen Privatgemächern führte.

Einige Pagen und Hausdiener machten gerade im

Vorzimmer sauber, während zwei Kammerdiener an einem kleinen Tisch Karten spielten. John ging an ihnen vorbei und klopfte an. Jäh verstummte die klagende irische Harfe, und eine Stimme rief: »Herein!«

Wie üblich war Seine Lordschaft allein; er saß am Schreibtisch und hielt die Harfe auf dem Knie. Sogleich war John auf der Hut.

»Ich bin umgehend hergekommen, so schmutzig, wie ich bin«, sagte er.

Er wünschte, Robert Cecil würde aufblicken, doch der hielt seinen Kopf gesenkt und schaute auf die Harfe in seinem Schoß. John konnte deshalb seine Miene nicht deuten.

»Der Mann sagte, es sei dringend.«

Die Gestalt am Schreibtisch blieb stumm.

Eine Pause entstand.

»Um Himmels willen, mein Lord, sagt mir, daß es Euch gut geht und alles in Ordnung ist!« brach es schließlich aus John hervor.

Endlich blickte Cecil auf, und sein Gesicht, das gewöhnlich von Schmerzen gezeichnet war, verriet lebhaft, daß er etwas im Schilde führte. Seine Augen funkelten, unter dem hübschen Schnurrbart verzog sich sein Mund zu einem Lächeln.

»Es geht um eine riskante Sache, John. Wenn du mir dabei helfen willst?«

Die Erleichterung, daß sein Herr guter Dinge war, veranlaßte Tradescant, ohne Zögern zuzustimmen.

»Natürlich.«

»Setz dich.«

John zog einen kleinen Schemel an den dunklen Holztisch, und die beiden Männer steckten die Köpfe zusammen. Dabei sprach Robert Cecil so leise, daß er nicht einmal in unmittelbarer Nähe zu vernehmen war, geschweige denn von einem Lauscher vor der Tür.

»Lord Monteagle muß ein Brief überbracht werden«, flüsterte er.

John nickte und lehnte sich zurück. »Nichts leichter als das.«

Cecil beugte sich vor und zog ihn noch näher an sich heran. »Dafür brauche ich keinen der üblichen Botenjungen«, flüsterte er. »Der Inhalt des Briefes reicht aus, um Monteagle an den Galgen zu liefern, ebenso den Überbringer. Du darfst bei der Übergabe nicht gesehen werden, und keiner darf dich mit dem Brief erwischen. Dein Leben hängt davon ab, daß du ihm den Brief möglichst unauffällig zukommen läßt. Willst du das für mich erledigen?«

Es entstand eine kurze Pause.

»Natürlich, mein Lord. Ich bin Euer Mann.«

»Willst du nicht wissen, was drinsteht?«

Aus Aberglauben schüttelte John den Kopf.

Der Anblick seines vor Verblüffung verstummten Gärtners amüsierte Cecil so sehr, daß er in lautes Gelächter ausbrach. »John, mein John, du wirst aber einen armseligen Verschwörer abgeben!«

»Das ist nicht mein Metier, mein Lord«, entgegnete er mit bescheidener Würde. »Ihr habt geschicktere Leute in Euren Diensten. Doch wenn Ihr wünscht, jemandem eine heimliche Botschaft zu übersenden, dann will ich das tun.« Einen Augenblick schwieg er. »Sie wird doch Lord Monteagle nicht ins Verderben stürzen? Ich möchte kein Judas sein.«

Cecil zuckte die Schultern. »Der Brief besteht nur aus Worten auf einem Blatt Papier. Er besteht nicht aus Gift, er wird ihn nicht umbringen. Was er mit dem Brief macht, ist seine Sache; davon wird sein Ende abhängen.«

John Tradescant kam es vor, als stünde er vor einem Abgrund. »Ich werde tun, was Ihr befehlt«, murmelte er und klammerte sich dabei allein an seinen Glauben an den Lord und an seinen Treueschwur.

Cecil lehnte sich zurück und warf einen kleinen Brief auf den Tisch. Er war an Lord Monteagle adressiert, aber die Handschrift stammte weder von Robert Cecil noch von einem seiner Sekretäre.

»Überbringe ihm das heute nacht«, sagte Robert Cecil. »Ohne die Sache zu verpatzen. Am Steg wartet ein Boot auf dich. Sorge dafür, daß du nicht gesehen wirst, weder auf der Straße noch bei seinem Haus und auf keinen Fall mit dem Brief. Wenn du festgenommen wirst, vernichte ihn. Wenn du verhört wirst, streite alles ab.«

John nickte und erhob sich.

»John ...«, rief Seine Lordschaft, als er bereits an der Tür war. Der Gärtner blieb stehen und drehte sich um. Der Lord saß an seinem Schreibtisch; sein Gesicht und seine ganze Haltung verrieten lebhaftes Vergnügen am Komplott, am Fischen im trüben und an solcherart politischen Manövern, die er so meisterhaft beherrschte. »Keinem anderen würde ich so vertrauen wie dir, das für mich zu erledigen«, sagte Cecil.

John erwiderte den strahlenden Blick seines Herrn und spürte die Freude, dessen höchstes Wohlwollen zu genießen. Er verbeugte sich und ging.

Zunächst lief Tradescant in den Ziergarten und sammelte seine Gartengeräte ein. Die noch nicht eingepflanzten Setzlinge brachte er wieder in ihr Frühbeet zurück. Nicht einmal ein Akt des Hochverrats konnte John Tradescant dazu bewegen, seine Pflanzen im Stich zu lassen. Nun schaute er sich in dem von Mauern umschlossenen Garten für die jungen Zuchtpflanzen um. Niemand war da. Er erhob sich, strich sich die Erde von den Händen und ging dann zum Geräteschuppen, wo er seinen Wintermantel gelassen hatte. Diesen legte er sich um, tat so, als wollte er in Richtung des Hauses gehen, schlug dann aber den Weg zum Fluß ein.

Am Anlegeplatz wartete eine Jolle, doch sonst war niemand zu sehen.

»Nach London?« fragte der Mann gleichmütig. »Eilig?«

»Jawohl«, antwortete John kurz und knapp.

Als er in das kleine Boot stieg, glaubte er, sein plötzliches Herzklopfen rühre von dem Schlingern durch sein Gewicht her. Er setzte sich vorn hin, so daß der Mann ihm nicht ins Gesicht schauen konnte, schlug seinen Mantelkragen hoch und zog sich den Hut tief ins Gesicht. Es kam ihm vor, als wiese das tanzende Sonnenlicht auf dem gekräuselten Wasser des Flusses wie mit einem Finger auf ihn, so daß er jedem Fischer und Spaziergänger am Ufer, jedem Hausierer und Bettler auffiele, während das Boot rasch flußabwärts fuhr.

Das Wasser floß schnell Richtung London, denn es herrschte Ebbe. Die Reise dauerte nicht so lange, wie John gehofft hatte, und als das Boot an den Stufen von Whitehall anlegte und er ans Ufer sprang, dämmerte es erst. Daß ihm übel war, schrieb er der unruhigen Bewegung des Bootes zu, denn seine Angst wollte er sich nicht eingestehen.

Niemand beachtete den Arbeitsmann, der sich den Hut fast bis über beide Augen heruntergezogen und den Kragen bis zu den Ohren hochgeschlagen hatte. Solche Männer gab es Hunderte, ja Tausende, die kreuz und quer durch London zum Abendbrot nach Hause eilten. John kannte das Haus Lord Monteagles und nahm im Schatten der Häuser seinen Weg.

Zwei brennende Fackeln in den Wandhaltern beleuchteten die Fassade von Lord Monteagles Palais. Die Vordertür stand offen, und Bedienstete, Anhänger und Bekannte und auch Bettler gingen ungehindert ein und aus. Im hinteren Teil der Halle speiste Seine Lordschaft. Ständig drängten sich Menschen um ihn, Freunde des Hauses, Gefolgsleute und Lakaien, und vorn standen Bittsteller und einfache Besucher, die einzig wegen des Vergnügens gekommen waren, dem Lord beim Tafeln zuzuschauen. John Tradescant hielt sich im Hintergrund und betrachtete das Bild, das sich ihm bot.

Während er so dastand, streifte jemand versehentlich seine Schulter. In ihm erkannte John einen von Lord Monteagles Leuten namens Thomas Ward, der zur oberen Dinnertafel hastete.

John hielt den Brief in den Fingern, seine Anweisung war klar. »Einen Augenblick«, sagte er und drückte ihn dem Mann in die Hand. »Für Euern Herrn. Aus Liebe zu Mary Stuart.«

Er wußte, welch mächtigen Zauber dieser Name ausüben würde. Der Mann ergriff den Brief und warf einen kurzen Blick darauf, doch John stahl sich schon davon und verschwand in einem Gang. Dort verharrte er kurz und spähte dann vorsichtig hervor.

Thomas Ward ging zum Kopf der Tafel. John sah, wie er sich hinabbeugte, um seinem Herrn etwas ins Ohr zu flüstern und ihm den Brief zu geben. Johns Auftrag war erledigt. Erleichtert trat er auf die Straße hinaus und lief los, wobei er darauf bedacht war, sein Tempo zu zügeln. Gemächlich schlenderte er dahin wie jemand auf dem Weg ins Wirtshaus. Als er um die Ecke bog und kein Alarm geschlagen wurde und er hinter sich keine eiligen Schritte hörte, da gestattete er sich eine schnellere Gangart. Noch eine Straßenecke, und John rannte wie einer, der sich auf dem Weg zu einer Verabredung verspätet hat, bis er zehn, fünfzehn Minuten von Lord Monteagles Haus weg war, außer Atem, doch in Sicherheit.

In einem Wirtshaus am Fluß nahm er sein Abendbrot ein und fand dann, daß er für die Rückfahrt nach Theobalds zu müde war. Deshalb begab er sich zum Haus seines Lords in der Nähe von Whitehall, wo für Tradescant jederzeit ein Bett bereitstand. Mit zwei anderen Männern teilte er sich eine Mansardenstube und sagte, er sei zu den Hafendocks geschickt worden, wo ihm ein mit Ostindien Handel treibender Kaufmann eine Rarität versprochen hatte, die sich jedoch nicht als solche erwiesen habe.

Als am Morgen alle Uhren Londons acht schlugen, ging John hinunter in die große Halle und entdeckte dort wie durch ein Wunder seinen Herrn, der auch in London weilte und hinten am Kopfende der langen Tafel sein Frühstück einnahm. Robert Cecil sah John an und hob eine Augenbraue, und der erwiderte das mit einem kurzen Nicken, und dann machten sich Herr und Bediensteter an den entgegengesetzten Enden der Halle über ihr Brot, ihren Käse und das Dünnbier her.

Später winkte Cecil mit gekrümmtem langem Finger John zu sich. »Ich habe noch einen kleinen Auftrag für dich, und dann kannst du nach Theobalds zurückkehren«, sagte er.

John wartete.

»In Whitehall gibt es eine Kammer, wo man Zunder aufbewahrt. Man muß ihn naß machen, damit er nicht mehr zündet und eine gefährliche Feuersbrunst entfacht.«

John runzelte die Stirn, während er seinem Herrn in das spitzbübische Gesicht schaute. »Mein Lord?«

»Ich habe da einen jungen Burschen, der dir den Weg zeigen wird«, fuhr Cecil seelenruhig fort. »Nimm zwei Eimer mit, und sorge dafür, daß alles gut durchnäßt wird. Und verschwinde, so rasch und unbemerkt, wie du gekommen bist, mein John.«

»Wenn Feuergefahr besteht, sollte ich besser alles gleich wegräumen«, schlug John vor. Er hatte das Gefühl, als triebe er in tiefem, gefährlichem Wasser, und wußte zugleich, daß sein Herr dabei in seinem Element war.

»Ich werde selbst alles aus dem Weg räumen, wenn ich erst einmal weiß, wer das Feuer legen will«, sagte Cecil ganz leise. »Jetzt feuchten wir den Zunder einfach nur an.«

»Dann fahre ich zurück in meinen Garten«, sagte John Tradescant.

Über die Bestimmtheit, mit der sein Gärtner das erklärte, mußte Cecil grinsen. »Dann ist deine Arbeit hier erledigt, und du kannst pflanzen gehen. Meine Arbeit wird langsam ihre Blüten entfalten.«

Erst nach dem 5. November 1605 erfuhr John Tradescant, daß die von Katholiken angezettelte sogenannte Pulververschwörung von Lord Monteagle aufgedeckt worden war; der hatte nämlich einen Brief mit der Warnung erhalten, nicht in die Nähe des Parlaments in Whitehall zu gehen. Ohne Umschweife hatte er selbigen Brief dem Minister Robert Cecil gebracht, der die ganze Angelegenheit, da er ihren Sinn nicht verstand, dem König vorlegte. Der König, der aufgeweckter war als alle anderen – wie man seine Klugheit pries! –, hatte sofort angeordnet, die Räumlichkeiten von Ober- und Unterhaus zu durchsuchen: man fand den Verschwörer Guy Fawkes zusammengekauert inmitten von Zunder und Fässern mit Schießpulver im Keller von Whitehall. Auf der folgenden Welle antikatholischer Gefühle erzwang Cecil scharfe Gesetze zur Überwachung der Papisten und machte der restlichen Opposition gegen die protestantische Thronfolge in England heftig die Hölle heiß. Als ein Geständnis zum anderen führte und die jungen Verschwörer, die alles auf ein Faß feuchtes Schießpulver gesetzt hatten, festgenommen, gefoltert und hingerichtet wurden, konnte eine Handvoll gefährlicher Familien namhaft gemacht werden. Die vermasselte Verschwörung zwang einen jeden, vom König bis zum ärmsten Bettler, sich voller Abscheu gegen die Katholiken zu wenden. Die furchtbare Bedrohung – des Königs, seiner Frau und der beiden kleinen Prinzen – führte dazu, daß kein europäischer Monarch, ob Katholik oder Protestant, je wieder mit englischen Katholiken ein Komplott schmieden würde. Die Könige von Spanien und Frankreich waren in erster Linie Monarchen und dann erst Katholiken, und als Monarchen würden sie niemals einem Königsmord zustimmen.

Wichtiger für Cecil war der schreckliche Gedanke, was geschehen wäre, wenn sich Monteagle nicht als treuer Untertan erwiesen hätte, wenn der König nicht so scharfsinnig gewesen wäre und das Parlament nicht überredet hätte, dem König für dieses Jahr einige Sondereinkünfte zu gewähren und damit die drohende Finanzkrise um zwölf Monate hinauszuschieben.

»Danke, John«, sagte Cecil, als er Anfang Dezember wieder in Theobalds eintraf. »Das werde ich nicht vergessen.«

»Ich begreife es immer noch nicht«, bemerkte John.

Cecil grinste wie ein verschwörerischer Schuljunge. »Viel besser so«, antwortete er leutselig.

## Mai 1607

Nach dem ersten erfolgreichen Besuch des Königs auf Schloß Theobalds schien es, als könne er nicht mehr darauf verzichten. In jedem Sommer trieb es den nach Vergnügungen lechzenden Hof aus London hinaus aufs Land, wobei er zuerst immer in Theobalds residierte und dann der Reihe nach alle vornehmen Adelshäuser aufsuchte. Die Damen und Herren des Hofes machten sich jeweils auf die unvorstellbar hohen Ausgaben gefaßt, die zur Unterhaltung des Königs anfallen würden. Erleichtert atmeten sie auf, wenn er wieder weiterzog. Es konnte vorkommen, daß der König seinen Gastgeber mit Ehren und kleinen Geschenken überhäufte, oder er vermachte ihm eine neue Steuerpfründe, über die er zu wachen hatte, so daß ein Günstling reich werden konnte, wenn er eine weitere, neu erdachte Abgabe aus irgendeinem sich abmühenden Gewerbezweig eintreiben ließ. Oder aber der König schenkte einem einfach nur ein Lächeln und reiste mit seinem Anhang weiter. Ob er nun für Kost und Logis mit Privilegien bezahlte oder sie nur mit einem Wort des Dankes annahm, seine Höflinge mußten ihm das beste Essen, die besten Getränke, die besten Jagdreviere, über die sie verfügten, und die beste Unterhaltung bieten.

All das hatten sie schon unter Königin Elizabeth gründlich kennengelernt. Niemand konnte ihnen mehr etwas über freigebige Gastfreundschaft, extravagante Geschenke und eine allzu offensichtliche Speichelleckerei beibringen. Doch König James erwartete ungleich mehr. Seine Günstlinge sollten ebenso geehrt werden, und seine Tage mußten mit endlosem, vergnüglichem Zeitvertreib angefüllt sein – jagen, jagen, jagen, bis die Wildhüter hohes Ansehen genossen und niemand es wagte, auch nur einen Baum im Wald zu fällen, auf dem das königliche Auge geruht hatte und den er liebte. Die Abende brachte er in Gesellschaft einer Schar schöner Männer und Frauen zu. Niemand verweigerte sich ihm. Nicht einmal der Gedanke daran tauchte auf. Der König mußte alles, was er wollte, bekommen.

Selbst, als er Schloß Theobalds haben wollte.

»Ich werde es ihm wohl vermachen müssen.« Sir Robert hatte sein Schloß verlassen, wie so oft, wenn er auf der Suche nach Tradescant war. Der Gärtner gab gerade seinen Gehilfen am Eingang zum Labyrinth Anweisungen. Eine Gruppe von Jungen wurde mit stumpfen Messern ausgestattet und auf allen vieren ins Labyrinth geschickt, um das Unkraut im Kies zu jäten. Ein paar ältere Männer sollten mitgehen, um mit kleinen Äxten und Messern die Taxushecke zu beschneiden. Unter Aufbietung aller Geduld hatte John Tradescant seinen Untergebenen erklärt, daß sie mit größter Sorgfalt vorgehen sollten und daß sie unter Androhung ihrer sofortigen Entlassung keinen falschen Zweig abschneiden durften. Sonst könnte ein Loch entstehen und einen Durchblick gewähren, und damit wäre der Sinn des Irrgartens dahin.

John schaute in das düstere Gesicht des Grafen, ließ sofort die Gärtnerburschen stehen und wandte sich ihm zu.

»Mein Lord?«

»Er will es haben. Mein Haus und auch die Gärten – den gesamten Besitz. Er will es haben, und er hat mir dafür Hatfield House versprochen. Ich nehme an, daß ich es ihm abtreten muß. Ich kann doch dem König nichts abschlagen, nicht wahr?«

Bei dem Gedanken, Theobalds zu verlieren, stieß John

einen Laut des Entsetzens aus. »Der König will alles haben? Unser Haus hier?«

Tief getroffen zuckte Robert Cecil mit den Schultern, nickte Tradescant zu und stützte sich bei ihm ab, während sie weitergingen. »Ach, ich wußte, daß es dich fast so wie mich niederschmettern würde. Du bist der erste, dem ich das mitteile. Ich weiß nicht, wie ich es ertragen soll, all das zu verlieren. Mein Vater hat die ganze Pracht für mich bauen lassen – die kleinen Inseln und die Bäche und die Springbrunnen und den Badetempel ... All das soll ich für dieses kleine triste Anwesen in Hatfield hergeben! Ein strenger Brotgeber, der neue König, meinst du nicht auch, Tradescant?«

John hielt inne. »Ich bezweifle, daß Ihr von einem anderen Monarchen mehr dafür bekommen würdet«, sagte er vorsichtig.

Das hübsche Höflingsgesicht des Grafen verzog sich zu einem Lachen. »Das ist eine bessere Vergütung, als ich sie von der alten Königin erhalten hätte, meinst du, großzügiger? Guter Gott. Das glaube ich wohl! Sie war darin unerreicht, nahm dir die Hälfte deines Besitzes weg und schenkte dir gerade mal ein Lächeln dafür. König James ist seinen Günstlingen gegenüber etwas freigebiger ...« Er verstummte und wandte sich zum Haus um. »All seinen Günstlingen gegenüber«, murmelte er. »Insbesondere wenn es sich um Schotten handelt. Insbesondere wenn es sich um hübsche junge Männer handelt.«

Sie gingen Seite an Seite weiter, der Graf lehnte sich immer noch stark gegen Johns Schulter.

»Habt Ihr Schmerzen?« erkundigte sich John.

»Ich habe immer welche«, erwiderte Seine Lordschaft barsch. »Aber meistens denke ich nicht daran.«

Bei dem Gedanken an die kranken Beine seines Herrn spürte Tradescant aus lauter Mitgefühl in seinen eigenen Knien ein Stechen. »Das ist nicht recht«, sagte er schroff, wenn auch teilnahmsvoll. »Daß Ihr zu all Euren Anstrengungen und Plagen auch noch Schmerzen habt.«

»Ich erwarte keine Gerechtigkeit«, sagte der herausragende Gesetzesverfasser Englands. »Nicht in dieser Welt.«

John nickte und behielt sein Mitleid für sich. »Wann müssen wir von hier fort?«

»Wenn ich in Hatfield alles vorbereitet habe. Du wirst doch mit mir kommen, nicht wahr, John? Würdest du unser Labyrinth hier und den Hof mit den Springbrunnen und den großen Garten für mich aufgeben?«

»Euer Gnaden ... natürlich ...«

Sofort spürte der Graf das Zögern in der Stimme des Gärtners. »Der König würde dich auch behalten, wenn ich ihm sage, daß du hierbleibst und dich um die Gartenanlagen kümmerst«, meinte er etwas kühl. »Falls du mich nicht nach Hatfield begleiten willst.«

John Tradescant wandte sich zu ihm um und blickte in das unglückliche Gesicht seines Herrn hinunter. »Natürlich komme ich mit Euch«, sagte er sanft. »Wo immer man Euch auch hinschickt. Selbst in Schottland würde ich für Euch arbeiten, wenn es sein müßte. Oder in Virginia. Ich bin Euer Diener. Ob bei Eurem Aufstieg oder Eurem Fall, ich bin Euer Mann.«

Der Graf wandte sich um, packte John an den Oberarmen und umarmte ihn kurz. »Ich weiß«, sagte er etwas angestrengt. »Vergib mir meine schlechte Laune. Ich bin ganz krank angesichts der Trennung von meinem Haus.«

»Und von dem Garten.«

»Mmm.«

»Mein ganzes Leben habe ich diesem Garten geweiht«, sagte John Tradescant nachdenklich. »Hier habe ich mein Handwerk erlernt. Es gibt nicht eine Ecke, die ich nicht kenne. Keine jahreszeitliche Veränderung, die ich nicht vorhersagen könnte. Besonders im Frühsommer, so wie jetzt, da ist der Garten einfach vollkommen. Weil wir ihn vollkommen gemacht haben.«

»Ein Garten Eden«, stimmte ihm der Graf zu. »Ein Garten Eden vor dem Sündenfall. Ist es das, was die Gärtner immerzu tun, John? Ein Eden neu erschaffen?«

»Gärtner und Grafen und Könige auch«, bemerkte John scharfsinnig. »Wir alle wollen auf Erden das Paradies erschaffen. Doch ein Gärtner kann es jeden Frühling aufs neue versuchen.«

»Komm und versuch es in Hatfield«, drängte ihn der Graf. »Als oberster Gärtner von einem Garten, der ganz dein eigen ist; du wirst in niemandes Fußstapfen treten. Du kannst den Garten von Hatfield gestalten, mein John, ihn nicht nur erhalten und ergänzen, so wie hier. Du wirst alle Bepflanzungen vornehmen und die Pflanzen kaufen. Du wirst alle selbst aussuchen. Ich werde dir einen höheren Lohn und ein eigenes Haus geben. Du brauchst nicht mehr im Gesindehaus zu wohnen.« Er blickte seinen Gärtner an. »Du könntest heiraten«, schlug er vor. »Uns kleine Kinder für Eden schenken.«

John nickte. »Das werde ich tun.«

»Du bist verlobt, nicht wahr?«

»Seit sechs Jahren bin ich einem Mädchen versprochen. Aber ich mußte meinem Vater an seinem Sterbebett schwören, erst zu heiraten, wenn ich eine Frau und eine Familie ernähren kann. Doch mit einem Cottage in Hatfield werde ich es wagen.«

Der Graf lachte kurz auf und klopfte ihm auf den Rücken. »Große Männer verströmen große Gefälligkeiten wie meine Brunnen das Wasser«, sagte er. »König James hat Theobalds zu seinem königlichen Schloß erkoren, dadurch kann Tradescant heiraten. Geh und mache die Sache fest, Tradescant! Ich werde dir vierzig Pfund im Jahr zahlen.«

Einen Augenblick zögerte er. »Aber du solltest aus

Liebe heiraten, wie du weißt«, sagte er. Er schluckte seinen Kummer hinunter, seinen immerwährenden Kummer um die Frau, die er aus Liebe geheiratet hatte, die ihn trotz seines verunstalteten Körpers genommen und ihn um seinetwillen geliebt hatte. Sie hatte ihm zwei gesunde Kinder und ein buckliges Kind geschenkt, und gerade die Geburt dieses Kindes hatte sie das Leben gekostet. Nur acht Jahre hatten sie glücklich Seite an Seite verbracht. »Eine Frau zu haben, die man liebt, ist ein kostbares Geschenk, John. Du gehörst nicht zum niederen oder höheren Adelsstand, du mußt keine Dynastien hervorbringen und das Vermögen mehren, du kannst auf dein Herz hören und heiraten.«

Tradescant zögerte. »Ich gehöre nicht zum Adel, mein Lord, doch mein Herz kann nicht für ein Mädchen ohne Mitgift schlagen.« Unweigerlich kam ihm wieder die Serviermagd beim ersten Empfang des Königs in den Sinn. »Mein Vater hat mir Schulden hinterlassen, die ich durch die Heirat mit der Tochter jenes Mannes begleichen werde. Und sie ist eine aufrechte junge Frau mit einer guten Mitgift. Lange genug habe ich gewartet, bis ich so viel verdiene, daß wir heiraten können, und die Ersparnisse reichen, uns auch in schwierigen Zeiten über Wasser zu halten, Ersparnisse, um ein Haus und einen kleinen Garten zu erwerben, um den sich meine junge Frau kümmern wird. Ich habe Pläne, mein Lord – oh, nicht aus Euren Diensten zu treten, sondern Pläne, um langsam nach oben zu kommen.«

Der Graf nickte. »Kaufe Land«, riet er ihm.

»Um es zu bewirtschaften?«

»Um es zu verkaufen.«

John blinzelte; das war ein ungewöhnlicher Ratschlag. Die meisten Leute dachten nur daran, Land zu kaufen und es zu behalten; nichts war sicherer als Landbesitz.

Der Graf schüttelte den Kopf. »Geld kann man nur

verdienen, wenn man nach vorn prescht, sogar rücksichtslos. Du siehst eine Gelegenheit, nimm sie sofort wahr! Du mußt schneller sein, noch ehe die anderen davon Wind kriegen. Dann, wenn auch sie ihre Chance wittern, reichst du ihnen die Sache weiter, und sie werden sich nicht lassen können vor Freude, sie beim Schopfe gepackt zu haben; da hast du längst den großen Gewinn eingestrichen. Und reagiere schnell«, riet er weiter. »Wenn du eine Gelegenheit siehst, wenn etwa einer ein Anwesen veräußert oder ein Besitzer stirbt, dann greif zu und mache weiter.«

Der Graf blickte hinauf in das Gesicht seines Gärtners und sah, wie der die Stirn runzelte. »Was man tut, zählt«, erinnerte er ihn. »Nicht die Prinzipien. Als der große Walsingham 1590 starb, wer war der beste Mann, der seine Stelle einnehmen konnte? Wer beherrschte die Korrespondenz, wer wußte fast so viel wie Walsingham selbst?«

»Ihr, mein Lord«, stotterte Tradescant.

»Und wer besaß Walsinghams Unterlagen, in denen alles stand, was einer wissen mußte, der Staatsminister werden wollte?«

John zuckte mit den Schultern. »Keine Ahnung, mein Lord. Sie waren gestohlen worden, und den Dieb hat man nie gefaßt.«

»Ich war es«, gestand Cecil ohne Scham. »Als mir klar wurde, daß er nicht mehr genesen würde, brach ich in sein Privatgemach ein und nahm alles an mich, was er in den letzten zwei Jahren geschrieben und erhalten hatte. Als man dann nach jemandem suchte, der die Sache weiterführen konnte, gab es nur mich. Niemand konnte mehr aus den Akten erfahren, was zu tun sei, denn sie waren verschwunden. Niemand konnte Walsinghams Entscheidungen nachvollziehen oder erraten, welcher Sache er zugestimmt hätte, weil die Papiere fehlten. Nur ein Mann in England von den zwölf, die Walsingham beschäftigt hatte, war in der Lage, seine Stelle einzunehmen. Und das war ich.«

»Diebstahl?« fragte John.

»Du hast zu viele Prinzipien«, sagte Cecil rasch. »Ich rate dir, handle lieber. Denke daran, was *du* willst, mein John, und sorge dafür, daß *du* es bekommst, denn du kannst wohl davon ausgehen, daß dir nichts im Leben geschenkt wird.«

John Tradescant konnte nicht anders, als auf das prächtige Schloß Theobalds zu blicken, einen Palast, der so groß war, daß selbst ein König darauf neidisch war und ihn haben wollte.

Der Graf folgte seinem Blick. »Und wenn ein mächtigerer Mann dazu in der Lage ist, dann wird er es dir wegnehmen. Er wird rasch handeln und keine Prinzipien kennen. Kaufe Land und gehe ein Risiko ein, das ist mein Rat. Stiehl, wenn es nötig ist und wenn man dir dabei nicht auf die Schliche kommt. Wenn dein Herr stirbt – auch wenn ich es sein sollte –, dann sorge dafür, daß dir deine nächste Stellung sicher ist. Und heirate die Frau mit der Mitgift; es klingt so, als sei sie die richtige für einen Mann wie dich, der an Aufstieg denkt. Und bitte sie, in ihrem Haus mit aller Umsicht zu walten.«

John Tradescant ritt auf sein altes Dorf Meopham zu, wo man ihn seit sechs Jahren täglich erwartete. In den Hecken blühte der Weißdorn, die Luft war warm und duftete süß. Das üppige grüne Weideland von Kent leuchtete saftig, und Rinder standen knietief in den überfluteten Wiesen. Es waren gute Zeiten, und auf den Feldern gedieh alles. John ritt ganz benommen vor Freude voran, die Pracht der Felder, das Ergrünen der Bäume und der Hecken hatte seinen Kopf so verwirrt, wie es wohl anderen Männern nur erging, wenn ihnen der Wein zu Kopfe stieg. In den Hecken wuchsen der weiße Flaum des Labkrauts und die kleinen gelblichweißen Sterne des Spierstrauchs. Durch die Lücken in den Hecken schimmerte ein Meer von Glöckchen-Blaustern, das sich über den ganzen Waldboden erstreckte. Vor ihm war der Weg von den kleinen Blütenblättern des Weißdorns übersät, als wäre Frühlingsschnee gefallen. Als sich die Straße durch die Wiesen schlängelte, konnte John das helle Gelb der Himmelschlüsselchen erkennen; sie überzogen das Grün mit einem gelben Schleier, wie bei einer Frau, die ein gelbes Tuch über ihrem grünen Seidenkleid trägt.

John hatte nicht die Absicht, Pflanzen zu sammeln, doch ganz unweigerlich nahm er jede blühende Nessel, jedes dicke violette Veilchenbüschel wahr. Als er sich endlich seinem Heimatort näherte, waren seine Taschen mit Sprößlingen und feuchten Wurzeln gefüllt, und er kam sich reicher vor als ein Lord.

Die Hauptstraße von Meopham wand sich einen Hügel zur steingrauen Kirche hinauf, zu ihrer Rechten befand sich das Bauernhaus der Familie Day, das man so unmittelbar in die Nähe der Kirche gebaut hatte, weil Elizabeths Vater dort als Vikar tätig gewesen war. Im Hof scharrten fette Hühner, und der wunderbare Geruch von gedarrtem Hopfen, der immer um die Vorratsplätze und die kleine Darre hing, stieg ihm in die Nase.

Elizabeth Day trat aus der Vordertür heraus. »Mir war, als hätte ich Hufgetrappel gehört«, sagte sie. Sie war in nüchternes Grau und Weiß gekleidet und trug eine schlichte Haube auf dem Kopf. »Mr. Tradescant, Ihr seid sehr willkommen.«

John stieg vom Pferd und führte es in den Stall.

»Soll William das Sattelzeug abnehmen? Wäre Euch das recht?« bot sie vorsichtig an.

Es war eine mehrdeutige Frage. »Wenn ich darf, so bleibe ich die Nacht über«, sagte John. »William kann Sattel und Zaumzeug abnehmen und das Pferd zum Grasen nach draußen bringen.«

Sie blickte weg, um ihre Freude darüber zu verbergen.

»Ich werde es William sagen«, erwiderte sie einfach. »Wollt Ihr Euch mit einem Krug Bier stärken? Waren die Straßen schlecht?«

Sie ging voran ins Haus. Nach dem hellen Sonnenschein wirkte der holzgetäfelte Wohnraum dunkel und kühl. Sie ließ ihn einen Moment allein, um einen Krug aus dem Brauhaus zu holen. John blickte aus dem winzigen geöffneten Fenster, dessen Scheiben dick in Blei gefaßt waren, hinaus in den Garten.

Die rosafarbenen und weißen Blüten der Apfelbäume hingen wippend über den weißen Gänseblümchen, die den gemähten Rasen überzogen. Die Familie hatte weder Zeit noch die Energie für einen schönen Blumengarten vor dem Haus. Elizabeth war für den nützlichen Küchen- und Kräutergarten zuständig, der in dem von Mauern umgebenen Stück Land hinter dem Haus lag. Vor sechs Jahren, als John Tradescant seinen Besuch abgestattet und seine Verlobung bekanntgegeben hatte, hatte er vor dem Fenster in einem kleinen Quadrat Lavendel angepflanzt und in jede Ecke eine Staude Wein-Raute gesetzt. Doch hier, wo man die übliche Landarbeit verrichtete, fand niemand Muße, einen kunstvollen Ziergarten zu hegen oder gar von Unkraut frei zu halten. Er bemerkte, daß die Wein-Raute ganz kläglich aussah, so als würde sie sich selbst irgendwann auslöschen; der Lavendel allerdings war prächtig gediehen.

Hinter ihm öffnete sich die Tür, und George Lance, Elizabeths Stiefvater, trat ein.

»Schön, Euch zu sehen, Tradescant«, sagte er.

Elizabeth brachte zwei Becher Bier und schlüpfte rasch wieder hinaus.

»Jetzt bin ich da und bitte darum, die Hochzeit anzusetzen«, verkündete John unvermittelt. »Zu viel Zeit ist verstrichen.«

»Für sie nicht«, sagte George beschwichtigend. »Sie ist immer noch Jungfrau.«

»Aber für mich«, sagte John. »Ich möchte bald eine Familie gründen. Ich habe lange genug gewartet.«

»Seid Ihr immer noch bei Sir Robert Cecil?«

John nickte. »Jetzt ist er Graf.«

»Steht er noch in Gunst?«

John nickte erneut. »So hoch wie nie zuvor.«

»Seid Ihr dem neuen König begegnet?« fragte George. »Ist er ein bedeutender Mann? Man sagt, er soll ein feiner Mann sein – ein Jäger und ein Mann Gottes, ein gebildeter Mann und ein Vater von großartigen Kindern. Genau, was ein Königreich benötigt!«

Einen Augenblick lang dachte John an den Lüstling mit dem losen Mundwerk und an die Schar hübscher Männer, die ein dutzendmal nach Theobalds Palace gekommen waren, an die lauten, stürmischen schottischen Gefolgsleute und an die zügellose betrunkene Lüsternheit des neues Hofes.

»Er ist die königliche Tugend selbst, Gott sei's gedankt«, sagte er vorsichtig. »Und jetzt hat der Graf eine gesicherte Stellung und ich ebenso. Wie die Dinge liegen, wird Seine Lordschaft ein neues Haus beziehen, und ich werde die Gärten anlegen. Mein Lohn verbessert sich, und ich werde oberster Gärtner auf einem neuen Anwesen sein, wo ich ganz nach Belieben schalten und walten kann. Endlich kann ich Elizabeth ein richtiges Heim bieten.«

»Eure Bezahlung?« fragte George unumwunden.

»Vierzig Pfund im Jahr und ein Cottage zum Wohnen.«

»Nun, sie wartet bereits sechs Jahre«, sagte George. »Und sie wird das mitbekommen, was ihr Vater versprochen hat. Eine Mitgift von fünfzig Pfund und ihre Kleider und ein paar Dinge für den Haushalt. Sie wird gern mit Euch weggehen, daran zweifle ich nicht. Sie und ihre Mutter sind sich nicht immer grün.«

»Sie kriegen sich in die Haare?«

»Oh, nein! Nichts, was die Ruhe eines Mannes stören würde«, erwiderte George eilig. »Sie wird ein gehorsames Weib sein, zweifellos. Doch wenn zwei erwachsene Frauen in nur einer Küche wirtschaften ...« Er hielt inne. »Manchmal ist es schwer, Frieden zu halten. Werdet Ihr das Aufgebot hier in unserer Kirche bestellen?«

John nickte. »Und ich werde für uns im Dorf ein Haus suchen. Eine Weile werde ich zwischen Theobalds und dem neuen Wohnsitz meines Herrn hin und her reisen. Elizabeth wird in meiner Abwesenheit gern ihre Familie in der Nähe wissen. Sobald Hatfield fertig ist, werde ich ins Ausland aufbrechen müssen, um die geeigneten Bäume und Pflanzen zu erwerben. In den Niederlanden muß ich Tulpenzwiebeln besorgen und in Frankreich bestimmte Bäume. Ich plane eine Orangerie, in der die jungen Stämme überwintern können.«

»Ja, ja. Nun, Elizabeth wird gerne alles darüber erfahren wollen.«

John Tradescant wurde daran erinnert, daß seine neue Verwandtschaft an Gartenbau nur wenig interessiert war. »Und ich werde gut bezahlt«, wiederholte er.

George zögerte einen Moment und betrachtete seinen zukünftigen Schwiegersohn. »Bei Gott, Ihr seid ein kalter Fisch, Tradescant«, sagte er kritisch. »Oder habt Ihr es die ganze Zeit über mit den Damen des Hofes getrieben und erst jetzt an Elizabeth gedacht?«

John merkte, wie er errötete. »Nein. Ihr mißversteht mich. Ich habe immer die Absicht gehabt, Elizabeth zu heiraten. Doch es war vereinbart, daß wir die Ehe erst schließen, wenn ich genügend Geld für ein Haus und ein Stück Land hätte. Nicht eher. Eher konnte ich ihr nichts bieten.«

»Habt Ihr nie daran gedacht, daß Ihr es vielleicht riskieren könntet?« fragte George neugierig.

»Und Ihr und Eure Frau?« fragte John gereizt. »Welch Risiko seid Ihr eigentlich eingegangen?«

Das war ein heftiger Schlag. Jedermann in der Gegend

wußte, daß seine Frau mit einem Hof und einem stattlichen Vermögen von ihrem dritten Ehemann, Elizabeths Vater, zu ihm gekommen war und mit einer Vermögenszuwendung von ihrem vorigen Ehemann. George nickte plötzlich und ging zur Tür.

»Elizabeth!« rief er in den Flur hinaus; dann wandte er sich zu John um. »Wollt Ihr allein mit ihr sein?«

John war plötzlich etwas beschämt. »Ich glaube, ja ... vielleicht ... oder vielleicht könntet Ihr dableiben?«

»Sprecht für Euch selbst, Herr«, sagte George. »Es wird sie nichts überraschen!«

Sie hörten ihre eiligen Schritte über die Holzdielen des Flurs kommen. George ging ihr entgegen.

»Keine Angst!« flüsterte er ihr zu. »Er ist endlich gekommen wegen dir. Sein Lohn ist ausreichend und seine Zukunft gesichert. Er will hier ein Haus kaufen, im Dorf. Doch das wird er dir selbst sagen. Du wirst nun Ehefrau sein, Elizabeth.«

Röte stieg ihr ins Gesicht, dann wich sie wieder. Sie nickte ernst und stand einen Augenblick in Gedanken versunken mit niedergeschlagenen Augen da. Sie sprach ein stilles Dankgebet. In den langen Jahren des Wartens hatte es Zeiten gegeben, in denen sie geglaubt hatte, er wäre ihr nicht mehr treu und würde niemals wieder auftauchen. Dann hob sie den Kopf und ging eiligen Schrittes ins Wohnzimmer.

John stand am Fenster und betrachtete erneut die Apfelbäume. Als sie eintrat, drehte er sich um. Einen Moment lang sah er nicht die ernste Elizabeth in ihrem nüchternen puritanischen Kleid, sondern die kleine Cathy, die Dienstmagd mit ihrer Morgenhaube und ihrem Morgengewand, das einen tiefen Einblick bot auf ihre drallen Brüste, und er sah ihr einladendes Lächeln. Dann streckte er Elizabeth eine Hand entgegen, zog sie näher zu sich und küßte sie sanft auf die Stirn.

»Ich kann Euch nun heiraten«, sagte er, als handele es sich um den Abschluß eines langwierigen Geschäfts.

»Ich danke Euch«, sagte sie kühl. Sie wollte ihm erzählen, daß sie die ganze Zeit über auf diesen Augenblick gewartet hatte, von dem Moment an, wo ihr Vater sie in die Arme genommen und mit ruhiger Stimme gesagt hatte: «Ich habe den Gärtner für dich besorgt, meine Liebe. Du wirst John Tradescants Frau sein, sobald er genug gespart hat, um zu heiraten.« Sie wollte ihm erzählen, daß sie seit dem alptraumhaften Sommer, in dem erst ihre kleine Schwester und dann ihr Vater an der Pest erkrankt und bald darauf gestorben waren, daß sie seitdem jede Nacht darum gebetet hatte, daß John Tradescant sie holen möge, so wie ein Held in einem Ritterroman, um sie von der Angst vor der Krankheit und aus ihrer tiefen Trauer zu befreien. Sie wollte ihm erzählen, daß sie gewartet und gewartet hatte, während ihre Mutter ihren Gram einfach abgestreift und heiter erneut in den Stand der Ehe getreten war. Daß sie gewartet hatte, während sich die Neuvermählten vor ihrem Kamin küßten. Daß sie gewartet hatte, obwohl sie dachte, daß er vielleicht nie wiederkäme und daß es nach dem Tod ihres Vaters niemanden mehr gab, der John Tradescant an sein bindendes Heiratsversprechen erinnern würde. Die hartherzige Mutter, für die sie arbeiten mußte, ohne je einen Heller dafür zu kriegen, würde es kaum tun.

Sie wartete, weil sie es gewohnt war zu warten, weil es keine andere Möglichkeit für sie gab. Elizabeth war siebenundzwanzig Jahre alt und also kein junges Mädchen mehr. Sechs lange Jahre hatte sie auf John gewartet.

»Ich hoffe, daß du dich freust?« John zog sich an seinen Platz am Fenster zurück.

»Ja«, sagte sie bange von der Tür her.

Drei Wochen später wurden sie in der Pfarrkirche getraut. Hand in Hand gingen sie den schmalen Weg auf die

Kirchenpforte zu. John kam nicht umhin, die Eiben zu bemerken, die so ungewöhnlich schön waren. Eine wuchs wie ein Schloß mit hübschen Spitztürmchen. Die Zweige der anderen Eibe fielen wie die Falten eines dunkelgrünen Kleides herab. Elizabeth sah, wohin er blickte; sie lächelte und tätschelte seinen Arm.

Ihr Stiefvater George Lance und ihre Mutter Gertrude waren die Trauzeugen. Elizabeth trug ein hübsches neues weißes Kleid statt ihrem sonstigen grauen. John hatte einen neuen braunen Anzug an, dessen Ärmelschlitze weiß und karminrot leuchteten. Das Sonnenlicht, das durch die Buntglasfenster fiel, setzte noch zusätzliche Farbtupfer auf die Fliesen des Bodens. John stand erhobenen Hauptes da und gab mit entschlossener Stimme seine Antworten. Dabei bemerkte er mit Freude, daß Elizabeths kleine leichte Hand auf seinem Arm ruhte.

Außerhalb der von Steinmauern umgebenen Kirche warteten die Leute, die das Paar sehen wollten, und lästerten, daß der Bräutigam für seine Stellung zu feine Kleider trug. Sie murmelten untereinander, daß er sich über seinen Stand erhoben habe und daß die Schlitze in den Ärmeln aus Seide seien, als hielte er sich selbst für einen Gentleman. Doch das Hochzeitsbier, das man auf der Rückseite ihres Elternhauses ausschenkte, war stark und süß, so daß am Nachmittag das allgemeine Gemurmel in derbes Gegröle über deftige Scherze umschlug.

Gertrude hatte für sie ein üppiges Hochzeitsmahl mit drei verschiedenen Fleischsorten und einem halben Dutzend Mehlspeisen ausgerichtet. John Tradescant saß an der Speisetafel neben dem Pfarrer, Reverend John Hoare, nahm dessen Glückwünsche und einen Trinkspruch entgegen, ehe er versuchte, ein ernsthaftes Gespräch in Schwung zu bringen.

»Ihr dient einem hohen Herrn«, bemerkte der Geistliche freundlich.

John wurde es sofort warm ums Herz. »Es gibt keinen größeren.«

Reverend Hoare lächelte über seine Anhänglichkeit. »Und er hat Euch als obersten Gärtner auf seinem neuen Schloß eingesetzt?«

Tradescant nickte. »Er hat mir diese Ehre erwiesen.«

»Werdet Ihr in Hatfield wohnen müssen? Oder Euch in Meopham fest einrichten?«

»Ich werde das Haus hier behalten«, erklärte John. »Aber ich werde häufig bei Seiner Lordschaft sein. Meine Frau weiß, daß der Dienst Vorrang hat. Jeder, der die Ehre hat, einem großen Mann zu dienen, weiß, daß der Herr an erster Stelle steht.«

Der Pfarrer stimmte zu. »Der Herr kommt zuallererst.«

»So ist es. Ob Ihr mir wohl eine Sache erklären könnt, die mir schon lange durch den Kopf geht, Herr Pfarrer?« fragte John plötzlich.

Der Geistliche blickte auf einmal vorsichtig drein. In diesen Zeiten war für theologische Erörterungen kein Platz. Vernünftige Menschen hielten sich an den Katechismus und an die Gebote und überließen die Fragen den Ketzern und den Papisten, die mit dem Leben dafür bezahlen würden, wenn die Antworten falsch ausfielen. »Worum geht es?« fragte er zögernd.

»Es ist mir ein Rätsel, warum Gott so viele gleiche Dinge schuf, die sich jedoch, wenn man genauer hinsieht, voneinander unterscheiden«, vertraute Tradescant ihm an. »So eine Unzahl von Dingen, die gleich sind, aber doch voneinander verschieden in Form oder Farbe! Warum mußte er solche Unterschiede machen? Wie mag wohl das Paradies ausgesehen haben mit all dieser ...«, er suchte einen Augenblick nach dem rechten Wort, »... Mannigfaltigkeit.«

»Gewiß ist jede Rose eine Rose«, entgegnete der

Kirchenmann. »Die Rosen unterscheiden sich nur in der Farbe voneinander. Und ein Gänseblümchen ist ein Gänseblümchen, ganz gleich, auf welcher Wiese es wächst.«

Tradescant schüttelte den Kopf. »Das würdet Ihr nicht sagen, wenn Ihr sie so genau wie ich betrachtet hättet. Sicherlich gibt es Pflanzenfamilien, eine Rose ist immer eine Rose, doch es gibt hundert verschiedene Sorten von Rosen«, erklärte er. »In jeder Grafschaft eine andere. Die Blütenblätter sind unterschiedlich geformt und in unterschiedlicher Anzahl vorhanden; sie haben unterschiedliche Vorlieben, was Licht und Schatten betrifft. Manche duften, wie man mir sagt, und manche nicht. Und manchmal habe ich den Eindruck, daß ich geradezu zuschauen kann, wie sie sich selbst erschaffen.«

»Was meint Ihr?« fragte der Pfarrer erschrocken.

»Wenn sich eine Abart bildet, wenn aus einem Haupttrieb ein anderer wächst, der sich von ihm unterscheidet. Und wenn man diesen Trieb abnimmt, kann man eine neue Sorte daraus züchten – das hat doch wohl Gott nicht gemacht, oder? Ich war es.«

Der Geistliche schüttelte den Kopf, doch John fuhr aufgewühlt fort: »Und auch die Gänseblümchen sind nicht überall gleich. Ich habe Gänseblümchen in Kent gesehen, die anders waren als die in Sussex, und die französischen waren größer und hatten rosafarbene Spitzen. Ich weiß nicht, wie viele verschiedene Formen es davon gibt. Man müßte um die ganze Welt reisen mit den Augen ständig am Boden. Warum sollte Gott Hunderte gleicher Dinge geschaffen haben?«

Hilfesuchend blickte sich Reverend Hoare um, doch niemand schaute zu ihm herüber. »Gott hat uns in seiner Weisheit eine Welt voller Vielfalt geschenkt«, hob er an.

Er war erleichtert darüber, daß Tradescant keine Auseinandersetzung suchte. Das war kein streitsüchtiger Mann, sondern einer auf der Suche nach der Wahrheit. Tradescant überlegte, die Antwort des Pfarrers beschäftigte ihn sichtlich.

»Es ist der großen Weisheit Gottes zu verdanken, daß er uns viele Dinge von edler Schönheit geschenkt hat. Wir können seine Entscheidung nicht in Zweifel ziehen«, meinte er nun.

Langsam schüttelte John den Kopf. »Ich habe nicht die Absicht, Zweifel an meinem Gott vorzubringen«, sagte er demütig. »Ebensowenig, wie ich sie gegenüber meinem Herrn hegen würde. Es scheint mir nur sonderbar. Und Gott hat im Paradies nicht alle Dinge zur gleichen Zeit geschaffen. Ich weiß, daß das nicht sein kann, obwohl ich es in der Bibel lese, weil ich sehe, wie sich alles von Jahreszeit zu Jahreszeit verändert.«

Reverend Hoare nickte und ergänzte sogleich: »Es ist nichts weiter als das handwerkliche Geschick eines Menschen, der einen Tisch baut, vermute ich. Man nutzt die Gaben, die einem Gott geschenkt hat, und die Materialien, mit denen er uns versehen hat, um etwas Neues zu schaffen.«

John zögerte nun. »Doch wenn ich ein neues Gänseblümchen züchte oder, sagen wir mal, eine neue Tulpe, und es käme jemand vorbei und sähe sie im Garten wachsen, dann würde er meinen, sie sei ein Werk Gottes und würde ihm dafür danken. Aber er hätte damit unrecht. Es ist mein Werk.«

»Euer Werk und das Gottes«, sagte der Geistliche leise. »Denn Gott hat die Muttertulpe geschaffen, aus der Ihr eine andersfarbige gezüchtet habt. Zweifellos beabsichtigt Gott, uns viele schöne Dinge zu schenken, viele Dinge, die selten und uns fremd sind. Unsere Pflicht ist es, ihm dafür zu danken und ihn zu preisen.«

John Tradescant nickte, als der Kirchenmann von

Pflicht sprach. »Wäre es die Pflicht eines Menschen, die Vielfalt zu sammeln?« fragte er.

Der Pfarrer nahm einen Schluck von dem Hochzeitsbier. »Das könnte sein«, antwortete er klug. »Aber warum sollte man die Vielfalt sammeln wollen?«

»Zur Ehre Gottes«, sagte John schlicht. »Wenn Gott die Absicht hat, daß wir durch die Vielfalt der Pflanzen, die es jetzt auf der Welt gibt, von seiner Größe erfahren, dann ehrt man Gott damit.«

Einen Augenblick dachte der Pfarrer nach, denn er fürchtete eine Ketzerei. »Ja«, sagte er vorsichtig. »Es muß Gottes Wille sein, daß wir von seinem Reichtum erfahren, damit wir ihn ehren können.«

»Dann ist also jemand, der einen Garten anlegt, einen schönen Garten, wie jemand, der eine Kirche baut«, sagte John ganz ernst. »So, als würde ein Steinmetz die Herrlichkeit Gottes in die Säulen und Wasserspeier meißeln.«

Sein Gegenüber lächelte. »Wollt Ihr das tun, Tradescant?« fragte er und bemerkte, daß sie nun endlich auf den Punkt kamen. »Gärtner sein und Unkraut jäten ist für Euch nicht genug – es muß etwas mehr sein?«

Einen Augenblick lang zögerte John, als wolle er diesen Gedanken verwerfen, doch das starke Bier zeigte seine Wirkung, und der Stolz auf seine Arbeit überwältigte ihn. »Ja«, gestand er. »Das habe ich vor. Die Gärten meines Herrn, Lord Cecil, sollen ihm zur Ehre gereichen, sollen seinen schönen Palast noch schöner machen und der Welt zeigen, daß er ein großer Mann ist. Aber die Gärten sollen auch der Ehre Gottes dienen. Allen Besuchern soll offenbar werden, daß Gott eine solche Mannigfaltigkeit geschaffen hat, daß man all seine Tage damit verbringen könnte, die verschiedenen Arten zu suchen und zu sammeln, und dann hätte man noch immer nicht alles erfaßt.«

»So habt Ihr Eure Lebensaufgabe gefunden!« sagte der Pfarrer fröhlich und hoffte zugleich, die Unterhaltung damit beenden zu können. Doch John erwiderte sein Lächeln nicht.

»Die habe ich tatsächlich gefunden«, sagte er ernst.

Gegen Ende des Hochzeitsmahls erhob sich Gertrude von der Tafel, und die Frauen folgten ihr. Die Dienstmädchen blieben mit den ärmeren Nachbarn zurück, die noch so lange tranken, bis sie völlig berauscht waren. Elizabeth tat letztmalig in ihrem alten Elternhaus, was zu tun war, und wartete darauf, daß auch John die Tafel verließ. In der Abenddämmerung kam er aus dem großen Raum mit den provisorischen Tischen und Bänken und traf sie am Küchentisch an, wo sie bei den anderen Frauen saß. Er nahm seine Braut bei der Hand, und sie gingen den Hügel hinunter zu ihrem neuen Haus. Der fröhlich schwatzende und singende Troß von Familie und Dorfbewohnern folgte ihnen auf dem Fuße.

Zuerst liefen die Frauen die Treppe hinauf. Elizabeths Cousinen und Halbschwestern halfen ihr aus dem weißen Hochzeitskleid und legten ihr ein Nachthemd aus zartem Batist an. Sie bürsteten ihr dunkles Haar und flochten es zu einem dicken Zopf. Dann steckte man ihr die Haube auf dem Kopf fest und sprühte ein wenig Rosenwasser hinter jedes Ohr. Nach all den Vorbereitungen warteten sie mit ihr in dem kleinen, niedrigen Schlafgemach, bis die Rufe und die Liedfetzen, die zu ihnen nach oben drangen, verkündeten, daß der Bräutigam bereit war, seine Braut aufzusuchen.

Die Tür wurde aufgerissen, und John wurde von den groben, angeheiterten Kumpanen ins Zimmer geschubst. Sofort wandte er sich zu ihnen um und schob sie über die Türschwelle zurück. Die Frauen an Elizabeths Seite stießen aufgeregte kurze Schreie angeblicher Besorgnis und Erregung aus.

»Wir werden das Bett anwärmen! Wir wollen die Braut

küssen!« riefen die Männer, als John ihnen den Eintritt verwehrte.

»Prügel könnt ihr kriegen!« drohte er ihnen und drehte sich zu den Frauen um. »Meine Damen?«

Sie flatterten wie Hennen im Hühnerstall um Elizabeth herum, richteten ihre Haube erneut und küßten ihre Wangen, doch sie wies sie ab, und sie trippelten zur Tür, duckten sich unter Johns Arm hindurch, der die Tür festhielt. Mehrere Frauen betrachteten dabei flüchtig den Gärtner und seinen muskulösen Arm und dachten begehrlich, daß es Elizabeth wohl besser getroffen hatte, als zu erwarten gewesen war. John schloß die Tür und schob den Riegel vor. Der größte und lauteste Kerl hämmerte als Antwort gegen die Tür. »Laß uns rein! Wir wollen auf euch anstoßen! Wir wollen Elizabeth ins Bett bringen!«

»Haut ab! Wir stoßen selbst auf uns an!« rief er zurück. »Und ich werde mein Weib selbst ins Bett bringen!« Er drehte sich um, lachte, doch sein Lächeln verflog sofort.

Elizabeth war aufgestanden und kniete am Fuß des Bettes, den Kopf in ihren Händen; sie betete.

Wieder pochte jemand gegen die Tür. »Was wirst du anpflanzen, Gärtner John?« riefen sie. »Welche Samen hast du in deinem Sack?«

John verfluchte ihren derben Humor. Er wunderte sich, daß Elizabeth so still bleiben konnte.

»Haut ab!« rief er noch einmal. »Der Spaß ist vorbei! Geht und zecht weiter, und laßt uns in Frieden!«

Mit Erleichterung vernahm er, wie sie die Stufen hinuntertrampelten.

»Wir kommen morgen früh zurück, um uns die Laken anzuschauen!« hörte er jemanden rufen. »Wir wollen Flecken sehen, tiefrote und helle Flecken!«

»Rosen und Lilien!« schrie ein anderer Witzbold. »Rote Rosen und weiße Lilien in John Tradescants Blumenbeet!« Darauf brach ein schallendes Gelächter aus. Dann schlug die Vordertür zu, und die Gesellschaft war draußen.

»Grabe dich tief hinein, Gärtner John!« gellte es aus der Dunkelheit. »Pflanze nur richtig an!«

John wartete, bis er hörte, wie die torkelnden Schritte den Weg zur einzigen Bierschenke im Dorf einschlugen. Immer noch kniete Elizabeth mit geschlossenen Augen und friedvollem Gesicht am Fuße des Bettes.

Zögernd kniete John neben seiner jungen Frau nieder, schloß die Augen wie sie und sammelte sich zum Gebet. Zuerst dachte er an den König – nicht an den Mann, den er zu Gesicht bekommen hatte, sondern an die Gestalt, die vor ihm aufstieg, wenn er das Wort »König« sprach –, ein Wesen halb zwischen Himmel und Erde, die Quelle von Recht und Ordnung und Gerechtigkeit. Ein Mann wie Jesus, von Gott gesandt, direkt von Gott, um sein Volk zu behüten und zu leiten. Ein Mann, dessen Berührung heilen konnte, der Wunder verrichtete, dessen Mantel seine Nation umfing und beschützte. »Gott segne den König«, flüsterte Tradescant hingebungsvoll.

Dann dachte er an seinen Lord, noch eine Person, der etwas Göttliches anhaftete. Zwar eine Stufe tiefer als der König, verfügte er dennoch über solch eine Macht, daß er ganz sicher in der Gunst Gottes stand und, ganz gleich wie, Johns Herr war. John kam das Wort »Herr« in den Sinn, und er hatte das Gefühl, daß darin etwas Heiliges lag – Herr Jesus, Herr Cecil, beides waren Herren. Doch Cecil setzte besonderes Vertrauen in John, Cecil, mit seinem einnehmenden kindsgroßen Körper und seinem messerscharfen Verstand, ihn konnte John ganz leicht in seine Gebete einschließen. Johns Herr, Johns große Liebe. Dann sprangen seine Gedanken auf einmal zu dem alten Königsschloß von Hatfield. Cecil würde dort ein neues Gebäude errichten lassen, zweifellos von großartigen Ausmaßen, und er würde für ihn einen prächtigen

Garten darum entwerfen. Vielleicht eine Allee ... John hatte noch nie eine Allee angelegt. Bei der Überlegung und seinem großen Wunsch, eine doppelte Reihe von Bäumen, vermutlich Lindenbäume, zu pflanzen, verlor er den Faden in seinen Gebeten. Es müssen Linden sein, sie würden eine herrliche Allee bilden. »Gott gebe mir die Kraft, das zu schaffen«, flüsterte er. »Und gib mir in deiner Barmherzigkeit ausreichend Sprößlinge.«

Plötzlich spürte er Elizabeth, sie kniete dicht neben ihm, er konnte ihren warmen Körper fühlen, er vernahm den sanften Rhythmus ihres Atems. Gott möge uns beide beschützen, dachte John. Und laß er uns in Freundschaft und Güte zusammenleben.

Von Elizabeth erwartete er nicht mehr als Freundschaft, Freundschaft und eine lebenslange Partnerschaft. Unweigerlich stieg in ihm wieder das Bild von Catherine mit ihren dunklen Augen und ihrem tief ausgeschnittenen Mieder auf. Ein mit Catherine Frischvermählter würde nicht die halbe Hochzeitsnacht auf Knien betend verbringen.

John schlug die Augen auf und ging ins Bett. Elizabeth kniete immer noch da, ihre Lippen bewegten sich. In plötzlicher Verärgerung lehnte sich John über den Bettrand, um die Kerze auszublasen. Dunkelheit machte sich im Zimmer breit. In dem Dunkel und in der Stille spürte er, denn sehen konnte er kaum etwas, daß sich Elizabeth erhob, ihr Nachthemd über den Kopf zog, die Bettdecke aufschlug und neben ihn ins Bett schlüpfte, nackt.

Einen Augenblick war er erstaunt über die so selbstverständliche Sinnlichkeit ihrer Geste. Daß eine Frau sich aus einem Gebet erheben und sich entblößen konnte, das verwirrte seine simple Einteilung der Frauen in gute und böse, heilige und lüsterne. Doch sie war sein ihm frisch angetrautes Weib, und sie hatte das Recht, neben ihm zu liegen. Johns Verlangen wuchs, als er den nun vom Mondlicht beschienenen Körper sah, und jetzt tat es ihm leid, daß er die Kerze gelöscht hatte.

Sie lagen beide nebeneinander auf dem Rücken.

Wie Steinbilder auf einem Grab, dachte John verlegen.

Er hätte den ersten Schritt tun müssen, doch seine Angst lähmte ihn. Nachdem er jahrelang die Sünde gemieden hatte und jeglicher sexueller Versuchung aus dem Weg gegangen war, die zu Schwangerschaft und Schande führen konnte, war er nicht darauf vorbereitet, eine willige Partnerin liebevoll zu umarmen.

Seine Hand tastete zu ihr hinüber und stieß auf ihren unverkennbar kräftigen Oberschenkel. Ihre Haut war so glatt wie die eines Apfels, aber sie gab nach, so wie die Haut einer reifen Pflaume. Elizabeth sagte nichts. John streichelte mit seinem Handrücken ihren Oberschenkel, als würde er das zarte Blatt einer duftenden Pflanze streifen. Er fürchtete wohl eher, daß sie wieder anfangen könnte zu beten.

Vorsichtig bewegte sich seine Hand weiter hinauf bis zu der runden warmen Erhebung ihres Leibes. Der Nabel schien in dem Fleisch wie ein kleiner Ententeich auf einem Hügel zu sitzen. Johns Hand strich langsam diese neuen rätselhaften Gebiete hinauf, eine Brust – und er hörte, wie sie hastig einatmete, als seine Hand über den sanften runden Gipfel ihrer Brust fuhr und die zarte warme Brustwarze umschloß, die sich dabei sofort verhärtete. Er rückte näher an sie heran und vernahm wieder den kleinen Seufzer, der weder wirklich Angst noch wirklich Hingabe verriet. Er richtete sich so auf, daß er über ihr war. In dem Mondlicht konnte er ihr Gesicht erkennen, ihr Mund war ganz ohne Ausdruck, so hatte sie während des Gebets auch ausgesehen. Er neigte seinen Kopf zu ihr und küßte sie auf die Lippen. Sie waren warm und weich, doch sie lag völlig regungslos da, so als würde sie schlafen.

John strich sanft ihren Bauch hinab und noch tiefer und stieß auf die weichen flaumigen Haare zwischen ihren Schenkeln. Als er sie berührte, drehte sie ihren Kopf zur Seite, doch nach wie vor hielt sie die Augen geschlossen und blieb stocksteif. Vorsichtig drückte er sein Knie gegen ihren Oberschenkel, und ganz langsam öffnete sie für ihn ihre Beine. John fühlte sich auf einmal wie ein König, der in sein Königreich einzieht; er schob sich hinüber, lag nun ganz zwischen den Schenkeln seines Weibes und fing an, sich vorwärts zu bewegen, fing an, die Kraft seines Verlangens zu spüren.

Plötzlich hörte er draußen stürmische Schritte, dann flogen Dreck und Steine gegen das Fenster.

»Verdammt noch mal! Was ist los?« schrie John aufgebracht. »Feuer?«

Mit einer schnellen geschmeidigen Bewegung war Elizabeth aus dem Bett gesprungen, ihren Umhang hielt sie vor ihre schweren, hin und her schaukelnden Brüste. Sie blinzelte aus dem Fenster in das Dunkel der Dorfstraße hinaus.

»Bist du fertig, John?« erscholl eine feuchtfröhliche Stimme. »Hast du deinen Samen gesät?«

»Gott verdammt, ich werde sie umbringen!« rief John aus und schleuderte seine Nachtmütze auf den Boden.

Langsam legte Elizabeth den Umhang beiseite und kam wieder nackt zurück zu ihm ins Bett. Dann strömten endlich die ersten Worte von ihren Lippen: »Nimm nie den Namen des Herrn aus nichtigem Grund in den Mund wie soeben, Gemahl. So lautet sein eigenes Gebot. Ich möchte, daß in diesem Haus sein Wille geschehe.«

John warf sich ins Bett zurück. Sein Verlangen war erstickt, er lag so schlaff da wie ein Entmannter. »Ich werde nun schlafen«, erklärte er schmollend. »Dabei kann ich dich wenigstens nicht beleidigen.« Er zog die Bettdecke um sich, wandte ihr den Rücken zu und schloß die Augen.

»Du kannst wieder beten, wenn du willst«, fügte er spöttisch hinzu.

Der Bettdecke beraubt, lag Elizabeth schweigend auf dem kalten Laken, demütigend nackt, ihr neues Nachtgewand über ihre Brüste und ihren Bauch gebreitet. Erst als sie hörte, daß er immer tiefer atmete, und sie sicher war, daß er schlief, legte sie sich ganz eng an seinen breiten Rücken, schlang ihre Arme um seinen entspannten Körper und drückte ihre kalten nackten Glieder gegen ihn. Ehe sie schließlich einschlafen konnte, weinte sie noch ein wenig. Doch sie wünschte nicht, sie hätte ihre Worte unterdrückt.

## Juni 1607

Am nächsten Tag, noch ehe Elizabeth nach dem Schüren des Feuers im Kamin und dem Aufsetzen des Haferbreis etwas anderes getan hatte, klopfte es heftig gegen die Tür; es war ein Bote des Grafen.

»Seine Gnaden möchte, daß Ihr nach London kommt«, sagte der Mann kurz.

Elizabeth schaute ihren Ehemann an in der Annahme, daß er eher ablehnen würde, doch John hatte sich schon auf den Sessel am Kamin gesetzt und stieg in seine Reitstiefel.

Der Bote lüftete den Hut vor ihr, blickte jedoch über sie hinweg zu John Tradescant. »Zum Hafen«, sagte er. »Ihr sollt Seine Lordschaft in Gravesend treffen.«

Er machte eine rasche Verbeugung und war verschwunden. Cecils Dienerschaft war nicht darauf aus, sich irgendwo aufzuhalten und zu plaudern. Lord Cecil hatte schließlich seine Ohren überall, und ein indiskreter Diener würde nicht lange in seinem Dienst stehen.

Elizabeth holte Johns Reisemantel aus dem Schrank, wo sie ihn zwischen Lavendel gelegt hatte. Sie hatte gemeint, es lohne sich, ihn dort für die nächsten Monate einzumotten.

»Wann wirst du zurück sein?« fragte sie leise.

»Das kann ich nicht sagen«, erwiderte John kurz.

Elizabeth verzog den Mund, da sein Ton sehr kühl war. »Soll ich zu dir nach Hatfield kommen?« fragte sie. »Oder nach Theobalds?«

Er blickte zu ihr und sah, wie sie ihm den Mantel hinhielt. »Danke«, sagte er höflich. »Ich werde dir Bescheid geben. Ich weiß nicht, worum es geht und wofür er mich braucht. Es sind gefährliche Zeiten für Seine Lordschaft. Ich muß unverzüglich losreiten.«

Elizabeth spürte, wie ihre kleine dörfliche Vorstellung von der großen Welt unter dem Gewicht der großen Ereignisse, die nun in ihr Leben traten, ins Wanken geriet. »Ich hätte nicht gedacht, daß wir in gefährlichen Zeiten leben. Wieso sind sie gefährlich?«

Rasch warf er einen Blick auf sie, als würde ihn ihre Unwissenheit überraschen. »Für Männer mit großer Macht ist jede Zeit gefährlich«, erklärte er. »Mein Lord ist der höchste Mann im Land. Jeden Tag sieht er sich einer neuen Gefahr gegenüber. Wenn er nach mir schickt, dann eile ich ohne Widerrede zu ihm, und ich lasse alles stehen und liegen, denn sein Wille geht vor.«

Elizabeth nickte. Es war keine Frage, daß es die Pflicht eines Mannes war, seinem Herrn zu gehorchen.

»So warte ich denn, bis ich von dir Nachricht erhalte«, sagte sie.

John küßte sie auf die Stirn in jener leidenschaftslosen, unentschiedenen Art, in der offenbar schon ihre Verlobung besiegelt worden war und die immer noch zwischen ihnen herrschte. Elizabeth unterdrückte ihren Wunsch, zu ihm aufzuschauen und seine Lippen zu küssen. Wollte er sie nicht küssen und nicht neben ihr liegen, so durfte sich ein gutes Weib nicht darüber beschweren. Sie würde warten müssen. Sie würde ihre Pflicht ihm gegenüber tun, so wie er sie bei seinem Herrn erfüllte.

»Ich danke dir«, sagte John, als hätte sie ihn zu einer Höflichkeit veranlaßt. Dann ging er hinaus, um sein Pferd zu satteln, saß auf und ritt von der Hinterseite des Hauses auf die Dorfstraße vor. Elizabeth stand in der Tür, mit erhobenem Kopf. Keine Klatschbase des Dorfes wußte, daß er sie so jungfräulich wie vor ihrem Hochzeitstag wieder verließ.

John zog vor ihr den Hut, ahnte er doch, daß wohl ein Dutzend Leute hinter ihren Fenstern zusahen. Weder beugte er sich hinunter, um sie zu küssen, noch hatte er ein Wort des Trostes für sie übrig. Er blickte in das blasse Gesicht seiner Frau, die er ohne vollzogenen Beischlaf zurückließ. Er wußte, daß er sich falsch verhielt und daß er seinen Dienst und seine Pflicht als Entschuldigung vorschob. »Lebe wohl«, sagte er kurz, wandte sein Pferd um und ritt in raschem Trab davon. Das Wissen um sein unfreundliches Benehmen gegenüber einer Frau, die, Hochzeitsnacht hin oder her, nur das gesagt hatte, was ihr gutes Recht war, und die vor der verdammten Unterbrechung von draußen sich so warm und angenehm angefühlt hatte – dieser Gedanke verdroß ihn auf dem ganzen Weg nordwärts nach Gravesend.

Am Hafen traf er Seine Lordschaft bei den Docks der Ostindischen Handelsgesellschaft. In der Luft hing der Geruch von Zimt und anderen Gewürzen, und man hörte die Rufe der fluchenden Schauerleute.

Ein Kaufmann lud sie am Landungssteg seines Schiffes zu sich an Bord. »Folgt mir«, sagte er und führte sie zwischen den Segelmachern und Händlern mit Tauwerk zur Kapitänskajüte. »Ein Glas Wein?« fragte er.

Der Graf und sein Gärtner nickten.

»Ich habe ein paar eigenartige Wurzeln«, sagte er, als sie ein Glas getrunken hatten. »Ich habe sie nach ihrem Gewicht in Gold bezahlt, da ich wußte, daß ein Mann wie Ihr, Euer Gnaden, viel mehr dafür geben würdet.«

»Und was sind das für Wurzeln?« fragte der Graf.

Der Kaufmann öffnete eine Holzkiste. »Ich habe sie trocken und vorsichtig gelagert, vor Licht geschützt, so wie mir Mr. Tradescant es aufgetragen hatte.«

Er hielt ihnen eine Handvoll verholzter krummer Wurzeln hin; sie waren braun, staubige Erde hing noch an ihnen. Der Graf nahm sie behutsam entgegen und reichte sie seinem Gärtner weiter.

»Das sind die Wurzeln von Blumen von unvorstellbarer Schönheit«, sagte der Kaufmann rasch, seine Augen ruhten auf Cecils unbeteiligtem Gesicht. »Wurzeln sehen natürlich nie schön aus, Euer Gnaden. Doch unter den Händen Eures Gärtners könnten sie eine große Pracht entfalten ...«

»Und wie sieht die Blüte aus?« erkundigte sich Tradescant.

»Wie die einer Duftgeranie«, sagte der Kaufmann. »Und die Blätter duften süß wie deren Blätter. Doch viel zarter, eine höchst ungewöhnliche Blüte.«

Cecil hob eine Augenbraue und blickte zu John. Tradescant zuckte nur leicht mit den Schultern. Sie sahen wie die Wurzeln einer Duftgeranie aus, doch ohne Blatt und Blüte konnte niemand etwas Genaues sagen. Man müßte sie aus purem Vertrauen zu dem Händler kaufen. »Noch etwas anderes?« fragte Cecil.

»Diese hier.« Der Kaufmann zog ein kleines Jutesäckchen aus den Tiefen der Kiste hervor und öffnete es. Darin befanden sich dicke grüne Kugeln, so groß wie die Eier eines Zwerghuhns, überzogen von harten kleinen Stacheln.

»Eine exotische Kastanie«, sagte der Kaufmann verheißungsvoll. Sorgfältig brach er eine von den Schalen auf und ließ in Tradescants gewölbte Hand so etwas wie eine kräftige, blanke Nuß fallen. Sie war wie ein rotbraunes Pferd gesprenkelt mit hellen und dunklen Brauntönen; oben befand sich ein weißlicher Kreis. John streichelte die feuchte Innenwand der Schale, drehte die Nuß im Licht mehrmals hin und her, um zu sehen, wie sie glänzte. Sie war größer als eine Walnuß, glänzender als Mahagoni.

»Wo habt Ihr die her?« John Tradescant konnte das Beben der Erregung in seiner Stimme nicht unterdrücken.

»Aus der Türkei«, erklärte der Kaufmann. »Und ich habe den Baum gesehen, der diese Früchte trägt.«

»Kann man sie essen?« fragte Cecil.

Der Mann zögerte gerade so lange, daß man annehmen mußte, nun würde eine Lüge folgen. »Aber sicher«, sagte er. »Es sind doch schließlich Kastanien. Und man kann eine wirksame Medizin daraus herstellen. Der Mann, der sie mir verkauft hat, sagte, daß man damit dämpfige Pferde kurieren kann. Sie heilen die Lungen der Pferde, vielleicht auch die von Menschen.«

»Gleichen die Blätter unserer hiesigen Kastanie?« wollte der Gärtner wissen.

»Sie sind größer«, erwiderte der Kaufmann. »Und sie gehen eher in die Breite. Und es sind riesige runde Bäume, besser geformt als unsere, so wie ein großer Ball auf einem Stock. Und wenn sie blühen, dann sind sie über und über mit riesigen weißen Blütenkegeln bedeckt, so groß wie Eure beiden Hände zusammen. Weiße Blüten, und die Zungen der Blüten sind rosafarben getüpfelt.« Er dachte einen Moment nach. Der Preis dafür würde von seiner Beschreibung abhängen. »Wie eine Apfelblüte«, sagte er auf einmal. »Weiß und rosa zusammen, wie eine Apfelblüte, doch geformt wie ein großer Kegel.«

Tradescant hatte zu tun, sich seine Erregung beim Sprechen nicht anmerken zu lassen. »Hohe Bäume? Wie hoch?«

Der Mann hob die Hand. »So hoch wie eine ausgewachsene Eiche. Nicht so hoch wie eine Tanne, aber breit und hoch wie eine große Eiche.«

»Und das Holz?« unterbrach ihn Cecil, der an die unersättliche Nachfrage seines Landes nach Holz für den Schiffsbau dachte.

»Gutes Holz«, sagte der Händler rasch. Zu rasch, als

daß es der Wahrheit entsprechen könnte. »Auch wenn ich es mit eigenen Augen nie gesehen habe, so sagte man mir, das Holz sei sehr gut.«

»Und wie viele habt Ihr davon?« fragte John Tradescant, dessen Augen begehrlich auf die Kiste gerichtet waren.

»Nur ein halbes Dutzend«, sagte der Mann. »Nur sechs. Und das sind die einzigen sechs im ganzen Königreich, die einzigen sechs außerhalb der Türkei. Die einzigen sechs in der Christenheit. Die könnt Ihr haben, Euer Gnaden; die könnt Ihr einpflanzen, Mr. Tradescant.«

»Noch etwas?« fragte Cecil lässig.

»Diese Samen hier«, sagte der Kaufmann und zeigte ihnen einen kleinen Beutel voller harter schwarzer Samen. »Von ganz seltenen Blumen.«

»Was für Blumen?« fragte der Gärtner. Die Kastanie war warm und glatt und fühlte sich angenehm an in der Hand. Er meinte, er könne beinahe spüren, wie sich darin das Leben entfaltete, wie in einem frisch gelegten Ei.

»Blumen von seltener Schönheit, wie Lilien«, bemerkte der Kaufmann.

Tradescant hatte da seine Zweifel. Eine Lilie wuchs nicht aus einem solchen kleinen Samen, sondern aus einem Kormus. Plötzlich mißtraute er dem Mann. Aber zumindest die Schönheit der Kastanie und die Aussicht auf sie waren kein Irrtum.

»Wieviel?« fragte Cecil. »Für die Wurzeln, die Samen und die Kastanien?«

Rasch blickte der Kaufmann vom Gärtner zu dessen Herrn und deutete das wortlose Verlangen in Tradescants Gesicht richtig. »Fünfzig Pfund.«

Cecil mußte schlucken. »Für eine Handvoll Holz?«

Der Kaufmann lächelte und nickte zu Tradescant hinüber. Cecil folgte seinem Blick und mußte lachen. Unablässig drehte der Gärtner die Kastanie in seiner Hand und nahm die beiden anderen nicht mehr wahr. Er machte einen ganz berauschten Eindruck.

»Für einen Gärtner sind das hier unbezahlbare Schätze«, sagte der Kaufmann. »Ein neuer Baum. Ein völlig neuer Baum, der wie eine Rose blüht und so breit wie eine Eiche wird.«

»Acht Pfund jetzt und acht Pfund, wenn daraus wirklich Bäume werden«, erklärte der Graf kurz und bündig. »Nächstes Frühjahr könnt Ihr zu mir kommen, und wenn Schößlinge aus den Kastanien gewachsen sind, dann zahle ich den Rest. Wenn aus ihnen in fünf Jahren schöne Bäume so breit wie Eichen mit Blüten wie Apfelblüten geworden sind, so erhaltet Ihr weitere acht Pfund.«

»Vielleicht neun«, sagte der Kaufmann nachdenklich.

»Mehr als neun auf keinen Fall«, sagte der Graf und erhob sich. »Neun jetzt und neun, wenn die Schößlinge Wurzeln schlagen, und in fünf Jahren weitere neun, wenn sie gut gedeihen.«

»Ich werde alles umgehend nach Theobalds bringen«, sagte John Tradescant, der aus seinen Träumen erwacht war. Immer noch hielt er die Kastanie fest. Der Kaufmann legte die Wurzeln und die Samen in die Kiste zurück und überreichte sie ihm.

»Ich dachte, du bist frisch vermählt?« bemerkte Cecil.

»Ein Weib kann warten«, sagte John entschlossen. »Ich will dafür sorgen, daß diese hier behutsam eingepflanzt und gut gepflegt werden. Und die Kastanien sollten umgehend in warme feuchte Erde gelangen, sonst ...« Er hielt inne und blickte den Kaufmann an. »Ist es dort im Winter kalt?«

Der Mann zuckte die Schultern. »Ich bin nur im Frühjahr dort gewesen.«

Cecil lachte kurz und stieg die Landeplanken hinunter auf den Kai.

John folgte ihm, doch dann wandte er sich noch einmal

zurück und rief zum Schiff hinauf: »Verändern die Blätter im Herbst ihre Farbe? Oder bleiben sie das ganze Jahr über frisch und grün?«

»Woher soll ich das wissen?« rief der Kaufmann zurück. »Im Herbst war ich noch nie dort. Warum ist das so wichtig für Euch? Ihr werdet es bald selbst herausfinden, wenn die Bäume wachsen.«

»Damit ich weiß, wann ich sie einpflanzen muß, natürlich!« rief Tradescant verärgert. »Wenn sie das ganze Jahr über wachsen, dann kann ich sie jederzeit in die Erde bringen, am besten im Sommer. Doch wenn sie ihre Blätter und Früchte im Winter verlieren, dann sollten sie in kalten Boden gepflanzt werden!«

Der Kaufmann zuckte wieder die Schultern und lachte. »Ich werde nachfragen, wenn ich dorthin zurückkehre. Und falls aus diesen Kastanien nichts wird, dann besorge ich Euch neue. Aber zum doppelten Preis!«

Cecil war schon weitergehumpelt. Tradescant rannte hinterher, um ihn einzuholen.

»Du mußt wirklich lernen, ein bißchen gerissener zu sein, John«, beklagte er sich. »Wenn du für mich reisen und Pflanzen kaufen sollst, mußt du lernen, zu feilschen und deine Begierde zu verbergen. In deinem Gesicht kann man ja lesen wie in einem Kochbuch.«

»Es tut mir leid, mein Lord. Doch ich konnte einfach nicht gleichgültig dastehen.«

»Man wird dich von Flushing bis Dresden betrügen.«

»Ich werde mißmutig und lustlos reagieren«, versprach John. »Das werde ich mir einbleuen. Ich werde so verdrossen sein wie ein Schotte bei einem kleinen Bestechungsgeld.«

Cecil lachte kurz auf. »Kommst du in meinem Boot mit über den Fluß? Ich muß nach Whitehall.«

John blickte die Anlegestelle hinunter bis zu dem Punkt, wo das Boot des Grafen langsam hin und her schaukelte. Die Ruder standen aufrecht zur Begrüßung, die hellen Livreen der Mannschaft spiegelten sich im klaren Themsewasser wider.

»Ich werde ein Pferd nach Theobalds nehmen«, sagte er. »Und sofort alles in die Erde stecken, was wir gekauft haben.«

»Und dann zu deiner Frau zurückkehren«, rief Cecil zum Ufer zurück, als er die Stufen hinunter und in das auf ihn wartende Boot stieg. »Nimm dir ein paar Tage Zeit und verbringe sie mit ihr. Du mußt auch dein eigenes Feld bestellen, verstehst du.«

Wieder wartete Elizabeth in Meopham auf John.

»Nur einen Tag verheiratet und schon verlassen«, sagte ihre Mutter schroff. »Ich hoffe, daß es nicht an dir liegt, daß er etwa eine Abneigung gegen dich gefaßt hat, Elizabeth?«

Elizabeth steckte eine lose Haarsträhne unter ihre Haube. »Natürlich nicht«, erwiderte sie ruhig. »Der Graf persönlich hat ihn gerufen, da konnte er wohl kaum den Boten mit der Nachricht zurückschicken, daß er nicht kommen wolle!«

»Und ist die Hochzeitsnacht richtig vollzogen worden?« fragte Gertrude etwas mißtrauisch. »Du wirst ihn nicht als Gatten halten können, wenn er behaupten kann, daß das Werk nicht vollendet wurde.«

»Natürlich. Von Trennung kann keine Rede sein. Sein Lord hat ihn fortgerufen. Er hat eine Nachricht aus London geschickt. Eigentlich erwarte ich ihn jeden Tag zurück.«

»Die Laken waren kaum befleckt«, betonte Gertrude.

Elizabeth errötete. Sie hatte auf Erdbeermarmelade zurückgreifen müssen und sie auf dem Leinen verteilt. Es war Sitte, daß die Frischvermählten ihre Laken über den Fenstersims hängten, damit die Nachbarn und die ganze

Gemeinde sehen konnten, daß die Ehe auch vollzogen worden und das Paar nun unauflösbar miteinander verbunden war. Nicht einmal Leute von Elizabeths und Johns Stand entgingen dem prüfendem Blick der Öffentlichkeit.

»Es war genug zu sehen«, sagte Elizabeth.

»Oh, schau her!« Gertrude lehnte sich auf dem harten Sessel zurück und blickte sich in dem kleinen Wohnzimmer um. »Zumindest hat er dich mit allen Bequemlichkeiten ausgestattet. So lange, wie er für dich sorgt, möchte ich meinen, daß du ihn nicht vermissen wirst, wo du doch eine Ewigkeit ledig gewesen bist.«

»Er sorgt schon für mich, und er wird zu mir zurückkehren«, erwiderte Elizabeth ruhig.

»Du hättest lieber einen Bauern heiraten sollen!« Gertrude stieß ein boshaftes Lachen aus. »Lieber ein bißchen Schmutz auf dem Fußboden deines Hauses als einen Gatten, der am Morgen nach der Hochzeit auf und davon geht.«

»Besser mit einem Mann verheiratet zu sein, der hoch in der Gunst des Grafen Cecil steht, als eine Frau, die nichts anderes als ihre eigenen vier Wände kennt!« fuhr Elizabeth auf.

»Du meinst wohl mich, du garstiges Ding!« rief Gertrude und sprang auf. »Ich werde mich nicht von dir beleidigen lassen. Dein Stiefvater wird davon erfahren! Er wird dafür sorgen, daß dir deine Unbotmäßigkeit noch leid tut! Er wird dir schon die Leviten lesen und dir beibringen, was wir von Frauenzimmern halten, die eine Nacht verheiratet sind und bereits am nächsten Tag verlassen werden! Du kannst von Glück reden, wenn dein Mann überhaupt noch einmal zurückkommt! Ich sehe dich schon an unserer Hintertür stehen und um dein altes Bett betteln!«

Elizabeth schritt zur Tür und riß sie weit auf. »Ich bin

kein solches Frauenzimmer und schon gar nicht garstig oder sonst etwas«, erklärte sie. »Mein Stiefvater hat mir nichts mehr zu sagen und du ebensowenig. Das muß ich mir nicht gefallen lassen! Mein Vater hätte mich nicht so behandelt!«

»Das kannst du leicht sagen!« erwiderte Gertrude. »Da er dir nicht widersprechen kann!«

»Das würde er nicht tun«, fiel Elizabeth ihr ins Wort. »Er war wie ich. Treu von Grund auf: Wir lieben und bleiben treu. Wir ziehen nicht von einem zum anderen wie eine trunkene Biene.«

Als sie so auf die vier Ehen ihrer Mutter zu sprechen kam, war das zuviel für Gertrude. Sie stürmte zur Tür. »Nun, ich danke Ihnen, Mrs. Tradescant!« geiferte sie. »Ich eile nach Hause zu meinem lieben Mann, der vor meinem Kamin sitzt, und werde vergnügt seine Gesellschaft genießen! Zum Abend werden wir etwas trinken und lustig sein. Und ich werde in einem warmen Bett schlafen mit einem Mann, der mich liebt! Ich wage zu behaupten, daß dir nichts lieber wäre, als das gleiche von dir sagen zu können!«

Elizabeth wartete, bis Gertrude fort war, dann warf sie krachend die Tür zu, so daß der Ausbruch ihres Trotzes die ganze Straße hinunter zu vernehmen war. Doch als sie sicher war, daß sie allein war, da sank sie auf die Knie, legte ihr Gesicht auf den leeren Sessel des Hausherrn und weinte um John.

## August 1607

Erst gegen Ende des Sommers kam er, und er hatte Elizabeth zwischendurch auch nicht nach Theobalds Palace gerufen. Er hatte ihr nicht einmal eine kurze Nachricht gesandt, um ihr mitzuteilen, daß es länger dauern würde – war er doch vollkommen von der Idee besessen, einen der schönsten Gärten Englands anzulegen. An erster Stelle stand der Entwurf für den neuen Ziergarten, dem er sich ganz und gar widmete. Außerdem waren die sich schlängelnden Hecken von Theobalds Palace viel schwieriger kurz zu halten als die alten geraden. Und innerhalb der Buchsbaumhecken war der Lavendel zu stark gesprossen. Nun mußte er so zurückgeschnitten werden, daß keine Zweige hervorschossen, wo sie nicht hingehörten. Zumindest hatte Cecil zugegeben, daß der sonst geometrisch präzise Garten durch den Lavendel an Schönheit gewonnen hatte; Tradescant durfte nun auch andere Kräuter innerhalb der Hecken anpflanzen.

Dann waren die Badebecken im Marmortempel während des heißen Wetters ganz grün veralgt, und er mußte das Wasser ablaufen lassen; er ließ die Becken mit Salz ausschrubben, sie ausspülen und wieder auffüllen. Im Küchengarten waren die Erdbeeren reif geworden, dann die Himbeeren, die Stachelbeerren, die Johannisbeeren und schließlich die Pfirsiche und die Aprikosen. Erst als die ersten Äpfel langsam reiften, konnte John sich von seiner Arbeit trennen. Er lieh ein Pferd aus, um nach Kent zu reiten.

Er nahm zwei der exotischen Kastanien in seiner Tasche

mit; sie glänzten immer noch, da er sie immer wieder polierte. Zwei der sechs Kastanien des Kaufmanns hatte er in große Töpfe gesteckt und sie an einen schattigen Ort im Garten gestellt. Diesen gab er jeden Tag vorsichtig Wasser in den Untersatz, damit die Wurzeln angeregt wurden, nach unten zu wachsen. Die anderen zwei hatte er in einem Netz verstaut, das er in seinem Schuppen außer Reichweite der Ratten hoch aufgehängt hatte. Nachdem sie die Sommerhitze auf ihrer Schale gespürt hatten, wollte er sie im Herbst pflanzen, wenn das Unkraut zurückging, noch ehe der erste Frost kam. Er hoffte, daß er damit die natürliche Wachstumsphase der Bäume traf. Die letzten zwei hatte er im sicheren Dunkel seiner Tasche verwahrt und wollte sie im Frühling in die Erde stecken, falls ihnen möglicherweise doch der Frost schadete. Vielleicht bekam ihnen die Wärme des nächsten Frühjahrs und die feuchte Frühlingserde eher. Eigentlich hätte er sie besser in einer Steindose im dunklen und kühlen marmornen Badehaus aufbewahren sollen, doch er war ganz versessen darauf, ihre glatte, runde Form zu spüren, wenn er sie in seiner Weste mit sich herumtrug. Wohl ein dutzendmal am Tag fuhren seine Finger in die kleine Tasche, um sie zu streicheln.

Ehe er sein Pferd bestieg, knöpfte er die Taschenklappen vorsichtig zu.

»Ich werde ein paar Wochen bei meiner Frau verbringen«, sagte er zum Gärtnerburschen, der ihm das Pferd hielt. »Falls ich benötigt werde, so schickt nach mir. Andernfalls komme ich gegen Ende September heim.« Ihm war nicht bewußt, daß er Theobalds Palace sein »Heim« genannt hatte. »Und sorge dafür, daß die Tore immer geschlossen sind«, ermahnte er den Jungen, »und jäte jeden Tag das Unkraut. Aber nicht die Rosen anrühren. Ich werde rechtzeitig zurück sein, um mich darum zu kümmern. Du könntest die verblühten Rosen abschneiden und die Blütenblätter in die Vorratskammer bringen, aber das ist auch schon alles.«

Zwei Tage benötigte John bis Meopham. Es gefiel ihm sehr, durch die Landschaft von Surrey zu reiten, wo nach einem Regenguß die Wiesen grün schimmerten und die Weizenschober auf den Feldern hoch aufragten. Viele Menschen kreuzten seinen Weg: wandernde Handwerksleute auf Arbeitssuche, Erntehelfer, die in Gruppen dahinzogen, Apfelpflücker, die wie John nach Kent unterwegs waren, Zigeuner, ein Wanderjahrmarkt, ein Wanderprediger, der an jeder Wegkreuzung sein Evangelium verkündete, das weder Kirche noch Bischöfe benötigte, Hausierer, die unter der Last ihrer Bündel ächzten, Gänsemägde, die ihr Geflügel zu den Londoner Märkten brachten, Bettler, Arme und Landstreicher, die von einer Pfarrgemeinde zur nächsten verwiesen worden waren. Und auch Viehtreiber, die ihre Ochsen nach Smithfield führten.

Abends im Gasthof nahm John Tradescant das gewöhnliche Tagesgericht zu sich, das es immer zu einem festen Preis gab und das besonders von den bescheidenen Reisenden bevorzugt wurde. An der langen Tafel im vorderen Raum des Gasthofes sprach man über den neuen König, der sich mit dem Parlament überworfen hatte, obwohl er erst seit vier Jahren im Lande war. Die Männer bei Tisch waren hauptsächlich für den König. Was machte es schon, wenn sich das Parlament über die schottischen Adligen beschwerte, die am Hof ihr Unwesen trieben, und was machte es schon, wenn der König extravagant war? Der König von England konnte sich eben einen gewissen Luxus leisten!

John schaute auf seinen Hammelbraten hinunter und verhielt sich still. Als jemand einen Toast auf Seine Majestät ausbrachte, erhob er sich so schnell wie die anderen. Er wollte sich nicht am Klatsch über die geschminkten Damen und schönen Günstlinge bei Hofe beteiligen.

Außerdem würde niemand, der in Robert Cecils Diensten stand, jemals in aller Öffentlichkeit eine politisch gefährliche Meinung äußern.

»Mir macht es nichts aus, wenn wir kein Parlament haben!« rief ein Mann. »Was haben die jemals für mich getan? Wenn König James, Gott schütze ihn, ohne Parlament auskommt, nun, dann kann ich es auch!«

John dachte an seinen Herrn, der meinte, daß ein Monarch nur mit einer Mischung aus Täuschung und Verführung regieren und die Zustimmung des Volkes erhalten könne und daß er handeln, nicht Prinzipien reiten müsse. Er schwieg, berührte die Kastanien in der Tasche, die für ihn so etwas wie ein Glücksbringer geworden waren, nahm seinen Hut und verließ den Raum, um sein Bett aufzusuchen.

Gegen Mittag erreichte er Meopham. Beinahe wäre er in den Hof der Familie Day eingeritten, da fiel ihm zum Glück noch ein, daß er Elizabeth in ihrem neuen Cottage – dem gemeinsamen neuen Anwesen – antreffen würde. Er ritt die schlammige Dorfstraße zurück und führte das Pferd zur Rückseite des kleinen Hauses, wo sich ein angebauter Schuppen und ein kleines Stück Land befanden. Er nahm dem Pferd den Sattel und das Zaumzeug ab und brachte es aufs Feld. Es hob den Kopf und wieherte, da ihm der Ort fremd war. Da bemerkte John Elizabeths Gesicht an einem Fenster im oberen Stock.

Als er auf die kleine Tür an der Rückseite des Hauses zuging, hörte er, wie sie die Holztreppe herunterkam. Dann flog die Tür auf, und sie rannte auf ihn zu. Doch plötzlich dachte sie wohl an ihre Würde, sie blieb stehen. »Oh! Mr. Tradescant!« sagte sie. »Hätte ich gewußt, daß du heute eintriffst, hätte ich ein Huhn geschlachtet.«

John ging auf sie zu, nahm ihre Hände und küßte sie so förmlich, wie er sie einst auf die Stirn geküßt hatte. »Ich wußte nicht, wann genau ich eintreffen würde«, sagte er. »Die Straßen waren in besserem Zustand, als ich gedacht hatte.«

»Kommst du von Theobalds Palace?«

»Vorgestern bin ich von dort losgeritten.«

»Und ist alles in Ordnung?«

»Ja.« Er sah, daß ihr sonst so blasses Gesicht ganz rosig war und strahlte. »Du siehst sehr wohl aus ... Weib.«

Sie schaute ihn kurz an. »Mir geht es gut«, sagte sie. »Und ich bin sehr froh, daß du da bist. Die Tage so allein werden hier recht lang.«

»Warum?« fragte John. »Ich dachte, du hättest genug zu tun in deinem eigenen Heim?«

»Ich bin die Arbeit in einem Bauernhaus gewöhnt«, sagte sie. »Wo ich mich um die Vorratskammer und die Wäsche und das Ausbessern der Kleider und um das Essen für die Familie und das Gesinde kümmern muß, auch um die Gesundheit der Bediensteten, um den Kräuter- und den Küchengarten! Hier habe ich nur zwei Schlafkammern, die Küche und das Wohnzimmer in Ordnung zu halten. Das ist nicht viel.«

»Oh.« John war überrascht. »Daran habe ich nicht gedacht.«

»Ich habe begonnen, einen Garten anzulegen«, sagte sie schüchtern. »Ich dachte, vielleicht gefällt er dir.«

Sie wies auf eine quadratische Fläche, die mit Holzpflöcken und Schnur abgesteckt war, innerhalb des Quadrats befanden sich serpentinenartige Windungen für ein Labyrinth. »Ich wollte alles mit Kreide- und Feuersteinen in einem schwarzweißen Muster anlegen«, erklärte sie. »Wegen der Hühner werden hier wohl kaum zarte Pflanzen wachsen.«

»In einem Ziergarten kann man keine Hühner halten«, sagte John mit fester Stimme.

Sie lachte vergnügt. John blickte zu ihr hinunter und war

wieder von ihrem rosigen fröhlichen Gesicht überrascht. »Nun, wir brauchen die Hühner wegen der Eier und für dein Abendessen«, sagte sie. »Du mußt dir etwas überlegen, damit die Hühner nicht in den Garten kommen.«

John lachte. »Im Park von Theobalds werde ich von Rotwild geplagt!« sagte er. »Da trifft es mich schwer, daß ich in meinem eigenen Garten auch Tiere habe, die Schaden anrichten.«

»Vielleicht findet sich ein anderes Stück Land für die Hühner«, schlug sie vor. »Das könnte man einzäunen, damit du hier alles nach deinen Wünschen gestalten kannst.«

John schaute auf die stark beanspruchte hellbraune Erde hinunter und auf den Misthaufen daneben. »Das ist hier kaum der rechte Ort«, sagte er.

Plötzlich bemerkte er, wie jede Farbe und Fröhlichkeit aus ihrem Gesicht wich. Sie sah müde aus. »Im Vergleich zu Theobalds Palace, vermute ich.«

»Elizabeth!« rief er aus. »Ich meinte nicht ...«

Sie wandte sich von ihm ab und ging ihm ein Stück voran. Er lief hinterher und wollte ihre Hand nehmen, doch eine unerklärliche Schüchternheit hielt ihn davon ab. »Elizabeth!« sagte er etwas freundlicher.

Sie zögerte, aber sie drehte sich nicht um. »Ich hatte Angst, du kommst nicht wieder«, flüsterte sie. »Ich hatte Angst, du hast mich geheiratet, um die Vereinbarung einzuhalten, um meine Mitgift einzustreichen; ich hatte Angst, du würdest nie mehr zu mir zurückkehren.«

»Natürlich! Natürlich komme ich zurück!« Er war erstaunt über sie. »Ich habe dich in bester Absicht geheiratet! Natürlich komme ich zurück!«

Ihr Kopf sank nach unten, und dann zog sie die Schürze hoch, um sich die Tränen abzuwischen. Sie drehte sich noch immer nicht zu ihm um. »Du hast nicht geschrieben«, sagte sie leise. »Zwei Monate lang.«

Leicht verlegen blickte er weg von dem Haus, über den

kleinen Flecken Erde, wo sein Pferd graste, und hinüber zu dem Hügel, auf dem die Kirche mit dem stämmigen Turm hoch in den Himmel aufragte. »Ich weiß«, sagte er kurz. »Ich wollte ...«

Sie hob den Kopf. Wir müssen wie zwei Narren aussehen, dachte er, sie mit dem Rücken zu mir, anstatt uns in den Armen zu liegen.

»Warum hast du es dann nicht getan?« fragte sie leise.

Er räusperte sich, um seine Verlegenheit zu verbergen. »Ich kann nicht sehr schön schreiben«, sagte er unbeholfen. »Ich will sagen, ich kann überhaupt nicht schreiben. Ich kann leidlich lesen, ich kann sehr rasch rechnen, aber ich kann nicht schreiben. Und überhaupt ..., ich hätte nicht gewußt, was ich schreiben sollte.«

Nun drehte sie sich endlich zu ihm um, doch in seiner Verlegenheit sah er das nicht. Er bohrte den Absatz seines Reitstiefels immer tiefer in die Erde.

»Was hättest du mir denn mitgeteilt, wenn du geschrieben hättest?« fragte sie, und ihre Stimme war sanft und ermunternd. Es war eine Stimme, der sich jeder Mann zugewandt und der jeder Mann vertraut hätte. Doch John widerstand der Versuchung, sie auf der Stelle zu packen und sein Gesicht an ihrem Hals zu vergraben.

»Ich hätte dir gesagt, daß es mir leid tut ...«, gestand er schroff und unbeholfen. »... daß ich in unserer Hochzeitsnacht so schlecht gelaunt war und dich an jenem Morgen verlassen mußte. Als ich über den Lärm der Dorfleute so in Wut geraten war, da dachte ich, daß wir ja am nächsten Tag unsere Ruhe hätten und aller Ärger bis dahin verraucht wäre. Ich wollte dich früh wecken und dich lieben. Doch genau da traf der Bote ein, und ich brach sofort nach London auf, und es gab keine Möglichkeit mehr, dir mitzuteilen, daß es mir leid tat.«

Zögernd machte sie einen Schritt auf ihn zu und legte eine Hand auf seine Schulter.

»Mir tut es auch leid«, sagte sie schlicht. »Ich dachte, Männer erledigen solche Sachen leichter, und du tatest genau das, was du wolltest. Ich nahm an, du hättest mich die Nacht nicht geliebt, weil …«, ihre Stimme wurde immer leiser und war dann nur noch ein Flüstern, »… weil du eine Abneigung gegen mich gefaßt hättest und daß du nach Theobalds Palace zurückgeritten bist, um mir aus dem Weg zu gehen.«

John drehte sich rasch um und zog seine Frau zu sich heran. »Aber nein!« Er spürte, wie ihr ganzer Körper vor Schluchzen bebte.

Warm fühlte sie sich an, und ihre Haut war weich. Er küßte ihr Gesicht und ihre feuchten Augenlider und ihren sanften süßen Hals und die Vertiefungen ihres Schlüsselbeins am Ansatz ihres Kleides, und dann spürte er auf einmal, wie ihn ein Verlangen nach ihr überkam, so leicht und natürlich wie ein Frühlingsgewitter. Er hob sie hoch und trug sie ins Haus. Er stieß die Tür hinter sich zu und legte sie auf den Kaminvorleger vor dem kleinen Feuer, vor dem sie so viele Abende wie eine alte Jungfer allein und einsam gesessen hatte, und er liebte sie, bis es draußen dunkel wurde, und nur das Licht des Feuers schien auf ihre eng umschlungenen Körper.

»Ich habe *keine* Abneigung gegen dich«, sagte er.

Als die Zeit zum Abendessen herangerückt war, standen sie von dem kühlen und unbequemen Fußboden auf. »Ich habe Brot und Käse und eine Brühe«, sagte Elizabeth.

»Was immer in der Speisekammer ist, ich bin damit zufrieden«, erwiderte John. »Ich werde mich mal um etwas Holz für das Feuer kümmern.«

»Und ich werde rasch die Straße hinauf zu meiner Mutter laufen und ein wenig Rinderbrühe holen«, sagte sie und zog ihr graues Kleid über den Kopf. Sie drehte ihm den Rücken zu und bat ihn, ihr die weiße Schürze zuzubinden. »Ich bin gleich wieder zurück.«

»Und einen schönen Gruß von mir«, sagte John. »Ich werde sie morgen besuchen.«

»Wir könnten auch zum Abendessen hingehen«, schlug sie vor. »Sie würden sich freuen, dich schon heute abend zu sehen.«

»Heute abend habe ich etwas anderes vor«, sagte John mit verheißungsvollem Lächeln. Elizabeth spürte, wie sie errötete. »Oh, ich gehe dann die Brühe holen.«

John nickte und hörte, wie sie rasch über den mit Backsteinen ausgelegten Weg auf die Straße lief. Er füllte den Kamin ordentlich mit Holzscheiten auf, dann ging er nach seinem Pferd sehen. Als er zurückkehrte, rührte Elizabeth in einem Topf, der an einer Kette am Bratspieß hing. Auf dem Tisch standen Brot und frischer Käse und zwei Becher mit Dünnbier.

»Ich habe mein Buch mitgebracht«, sagte sie vorsichtig. »Vielleicht gefällt es dir, wenn wir es uns beide anschauen, gemeinsam.«

»Was für ein Buch?«

»Mein Unterrichtsbuch«, sagte sie. »Mein Vater hat mir Lesen und Schreiben beigebracht, und hier sind meine Schreibübungen drin. Es hat immer noch leere Seiten. Ich dachte, ich könnte dir das Schreiben beibringen.«

John stutzte und wollte sie schon schroff zurechtweisen. Daß eine Frau ihrem Ehemann etwas beibrachte, widersprach den Gesetzen der Natur und denen Gottes. Doch sie sah so lieblich und so jung aus. Ihr Haar war durcheinander, und ihre Haube saß ein bißchen schief. Sie war vorhin so zärtlich gewesen, so leidenschaftlich. Vielleicht mußte er die Gesetze Gottes und der Natur nicht unbedingt einhalten, vielleicht sollte er sich in dieser Sache seiner Frau fügen? Außerdem wäre es wichtig, schreiben und lesen zu können.

»Kannst du Französisch schreiben?« fragte er. »Und etwa auch lateinische Wörter?«

»Ja«, sagte sie. »Willst du das lernen?«

»Ich kann etwas Französisch und ein wenig Italienisch und genug Deutsch, um dafür zu sorgen, daß man meinen Herrn nicht betrügt, wenn ich von einem Schiffskapitän Pflanzen für ihn kaufe. Und ich kenne ein paar lateinische Pflanzennamen. Doch sie zu schreiben, das habe ich nie gelernt.«

Sie strahlte über das ganze Gesicht. »Ich kann es dir beibringen.«

»Sehr gut«, sagte er. »Aber du darfst es keinen wissen lassen.«

Sie schaute ihn offen und ehrlich an. »Natürlich nicht. Es bleibt unter uns, so wie alles andere auch.«

In dieser Nacht liebten sie sich in der Wärme und Behaglichkeit des großen Bettes. Elizabeth, die sich nun nicht mehr darum sorgte, daß er sie nicht lieben würde, und die bei sich eine Sinnlichkeit entdeckte, von der sie selbst nichts geahnt hatte, klammerte sich an ihn, schlang ihre Arme und Beine um ihn und schluchzte vor Glück. Dann schlugen sie die Decke um ihre Schultern, saßen Seite an Seite auf dem Bett und blickten in den dunkelblauen Nachthimmel und auf das grelle Weiß der Tausende von Sternen hinaus.

Im Dorf war es still, nicht ein Licht brannte mehr. Auf der Straße, die vom Dorf nordwärts nach Gravesend und London führte, war es leer und ruhig, alles wirkte geisterhaft im Sternlicht. Eine Eule schrie, sie streifte mit leisen Flügeln über die Felder. John griff nach seiner Weste, die zusammengefaltet auf der Truhe am Fuße des Bettes lag.

»Ich habe hier etwas, das ich dir gern geben möchte«, sagte er leise. »Es ist vermutlich das Wertvollste, was ich besitze. Vielleicht hältst du mich für verrückt, aber wenn du willst, dann schenke ich es dir.«

Seine Hand umschloß eine der kostbaren Kastanien. »Wenn du sie nicht magst, werde ich sie behalten, mit Verlaub«, sagte er. »Sie gehört nicht eigentlich mir, sie wurde mir anvertraut.«

Elizabeth legte sich auf ihr Kopfkissen zurück, ihr Haar war so braun und glänzend wie seine Kastanie. »Was ist das?« fragte sie lächelnd. »Du klingst so geheimnisvoll wie ein Kind.«

»Es ist mir sehr teuer ...«

»Dann ist es auch mir teuer, was immer es sein mag«, sagte sie.

Er zog seine Faust aus der Westentasche hervor, und sie streckte ihre flache Hand aus, wartete darauf, daß er seine Finger öffnete.

»Im ganzen Land gibt es davon nur sechs Stück«, sagte er. »Vielleicht sind es die einzigen sechs in ganz Europa. Fünf sind in meiner Obhut, wenn du willst, kannst du die sechste haben.«

Er ließ die schwere Kastanie wie eine runde glatte Murmel in ihre Hand fallen.

»Was ist das?«

»Es ist eine Kastanie.«

»Sie ist zu groß und zu rund!«

»Eine fremde Kastanie. Der Mann, der sie von weither mitgebracht hat, sagte, daß daraus ein großer Baum wird, wie unser Kastanienbaum, und daß er wie eine Rose blüht, in der Farbe von Apfelblüten. Und es ist immer nur eine dieser großen Früchte in einer Schale, nicht zwei wie bei uns, und die Schale der Früchte ist nicht stachlig wie bei unseren Kastanien, sondern wachsartig und grün mit nur wenigen spitzen Stacheln. Er hat sie meinem Lord für neun Pfund auf die Hand verkauft, und er erhält weitere achtzehn Pfund, wenn sie gedeiht. Und diese hier ist für dich.«

Elizabeth drehte die Kastanie in der Hand. Sie lag schwer darin, die braune glänzende Farbe hob sich von ihrer hellen schwieligen Hand ab.

»Soll ich sie im Garten in den Boden stecken?«

John verzog sofort den Mund, weil er an die Hühner dachte. »Sie gehört in einen Topf, irgendwo, wo du ihn ständig im Auge hast«, sagte er. »In Erde, der etwas Dung beigemischt wurde. Wässere den Topf von der Schale darunter her, jeden Tag ein wenig. Vielleicht hast du Glück, und sie wächst.«

»Wirst du es nicht bedauern, mir diese kostbare Kastanie anvertraut zu haben, falls sie nicht anwächst?«

John schloß ihre Finger um die Kastanie. »Sie gehört dir«, sagte er freundlich. »Mach mit ihr, was du willst. Vielleicht hast du Glück. Vielleicht haben wir beide, da wir nun verheiratet sind, zusammen Glück.«

John blieb einen ganzen Monat in Meopham bei seiner Frau, und als seine Rückkehr nach Theobalds Palace feststand, hatte es ein paar Neuerungen gegeben. Elizabeth besaß nun einen hübschen kleinen Miniaturziergarten an der Hintertür, in dem, nicht ganz der Regel entsprechend, auch Porrée, Runkelrüben, Karotten und Zwiebeln wuchsen. Er war von einem Flechtzaun aus Weidenruten umgeben, der die Hühner fernhielt. John konnte sowohl lesen als auch einigermaßen schreiben, die Kastanie befand sich in einem Topf auf dem Fenstersims und hatte einen blassen Keimling aus der Erde geschoben. Elizabeth erwartete ein Kind.

## Sommer 1608

»Der Junge sollte George heißen, nach seinem Großvater«, bemerkte Gertrude. Sie saß im besten Sessel von Elizabeths Wohnzimmer. Die hölzerne Kinderwiege stand neben dem offenen Fenster. John, der sich gegen die Fensterbank lehnte, schaukelte sie sanft mit dem Fuß und blickte in das Gesicht des schlafenden Babys. Das Kind hatte eine dunkle Haut und schwarze Haare, so dick wie Johns. Wenn es wach war, dann leuchteten seine Augen in dem dunklen Blau des Immergrüns. John stieß mit dem Fuß weiter die Wiege an. Er mußte an sich halten, den Sohn nicht hochzuheben, um den betörenden Geruch nach Milch und süßer Babyhaut einzuatmen.

»George David, nach seinem Großvater und seinem Paten«, sagte Gertrude. Sie blickte John von der Seite an. »Wenn Ihr nicht wünscht, ihn Robert zu nennen, falls man den Grafen dazu bringen könnte, sich für ihn zu interessieren?«

John schaute in den Garten hinaus. Der kleine Gemüseziergarten gedieh gut. In diesem Frühjahr hatte er ihn noch ein bißchen erweitert, nun wuchsen auch Heil- und Küchenkräuter darin. Elizabeths Hühner hatten am äußersten Ende des Gartens ein von einem Weidenflechtzaun umgebenes Gehege bekommen. Darum herum standen Wermutpflanzen, damit die Einzäunung nicht so ins Auge fiel, die Hühner Schatten hatten und die Hühnerpest ferngehalten wurde.

»Oder wir könnten ihn auch James nennen, zu Ehren Seiner Majestät«, fuhr Gertrude fort. »Obwohl es ihm wohl kaum etwas Gutes einbringen wird, nehme ich an. Wir könnten ihn Henry Charles nennen, nach den beiden Prinzen. Aber man sagt, daß Prinz Charles ein kränklicher Junge ist. Habt Ihr ihn jemals in Theobalds gesehen, John?«

Sie blickte zu John auf, der sich aus dem Fenster gelehnt hatte und nachdenklich einen Blumentopf in der Hand hielt. Aus der feuchten Erde sproß ein biegsamer dünner Stengel, den eine kleine Hand grüner Blätter zierte.

»Oh! Dieser ewige Topf! Jeden Tag verschwendet Elizabeth einen Seufzer an dieses Ding, als könnte man ihn in Gold aufwiegen. Ich habe es ihr gesagt! Keine Pflanze auf der Welt verdient diese Art von Zuwendung! Doch ich habe Euch gefragt, John, habt Ihr dort jemals Prinz Charles angetroffen? Ich habe gehört, daß er kränkelt?«

»Er ist nicht besonders kräftig«, bestätigte John und stellte das Kastanienbäumchen vorsichtig auf den Fenstersims zurück. »Es heißt aber, daß es ihm, seit er aus Schottland hier ist, schon viel besser geht. Doch ich sehe ihn selten. Der König hat seine Familie nicht bei sich. Wenn er zur Jagd kommt, dann bringt er nur sein engstes Gefolge mit.«

Gertrude beugte sich nach vorn, begierig auf Klatsch. »Und ist sein Gefolge so lasterhaft, wie jedermann sagt? Ich habe gehört, daß der König den Herzog von Rochester verehrt, daß er ihn mit Perlen überhäuft und der Herzog den König beherrscht, wie der König das Land beherrscht!«

»Davon weiß ich nichts«, sagte John unbeholfen. »Ich bin nur der Gärtner.«

»Aber Ihr müßt sie doch *sehen*!«

John dachte an den letzten Besuch des Königs. Er war ohne seine Gemahlin Anne gekommen, die jetzt nie mehr mit ihm reiste. Sie war gänzlich von seinen jungen Männern verdrängt worden. John hatte beobachtet, wie er im Garten herumspaziert war und seinen Arm um die Taille des Herzogs von Rochester gelegt hatte. Beide saßen schließlich im schattigen Laubengang, und der König hatte seinen Kopf an die Schulter des Herzogs gelehnt. Wie ein Mädchen vom Lande, das einen Schmied anschmachtet. Als sie sich küßten, wandte sich der Hofstaat ab und tat, als sei er mit sich selbst beschäftigt. Niemand spähte hin, und niemand verurteilte das Verhalten des Königs. Der junge Herzog von Rochester war beliebt bei jedem, der ein Favorit des Königs sein wollte. Der ganze Hof scharte sich um diese stattliche, blendende Erscheinung. Eine neue Moral entstand durch die Liebe des Königs zu ihm, die jede Art von Zurschaustellung und von Trunkenheit zuließ. Nachts stieg der Herzog in aller Öffentlichkeit in das Bett des Königs in dessen Gemach. Es hieß, der König fürchte sich vor einem Anschlag, und außerdem könne er mit einem Gefährten besser einschlafen; doch nächtens konnte man ihr lautes, lustvolles Stöhnen vernehmen, und man hörte das königliche Bett ewig quietschen.

»Sie jagen, und ich halte die Wege und Beete von Unkraut frei«, meinte John ausweichend.

»Ich habe gehört, daß ihn die Königin vermißt und sich nach ihm sehnt und vor lauter Suche nach Trost zur Katholikin geworden ist ...«

John zuckte mit den Schultern.

»Und was ist mit den Kindern, den königlichen Prinzen und Prinzessinnen?«

John blickte absichtlich geistesabwesend drein. Er hatte keine Lust auf Klatsch und Tratsch, und überhaupt kümmerten ihn die königlichen Prinzen und Prinzessinnen wenig. Prinzessin Mary war noch ein Baby und nicht bei Hofe. Prinz Henry, der Thronerbe und Liebling aller, war ein arroganter Knabe, dessen Charme durch einen plötzlichen Wutanfall wie weggeblasen sein konnte. Seine Schwester Elizabeth hatte ganz das Temperament und das Ungestüm der Tudors, und der arme kleine Prinz Charles, der zweite Erbe, ein stotternder Zwerg mit rachitischen Beinen, rannte den ganzen Tag lang hinter seinen stärkeren, älteren und anziehenderen Geschwistern her, völlig außer Atem wegen seiner schwachen Brust und voller Sehnsucht nach deren Aufmerksamkeit.

Die ließen sie ihm jedoch nie zuteil werden. Es waren umworbene, geliebte und verwöhnte Kinder, die höchsten Kinder von vier Königreichen. John hatte sie bei einer Bootsfahrt auf dem See beobachtet oder beim Reiten durch den Park, wobei sie sich nie nach dem armen kleinen Charles umsahen, der seine Mühe hatte, mitzuhalten.

»Ich begegne Ihren Hoheiten nur selten«, sagte er ruhig.

»Oh, nun gut!« Enttäuscht erhob sich Gertrude. »Sagt Elizabeth, daß ich ihr alles Gute wünsche. Es erstaunt mich, daß sie noch nicht wieder unten ist. Bestellt ihr, sie solle sich aufraffen. Und sagt ihr, daß das Kind George David heißen soll.«

»Nein, das tue ich nicht«, erwiderte John in dem gleichen ruhigen Tonfall.

»Wie bitte?«

»Nichts dergleichen werde ich ihr sagen. Und Ihr auch nicht.«

»Wie bitte?«

John lächelte. »Elizabeth soll im Bett bleiben, bis es ihr wieder gut geht«, sagte er. »Wir können froh sein, sie nicht verloren zu haben. Es war eine schwere Geburt, und sie hat innere Verletzungen. Sie soll sich so lange ausruhen, wie sie will. Und wir werden das Kind weder George noch Robert oder James oder Charles oder Henry oder David nennen. Der Junge wird John heißen, nach meinem Großvater, nach meinem Vater und mir.«

Gertrude stürmte erregt zur Tür. »Das ist sehr töricht!« rief sie aus. »Ihr solltet Euren Namen für das nächste Kind aufheben. Das erste Kind sollte so genannt werden, daß es von einem reichen Gönner Unterstützung erfährt!«

Johns Lächeln wich nicht aus seinem Gesicht, doch es verdüsterte sich. »Es wird kein weiteres Kind geben«, sagte er. »Wir werden immer nur diesen einen Sohn haben. Also werden wir ihn so nennen, wie ich es will, und er wird John Tradescant heißen, und ich werde ihn die Gartenkunst lehren.«

Gertrude hielt inne. »Kein weiteres Kind mehr?« fragte sie. »Wie könnt Ihr so etwas behaupten?«

Er nickte. »Ich habe den Doktor aus Gravesend gerufen. Er sagte, daß sie eine weitere Geburt nicht überstehen würde; also werden wir nur diesen einen Sohn haben.«

Gertrude kehrte ins Zimmer zurück und blickte noch einmal in die Wiege. Ihre Verärgerung war wie weggeblasen. »Aber John«, sagte sie leise. »All Eure Hoffnungen nur auf ein Kind setzen? Niemand, der sonst noch Euren Namen trägt, nur er! Und alles ist verloren, wenn Ihr ihn verliert!«

John rieb sein Gesicht, als wolle er den Schmerz forttreiben. Er beugte sich über die Wiege. Die Fäuste des schlafenden Kindes waren so klein wie Rosenknospen, sein dunkles Haar glich einer Flaumkrone. In der Mitte seines Schädels schlug ein winziger Puls. In John stieg eine tiefe Zärtlichkeit auf, durchdrang ihn ganz und gar.

»Es ist gut, daß ich gewöhnt bin, seltene Gewächse aufzuziehen«, murmelte er. »Ich besitze nicht ein Dutzend Sämlinge, die ich hegen und pflegen muß, ich werde nie mehr als diesen einen haben. Ich habe nur diese eine kostbare kleine Knospe. Ich werde meinen Sohn aufziehen, als sei er eine neue Blume, eine seltene Pflanze.«

## Januar 1610

»Nun ist es passiert!« Robert Cecil traf John Tradescant auf den Knien im Ziergarten an. »Ich habe dich gesucht. Der König will Theobalds noch dieses Jahr haben. Wir sollen hier fort.«

John stand auf und wischte sich die kalte Erde von den Händen.

»Was tust du gerade?« fragte der Graf.

»Ich lege die weißen Steine neu«, erklärte der Gärtner. »Der Frost schadet ihnen, wirft die Erde auf und zerstört das Muster.«

»Laß alles ruhen«, befahl Cecil herrisch. »Jetzt können sich die Gärtner des Königs damit abplagen. Er will das Schloß haben, er hat es von mir erzwungen, er hat mir das auf hunderterlei verschiedene Arten zu verstehen gegeben, und sein Günstling Rochester hat ihn immer dann daran erinnert, wenn er vielleicht nicht mehr ganz so erpicht darauf war. Ich habe ihn drei Jahre lang davon abhalten können, Gott verdammt. Und nun ist er glücklich, und Rochester ist glücklich, und ich habe Hatfield.«

Tradescant nickte, seine Augen waren auf seinen Herrn gerichtet. »Du sollst mir dort einen herrlichen Garten anlegen«, sagte Robert Cecil rasch, als fürchtete er sich vor dem Schweigen seines Gärtners. »Du wirst ins Ausland reisen und mir alle möglichen exotischen Raritäten kaufen. Wie steht es um die Kastanien? Wir werden sie mitnehmen. Du sollst alles aus diesen Gärten hier mitnehmen, was du willst; nimm alles mit, und wir werden in Hatfield neu beginnen.«

Nun schwieg er. Immer noch beobachtete John ihn und sagte nichts.

Der mächtigste Mann Englands, der gleich nach dem König selbst kam, trat zwei hastige Schritte von Tradescant weg und blickte ihn an. »John, ich könnte wie ein Kind weinen«, gestand er.

Der nickte langsam. »Ich auch.«

Der Graf streckte seine Arme aus, und John ging auf ihn zu. Die beiden Männer, der eine so schmal und gekrümmt, der andere so breit und stark, umarmten sich eng und fest. Dann trennten sie sich. Cecil rieb sich mit dem Ärmel seiner kostbaren Jacke die Augen trocken, und John gab ein rauhes Räuspern von sich. Cecil hakte sich bei ihm unter und lehnte sich an seinen treuen Gefolgsmann. Seite an Seite traten die beiden aus dem Ziergarten hinaus.

»Das Badehaus mit seinem Marmor!« sagte der Graf leise. »So etwas wird mir in Hatfield nicht wieder gelingen.«

»Und die Tulpen, die ich gerade in die Erde gebracht habe! Und die Schneeglöckchen und gelben Narzissen!«

»Du hast Zwiebeln gesteckt?«

»Hunderte im letzten Herbst, damit sie im Frühling blühen.«

»Wir werden sie ausgraben und mitnehmen!«

John schüttelte ablehnend den Kopf, doch sagte er nichts. Sie gingen langsam auf den künstlich angelegten Hügel zu. Ein Wasserlauf plätscherte neben ihnen in einem Bett weißer Marmorkiesel. John zögerte. »Laß uns hinaufgehen«, sagte der Graf.

Langsam folgten sie dem gewundenen Pfad. John hatte die Kletterrosen beschnitten, die den Weg einfaßten und so niedrig und ordentlich dastanden wie ein Weidenzaun. Cecil hielt an, um Luft zu holen. John legte einen Arm um die Taille seines Herrn und hielt ihn aufrecht. Dann gingen sie langsam Seite an Seite um den Hügel herum. Es gab ein paar Knospen an den Rosen, die viel zu früh gekommen waren. John bemerkte das dunkle Rot der neuen Triebe, so rot wie Wein. Oben stand eine runde Bank für Verliebte, und in der Mitte plätscherte ein Springbrunnen. Tradescant warf den Umhang für seinen Herrn über die Bank, damit er sich setzen konnte, und der Graf nickte John zu, neben ihm Platz zu nehmen, wie ein Gleichgestellter.

Die beiden Männer schauten auf die weiten Gartenanlagen des Schlosses hinunter, die sich wie ein Wandteppich vor ihnen ausbreiteten. »Diese Haine!« klagte der Graf. »All die Bäume, die wir gepflanzt haben.«

»Die Glöckchen-Blausterne, die im Frühling unter ihnen sprießen«, erinnerte ihn John.

»Die Obstgärten, meine geschützten Pfirsichbaumspaliere!«

»Und die Höfe!« Tradescant nickte zu dem weichen Rasen hinüber, der in jedem Hof des weitläufigen Schlosses ausgelegt war. »Im ganzen Königreich gibt es keinen solchen Rasen! Kein einziger Halm Unkraut, und die Mäher verstehen sich darauf, ihn auf einen halben Zoll kurz zu schneiden.«

»Ich sehe keine aufgeworfene Erde da unten«, bemerkte Robert Cecil, der die verschlungenen Linien des Ziergartens nun von der Position aus wahrnahm, wie man sie eigentlich betrachten sollte, nämlich von oben.

»Jetzt nicht mehr«, sagte John außergewöhnlich ungeduldig, »weil ich den ganzen Morgen die Steine mit eiskaltem Wasser abgewaschen habe.«

»Es stimmt mich traurig, hier nicht mehr zu jagen«, klagte der Graf.

»Ich werde das Wild nicht vermissen, das im Frühjahr immer die jungen Triebe abfrißt.«

Der Graf schüttelte den Kopf. »Weißt du, daß es heißt,

dies sei der schönste Garten Englands? Und das größte Schloß? Nichts wird diesem hier gleichkommen!«

John nickte. »Ich weiß.«

»Ich konnte es nicht festhalten«, sagte der Graf. »Das ist James' Rache an meinem Vater für die Hinrichtung seiner Mutter Mary Stuart, verstehst du? Der König wollte das Haus meines Vaters haben, dessen Stolz und ganze Freude. Was konnte ich da schon ausrichten? Ich bin ihm ausgewichen, habe mich gewunden und ihm die Anwesen anderer Männer gezeigt. Es ist meine eigene Schuld. Wir haben zu großzügig und zu schön gebaut, mein Vater und ich. Es mußte ja Neid erwecken.«

John zuckte die Schultern. »Alles gehört dem König«, sagte er einfach. »Das ganze Land. Und jeder von uns ist nichts weiter als sein Verwalter. Wenn er etwas will, müssen wir es ihm geben.«

Der Graf warf ihm einen neugierigen Blick von der Seite zu. »Das glaubst du wirklich, nicht wahr?«

John nickte mit offenem Gesicht und ohne Falsch. »Er ist der König und kommt gleich nach Gott. Ich würde mich ihm genausowenig verweigern wie etwa meine Gebete übergehen.«

»Gott gebe, daß er immer so treue Untertanen hat wie dich.«

»Amen.«

»Beschäftige dich jetzt nicht mehr mit den Steinen, und bereite lieber den Umzug der Pflanzen vor. Und grabe diese verdammten Zwiebeln aus.« Vor Schmerzen stöhnend, erhob sich der Graf. »Das kalte Wetter steckt mir in den Knochen.«

»Ich lasse die Zwiebeln drin«, erwiderte John.

Der Graf hob eine Augenbraue.

»Ihr habt ihm das Haus samt Grund und Boden überlassen«, sagte der Gärtner. »Ich kann auch großzügig sein. Soll der König doch die Tulpen im Frühjahr haben. Aus den Niederlanden werde ich für Hatfield reichlich neue Zwiebeln mitbringen, so wie es vorgesehen ist. Dort wird ein vollkommen neuer Garten entstehen, wir müssen hier nichts ausgraben.«

»Die vornehme Geste eines Gärtners?« fragte Cecil lächelnd.

»Warum sollte ich nicht großzügig sein?« erwiderte John.

Hatfield House in Hertfordshire war das Zuhause und das Gefängnis der jungen Elizabeth gewesen in den gefährlich blutigen Jahren der Herrschaft ihrer Halbschwester Mary, der Katholischen, wo sie sich so beflissen ihren Studien widmete und große Angst vor dem Beil des Henkers hatte. Robert Cecils Vater hatte damals – 1558 – Elizabeth in ihrem Garten die Nachricht überbracht, daß sie nun Königin sei.

»Ich werde den Baum behalten, unter dem sie einst gesessen hat«, sagte Robert Cecil zu Tradescant, als sie den Morast betrachteten, den die Arbeiter beim Bau des riesigen neuen Hauses hinterlassen hatten. »Doch ich soll verdammt sein, wenn ich etwas mit diesem alten winzigen Herrenhaus anfange. Selbst als es neu war, war es nicht sonderlich eindrucksvoll. Es überrascht mich nicht, daß die Königin im Garten gewesen ist. Woanders konnte man ja nicht sitzen.«

»Wenn man alles ringsherum wegnimmt, damit es leicht erhöht steht, dann könnte man daraus einen Pavillon für Bankette im Sommer oder ein Theater für Maskenspiele machen ...«

Der Graf schüttelte den Kopf. »Laß nur. Ein zusätzliches Gebäude mit eigener Küche und mit Ställen ist immer gut, wenn uns eine wichtige Persönlichkeit mit großem Gefolge besucht. Komm und sieh dir das neue Haus an!«

Er ging den Weg in den Garten voran. John folgte ihm langsam und betrachtete aufmerksam die Umgebung. »Schöne Bäume«, bemerkte er.

»Die können bleiben«, sagte der Graf. »Mountain Jennings kümmert sich um den Park, und ein Franzose hat den Entwurf für den Garten gemacht. Doch du wirst ihn bepflanzen.«

John unterdrückte seinen spontan aufsteigenden Neid. »Ich pflanze sowieso lieber, als daß ich einen Garten auf Papier zeichne.«

»Nach dem ersten Sommer geht der Franzose wieder nach Paris zurück«, beruhigte Cecil ihn, »und du hast dann hier freie Hand. Alles, was du nicht willst, kannst du mir als abgestorben mitteilen – ich werde nicht weiter danach fragen.«

John schmunzelte vergnügt. »Mein Lord, ich glaube kaum, daß ich lange in Euern Diensten stehen werde, wenn ich Eure Pflanzen eingehen lasse.«

Der Graf lachte leise in sich hinein. »Wie findest du das neue Haus?«

Es war ein imposanter Bau, in seiner Anlage nicht so gewaltig wie der in Theobalds, das ursprünglich als Schloß errichtet worden war und sich im Laufe der Zeit zu einem ganzen Dorf ausgeweitet hatte, doch es war ein großartiges, schönes Anwesen in neuem Stil, dazu angetan, den überwältigenden Reichtum der Cecils zur Schau zu stellen, den verschwenderischen Hof König James' zu empfangen und seinen Platz unter den Prunkpalästen Europas einzunehmen.

»Nach jeder Seite ist es von großen Höfen umgeben«, erklärte ihm der Graf. »Einhundert Räume, separate Küche und Backstube. Ich sage dir, John, allein das Haus hat mich beinah dreißigtausend Pfund gekostet, und ich nehme an, daß ich für den Park und die Gartenanlagen noch einmal das gleiche werde ausgeben müssen.«

John schluckte. »Ihr werdet Euch ruinieren!« sagte er unverblümt.

Der Graf schüttelte den Kopf. »Der König erweist sich all jenen gegenüber als großzügig, die ihm beflissen dienen«, sagte er. »Und sogar denen gegenüber, die ihm schlecht dienen«, fügte er hinzu.

»Aber sechzigtausend Pfund!«

Der Graf lachte amüsiert. »Es ist mein Geld«, sagte er ironisch. »Mein Prunkpalast und am Ende mein großes Begräbnis. Was sollte ich sonst mit all meinem Reichtum tun, als ihn für etwas zu verwenden, das ich liebe? Oder soll ich daran knausern?«

John Tradescant merkte, wie erregt er auf einmal wurde. »Habt Ihr die Pläne?«

»Hier drüben.« Der Graf ging den Weg zum kleinen Nebengebäude voran. John betrachtete die Entwürfe, die darin ausgebreitet auf dem Tisch lagen

»Dort!« rief Cecil aus.

John beugte sich hinunter. Das Areal des Parks war so riesig, daß das Haupthaus in der Mitte, maßstabgerecht gezeichnet, wie eine kleine Schachtel wirkte. Er überflog mit raschem Blick die Skizze für die neuen Gartenanlagen. Die Höfe sollten mit verschiedenen Blumen bepflanzt werden, jeder sollte seinen eigenen Ziergarten mit einem jeweils eigenen Muster erhalten. Eine breite Promenade mit Spalierobst war aufgezeichnet und dann ein großes Wasserspiel mit Kaskaden, die sich in ein großes Wasserbecken ergießen sollten, an dessen Seiten Bänke und exotische Obstbäume in Kübeln standen. Gespeist wurde das Wasserspiel aus einer riesigen Fontäne, die aus einer Kupferstatue hoch oben auf einem Felsen sprudelte. Weiter entfernt vom Schloß waren Alleen und Obstgärten vorgesehen, ein Bowlingplatz und ein künstlich angelegter Hügel, auf den man über einen gewundenen Pfad hinaufreiten konnte.

»Wird das dein Heimweh nach Theobalds lindern?« fragte Cecil spöttelnd.

»Das meine schon«, erwiderte John, der sich die riesigen Ausmaße des Unternehmens anschaute und überlegte, wobei es ihm im Kopf schwindelte, wie er die Tausende von Obstbäumen und die Millionen von Pflanzen beschaffen sollte. »Wird es auch Euer Heimweh lindern, mein Lord?«

Der Graf zuckte die Schultern. »Einem König zu dienen ist nie einfach, John. Vergiß das nicht. Ein treuer Diener des Königs schläft nachts nicht gut. Ich werde mein altes Zuhause vermissen.« Er wandte sich wieder dem Plan zu. »Doch das hier wird uns bis in unsere alten Tage in Atem halten, nicht wahr?«

»Das wird uns für immer in Atem halten!« rief der Gärtner aus. »Wo soll ich die tausend Goldfische für so ein Wasserbecken hernehmen?«

»Oh!« sagte Cecil gleichgültig. »Frage herum, John. Du wirst sicher hundert Paare finden! Und die werden sich vermehren, wenn sie gut gefüttert werden, da habe ich keine Sorge!«

John lachte leise, wenn auch widerstrebend. »Ich weiß, daß Ihr Euch darum keine Sorgen macht, mein Lord. Das soll ja meine Aufgabe sein.«

Cecil blickte ihn freudig an. »So ist es!« sagte er. »Und für dich wird hier gerade ein schönes Cottage neu gedeckt, und ich werde deinen Lohn erhöhen. Wieviel habe ich dir versprochen?«

»Vierzig Pfund im Jahr, Sir«, erwiderte John.

»Dann sind es jetzt fünfzig«, sagte der Graf herzlich. »Warum auch nicht? Bei all den anderen Rechnungen, die ich zu bezahlen haben werde, fallen die kaum ins Gewicht.«

## Sommer 1610

John entschied, daß Elizabeth und Klein J. in Meopham bleiben sollten, während er nach Europa reiste, um Gewächse für Hatfield zu besorgen. Elizabeth protestierte heftig und wollte lieber in dem neuen Cottage in Hertfordshire wohnen, doch John blieb hart.

»Stell dir vor, Klein J. wird krank oder gar du, dann könnte sich niemand um euch kümmern«, sagte er in den letzten Augusttagen, während er die Reise plante und seine Sachen packte.

»In Meopham ist auch niemand, der sich um mich kümmern würde«, behauptete sie.

»Deine ganze Familie ist hier, deine Cousinen, Schwestern, Tanten und deine Mutter.«

»Ich glaube kaum, daß Gertrude viel Zeit auf mein Wohlergehen verschwenden würde!«

John nickte. »Vielleicht nicht. Aber sie würde ihre Pflicht tun. Sie würde dafür sorgen, daß du ein Feuer hast und Wasser und Essen. Wohingegen ich in Hatfield nur die Arbeiter kenne. Nicht einmal die Hausangestellten sind schon alle dort. Das Haus ist erst halb fertig.«

»So lange kann das doch nicht mehr dauern!«

John war nicht imstande, ihr die riesigen Ausmaße des Vorhabens zu beschreiben. »Es sieht so aus, als könnten sie noch ein Dutzend Jahre daran arbeiten, ohne fertig zu werden!« erklärte er. »Zumindest ist jetzt das Dach drauf, und die Wände stehen. Doch der ganze Innenausbau, die Fußböden, die Fenster fehlen, ebenso die Holztäfelung. Hunderte Tischler und Holzschnitzer sind am Werk! Ich sage dir, Elizabeth, der Lord baut dort eine kleine Stadt inmitten riesiger Wiesenflächen. Und ich muß die Wiesen in einen großen Garten verwandeln!«

»Nur ruhig Blut!« sagte Elizabeth liebevoll. »Du bist gleich immer aufgeregt wie ein kleines Kind!«

Bestätigend lächelte John. »Ich mache mir Sorgen um den Lord«, vertraute er seiner Frau an. »Er hat sich viel vorgenommen. Ich weiß nicht, die Ausgaben werden ihm wohl über den Kopf wachsen. Und er kauft auch noch in London Grundbesitz, und dann verkauft er ihn weiter. Ich fürchte, er wird sich übernehmen, und wenn er sich verschuldet ...« Er hielt inne. Nicht einmal Elizabeth wollte er Einzelheiten über Cecils Geschäftsgebaren enthüllen. Stillschweigen bewahrte er über die Bestechungsgelder, die routinemäßig angenommen wurden, über das Geld, das aus dem Schatzamt abgezweigt wurde, über die Männer, die der König aus heiterem Himmel für bankrott erklärte, indem er sie des Hochverrats oder eines anderen Vergehens gegen die Krone beschuldigte. Ihre Ländereien wurden am nächsten Tag vom ersten Minister zu einem Schleuderpreis aufgekauft.

»Es heißt, er sei ein Spekulant«, warf Elizabeth ein. »Kein Wald und kein Gemeindeland sind vor seinen Einhegungen sicher. Er reißt alles an sich.«

»Es gehört ihm«, sagte John tapfer. »Er nimmt, was nach dem Recht sein ist. Nur der König steht über ihm und Gott über allen von uns.«

Elizabeth blickte ihn skeptisch an, doch sie behielt ihre Gedanken für sich. Sie ähnelte zu sehr ihrem Vater – einem Geistlichen, der von einem unabhängigen Protestantismus geprägt war –, um Johns Hierarchie anzuerkennen, die von Gott im Himmel hinab bis zum ärmsten Bettler führte und in der ein jeder Mensch seinen Platz hatte und der König und der Graf gleich hinter den Engeln kamen.

»Auch wegen meines Auftrags mache ich mir Sorgen«, erklärte John. »Der Lord hat mir einen Beutel Gold gegeben und mich angewiesen, für ihn einzukaufen. Ich befürchte, daß man mich übers Ohr haut, ganz abgesehen von meiner Angst, die kostbaren Pflanzen so weit mit dem Schiff zu befördern. Seine Lordschaft möchte den ganzen Garten auf der Stelle, von heute auf morgen, also soll ich die größten und an Früchten reichsten Bäume und Sträucher mitbringen, die ich auftreiben kann. Obwohl kleinere die Reise viel besser überstehen!«

»Es gibt niemanden im ganzen Königreich, der sich da besser auskennt«, sagte Elizabeth ermunternd. »Und das weiß der Graf. Ich wünschte nur, ich könnte dich begleiten. Fürchtest du dich nicht, allein fortzufahren?«

John schüttelte den Kopf. »Schon als kleiner Junge habe ich mich danach gesehnt zu reisen«, sagte er. »Und die Arbeit für meinen Lord hat mich immer häufiger davon träumen lassen – wenn ich zum Beispiel im Hafen mit Männern spreche, die die großen Meere befahren. Was haben sie unterwegs nicht alles gesehen! Und nur einen Bruchteil davon bringen sie mit. Wenn ich nach Indien oder gar in die Türkei reisen könnte, denk nur mal, was ich für seltene Dinge sammeln könnte.«

Sie betrachtete ihren Ehemann. »So weit weg würdest du doch sicher nicht wollen, oder?«

John legte seinen Arm um ihre Taille, um sie zu beruhigen, doch er brachte es nicht fertig, sie zu belügen. »Wir Engländer sind eine reiselustige Nation«, sagte er. »Die vornehmsten Lords, die Freunde meines Herrn, das sind alles Männer, die ihr Glück jenseits der Meere suchen, für sie ist die See wie eine Landstraße. Seine Lordschaft investiert in jede zweite Schiffsreise, die von London aus über die weiten Meere geht.«

Elizabeth stammte aus einem kleinen Dorf, wo man wußte, wie viele Männer auf See ihr Leben gelassen hatten. »Du hast doch nicht etwa vor, England den Rücken zu kehren?« fragte sie ängstlich

»Oh, nein«, sagte John. »Aber ich habe keine Angst vorm Reisen.«

»Ich begreife nicht, wie du es aushalten könntest, uns für so lange Zeit zu verlassen!« beklagte sie sich. »Bis du wiederkommst, wird sich Klein J. sehr verändert haben.«

John nickte. »Du mußt alles aufschreiben, was er gelernt hat und was er spricht, damit du mir davon berichten kannst«, sagte er liebevoll. »Und laß ihn die Setzlinge, die ich ihm mitgebracht habe, selbst einpflanzen. Das sind die Lieblingsnelken Seiner Lordschaft, sie duften ganz süß. Laß ihn das Loch selbst ausheben und sie in die Erde setzen, ich habe ihm heute nachmittag gezeigt, wie man das macht.«

»Ich weiß.« Elizabeth hatte ihren Mann und ihren flinken, dunkeläugigen und dunkelhaarigen Sohn vom Fenster aus dabei beobachtet, wie sie im Garten nebeneinander auf dem Boden knieten. John hatte sich anstrengen müssen, um das Geplappere des Jungen zu verstehen. Klein J. hatte immer zu ihm aufgeschaut und seine Wörter so lange wiederholt, bis der Vater nach einigem Raten und mit einigem guten Willen wußte, was er meinte.

»Buddeln!« hatte Klein J. beharrlich wiederholt und dabei eine kleine Schaufel in die Erde gestoßen.

»Buddeln«, hatte sein Vater zugestimmt. »Und nun werden wir die kleinen Burschen in ihre Löcher setzen.«

»Buddeln!« hatte Klein J. noch einmal gesagt.

»Nicht hier!« sagte John mit erhobener Stimme. »Die Pflanzen müssen ihre Ruhe haben, damit sie wachsen können und schöne Blumen für Mama werden!«

»Buddeln! J. will buddeln!«

»Nein! Elizabeth! Komm schnell her und hol den Kleinen weg! Er wird sonst die Pflanzen kaputtmachen.«

Sie war aus dem Haus gelaufen und hatte Klein J. hochgenommen und ihn ans andere Ende des Gartens getragen, wo er das Pferd seines Vaters streicheln konnte.

»Ich weiß nicht, ob aus ihm einmal ein Gärtner wird«, warnte sie ihren Mann. »Du solltest nicht damit rechnen.«

»Er begreift schon, wie wichtig es ist, ein tiefes Loch auszuheben«, sagte John Tradescant entschlossen. »Alles andere wird sich ergeben.«

## Herbst 1610

Im September stach John Tradescant in See, und nachdem er vier lange Tage in Gravesend auf Südwind hatte warten müssen, erlebte er eine rauhe und Angst einflößende Fahrt über den Ärmelkanal. Er ging in Flushing an Land und mietete ein langes flaches Kanalboot. So konnte er an jedem Gutshof den Kanal entlang nach Delft haltmachen und anfragen, was man anzubieten hätte. Zu seiner Erleichterung sprach der Bootsführer Englisch, auch wenn sein starker Akzent dem des Dialekts von Cornwall ähnelte. Das Boot wurde von einem Pferd gezogen, das den Treidelpfad entlangstolperte und während der häufigen Pausen auf dem üppig bewachsenen Ufer graste. Er lernte Blumenzüchter kennen, deren Wohlstand einzig von der Zucht der berühmten Tulpenzwiebeln herrührte und deren ganzes Glück davon abhing, ob es ihnen gelang, sie zu vermehren und neue Farben hervorzubringen. Solche Bauernhöfe hatte John noch nie zuvor gesehen. Frauen mit Holzpantinen und großen weißen Hauben auf dem Kopf gingen die Reihen verblühter Tulpen entlang, hoben mit einem Werkzeug, das wie ein Holzlöffel aussah, ganz sacht die glatten runden Zwiebeln aus dem Boden und legten sie vorsichtig ab. Ihnen folgte ein zweirädriger Karren, der sie aufsammelte.

John schaute aufmerksam zu. Jede Zwiebel hatte drei, vielleicht sogar vier kleine Zwiebeln hervorgebracht. Manche Tulpen hatten recht dicke Samenkapseln dort, wo einst die Blüte gewesen war. Entdeckten die Frauen solche Samenkapseln, schnitten sie sie ab und ließen sie in ihre

Schürzentasche gleiten. Eine jede Tulpe hatte bis zu vier Zwiebeln und vielleicht noch drei Dutzend Samen hervorgebracht. So konnte man in einem Jahr seine Investition vervierfachen.

Ein profitables Geschäft, sagte John Tradescant voller Neid zu sich, wobei er an den Preis der Tulpen in England dachte.

Bei jedem Marktflecken längs des Kanals hieß er den Bootsführer anlegen. Manchmal benötigte er Stunden, manchmal mehrere Tage, um die Gärtnereien aufzusuchen und hier und da einen wohlgeratenen Baum, einen Sack mit allerlei Blumenzwiebeln oder einen Beutel voller Samen zu erwerben. Die teuren Tulpen verkaufte man ihm hier natürlich nicht. Wann immer es möglich war, kaufte er alles in großen Mengen, hatte er doch das Bild vor Augen von den üppig grünen Parkflächen und Wiesen um Hatfield herum, die mit Wäldern und Hainen, mit Labyrinthen und Obstgärten versehen werden sollten. Traf er auf einen Holländer, der Englisch sprechen konnte und ein ehrbarer Mann zu sein schien, so schloß er mit ihm einen Vertrag ab, noch mehr Pflanzen nach England zu senden, sobald jener welche hatte.

»Muß ja ein Riesenvorhaben sein«, sagte einer der holländischen Bauern.

John Tradescant lächelte, doch auf seinem Gesicht zeichnete sich Besorgnis ab. »Das größte überhaupt«, sagte er.

Trotz seines tief verwurzelten Glaubens, daß die Engländer die besten Menschen der Welt seien und England unleugbar das beste Land der Welt, beeindruckte ihn der Fleiß, den die Holländer auf ihr Land verwenden. Jedes Flußufer war so hübsch gestaltet wie die Türstufen der Stadthäuser. Die Leute fühlten sich offensichtlich wohl, und sie waren stolz auf das, was sie geschaffen hatten. Die Städte strahlten Wohlstand aus, und das Land war mit einem Netz von guten Transportwegen versehen, das die löchrigen Straßen Englands nur beschämte.

Die Deiche, die den angespülten Sand und die hohen Meereswogen der Nordsee abhielten, kamen John wie ein Wunder vor, kannte er bisher doch nur das nutzlose, verwahrloste Marschland und die überschwemmten Flußmündungen der Fens und in East Anglia. Er hätte nicht gedacht, daß es möglich war, irgend etwas aus dem vom Salz zerfressenen Land zu machen, doch er sah, daß die holländischen Bauern das Land nutzten. John fielen die Häfen, Meeresarme und all die sumpfigen Flächen an den englischen Küsten ein, selbst im landhungrigen Kent und Essex, und er dachte daran, daß man solches Land in England, von Salz überzogen, brachliegen ließ, wohingegen man es in Holland dem Meer abgewann und bepflanzte.

Er konnte nicht umhin, ein ums andere Mal den Fleiß und die Fertigkeiten der Holländer zu bewundern und sie um ihren Wohlstand zu beneiden. In den holländischen Provinzen herrschte keine Hungersnot, und die Hauptkost war reichlich und gut. Man aß Käse auf Butterbrot, was sowohl nahrhaft als auch fett war. Die Kühe grasten auf saftigen, feuchten Weiden und gaben reichlich Milch. Die Holländer waren ein Volk, das sich wegen seines Kampfes gegen das papistische Spanien als von Gott belohnt betrachtete. John, der die schmalen Kanäle ohne Hast entlangfuhr, links und rechts nach Pflanzen und Blumen Ausschau haltend, fand, daß der protestantische Gott im Vergleich zum katholischen diesem Volk gegenüber sehr großzügig war.

Als sie Den Haag erreichten, schickte Tradescant das vollgeladene Boot zurück mit der Anweisung, alle Pflanzen direkt nach England einzuschiffen. Er stand auf der Kaimauer und beobachtete, wie die schwankenden Kronen der Bäume sich langsam entfernten.

In Flandern kaufte Tradescant Weinstöcke. Er ordnete

an, daß man ihre Wurzeln in feuchte Säcke hüllte und sie für die Überfahrt in alte Weinfässer steckte. Nach England schickte er eine Botschaft voraus, abgefaßt in der sorgfältigen Schrift, die ihm Elizabeth beigebracht hatte, damit ein Gärtner aus Hatfield im Hafen mit einem Fuhrwerk auf die Fracht wartete, um sie noch am gleichen Tag an ihren Bestimmungsort zu bringen. Dort sollte er sie bis zu Tradescants Rückkehr jeden Tag frühmorgens wässern.

Der Gärtner des Prinzen von Oranien gewährte Tradescant Zutritt zu den schönen Anlagen hinter dem Schloß von Den Haag und führte ihn dort herum. Es war ein Garten im großen europäischen Stil, mit langen Steinkolonnaden und breit ausladenden Wegen. Tradescant erzählte ihm von seinen Bemühungen im Park von Theobalds, wo er zwischen die Buchsbaumhecken des Ziergartens anstelle der farbigen Kiesel Lavendel und andere Kräuter gepflanzt hatte. Begeistert nickte der Gärtner und zeigte Tradescant seine Version des gewandelten Stils in einem kleinen Garten neben dem Schloß, in dem er sorgfältig beschnittenen Lavendel als eigenständige Wegbegrenzung genutzt hatte. Das wirkte weicher als die strengen Buchsbaumhecken und farbenfreudiger. Zudem vertrieb der Lavendel die Insekten, und wenn ihn eine Dame mit ihren Kleidern streifte, stieg eine herrliche Duftwolke auf. Als Tradescant aufbrach, führte er einen Korb voller Ableger und einen Brief mit einer Empfehlung für den großen botanischen Garten von Leiden mit sich.

Er begab sich zu Pferde nach Rotterdam. Unterwegs bemühte er sich, von den Einheimischen soviel wie möglich über die Zucht der kostbaren Tulpen in Erfahrung zu bringen. In den abgedunkelten Gewölben der Bierschenken, in denen John erstmals das schwere süße Bier trank, das man »Dickbier« nannte, schwor man ihm hoch und heilig, daß man neue Farben ins Herz der Tulpenblüte zaubern konnte, wenn man die Zwiebel in der Mitte einkerbte.

»Wird die Zwiebel dadurch nicht geschwächt?« fragte John.

Die Männer schüttelten den Kopf. »Das regt sie an, sich zu teilen«, verriet einer unaufgefordert. »Sich zu vermehren. Und was erhalten wir dann?«

John zuckte die Schultern.

»Zwei anstelle von ursprünglich einer! Wenn die Tulpen eine andere Farbe haben, und meist verändert sich die Farbe durch den Einschnitt, dann hast du dein Vermögen um ein Tausendfaches erhöht. Doch haben sie die gleiche Farbe, so hast du zumindest deinen Einsatz verdoppelt.«

John nickte. »Es ist wie ein Wunder«, sagte er. »Jedes Jahr verdoppelt man einfach sein Vermögen.«

Der Mann lehnte sich zurück und strahlte. »Man tut es mehr als verdoppeln«, bestätigte er. »Die Preise steigen ständig. Die Leute sind bereit, jedes Jahr mehr zu bezahlen.« Zufrieden kratzte er seinen dicken Bauch. »Wenn ich mich aus dem Geschäft zurückziehe, werde ich in Amsterdam ein stattliches Haus haben«, prophezeite er voll Stolz. »Und das nur von meinen Tulpen.«

»Ich werde von Euch kaufen«, versprach John.

»Ihr müßt mit zur Auktion kommen«, sagte der Tulpenzüchter entschlossen. »Privat verkaufe ich nichts. Ihr werdet gegen die anderen bieten müssen.«

John zögerte. Bei einer Versteigerung in einem fremden Land, dessen Sprache er nicht verstand, würde der Preis für ihn fast unvermeidlich in die Höhe schnellen. Einer der anderen Züchter neigte sich zu ihm herüber.

»Das ist die einzigste Möglichkeit«, sagte er schlicht. »Der Tulpenhandel ist in Übereinstimmung mit allen Züchtern so festgelegt worden. Geschäfte müssen in den Kollegien abgeschlossen werden, so lautet die Regel. Man kann nichts kaufen, ohne in den Kollegien ein Gebot abzugeben.

Nur so wissen alle, wieviel jede Farbe gegenwärtig einbringt.«

»Ich möchte doch nur ein paar Blumen kaufen«, protestierte Tradescant. »Ich möchte kein Gebot in irgendwelchen Kollegien abgeben, ich weiß nicht, wie man das macht. Ich möchte nur ein paar Blumen haben.«

Der erste Züchter schüttelte den Kopf. »Vielleicht wollt Ihr nur Blumen, doch für uns ist es ein Handel. Wir sind Händler, wir haben ein Kollegium gegründet, und wir kaufen und verkaufen vor den Augen der anderen. So kennen wir den Stand der Preise und können auch sehen, wie sie steigen. Und man verliert den Anschluß nicht.«

»Steigen denn die Preise so schnell?« fragte John.

Der Mann strahlte. »Niemand weiß, wie hoch sie gehen werden«, sagte er. »Niemand weiß das. An Eurer Stelle würde ich meinen englischen Stolz hinunterschlucken, ins Kollegium gehen, mein Gebot abgeben und jetzt kaufen. In der nächsten Saison wird alles teurer sein, und im darauffolgenden Jahr noch teurer.«

John blickte sich in der Bierschenke um. Alle Blumenzüchter nickten, nicht mit der Gier von Kaufleuten nach einem guten Geschäft, sondern mit der stillen Zuversicht von Händlern eines unweigerlich größer werdenden Marktes.

»Ich werde ein Dutzend Säcke einfache rote und gelbe Tulpen nehmen«, entschied John. »Wo befindet sich das Kollegium?«

Der Züchter lächelte. »Genau hier«, sagte er. »Für nichts in der Welt verlassen wir unseren Mittagstisch.« Er nahm einen sauberen Teller und kritzelte einen Preis darauf, dann schob er ihn zu John hinüber. Der Mann neben John stieß ihn in die Rippen und flüsterte: »Das ist zuviel. Drückt den Preis um mindestens zwölf Gulden.«

John änderte den Preis und schob den Teller zurück. Der Züchter wiederum rieb die Zahl ab und schrieb sein letztes Angebot hin. John stimmte zu, und der Teller wurde an einen Haken an der Wand gehängt. Der Mann reichte ihm seine schwielige Hand.

»War das alles?« wollte John wissen und schüttelte die Hand.

»Das ist alles«, sage der Mann. »Ein in der Öffentlichkeit abgeschlossenes Geschäft, wo ein jeder den gebotenen Preis sehen kann. Fair und gut, und kein Bieter oder Verkäufer ist benachteiligt.«

John nickte.

»Es ist eine Freude, mit Euch Geschäfte zu machen, Mr. Tradescant«, sagte der Tulpenzüchter.

Schon am nächsten Tag wurden die Tulpenzwiebeln in Johns Gasthof gebracht, und er sandte sie mit einem Kurier fort, der die strikte Anweisung hatte, sie erst aus den Augen zu lassen, wenn er sie im Londoner Hafen auf ein Fuhrwerk nach Hatfield verfrachtet hatte. John schrieb einen Brief nach Meopham mit den zärtlichsten Grüßen und einem Kuß für Klein J. und der Mitteilung, daß er nach Paris weiterreisen würde.

Als er den Brief versiegelte und ihn dem Kurier übergab, da wurde ihm klar, daß er nun in der Tat ein Reisender war. Vor der Fremdheit des europäischen Kontinents hatte er keine Furcht. Er hatte das überwältigende, geradezu rauschhafte Gefühl, daß er hier ein Pferd mieten, es dort durch ein anderes ersetzen könne und so fort und daß er so durch ganz Europa reiten könne, durch das Herz des papistischen Spaniens, ja selbst bis nach Afrika. Er war kein Inselbewohner mehr, er war ein Reisender geworden.

Er sah dem Boot hinterher, wie es mit den kostbaren Tulpenzwiebeln den Kanal hinunterfuhr und entschwand, dann kehrte er wieder zum Gasthof zurück. Das Pferd wartete, es war für ihn gesattelt, er hatte seine Rechnung bezahlt, sein Reisebündel war bereit. John warf sich den dicken Umhang um die Schultern, hievte sich in den Sattel und lenkte das Pferd in Richtung Westtor.

»Wo wollt Ihr hin?« fragte einer der Tulpenzüchter, der sah, wie ihm ein guter Kunde davonritt.

»Nach Paris«, rief ihm John zu. »Ich werde die Gärten des französischen Königs besuchen und noch mehr Pflanzen kaufen. Ich glaube, ich werde halb Europa aufkaufen!«

Der Mann lachte und winkte ihm nach.

Bis zur Grenze waren die Straßen in gutem Zustand. Doch dann wurden sie zu einem einzigen Schlammpfad, in dem sich zu allem Überfluß tiefe Löcher befanden. John hielt sorgsam nach großen Waldstücken Ausschau, in denen sich, hinter den Bäumen versteckt, ein Château befinden mochte. Entdeckte er eine unlängst gepflanzte Allee, so bog er von der Straße ab und suchte nach dem französischen Gärtner, um herauszubekommen, woher er seine Bäume hatte. Bot ihm jemand seltene Bäume an, so bestellte er welche davon. Sie sollten aber erst bei kälterem Wetter ausgegraben und nach Hatfield geschickt werden. An den großen Lord Cecil persönlich.

Als sich John Tradescant Paris näherte, wurden die Wälder lichter, nur die Forsten für die Jagd waren davon ausgenommen. Und die Straßen wurden von kleinen Bauernhäusern und Gärtnereien gesäumt, die den unstillbaren Hunger der großen Stadt befriedigen sollten. Von seinem Sitz hoch oben auf dem Pferderücken konnte John gut über die Mauern der Gärten und Obstgärten schauen und sah, was man dort anbaute. Als Mann aus Kent konnte er es sich leisten, die Qualität ihrer Äpfel zu verachten, doch er beneidete sie um die Größe ihrer Pflaumenbäume und um die Reife ihrer Früchte, und er hielt ein halbes Dutzendmal an, um besondere Pflaumenarten zu kaufen, die für ihn neu waren.

Mit einem reisenden Garten – zwei Wagen voller verschiedenster Bäume und Sträucher – zog er in Paris ein. Nun mußte er einen Gasthof ausfindig machen, der auf solch große Gepäckwagen eingerichtet war, wo er seine Neuerwerbungen verpacken und nach England schicken konnte.

Sobald sie auf den Weg gebracht waren, ließ John nach einer Wäscherin rufen, die seine Sachen waschen und stärken und seinen Umhang vom Staub befreien sollte, damit er mit seinem Empfehlungsschreiben beim Gärtner des französischen Königs, dem berühmten Jean Robin, vorstellig werden konnte.

Robin hatte schon von Tradescant gehört und war ganz gespannt auf Nachrichten über das neue große Schloß und die Gärten von Hatfield. Natürlich würden sie im französischen Stil angelegt sein, sie sollten ja von einem Franzosen gestaltet werden, doch was war mit den Wäldern, mit den Wegen? Und was hielt Tradescant von den Tulpenpreisen, würden sie steigen oder noch ein Jahr auf gleicher Höhe bleiben? Wie hoch sollte überhaupt der Preis für eine Tulpenzwiebel sein? Man müßte doch einmal an einen Punkt gelangen, wo er nicht mehr höher kletterte?

Tradescant und Jean Robin gingen ein paar Stunden durch den königlichen Garten und ließen sich dann zu einem üppigen Mahl nieder, das mit mehreren Flaschen Bordeaux aus dem königlichen Weinkeller veredelt wurde. Zum Essen kam auch Jean Robins Sohn hinzu, der sich erst den Schmutz von der Arbeit im Garten von den Händen wusch, ehe er sich setzte und seinen Kopf zu einem papistischen Gebet senkte. Während sie die üblichen lateinischen Worte murmelten, rutschte John unbehaglich auf seinem Stuhl hin und her, doch als der junge Mann das Brot anbrach, da mußte er lächeln.

»Ich hoffe, daß mein Sohn auch einmal meinen Platz einnehmen wird«, sagte John. »Er ist noch klein, doch ich werde ihn an meine Arbeit heranführen, und – wer weiß?«

»Ein Mann, der sich auf ein Handwerk versteht, der sollte es weitergeben«, sagte Jean Robin langsam, damit John ihn besser verstehen konnte. »Doch wenn es um einen Garten geht, der ja nur langsam heranwächst, dann pflanzt man ihn sowieso für seinen Sohn und dessen Söhne an. Es ist schön, einem Jungen sagen zu können, sieh dir diesen Baum an, wenn er soundso hoch ist, dann möchte ich, daß du ihn soundso beschneidest. Zu wissen, daß der Garten weiterlebt und daß die eigene Arbeit und die eigenen Pläne weiterleben werden, selbst wenn man tot ist.«

»Das ist das Erbe eines armen Mannes«, sagte John nachdenklich.

»Ich möchte kein anderes Erbe als einen wunderschönen Garten hinterlassen«, erklärte Jean Robin. Er lächelte seinen Sohn an. »Was für eine Hinterlassenschaft für einen jungen Mann!«

Als sie eine Woche später auseinandergingen, hatten sie sich ewige Freundschaft innerhalb der Bruderschaft der Gärtner geschworen, und Tradescant war mit Körben von Ablegern, mit Beuteln voller Samen und Dutzenden von Wurzeln und Schößlingen ausgestattet.

»Und wohin begebt Ihr Euch jetzt?« fragte Robin ihn beim Abschiedsmahl.

John hatte das spontane Verlangen zu sagen, daß er nach Spanien weiter wolle. »Heim«, sagte er in seinem stockenden Französisch. »Heim zu meinem Weib.«

Robin klopfte ihm auf die Schulter. »Und zu den neuen Gärten von Hatfield«, sagte er, als zweifelte er nicht daran, was wohl das wichtigste war.

Im Dezember erreichte John Meopham. Er küßte Elizabeth und dann Klein J., der schon recht entrüstet darüber war, nicht beachtet zu werden. Er hatte dem Kleinen einen Holzsoldaten mitgebracht, von einem Franzosen geschnitzt, der die Uniform der Leibwache des Königs trug. Klein J. konnte bereits sprechen und beharrte fest auf seinem Willen. Besonders mochte er nicht, daß John wieder in Elizabeths Bett zurückgekehrt war.

»Das ist mein Platz«, erklärte er entschieden und funkelte in den frühen Morgenstunden des ersten Tages den heimgekehrten Vater entrüstet an. John, der eigentlich vorgehabt hatte, Elizabeth zu lieben, sobald sie aufgewacht waren, war ganz verblüfft über die offene Feindseligkeit im Gesicht seines kleinen Sohnes.

»Das ist mein Bett«, verteidigte der Vater seinen Anspruch. »Und meine Frau.«

»Das ist meine Mutter!« rief Klein J. und warf sich gegen seinen Vater.

John schnappte sich die beiden kleinen Fäuste und klemmte sich den sich windenden Körper unter den Arm. »He! Was ist denn? Ich bin jetzt daheim, Klein J., und das hier ist mein Platz.«

Elizabeth lächelte über die beiden. »John, er war drei Monate lang der Herr im Hause, du bist lange fort gewesen.«

John neigte den Kopf zu seinem kleinen Sohn hinunter, der immer noch in seinem Arm zappelte, und gab ihm einen Kuß auf den nackten Bauch. »Er wird schon lernen, mich zu lieben«, sagte er. »Ich werde bis zum Dreikönigsabend bleiben.«

Elizabeth protestierte nicht. Ihr wurde wieder einmal bewußt, daß der Garten des Grafen über allem anderen stand, und sie schwang sich auf eine Art aus dem Bett, die ihre Gefühle recht deutlich machte. John ließ sie gehen, seine Augen ruhten immer noch auf dem klugen kleinen Gesicht seines Sohnes.

»Eines Tages werde ich dich mitnehmen«, versprach er.

»Es ist nicht so, daß ich dich hier von deinem Platz verdränge – du sollst meinen Platz mit mir teilen.« Er nickte zum Fenster hinüber, das auf die Dorfstraße ging, doch er meinte eine größere Welt, weit über die Straßen nach London hinaus. Er meinte Europa, er meinte Afrika, er meinte den Osten.

## Frühjahr 1611

John blieb ein wenig länger als drei Wochen in Meopham, gerade lange genug, um in dem kleinen Haus bei Elizabeth seinen Platz einzunehmen und sich mit seinem Sohn zu versöhnen. Dann mietete er wieder einen Frachtwagen samt Kutscher, in der Absicht, über die schlammbedeckten, beinahe unpassierbaren Straßen nach Dorset zu fahren und weitere Bäume zu kaufen: Apfelbäume für den Obstgarten und auch Kirsch-, Birnen-, Quitten- und Pflaumenbäume. Außerdem Bäume für den Park: Eichen, Ebereschen, Birken und Buchen.

»Wo willst du die nur alle herbekommen?« wollte Elizabeth wissen, als sie ihm seinen sorgfältig ausgebesserten Reiseumhang brachte und ihm einen Korb mit Proviant unter den Sitz stellte.

»Ich werde sie in den Obstgärten kaufen«, antwortete John mit Bestimmtheit. »Sie verkaufen Äpfel, warum nicht auch Bäume?«

»Und die anderen Bäume für den Park?« erkundigte sie sich beharrlich.

»Die werde ich mir einfach nehmen«, sagte John. »Aus jedem Wald auf meinem Weg. Wenn ich durch die königlichen Jagdgründe, den New Forest, fahre, halte ich bei jedem jungen Baum an, den ich gebrauchen kann, und grabe ihn aus.«

»Dann wirst du gewiß am Galgen enden!« rief Elizabeth aus. »Man wird dich vor die versammelten königlichen Forstmeister zerren und dich wegen Beschädigung des königlichen Jagdreviers hängen.«

»Wie soll ich denn sonst all die Bäume für meinen Lord beschaffen?« fragte John. »Wie denn?«

John reiste durch ganz England und führte auf seinen schwankenden Fuhrwerken jede Menge kleine Bäume mit. Inzwischen war er auf der Straße nach Westen recht bekannt, und wenn ihn die Kinder mit den hinter ihm herrumpelnden Karren in die Stadt kommen sahen, rannten sie zum Brunnen, um Wasser für Mr. Tradescants Bäume zu holen.

Das Herrenhaus von Hatfield war fast fertig, und die Gärten nahmen langsam Gestalt an. Es hatte eine einzige längere Unterbrechung der Arbeiten gegeben, als bei den Handwerkern das Geld knapp wurde und auch die großen Geldtruhen Cecils leer waren. John hatte damals um seinen Herrn gebangt, er hatte gefürchtet, daß ihm die Kosten für das Haus und den Park über den Kopf gewachsen waren, so wie jedermann es prophezeit hatte. John spürte, auch wenn er es nicht sicher wußte, daß Cecil bei Hofe an allen Ecken und Enden Feinde hatte, die sich im Augenblick noch vor dem Minister verbeugten und ihm schmeichelten, die aber bei dem geringsten Anzeichen von Schwäche wie eine Meute Hunde über ihn herfallen und ihn zu Boden reißen würden. Kaum waren Gerüchte laut geworden, daß Cecil sich übernommen habe und scheitern werde, da erhielten die Bauleute plötzlich wieder Geld. Und auch John bekam Geld für seine Bäume.

»Wie ist Euch das nur gelungen?« fragte John Cecil. »Habt Ihr Eure Seele verkauft, mein Lord?«

Cecil lächelte grimmig. »Alles, nur nicht das«, sagte er. »Ich habe all meine anderen Besitztümer verkauft, und den Rest habe ich mir geliehen. Dieses Haus hier mußte fertig werden, John. Und unser Garten auch.«

Zuerst machte sich John auf den Flächen vor dem Haus zu schaffen, insbesondere im riesigen Ziergarten unterhalb der Terrasse, wo die Privatgemächer des Grafen lagen. Jeder Weg, der vom Haus fortführte, war genau in Verlängerung der unteren Fenster angelegt, so daß sich Cecil beim Hinausschauen immer eine gerade Linie bot, die sich bis zum fernen Horizont erstreckte. Tradescant hatte, ganz entgegen bisheriger Gewohnheit, die Wege von jeder Wegkreuzung an mit unterschiedlichen Pflanzen eingefaßt, so daß die Farbe des Heckensaums verschwamm und immer blasser wurde, je weiter das Auge vom Hause her in die Ferne schweifte. An jeder Kreuzung stand eine kleine Statue, eine Anregung zur Meditation über die Vergänglichkeit des Lebens und die Eitelkeit unserer Wünsche.

»Ich hätte ebensogut das Schild eines Geldverleihers aufstellen können«, sagte Cecil mürrisch, als sie die neuen Wege entlangschritten, und John grinste.

»Man hat Euch gewarnt, mein Lord«, sagte er liebevoll. »Doch Ihr wolltet ja Euren Kopf durchsetzen.«

»Willst du mir etwa sagen, daß ich nicht recht getan habe?« fragte Cecil und schaute mit dunkel leuchtenden Augen zu dem größeren Mann auf.

Tradescant schüttelte den Kopf. »Aber nein! Es war ein gewaltiges Vorhaben. Und es wurde großartig ausgeführt, obwohl es immer noch viel zu tun gibt.«

»Du hast mir ein großes Geschenk gemacht«, sagte der Graf nachdenklich. Sie stiegen die Stufen zur Terrasse hinauf. Cecil hinkte wie immer, verzichtete jedoch auf Hilfe. John lief neben ihm, die Hände tief in die Taschen vergraben, damit er nicht doch noch seinen Herrn beim Arm nahm. Als sie oben angelangt waren, warf ihm Cecil rasch einen Blick zu, mit dem er sich für seine Zurückhaltung bedankte.

»Geh noch ein Stück mit mir spazieren«, sagte er.

Die beiden Männer schritten Seite an Seite über die Terrasse und blickten auf den Ziergarten hinab. »Du hast mir ein großes Geschenk gemacht, das von Jahr zu Jahr immer schöner wird. Die meisten Geschenke braucht man in den ersten Wochen auf, wie eine junge Liebe. Doch du hast mir eines gemacht, das noch Bestand haben wird, wenn wir beide längst vermodert sind.«

John nickte. Der Himmel über ihnen war mild und grau. Nur im Westen, wo die Sonne untergegangen war, zeichnete sich der Strich einer rosafarbenen Wolke ab. Von irgendwoher rief eine Eule; dann sahen sie den blassen Umriß des Vogels über dem neuen Obstgarten davonschweben, in die Ferne, dorthin, wo das Land ins Tal hinabfiel.

Der Graf lächelte. »Manchmal denke ich, daß das größte, was ich jemals für England getan habe, war, dich arbeiten zu lassen, mein John. Nichts gibt mir mehr Freude als das.«

Tradescant wartete. In letzter Zeit war der Graf nicht häufig zu Gesprächen aufgelegt gewesen. Meist waren sie schweigend durch Garten und Park gewandelt. Tag für Tag türmten sich neue Hindernisse auf. Die Macht der Günstlinge des Königs war nach wie vor gewaltig; die von der Verschwendungssucht des Hofes hervorgerufenen finanziellen Ausgaben stiegen ins Unermeßliche. Bei Hofe hatten jetzt Maskenspiele alle anderen Vergnügungen abgelöst. Zu jedem Anlaß wurde ein Stück teuer in Szene gesetzt: Es mußte an einem Tag verfaßt, die Musik dazu komponiert und die Ausstattung und die Garderobe entworfen und angefertigt werden, um bereits am nächsten Abend vergessen zu sein. Jeder Favorit bei Hofe, ob Frau oder Mann, mußte ein Kostüm tragen, das von Juwelen übersät war, jeder wichtige Mime mußte in einem Triumphwagen eintreffen oder unter Feuerwerk abgehen.

König James hatte gleichzeitig mit dem Thron von England ein riesiges Vermögen geerbt. Die legendäre

Knausrigkeit der alten Königin war dem Land außerordentlich gut bekommen. Ihr Vater hatte ihr einen Thron mit zweierlei Einkommensquellen hinterlassen: den ständigen Einnahmen aus dem Verkauf von Stellungen bei Hofe, von Privilegien und Ämtern, und zum anderen mit der vortrefflichen Ausbeute aus den Steuern, denen das Parlament bereitwillig zustimmte. Das Verhältnis zwischen Krone und Parlament unterlag empfindlichen Schwankungen. Besteuerte man das Gewerbe zu stark, würden sich die Händler, Kauf- und Bankleute beschweren. Erbat die Königin öfter etwas vom Parlament, würde sich der Landadel, der dort saß, die Kontrolle über die königliche Politik erkaufen. Nur indem sie bei jeder Ausgabe knauserten und eher Anleihen aufnahmen, immer wieder auf Geschenken bestanden und absolute Korruption zuließen, hatten der Tudorkönig Henry und seine Tochter Elizabeth für sich ein Vermögen gescheffelt und ihrem Land einen steten und verläßlichen Wohlstand garantiert. Dieser Prozeß hatte mit dem gewaltigen Diebstahl der Besitztümer der römisch-katholischen Kirche begonnen, und mit Charme und List war er von den Tudors weitergeführt worden.

Für König James war dieses Geschäft neu, doch er hatte Cecil und fünfzig andere Männer, die ihn berieten. Der Graf hatte angenommen, daß der neue König, der zuvor in den kalten Burgen eines armen Landes von der Hand in den Mund gelebt hatte, all den legendären Geiz seiner Familie an den Tag legen und die Vorliebe der Tudors zur Repräsentation nicht teilen würde.

Doch da hatte sich Cecil geirrt. James, der gerade erst einen der reichsten Throne Europas bestiegen hatte, verstand nicht, warum er nicht alles haben sollte, was er begehrte. Das Geld aus der königlichen Schatztruhe ergoß sich in Strömen über die neuen Favoriten und den gesamten neuen Hof. Nicht einmal Cecils ständiger Streit um die Steuern, deren Eintreibung an andere Höflinge verpachtet wurde, nicht der Verkauf von Titeln, die Ausbeutung der adligen Waisen, die unter der Vormundschaft des Königs standen, nicht einmal das konnte dem Thron die Kassen wieder füllen. Bald würde der König ein neues Parlament einberufen müssen, und es würde sich gegen ihn aussprechen und gegen die Günstlinge bei Hofe, und die ewige Auseinandersetzung – hier der König und das Volk dort – würde wieder aufflammen. Wer wußte schon, wohin solch eine Debatte führte?

Der Graf humpelte voran. Seine arthritische Hüfte schmerzte ihn beim Gehen; in den letzten Monaten war es noch schlimmer geworden. John, der es vermied, ihm sein Bedauern auszusprechen, rückte näher zu ihm auf. Da lehnte sich sein Herr gegen seine Schulter.

»Mein Leben bestand immer aus einem Jonglieren mit den Mächten, die uns lenken«, sagte der Graf. »Ich muß nur schön die Konsequenzen abwehren. Er verfährt mit dem Vermögen der alten Königin, als hätte das Faß keinen Boden. Und nichts kann man dafür vorzeigen. Keine Straßen, keine Seeflotte, keinen Schutz für die Handelsschiffe, keine neuen nennenswerten Kolonien ... nicht einmal ein bißchen Theater für das Volk.«

Es wurde dunkler, die frühe kühle Dämmerung des Sommers verbarg die kahlen Stellen des Gartens, verschleierte die noch häßlichen Ecken. Der Duft der vom Grafen so geliebten Nelken, die John in große dekorative Gefäße auf der Terrasse gepflanzt hatte, stieg in die Luft auf, als die Umhänge der Männer über sie hinwegstreiften. John beugte sich hinunter, pflückte eine Nelke und reichte sie dem Grafen.

»Ihr habt den neuen König auf den Thron dieses Landes gebracht«, bemerkte John. »Ihr habt ihm gut gedient. Und er kam ohne Zwist hierher. Ihr habt dem Land den Frieden bewahrt.«

Der Graf nickte. »Das vergesse ich nicht. Doch dieser kleine Kastanienbaum, John, der kleine Baum in dem Topf, der bringt den Engländern auf lange Sicht vielleicht mehr Glück als all meine Pläne.«

»Die meisten Menschen interessieren sich nicht für Politik«, sagte John rechtfertigend. »Ich selbst ziehe auch den Baum vor.«

Der Graf lachte. »Ich muß dir etwas zeigen, was dich gewiß überraschen wird.«

Er drehte sich um, und der Gärtner folgte ihm zurück zum Herrenhaus. Die große Doppeltür stand weit offen, ein Lakai an jeder Seite. Der Graf ging an ihnen vorbei, als seien sie unsichtbar. John nickte ihnen freundlich zu.

Der Graf führte John in die schummrige Empfangshalle. Der Holzfußboden und die Holztäfelung rochen süßlich und neu, in den Ecken befand sich immer noch Sägemehl. Die Faltenfüllungen auf der Täfelung waren scharfkantig und hell. Selbst in der Dämmerung leuchtete alles, als wäre es in Sonnenschein getaucht.

Am Fuße der Treppe befand sich ein großer Endpfosten, den der Holzschnitzer in ein Tuch gehüllt hatte, als er sein Tagewerk beendet hatte. Der Graf zog das Tuch an einer Seite herunter.

»Was siehst du?«

John machte einen Schritt nach vorn. Der Pfosten war rechteckig und hoch, die Größe entsprach den Maßen der Halle. Oben waren Akanthusblätter, Girlanden und Bänder eingeschnitten. Eine Seite der rechteckigen Säule war erst halb fertig, doch die andere war schon vollendet. Sie stellte einen Mann dar, der gerade den Sockel verlassen wollte, der aus der geschnitzten Fläche heraustrat, als wolle er seinen Platz in der ihn umgebenden Welt einnehmen, als wolle er seine Arbeit in die entferntesten Gegenden der Erde tragen.

In einer Hand hielt die Figur eine Harke hoch, in der

anderen eine große phantasievolle Blume, die aus einem riesigen Topf ragte, in dem sich vielerlei Früchte und Samen befanden: ein Füllhorn voll trefflicher Dinge. Der Mann trug eine bequeme bauschige Kniebundhose und einen derben Überwurf, und auf seinem Kopf saß verwegen und schelmisch schief ein Hut. Voller Ehrfurcht stieß John einen Laut des Erstaunens aus, denn er erkannte sich selbst, in Holz geschnitzt, auf dem Endpfosten der Treppe.

»Guter Gott! Bin ich das?« fragte John flüsternd.

Robert Cecils Hand ruhte auf seiner Schulter. »Das bist du«, sagte er. »Und recht ähnlich, wie mir scheint.«

»Warum habt Ihr mich hier verewigen lassen, mein Lord?« fragte John. »Wo es doch ganz andere Dinge gäbe?«

Der Graf lächelte. »Bei der großen Auswahl, die ich habe: die drei Grazien oder Zeus oder Apollo oder etwas aus der Bibel oder gar den König persönlich? Da soll doch lieber mein Gärtner den größten Treppenpfosten meines Hauses zieren.«

John blickte auf die unbekümmerte Zuversicht, mit der der Hut auf dem Kopf der Figur saß, und er betrachtete die geschulterte Harke. »Ich weiß nicht, was ich sagen soll«, entgegnete er einfach. »Das ist zuviel für mich. Da bleibt mir die Luft weg!«

»Der Ruhm kommt in vielerlei Gestalt, Tradescant«, bemerkte Robert Cecil. »Und die Leute werden sich an dich erinnern, wenn sie unter ihren Kastanienbäumen sitzen und deine Pflanzen in ihren Gärten blühen. Und hier bist du nun, und hier wirst du sein, solange mein Haus steht, für immer festgehalten, wie du mit einer Pflanze in einer Hand und mit der Harke in der anderen in die Welt trittst.«

# Herbst 1611

Elizabeth und Klein J. zogen schließlich nach Hatfield House um. Gertrude, von plötzlicher mütterlicher Zärtlichkeit erfüllt, kam, um sie mit großem Gejammer zu verabschieden. All ihr Hab und Gut war auf ein Fuhrwerk geladen worden. Elizabeth saß neben John auf dem Kutschbock und Klein J. zwischen ihnen eingezwängt.

»Wo ist der Kastanienbaum?« fragte John.

»Dieser Baum!« rief Gertrude, doch in den Worten schwang nicht ihre alte Gehässigkeit mit.

»Sicher verstaut hinter uns«, sagte Elizabeth. »Neben den Küchensachen.«

John reichte ihr die Zügel des ruhigen Pferdes und ging hinten um den Wagen herum auf der Suche nach dem Kübel mit dem Baum. Er lehnte schief gegen das Geländer. Während der ruckelnden Fahrt hätte von dem zarten Stämmchen die Rinde abgerieben werden können. John preßte die Lippen zusammen, damit ihm kein hartes Wort darüber entschlüpfte. Elizabeth hatte viel Arbeit gehabt: den Umzug des Haushalts und ein kleines Kind, das den ganzen Tag so lebhaft wie ein junger Hund um sie herumlief. Er sollte sie nicht dafür tadeln, daß sie mit etwas unvorsichtig umgegangen war, das nur als Pfand seiner Liebe Bedeutung für sie gewonnen hatte. Er lud ein paar Stühle ab und packte einige Sachen in der Ecke des Wagens noch einmal um, damit der Baum von allen Seiten her abgestützt wurde. Dann ging er wieder zum Kutschbock vor.

»Ist dein Lieblingsstück sicher untergebracht?« fragte Elizabeth etwas spitz.

John nickte, denn er wollte sich nicht auf einen Streit einlassen. »Es ist eine seltene Kostbarkeit«, erinnerte er sie sanft. »Vielleicht ist der Baum mehr wert als alles, was sonst noch auf dem Wagen ist. Wir wären Narren, wenn wir nicht vorsichtig damit umgingen.«

Gertrude warf Elizabeth rasch einen Blick zu, als wolle sie sich über die Starrsinnigkeit der Männer beklagen. Elizabeth lehnte sich herunter und küßte ihre Mutter zum Abschied.

»Besuche uns in Hatfield«, sagte Elizabeth.

Als sich das Gefährt in Gang setzte, trat Gertrude einen Schritt zurück. Sie winkte. Klein J. winkte zurück. Einen Moment dachte sie, daß sie weinen könnte, doch obwohl sie ihr Gesicht verzog und an den Verlust ihrer Tochter und ihres Enkels dachte, kamen ihr nicht die Tränen.

»Gute Reise!« rief sie und sah, wie es sich Tradescant auf dem harten Kutschbock bequem machte, als richte er sich ein, eine Reise um die halbe Welt anzutreten.

O ja, sagte sie zu sich, als sich das Fuhrwerk entfernte. Ich sehe dich, John Tradescant, wie bei dem Wort »Reise« dein Herz vor Freude hüpft. Es wäre besser für Elizabeth gewesen, einen guten Bauern aus Kent zu heiraten, damit sie in der Kirche ihres Vaters nicht nur getauft und verheiratet, sondern auch begraben wird. Doch das hätte dir nicht gereicht, denn du bist durch und durch Cecils Gefolgsmann, und all sein Ehrgeiz ist auch deiner – selbst wenn er sich auf gar seltsame Weise zu zeigen scheint, mit deinen Raritäten und deinen Reisen. Meopham wäre nie groß oder fremd oder merkwürdig genug für dich gewesen.

Ein kleines Taschentuch wehte aus dem entschwindenden Wagen, und Gertrude zog ihr eigenes hervor und schwenkte es.

»Und dennoch«, sagte sie philosophisch. »Er schlägt sie nicht, und es gibt weitaus schlimmere Dinge, denen ein

Mann den Vorzug vor seiner Frau geben könnte, als einen Garten und einen Lord.«

Die Stimmung von Elizabeth und John, die nichts von dieser grausamen und recht treffenden Einschätzung ihres Lebens wußten, wurde besser und besser, je weiter sie sich von Meopham entfernten.

»Es erscheint mir merkwürdig, woanders zu leben, doch ich werde mich daran gewöhnen«, sagte Elizabeth. »Und ein größeres Haus und ein hübscherer Garten ...«

»Und für Klein J. zum Spielen all die Parkflächen statt der Dorfstraße«, erinnerte sie John. »Und Gärten, wie es keine jemals zuvor in England gegeben hat. Springbrunnen und Wasserläufe!«

»Wir müssen aufpassen, daß er nicht losmarschiert und hineinfällt«, sagte Elizabeth. »So stürmisch, wie er ist. Oft genug hat ihn mir schon jemand zurückgebracht, der ihn auf halbem Wege nach Sussex aufgelesen hatte.«

»Er kann in den Gärten meines Lords herumstreunen, soviel er will«, sagte John voller Zufriedenheit. »Es wird ihm dort nichts zustoßen.«

»Und werden wir unser Essen in der Halle oder lieber in unserem Haus einnehmen?« fragte Elizabeth.

»Das bleibt uns überlassen, wenn der Lord nicht im Schloß weilt. Doch wenn er da ist, dann möchte er seine Leute in der Halle um sich versammelt sehen. Und da möchte ich auch dabeisein.«

»Das war gut so, als es niemanden gab, der dir dein Essen zu Hause kochte«, bemerkte Elizabeth. »Doch nun bin ich ja da ...«

John legte freundlich seine Hand auf die ihre. »Wenn er durch die Halle blickt, um mich zu sehen, dann muß ich dasein«, erinnerte er sie. »Es geht nicht darum, ob du mir das Essen kochst oder die Köche. Es geht nicht einmal darum, in wessen Gesellschaft ich mich lieber aufhielte. Wenn er mich sucht, muß ich dasein. Das solltest du aber inzwischen wissen, Elizabeth. Wir leben schließlich jetzt auf seinem Grund und Boden, in einem Haus, das ihm gehört und uns frei zur Verfügung gestellt wird. Denk daran, daß er immer zuerst kommt.«

Einen Augenblick dachte er, daß sie nun aufbrausen würde, daß es zu einem Streit käme und sie schmollen würden – was sie beide schrecklich gern taten –, und das konnte gut die zwei Tage ihrer Reise andauern. Doch dann merkte er, wie sie die schlichte Wahrheit akzeptierte.

»Ich weiß«, sagte sie, »doch es fällt mir schwer. Die Leute, von denen ich abstamme, meine Familie, sie besitzen alle ihr eigenes Land. Sie essen, wo es ihnen gefällt.«

»Manchmal nur Brot und Speck«, unterstrich John.

»Und wenn schon. Es ist ihr eigenes Brot und ihr eigener Speck, und sie fürchten nicht um die Gunst irgendeines Herrn.«

John nickte. »Wenn ich damit zufrieden gewesen wäre, ein eigenständiger Bauer oder Gärtner mit begrenzten Möglichkeiten zu sein, mit einer kleinen Gärtnerei für Blumen oder Gemüse, dann wäre ich genauso wie sie. Doch ich wollte mehr, Elizabeth. Ich wollte die Möglichkeit haben, den größten Garten Englands anzulegen. Und Lord Cecil hat sie mir geboten, als ich ein junger, unerfahrener Mann war, so jung, daß die meisten anderen Herren mich für ein weiteres oder gar drei Jahre woanders in die Lehre gegeben hätten, ehe sie mich überhaupt dafür in Betracht gezogen hätten. Er ist das Risiko mit mir eingegangen. Er hat mir den Park von Theobalds Palace anvertraut, als ich kaum trocken hinter den Ohren war.«

»Siehst du denn nicht, was der Preis dafür ist?« fragte sie ihn. »Du kannst dir nicht einmal aussuchen, wo du dein Essen einnimmst oder wo du wohnst. Ich glaube sogar manchmal, daß du dir nicht aussuchen kannst, was du in deinem Herzen fühlst. Seine Gefühle stehen im Mittelpunkt. Nicht die deinen.«

»So ist es eben«, stellte er fest. »So ist es in der Welt.«
Sie schüttelte den Kopf. »Nicht in Meopham. Nicht in meiner Familie. Nicht auf dem Lande. So ist es am Hof, wo ein jeder die Gunst und die Protektion eines hohen Mannes erlangen muß, um aufzusteigen, wo jeder hohe Mann seine Gefolgsleute haben muß, um seine Wichtigkeit zu zeigen. Doch es gibt im ganzen Land genug Leute, die nach ihrem eigenen Gutdünken leben und keinen Gebieter haben.«

»Meinst du denn, daß das besser ist?«

»Natürlich«, sagte sie, doch sie merkte, daß ihre Vorstellung von Freiheit ihm wie ein Verlust vorkam, eine Leere, die er nicht hätte ertragen können.

»Ohne meinen Lord wäre ich nicht so weit gekommen«, sagte er. »Und was du für Freiheit hältst, das ist nur ein kleiner Preis, wenn man mit Herz und Seele einem großen Mann gehört. Diesen Preis zahle ich gern.«

»Aber ich bezahle ihn auch«, sagte sie leise.

Er blickte kurz zu ihr hinüber, als hätte ihn etwas in ihrer Stimme zärtlicher gestimmt, als würde er etwas bedauern und als hätten sie einander mehr bedeuten sollen. Sie hoffte, daß er nun seinen Arm um sie legen und sie ganz dicht an sich heranziehen und mit einer Hand die Zügel halten würde, wie ein Mann es mit seiner Liebsten tat, wenn sie zum Jahrmarkt fuhren. »Ja, du mußt auch dafür bezahlen«, gab er zu und hielt nach wie vor mit beiden Händen die Zügel fest. »Du wußtest, daß du einen Mann heiratest, der in Diensten steht. Ich war bereits Robert Cecils Gärtner, noch ehe ich mich verlobte, geschweige denn heiratete. Das wußtest du, Elizabeth.«

Sie nickte und richtete ihre Augen weiter auf die gerade Straße vor ihnen. »Das wußte ich«, sagte sie ein wenig bitter. »Ich beschwere mich nicht.«

Er beließ es dabei, und sie duldete es so, und er vertraute darauf, daß das Haus, das ihnen sein Lord zur Verfügung gestellt hatte, sie vielleicht eher zu der Einsicht umstimmen konnte – denn er konnte es nicht –, daß es besser war, der Diener eines großen Herrn zu sein als ein kleiner Mann auf eigenen Füßen. Als sie vor dem Cottage vorfuhren, sah er ihr Gesicht und wußte, daß sie sich erst einmal nicht mehr über den Grafen beschweren würde.

Das Haus, das sie bewohnen sollten, war kein gewöhnliches Cottage – nicht zwei enge Räume im Erdgeschoß und eine wacklige Treppe zu einer Schlafkammer auf dem Heuboden – nein, es war ein nettes Haus mit einem Zaun darum und einem mit Ziegelsteinen gepflasterten Weg, der zur Vordertür führte, die ebenerdig und mittig in der Hausfront saß und von zwei Fenstern umrahmt wurde, zwei richtig verglasten Fenstern, deren rautenförmige Scheiben in dickes Blei gefaßt waren.

»Oh! Oh!« Elizabeth glitt von dem harten Kutschbock hinunter. Ihr fehlten die Worte.

Dickes helles Stroh lag schwer auf dem niedrigen Dach. Die Balken in den Wänden waren so neu, daß sie im Vergleich zu dem blassen Rosa des getünchten Putzes ganz golden wirkten.

»Gerade erst gebaut!« flüsterte Elizabeth. »Für uns gebaut?«

»Für uns und niemand anderen. Tritt ein«, forderte John sie auf.

J. folgte dicht hinter ihr, und sie besah sich alles mit weit aufgerissenen Augen. Sie schritt über die Türschwelle ihres neuen Heims und stand auf einmal mitten in einer mit Steinplatten ausgelegten Diele, in der im Kamin schon ein Begrüßungsfeuer loderte. Rechter Hand lag die Küche mit einem riesigen steinernen Spülbecken und einem ausladenden Herd. Zur Linken befand sich ein kleiner Raum, den sie ganz nach Belieben nutzen konnte:

als Vorratskammer oder als Wohnzimmer; und unmittelbar vor ihr sah sie eine außerordentlich solide Treppe, die zu den beiden oberen Zimmern führte. In jedem war Platz genug für ein großes Bett.

»Und ein Garten«, sagte John frohlockend.

»Ein Garten!« Elizabeth lachte darüber, wie gut man bei ihrem Mann etwas voraussahen konnte; doch sie ließ sich willig von ihm die Stufen hinunter und durch die Küche zur Hintertür führen.

Cecil hatte John aufgefordert, sich von den Baumschößlingen und den Pflanzen aus den Schloßgärten alles das zu nehmen, was er haben wollte, um hier seinen eigenen Garten anzulegen. John hatte in dem kleinen, von Mauern umgebenen Areal einen Obstgarten gepflanzt, einen Weg mit spalierten Apfel- und Pflaumenbäumen angelegt und an der Hintertür einen Küchengarten mit Kräutern und Salaten, mit einem Beet Erdbeeren und weiteren Beeten mit Bohnen, Erbsen, Zwiebeln und anderem Gemüse.

»Es sieht alles so – gut angewachsen aus!« Schließlich hatte sie das Wort gefunden. »Als sei es schon seit ewigen Zeiten in der Erde.«

Man konnte John anmerken, daß er sehr stolz darauf war. »Zumindest das habe ich im letzten Jahr gelernt«, sagte er. »Einen neu angelegten Garten so aussehen zu lassen, als hätte es ihn schon gegeben, als man den Garten Eden schuf. Der Trick dabei ist, die Pflanzen ganz eng zu setzen. Man muß sie dann allerdings später umpflanzen, wenn sie zu eng stehen. Und man geht das Risiko ein, größere Pflanzen auch umsetzen zu müssen, was man eigentlich nicht tun sollte. Um die Wurzeln zieht man am besten einen großen Graben. Diese Bäume da ...« Er hielt inne. Seine Frau lächelte ihn an, doch sie hörte ihm nicht zu. »Ich habe eine Möglichkeit entdeckt, Bäume umzupflanzen, ohne daß sie eingehen«, schloß er seine

Ausführungen. »Doch das interessiert höchstens einen Gärtner.«

»Ich werde diesen Garten wie einen Schatz hüten«, sagte Elizabeth. Sie lief in seine Arme und hielt ihn fest umschlungen. »Ich danke dir. Ich verstehe jetzt, warum dir der kleine Flecken in Meopham nicht ausgereicht hat. Ich hätte nie gedacht, daß dir Hausgärten ebensogut gelingen wie große Gärten, mein John. Du hast für mich hier ein Kleinod geschaffen.«

Er lächelte über ihre Freude und neigte seinen Kopf nach unten, um sie zu küssen. Ihre Lippen waren immer noch weich und warm, und mit wachsendem Verlangen dachte er daran, daß sie heute nacht in einem neuen Schlafzimmer zu Bett gehen und morgen beim Aufwachen auf den großen Park von Hatfield blicken würden.

»Wir werden erleben, wie diese Bäume größer werden«, sagte er. »Und den kleinen Kastanienbaum werden wir am unteren Ende des Gartens einsetzen, und wenn wir alt sind, werden wir in seinem Schatten sitzen.«

Sie schmiegte sich noch enger an ihn. »Und wir bleiben daheim«, sagte sie entschlossen.

John legte seine Wange gegen ihre warme Haube. »Wenn wir alt sind«, versprach er auf entwaffnende Weise.

Schon am nächsten Tag kam der Graf persönlich vorbei, um den Gärtnersleuten in ihrem neuen Haus einen Besuch abzustatten. Elizabeth war beim Erscheinen der prunkvollen Halbkutsche ganz aufgeregt und beeindruckt. Ein Lakai fuhr sie, ein anderer stand hinten auf dem Rückbrett. Sie trat zum Tor, machte einen Knicks und stammelte einige Dankesworte. Doch John öffnete einfach das Tor, ging hinaus und stellte sich neben den Kutschschlag, als begrüße er einen engen Freund.

»Seid Ihr krank?« fragte er Cecil leise.

Cecils Gesicht wirkte gelb, und die Furchen des Schmerzes schienen tiefer als sonst. »Nicht mehr als sonst«, erwiderte er.

»Sind es Eure Knochen?«

»Diesmal ist es mein Bauch«, sagte er. »Ich fühle mich so elend wie ein armer Hund, John. Doch ich kann mit der Arbeit nicht aufhören. Ich habe den Plan, die Finanzen des Königs gegen seinen Willen zu reformieren. Wenn ich ihn zur Zustimmung bewegen kann, dann kann ich das ganze Vorhaben dem Parlament vorlegen und diesem das Erteilen von Vergünstigungen übertragen, wenn es dafür dem König angemessene Einkünfte zugesteht.«

John rollte mit den Augen. »Ihr wollt, daß der König vom Parlament bezahlt wird? Daß er der Diener des Parlaments ist?«

Cecil nickte. »Das ist besser als das endlose Feilschen Jahr für Jahr, bei dem sie immer von ihm verlangen, er soll seine Günstlinge wechseln, und er von ihnen mehr Geld fordert. Das würde die Sache erleichtern. Über so viel Charme verfügt der König nicht, um jedes Jahr erneut die Geldbettelei durchzustehen. James ist nicht wie die alte Königin.«

»Könnt Ihr nicht ausruhen und Euch dieser Angelegenheit später widmen?« bedrängte ihn John.

Die müden Augen blickten ihn an. »Du redest wie ein Arzt, John.«

»Könnt Ihr nicht einfach ausruhen?«

Cecil verzog den Mund und streckte seinem Diener die Hand entgegen. John sah, daß ihm selbst diese kleine Bewegung großen Schmerz bereitete. Er hielt sie so sanft, wie er es mit Klein J.s Hand tat, wenn er schlief. Unbewußt legte er seine andere Hand auf Cecils und spürte, wie kühl die Finger waren und wie schwach sein Puls ging.

»Sehe ich so schlecht aus?«

John zögerte.

Über Cecils Gesicht huschte ein kleines Lächeln. »Komm schon, John«, sagte er halb flüsternd. »Du hast dich immer gerühmt, mir die Wahrheit zu sagen; so benimm dich jetzt nicht wie ein Mann bei Hofe.«

»Ihr seht in der Tat sehr krank aus«, sagte John sehr leise.

»Sterbenskrank?«

John blickte rasch in die schwerlidrigen Augen seines Herrn, und ihm wurde klar, daß er die Wahrheit hören wollte.

»Ich kenne mich da nicht aus, mein Lord, aber mir scheint es so.«

Cecil stöhnte ein wenig, woraufhin John die dünne kalte Hand fester packte.

»Ich habe noch so viel zu tun«, sagte der Minister.

»Ihr müßt zuerst an Euch denken«, drängte ihn John. Dann hörte er sich flüstern: »Bitte, mein Lord. Denkt zuerst an Euch.«

Cecil beugte sich nach vorn und lehnte seine Wange gegen Johns warmes Gesicht. »Ach, John«, sagte er ruhig. »Ich wünschte, ich besäße ein wenig von deiner Kraft.«

»Ich wünschte bei Gott, daß ich sie Euch geben könnte«, flüsterte John.

»Fahr mit mir zusammen herum«, befahl ihm der Graf. »Und erkläre mir, was angepflanzt wurde und wie es aussehen wird, wenn keiner von uns mehr hier sein wird. Erzähl mir, wie es in hundert Jahren ausschauen wird, wenn wir beide längst tot und hinüber sind. Gesund oder krank, John, dieser Garten wird uns beide überleben.«

Tradescant kletterte in die Kutsche und setzte sich neben Seine Lordschaft, wobei er einen Arm über die Rückenlehne legte, als wolle er seinen Herrn vor dem Ruckeln der Fahrt beschützen. Elizabeth, die ganz verlassen am Tor ihres neuen Hauses stand, sah den beiden nach.

»Du hast mir für mein Juwel ein samtenes Kissen geschaffen«, sagte Cecil in stiller Freude, als die Kutsche langsam die neugepflanzte Allee entlangrollte. »Wir haben zusammen gute Arbeit geleistet, John, ganz wie ein paar junge Kerle, die gerade erst ihr Handwerk erlernt haben.«

## Mai 1612

Cecil starb in dem großen Himmelbett im Schlafgemach seines neuen schönen Schlosses. Vor seiner Tür huschte rücksichtsvoll leise das Hauspersonal vorbei, das so tat, als sei es in seine Arbeit vertieft, in der Hoffnung, das Gemurmel der Ärzte aufschnappen zu können. Einige wollten ihn nach Bath zur Badekur schicken – wohl seine letzte Heilungschance. Andere wollten ihn in seinem Bett lassen, damit er sich dort erhole. Wenn sich die Tür öffnete, dann konnten die Diener manchmal sein röchelndes Atmen hören und sehen, wie er auf den reich bestickten Kissen lagerte, wobei deren helle Frühlingsfarben eher wie ein Hohn wirkten im Vergleich zu seiner gelblichen Gesichtsfarbe.

John Tradescant weinte wie ein kleines Kind, er grub im Gemüsegarten vor sich hin, ohne rechten Sinn, einfach in einem Tätigkeitswahn, als könnten seine Energie und sein Treiben der Erde und seinem Herrn Leben einhauchen.

Zur Mittagszeit verließ er plötzlich sein Gemüsebeet und marschierte entschlossen durch die drei Höfe westlich des Hauses, dann die Allee hinauf, an dem Hügel vorbei, wo die Wege mit gelben Schlüsselblumen eingefaßt waren, und lief hinaus in den bewaldeten Teil des Parks. Der Boden glich einem blauen Meer, als stünde der ganze Wald mitten in der Meeresflut. John kniete sich hin und lief dann mit dem Arm voller Glöckchen-Blausterne zum Haus. Er achtete nicht darauf, daß ihm die feuchte Erde von den Stiefeln abfiel. Er rannte die Treppe hinauf, wo sein hölzernes Ebenbild immer noch unbekümmert aus dem Endpfosten herausschritt, bis hin zu dem Schlafgemach seines Herrn. Ein Hausmädchen hielt ihn vor der Tür zum Vorraum auf. Man ließ ihn nicht weiter.

»Nehmt diese hier und zeigt sie ihm«, sagte er.

Sie zögerte. Blumen im Haus wurden nur zum Verstreuen auf dem Boden verwendet oder für ein Sträußchen, das man an seinen Gürtel oder sein Hutband steckte. »Was soll Seine Lordschaft damit anfangen?« fragte sie. »Was sollte ein sterbender Mann mit Glöckchen-Blausternen anfangen?«

»Er wird sie gerne sehen«, drängte John sie. »Ich weiß das. Er mag diese Blumen.«

»Ich werde sie Thomas geben müssen«, sagte sie. »Ich darf sowieso nicht hinein.«

»Dann gebt sie Thomas«, sagte er. »Was können sie schon anrichten? Und ich weiß, daß sie ihm gefallen werden.«

Sie blieb hartnäckig. »Was soll das eigentlich?«

Tradescant machte eine hilflose Geste. »Wenn ein Mensch in das Dunkel steigt, dann hilft ihm das Wissen, daß er etwas Licht hinterläßt!« rief er nun. »Denn wenn ein Mensch seinem eigenen Winter gegenübersteht, dann ist es gut zu wissen, daß es weitere Frühlinge und Sommer geben wird. Weil er stirbt ... und wenn er die Glöckchen-Blausterne sieht, dann wird er wissen, daß ich noch da bin, da draußen, und daß ich ihm ein paar Blumen gepflückt habe. Er wird wissen, daß ich noch in seinem Garten grabe.«

Nun warf sie ihm einen völlig verständnislosen Blick zu. »Aber Mr. Tradescant! Warum sollte ihm das helfen?«

In seiner Verzweiflung packte er sie und stieß sie auf den Vorraum zu. »Ein Mann würde das verstehen«, brummte er sie an. »Frauen sind zu flatterhaft. Ein Mann würde verstehen, daß es ihn trösten würde, zu wissen, daß ich immer noch da draußen bin. Daß sein Garten, selbst wenn er fort ist, weiterexistieren wird. Daß sein Maulbeerbaum in diesem Jahr blühen wird, daß seine Kastanienbäumchen gerade wachsen, daß die neue doppelte Samtanemone gedeiht, daß seine Glöckchen-Blausterne unter den Bäumen seiner Wälder rauchblau blühen. Geht nun! Und sorgt dafür, daß diese Blumen in seine Hände gelangen, oder ich muß noch lauter werden!«

Er stieß sie mit solch einem Schwung vorwärts, daß sie zu Thomas lief, der vor dem Gemach stand und auf Befehle seines Herrn wartete, wenn auch vergeblich.

»Mr. Tradescant möchte, daß man diese hier Seiner Lordschaft überreicht«, sagte sie und schwenkte ihm den blauen Strauß entgegen. Aus den schmalen biegsamen Stengeln trat Saft aus, als sei es der Saft des Lebens. Sie wischte sich die Hand an der Schürze ab. »Er sagt, daß sie wichtig sind.«

Auf diesen ungewöhnlichen Auftrag hin zögerte Thomas.

»Wißt Ihr, was er meinte? Er sagte, daß Frauen zu flatterhaft sind, um das zu verstehen«, schniefte sie grollend. »So eine Unverschämtheit!«

Auf der Stelle wurde Thomas' männliches Gefühl für die eigene Wichtigkeit geweckt. Er nahm ihr die Blumen ab, drehte sich rasch um, öffnete die Tür und schlich hinein.

Ein Arzt befand sich am Fuße des Bettes, ein anderer stand am Fenster, und eine alte Frau, teils Pflegerin, teils Leichenbesorgerin, saß am Kamin, in dem ein kleines Feuer aus duftenden Kienäpfeln knackte und den stickigen Raum beheizte.

Thomas bewegte sich leise vorwärts. »Ich bitte um Vergebung«, flüsterte er heiser, »doch der Gärtner Seiner Lordschaft bestand darauf, daß er diese hier erhält.«

Verärgert wandte sich der Arzt um. »Was? Was ist los? So ein Unsinn!«

»Nichts als Narretei und Aberglaube«, meinte der Arzt am Fenster. »Es ist gut möglich, daß die Blumen schädliche Düfte verbreiten.«

Thomas blieb standhaft. »Sie sind von Mr. Tradescant, Sir. Dem Günstling Seiner Gnaden. Und er bestand darauf, sagte das Mädchen.«

Cecil drehte seinen Kopf ein wenig. Sofort war der Disput beigelegt. Cecil winkte Thomas mit einem Finger heran.

Der Arzt wies ihn zum Bett. »Rasch. Er möchte sie. Doch es wird an der Situation keinen Deut ändern.«

Unbeholfen ging Thomas auf das Bett zu. Das Adlergesicht des mächtigsten Mannes von England war erstarrt und von Schmerz gezeichnet. Blind richtete er die dunklen Augen auf den Diener. Thomas legte die Glöckchen-Blausterne in seine schlaffen Hände. Sie ergossen sich über die kostbare Decke des Bettes, überdeckten die roten Stickereien und den Goldfaden mit ihrem Blau, alles war ein einziges Himmelblau.

»Von John Tradescant«, sagte Thomas.

Wie frisches Wasser erfüllte der leicht süßliche Duft der Glöckchen-Blausterne den Raum, der Geruch der Angst und der Krankheit schwanden. In dem Dunkel leuchtete ihre Farbe wie eine blaue Flamme. Der große Lord blickte hinab auf die verstreuten Blumen und atmete ihren kühlen frischen Duft ein. Sie schienen aus einer anderen Welt zu kommen, hundert Meilen entfernt von dem überhitzten Schlafgemach, aus einer klaren Frühlingswelt da draußen. Er wandte seinen Kopf zum Fenster, und auf seiner zerfurchten Miene erschien ein kleines Lächeln. Obwohl das Fenster nur einen winzigen Spalt geöffnet war, konnte er hören, wie in das Blumenbeet darunter ein Spaten gestoßen wurde, so laut wie das unermüdliche Schlagen des Herzens – John Tradescant und sein Herr machten sich an ihre verschiedenen Aufgaben: Graben und Sterben.

## Oktober 1612

Als man Lord Cecil beerdigte, nachdem man ihn noch zur Kur nach Bath gezerrt und ihn wieder nach Hause geholt hatte, gab es in Hatfield House nach wie vor einen Platz für John Tradescant. Doch aus dem Garten war für John jedes Leben gewichen. Er hielt immer noch nach Cecil Ausschau, denn er wollte ihm eine der schönen großen Ansichten des Gartens zeigen; er erwartete, daß der Graf im Sommer Maulbeeren pflücken und im dunklen Schatten die neuangelegte Allee entlanghumpeln würde. Er wollte sich immer noch mit ihm austauschen, dachte an jenes verschwörerische, siegessichere Lächeln, das sie sich zugeworfen hatten, wenn eine seltene Pflanze Wurzeln geschlagen hatte oder ein paar Samen keimten.

Wenn John einen Krug Dünnbier und eine Scheibe Brot in seinen Schuppen mitnahm, dann war ihm, als sähe er seinen Lord vor sich, wie er sich gegen die Bank lehnte und die weiche gesiebte Erde durch seine beringten Finger gleiten ließ; es schien, als sei er wie früher gekommen, um sich vom Briefeschreiben, Ränkeschmieden und von den Schachzügen in der Außenpolitik zu erholen und sich mit John eine kleine Mahlzeit zu teilen – mit einem Gefährten, der es nicht nötig hatte, zu lügen und zu schmeicheln –, und um dann auf einem Faß voller Blumenzwiebeln zu sitzen und seinen Gärtner beim Umsetzen von Jungpflanzen zu beobachten.

»Es tut mir leid, mein Lord«, sagte John zu dem neuen Grafen, Cecils Sohn, wobei ihm der Titel seines alten

Herrn nur schwer über die Lippen kam. »Ich kann hier nicht ohne Euren Vater bleiben. Ich war zu lange in seinen Diensten, um einen Wechsel zu ertragen.«

»Ihr werdet den Garten vermissen, vermute ich«, bemerkte der neue Lord Cecil. Doch im Gegensatz zu seinem Vater kannte er nicht die immense Freude, Wiesenland in einen Garten zu verwandeln.

»So ist es«, sagte John. Die Lieblingsblumen von Robert Cecil, die Nelken, hatten auch dieses Jahr in voller Blüte gestanden. Die Kastanienbäumchen, die sie vor ganzen fünf Jahren als glänzende Früchte erworben hatten, waren groß und kräftig und hatten Blätter, die an die ausgestreckten Hände eines Bettlers erinnerten. Der Weg mit den Kirschbäumen war im Frühjahr ein Blütenmeer gewesen, und in den neuen Blumenbeeten hatten die Tulpen geleuchtet.

»Ohne ihn kann ich hier nicht als Gärtner arbeiten«, sagte er an diesem Abend kurz zu Elizabeth.

»Warum nicht?« fragte sie. »Es ist der gleiche Garten.«

»Das ist er nicht.« Er schüttelte den Kopf. »Es war sein Garten. Ich habe die Dinge ihm zu Gefallen so ausgewählt. Bei der Anlage der Wege schwebte mir sein Geschmack vor. Hatte ich eine neue und seltene Pflanze, dann überlegte ich, wo sie blühen sollte, aber ich dachte auch daran, ob er sie wohl bemerken würde. Jedesmal wenn ich einen Ableger einpflanzte, hatte ich zwei Gedanken – den Winkel des Sonnenlichts darauf und den Blick meines Lords.«

Auf diese blasphemische Bemerkung hin mußte sie die Stirn runzeln. »Er war nur ein Mensch.«

»Ich weiß, und ich habe ihn als solchen geliebt. Ich habe ihn geliebt, weil er ein Mann und sterblicher und gebrechlicher als viele andere war. Immer, wenn ihm sein Rücken schmerzte ...« Tradescant hielt inne. »Ich habe es gemocht, wenn er sich auf mich stützte«, sagte er und spürte, daß er das Gefühl aus Stolz und Leid zugleich nicht richtig beschreiben konnte, welches er empfunden hatte, wenn der nach dem König höchste Mann Englands ihm seine Schmerzen zeigte und seine Hilfe benötigte.

Elizabeth preßte die Lippen aufeinander, um ihm nicht voreilig ins Wort zu fallen, und behielt ihre Eifersucht für sich. Sie legte eine Hand auf die Schulter ihres Gatten, erinnerte sich daran, daß der Lord, den er geliebt hatte, tot und begraben war und daß ein gutes Weib Mitleid zeigen sollte. »Es klingt, als hättest du einen Bruder verloren und nicht einen Lord.«

Er nickte. »Ein Lord ist wie ein Bruder, wie ein Vater, ja selbst wie eine Ehefrau. Ständig denke ich an seine Bedürfnisse, wahre ich seine Interessen. Und ohne ihn kann ich hier nicht glücklich sein.«

Elizabeth wollte es nicht begreifen. »Aber du hast doch mich und Klein J.«

John lächelte sie traurig an. »Und ich werde nie eine andere Frau und ein anderes Kind mehr lieben als euch beide, aber die Liebe eines Mannes zu seinem Herrn ist etwas anderes. Sie kommt aus dem Kopf und aus dem Herzen zugleich. Die Liebe zu einer Frau hält dich zu Hause, sie ist ein privates Vergnügen. Die Liebe zu einem großen Lord führt dich in die größere Welt hinaus, sie ist eine Frage des Stolzes.«

»Das hört sich ja an, als würden wir dir nicht genügen«, sagte sie verärgert.

Er schüttelte den Kopf und war ganz verzweifelt darüber, daß sie ihn so wenig verstand. »Nein, nein, Elizabeth. Schon gut. Ihr seid mir genug.«

Sie war nicht überzeugt. »Wirst du dir einen anderen Lord suchen? Einen neuen Herrn?«

Der Ausdruck, der kurz über sein Gesicht huschte, war mehr als nur Trauer, es war Trostlosigkeit. »Ich werde nie wieder jemanden wie ihn finden.«

Als sie sah, wie tief der Verlust saß, schwieg sie einen Moment.

»Doch was ist mit uns?« fragte sie. »Ich möchte dieses Haus nicht verlieren, John, und unser Sohn ist hier ganz glücklich. Wie die Pflanzen im Garten, so haben auch wir hier Wurzeln geschlagen. Du hast gesagt, du würdest im Frühjahr den Kastanienbaum auspflanzen und daß wir unter seinen Zweigen sitzen werden, wenn wir beide alt sind.«

Er nickte. »Ich weiß. Das war ein falscher Schwur. Ich hatte es dir versprochen. Doch ich ertrage es hier nicht ohne ihn, Elizabeth. Ich habe es versucht, umsonst. Kannst du mich von meinem Versprechen entbinden, und können wir nicht ein neues Zuhause finden? Wieder in Kent?«

»In Kent? Was meinst du? Wo denn?«

»Lord Wootton braucht in Canterbury einen Gärtner, und er hat angefragt, ob ich kommen würde. Er kennt das Geheimnis, in England Melonen zu züchten, was mich reizt. Seine Gärtner haben mich immer damit geneckt, daß in ganz England nur Lord Wootton Melonen anbauen kann.«

Elizabeth blickte mißbilligend und verärgert drein. »Nun vergiß einmal kurz die Melonen, wenn es recht ist. Wie sieht es mit einem Haus aus? Was ist mit deinem Lohn?«

»Er wird mich gut bezahlen«, sagte John. »Sechzig Pfund im Jahr anstelle der fünfzig Pfund von meinem bisherigen Lord. Und natürlich haben wir ein Haus dort, das Haus des obersten Gärtners. J. kann in Canterbury in die King's School gehen. Das wird gut für ihn sein.«

»Canterbury«, sagte Elizabeth nachdenklich. »Ich habe noch nie in einer Stadt mit einem Markt und all dem regen Treiben gelebt.«

»Wir könnten sofort umziehen. Er fragte mich am

Sterbebett meines Lords, ob ich zu ihm kommen wolle, und ich sagte, daß ich ihm innerhalb von drei Monaten Bescheid geben werde.«

»Und du wirst Lord Wootton nicht so lieben, wie du den Grafen geliebt hast?« fragte Elizabeth, die darin einen Vorteil sah.

John schüttelte den Kopf. »Für mich wird es keinen anderen Lord wie diesen geben.«

»So laß uns gehen«, sagte sie mit der ihr eigenen plötzlichen Entschlußkraft. »Wir können die Kastanie ebensogut in Canterbury pflanzen.«

## November 1612

John arbeitete in Lord Woottons Garten, seine Hände wühlten in der kalten Erde, da hörte er, wie die Glocke läutete; unaufhörlich, wie bei einem Begräbnis. Darauf folgte das Donnern von Kanonenschüssen. Er erhob sich, rieb sich die Hände an den Hosen ab und griff seinen Mantel, der über dem Spaten hing.

»Es ist etwas passiert«, sagte er kurz zu dem Gärtnerburschen, der neben ihm arbeitete.

»Soll ich in die Stadt rennen, um zu sehen, was los ist?« fragte der Junge beflissen.

»Nein«, erwiderte John entschlossen. »Du wirst hier weitermachen, während ich in der Stadt in Erfahrung bringe, was geschehen ist. Und solltest du nicht mehr dasein, wenn ich zurückkomme, dann kannst du was erleben.«

»Jawohl, Mr. Tradescant«, sagte der Junge schmollend.

Die Glocke läutete nun noch eindringlicher.

»Was hat das zu bedeuten?«

»Ich werde es herausfinden«, sagte John und machte sich auf den Weg zur Kathedrale.

Am Straßenrand hatten sich viele Leute versammelt, die in Gruppen herumstanden und schwatzten, doch John ging weiter, bis er die Stufen der Kathedrale erreichte und ein bekanntes Gesicht entdeckte – den Rektor der Schule.

»Doktor Phillips«, rief er. »Was hat das Läuten zu bedeuten?«

Der Rektor drehte sich um, als er seinen Namen hörte, und erschrocken bemerkte John, daß in seinen Augen Tränen standen.

»Guter Gott! Was ist los? Es ist doch hoffentlich keine Invasion? Etwa die Spanier?«

»Es ist Prinz Henry«, sagte der Rektor einfach. »Unser gesegneter Prinz. Wir haben ihn verloren.«

Einen Augenblick fand John keine Worte. »Prinz Henry?«

»Tot.«

John schüttelte den Kopf. »Aber er war doch so kräftig, er war immer so gesund ...«

»An Fieber gestorben.«

Johns Hand fuhr hinauf zur Stirn, um sich zu bekreuzigen, es war das alte, als ketzerisch verbotene Zeichen. Doch er zog sie rasch wieder zurück und sagte statt dessen: »Armer Junge. Gott schütze uns, armer Junge.«

»Ich hatte ganz vergessen, Ihr habt ihn ja häufig gesehen.«

»Nicht allzu oft«, sagte John, seine übliche Vorsicht stellte sich ganz von selbst ein.

»Es war ein begnadeter Prinz, nicht wahr? Schön, gebildet und gottesfürchtig?«

John dachte an Prinz Henrys tyrannische Veranlagung, an die Grausamkeit, die er gelegentlich seinem kleinen Bruder gegenüber an den Tag gelegt hatte, an seine Liebe zu seiner Schwester Elizabeth, an sein königliches Selbstvertrauen, das manch einer Arroganz genannt hätte. »Er war ein zum Regieren geborener Junge«, sagte Tradescant schlau.

»Gott schütze Prinz Charles«, erwiderte Doktor Phillips beherzt.

John wurde klar, daß der kleine elfjährige, lahme Junge, der immer hinter seinem Bruder hergerannt war und nie von seinem Vater beachtet wurde, nun der nächste König sein würde – sollte er dann noch leben.

»Gott schütze ihn«, wiederholte er.

»Sollten wir ihn auch verlieren«, sagte Doktor Phillips

mit gedämpfter Stimme, »dann wird wieder eine Frau auf den Thron kommen, Prinzessin Elizabeth, und Gott weiß, welche Gefahren das für uns mit sich bringt.«

»Gott schütze ihn«, sagte John noch einmal. »Gott schütze Prinz Charles.«

»Und wie ist er so?« fragte Doktor Phillips. »Prinz Charles? Was wird er wohl für ein König sein?«

John dachte an den fast stummen Jungen, dem man beibringen mußte, aufrecht zu gehen, der sich abmühte, mit den älteren beiden Geschwistern Schritt zu halten, der sich im Gegensatz zu ihnen nie geliebt sah und der wußte, daß er nie so hübsch sein würde wie sie. Er fragte sich, wie ein Kind, das wußte, daß es nur zweite Wahl war und eine recht armselige zweite Wahl dazu, wie dieses Kind als erwachsener Mann und noch dazu als der erste des Landes sein würde. Würde er die Liebe des Volkes annehmen, sein Herz daran wärmen und die ursprüngliche Leere im Herzen des häßlichen kleinen Jungen vergessen? Oder würden Mißtrauen und Zweifel ihn beherrschen, würde er immer noch mutiger, stärker und schöner erscheinen wollen, als er war?

»Er wird ein guter König werden«, sagte er und dachte daran, daß sein Herr diesem König nichts mehr beibringen konnte. Und wie konnte der Junge die Listen und Tricks und den Charme der Tudors erlernen, wo doch nur sein Vater ihm zur Seite stand und es am Hof von Leuten wimmelte, die der König allein wegen ihres Äußeren und ihrer Unzucht ausgewählt hatte und nicht wegen ihrer Fähigkeiten? »Gott wird ihn leiten«, sagte Tradescant voller Hoffnung, denn er meinte, daß kein anderer es tun würde.

## September 1616

Das neue Haus in Canterbury war ein wenig größer als ihr erstes Heim in Meopham, und Elizabeth beklagte sich nicht. Die Vordertür ging auf eine richtige städtische Straße hinaus, und sonst war auch alles recht angenehm. Sie kochten und aßen und lebten in dem großen Raum im Erdgeschoß, und Elizabeth und John schliefen nebenan in einem Himmelbett mit vier Pfosten. J., der nun acht Jahre alt war, lief die flachen Stufen hinauf in sein Pritschenbett in der Dachkammer. Tagsüber arbeitete John im Garten für Lord Wootton, und J. ging in die Dame School, wo er für einen Penny die Woche das Lesen, Schreiben und Rechnen erlernte. Beide kehrten sie in den immer dunkler werdenden Herbstnachmittagen um vier Uhr zum Essen heim, John mit einem Spaten über der Schulter und J. mit seinem Schulbuch unter dem Arm.

Eines Nachmittags hackte Elizabeth gerade Petersilie für die Suppe, als sie nicht nur zwei Paar Stiefel, sondern drei hörte, die sich im Vorbau des kleinen Hauses den Dreck von den Sohlen abklopften. Da offenbar ein Besucher mitkam, nahm sie ihre Leinenschürze ab. Sie öffnete die Vordertür, und John, dann J. und ein jüngerer Mann traten ein. Dieser hatte ein gebräuntes Gesicht und lächelte; er hatte den unverkennbaren wiegenden Gang eines Seemannes.

»Kapitän Argall«, sagte Elizabeth ohne Anflug von Freude.

»Mrs. Tradescant!« rief er und küßte sie herzlich erst auf die eine, dann auf die andere Wange. »Die schönste Rose in allen Gärten von John! Wie geht es Euch?«

»Sehr gut«, sagte Elizabeth, die sich von ihm losmachte und zum Küchentisch zurückging.

»Ich habe Euch einen stattlichen Schinken mitgebracht«, sagte Sam Argall, der ohne große Begeisterung in den Suppentopf blickte. J., der vor Bewunderung ganz erstarrt war, holte eine Schinkenkeule hinter seinem Rücken hervor und ließ sie auf den Tisch fallen. »Und einen Hauch des Paradieses«, fuhr Argall fort und zog eine Flasche Rum hervor. »Von den Zuckerinseln, Mrs. Tradescant. Ein Hauch von Süße und Strenge, der den Duft der Tropen sogar hierher ins eisige Canterbury bringt.«

»Ich finde das Wetter recht mild für diese Jahreszeit«, sagte Elizabeth forsch. »Setzt Euch, Kapitän Argall. J. wird Euch einen Becher Dünnbier holen, wenn Ihr wollt. In diesem Haus gibt es keinen starken Schnaps.«

J. eilte auf die Bitte seiner Mutter hin fort, und John und Sam setzten sich und sahen Elizabeth zu, wie sie die Petersilie in den Topf über dem Feuer gab. Dann stellte sie Holzschalen auf den Tisch, legte Löffel und Messer und einen Laib Brot dazu.

»Sam ist für eine große Sache vorgesehen«, fing John schließlich an.

Elizabeth rührte den Topf um und stach in eine der Pastinaken, um zu prüfen, ob sie gut waren.

»Eine große Sache, und er hat mir einen Platz auf seinem Schiff angeboten«, sagte John.

Elizabeth schöpfte drei Schalen voll Suppe, für den Kapitän, für ihren Mann und für den Sohn, und stellte sich hinter sie, um sie weiter zu bedienen. John bemerkte, daß sie sich nicht zu ihnen setzen wollte wie sonst immer, wenn nur er und J. am Tisch saßen. Ihre kühle Höflichkeit sagte ihm, daß sie von Sam Argall und dessen Abenteuer und dem Risiko, für das er stand, überhaupt nichts hielt.

»Virginia!« rief Sam Argall aus und pustete in seine Schale. »Mrs. Tradescant, mir ist eine große Aufgabe anvertraut worden. Ich bin zum Stellvertretenden Gouverneur von Virginia und Admiral der Gewässer von Virginia ernannt worden.«

»Sprichst du das Tischgebet, John?« fragte Elizabeth.

John beugte den Kopf über das Brot, und Sam, der sich an Elizabeths strenges Verständnis von Religion erinnerte, schloß schnell die Augen. Als John fertig war, nahm er seinen Löffel und nickte zu Sam hinüber.

»Amen«, sagte Sam rasch. »Ich komme mit dem Angebot, ob John nicht mit mir zusammen sein Glück versuchen will, Mrs. Tradescant. Ihr werdet Landbesitzer sein, Madam, Ihr werdet Landedelleute sein. Für jeden Platz auf meinem Schiff werdet Ihr einhundertsechzig Morgen Land erhalten. Für Euch drei wären das vierhundertachtzig Morgen Land! Denkt daran! Ihr, Ihr werdet die Herrin über vierhundertachtzig Morgen Land sein!«

Elizabeths Gesicht zeigte keine Regung, so als ob sie nur an vier Fingerbreit dachte. »Sind die vierhundertachtzig Morgen auch gutes Gartenland?«

»Es ist hervorragendes Land«, antwortete Argall.

»Gerodet und gepflügt?«

Darauf folgte ein kurzes Schweigen. »Mrs. Tradescant, ich biete Euch jungfräuliches Land an, jungfräuliches Land, das reich an Wäldern ist. Auf Eurem Land stehen viele hohe Bäume, wundervolle seltene Büsche, traubenbehangene Weinstöcke. Zuerst fällt Ihr Euer eigenes Holz, und dann baut Ihr Euch Euer eigenes stattliches Haus. Einen Herrensitz, wenn Ihr wollt. Aus Eurem eigenen Holz!«

»Einen Herrensitz aus frischem Holz?« fragte Elizabeth. »Von einem Mann um die Vierzig gebaut und von einer Frau mit einem achtjährigen Sohn? Das möchte ich sehen!«

Er schob seine Schale beiseite und schnitt sich eine

Scheibe Schinken ab. Elizabeth – ein wahres Vorbild weiblichen Gehorsams – goß ihm einen Becher Dünnbier ein und trat wieder zurück, wobei sie die Hände vor ihrer Schürze verschränkte und nach unten blickte.

»Was würden wir da anbauen?« fragte J.

Kapitän Argall lächelte zu dem strahlenden Gesicht des Jungen hinab. »Alles, was du willst. Der Boden ist so fruchtbar, man könnte dort alles anbauen. Doch wer weiß? Vielleicht findet Ihr dort Gold, und dann müßtet Ihr Euch nie wieder mit dem Pflanzen abplagen!«

»Gold?«

»Ich dachte, die erste Schiffsladung mit Gestein enthielt nichts weiter als Katzengold?« fragte Elizabeth. »Sie kippten alles unterhalb des Tower aus und durchsuchten es und stießen nur auf Quarz. Und für eine ganze Weile blieben die Steine da liegen, ein kleines Denkmal der Narrheit und der Gier.«

»Bisher kein Gold. Bisher, Mrs. Tradescant«, sagte Kapitän Argall. »Doch wer weiß denn, was sich weiter drin in den Bergen noch findet? Niemand ist weiter vorgedrungen als bis zum Küstenstreifen und ein kurzes Stück die Flußläufe hinauf. Worauf könnte man da noch rechnen? Gold? Diamanten? Rubine? Aber wozu sollten wir das brauchen, wo wir doch eigentlich Tabak anbauen können?«

»Warum gefällt dir dieser Gedanke so wenig, Elizabeth?« fragte John sie geradeheraus.

Sie blickte von ihm in J.s erregtes Gesicht, dann nahm sie Kapitän Argalls bewußt aufgesetzte gute Laune wahr. »Weil mir schon vorher Geschichten von Reisenden zu Ohren gekommen sind, und über diese Ansiedlung habe ich noch nichts Gutes gehört«, sagte sie. »Mrs. Woods aus Meopham hat ihre beiden Brüder in Virginia verloren, damals in der Hungersnot, als die halbe Siedlung umkam. Sie erzählte mir, sie hätten in den Gräbern nach frischem

Fleisch gesucht und wären in tiefste Barbarei gesunken. Dann ist da Peter John, der seine eigene Rückreise bezahlt und im Londoner Hafen den Boden geküßt hat, weil er überlebt hat. Er sagte, in den Wäldern wimmelte es nur so von Indianern, die entweder freundlich oder hinterhältig sind, gerade wie es ihnen gefällt. Ganz allein von ihnen hängt es ab, ob sie Feind oder Freund sind. Dann ist da dein Freund, Kapitän John Smith, der geschworen hat, daß er den Rest seines Lebens dort verbringen will, und dann brachte man ihn dennoch heim, als Krüppel ...«

»John Smith würde nie ein schlechtes Wort über Virginia verlieren!« unterbrach sie Kapitän Argall. »Und er wurde bei einem Unfall verletzt, der überall hätte passieren können. Das hätte sich ebensogut auf der Themse beim Bootfahren ereignen können.«

»Er wurde bei einem Unfall verletzt, aber erst, nachdem er gegen die Indianer gekämpft hatte und von ihnen gefangengenommen worden war und so dicht an der Schwelle des Todes stand, daß er fast vor Angst gestorben wäre«, wehrte sich Elizabeth tapfer.

»Jetzt sind die Indianer friedlich«, erklärte Argall. »Und ich habe meinen Anteil daran. Prinzessin Pocahontas, die Tochter eines Indianerhäuptlings, ist nun Mrs. Rebecca Rolfe, und alle Indianer besuchen christliche Schulen und leben in christlichen Häusern. Ihr sprecht von alten Ängsten. In den ersten Jahren war es recht schwer, doch heute herrscht überall Frieden. Pocahontas ist seit 1613 mit dem Kolonisten John Rolfe verheiratet, und andere Indianer und Weiße werden heiraten. In ein paar Jahren werden die Kriege in Vergessenheit geraten sein.« Er blickte in das aufmerksame Gesicht von J., der den Erzählungen begierig gefolgt war. »Du wirst einen Indianer als Freund haben, der dir die Wege durch die Wälder zeigt«, versprach er ihm. »Vielleicht auch ein Indianermädchen, das deine Liebste wird.«

Der Junge lief rot an. »Wie kam es dazu, daß Prinzessin Pocahontas Mr. Rolfe geheiratet hat?« fragte er.

Sam Argall lachte. »Du kennst die Geschichte genausogut wie ich!« rief er. »Ich habe sie gefangengenommen, sie als Geisel festgehalten, und in dieser Zeit hat sie John in ihren Bann gezogen und ihn erobert. Nun geh zu Bett und träum davon, kleiner J. Deine Mutter und dein Vater und ich, wir werden uns später weiter darüber unterhalten.«

»Ich bin auch müde«, sagte John. Er und J. hoben das Tischbrett von dem Untergestell und legten es auf den Boden. »Ich hoffe, Ihr werdet hier gut schlafen?« fragte Elizabeth, die eine Strohmatratze und das Bettzeug brachte.

»Wie ein Murmeltier«, versicherte ihr Kapitän Argall. Auf die für ihn typische kokette Art küßte er ihre Hand und sah darüber hinweg, daß sie es ohne Reaktion hinnahm. »Gute Nacht.«

Elizabeth schaute J. hinterher, wie er die Stufen nach oben stieg zu seinem kleinen Bett in der Dachkammer. Dann zog sie die Vorhänge ihres Himmelbetts zu.

»Ich hatte angenommen, daß du bei dem Gedanken an einen Neuanfang in der Neuen Welt vor Freude hüpfen würdest«, bemerkte John, als er ins Bett kroch und sich die Decke bis zum Kinn hochzog. »Du, die immer wollte, daß wir Landbesitzer sind. In Virginia wären wir Besitzer einer Fläche, von der wir hier nur träumen können. Vierhundertachtzig Morgen!«

Elizabeth war gerade dabei, sich das Nachthemd über den Kopf zu streifen; erst danach ließ sie ihren Rock und ihr Unterhemd fallen. Sie antwortete nicht. John war zu klug, um auf einer Antwort zu bestehen. Er beobachtete, wie sie am Fuße des Bettes niederkniete und ihre Gebete sprach. So schloß er selbst die Augen und murmelte einen Dank für sein Glück. Erst als Elizabeth ins Bett kam und die Schleifen ihrer Nachthaube unter dem Kinn zuband, da fragte sie plötzlich: »Und wer ist der Gouverneur dieses neuen Landes?«

John war ganz überrascht. »Sir George«, sagte er. »Soeben ernannt. Sir George Yeardley.«

»Ein Höfling. Genau«, sagte sie und blies mit kräftigem Nachdruck ihre Kerze aus. Ein Weilchen lagen sie in der Dunkelheit schweigend da, dann redete sie weiter: »Und es ist übrigens kein neues Land. Es ist das gleiche Land, nur an einem anderen Ort. Ich werde nicht mitgehen, John. Es ist nur eine andere Form von Dienst. Wir riskieren alles, wir setzen unser Erspartes aufs Spiel, ja selbst unser Leben. Wir liefern uns größter Bedrohung aus, und das in einem Land, einem der wenigen Länder in der ganzen weiten Welt, in der du mit der Ausübung deines Handwerks nicht deinen Lebensunterhalt verdienen kannst, denn niemand wird dort einen Gärtner benötigen. Sie brauchen Bauern. Und wir schicken unseren Sohn in die Wälder, in denen unbekannte Gefahren lauern. Und wir versuchen von einem Boden zu leben, den niemand zuvor bestellt hat. Und wer verdient daran? Der Gouverneur. Die Handelsgesellschaft von Virginia. Und der König.«

»Das Land gehört ihnen«, sagte John sanft. »Wer sollte sonst die Gewinne machen?«

»Wenn es ihr Land ist, dann können sie auch die Risiken eingehen«, erklärte Elizabeth unumwunden. »Ich nicht.«

Elizabeths entschlossene Ablehnung des Unternehmens Virginia konnte ihren Mann nicht davon abhalten, Geld darin zu investieren. Während sie wegen ihrer Knauserigkeit mit verkniffenem Mund dastand, zählte John fünfundzwanzig Goldsovereigns für zwei Anteile vor ihren Augen ab. Kapitän Argall hatte versprochen, daß man zwei Männer – zwei arme Männer, die das Geld für die

Fahrt nicht aufbringen konnten – an Johns Stelle nach Virginia schickte und daß sie einen Teil des Landes, das sie beim Eintreffen in Virginia erhalten würden, für John als Eigentümer bebauten.

»Ihr werdet Landedelmann in Virginia werden«, sagte ihm Argall, als er den Beutel voller Gold unter seinem Mantel verstaute, wobei er kurz in Elizabeths versteinertes Gesicht sah. »Ich werde Euch ein schönes Stück Land aussuchen, westlich von Jamestown, landeinwärts, flußaufwärts. Ich werde es Argall Town nennen.«

Als Elizabeth auf diese Anmaßung hin leise prustete, da hielt er inne.

»Was sagtet Ihr?«

»Verzeiht mir«, sagte Elizabeth schnell. »Ich habe geniest.«

»Ich werde es Argall Town nennen«, wiederholte Kapitän Argall. »Und Ihr werdet dort immer willkommen sein, John.« Er blickte in J.s bewundernd nach oben gewandtes Gesicht. »Und vergiß nie, daß du in der Neuen Welt auf jungfräulichem Boden Landeigentümer bist. Wenn du einmal dieses alten Landes überdrüssig werden solltest, dann hast du dein Anrecht in dem neuen. Du hast dann deinen Grundbesitz in diesem jungfräulichen Land!«

J. nickte. »Das werde ich nicht vergessen, Sir.«

»Und ich werde dich mitnehmen und dich Prinzessin Pocahontas vorstellen«, versprach ihm Argall. »Sie besucht gerade England, und sie mag mich sehr. Ich werde dich mit ihr bekannt machen.«

J.s Augen wurden größer, und auf einmal sperrte er den Mund vor Staunen weit auf.

»Sie würde sicher nicht gern von uns belästigt werden«, warf Elizabeth schnell ein.

»Warum nicht?« fragte Kapitän Argall. »Sie wäre entzückt, Eure Bekanntschaft zu machen. Kommt nächste

Woche nach London, und ich werde sie Euch vorstellen. Das ist ein Versprechen.« Er wandte sich zu J. »Ich verspreche dir, daß du sie kennenlernen wirst.«

»Jetzt ist es aber Zeit, daß er in die Schule geht«, unterbrach ihn Elizabeth entschlossen. »Ich bin überrascht, mein Gatte, daß du dich hier so lange müßig aufhältst.«

»Ich werde Euch begleiten«, sagte Argall, der den Wink verstand. »Und ich danke Euch für Eure Gastfreundschaft, Mrs. Tradescant. Es ist mir stets eine Freude, von einer Dame wie Euch bewirtet zu werden.«

Elizabeth nickte immer noch ohne ein Lächeln auf den Lippen. »Ich wünsche Euch alles Gute bei Euren Unternehmungen«, sagte sie. »Ich hoffe, daß Ihr Gewinne macht, besonders weil Ihr unser Geld aufs Spiel setzt.«

Argall lachte ohne Verlegenheit. »Wer nicht wagt, der nicht gewinnt«, erinnerte er sie und nahm so ihre Hand, wie sie es nicht mochte, und drückte einen Kuß darauf. Dann klopfte er John Tradescant auf die Schulter, und die beiden Männer verließen das Haus. J. hüpfte ihnen hinterher.

Argall hielt Wort, und John brachte seinen Sohn nach London, um die indianische Prinzessin zu treffen. Sie fuhren auf einem Frachtwagen mit Früchten zum Londoner Markt, übernachteten in der Stadt und kehrten am nächsten Tag auf dem leeren Wagen zurück.

Elizabeth versuchte, J.s Erregung nicht noch zu steigern, doch sie konnte ihre Neugier nicht unterdrücken. »War sie schwarz?« fragte sie.

»Keineswegs!« rief J. »Nur braun, eine wunderschöne Dame, und sie hielt ein kleines Baby auf ihren Knien. Aber sie trug kein Bärenfell oder so, nur gewöhnliche Kleider.«

»J. war bitter enttäuscht«, sagte John lächelnd zu seiner Frau. »Er hatte etwas Wildes und Fremdes erwartet. Dabei ist sie nur eine schöne junge Frau mit einem kleinen Sohn. Sie nennt sich nun Rebecca, wurde getauft und ist verheiratet. Auf der Straße würde man an ihr vorbeilaufen und sie für eine schöne, große Erscheinung halten, ein wenig von der Sonne gebräunt.«

»Sie sagte, es gibt Jungen und Mädchen in meinem Alter, die im Wald leben und Wild jagen«, sagte J. »Als Vierjährige können sie schon mit Pfeil und Bogen schießen und Fische aufspießen! Und sie stellen ihre eigenen Töpfe her und nähen aus Hirschleder ihre eigenen Sachen, und ...«

»Sie hat alles nur aufgebauscht, damit es dir gefällt«, sagte Elizabeth fest.

»Das hat sie nicht!«

»Das hat sie wirklich nicht«, sagte John freundlich. »Ich glaube ihr jedes Wort, und ich würde gerne hinsegeln, Elizabeth. Nicht, um dort zu leben, sondern nur, um unser Land zu besichtigen und alle Möglichkeiten zu prüfen. Nicht, um mich dort als Pflanzenzüchter niederzulassen. Ich will mich dort nur umsehen. Es klingt alles so gut ...«

»Ein wenig umsehen?« fragte Elizabeth. »Du sprichst vom Ozean, als sei es der Weg zu deinen Obstgärten. Lord Wootton kann dich hier nicht entbehren. Und ich auch nicht, jetzt, wo wir uns hier eingerichtet haben. Es sind sechs Wochen auf See, auf einem gewaltigen Meer. Warum kannst du nicht seßhaft sein, John? Warum findest du keine Ruhe?«

Darauf wußte er keine Antwort, und ihr wurde klar, daß er niemals eine wissen würde.

»Es tut mir leid«, sagte er schließlich. »Meine Neugier, alles zu sehen, ist so groß. Und in einem neuen Land gibt es möglicherweise neue Pflanzen, meinst du nicht auch? Doch du hast recht. Ich habe hier meinen Garten und Lord Woottons Garten und das Haus und dich und J. Das genügt mir.«

## Sommer 1618

Elizabeth hatte John davon abgehalten, die Familie wieder zu entwurzeln und sich in Virginia niederzulassen, doch als er die Einladung zu einer Reise nach Rußland erhielt – ausgerechnet dorthin –, und sie wurde von den Segensworten und der Empfehlung seines Herrn begleitet, er solle mitfahren, da hatte sie kaum etwas in der Hand, um ihn davon abzubringen. Der König wollte einen neuen Handelsweg nach China eröffnen und dachte, Sir Dudley Digges wäre der richtige Mann dafür, wenn er mit den Russen verhandelte. Dabei sollte eine Goldgabe helfen, die man den Truhen der alten Moskau-Kompanie und der Ostindischen Handelsgesellschaft abgeschwatzt hatte.

Sir Dudley war ein enger Freund Lord Woottons, der wiederum für seinen Garten neue Pflanzen wollte. Sir Dudley sagte, ihm fehle noch ein brauchbarer Mann und erfahrener Reisender, nicht ein Gentleman, der zum Zupacken zu fein sein würde, und nicht irgendein Dummkopf von Arbeiter, der im Notfall nicht zu gebrauchen wäre. Lord Wootton meinte, daß er Tradescant haben könne, und Tradescant war nur allzugern bereit.

Elizabeth blieb nur noch, ihm beim Packen seiner Reisetasche behilflich zu sein und dafür zu sorgen, daß der Reisemantel keine Mottenlöcher hatte und ihre Tränen nicht darauf niederrannen. Sie fuhr mit J. – der nun zehn Jahre alt war und in Canterbury in die King's School ging – zum Hafen von Gravesend und wollte ihm zum Abschied nachwinken.

»Und schütze dich vor der Kälte!« warnte ihn Elizabeth noch einmal.

»Es mag zwar nach Rußland gehen, doch es ist mitten im Sommer«, erwiderte John. »Paßt auf euch auf, und J., mache deine Schulaufgaben gut, und kümmere dich um deine Mutter.«

Die Hafenarbeiter hasteten herum und schoben sich an Elizabeth und ihrem Sohn vorbei. Als John die Tränen in den Augen seiner Frau sah, erfüllte ihn einen Moment großes Bedauern. »Ich werde in drei Monaten zurück sein«, rief er ihr über das sich weitende Wasser zu. »Vielleicht schon eher. Elizabeth! *Bitte*, mach dir keine Sorgen!«

»Paß auf dich auf!« rief sie noch einmal, doch er konnte sie kaum hören, da die Ruderbarken nach den Leinen schnappten und die Matrosen fluchten, wenn sie die Leinen auffingen, die ihnen vom Ufer her zugeworfen wurden. Elizabeth und ihr Sohn sahen zu, wie das Schiff langsam die Themse hinunterfuhr.

»Ich verstehe immer noch nicht, warum er fort muß«, sagte J. unzufrieden.

Elizabeth blickte zu ihm hinunter. »Weil er seine Pflicht tut«, antwortete sie mit der üblichen Treue gegenüber ihrem Gatten. »Lord Wootton hat es ihm befohlen. Es ist ein unbekanntes Land, und dein Vater könnte dort die verschiedensten Schätze finden.«

»Ich glaube eher, er ist nur gern auf Reisen«, sagte J. verärgert. »Und es kümmert ihn gar nicht, daß er mich daläßt.«

Elizabeth legte einen Arm um die Schultern ihres unnachgiebigen Sohnes. »Wenn du größer bist, wirst du auch reisen. Er wird dich mitnehmen. Vielleicht wirst du so ein großer Mann wie dein Vater, und die Lords schicken dich über die Meere.«

Klein J., der nicht mehr ihr kleines Baby war, löste sich

von ihrem Arm. »Ich werde meine eigenen Reisen machen«, sagte er fest. »Ich warte nicht darauf, daß mich jemand irgendwohin schickt.«

Jetzt befand sich das Schiff in der Flußmitte, und die Segel, die im sicheren Hafen noch schlaff heruntergehangen hatten, flatterten nun wie die Laken an einem Waschtag im Wind. Elizabeth griff ihren Sohn am Arm.

»Er ist schon zu alt, um sich auf solch waghalsige Unternehmungen zu begeben«, sagte sie besorgt. »So weit weg und in solch unwirtliche Gegenden. Was ist, wenn er krank wird? Was ist, wenn sie sich verirren?«

»Keine Sorge«, sagte J. spöttisch. »Doch ich fahre nach Amerika. Ein Junge in der Schule hat dort einen Onkel, der Hunderte Wilde getötet hat und Tabak anbaut. Man muß nur ein Stück Wald roden, wenn man Land besitzen will. Und wir haben dort Land, aber Vater fährt genau in die falsche Richtung.«

Elizabeths Augen sahen immer noch dem Schiff hinterher, das nun langsam Fahrt aufnahm und den Fluß hinabglitt. »Ihm ging es nie um Landbesitz«, sagte sie. »Auch nicht um den Bau eines Hauses oder das Errichten eines Zauns. Für ihn war immer das Entdecken neuer Dinge und ihr Wachsen wichtig. Ebenso der Dienst für seinen Lord.«

J. zog sie am Arm. »Können wir etwas essen, bevor wir zurückfahren?«

Elizabeth klopfte geistesabwesend auf seine Hand. »Wenn er fort ist«, sagte sie. »Ich möchte sehen, wie das Schiff aufs Meer hinausfährt.«

J. machte sich los und lief ans Ufer. Sanft umspülte der Fluß die grünen Steine. In der Mitte des Wassers trieb die Leiche eines Bettlers und drehte sich hin und her. Der Junge sah es nicht. Die Ernte war wieder schlecht ausgefallen, und in den Straßen von London herrschte Hungersnot.

Kurz darauf war Elizabeth an seiner Seite. Ihre Augenlider waren ganz rot, doch sie lächelte irgendwie fröhlich. »Hier!« sagte sie. »Dein Vater hat mir eine halbe Krone gegeben, damit wir uns ein riesiges Mahl bestellen können, ehe wir mit dem Fuhrwerk wieder heimfahren.«

John Tradescant sah vom Deck des Schiffes, wie seine Frau und sein Sohn immer kleiner wurden, bis er sie überhaupt nicht mehr erkennen konnte. Das Gefühl des Verlustes beim Entschwinden des Landes mischte sich mit der aufkommenden Freude über die Freiheit und mit seiner Erregung. Die Reise würde sie nach Norden führen, immer dicht an der Küste Englands entlang, und dann nach Osten über die Nordsee zur vereisten hohen Küste Norwegens und schließlich weiter nach Rußland.

Tradescant war so häufig an Deck wie die Männer der Schiffswache. Er war es, der eine große Flotte von holländischen Fischereischiffen entdeckte, die südlich von Newcastle nach Kabeljau und Sommerhering fischte.

Bei Newcastle warfen sie Anker. Tradescant ging an Land, um für die Reise Proviant zu kaufen. »Nehmt meinen Geldbeutel«, bot ihm Sir Dudley an. »Und seht, ob Ihr etwas Fleisch und Fisch bekommen könnt, John. Mein Bauch ist so leer wie die Almosenbüchse eines Juden. Seit unserer Abfahrt von London ist mir übel.«

John ging an Land und kaufte so umsichtig ein, wie es Elizabeth getan hätte. Er besorgte frischen Lachs und frisches und gepökeltes Fleisch, und weil er dabei des öfteren Sir Dudleys Namen und ihre Mission erwähnte, konnte er sogar den Oberbürgermeister persönlich zu einem Besuch an Bord geleiten. Und der brachte Seiner Lordschaft als Geschenk ein Faß mit gepökeltem Lachs gerade zur rechten Zeit. Als das Schiff ausreichend mit Proviant versehen war, machte man sich in die Nordseegewässer auf, doch der Wind drehte nach Nordwest und wurde immer stärker, noch ehe sie eine Tagesfahrt vom Hafen entfernt waren. Der Sturm fegte die weißen Kämme der grauen Wellen vor sich her, die ständig steiler wurden und immer rascher aufeinanderfolgten.

Seit sich der Wind gedreht hatte, fühlte sich Sir Dudley Digges hundeelend, und viele seiner Begleiter blieben ebenfalls unter Deck, stöhnten und übergaben sich und forderten den Kapitän auf, wieder anzulegen, damit sie nicht an Seekrankheit krepierten. John, der sich zum Rhythmus des Schiffes hin und her wiegte, stand am Bug und beobachtete, wie die Wellen vom Horizont auf ihn zugerollt kamen, wie sich das Schiff hob und wieder senkte, wieder hob und senkte, immer wieder. Eines Nachts, als Sir Dudleys Leibdiener krank war, saß John an seinem Bett und hielt Sir Dudley den Kopf, während der hilflos in die Schale spuckte.

»Ist ja gut«, sagte John freundlich.

»Guter Gott«, ächzte Sir Dudley. »Ich fühle mich sterbenskrank. So schlecht ist es mir noch nie ergangen.«

»Ihr werdet es überleben«, sagte John mit etwas barscher Freundlichkeit. »Es hält nie länger als ein paar Tage an.«

»Haltet mich fest«, verlangte Sir Dudley. »Ich könnte vor lauter Elend wie ein kleines Mädchen weinen.«

Sanft richtete John den Edelmann in seiner schmalen Schlafkoje auf und lehnte dessen Kopf gegen seine Schulter. Sir Dudley drehte sein Gesicht zu Johns Hals und genoß dessen Wärme und Stärke. John packte ihn fester und spürte, wie sich der gequälte Körper langsam entspannte. Erst als Sir Dudley fest schlief, zog John seinen tauben Arm fort und legte ihn sanft auf sein Bett zurück. Einen Augenblick zögerte er; dann schaute er auf das blasse Gesicht hinab, beugte sich hinunter und küßte ihn auf die Stirn, so als würde er Klein J. küssen und seinen Schlaf segnen. Dann ging er hinaus.

Sie nahmen weiter Kurs nach Norden, der Wind drehte wieder und blies nun gleichmäßiger, doch Sir Dudley konnte kein Essen bei sich behalten. Als sich das kleine Schiff auf halbem Wege zwischen Schottland und Norwegen befand, suchte der Kapitän Sir Dudley auf, der, in einen dicken Mantel gehüllt, wegen der frischen Luft an Deck saß.

»Wir können zurück oder weiterfahren, wie Ihr wollt«, sagte der Kapitän. »Ich möchte Euren Tod nicht auf dem Gewissen haben, mein Lord. Ihr seid kein Seefahrer. Am besten, wir kehren um.«

Sir Dudley blickte zu Tradescant hinüber, der einen Arm locker um den Bugspriet gelegt hatte und aufs Meer hinausschaute.

»Was meint Ihr, John?« fragte er. Seine Stimme war immer noch ganz schwach.

Tradescant schaute zurück und kam dann näher.

»Sollen wir umkehren oder weiterfahren?«

John zögerte. »Euch kann es kaum noch schlechter gehen«, sagte er.

»Davor habe ich Angst!« unterbrach ihn der Kapitän.

John lächelte. »Ihr müßtet Euch jetzt daran gewöhnt haben, mein Lord. Und das Wetter ist schön. Ich sage, wir sollten weiterfahren.«

»Tradescant sagt, wir fahren weiter«, gab Sir Dudley an den Kapitän weiter.

»Doch was sagt Ihr, mein Lord?« fragte der Kapitän. »Ihr habt mich gebeten umzukehren, als der Sturm in vollem Gange war.«

Sir Dudley lachte, es war ein dünnes Lachen. »Erinnert mich nur nicht daran! Ich sage auch, wir fahren weiter. Tradescant hat recht. Wir sind jetzt seefest, wir könnten umkehren, aber genausogut auch weitersegeln.«

Der Kapitän schüttelte den Kopf, ging jedoch wieder ans Steuer zurück und hielt den Kurs des Schiffes.

Sie hatten Glück. Das Wetter wurde überraschend schön, die Männer gewöhnten sich an die Bewegung des Schiffes, und selbst Sir Dudley verließ seine Kajüte und schritt schwankend über Deck. Sie waren nun fast drei Wochen auf See, und langsam veränderte sich der Himmel. Es war, als würden sie eine andere Welt betreten, in der die Gesetze von Tag und Nacht aufgehoben waren. John konnte gegen Mitternacht immer noch seine Niederschriften lesen, und die Sonne versank nie völlig; sie ruhte höchstens am Rande des Horizonts. Eine Gruppe von Schwertwalen begleitete sie längsseits, und ein Schwarm winziger Vögel ruhte sich auf der Takelage aus, sichtlich erschöpft von dem langen Flug über das eisige Gewässer. Den ganzen Tag und fast die ganze helle Nacht über spazierte John die Länge des Schiffes auf und ab, und er fühlte sich eigenartig nutzlos, da er bei hellem Licht keine Pflanzen zu versorgen hatte.

Dann breitete sich dichter Nebel über dem Meer aus, und daß es hell war, bemerkte man bei dem ständigen blassen Grau so gut wie nicht mehr. Sir Dudley suchte wieder seine Kajüte auf und ließ einen Mann rufen, der mit ihm würfelte. John kam sich in der Halbnacht seltsam verloren vor. Ob er nun schlief oder wachte, er wußte nie, ob es Tag oder Nacht war.

Tradescant hielt Ausschau, aber schließlich rief zuerst ein Matrose: »Land in Sicht!« Dieser hatte durch den dahinfließenden Nebel die dunkle Silhouette der Küste der Nordspitze Lapplands entdeckt.

Sir Dudley kam in seinem dicken Umhang an Deck. »Was könnt Ihr sehen, John?«

John zeigte auf die dunkle Landmasse, die immer weißer wurde, je näher sie kamen. »Eher eine Schneewehe als Land«, sagte er. »Furchtbar kalt.«

Die beiden Engländer standen Seite an Seite, als ihr Schiff auf die fremde Küste zusteuerte. Vor dem Schatten einiger Klippen zeichnete sich ein Kriegsschiff ab, das auf sie zuhielt.

»Gibt es Ärger?« erkundigte sich Sir Dudley leise.

»Ich werde den Kapitän fragen«, sagte John Tradescant. »Ihr geht nach unten, mein Lord. Ich werde Euch Bescheid sagen, sobald ich weiß, was los ist. Macht Eure Pistolen schußbereit, nur für den Fall.«

Sir Dudley nickte und verschwand in seiner Kabine, während John die paar Stufen in die Kajüte des Kapitäns hochstieg und anklopfte.

»Was gibt es?«

»Ein Kriegsschiff, das auf uns zufährt und die Flagge Dänemarks gehißt hat.«

Der Kapitän nickte und verließ die winzige Kajüte. »Sie wollen nur die Geleitbriefe sehen«, sagte er. »Sir Dudleys Name reicht ihnen schon zur Genehmigung.«

Rasch ging er auf die eine Seite des Schiffes, legte die Hände an seinen Mund und rief. »Ahoi! Hier spricht Kapitän Gilbert, ein englischer Seekapitän auf einer Botschafterreise, Sir Dudley und der russische Gesandte sind an Bord. Was wollt Ihr von uns?«

Nun herrschte Stille. »Vielleicht sprechen sie kein Englisch?« vermutete John.

»Dann sollten sie es verdammt noch mal lernen«, brauste Gilbert auf, »ehe sie versuchen, rechtschaffene Engländer aufzuhalten, die nur ihren Geschäften nachgehen.«

»Ahoi, Kapitän Gilbert«, kam die Antwort langsam und dumpf durch den Nebel. »Wir verlangen die Briefe und die Erlaubnis, unsere Gewässer zu befahren.«

»Ahoi!« rief Gilbert verärgert. »Unsere Geleitbriefe und Papiere sind gut verpackt, wir benötigen auch keine. An Bord befindet sich Sir Dudley Digges, und mit ihm reist der russische Gesandte, auf dem Weg in seine Heimat. Ihr wollt doch nicht die Edelleute stören, nicht wahr?«

Jetzt herrschte ein längeres Schweigen, währenddessen der dänische Kapitän überlegte, ob die Störung der Gentlemen die mögliche Peinlichkeit der Situation wert war. Er entschied sich dagegen.

»Ihr könnt ungehindert weiterfahren«, rief er zurück.

»Danke für nichts«, murmelte Gilbert. »Ich danke Euch«, rief er. »Habt Ihr Proviant, den wir Euch abkaufen können?«

»Ich schicke ein Boot hinüber«, erscholl die Antwort, die halb im Nebel unterging.

Tradescant schritt rasch die Kajütentreppe hinunter und klopfte an Sir Dudleys Kabine.

»Ich bin's, es ist alles in Ordnung«, sagte er schnell.

»Soll ich hinauskommen?«

»Wenn Ihr es wünscht«, sagte John, ging zur Reling zurück und sah mit Kapitän Gilbert, wie ein Ruderboot, das einem holländischen Boot ähnelte, aus dem Dunst auftauchte.

»Gibt es irgend etwas Lohnendes?« fragte Sir Dudley, der hinter Tradescant stand.

Die Männer warteten. Das kleine Boot kam längsseits, ein Seil wurde hinaufgeworfen. »Was habt Ihr da?« rief Kapitän Gilbert.

Die beiden Männer an Bord schüttelten nur den Kopf. Sie verstanden kein Englisch, aber sie streckten ihnen einen Korb mit gepökeltem Lachs entgegen. Sir Dudley stöhnte. »Nicht schon wieder Lachs!« Doch er hielt ihnen sichtbar zwei Silbershilling hin.

Sie schüttelten den Kopf und reckten eine gespreizte Hand hoch.

»Sie wollen fünf«, sagte Tradescant.

»Zumindest können sie rechnen, auch wenn sie keine zivilisierte Sprache beherrschen«, bemerkte der Kapitän.

Sir Dudley griff in seinen Geldbeutel und bot ihnen nun vier Silbershilling an.

Die Männer sprachen kurz miteinander und nickten dann. Sir Dudley schleuderte die Münzen ins Boot, und Tradescant fing das Seil auf, das ihm die Matrosen zuwarfen. Er zog den Korb mit dem Lachs hoch und zeigte ihn Sir Dudley.

»Oh, großartig«, sagte Sir Dudley undankbar. »Ich weiß schon, wir werden ihn zur Abwechslung mit trockenem Schiffszwieback essen.«

Tradescant grinste.

Die restliche Fahrt über glitten sie dicht an der Küste entlang und beobachteten, wie sich die Landschaft von dem steten öden Weiß in ein trockenes Rostbraun verwandelte und dann langsam in Grün.

»Fast wie in England in einem kalten Winter«, bemerkte Tradescant zu Kapitän Gilbert.

»Nichts dergleichen«, sagte Gilbert mürrisch. »Weil das Land hier ein halbes Jahr lang unter Schnee liegt und in der anderen Hälfte im Nebel.«

Tradescant nickte und zog sich auf seinen Platz am Bugspriet zurück. Während sich die Küste langsam vor dem schlingernden Bug entfaltete, gab es für ihn immer mehr zu entdecken. John nahm an Land dessen Bewohner wahr, über deren Aussehen er zuerst verwundert war, da sie keinen Hals hatten und ihre Köpfe direkt auf den Schultern zu sitzen schienen. Als sie hinunter zum Strand rannten und dem vorbeifahrenden Schiff zuwinkten, weil das Schiff wegen einer Sandbank ein wenig näher ans Ufer geraten war, da erkannte John, daß sie dicke Fellumhänge über Kopf und Schultern trugen.

»Gott sei gelobt«, sagte John inbrünstig. »Einen Augenblick lang dachte ich, wir seien tatsächlich in fremden Welten und all die Geschichten der Reisenden, die ich gehört hatte, würden sich nun bewahrheiten.«

Die Leute am Strand hielten Pfeil und Bogen hoch und breiteten vor John ihre Hirschhäute aus. Tradescant winkte zurück; das Schiff war aber zu weit weg, um es zu einem Handel kommen zu lassen, auch wenn er liebend gern Pfeil und Bogen untersucht hätte.

Bei Sonnenuntergang ging das Schiff vor Anker. Kapitän Gilbert erklärte, daß er vor Sandbänken in einem unbekannten Fluß mehr Angst habe als vor der ganzen Nordsee.

»Kann mich das Boot an Land bringen?« fragte Tradescant.

Der Kapitän blickte ihn finster an. »Mr. Tradescant, Ihr könnt doch gewiß von hier alles sehen, was Ihr wollt, nicht wahr?«

John Tradescant lächelte ihn eindringlich an. »Für Lord Wootton muß ich Pflanzen und Raritäten sammeln«, sagte er. »Ich werde vor Einbruch der Dunkelheit zurück sein.«

»Kommt nicht mit einem Pfeil in Eurem Hintern wieder zurück«, meinte der Kapitän recht grobschlächtig.

John verneigte sich und schlüpfte fort, noch ehe er es sich anders überlegen konnte.

Ein junger Matrose ruderte ihn ans Ufer. »Kann ich hier am Boot warten?« fragte er. Seine Augen sahen in dem blassen Gesicht ganz rund aus. »Es heißt, daß es an dieser Küste schreckliche Menschen geben soll. Man nennt sie Samen.«

»Rudere nicht ohne mich zurück«, sagte John. »Der Kapitän ist weit schrecklicher als die Samen, das sage ich dir. Und er wird dich umbringen, falls du mich hier im Stich läßt.«

Der Bursche brachte ein schwaches Lächeln zustande. »Ich werde warten«, versprach er. »Bleibt nicht zu lange weg.«

John warf einen Sack über die Schulter und nahm einen kleinen Spaten mit. In den Taschen seiner Kniebundhosen trug er ein scharfes Messer für irgendwelche Ableger.

Auf eine Muskete hatte er verzichtet, um sich den Ärger mit dem Zünder zu ersparen, und außerdem dachte er, daß er wohl in einer Sekunde der Geistesabwesenheit sich eher in den eigenen Fuß schießen würde, als jemals einem Feind damit zu drohen.

»Ihr werdet nicht lange fortbleiben, nicht wahr?« fragte der Bursche noch einmal.

John klopfte ihm auf die Schulter. »Sobald ich etwas Lohnenswertes gefunden habe, komme ich zurück«, versprach er. »Höchstens zehn Minuten.«

Er ging den ansteigenden Strand hinauf und befand sich sofort in einem dichten Wald. Riesige Bäume, eine neue Föhrenart, die er noch nie gesehen hatte, verschränkten ihre Zweige über Johns Kopf und schufen eine dämmrige Welt aus schattigem Grün und Kälte. Unter seinen Füßen breiteten sich dicke Polster aus frischem, feuchtem Moos aus, so groß wie ganze Kissen. John kniete sich wie ein Ritter vor dem Heiligen Gral hin und klopfte mit zärtlichen Händen auf das Moos. Erst dann brachte er es über sich, den Spaten hineinzustechen und ein Stück davon in seinen Sack zu stecken.

Da gab es Sträucher, die er noch nie zu Gesicht bekommen hatte; viele davon blühten gerade und hatten sternenförmige weiße Blüten, manche mit einem Anflug von Rosa. Er ging weiter und traf auf Heidelbeersträucher, die ungewöhnlich rot blühten. John holte sein kleines Messer heraus und schnitt Ableger ab, wickelte sie in ein feuchtes Moospolster, das er neu abstach, und legte alles vorsichtig in den Sack. Noch ein paar Schritte weiter, und er befand sich auf einer Lichtung. Wo das Sonnenlicht eindrang, gab es Büsche mit Früchten, die an das englische Bingelkraut erinnerten, nur daß es ein helleres Rot war und am Kopf der Stengel drei scharfkantige Blätter saßen und sich in jedem Blatt eine Beere befand. An den dunkleren Stellen, unter den Bäumen, sah John die leuchtenden Blüten von

Nieswurz, die ganz dicht wuchs und den Waldboden bedeckte.

In den Bäumen über ihm lärmte es plötzlich laut auf. John duckte sich instinktiv, da er eine Gefahr witterte. Ein halbes Dutzend Vögel einer ihm bisher unbekannten Art verursachten diesen Lärm, sie waren so groß wie Fasane, weiß, und ihr Körper schimmerte grün und der Schwanz schieferblau. In seiner Hilflosigkeit klatschte John in die Hände und hätte nun gern eine Muskete bei sich gehabt, damit er wenigstens einen Vogel um der Federn willen schießen konnte, doch da hatten sich die Vögel schon unter lautem Flügelschlagen wieder entfernt. Kein einziger war geblieben, damit John Vergleiche anstellen und sicher sein konnte, daß er richtig gesehen hatte.

Wie ein sich auf den Winter vorbereitendes Eichhörnchen grub und schnitt er an Pflanzen herum, als er aus der Ferne eine undeutliche Stimme vernahm, die seinen Namen rief. Er schaute auf. Da wurde ihm bewußt, daß es dunkel wurde und er dem Jungen versprochen hatte, in etwa zehn Minuten zurück zu sein – das mochte jetzt über eine Stunde her sein.

John trottete den Weg zum Boot und dem zitternden Burschen zurück.

»Was ist los?« fragte er. »Ist es die Kälte oder die Angst?«

»Weder noch!« sagte der Junge tapfer. Doch sobald er das Boot vom Ufer abgestoßen hatte, zurückgerudert und rasch die Leiter hochgeklettert war, schwor er, Mr. Tradescant nie wieder irgendwohin zu begleiten, ganz gleich, was der Kapitän sagte.

Am nächsten Tag wartete der Kapitän so lange, bis die Flut den Höchststand erreicht hatte, damit das Schiff nicht auf einer der gefährlichen Sandbänke strandete; dann erst lief das Schiff in Archangelsk ein. Die Besatzung konnte an Land gehen, um dort Haferbrot und Käse zu essen und russisches Bier zu trinken. Und die Gentlemen, die mit Sir Dudley reisten, luden ihre Güter aus und bezogen die Häuser am Hafen. Die Mannschaft lästerte ganz besonders über die Häuser – reine Holzhütten – und das Brot, das ganz anders geformt war.

John Tradescant fing den russischen Botschafter ab und erhielt die Erlaubnis, ein einheimisches Boot zu mieten und im Kanal zu den Inseln zu segeln. Er nahm seinen Goldbeutel mit und kaufte zunächst alle sich bietenden Raritäten für die Sammlung seines Lords auf. Dann nahm er Stecklinge ab, sammelte Wurzeln und Samen von jeder fremden Pflanze, die er antraf. Bei jeder Insel ging John an Land, seine Augen immer auf den Boden geheftet, in den Händen seinen kleinen Spaten. Und jedesmal kehrte er mit einem prallgefüllten Sack zum Boot zurück, in dem sich lauter Ableger und Pflanzen befanden, die in England unbekannt waren.

»Ihr seid ein Konquistador«, bemerkte Sir Dudley, als John wieder im Hafen von Archangelsk anlangte und die Pflanzenfässer mit feuchter Erde am Ufer ausladen ließ. »Das ist ein wahrer Schatz für einen, der gerne Gärten anlegt.«

John, der ganz schmutzig war und streng nach Fisch roch, der viele Tage lang seine einzige Nahrung gewesen war, grinste und erklomm steif die Stufen des Kais.

»Was habt Ihr gesehen?« fragte Sir Dudley. »Ich habe hier die ganze Zeit über mein Gepäck ausladen lassen und mich auf die Reise nach Moskau vorbereitet.«

»Das meiste ist Ödland«, erklärte ihm Tradescant leise. »Doch wenn sie ein Stück Land beackern, und die Bauern verstehen ihr Handwerk, dann müssen sie die Saat genau zu der Zeit ausbringen, wenn sich die Erde erwärmt hat, und können danach schon innerhalb von sechs Wochen alles ernten.«

Sir Dudley nickte.

»Ein armes Land?« fragte er.

»Irgendwie anders«, erwiderte Tradescant. »Schreckliches Bier, so einen schlechten Geschmack habe ich noch nie im Mund gehabt. Aber sie machen ein gutes Getränk mit Honig, das sie Met nennen. Sie verwenden keinen Hobel zur Bearbeitung des Holzes, doch wie sie mit Axt und Messer umgehen, das stellt jeden englischen Tischler in den Schatten. Und erst die Bäume!«

»Sprecht weiter«, sagte Sir Dudley mit einem Lächeln. »Erzählt mir von den Bäumen.«

»Ich habe vier neue Sorten von Kiefern entdeckt. Der Maiwuchs ist so frisch und so hell, daß die Bäume wie ein Pony gesprenkelt aussehen, Hellgrün vor Dunkelgrün.«

Sir Dudley nickte.

»Und eine Birkenart gibt es hier, eine sehr hohe Birke, die sie, wie man mir sagte, wegen des Safts anzapfen, aus dem sie ein Getränk herstellen. Aus einem anderen kleinen Baum fertigen sie die Reifen für die Fässer an. Sie nennen ihn Kirschbaum, aber da er nicht mehr blühte und die Früchte noch nicht zu sehen waren, bin ich mir nicht so sicher. Ich kann mir nicht vorstellen, daß man aus einer Kirschbaumart Faßreifen herstellen kann. Doch ich habe Ableger und einen Schößling, die ich daheim anpflanzen werde; mal sehen, was es wird. Die Blätter sind wie die einer Kirsche. Schon wenn man einen Zweig in den Boden absenkt, wächst dort ein neuer Baum, wie bei einer Weide. Es würde sich lohnen, diese Art in England anzupflanzen, was meint Ihr?«

Sir Dudley legte sein nachsichtiges Lächeln ab und wurde nachdenklich. »In der Tat. Und der Baum muß stark sein, um dieses Klima hier zu vertragen. Er würde doch wohl in England wachsen, nicht wahr, John?«

Tradescant nickte. »Und weiße, rote und schwarze Johannisbeeren, viel größer als unsere Früchte, und Rosen – an einer Stelle sah ich mehr als drei Morgen wilder Rosen blühen, die einer Zimtrose glichen. Nieswurz, Angelika, Storchschnabel, Steinbrech und Sauerampfer, so hoch wie mein Sohn zu Hause – und eine neue Sorte Nelken ...« John schwieg auf einmal, denn er dachte daran, daß es seinem Lord sehr gefallen würde, zu hören, sein Gärtner habe eine neue Nelkenart entdeckt. »Eine neue Nelke«, sagte er leise. »Mit schönen gezackten Blütenblättern.«

»Das sind wahre Schätze«, sagte Sir Dudley.

»Und es gibt hier Pflanzen, aus denen man Medizin macht«, erklärte ihm Tradescant. »Eine Frucht, die wie eine bernsteinfarbene Erdbeere aussieht, die vor Skorbut schützt, und man hat mir von einem Kraut erzählt, das an der Wolga wächst und der Baum Gottes heißt. Die Beschreibung paßt eher auf Fenchel, und man sagt, daß man damit viele Krankheiten heilen kann. Vielleicht könntet Ihr einen Steckling davon mitbringen, mein Lord, wenn Ihr darauf stoßt.«

»Begleitet mich nach Moskau «, erwiderte Sir Dudley. »Kommt mit, und sammelt Eure Stecklinge selbst, wo Ihr doch auf Schritt und Tritt in so kurzer Zeit soviel Neues entdeckt.«

Einen Augenblick dachte er, daß Tradescant zustimmen würde. Bei der Aussicht auf das Abenteuer und dem Gedanken an die Reichtümer, die er sehen würde, hellte sich Johns Gesicht auf.

Dann schüttelte er den Kopf und lachte über seinen eigenen Eifer. »Ich bin wie ein Mädchen, das einem Jahrmarkt hinterherzieht«, sagte er. »Nichts würde mich mehr erfreuen. Doch ich muß heimkehren. Lord Wootton erwartet mich, auch meine Frau und mein Sohn.«

»Seine Lordschaft steht an erster Stelle?«

John wurde an seine Pflicht erinnert. »Mein Lord steht vor allem anderen. Selbst vor meinen eigenen Wünschen.«

Sir Dudley legte sorglos einen Arm um Johns Schulter, während sie zusammen zu den wartenden Pferden gingen.

»Das ist schade«, sagte er. »Es gibt niemanden, den ich lieber an meiner Seite hätte, den ganzen Weg über nach China.«

John nickte, um seine Gefühle zu verbergen. »Ich wünschte, ich könnte mit, mein Lord.« Er blickte auf den Wagentroß mit den kräftigen tartarischen Pferden, die zum Teil mit tiefen Reisesätteln versehen waren.

»Den ganzen Weg nach China sagt Ihr?«

»Denkt nur daran, was Ihr alles entdecken würdet ...«, lockte ihn Sir Dudley mit verschwörerischer Stimme.

John schüttelte den Kopf, doch seine Hand befand sich auf dem Steigbügelriemen. »Ich kann nicht«, sagte er.

Sir Dudley lächelte ihn an. »Dann sichere Reise in die Heimat«, sagte er. »Und wenn ich auf etwas äußerst Seltenes oder Eigenartiges stoße, so werde ich es abschneiden und Euch schicken, und ich werde eine Notiz über den Fundort machen, damit Ihr Euch eines Tages selbst auf die Reise dorthin begeben könnt. Denn Ihr seid ein Mann des Reisens, John, und kein Stubenhocker. Ich lese es Euren Augen ab.«

Tradescant grinste, schüttelte den Kopf und löste die Hand vom Steigbügelriemen. Dann trat er einen Schritt von Sir Dudleys Pferd zurück. Als sich der ganze Troß vom Schiffsliegeplatz aus auf den Weg Richtung Moskau und gen Osten begab, mußte er sich zwingen, nicht hinterherzurennen.

»Gute Reise«, rief John. »Und viel Glück am Hof des russisches Zaren.«

»Gott gebe Euch eine gute Heimreise«, erwiderte Sir Dudley. »Und wenn ich zurückkehre, so könnt Ihr mich einen Freund nennen, Tradescant. Ich werde es nicht vergessen, wie Ihr Euch um mich gekümmert habt, als es mir schlecht ging.«

John sah ihnen nach, bis der Staub des letzten Wagens verschwunden war, bis der Staub über den grauen Himmel zerstoben war, bis der Klang der Zaumzeugglöckchen und das Klappern der Hufe verstummt waren.

In dieser Nacht blieben sie vor Anker, und bei der nächsten Flut luden sie die restlichen Dinge auf und fuhren davon. Tradescants Stecklinge befanden sich in den Kisten an Deck, und seine Bäumen hatte man lose um den Mast gebunden; er selbst war tieftraurig.

An dem Morgen, als John zurückkehrte, goß Elizabeth gerade den Kastanienbaum in dem großen Kübel. Im übrigen Garten war die Erde trocken und ausgedörrt. Für die Ernte war es ein schlechtes Jahr, es war im Frühjahr feucht und dann im Juli sengend heiß gewesen. Die Weizenernte war verdorben, und um die Gerste stand es kaum besser. In den Städten würde Hungersnot herrschen, und in den Dörfern wäre das teure Mehl für die Ärmeren unerschwinglich. Doch trotz Sonne und Regen war das Kastanienbäumchen gediehen. Elizabeth hatte einen kleinen Schutz in Form eines Strohdachs gebaut, um die Sonne abzuhalten, und an den trockenen Tagen hatte sie es ohne Unterlaß gewässert.

»Na, das ist ja ein schöner Anblick!« sagte John, der sich ihr von hinten näherte.

Elizabeth sprang beim Klang seiner Stimme hoch und drehte sich zu ihm um. »Gott sei Dank«, sagte sie ruhig und hielt ein Weilchen mit geschlossenen Augen inne, um dem Herrn zu danken.

John, den ihre Frömmigkeit ungeduldig machte, zog sie zu sich heran und umschlang sie fest.

»Bist du wohlauf?« fragte sie. »Hattest du eine gute Reise?«

»Wohlauf und bester Gesundheit, und ich habe ganze Kisten voller Schätze mitgebracht.«

Elizabeth kannte ihren Gemahl zu gut und nahm nicht an, daß er etwa von russischem Gold sprach. »Was hast du gefunden?«

»Eine Moskowiter Rose – größer und süßer duftend als alle, die ich bisher kannte. Einen Kirschbaum, dessen Holz so biegsam wie das einer Weide ist und der wurzelt, indem man seine Zweige wie bei einer Weide in den Boden absenkt. Eine neue Nelkenart mit gezackten Blütenblättern. Ich hätte ein ganzes Boot voller Nieswurz beladen können, der auf einer Insel so dicht wächst, daß man nichts anderes sehen kann. Einen neuen dunkelroten Storchschnabel, einen großen Sauerampfer ...« Er hielt inne. »Ein Fuhrwerk folgt noch. Und ich habe ein paar Raritäten für Lord Woottons Sammlung gekauft: russische Stiefel für den Schnee und ganz merkwürdige Strümpfe.«

»Und du bist wohlauf und warst bei bester Gesundheit?« John setzte sich auf die Gartenbank und zog Elizabeth auf seinen Schoß. »So wohlauf wie ein Sommergarten, mir ging es die ganze Zeit gut, nicht einmal seekrank war ich. Jetzt berichte mir von euch«, sagte er. »Geht es J. gut?«

»Gott sei Dank, ja.«

»Und dem Rest der Familie auch? Keine Pest in Kent?«

Elizabeth senkte den Kopf auf jene vertraute Art, in der sie kurz betete. »Nein, Gott sei Dank. Herrscht in London die Seuche?«

»Ich bin sehr schnell durchgefahren, um nicht Gefahr zu laufen, mich anzustecken.«

»Und jetzt bist du zu Hause, John? Zu Hause für immer?«

Sie sah sein schelmisches Lächeln, aber erwiderte es nicht. »John?« wiederholte sie ernst.

»Ich habe da eine Schiffsreise in Aussicht, doch erst in ein oder zwei Jahren«, versicherte er ihr. »Eine Expedition gegen die Piraten im Mittelmeer, und ich kann vielleicht einen Platz auf einer Versorgungspinasse bekommen!«

Sie erwiderte sein Lächeln immer noch nicht.

»Stell dir vor, was das für mich bedeutet!« sagte John

mit all seiner Überredungskunst. »Denk nur daran, was man in diesen warmen Gegenden alles anbaut und was ich mitbringen könnte. Ein Vermögen kann ich damit machen, ganz sicher!«

Elizabeths zog die Unterlippe ein.

»Es wird nicht ein Jahr oder so dauern«, sagte er besänftigend. »Und es ist überhaupt noch ganz unsicher.«

»Du wirst immer reisen, wenn du kannst«, erwiderte Elizabeth verbittert. »Ein Mann deines Alters sollte zu Hause bleiben. Ich dachte, wir würden uns hier niederlassen, fort von all den Höfen der großen Lords. Ich dachte, wir würden hier glücklich sein.«

»Ich bin hier glücklich, und ich will dich nicht ständig allein lassen ...«, widersprach ihr John, als sie sich von seinem Schoß erhob und zur Seite ging, wobei sie ein Blatt des Kastanienbaums sanft streichelte. »Aber ich muß gehorchen, Elizabeth – wenn mein Herr es mir befiehlt, dann muß ich aufbrechen. Und wenn sich mir die Möglichkeit bietet, muß ich Pflanzen suchen. Ich ehre Gott, wenn ich den Menschen zeige, welchen Reichtum er uns geschenkt hat, Elizabeth. Und von einer Reise ins Mittelmeer könnte ich großartige Dinge mitbringen. Blumen und Bäume, aber auch Kräuter. Vielleicht ein Heilmittel gegen die Pest? Das wäre eine göttliche Tat!«

Über seinen offenkundigen Appell an ihre Frömmigkeit lächelte sie nicht. »Es wäre eine göttliche Tat, zu Hause zu bleiben und deinem Herrn zu Hause zu dienen«, sagte sie mit Entschiedenheit. »Und du wirst alt, John. In deinem Alter solltest du nicht mehr zur See fahren. Du bist kein Seemann, du bist Gärtner. Du solltest daheim deinen Garten bestellen.«

Sanft zog er sie zu sich zurück. »Zürne mir nicht«, sagte er leise. »Ich bin gerade erst heimgekehrt. Lächle für mich, Elizabeth, und sieh mal: Ich habe dir ein Geschenk mitgebracht.«

Aus den Tiefen seiner Manteltasche zog er einen kleinen Tannenzapfen hervor. »Ein neuer Baum«, sagte er. »Eine wunderschöne Föhre. Wirst du sie für mich großziehen, Elizabeth? Und wirst du sie so hüten wie unsere Kastanie? Ich liebe dich so wie damals, als ich dir den Kastaniensteckling anvertraut habe.«

Elizabeth nahm den Zapfen, ihr Gesicht blieb jedoch ernst. »John, du gehst auf die Fünfzig zu«, sagte sie. »Es ist Zeit für dich, zu Hause zu bleiben.«

Er küßte ihren warmen Nacken; ein wenig salzig schmeckte er. Elizabeth seufzte leicht vor Freude über seine Berührung und saß still da. Über ihren Köpfen im Apfelbaum gurrte verführerisch eine Ringeltaube.

»Die nächste Reise wird meine letzte sein«, versprach er. »Ich werde auf der *Mercury* ins Mittelmeer segeln, und dann werde ich mit Orangen- und Olivenbäumen heimkehren und mit allerlei Kräutern, und anschließend werde ich sie in aller Ruhe in meinem Garten mit dir großziehen.«

Als J. hörte, daß sein Vater zum Mittelmeer aufbrach, bestand er darauf mitzukommen. Doch John lehnte strikt ab. J. wurde vor Zorn ganz blaß. »Ich bin alt genug, um dich zu begleiten«, sagte er beharrlich.

»Ich möchte, daß du weiter die Schule besuchst«, erwiderte John.

»Was hat das für einen Nutzen!« rief J. leidenschaftlich. »Du bist nie zur Schule gegangen!«

»Und ich habe den Nachteil gespürt«, betonte John. »Ich möchte, daß du Latein genauso gut lesen und schreiben kannst wie deine Muttersprache. Ich möchte, daß du als Gentleman erzogen wirst.«

»Das werde ich alles nicht brauchen. Ich werde in Virginia Pflanzer. Kapitän Argall hat gesagt, das allerletzte, was die Siedlungen benötigen, sind Gentlemen. Er sagte, da fehlen hart arbeitende Männer, keine Gelehrten.«

Als Argalls Name fiel, schaute Elizabeth auf und kniff die Lippen zusammen.

»Er mag schon recht haben«, entgegnete John. »Doch ich rechne damit, daß du mir bei meiner Tätigkeit hilfst, bevor du nach Virginia aufbrichst.«

J., der sich mitten im Gedankenflug befand, bremste sich. »Dir helfen?«

»All den Pflanzen werden heutzutage neue botanische Namen – und zwar lateinische – gegeben. Wenn mir die Gärtner des französischen Königs, die Robins, schreiben und mir neue Stecklinge schicken, so fügen sie immer die botanischen Namen bei. Ich habe gehofft, daß mir dein Latein dabei nützlich ist.«

»Ich werde also mit dir zusammenarbeiten?«

»Natürlich«, sagte John einfach. »Was denn sonst?«

J. zögerte. »Also wirst du zu Hause bleiben und mir alles beibringen?«

»Ich werde mich noch auf diese Reise ins Mittelmeer begeben«, setzte John fest. »Algier zerstören, die Piraten besiegen, mediterrane Pflanzen sammeln und nach Hause kommen. Danach werde ich hierbleiben, und wir werden zusammen gärtnern.«

J. nickte, er akzeptierte den Kompromiß. Elizabeth bemerkte, daß sie ihre Hände, die sie unter der Schürze ganz fest zusammengedrückt hatte, nun löste. »Tradescant und Sohn«, sagte John voller Freude.

»Tradescant und Sohn«, wiederholte J.

»Aus Canterbury«, fügte Elizabeth hinzu und sah, wie ihr Mann lächelte.

## Frühjahr 1620

»Man sagt, Algier ist eine Stadt, die man nicht einnehmen kann«, bemerkte Elizabeth am Kai zu John. Sie wollte nicht optimistisch sein, selbst in diesem letzten Moment des Abschieds nicht.

»Du hast immer so viele Zweifel«, sagte John vorsichtig. »Algier kann besiegt werden, keine Stadt ist unbezwingbar. Und den Piraten, die die Stadt als Basislager benutzen, muß Einhalt geboten werden. Sie tauchen im englischen Kanal auf, kommen die Themse hinauf. Jetzt meint sogar der König, daß man ihnen eine Lektion erteilen müsse.«

»Doch warum solltest ausgerechnet du mitfahren?« fragte sie.

»Um in der Zwischenzeit auf Pflanzenjagd zu gehen«, erwiderte John sanft. »Kapitän Pett sagt, man hat ihm nur wenige Offiziere mitgegeben und er würde mich nehmen. Ich bat mir aus, mit dem Beiboot immer an Land gehen zu können, wenn es möglich ist. So hat es für beide Seiten etwas Gutes.«

»Und du wirst nicht an den Gefechten teilnehmen?« bedrängte ihn Elizabeth.

»Ich werde meine Pflicht tun«, sagte John entschlossen. »Ich werde tun, was mir Kapitän Pett befiehlt.«

Elizabeth schluckte ihre Wut hinunter und legte ihre Arme um den immer rundlicher werdenden Bauch ihres Gemahls. »Du bist kein junger Mann mehr«, erinnerte sie ihn freundlich.

»O Schande«, sagte John. »Wo doch meine Frau immer noch wie ein junges Mädchen ist.«

Sie lächelte darüber, doch er konnte ihre Bedenken nicht zerstreuen. »Ich möchte, daß du daheim bleibst.«

Er schüttelte den Kopf und küßte sanft die weiße Haube auf ihrem Kopf. »Ich weiß, meine Liebe, doch eine solche Chance bietet sich mir nicht alle Tage. Sei großzügig, und laß mich mit einem Lächeln ziehen.«

Sie blickte in sein Gesicht hoch. Er sah, daß sie den Tränen näher war als einem Lächeln. »Ich hasse es, wenn du gehst«, wiederholte sie leidenschaftlich.

John küßte sie auf den Mund, dann auf die Stirn, wie damals, als sie frisch verlobt waren, und schließlich küßte er sie wieder auf die Lippen. »Verzeih«, sagte er. »Und gib mir deinen Segen. Ich muß jetzt fort.«

»Gott segne dich«, sagte sie widerwillig.

»Amen«, erwiderte er, ehe sie noch mehr sagen konnte, entglitt ihren Armen und rannte den Schiffssteg auf die Pinasse *Mercury* hinauf.

Dieses Mal blieb sie nicht, um dem Schiff hinterherzuschauen. Sie hatte guten Grund, nach Hause zu eilen. Am Nachmittag würde J. aus der Schule zurückkommen, und sie hatte vor, den nächsten Frachtwagen nach Canterbury zu nehmen, der gegen Mittag von Gravesend losfahren sollte. Doch in Wahrheit wollte sie nicht warten, weil sie zornig und ärgerlich war und weil sie nicht wie ein schmachtendes Mädchen am Ufer herumstehen wollte, das seinem Gatten zum Abschied nachwinkt. Warum konnte er der Versuchung des Abenteuers nicht widerstehen und zu Hause in seinem Garten arbeiten?

John Tradescant, der von Deck aus zurückblickte, sah die kleine Gestalt am Ufer, die mit steifem Rücken den Kai verließ. Er ahnte ein wenig, was in ihr vorging, und er mußte sie bewundern. Er wußte, daß sie an der Seite eines anderen Mannes glücklicher geworden wäre, eines Mannes, der nur in der Dorfschenke den Berichten der Reisenden lauschte. Auch er wäre glücklicher an der Seite einer anderen Frau geworden, die ihm winken konnte und ihn bei der Heimkehr mit einem fröhlichen Lächeln willkommen hieß. Doch es war keine Liebesheirat gewesen. Die Liebe, die sie schließlich gefunden hatten, und die Liebe, die sie im Bett vereint hatte, war ein zusätzliches Geschenk gewesen, das weder sie noch ihre Eltern, die die Ehe in weiser Voraussicht beschlossen, erahnt hatten. Sie sollte vor allem dazu dienen, die Schulden zu begleichen. Es war eine Ehe, dazu vorgesehen, Elizabeths Mitgift einem Mann anzuvertrauen, der das Geld nach Belieben verwenden konnte, und John sollte seine Fertigkeiten einer Frau zugute kommen lassen, die wußte, wie man einen Haushalt zu führen hatte, der mit jedem Umzug immer größer und vornehmer werden sollte. Die alten Leute hatten gut gewählt. John wurde durch seine Löhne und seinen wachsenden Handel mit seltenen Pflanzen von Jahr zu Jahr reicher. Elizabeth führte das Haus in Canterbury wie vorher das neue Haus in Hatfield und das Häuschen in Meopham – mit Selbstbewußtsein und Ehrlichkeit. Sie hatte für Gertrude das Pfarrhaus und den bäuerlichen Hof geleitet, sie konnte sogar noch größere Häuser verwalten, als ihr die Ehe bisher beschieden hatte.

Doch ihre Eltern hatten sich nie um Temperament und Verlangen und Eifersucht gekümmert. Und die Ehe ließ auch keinen Raum für solche Gefühle. Als John sah, wie Elizabeth vom Kai wegging, und als die *Mercury* die Vertäuung löste und die Boote sie ins Schlepptau nahmen, da war ihm klar, daß sie sowohl mit den Enttäuschungen als auch mit den Vorteilen der Ehe zurechtkommen mußte. Ihm war klar, sie mußte hinnehmen, daß ihr Mann gern kühne Projekte anging, ja ein Abenteurer war. Und sie mußte bei seiner Rückkehr wissen, daß sie einen Mann hatte, der der Möglichkeit, über die Meere zu fahren, nicht widerstehen konnte.

Johns Mittelmeerreise führte ihn nach Malaga, wo man sich mit dem Rest der englischen Flotte vereinte und sich auf den Angriff auf Algier vorbereitete. Dann segelte die Streitmacht nach Mallorca, um neuen Proviant aufzunehmen. Bei beiden Aufenthalten erbat sich John die Benutzung des Schiffsboots aus und ging mit einem Sack und einem kleinen Spaten an Land. Stets kehrte er mit großer Ausbeute zurück.

»Ihr seht aus, als hättet Ihr ein Dutzend Ungläubige ermordet«, sagte Kapitän Pett, als Tradescant wieder einmal zurückkam. Er war voller Schlamm und lächelte ihm im mediterranen Sonnenuntergang entgegen.

»Ich bringe keine Toten mit«, sagte John, »aber einige Pflanzen, mit denen ich mir einen Namen machen werde.«

»Was habt Ihr denn?« fragte der Kapitän mit schwachem Interesse. Er war kein Gärtner und wollte nur Johns Begeisterung nachgeben, weil er mit ihm einen tapferen und erfahrenen Mann an Bord hatte, der im Notfall sogar eine Truppe von Männern befehlen konnte.

»Seht Euch das an«, sagte John und leerte seinen dreckigen Sack auf dem gescheuerten Deck aus. »Ein sternköpfiger Klee, eine süße gelbe Hauhechel, und wofür haltet Ihr das hier?«

»Keine Ahnung.«

»Ein doppelblütiger Granatapfelbaum«, verkündete John stolz und holte einen fußgroßen Schößling aus seinem Sack. »Ich werde sofort einen Topf Erde dafür brauchen.«

»Gedeiht der überhaupt in England?« erkundigte sich Kapitän Pett neugierig.

Tradescant lächelte ihn an. »Wer weiß?« antwortete er, und der Kapitän bemerkte auf einmal die Freude, die in seinem ungewöhnlichen Offizier auf Zeit aufflammte. »In den Orangerien bauen wir eine gezüchtete Sorte an. Diese hier ist viel zarter und lieblicher. Wenn ich es schaffe und wir in England wilde Granatäpfelbäume großziehen können, wie würde das den Ruhm Gottes mehren! Denn jeder Mensch, der in meinem Garten herumgeht, kann dann Dinge betrachten, für die er bisher unendlich weit hätte reisen müssen. Und er kann sehen, daß Gott die Dinge in solcher Vielfalt geschaffen hat, in solch prächtigem Reichtum, und daß seine Freude an der Fülle ewig ist. Und meine ebenso.«

»Ihr tut das zum Ruhme Gottes?« fragte Kapitän Pett ein wenig verwirrt.

John überlegte einen Moment. »Um ehrlich zu sein«, sagte er langsam, »halte ich an dem Glauben fest, daß ich es zum Ruhm Gottes tue. Weil der andere Gedanke Ketzerei wäre.«

Kapitän Pett blickte sich nicht um, so wie er es an Land getan hätte. Er war der Herr auf seiner Pinasse, und freimütige Rede war erlaubt. »Ketzerei? Was meint Ihr?«

»Ich meine, entweder hat Gott ein Dutzend, ja Hunderte von Dingen fast gleicher Art geschaffen und der Reichtum dieser Vielfalt ist etwas, das seinem heiligen Namen zufällt ...«

»Oder?«

»Oder das alles ist Wahnsinn. Es ist Wahnsinn anzunehmen, daß Gott ein Dutzend Dinge gleicher Art geschaffen haben soll, die sich nur geringfügig voneinander unterscheiden. Ein Mann von Verstand müßte das Gegenteil denken: Daß die Erde, die die Pflanzen nährt, und das Wasser, das sie trinken, sie an verschiedenen Orten verschieden gemacht haben – was schließlich der einzige Grund dafür ist, weshalb sie verschieden sind. Wenn das wahr ist, dann leugne ich damit, daß alles auf der Welt zuerst von meinem Gott im Garten Eden geschaffen wurde, als er sechs Tage lang wie ein Gärtner gearbeitet und am Sonntag geruht hat. Und wenn ich das leugne, dann bin ich ein Ketzer, der verdammt wird.«

Einen Augenblick schwieg Kapitän Pett, denn er folgte Tradescants verschlungener Logik. Dann brach er in lautes Lachen aus und klopfte Tradescant heftig auf die Schulter. »Ihr seid in der Falle«, rief er aus. »Weil jede Art, die Ihr entdeckt, Euch zweifeln läßt, daß Gott all das in den sechs Tagen im Paradies geschaffen haben soll. Und dennoch sagt Ihr, daß Ihr diese Dinge zum Ruhme Gottes zeigen wollt.«

Tradescant erschreckte der laute Temperamentsausbruch des Kapitäns ein wenig. »Ja.«

Wieder lachte der Kapitän. »Ich danke Gott, daß ich ein einfacher Mensch bin«, sagte er. »Alles, was ich tun muß, ist, nach Algier zu segeln und den barbarischen Piraten klarzumachen, daß sie das Leben englischer Seeleute nicht bedrohen dürfen. Wohingegen Ihr, Tradescant, Euer Leben damit verbringen müßt, das eine zu hoffen, aber ständig den Beweis für das Gegenteil zu entdecken.«

Nun blickte John mit seinem vertrauten dickköpfigen Ausdruck drein. »Ich bleibe treu«, sagte er stur. »Ob es meinem Lord, meinem König oder meinem Gott gegenüber ist. Ich bleibe treu. Und vier Sorten von Stechwinde stellen meinen Glauben an Gott oder den König oder meinen Lord nicht auf die Probe.«

Pett war ganz optimistisch, was die Leichtigkeit seiner Aufgabe im Vergleich zu den Sorgen von John betraf. Er gehörte zu einer gut mit Proviant ausgestatteten, unter zuverlässigem Kommando stehenden Flotte mit einem klaren Plan. Als sie nach Algier kamen, sollten die Pinassen die Kontrolle der Wasserwege übernehmen, um die Piraten im Hafen festzuhalten.

An dem Tag, als sich die gesamte englische Flotte vereinte und anderthalb Meilen vor der Küste ankerte, wurden John und die anderen Gentlemen, die man für dieses

Unternehmen rekrutiert hatte, in die Kajüte des Kapitäns gerufen.

»Wir schicken ihnen Brander«, sagte Pett. »Zwei Stück. Sie sollen die festgemachten Schiffe in Flammen setzen. Damit wird die Piratenflotte ausgelöscht. Rauch wird sich im Hafen ausbreiten, und in seinem Schutz werden wir die Mauern des Hafens angreifen. Das wird unsere Aufgabe sein, und da werden wir Euch brauchen, Gentlemen.«

Er ließ eine Karte vor sich auf dem Tisch ausrollen. Die englische Flotte war als eine Doppellinie sich nähernder weißer Fahnen gekennzeichnet, die das typische rote Kreuz trugen. Die Schiffe der Seeräuber waren als schwarze Vierecke eingetragen.

»Aus welcher Richtung weht hauptsächlich der Wind?« fragte Tradescant.

»Auflandig«, erwiderte Pett. »Er wird die Brander hineintragen, und dann wird ihnen der Rauch in die Augen kommen.«

»Haben wir Steigleitern für die Hafenmauern?« fragte jemand.

Die Offiziere nickten, Tradescant ebenso.

»Und kennt ein jeder von Ihnen die Männer, die er zu führen hat, und habt Ihr die Ausrüstung kontrolliert?« wollte Kapitän Pett bestätigt wissen.

Tradescant nickte und blickte um sich; er fragte sich, ob noch ein anderer aus Angst einen flauen Magen hatte – die Angst eines Mannes, der noch nie eine Schlacht erlebt hatte.

»So tut Eure Pflicht, Gentlemen«, sagte der Kapitän einfach. »Für Gott und König James.«

John Tradescant wäre es am liebsten gewesen, der Angriff hätte sofort begonnen, denn er war sich sicher, sein bißchen Mut würde mit jeder Minute des Wartens abnehmen.

Er stand mit seiner Landetruppe auf einer Seite der Pinasse und beobachtete die Brander, die die Hafeneinfahrt passierten. Die beiden kleinen Boote waren mit Sprengstoff und Teer beladen und wurden von einem Freiwilligen mit einem einzigen Ruder gesteuert. Seine Aufgabe bestand darin, die kleinen Fahrzeuge durch das unruhige Wasser in der Hafeneinfahrt zu lavieren und dann trotz des Kugelhagels aus den Musketen, der von der feindlichen Seite auf ihn einprasseln würde, so dicht wie möglich an die vertäuten Schiffe heranzugelangen. Er sollte die Seilrolle mit dem Pech, die als Lunte diente, anzünden und die Brander in die richtige Richtung bringen. Danach sollte er ins Wasser springen und so schnell, wie er konnte, zu den englischen Schiffen zurückschwimmen, während die Brander mit ihrer schwelenden, explosiven Ladung gegen die feindlichen Schiffe glitten.

»Zumindest hat man *mir* das nicht befohlen«, flüsterte Tradescant kläglich. Er beobachtete, wie das kleine Boot mit dem Ruderer und seiner Begleitfracht auf die Hafeneinfahrt zufuhr und neben ihm eine Kanonenkugel mit großer Wucht ins Wasser schlug.

Das Ruderboot schwankte auf und nieder, der Kopf des Seemanns war gerade noch sichtbar; dann sahen sie die Flammen des Zunders und wie der Mann rasch ins Wasser tauchte, und dann ... nichts. Die Lunte war verloschen, und sie hörten das ironische Gelächter der Piraten, als die Brander sinnlos gegen die hölzernen Längsseiten ihrer Schiffe stießen.

»Ein kostenloses Geschenk an Schießpulver und Sprengstoff für unsere Feinde«, sagte Kapitän Pett grimmig. »Alles halt! Bis zur Flut morgen wird es keinen Angriff mehr geben.«

Tradescant verbrachte eine schlaflose Nacht, wobei ihm der Geschmack der Angst wie kalter Schweiß auf den Lippen stand. Gegen Morgen trat er mit bleichem Gesicht vor seine Landetruppe. Er musterte sie. Sie hatten alle Musketen schußbereit gemacht und hielten hell glühende Lunten zuversichtlich in den Händen. Ein Mann trug die Steigleiter. Er hatte einen Helm auf, den Tradescant in Mallorca beschafft hatte. Mit übertriebener Zuversicht nickte er seinen Männern zu, obwohl er bemerkte, daß diese seine Blässe wahrgenommen und richtig gedeutet hatten.

»Es wird alles bald vorbei sein, Sir«, sagte einer von ihnen aufmunternd. »Und Ihr werdet innerhalb von Minuten entweder leben oder tot sein.«

»Danke«, sagte John, sich im Zaum haltend, und trat an die Reling des Schiffes, um zu sehen, wie die neuen Brander losgeschickt wurden.

Wieder scheiterten sie, ebenso am nächsten Tag. Am vierten Tag konnte Tradescant endlich ein herzhaftes Frühstück zu sich nehmen und stand danach an der Reling, um die Brander bei einem erneuten Versuch zu beobachten – er war nun so unbekümmert wie seine Männer. Langeweile und Enttäuschung hatten die Furcht verdrängt. Alle konnten das Warten nicht mehr ertragen und die enorme Enttäuschung, wenn der Wind auf einmal nachließ und die Brander mitten in der Bucht in Flammen standen und dann mit lautem Krach explodierten, zur Freude der Piraten und ohne sie zu bedrohen.

Es dämmerte, und die Flut kam ihnen sehr gelegen. Das Wetter änderte sich zu ihren Gunsten, ein dichter Nebel lag auf dem Wasser, in dessem Grau die Piraten mit ihren Musketen ihre Ziele nicht mehr sicher ausmachen konnten, und ein schneller, auflandig wehender Wind erhob sich, der die Brander in den Hafen treiben würde.

»Aber es wird kaum ein Überraschungsangriff sein«, murmelte Tradescant auf der Pinasse. Der stets landeinwärts wehende Wind klappte ihm den Hutrand hoch.

»Das Prinzip ist schon richtig«, sagte jemand hinter ihm.

Tradescant dachte an seinen früheren Herrn, der immer vernünftiges Handeln über Prinzipien gestellt hatte, aber er schwieg. Sie alle schauten zu, wie die beiden Boote zur Hafeneinfahrt gerudert wurden. Die Matrosen bereiteten die Zündschnur vor, indem sie die in Teer getränkten Seile anfackelten. Niemand konnte genau sagen, wie lange sie brennen würden. Es gehörte schon Mut dazu, so lange auf einem Boot zu bleiben, das in die Luft fliegen würde.

Die beiden Matrosen machten ihre Sache gut. »Springt!« murmelte Tradescant vor sich hin, als sie durch die Hafeneinfahrt hindurch waren und auf die Schiffe zusteuerten. Von den englischen Schiffen aus konnte man die Funken unten an den Pulverfäßchen erkennen. Schließlich sprangen zwei dunkle Schatten ins Wasser, es gab zwei dumpfe Aufplatscher, und nun vernahmen sie ein ungeheures Dröhnen, als das erste Boot in Flammen aufging und auf die eingekesselten Piratenschiffe zutrieb.

Doch gerade, als es mit dem hölzernen Ruderschiff zusammenstoßen sollte, herrschte plötzlich Windstille. »Der Wind!« rief Kapitän Pett jammervoll. »Was zum Teufel ist mit dem Wind los?«

Es war nur eine Flaute vor dem Sturm, doch sie genügte, um die Pläne der Engländer zunichte zu machen. Die Brander explodierten und brannten wie zwei schwimmende Fackeln auf dem dunklen Wasser des Hafens von Algier. Die Piratenschiffe jedoch blieben unversehrt im Windschatten vertäut, und die Mannschaften kamen an Deck und schwenkten ihre langen Messer, so als wollten sie daran zur Feier des englischen Angriffs ihren Frühstücksschinken braten.

»Was machen wir jetzt?« fragte jemand. »Wieder abwarten?«

»Heute greifen wir an«, sagte Kapitän Pett. »Wir folgen den Befehlen.«

John fiel auf, wie merkwürdig bleiern ihm die Füße in

den Stiefeln wurden. Er konnte erst tätig werden, wenn die *Mercury* sich dem Ufer oder einem Schiff näherte; erst dann sollte er eine Landetruppe anführen.

»Kein Rauch wird uns schützen«, sagte er kurz. »Keine Deckung. Und sie sind bereit, warten auf uns und sind zuversichtlich.«

»Ich habe Befehle anzugreifen, ganz gleich, ob die Brander erfolgreich waren oder nicht«, erklärte Kapitän Pett.

Er ordnete an, daß man die Segel hißte, und die *Mercury* bewegte sich langsam vorwärts Richtung Hafeneinfahrt. Vor ihr fuhr eine weitere Pinasse, eine andere folgte ihr. Alle englischen Kapitäne hielten sich streng an ihre Befehle, auch wenn die Chancen auf einen erfolgreichen Angriff ohne Wind und aufgrund der nutzlos verlöschenden Brander sehr gering waren. Die türkischen Kanonen, die in hervorragender Position oben auf den hohen Hafenmauern postiert waren, bombardierten die einfahrenden Schiffe. »Wir sind wie Enten in einem Graben«, sagte John zornig.

Die *Mercury* segelte, wie befohlen, in den Hafen.

»Gott steh uns bei, daß wir nicht an Land müssen und die Mauern hochklettern«, murmelte Tradescant in sein Halstuch. Er warf einen Blick zurück auf seine Männer. Mit grimmigen Gesichtern warteten sie auf Tradescants Befehle. Vor ihnen befanden sich die hohen Festungsmauern mit den eckigen Schießscharten, in denen ein Dutzend Musketen darauf lauerten, daß die Engländer in Schußweite kämen. Die Angreifer waren im heller werdenden Morgenlicht ganz deutlich auf dem Wasser zu erkennen, denn weder Nebel noch Rauch schützten sie.

Kapitän Pett segelte weiter voran. Ein Mann an seiner Seite hielt ein Fernrohr auf das Flaggschiff gerichtet und wartete auf ein Signal. Schließlich wurde widerstrebend die Flagge geschwenkt.

»Rückzug befohlen«, rief der Mann mit dem Fernrohr.
»Rückzug!« schrie Kapitän Pett. Sofort wurde die Trommel geschlagen, und die anderen englischen Schiffe drehten ab und machten, daß sie davonkamen, doch nun gegen den Wind, aus der Hafeneinfahrt hinaus.

Der Rest der Flotte schickte Boote aus, die die Schiffe ins Schlepptau nahmen. Es war ein unrühmliches Ende für einen Angriff. John Tradescant fing ein Seil auf und machte es fest, dabei freute er sich wie ein Kind. Der Wunsch zu kämpfen war ihm vollständig vergangen, verdrängt von der tiefen Sehnsucht nach der Sicherheit und Bequemlichkeit seines Zuhauses.

Elizabeth empfing ihren Mann bei seiner Rückkunft mit ein wenig Kühle. Ihr war es schmerzhaft bewußt gewesen, daß er sie trotz ihrer Bitten verlassen hatte. Sie hatte jede Nacht gebetet, daß er verschont bleiben möge, damit er heimkehren könne und sie wieder neu anfangen konnten, als Freunde und als Liebende. Doch als er in das Haus in Canterbury trat und er keinen Kratzer hatte, sein Gesicht sonnengebräunt war, er lächelte und ein kleiner Karren mit Pflanzen draußen auf der Straße wartete – da stieg tiefe Verärgerung in ihr auf.

John schickte den Wagen weiter zu Lord Woottons Garten mit der Anordnung, man solle dafür sorgen, daß die Pflanzen ausgeladen und gegossen werden. Dann kehrte er ins Haus zurück und bat um ein Bad; er sagte, seine Leinenwäsche solle im Küchenfeuer verbrannt werden.

»Völlig verlaust«, erklärte er. »Das hat mich tagelang verrückt gemacht.«

Elizabeth setzte Wasser auf, schleppte den großen hölzernen Waschtrog herbei und stellte ihn auf die Steinfliesen. John streifte seine Kleider ab und legte sie neben die Tür.

»Gelobt sei der Herr, ich bin froh, wieder daheim zu sein«, sagte er und warf ihr ein Lächeln zu. Sie erwiderte es nicht, sie eilte auch nicht in seine Arme und legte nicht ihr Gesicht an seine warme, nackte Brust. John streckte ihr die Arme nicht entgegen. Er fürchtete, er könne vielleicht unangenehm riechen, und er wußte, daß er auf dem Kopf und im Bart lauter Läuse hatte. Trotzdem hätte er sich über eine leidenschaftliche und herzliche Begrüßung gefreut. Doch Elizabeth, die das heiße Wasser in den Zuber goß, bot ihm lediglich einen pflichtgemäßen Empfang.

»Ich freue mich, daß du wohlbehalten wieder zurück bist«, sagte sie ruhig und stellte einen weiteren Topf mit Wasser aufs Feuer.

John prüfte das Wasser mit dem Fuß und stieg dann in den Waschtrog. Elizabeth reichte ihm den Kräuterball im Baumwollsäckchen und eine Schale mit Schmierseife.

»Ich hatte schon Angst, du wärst vor der spanischen Küste unter Beschuß geraten«, sagte sie. »Es gab Gerüchte, die Flotte sei nach Spanien unterwegs.«

»Ich dachte, du wärest froh darüber, wenn ich mitten ins Herz des Katholizismus eine Kanonenkugel gesetzt hätte«, bemerkte John, der inzwischen im Seifenwasser saß und sich die salzige Schmutzkruste der mehrmonatigen Reise von der Haut schrubbte.

»Nicht, wenn sie zurückgefeuert hätten«, sagte sie. »Und überhaupt, ich dachte, ihr zöget nur gegen die Ungläubigen in die Schlacht.«

John spritzte sich Wasser ins Gesicht und prustete wie ein Schwertwal. »Wir hatten Befehle, die man so oder so deuten konnte«, sagte er. »Ich verstehe das alles nicht ganz. Wenn ich für längere Zeit weg muß, sage ich den Gärtnern, kümmert euch darum, und wenn diese Pflanze hier blüht, dann macht das und das. Ich sage ihnen nicht, schaltet und waltet nach eurem Gutdünken, macht, was ihr wollt. Und im Endergebnis weiß ich bei meiner Rückkehr, ob sie gute oder schlechte Arbeit geleistet haben, und sie werden es auch wissen.«

»Und der König?« fragte Elizabeth.

John senkte die Stimme. »Der König hat seinen Offizieren befohlen, die Ungläubigen anzugreifen und unsere armen gefangenen Landsleute zu befreien, und er hat ihnen gleichzeitig den geheimen Befehl erteilt, Spanien anzugreifen, und dann die Order ausgegeben, wie man ganz öffentlich lesen konnte, man habe Spanien wie einen Verbündeten zu respektieren.«

Elizabeth schüttelte den Kopf. »Das ist unaufrichtig«, sagte sie entschieden.

John lächelte so, als hätte er einen Witz gehört. »So macht man das in der Praxis, da pfeift man auf Prinzipien.«

»Es ist Sünde.«

John blickte sie nachdenklich an. »Du bist dir wohl ganz sicher, was Sünde ist und was nicht, mein Weib? Wirst noch Prediger wie dein Vater?«

Zu seiner Überraschung lachte sie weder, noch stritt sie es ab, so wie sie es vor ein paar Jahren getan hätte. »Ich lese mehr denn je in der Bibel«, erklärte sie ihm. »Ein kluger Lehrer unterweist mich und ein paar andere Frauen jeden Mittwochabend. Und ich glaube, daß ich die Dinge nun gründlicher betrachte als damals als Mädchen, das nur Grillen im Kopf hatte.«

John zog die Knie in dem kleinen hölzernen Zuber an, damit er auch die Schultern unter Wasser tauchen konnte. »Ich kann mich nicht entsinnen, daß du jemals ein Mädchen mit Grillen im Kopf gewesen bist«, bemerkte er. »Ich habe dich immer für eine gottesfürchtige bedachtsame Frau gehalten.«

Elizabeth nickte, und wieder sah er ihren neuen Ernst. »Es sind fürchterliche Zeiten«, sagte sie. »Mit jedem

Sommer verschlimmert sich die Pest, und niemand weiß, wen sie treffen wird. Man sagt, daß sich der König und der Hof nicht an Gottes Gebote halten. Und daß die Kirche sie dafür nicht tadelt.«

John richtete sich auf und stieg aus dem Zuber. Das Wasser tropfte von seinem Körper auf den Fußboden. Elizabeth reichte ihm ein Leinentuch, das er sich um die Schultern legte. Sie hielt ihren Blick peinlichst von ihm abgewandt, als könnte sie schon der Anblick ihres nackten Mannes zur Sünderin machen.

»In diesem Haus verbreiten wir keine Gerüchte über den König«, befahl er kategorisch. Und als Elizabeth drauf und dran war, etwas dagegen zu sagen, hob er die Hände. »Das ist keine Frage von Frömmigkeit oder Wahrheit, Elizabeth. Es ist etwas, das ich von meinem Lord gelernt habe. Wir tuscheln nichts Schlechtes über den König. Der Preis ist zu hoch, wenn jemand es mithört. Was immer du in deinen Stunden da liest, halte dich an die Bibel und vergiß König James und seinen Hof, sonst war es das letzte Mal, daß du dort hingegangen bist.«

Einen Augenblick lang schien sie protestieren zu wollen. »Predigt dieser Mann gegen die Autorität, die Gott dem Mann über sein Weib verliehen hat?« erkundigte er sich.

Sie senkte den Kopf. »Natürlich nicht.«

John nickte und verbarg seine Selbstgefälligkeit. »Gut.«

»Du weißt, ich habe immer nur gewünscht, daß du hier bist«, sagte Elizabeth, die den Zuber zur Hintertür zog, wo sie das Wasser in den Garten kippen wollte. »Dann hätte ich nämlich keine Zeit für diese Bibelstunden gehabt.«

John warf ihr einen strengen Blick zu. »Nun schieb es nicht auf mich«, sagte er. »Du kannst gehen, wohin dich dein Gewissen führt, solange du nicht Hochverrat übst oder die Autorität jener über dir leugnest. *Aller* über dir.

Die meine als die deines Gatten, die meines Lords über mir, die des Königs über ihm und die Gottes über jenem.«

Sie stieß die Tür auf, so daß ein kühler Wind hineinblies und um Johns nackte Beine wehte. »Ich würde nie die Autorität Gottes leugnen«, sagte sie. »Und ich habe nicht die Autorität der Männer bestritten. Paß auf, daß du dich nicht erkältest.«

John drehte sich abrupt um und ging ins Schlafzimmer, um sich anzukleiden.

## 1622

»Sollten wir die Kastanie nicht endlich umsetzen?« fragte J. seinen Vater.

John stützte sich auf den Spaten und beobachtete seinen übermütigen vierzehnjährigen Sohn bei der Arbeit. »Sie ist längst zu groß für diesen Holzkübel«, sagte J.

»Im Jahr unserer Heirat habe ich die kleine glatte Kastanie deiner Mutter geschenkt«, sagte John, in Erinnerungen schwelgend. »Sir Robert Cecil und ich hatten ein Dutzend davon gekauft – nein, nur ein halbes Dutzend. Fünf davon zog ich für ihn in Hatfield, und eine gab ich deiner Mutter. Sie hielt sie in einem Topf in Meopham, und dann setzte ich sie in den tragbaren Kübel, als wir nach Hatfield kamen. Du warst damals noch so klein, daß deine Füße nicht vom Kutschbock hinunterreichten.«

»Sollten wir sie nicht lieber in den Garten pflanzen?« fragte J. »Damit sie größere Wurzeln entwickelt?«

»Vielleicht«, sagte John nachdenklich. »Aber wir können sie auch noch ein Jahr so lassen. Ich werde auf der Rückseite unseres Hauses noch ein bißchen Land kaufen; dann haben wir einen größeren Garten und können den Baum dort wachsen sehen. Der Mann sagte damals, er wird so breit wie eine Eiche, und da reicht der Platz nicht in unserem kleinen Garten. Hier will ich ihn auch nicht einpflanzen.«

J. blickte sich in Lord Woottons hübschem Garten um und sah die grauen Mauern und den hohen Turm der Kathedrale von Canterbury dahinter. »Warum nicht? Es würde schön aussehen.«

John schüttelte den Kopf. »Weil die Kastanie deiner Mutter gehört«, sagte er freundlich. »Sie hat sie von mir erhalten, nachdem ich sie das erste Mal geliebt habe. Und sie kommt so selten in Lord Woottons Garten. Wir müssen ihr ein größeres Haus mit einem größeren Garten kaufen, damit sie eines Tages unter dem Baum sitzen und deine Kinder auf dem Schoß wiegen kann.«

J. errötete vor Scham wie eben ein Jüngling, der noch zu unschuldig ist für unzüchtiges Geschwätz. »Es wird eine Weile dauern, bis ich Kinder habe«, sagte er barsch. »Also rechne nicht damit.«

»Du schlage erst einmal Wurzeln«, riet ihm John. »Wie der Kastanienschößling deiner Mutter. Wollen wir jetzt eine Pause einlegen?«

»Ich werde weitermachen«, sagte J. »Ich möchte mir deine spanischen Zwiebeln anschauen. Die schmecken bestimmt bald.«

»Wenn sie so wie in ihrer Heimat gedeihen, dann werden sie recht süß schmecken«, sagte John. »Auf Gibraltar ißt man sie wie Gemüse. Und kontrolliere auch die Melonengläser, wenn du im Küchengarten bist. Die sollten jetzt reif werden. Schichte etwas Stroh ringsherum und darunter auf, damit die Schnecken nicht rankommen.«

J. nickte und stapfte in den Küchengarten. John legte eine Serviette auf das Gras und öffnete seinen kleinen Rucksack. Elizabeth hatte ihm einen frischen Brotlaib, eine Scheibe Käse und einen geschlossenen Krug Dünnbier mitgegeben. Die Brotkruste war ganz grau, in diesem Jahr war das Mehl sehr schlecht, und der Käse schmeckte wäßrig. Nun bekam das Land die Auswirkungen falscher Finanzführung und schlechter Ernten zu spüren. John verzog kurz sein Gesicht und biß ins Brot.

»John Tradescant?« John blickte auf, aber er erhob sich nicht, obwohl der Mann über ihm recht nobel gekleidet war und die Livree des Herzogs von Buckingham trug.

»Wer will ihn sprechen?«

»Der Herzog von Buckingham persönlich.«

John legte sein graues Brot beiseite und stand auf, wobei er sich die Krümel abstrich.

»Ich bin John Tradescant«, sagte er. »Was will Seine Gnaden?«

»Ihr sollt zu ihm kommen«, sagte der Mann kurz angebunden. »Das ist ein Befehl. Er befindet sich in New Hall in Chelmsford. Ihr sollt sofort aufbrechen.«

»Mein Herr ist Lord Wootton ...«, fing John an.

Da lachte der Mann laut auf. »Euer Herr mag Jesus Christus sein, doch das schert meinen Herrn wenig«, sagte er leise.

John wich zurück. »Kein Anlaß zur Gotteslästerung.«

»Aber sehr wohl«, sagte der Bote beharrlich. »Denn Ihr scheint nicht zu verstehen, wer Euch den Befehl erteilt. Über meinem Herrn kommt nur noch der König. Wenn mein Herr etwas will, dann braucht er es nur auszusprechen. Und wenn er es ausspricht, dann bekommt er es auch. Versteht Ihr?«

John dachte an den geschminkten Jüngling in Theobalds Palace, der auf König James' Schoß gesessen hatte, und er sah die vielen Juwelen am Hals und den Geldbeutel an der Taille des jungen Mannes vor sich.

»Ich verstehe sehr gut«, sagte er trocken, »auch wenn ich schon einige Jahre nicht mehr bei Hofe war.«

»So sollt Ihr wissen«, sagte der Mann, »es gibt im Augenblick nur einen Menschen im Leben von König James, und das ist mein Herr – der wunderschöne Herzog.« Er machte einen Schritt auf ihn zu und senkte seine Stimme. »Den Freunden des Herzogs ist alles erlaubt – Giftmord, Hochverrat, Scheidung! Immer kommen sie ungeschoren davon! Habt Ihr davon nicht gehört?«

John schüttelte vorsichtig den Kopf. »Nicht ein Sterbenswörtchen.«

»Lord Rochester, der einstige Günstling von König James, hat sich die Frau eines anderen genommen, keine geringere als die Gemahlin des Grafen von Essex. Sie haben ihn für impotent erklärt! Wie gefällt Euch das?«

»Überhaupt nicht.«

»Dann haben Rochester und seine neue Frau Sir Thomas Overbury vergiftet, der sie verraten wollte. Sie ist eine erklärte Hexe und Giftmischerin. Wie gefällt Euch das?«

»Nicht einen Deut besser.«

»Sie ist für schuldig befunden und in den Tower gesperrt worden, und dann, was denkt Ihr, geschah danach?«

John schüttelte weiter unwissend den Kopf.

»Ihr wurde über Nacht vergeben!« sagte der Diener mit Befriedigung. »Wenn Ihr das Ohr des Königs habt, dann könnt Ihr kein Unrecht begehen.«

»Der König weiß es am besten«, sagte John treu ergeben, wobei er an seinen verstorbenen Lord dachte und seinen Rat, sich blind und taub zu stellen, wenn andere über Hochverrat sprachen.

»Und Rochester war nichts gegen *meinen* Lord.« Der Bote senkte seine Stimme noch mehr. »Rochester war der alte Favorit, doch mein Lord ist der neue. Rochester mag vielleicht das Ohr des Königs gehabt haben, aber mein Lord hat all seine Glieder. Versteht Ihr mich? Er hat all seine Glieder!«

John verzog das Gesicht auf diese obszöne Bemerkung hin nicht.

»Mein Herr steht nach dem König an oberster Stelle«, erklärte er. »Niemand in England ist beliebter als mein Herr, George Villiers Lord Buckingham. Und er hat beschlossen, daß Ihr ihm dienen sollt.« Der Mann blickte auf Johns einfaches Mahl hinab. »Er hat Euch unter all den anderen im Königreich ausgewählt!«

»Ich fühle mich geehrt. Doch ich glaube nicht, daß ich aus den Diensten hier entlassen werden kann.«

Der Mann warf John einen Brief hin. »Villiers Befehle«, sagte er. »Und das Siegel des Königs. Ihr müßt tun, was von Euch verlangt wird.«

John ergab sich dem Unvermeidbaren und schlug sein halb verzehrtes Mahl wieder in die Serviette ein.

»Und denkt daran«, fuhr der Mann im gleichen überheblichen Ton fort. »Das, was heute der Herzog denkt, denkt der König morgen und der Prinz übermorgen. Wenn der König geht, dann folgen der Herzog und der Prinz. Wenn Ihr Euren Karren am Stern meines Herrn festmacht, dann habt Ihr eine lange leuchtende Zukunft vor Euch.«

John lächelte. »Ich habe schon für einen großen Mann gearbeitet«, sagte er freundlich. »Und in großen Gärten.«

»Für einen solchen Mann habt Ihr noch nicht gearbeitet«, erklärte der Diener. »Einem solchen Mann seid Ihr noch nie begegnet.«

John war klar, Elizabeth würde nur ungern in das Haus Seiner Gnaden in New Hall, Chelmsford, umziehen, und er hatte recht. Leidenschaftlich widersetzte sie sich dem Gedanken, aus Lord Woottons Diensten zu treten und in die Nähe des gefährlichen Glanzes des königlichen Hofes zu gelangen. Doch der kleinen Familie blieb keine Wahl. J. teilte dem Vater vom Kummer seiner Mutter mit, konnte aber nichts ausrichten.

»Mutter möchte nicht weg, und sie möchte nicht, daß du wieder für einen großen Lord arbeitest«, erklärte er auf seine schüchterne Art. »Mutter will, daß wir in Frieden leben, ihr gefällt es hier.«

»Möchte sie mir das nicht selbst sagen?«

»Sie hat mich nicht darum gebeten, es dir zu sagen«, erwiderte J. ein wenig beschämt. »Ich dachte, daß du es vielleicht nicht weißt.«

John legte freundlich eine Hand auf die schmale Schulter seines Sohnes. »Ich weiß, wovor sie sich fürchtet, doch ich kann es mir genausowenig aussuchen, wo wir leben, wie deine Mutter«, erklärte er. »Sie ist durch Gott daran gebunden, mir zu folgen, und ich bin durch Gott daran gebunden, dorthin zu gehen, wohin es mir mein Lord und der König über ihm befehlen. Und der Lord und der König und daher auch Gott sagen, daß ich zum Herzog von Buckingham nach Essex muß.« Er zuckte die Schultern. »Also ziehen wir um.«

»Ich glaube nicht daran, daß es Gottes Wille ist, daß wir in die Nähe von Eitelkeit und Müßiggang geraten«, protestierte J.

John warf ihm einen strengen Blick zu. »Was Gottes Wille ist oder nicht, weiß kein Mensch, weder ein Prediger noch ein König. Wenn der König dem Herzog sagt und der wiederum meinem Lord Wootton, daß ich in Essex verlangt werde, dann genügt mir das. Es ist, als hätte sich Gott vom Himmel zu mir herabgebeugt und es mir persönlich mitgeteilt.« Er schwieg. »Und es sollte auch dir genügen, J.«

J. wollte seinen Vater bewußt nicht anschauen und blickte fort. »Ja, Sir«, sagte er.

Die kleine Familie hatte von New Hall etwas Beeindruckendes erwartet. Der Herzog hatte es als sein Schloß wegen der Nähe zu London erworben, wo er den König in einer Weise unterhalten konnte, die dem königlichen Favoriten angemessen war. New Hall war einst das Sommerschloß Henrys VIII. gewesen und unter den Männern bei Hofe als Belohnung des Gönners herumgereicht worden. Es hieß, Buckingham habe dafür ein Vermögen bezahlt. Und nun ließ er keinen Stein auf dem anderen, um es noch kostbarer zu machen. Die Arbeiten fanden unter der Leitung des berühmten Architekten Inigo Jones statt, der gerade eine ausladende Marmortreppe und noble Toreinfahrten bauen ließ.

Die Tradescants trafen so ein wie der König wohl bei seinen vielen Visiten; sie fuhren die große Auffahrt hinauf, die vor dem Haus einen weiten Bogen machte. Das Herrenhaus erhob sich quadratisch über der Durchfahrt, es hatte auf allen Seiten hohe Türme und ein hölzernes Tor – so breit, daß zwei Kutschen nebeneinander bequem in den inneren Hof fahren konnten. Alles war aus Steinen erbaut, jeder Zoll gemeißelt und mit Ornamenten versehen wie Marzipan auf einer Torte. Drei Stockwerke von durchgehenden Erkerfenstern ragten aus den verzierten Mauern hervor. Auf den Türmen mit ihren runden Kuppeln wehten Fahnen. Der Innenhof bestand aus einer riesigen gepflasterten Fläche, so riesig wie ein Turnierplatz; die große Halle befand sich auf der Ostseite, und ein ansehnliches Erkerfenster blickte über den viereckigen Hof. Auf der Westseite lag die Kapelle, in deren Turmspitze eine Glocke schlug.

Als das Gefährt im Hof zum Stehen kam, starrte Elizabeth ganz mißtrauisch auf das Bleiglas in den riesigen Kapellenfenstern. Eine Bedienstete kam mit einem Tablett Getränke für die Reisenden heraus, und ein Stalljunge trat hervor und sagte, er wolle den Wagen zum Cottage der Tradescants geleiten.

»Seine Gnaden meinte, Ihr könnt im großen Haus wohnen, wenn es Euer Wunsch ist, doch er dachte, daß Ihr vielleicht lieber dort wohnen würdet, wo Ihr Pflanzen in Eurem eigenen Garten ziehen könnt.«

»Ja«, sagte Elizabeth, noch ehe John etwas erwidern konnte. »Wir wollen nicht im Gesindetrakt wohnen.«

John warf ihr einen tadelnden Blick zu. »Der Herzog ist sehr gnädig«, sagte er bedacht. »Ich werde einen Garten brauchen, den ich ständig im Auge habe. Ein kleines Haus wäre am besten. Bitte zeigt uns den Weg.«

Er trank seinen Becher Dünnbier aus und stellte ihn mit einem Lächeln auf das Tablett zurück. J., der immer noch auf dem Rücksitz saß, einen Arm um den kostbaren Kastanienbaum geschlungen, eine Hand auf der Ladeklappe, blickte nicht einmal die schöne Magd an, sondern sah hinunter auf seine Schuhe.

John seufzte. Er hatte nicht angenommen, daß der Umzug leicht sein würde, schließlich erwartete Elizabeth an jeder Ecke Papistentum und sinnlose Verschwendung, und J. führte sich mehr wie ein Bauerntölpel auf. Ihm war klar, daß kein Herr, wie gnädig oder mächtig auch immer, die unterschiedlichen Meinungen in der kleinen Tradescant-Familie ausräumen könne.

Das Cottage war eine kleine Entschädigung. Einstmals als Bauernhaus gebaut, gehörte es nun aber zu New Hall, da sich die Schloßmauern und die Ambitionen jedes neuen Besitzers immer weiter nach außen ausgedehnt hatten. Es entsprach ungefähr dem Anwesen in Meopham, in dem Elizabeth ihre Kindheit verbracht hatte. Es hatte zwei Stockwerke, besaß vier Schlafräume, einen Garten hinter dem Haus und an der Seite einen Stall mit Platz für ein Dutzend Pferde.

Elizabeth würde den Ortswechsel angesichts des neuen Hauses vielleicht besser ertragen, dachte John. Das ging ihm im Kopf herum, während sie ihr Hab und Gut abluden und die Katze einsperrten, damit sie nicht umherstreunte. Schließlich klopfte ein Lakai an die Tür und forderte John auf, Seine Gnaden im Garten zu erwarten.

John zog seinen Rock an und folgte dem Mann zur Schloßauffahrt.

»Er befindet sich jetzt in der Eibenallee«, sagte der Mann und zeigte nach rechts vom Haus. »Er sagte, Ihr sollt ihn dort suchen.«

»Woran soll ich ihn denn erkennen?« fragte John und zögerte etwas.

Maßlos verwundert blickte ihn der Mann an. »Ihr werdet ihn erkennen, sobald Ihr ihn seht. Ein Irrtum ist ausgeschlossen.«

»Aber wie?«

»Weil er der schönste Mann im ganzen Königreich ist«, sagte der Livrierte offen. »Geht zur Eibenallee, und wenn Euch jemand über den Weg läuft, der so lieblich wie ein Engel aussieht, dann ist es mein Lord Buckingham. Ihr könnt ihn nicht verfehlen. Wenn Ihr ihn einmal gesehen habt, vergeßt Ihr ihn nicht mehr.«

John Tradescant prustete ein wenig bei diesen hochtrabenden Worten des Lakaien und wandte sich der Reihe von Eibenbäumen zu. Noch ehe er in deren Schatten trat, hatte er Zeit zu bemerken, daß die Allee völlig zugewachsen war und die Kronen beschnitten werden mußten, damit die Bäume unten dichter wurden. Wegen der plötzlichen Dunkelheit, die unter den sich wölbenden Zweigen herrschte, mußte er blinzeln. Der Boden unter seinen Füßen war von den Eibennadeln, die über die Jahre hinuntergefallen waren, ganz weich. Es war unheimlich still, kein Vogel sang über ihm, kein Sonnenstrahl drang durch die Äste. Dann hatten sich Johns Augen an das Dunkel gewöhnt, und er sah George Villiers, den Herzog von Buckingham.

Zuerst konnte er nur die Silhouette eines schlanken Mannes ausmachen, der um die Dreißig sein mochte. Er hatte dunkles Haar und dunkle Augen, war wie ein Prinz gekleidet und mit Diamanten übersät. Sein Gesicht über der großen Spitzenhalskrause schien hell und lebhaft zu sein, die Augen lächelten schalkhaft, und der Mund war so wandelbar und so provozierend wie der einer hübschen Frau. Im Dämmer leuchtete seine Haut auf eine Weise, als schiene darunter ein Licht, und das Lächeln, als John Tradescant auf ihn zuging, war so anziehend wie das eines Kindes, mit dem Selbstvertrauen und der Unschuld eines

Kindes, das nichts anderes als Liebe erfahren hatte. Er trug ein Wams und einen Umhang aus dunklem Grün, so grün wie die Eiben, und einen Augenblick dachte John, der von den Bäumen zu dem jungen Mann blickte, er stehe einer Dryade gegenüber – einem wilden schönen Geist des Waldes – und ihm sei ein Wunder zuteil geworden, da ihm war, als käme ein Baum auf ihn zu getanzt und lächelte ihn an.

»Ah, mein John Tradescant!« rief Buckingham aus, und in diesem Moment wurde John von einer eigenartigen inneren Regung heimgesucht, daß er dachte, er fiele gleich in Ohnmacht, offenbar von all der Sonne auf der langen Fahrt hierher. Die Erscheinung lächelte ihn an, als sei sie sein Bruder, als sei sie ein lebendiger Engel, der eine frohe Botschaft überbrachte. John erwiderte sein Lächeln zur Begrüßung nicht – Jahre später erinnerte er sich, daß er nicht das Gefühl gehabt hatte, einem neuen Herrn gegenüberzustehen, sondern daß ihn große Vertrautheit erfüllt hatte. Ihre Begegnung war keine bloße glückliche Fügung gewesen. Er meinte, sie seien schon all ihr Lebtag zusammen und nur zufällig bis jetzt voneinander getrennt gewesen. Wenn er seinen Empfindungen Ausdruck verliehen hätte, so hätte er gesagt: Oh, du bist es, endlich!

»Und Ihr seid mein John Tradescant?« fragte der Mann.

John verneigte sich. Als er wieder aufschaute, nahm ihm die Schönheit des jungen Mannes erneut den Atem. Selbst wenn er still dastand, wirkte er so graziös wie ein Tänzer.

»Das bin ich«, sagte John einfach. »Ihr habt nach mir geschickt, und ich bin gekommen, um Euch zu dienen.«

»Verzeiht mir!« sagte der Herzog rasch. »Ich zweifle nicht, daß ich Euch mitten aus der Arbeit gerissen habe. Doch ich brauche Euch, Mr. Tradescant. Ich brauche Euch ganz dringend.«

John entdeckte, daß er nun das lebhafte helle Gesicht

des jungen Mannes anlächelte. »Ich werde tun, was ich kann.«

»Dort, in dem Garten«, sagte der junge Herzog. Er führte ihn den Weg die Allee hinunter, wobei er beim Laufen sprach und den ihm folgenden John über die Schulter ein Lächeln zuwarf. »Das Haus ist von seltener Schönheit. Es war König Henrys Sommersitz. Doch die Gartenanlagen sind arg vernachlässigt worden. Ich liebe meine Gärten, Mr. Tradescant. Ich möchte, daß Ihr sie mit Euren seltenen Bäumen und Blumen in prächtige, hübsche Gärten verwandelt. Ich habe Hatfield gesehen, und ich beneide Euch darum, einen solchen Ort bepflanzt zu haben! Könnt Ihr das gleiche Wunder hier für mich vollbringen?«

»Die Gestaltung von Hatfield hat viele Jahre in Anspruch genommen«, sagte John langsam. »Und der Graf hat ein Vermögen für den Kauf neuer Pflanzen ausgegeben.«

»Ich werde auch ein Vermögen ausgeben!« sagte der junge Mann sorglos. »Oder besser: Ihr werdet ein Vermögen für mich ausgeben, John Tradescant? Ich verdiene ein Vermögen, und Ihr gebt es aus! Ist das nicht ein faires Geschäft?«

Trotz seiner Vorsicht mußte John glucksend lachen. »Für mich schon, mein Lord. Doch vielleicht solltet Ihr ein wenig aufpassen. Ein Garten kann ebenso Reichtum verschlingen wie Dünger.«

»Es gibt immer reichlich von beiden Dingen«, sagte Buckingham rasch. »Ihr müßt nur am richtigen Ort sein.«

John war versucht, erneut zu lachen, doch dann überlegte er es sich besser.

»Übernehmt Ihr die Aufgabe?« Buckingham hielt am Ende der Allee an und schaute auf das Haus zurück. In der Nachmittagssonne wirkte es wie ein Märchenschloß. Ein Schloß mit Zinnen und Türmen, das in der schlichten Schönheit der fruchtbaren grünen Landschaft Englands stand. »Werdet Ihr mir hier einen schönen Garten anlegen und noch einen anderen bei meinem Haus in Rutland?«

Tradescant blickte sich um. Der Boden war gut, das Herrenhaus lag frei und war nach Süden gerichtet. Das Land senkte sich in großen schönen Terrassen den Hügel hinunter. Am Fuße befand sich eine sumpfige Wasserstelle, die man durchaus in einen See mit einer Insel verwandeln konnte oder in eine Wasserkunst oder in einen eigens angelegten Fluß für Kahnfahrten.

»Ich kann Euch einen schönen Garten schaffen«, sagte er langsam. »Es wird keine Schwierigkeiten bereiten, das anzupflanzen, was Ihr wollt.«

Buckingham schob seine Hand unter Johns Arm. »Träumt mit mir«, überredete er ihn. »Geht mit mir spazieren, und sagt mir, was Eurer Meinung nach hier wachsen soll.«

John blickte auf die lange Allee zurück. »Es gibt kaum etwas, was unter Eiben gedeiht«, sagte er. »Doch mit einer Pflanze, die aus der Türkei nach Frankreich gelangt ist, habe ich einige Erfolge erzielt: Maiglöckchen – eine kleine weiße Blume, das zierlichste Ding, das Ihr je gesehen habt. Wie eine Schneeflocke, nur kleiner, eine gekräuselte Glocke, wie das kleinste Gebilde in Porzellan. Sie duftet, so sagte man mir, so süß wie eine Rose, aber auch so herb wie eine Zitrone. Ein wirklicher Lilienduft. Sie wird in großen dicken Polstern wachsen, und die weißen Blumen wirken gegen die breiten grünen Blätter wie Sterne.«

»Was heißt, man sagte Euch, daß sie duften? Könnt Ihr selbst nicht riechen?« erkundigte sich Buckingham.

»Ich rieche nichts«, gestand John. »Das ist für einen Gärtner ein großer Nachteil. Mein Sohn macht mich immer darauf aufmerksam, wenn die Erde säuerlich riecht oder wenn ein paar Pflanzen vor Fäulnis stinken. Ohne ihn habe ich nur meine Augen und meine Hände.«

Buckingham hielt an und schaute auf seinen Gärtner.

»Was für eine Tragödie«, sagte er schlicht. »Eines der größten Vergnügen für mich ist der Duft der Blumen; was für eine Tragödie, daß Ihr ihn nicht riechen könnt! Oh! Und so viele andere Dinge! Gute Käsesorten und Wein und der Geruch eines Stalls voll sauberen Strohs! Oh! Und das Parfüm, wenn es ganz warm auf der Haut einer Frau duftet, oder der Geruch ihres Schweißes, wenn ihr heiß ist! Und Tabakrauch! Oh, John! Was für ein Verlust!«

John mußte über seine Begeisterung ein wenig lächeln. »Da ich es noch nie konnte, empfinde ich es nicht so«, sagte er. »Doch eine Rose würde ich für mein Leben gern riechen.«

Buckingham schüttelte den Kopf. »Das wünschte ich Euch, John. Es tut mir leid.«

Sie gingen ein paar Schritte weiter. »Nun«, sagte Buckingham. »Was würdet Ihr hier tun?«

Das Gelände unter ihm fiel ab bis zu der sumpfigen Senke. Als sie hinuntersahen, trottete gerade eine Kuhherde durch den Schlamm und wühlte alles auf.

»Die Kühe loswerden«, sagte Tradescant mit Entschlossenheit.

Buckingham lachte. »Darauf hätte ich selbst kommen können! Mußte ich Euch etwa dafür einstellen, daß Ihr mir sagt, die Zäune müssen ausgebessert werden?«

»Zuerst werdet die Kühe los«, sagte John. »Dann könnte man da unten einen See anlegen. Vielleicht einen Seerosenteich? Auf einer Seite hättet Ihr einen Garten mit feuchtem Boden und Pflanzen, die die Nässe lieben. Schilfgräser und Binsen, Iris und Hahnenfuß. Und auf der anderen Seite einen großen Springbrunnen. In Hatfield gab es eine große wasserspeiende Figur. Das war recht hübsch. Oder vielleicht eher ein anderes Wasserspiel? Eine Fontäne, die das Wasser in so hohem Bogen sprüht, daß Boote unter ihm hindurchfahren können? Oder sogar einen Wasserbogen von einer Seite zur anderen des Sees mit einer Brücke darunter?«

Buckingham strahlte. »Und eine dieser Spielereien, die die Leute beim Näherkommen vollspritzen!« rief er aus. »Mir würde auch ein kleiner Hügel gut gefallen, vielleicht in der Mitte des Sees!«

»Ein großer Hügel«, schlug John vor. »Eine dichte Allee von Bäumen soll sich dort bis oben hinaufschlängeln. Vielleicht aus Kirschbäumen, und zwar als Heckenspalier, damit sie dichter werden und mehr Schatten spenden. Ich habe ein paar wunderbare neue Kirschbäume. Oder auch Apfel- und Birnbäume. Es dauert ein wenig, ehe sie richtig anwachsen, aber im Frühling ist die Baumblüte bezaubernd, und zum Sommerende gibt es herrliches Obst. An ihnen entlang könnten wir Rosen und Geißblatt pflanzen, die an den Stämmen hinaufklettern. Ihr könntet zu Eurer Insel hinausrudern und unter den Rosen und Früchten wandeln.«

»Und wo würdet Ihr die Ziergärten anlegen?« fragte Buckingham. »Hinter dem See?«

John schüttelte den Kopf. »In der Nähe des Hauses«, sagte er entschlossen. »Doch wenn Ihr mir Euren liebsten Fensterplatz zeigt, so könnte ich einen Garten entwerfen, der den Blick weiter in die Ferne führt, in den Garten hinaus, zu einem kleinen Labyrinth, dem Eure Augen folgen könnten, aus Steinen, kleinen blaßblättrigen Pflanzen und Kräutern.«

»Und ein Obstgarten mit einem Laubengang darum und Rasenbänken an jeder Ecke muß her! Große, Früchte tragende Bäume, die sich bis zur Erde neigen. Wo können wir schnellwachsende Obstbäume herbekommen?«

»Wir können junge Bäume kaufen. Doch es wird ein Weilchen dauern«, gab John zu bedenken.

»Aber ich will den Garten jetzt«, stieß Buckingham heftig hervor. »Es gibt doch gewiß Bäume, die rasch heranwachsen, oder welche, die man bereits hochgewachsen erwirbt?«

John schüttelte den Kopf. »Ihr könnt vielleicht jedem Mann Englands befehlen«, sagte er freundlich, »aber einen Garten könnt Ihr nicht aus dem Boden stampfen, mein Lord. Ihr werdet lernen müssen, Geduld zu haben.«

Ein Schatten legte sich auf Buckinghams Gesicht, ein dunkler Schimmer von Enttäuschung. »Um Himmels willen!« stieß er hervor. »Das ist ja so schlimm wie mit den Spaniern! Muß denn alles, was ich mir wünsche, so langsam gehen, daß ich ganz krank vor lauter Warten bin? Muß ich denn erst alt und müde werden, ehe sich meine Wünsche verwirklichen? Muß ich erst sterben, ehe meine Pläne sich vollenden?«

John sagte nicht ein Wort, er stand einfach nur ruhig da wie eine feste Eiche, während das aufbrausende Temperament Buckinghams sich erschöpfte. Buckingham hielt inne und betrachtete John Tradescant eingehend. Dann warf er seinen dunklen Lockenkopf nach hinten und lachte.

»Ihr werdet mein Gewissen sein, John!« rief er. »Ihr werdet der Hüter meiner Seele sein. Ihr wart Cecils Gärtner, nicht wahr? Und es hieß, wenn man Cecil antreffen wollte, so müßte man nur im Garten nach ihm suchen. Und die Hälfte der Zeit würde er auf einer Bank in seinem Ziergarten sitzen und sich mit seinem Diener unterhalten.«

John nickte ernst.

»Es heißt, er war der bedeutendste Minister, den das Land jemals hatte, und Eure Gärten waren sein größter Trost und seine größte Freude.«

Tradescant verneigte sich und blickte fort, damit sein neuer temperamentvoller Herr nicht sehen konnte, wie bewegt er war.

»Wenn ich versucht bin, mich in meinem Garten oder in

den großen wilden Wäldern, die die Höfe Europas darstellen, zu übernehmen, so müßt Ihr mich daran erinnern, daß es nicht immer nach mir gehen kann. Ich kann keinem Garten befehlen zu wachsen«, sagte Buckingham demütig. »Ihr könnt mich daran erinnern, daß selbst der große Cecil auf das warten mußte, was er haben wollte, ob es nun etwas im Garten oder in der Politik war.«

In stiller Ablehnung schüttelte John den Kopf. »Ich kann nur Euren Garten anlegen, mein Lord«, sagte er leise. »Das ist alles, was ich für den Grafen getan habe. Mehr vermag ich nicht.«

Einen Augenblick dachte er, daß Buckingham mit ihm streiten würde. Doch der junge Mann lächelte ihn an und legte einen Arm um seine Schultern, und sie gingen wieder zurück zum Haus. »Vorerst tut Ihr das für mich, und wenn Ihr mehr vertraut seid mit mir, dann werdet Ihr mein Freund und Berater sein, wie einst Cecils«, sagte er. »Der Garten wird wachsen, nicht wahr, John? Werdet Ihr das Beste für mich tun, auch wenn ich ungeduldig bin und vieles nicht weiß?«

Tradescant mußte nun ebenfalls lächeln. »Laßt mich nur machen. Der Garten wird so schnell wachsen, wie er nur kann. Eure Wünsche werden gewiß befriedigt.«

Noch am gleichen Nachmittag ging John an die Arbeit. Er begab sich nach Chelmsford, um Arbeitsleute aufzutreiben, die Zäune errichten sollten, um die Kühe fernzuhalten, die den See ausheben und die Mauern für den Küchengarten bauen sollten. Er nahm sich ein Pferd aus dem Stall und ritt zu den benachbarten Bauernhöfen, um in Erfahrung zu bringen, welche Bäume in den Obstgärten standen und welches Waldgehölz er sofort kaufen und einpflanzen konnte.

Buckingham machte sich über die Kosten keine Gedanken. »Bestellt nur alles, John«, sagte er. »Und wenn es meine Pächter sind, so sagt ihnen, sie sollen Euch geben, was Ihr wollt, und es dann am Quartalstag von ihrer Pacht abziehen.«

John verneigte sich, wollte aber vorher noch den Haushofmeister, den obersten Verwalter des herzoglichen Haushalts, sprechen.

»Seine Gnaden haben angeordnet, ich solle von seinen Pächtern Bäume und Pflanzen kaufen, deren Kosten von ihrer Pacht abzuziehen sind«, fing Tradescant an.

Der Verwalter blickte von den Haushaltsbüchern auf, die vor ihm ausgebreitet lagen. »Was?«

»Er hat mir befohlen, daß ich von den Pächtern Pflanzen kaufen soll«, wiederholte Tradescant.

»Ich habe Euch verstanden«, sagte der Mann zornig. »Doch woher soll ich wissen, was gekauft oder verkauft worden ist? Und wie kann ich dieses Haus führen, wenn die Pachtgelder verringert werden, noch ehe sie einkassiert wurden?«

John zögerte. »Ich bin nur zu Euch gekommen, um zu fragen, wie es gemacht werden soll; wenn Ihr eine Liste der Pächter habt ...«

»Ich habe eine Liste der Pächter, ich habe eine Liste der Pachtgelder, ich habe eine Liste der Ausgaben. Doch niemand kann mir erklären, wie ich die eine mit der anderen in Einklang bringen soll.«

John schwieg einen Moment, um den Mann abschätzen zu können. »Ich bin neu auf dem Posten«, sagte er vorsichtig. »Ich möchte Eure Arbeit nicht noch erschweren. Ich muß Bäume und Pflanzen für die Gärten Seiner Lordschaft kaufen. Er hat angeordnet, daß ich sie bei seinen Pächtern erwerbe, die dafür die Kosten von der Pacht abziehen.«

Der Verwalter bemerkte Tradescants Beharrlichkeit. »Ach«, sagte er bereits ruhiger. »Aber die Pachtgelder sind schon ausgegeben oder versprochen. Da läßt sich nichts mehr abziehen.«

Es herrschte ein kurzes Schweigen. »Was soll ich dann tun?« fragte John freundlich. »Seine Lordschaft benachrichtigen, daß es so nicht geht?«

»Würdet Ihr das denn tun?« wollte der Mann wissen.

Tradescant lächelte. »Aber sicher. Was bliebe mir sonst übrig?«

»Habt Ihr keine Angst davor, einem neuen Herrn, dem größten Herrn des Landes, schlechte Nachrichten zu überbringen?«

»Ich habe schon vorher für einen großen Mann gearbeitet«, sagte John. »Und ob nun gute oder schlechte Nachrichten, für mich war immer der beste Weg, zu sagen, was nicht in Ordnung war. Wenn jemand so dumm ist, seine Boten zu bestrafen, dann wird er bald keine Botschaften mehr erhalten.«

Der Verwalter stieß ein Lachen hervor und streckte eine Hand aus. »Ich bin William Ward. Es freut mich, Euch kennenzulernen, Mr. Tradescant.«

John schlug ein. »Seid Ihr schon lange in Diensten Seiner Lordschaft in diesem wichtigen Amt?« fragte er.

Der Verwalter nickte. »Ja.«

»Und ist es um seine Geschäfte schlecht bestellt?«

»Er ist der reichste Mann des Landes«, erklärte William Ward. »Frisch verheiratet mit einer reichen Erbin, und er kann über die Privatschatulle des Königs verfügen.«

»Aber?«

»Er ist auch der verschwenderischste Mann. Und der wildeste. Wißt Ihr, wie er um ihre Hand angehalten hat?«

John blickte auf die geschlossene Tür hinter ihm und schüttelte den Kopf.

»Er weckte das Interesse der Lady – das ist nicht überraschend …«, fuhr der Verwalter fort.

John dachte an jenes Lächeln und an die Art, wie der Herzog den Kopf zurückwarf, wenn er lachte. »Das ist nicht überraschend«, stimmte er zu.

»Doch als er zu ihrem Vater ging, lehnte dieser sein Ansinnen ab. Wiederum nicht überraschend.«

John dachte an die Gerüchte, daß Buckingham auf eine Weise der Mann des Königs sei, die man im allgemeinen nicht bezweifelte. »Ich weiß nicht«, erwiderte er beherzt.

»Nicht überraschend für jene von uns, die den König bei seinen Besuchen hier gesehen haben«, sagte der Verwalter freiheraus. »Was also tut mein Lord?«

Tradescant zuckte die Schultern. »Ich war nicht hier, sondern in Canterbury; bis dahin gelangt solcher Klatsch nicht. Außerdem höre ich mir derartige Geschichten sowieso nur selten an.«

Der Verwalter lachte kurz auf. »Nun. Buckingham lädt also Lady Kate ins Haus seiner Mutter zum Essen ein, und als das Essen vorüber ist, da lassen sie sie nicht die Kutsche rufen. Sie lassen sie einfach nicht nach Hause fahren! Buckinghams Mutter selbst hat das Mädchen über Nacht in ihrem Haus festgehalten. Lady Kates Ruf ist damit ruiniert, und ihr Vater ist froh, sie überhaupt noch verheiraten zu können; so nimmt er den Antrag des Herzogs an und muß obendrein einen beträchtlichen Preis für das Privileg zahlen, daß seine Tochter entehrt wurde.«

Tradescant stand der Mund offen. »Das hat der Herzog getan?«

William Ward nickte.

»Mit einer Dame?«

»Ja. Jetzt habt Ihr einen Eindruck davon, was er ohne Folgen tun und lassen kann. Und Ihr seht auch seine Tollkühnheit.«

Tradescant ging mit raschen Schritten zum Fenster und blickte hinaus. Fast sofort wich seine Angst, einen neuen Posten und einen so impulsiven jungen Herrn zu haben. Er konnte die Stelle sehen, an die der künftige Küchengarten sollte. Und er hatte vor, eine hohle Mauer zu errichten, die erste ihrer Art in England, die wie ein Kamin von innen beheizt wurde. Sie würde die Obstbäume wärmen, die an der Mauer hochwuchsen, und sie vorzeitig zum Blühen bringen.

»Und ist seine junge Frau unglücklich?« fragte er.

William Ward blickte ihn einen Moment ungläubig an, dann brach er in lautes Lachen aus. »Ihr habt doch meinen Lord gesehen. Meint Ihr, seine Frau würde unglücklich sein?«

John zuckte die Schultern. »Wer weiß schon, was sich eine Frau wünscht?«

»Sie möchte wild umworben und leidenschaftlich im Bett geliebt werden, und sie bekommt beides von unserem Lord. Sie möchte wissen, daß er sie mehr als alles andere liebt, und es gibt in diesem Land keine andere Frau, die behaupten kann, ihr Mann habe alles riskiert, um sie zu kriegen.«

»Und der König?« fragte Tradescant und ging damit der Sache auf den Grund.

Ward lächelte. »Der König hält sich die beiden, wie es geringere Leute mit Turteltauben im Käfig tun, einfach um der Freude willen, ihr Glück zu sehen. Und ansonsten braucht der König nur den Finger zu krümmen, und schon kommt Buckingham, wenn er ihn ganz für sich allein haben will. Seine Frau weiß, daß er gehen muß, und sie lächelt und sagt ihm adieu.«

Nun schwieg der Verwalter. John blickte wieder auf den Park hinaus, der sich bis zum Horizont erstreckte. Das Land war ziemlich flach. Der Wind im Winter würde recht grimmig sein. »So«, sagte er langsam. »Ich habe also einen neuen Herrn, der verschwenderisch lebt, ungestüm ist, die Herzen bricht und andere Menschen nicht achtet.«

Der Verwalter nickte. »Trotzdem würden alle hier für ihn durchs Feuer gehen.«

Überrascht schaute John auf. Der Mann lächelte.

»Ja«, sagte er. »Es gibt auf diesem Anwesen keinen

einzigen, der nicht hungern würde, damit er weiter in Samt und Seide herumspazieren kann. Ihr werdet es schon sehen. So geht nun und kauft Eure Bäume. Und jedesmal, wenn Ihr einen Preis ausgehandelt habt, schreibt den Namen des Pächters und den Preis seiner Bäume auf. Und sagt ihnen, daß ich, ich und nicht sie, die Gelddifferenz berechnen werde, und ich werde sie am nächsten Quartalstag von ihrer Pacht abziehen. Bringt mir die Liste, wenn Ihr fertig seid.«

Einen Augenblick schwieg er. »Es sei denn, meine Schilderung hat Euch dazu veranlaßt, Eurem neuen Lord gegenüber Abneigung zu empfinden, und Ihr wollt nun nach Canterbury zurückkehren?« fuhr er fort. »Er ist so ungestüm, so verschwenderisch und so wohlhabend, wie ich sage. In seinem kleinen Finger hat er so viel Macht wie kein anderer in diesem Land, das schließt vermutlich sogar den König ein!«

John hatte auf einmal das starke Verlangen, seinen Platz im Zentrum des Geschehens einzunehmen, einem Lord zu dienen, der dem Land diente, einem Mann, von dessen Taten in jeder Schenke des Landes gesprochen wurde. »Ich werde hierbleiben«, sagte er. »Hier gibt es viel für mich zu tun.«

## 1623

Den ganzen Winter über hatten John und J. viel zu tun. Sie planten den Garten und steckten die Umrisse für den Ziergarten, die Terrasse und die Rasenbänke in den neuen Obstgärten des Lords ab. Ein Großteil der Arbeit mußte ins Frühjahr verschoben werden, da die Erde jetzt zu hart zum Umgraben war. Tradescant verfügte aber schon über einen kleinen Wald von Bäumen, der darauf wartete, eingepflanzt zu werden. Jeder Baum trug bereits ein Schild mit seinem genauen künftigen Standort. J. hatte sich für die Arbeiter, die weder lesen noch schreiben konnten, ein System mit verschiedenfarbigen Punkten ausgedacht. Ein Baum mit drei roten Punkten zum Beispiel kam an die Stelle, die ebenfalls mit drei roten Punkten gekennzeichnet war. »Das ist wie Geheimschrift«, sagte John bewundernd zu J.

»Es ist schon verrückt«, antwortete J. »Jeder sollte die Schule besuchen können und lesen und schreiben lernen. Wie sollen die Menschen sonst die Bibel verstehen oder ihre Arbeit gut verrichten?«

»Wir sind nicht alle so gebildet wie du«, erwiderte John sanft.

Wieder einmal von seiner gewohnten Scheu erfaßt, errötete J. »So gebildet bin ich gar nicht«, sagte er schroff. »Ich bin nicht besser als andere Menschen.«

Man hatte auch schon mit den Arbeiten für die beheizbare Mauer begonnen. Der gesamte Küchengarten sollte mit einer doppelten, innen hohlen Mauer aus dunkelroten Ziegelsteinen umgeben werden. Es war vorgesehen, drei gleich große, übereinander angeordnete Feuerstellen für Holzkohle zu bauen, von denen der Rauch seitlich durch Kanäle in der Wand abzog und die Ziegelsteine dabei erwärmte. Die Gartenbeete wollte Tradescant nicht auf die übliche Art mit Buchsbaum einfassen, sondern sie ein wenig anheben. Halt sollten ihnen niedrige Steinmauern geben. Innerhalb der Mauern würde man durchsiebte Erde und verrotteten Stallmist aufschütten. Nach Johns Anweisungen wurde Stallmist in Haufen aufgeschichtet, der vermodern und einmal im Monat gewendet werden sollte. »Er darf nicht frisch sein und etwa Unkraut in meinen Garten einschleppen«, wies er J. und die anderen Gemüsegärtner an. »In diesen Beeten hier darf die Erde keinerlei Unkraut und keine Steine enthalten. Sie muß humusreich und weich sein. Habt ihr verstanden?«

Sie murrten zwar hinter seinem Rücken, aber sie nickten ihm zu und zogen ihre Mützen. Johns Ruf als einer der größten Gärtner seiner Zeit war ihm vorausgeeilt, und es war eine Ehre, für ihn zu arbeiten – ganz gleich, ob es hier erhöhte Beete und gewendeten Mist oder hohle Mauern gab.

Nach den Feierlichkeiten der Weihnachtstage herrschte im Schloß nun Ruhe. Der Herzog war im Januar vom Hof zurückgekehrt und hatte sich hier mit seiner Frau Kate niedergelassen. Seine Mutter wurde im Laufe des Jahres erwartet. Tradescant war daher recht überrascht, als er auf der Suche nach einem abhanden gekommenen Burschen zum Unkrautziehen im Stallhof herumging und ein besonders schönes Pferd entdeckte, einen Araber. Das Pferd wurde gerade vom Stall in den Hof geführt, und auch das Jagdpferd des Herzogs tänzelte auf den Pflastersteinen herum. Die Pferde waren schon gesattelt und zum Aufbruch bereit.

»Wessen Pferd ist das?« fragte John einen Stalljungen, von dem er als Antwort nur ein Zwinkern erhielt.

»Dummkopf«, sagte John kurz, nahm seine Hacke hoch und machte sich auf den Weg zum Obstgarten.

An jenem Nachmittag vermaß John die Länge der neuen Allee, die er mit Lindenbäumen bepflanzen wollte. Sie sollte von der Straße nach Chelmsford bis zum Herrenhaus führen. Da hörte er auf einmal Pferdegetrappel auf dem Weg. Es waren die beiden Pferde mit zwei fremden Reitern.

John trat ihnen entgegen, um sie anzusprechen. »Wer seid Ihr? Und was führt Euch hierher? Das ist das Pferd meines Herrn.«

»Laßt mich vorbei, mein John«, sagte einer der Männer mit vertrauter Stimme. Der Fremde beugte sich vom Pferd herab und zog seinen Hut. Da blickten ihn Buckinghams dunkle Augen an. John hörte sein unverwechselbares leises Lachen.

»Reingelegt«, rief Buckingham triumphierend. »Ganz und gar reingelegt.«

John starrte in das Gesicht seines Herrn, das hinter einem lächerlichen falschen Bart und einem Schal versteckt war. »Euer Gnaden ...« Er blickte zu dem anderen Reiter hinüber und erkannte schockiert, daß es der junge Prinz war, der seinerzeit als Kind seinem strahlenden älteren Bruder hinterhergehumpelt war. Nun war er der Thronfolger, Prinz Charles. »Guter Gott! Eure Hoheit!«

»So werden wir wohl passieren dürfen, oder?« fragte Buckingham fröhlich. »Ich bin John Smith, und das ist mein Bruder Thomas. Werden wir wohl passieren dürfen?«

»Oh, ja«, sagte John. »Aber was habt Ihr denn vor, mein Lord? Herumhuren?«

Daraufhin lachte Buckingham laut auf. »Mit der vornehmsten Hure der Welt«, flüsterte er. »Wir brechen nach Spanien auf, John, wir werden Seine Hoheit mit der Infantin von Spanien verheiraten! Was haltet Ihr davon?«

Einen Moment lang war John zu verblüfft, um sprechen zu können, dann griff er nach dem Zaumzeug. »Bleibt!« rief er. »Das könnt Ihr nicht.«

»Ihr gebt mir Befehle?« erkundigte sich Buckingham höflich. »Ihr solltet besser Eure Hand von meinem Pferd nehmen, Tradescant.«

John verzog das Gesicht, ließ aber nicht los. »Ich bitte Euch, Euer Gnaden«, sagte er. »Wartet. Bedenkt doch. Warum die Verkleidung?«

»Um des Abenteuers willen!« sagte Buckingham vergnügt.

»Komm schon, Thomas!« sagte der Prinz. »Oder bist du John? Und ich Thomas?«

»Ich bitte Euch«, sagte John eindringlich. »Ihr könnt nicht so gehen, mein Lord. Ihr könnt den Prinzen nicht so mitnehmen.«

Das Pferd des Prinzen scharrte mit den Hufen im Boden. »Komm!« sagte er.

»Verzeiht mir!« Tradescant blickte zu ihm hinüber. »Eure Hoheit hat vielleicht noch nicht an die Folgen gedacht. Ihr könnt nicht einfach nach Frankreich einreiten, als sei es East Anglia, Eure Hoheit. Was ist, wenn man Euch festhält? Was ist, wenn Euch Spanien nicht wieder ziehen läßt?«

»Unsinn«, sagte Prinz Charles kurz. »Komm, Villiers.«

Buckinghams Pferd lief weiter, und John wurde mitgezogen, denn er hielt nach wie vor den Zügel fest. »Euer Gnaden«, versuchte er es wieder. »Weiß denn der König davon? Was passiert, wenn er dagegen ist?«

Buckingham lehnte sich nun ganz tief über den Hals seines Pferdes hinab, damit er Tradescant etwas ins Ohr flüstern konnte. »Laßt mich gehen, mein John. Ich tue hier meine Arbeit. Wenn ich den Prinzen mit der Thronerbin verheirate, dann habe ich etwas vollbracht, was bisher keinem gelungen ist – Spanien zu unserem Verbündeten zu machen, die größte Allianz in Europa, und ich bin der größte Ehekuppler, den es je gegeben hat. Doch selbst wenn ich scheitere, dann sind der Prinz und ich wie zwei Brüder miteinander gereist, und wir werden für den Rest unseres Lebens Brüder sein. Was auch geschieht, mein Platz ist gesichert. Nun laßt meine Zügel los. Ich muß fort.«

»Habt Ihr Proviant und Geld, ein paar Kleider zum Wechseln?«

Buckingham lachte. »John, mein John, das nächste Mal werdet Ihr meine Sachen packen. Ich muß nun aber fort!«

Seine Sporen berührten die Flanken des Jagdpferdes, das den Kopf hochriß und vorwärtsstürmte. Prinz Charles' Araber sprang hinterher. Eine Staubwolke nahm John die Sicht, dann waren die beiden Männer weg.

»Lieber Gott, beschütze ihn, beschütze sie beide«, murmelte Tradescant, der ihnen nachblickte. Seinen neuen Lord und den Prinzen, den er als einsamen, unfähigen, kleinen Jungen kennengelernt hatte. »Lieber Gott, halte sie in Dover auf.«

Als John in der Dämmerung zum Abendessen heimkehrte und schweigend in seine Suppe starrte, wußte Elizabeth gleich, daß etwas Ungewöhnliches passiert war. Sobald J. mit dem Essen fertig war, schickte ihn Elizabeth mit einem Kopfnicken hinaus und setzte sich zu John auf die Bank neben dem Kamin. Sie legte ihre Hände auf seine. »Was ist los?«

Er schüttelte den Kopf. »Das kann ich dir nicht sagen.« Er blickte in ihr besorgtes Gesicht. »Mir fehlt nichts, meine Liebe. Es ist nichts mit J. und auch nicht mit dem Garten. Es ist ein Geheimnis und nicht mein Geheimnis. Ich darf es niemandem erzählen.«

»Dann geht es um den Herzog«, sagte sie bloß. »Er führt etwas im Schilde.«

Johns verzweifelter Blick bewies ihr, daß sie richtig geraten hatte.

»Was hat er vor?« bedrängte sie ihn.

Wieder schüttelte er den Kopf. »Ich bete zu Gott, daß alles einen glücklichen Ausgang nimmt.«

»Ist er zu Hause?«

Er schüttelte den Kopf.

»Nach London geritten? Zum König?«

»Nach Spanien«, flüsterte er ganz leise.

Elizabeth schreckte hoch, als hätte er sie gekniffen. »Nach Spanien?«

John warf ihr einen unglücklichen Blick zu und legte seinen Finger auf die Lippen. »Mehr darf ich nicht sagen«, erklärte er entschlossen.

Elizabeth stand auf und ging zum Kamin. Sie beugte sich vor und stocherte mit dem Schürhaken in den glühenden Holzscheiten herum. Er sah, wie ihre Lippen ein stilles Gebet murmelten. Elizabeth war eine fromme Protestantin, eine Reise nach Spanien war für sie wie eine Reise in die Unterwelt. Spanien galt als das Herz des Katholizismus, die Heimat des Antichristen, gegen den alle guten Protestanten kämpfen mußten, von Kindheit an bis in den Tod. In ihren Augen reichte allein dieses Reiseziel aus, um Buckingham zum Verdammten zu machen. Ein schlechter Mensch ist das, der nach Spanien reisen wollte.

John schloß kurz die Augen. Er konnte sich das Maß der Verdammung nicht ausmalen, die seinen Herrn treffen würde, wenn Elizabeth und all die vielen anderen frommen protestantischen Männer und Frauen erfuhren, daß der Herzog vorhatte, die erzkatholische spanische Prinzessin heimzubringen, um sie zur Königin von England zu machen.

Elizabeth richtete sich auf und hängte den Schürhaken an das Brett neben dem Kamin. »Wir sollten von hier fortgehen«, verkündete sie auf einmal.

»Was?« John öffnete wieder die Augen und blinzelte.
»Wir sollten von hier fortgehen.«
»Was sagst du da? Wir sind gerade erst angekommen.«
Sie kehrte zu ihm zurück, nahm seine Hand in die ihre, drückte sie an die Lippen und hielt sie dann an ihr Herz, wie bei einem Gelöbnis. Er spürte ihren Herzschlag, gleichmäßig und beruhigend. »John, dieser Herzog ist kein guter Mensch. Ich habe mit den Leuten im Schloß gesprochen. Die Hälfte betet ihn an und läßt keinen Tadel an ihm zu, doch die andere Hälfte sagt, er ist ein Sünder, der scheußlichen Lastern frönt. In diesem Haushalt gibt es keine Stetigkeit. Hier herrscht ein Wirbelwind weltlicher Begierden, und wir sind mitten in sein Zentrum geraten.«

John wollte etwas sagen, doch sie drückte sanft seine Hand, und so ließ er sie aussprechen.

»Aus Canterbury wollte ich nicht weg, doch es war meine Pflicht, dir zu gehorchen«, sagte sie ruhig. »Doch nun, mein Gemahl, hör zu. Ich folge dir in jeden anderen Haushalt der Welt, solange wir nur nicht hier bleiben. Schon morgen können wir mit Sack und Pack aufbrechen zu jedem Ort, den du bestimmst. Ich werde dir sogar übers Meer folgen, sogar nach Virginia!«

John wartete, bis sie schwieg, dann begann er vorsichtig: »Ich hätte nie gedacht, dich jemals so sprechen zu hören. Warum verabscheust du ihn so abgrundtief? Als Mann? Als meinen Herrn?«

Sie zuckte die Schultern und blickte ins Feuer, in dem die Flammen über dem Holz zusammenschlugen und einen flackernden Schimmer auf ihr Gesicht warfen. »Ich kenne ihn nicht als Mann, und es ist zu früh zu sagen, wie er als dein Herr sein wird. Doch alles, was ich bisher gesehen habe, ist eine große weltliche Zurschaustellung. Die Diamanten an seinem Hut, die Kutsche. Wer in England fuhr denn jemals in einer solchen Prunkkutsche außer der alten Königin und König James, und nun hat dieser Mann eine Kutsche, vor die er ganz seltene Pferde spannen läßt. Alles, was ich von ihm gesehen habe, erweckt mein Mißtrauen, daß er kein wahrer Christ ist. Und alles, was ich von ihm gehört habe und von ihm weiß, sagt mir, daß er in großer Sünde lebt.« Sie senkte ihre Stimme. »Hast du noch nicht daran gedacht, daß er vielleicht mit dem Teufel im Bunde steht?«

John wollte lachen, doch Elizabeths Aufrichtigkeit hielt ihn davon ab. »Oh, Elizabeth!«

»Woher kam er?«

»Nicht aus der Hölle! Aus Leicestershire!«

Auf seinen schnodderigen Ton hin verfinsterte sich ihr Blick. »Der Sohn eines Squires und Beamten der Grafschaft bereits mit vierundzwanzig Jahren im Oberhaus«, sagte sie. »Denk an seinen Aufstieg, John. Meinst du etwa, ein Mann kann auf ehrlichem Wege ein solches Vermögen erlangen?«

»Er erfreut sich der Gunst des Königs«, entgegnete John. »Er war erst Mundschenk und dann Kammerherr und der Favorit vieler großer Männer. Sie verhalfen ihm zu dem Posten des königlichen Oberstallmeisters, und er hat dem König Pferde besorgt, wie sie kein Fürst zuvor besessen hat. Natürlich steht er hoch in Gunst, die hat er auch verdient. Er hat dem König einen Araber gebracht, den einzigen in ganz England. Das schönste Pferd, das man hier jemals zu Gesicht bekam.«

Sie schüttelte den Kopf. »Haben sie ihn zum Lord-Admiral gemacht, dem höchsten Kommandoherrn zur See, weil er ein Pferd gekauft hat?«

»Elizabeth ...«, sagte John mit warnender Stimme.

»Das mußt du jetzt ertragen«, sagte sie rasch. »Hör mir zu, dieses eine Mal.«

Er nickte. »Aber ich will nichts von Hochverrat hören.«

»Ich werde nichts als die Wahrheit sagen.«

Sie sahen sich einen Moment an, doch dann wich er ihrem Blick aus; er wußte also, dachte sie, daß die Wahrheit Hochverrat war. Die Wahrheit über George Villiers, den Herzog von Buckingham, lautete: Der König war nach dem Mann verrückt und wegen dieses Wahns regierungsunfähig. Buckingham stand höher, als es seine Fähigkeiten erlaubten, höher, als die Fähigkeit eines einzelnen Mannes es je erlauben konnte. Und das alles, weil der König ganz verrückt danach war, ihm zu Gefallen zu sein.

»Welche Macht besitzt er über den König?« fragte sie mit leiser Stimme.

»Der König liebt ihn«, sagte Tradescant fest. »Und er ist sein treuer Diener.«

»Er nennt sich selbst den Hund des Königs«, sagte sie und benannte damit das schier Unvorstellbare.

»Im Spiel. Der König nennt ihn Steenie, nach dem heiligen Stephen – er bewundert seine engelsgleiche Schönheit, Elizabeth. Daran ist nichts auszusetzen.«

»Er nennt sich selbst Hund, und es gibt Leute, die sagen, der König besteigt ihn wie ein Hund eine Hündin.«

»Schweig!« Tradescant sprang auf die Beine und entfernte sich von seiner Frau. »Daß du solche Worte in den Mund nimmst, Elizabeth! In deinem eigenen Heim! Daß du solchen Dingen Gehör schenkst! Obszönes Geschwätz! Schmutziges Schenkengerede! Und es noch vor mir wiederholst! Was würde dein Vater sagen, wenn er solche Worte von seiner Tochter vernähme, die über solche Dinge wie eine Dirne spricht!«

Auf diesen Ausbruch hin zuckte sie mit keiner Wimper. »Ich sage, was gesagt werden muß, was zwischen uns beiden klar sein muß. Und Gott weiß, daß mein Herz rein ist, obwohl ich schmutzige Worte in den Mund nehme.«

»Ein reines Herz und schmutzige Worte?« rief Tradescant aus.

»Besser als ein süßer Mund und ein schmutziges Herz«, erwiderte sie. Er verstand, sie dachten beide an Buckingham und an die Süße seiner singenden Stimme.

»Hör auf damit«, sagte John mürrisch. »Hör auf, Elizabeth.«

»Ich sage dir, seine Mutter, die als Dienstmagd geboren wurde, ist nun eine Gräfin, und viele meinen, sie sei eine Hexe ...«

John mußte schlucken, doch sie redete weiter.

»Eine Hexe. Und andere sagen wieder, sie sei Papistin, eine Ketzerin, die man noch vor ein paar Jahren auf dem Scheiterhaufen verbrannt hätte. Ich sage dir, er ist ein Mann, der sich seinen Platz gleich hinter dem König durch Sodomie erworben hat und durch Kuppelei für den König, ein Mann, der seine Frau entführte und vergewaltigte, ein Mann, der den König und ebenso den Prinzen verführt hat. Der mit einem Mann Sodomie betrieb und ebenso mit dessen Sohn. Ich weiß nur, daß er mit dem Teufel im Bunde steht. Ganz sicher, er steckt tief in der Sünde, ganz tief. Und ich fordere dich auf, John, laß uns fortgehen. Wir wollen ihn jetzt verlassen. Er ist nach Spanien geritten, zum Feind unseres Landes; das macht ihn selbst für den König, mit dem er sündigt, zum Hochverräter. Laß uns aufbrechen, John. Wir wollen irgendwohin, wo die Luft nicht nach dem Schwefel der Sünde und der Ausschweifung stinkt.«

Nun herrschte ein langes Schweigen.

»Du reagierst allzu heftig«, stellte John mit schwacher Stimme fest.

Sie schüttelte den Kopf. »Das tut jetzt nichts zur Sache. Wie lautet deine Antwort?«

»Man hat mich bereits für das ganze Quartal bezahlt ...«

»Wir werden eine Möglichkeit finden, deinen Lohn zurückzugeben, wenn wir jetzt aufbrechen.«

Er hielt einen Moment inne und dachte über ihre Worte

nach. Dann erhob er sich langsam und schüttelte den Kopf. Er legte eine Hand auf die Kaminwölbung, so, als müsse er sich stützen, wenn er dem Wunsch seiner Frau widersprechen wollte und seinem eigenen Gefühl, seinem eigenen verborgenen Gefühl, daß sie recht hatte.

»Wir bleiben«, entschied er. »Ich habe ihm mein Versprechen gegeben, ihm einen prächtigen Garten anzulegen. Ich werde nicht wortbrüchig. Selbst wenn all das, was du sagst, zutrifft. Und ich werde ihm den Garten anlegen, darin kann für uns keine Sünde bestehen. Wir bleiben, Elizabeth, bis der Garten vollendet ist.«

Sie blickte ihn an. John sah, wie sich ihr Gesicht veränderte, als habe er eine große Prüfung nicht bestanden und sie könne ihm nie wieder ihr volles Vertrauen schenken.

»Ich bitte dich«, sagte sie mit ein wenig zitternder Stimme, »bei allem, was mir heilig ist und was dein neuer Lord ablehnt: Wende dich von ihm ab, und wandle wieder auf dem Pfad der Rechtschaffenheit.«

John zuckte verärgert die Schultern, weil ihre Worte so biblisch klangen. »Es ist nicht so. Ich habe mich einverstanden erklärt, für meinen Lord einen Garten anzulegen, und wir bleiben, bis ich ihn vollendet habe.«

Er verließ den Raum, und sie hörte, wie er die Tür zur Schlafkammer schloß und wie die Dielenbretter knackten, während er sich auszog, um ins Bett zu gehen.

»So ist es aber für mich«, sagte sie ruhig und blickte in das langsam verlöschende Feuer, als würde sie einen heiligen Schwur leisten. »Du bist vom Pfad der Rechtschaffenheit abgekommen, Gemahl, und ich kann nicht mehr an deiner Seite wandeln.«

John wartete auf Neuigkeiten von seinem Herrn, doch in den ersten Tagen nach seiner Abreise blieb es still. Langsam wurden die Eskapaden des jungen Prinzen und des jungen Herzogs aber bekannt. Als Verschwörer waren sie

recht ungeeignet und ebenso untauglich als Reisende, so
daß es ein Wunder war, daß man sie nicht schon in Dover
festgehalten hatte, wie John gehofft hatte. Doch Villiers
warf mit Silbergeld nur so um sich, und kraft seiner Autorität als Lord-Admiral hatte er den Schiffen befohlen, den
Hafen von Dover zu verlassen. Bald darauf erfuhren der
Hof und der alte König, Villiers und der Prinz seien in
Paris gastlich aufgenommen worden, dann durch halb
Frankreich geritten und hatten schließlich Madrid erreicht.

Der König betrachtete die beiden als eine Art fahrende
Ritter. Wie in einem höfischen Maskenspiel versuchte der
stattliche Held, die schönste Dame zu gewinnen. Doch
die Gerüchte, die nun nach England drangen, ja sogar bis
ins »Königswappen« von Chelmsford, wo John abends
sein Bier trank, weil er den neuesten Klatsch hören wollte,
jene Gerüchte deuteten an, daß sich die Dinge schwieriger
als erwartet gestalteten. Die Wochen verstrichen, und die
jungen Gentlemen kehrten nicht mit einer Prinzessin
als Braut heim. Statt dessen forderten sie immer mehr
Geld.

König James wurde zusehends gereizter. Er vermißte
den Herzog, ja er vermißte sogar seinen Sohn, den er
sonst vernachlässigte. Ohne Villiers fehlte dem Hof jeder
Glanz, niemand arrangierte nun die Vergnügungen, die
Jagdausflüge, die Maskenspiele und die Skandale. Tradescant, der sich gerade im Raum des Verwalters aufhielt,
brachte den Mut auf, ihn geradeheraus zu fragen, ob er
meine, daß ihr Herr seine Stellung behalten werde, wenn
er nicht bald zurückkäme. Auch William Ward wirkte besorgt.

»An jedem Tag, den unser Lord nicht hier ist, werden
sie dem König einen anderen Mann vorstellen«, sagte Mr.
Ward leise. »Und der König mag keine Geldforderungen.
Sie sind unserem Lord nicht förderlich. Er wird das übel-

nehmen.« Er schwieg einen Moment. »Ihr kanntet den Prinzen schon als Kind. Hat er ein treues Herz?«

John dachte an den lahmen Jungen damals in Theobalds, der immer wieder seine Bitte hervorstotterte, sein schöner Bruder möge auf ihn warten, und der immer als letzter zurückblieb. Der kränkliche Knabe, der nie die Gunst anderer erlangt hatte, solange sein älterer Bruder der Thronfolger war. »Wem er erst einmal seine Liebe schenkt, dem bleibt er zugetan«, sagte er bloß. »Wenn er unseren Herzog so liebt, wie er seinen Bruder geliebt hat, dann betet er ihn an.«

William Ward nickte. » Wer weiß, vielleicht spielt unser Lord ein klügeres Spiel, als wir alle annehmen. Mag er auch das Herz des Vaters brechen, aber wenn der Vater fort ist, wird es einen neuen König geben.«

John mußte an die Herren bei Hofe denken, die mit nichts als Buhlerei, Herzensbrecherei, Eifersüchtelei, den Raffinements des Bordells und nicht denen ihres Amtes beschäftigt waren. Sein Blick verfinsterte sich.

»Es muß sich wohl bei Lord Cecil ähnlich verhalten haben?« fragte der Verwalter.

John zuckte zurück. »Nein! Niemand hat ihn wegen seines Aussehens geliebt«, sagte er mit einem halben Lächeln. »Sie haben ihn wegen seiner Fähigkeiten gebraucht. Deshalb konnte niemand ihn ersetzen. Deshalb war er immer ungefährdet.«

»Wohingegen unser Lord ...« Der Verwalter hielt inne.

»Was dauert denn in Madrid so lange?« wollte Tradescant wissen.

»Ich habe gehört, daß die Spanier ihn hinhalten, wie sie es gern zu tun pflegen«, sagte der Verwalter leise. »Und die ganze Zeit über wächst hier bei Hofe, im Parlament und auf den Straßen der Haß auf die Spanier. Der Herzog sollte besser ohne die spanische Prinzessin heimkehren. Wenn er sie jetzt nach England bringt, werden sie ihn in

Stücke reißen dafür, daß er diese ketzerische Heirat eingefädelt hat.«

»Könnt Ihr ihm das nicht schreiben und ihn warnen?« fragte John.

William Ward schüttelte den Kopf. »Ich bin nicht sein Berater«, erwiderte er rasch. »So einer geht seinen eigenen Weg. Er meinte, die spanische Heirat sei eine Frage des Prinzips.«

»Des Prinzips?« fragte John. Und als Ward nickte, drehte er sich um und verließ den Raum. Das ist sehr schlecht, stellte John für sich fest.

Im Juli, im Hochsommer in Madrid, in der drückendsten Sommerschwüle, hatte Prinz Charles das Warten endlich satt, und auch Buckingham verlor allmählich die Geduld. Schließlich gelang es ihnen doch noch, den Ehevertrag mit den Spaniern auszuhandeln, und Prinz Charles unterschrieb ihn. Ihm wurde ein kurzer Besuch bei seiner Braut gestattet, um ihr zu versprechen, sie würde nach der Trauung per Stellvertreter Königin von England sein und sie würden sich das nächste Mal in Dover als Mann und Frau wiedersehen. Der König von Spanien ritt persönlich mit dem Prinzen und dem Herzog aus Madrid hinaus, um sie zu verabschieden, und überhäufte sie mit Geschenken. Zum Abschied küßte er Prinz Charles als seinen Schwiegersohn.

»Wie meint Ihr, wie wird er bei Hofe empfangen werden?« fragte William Ward John. Er war in den Garten gekommen, um John Tradescant aufzusuchen, der gerade das Wehr öffnete und zuschaute, wie das Wasser in den neuen Gondelsee des Herzogs lief. Genau an der Seite des Hauses floß das Wasser entlang. An die sumpfige Stelle, von der die Kühe fernzuhalten John dem Herzog seinerzeit geraten hatte, hatte er gelbe Sumpfschwertlilien gepflanzt. »Der Herzog muß noch einen Trumpf in der Hand haben. Eigentlich weiß er doch, daß man ihm diese spanische Braut übelnehmen wird, oder?« fuhr Ward fort.

John blickte von dem Wasserkanal auf und wischte sich die Hände an den alten Hosen ab. »So närrisch kann er nicht sein«, erwiderte er besorgt. »Ihm ist sicher klar, daß zwischen König und Parlament und Kirche und Volk ein zerbrechliches Gleichgewicht herrscht.« Lord Cecil fiel ihm ein; er mußte immerzu an ihn denken, hier, im Hause seines Nachfolgers. »Er kann nicht die Ämter bekleiden, die er innehat, und sich dabei wie ein Narr verhalten«, sagte John wacker. »Er muß noch etwas im Sinn haben, um das Blatt zum Guten zu wenden.«

John Tradescant tat mit seinem Vertrauen seinem Lord allzuviel der Ehre an. Buckingham besaß weder einen Plan, noch hatte er etwas in der Hinterhand. Er war kein Robert Cecil, der für jede Eventualität vorsorglich eine Strategie ausgeheckt hatte. Alles war ihm in seinem Leben in den Schoß gefallen, und er hatte gedacht, in diesem Falle würde es ähnlich sein und er könnte die Spanier verführen, so wie er alle andern verführt hatte. Doch der kalte, förmliche spanische Hof bewies selbst gegenüber Englands Herzensbrecher Nummer eins seine Hartnäckigkeit. In seiner Enttäuschung wandte sich Buckingham schließlich empört gegen die Spanier. Außerdem warnten ihn die Briefe seiner Mutter und seiner Frau aus der Heimat, daß man die spanische Braut nie und nimmer akzeptieren würde und daß derjenige, der versuchte, sie auf den englischen Thron zu bringen, ein völliges Debakel erleben würde. Buckingham drehte sich wie ein Wetterhahn um hundertachtzig Grad. Doch Prinz Charles, der schon früh gelernt hatte, daß Liebe immer mit Enttäuschung verbunden ist, begehrte nach wie vor die unerreichbare spanische Prinzessin.

Buckingham sah sich nun gezwungen, ihm das auszutreiben. Diese Frau würde ihn nie lieben, er würde ihr die restliche Zeit seines Lebens hinterhertrotten wie damals seinem Bruder. Er mußte den Prinzen ermutigen, auf etwas Besseres zu hoffen.

Das war nicht leicht. Buckingham erinnerte ihn an die Bedingungen des Ehevertrages – ungeheuerliche Versprechen von religiöser Toleranz und die Zusage, die Kinder aus dieser Verbindung im papistischen Sinne zu erziehen. Er zweifelte plötzlich die spanische Redlichkeit an, fragte sich, ob die Infantin tatsächlich gezwungen werden konnte, einen Ketzer zu heiraten; ob sie nicht eher am Hochzeitstag in einem Kloster verschwinden würde und Charles als Geprellter dastand. Das ewige zynische Gerede Buckinghams untergrub allmählich das Selbstvertrauen des Prinzen, was ja auch in besten Zeiten recht schwankend war. Auf dem Ritt von Madrid nach Santander, wo sie auf die englische Flotte stoßen sollten, waren Buckingham und der Prinz die engsten Freunde und Spanien bereits ihr Gegner. Als sie in den Hafen von Portsmouth segelten, da waren sie so unzertrennlich wie zwei Brüder, und Spanien sollte keinen neuen Bund mit England mehr eingehen, sondern der ärgste Todfeind sein, und der Ehevertrag, auf den sie so inbrünstig hingearbeitet hatten, war nun eine Falle, der sie mit aller Entschlossenheit entkommen wollten.

Als sie durch den kalten, nassen Oktoberdunst mit der Flut in den Hafen von Portsmouth einliefen und nicht wußten, wie ihr Empfang in der protestantischen Stadt dieses hartgesottenen protestantischen Landes ausfallen würde – waren sie doch ausgezogen, eine Ehe zu arrangieren, die der stolzen Unabhängigkeit der Tudors ein jähes Ende bereitet hätte –, da nahmen sie einen hellen Lichtschein am Kai wahr: Man hatte ein Freudenfeuer entzündet. Dann loderten weitere auf, ein einziger Feuerschein zog sich entlang der Stadtmauer hin. Plötzlich dröhnte zur Begrüßung ein Kanonenschuß, der im Hafen widerhallte, und noch einer, und sie hörten den Klang von Trompeten und das Freudengeschrei der Leute. Buckingham mußte lächeln. Er klopfte dem Prinzen auf den Rücken und ging unter Deck, um sich die Diamantbroschen an den Hut zu stecken.

»Er hat es geschafft, er hat den Prinzen sicher heimgebracht«, teilte John Elizabeth mit, als die Nachricht von der triumphalen Rückkehr der beiden jungen Männer nach London nun auch New Hall erreichte. »Man tanzte auf den Straßen, und an jeder Ecke gab es gebratenen Ochsen. Sie nennen ihn den größten Staatsmann, den England jemals gehabt hat. Sie nennen ihn den Retter des Landes. Wollen wir uns heute abend in Chelmsford die Lustbarkeiten anschauen?«

John wollte nicht frohlocken, aber er bemerkte die Freude in seiner Stimme. Er freute sich nicht deshalb, weil Buckingham etwa bewiesen hatte, ein Staatsmann oder ein Diplomat zu sein. Doch immerhin hatte er Glück gehabt, und an diesem neuen Hof würden Glück und Schönheit alles sein, was zählte.

Elizabeth wandte ihm ihr verkniffenes, kaltes Gesicht zu. »Dein Lord hat den Prinzen einer großen Gefahr ausgesetzt«, sagte sie, ohne vergeben zu können. »Einer Gefahr für seinen Körper und vor allem für seine sterbliche Seele. Der Prinz konnte am Ende der Heirat mit einer Jüngerin des Teufels nur entkommen, indem er seinen Eid brach. Er hat sie erst hofiert und zugesagt, sie zu heiraten. Doch nun hat er sein Versprechen gebrochen. Ich werde nicht tanzen gehen, nur weil dein Lord den Prinzen einer solchen Situation ausgesetzt hat und ihn später dazu gebracht hat, sie sitzenzulassen. Es war vor allem Eitelkeit und Dummheit, so etwas zu tun. Ich werde nicht auf seine sichere Heimkehr trinken.«

Still zog sich John seinen Rock an und öffnete die Tür. »Ich denke, ich gehe dann«, sagte er sanft. »Warte nicht auf mich mit dem Einschlafen.«

### 1624

»Er ist wieder zurück«, verkündete J. ohne Begeisterung.

John befand sich auf dem Hügel, den er in dem neuen See des Herzogs hatte aufschütten lassen. Er prüfte gerade den Verlauf des sich hochschlängelnden Pfades. Unter ihm hoben die für das Einpflanzen der Bäume angeheuerten Männer Gruben aus und setzten Apfel-, Kirsch-, Birnen- und Pflaumenbäume abwechselnd an den nach oben führenden Weg. Dünne Pfähle sollten die Bäume gegen den ständigen Ostwind abstützen. Der war Johns ärgster Feind in diesem Garten in Essex. Dann wurden größere Pfähle in die Erde gerammt, die ganz fest mit Stricken verbunden wurden, damit sie die heranwachsenden Zweige hielten, die ein Spalier bilden sollten. Im Frühling würde das eines Tages eine durchgehende Strecke blühender Zweige und im Herbst eine ebensolche voller Früchte sein. J. sollte überprüfen, ob jeder Baum den besten Standort hatte und seine Zweige richtig befestigt waren, damit sie nicht kreuz und quer wuchsen. John folgte ihm mit einem scharfen Messer, um alle Verästelungen abzuschneiden, die aus einer bestimmten Linie herausragten. Das war eine der Lieblingsbeschäftigungen Johns: eine Verbindung von unberührter und künstlicher Natur zu schaffen, die Unordnung zu ordnen, so daß es nach einer Weile so aussah, als sei alles ganz natürlich und aus purer Lust geordnet und kontrolliert gewachsen. Ein Garten, wie ihn Gott hinterlassen haben könnte, ein Eden ohne Durcheinander und Unkraut.

»Gott sei gelobt!« sagte John und richtete sich von der

Arbeit auf. »Hat er nach mir gefragt? Kommt er in den Garten heraus?«

J. schüttelte den Kopf. »Er ist krank«, sagte er. »Sehr krank.«

John fühlte sich plötzlich ebenfalls krank. Er dachte an Cecil, der in der Blütezeit der Glöckchen-Blausterne gestorben war. »Krank?« fragte er. »Er hat doch nicht etwa die Pest?«

J. zuckte die Schultern. »Er hat sich mit dem König heftig gestritten, und dann hat er sich ins Bett gelegt.«

»Also tut er nur so, als sei er krank?« wollte John wissen.

»Ich glaube nicht. Die Herzogin rennt aufgeregt im Haus auf und ab, und in der Küche braut man einen Kräutertrunk. Sie brauchen noch ein paar Kräuter dazu.«

»Guter Gott, warum hast du mir das nicht gleich gesagt?« John rannte den feuchten Weg hinunter und glitt beinahe aus. Er kletterte hastig in ein Ruderboot, das an der Anlegestelle festgemacht war, und ruderte unbeholfen über den See, wobei er sich vollkommen bespritzte und seine Langsamkeit verfluchte. Als er das Ufer erreichte, zog er das Boot an Land und lief zum Haus.

Er begab sich geradewegs in die große Halle. »Wo ist der Apotheker? Was benötigt er?«

Der Mann wies zu den Gemächern des Herzogs die großartige Treppe hinauf, die ein Vermögen gekostet hatte. John rannte nach oben. In den Räumen des Herzogs herrschte ein einziges Durcheinander. Die Türen standen weit auf, der Herzog lag in Reitstiefeln auf seinem Bett. Dutzende von Männern und Frauen liefen kopflos hin und her und brachten Kohle für den Kamin, Wärmflaschen und kühlende Getränke. Einer öffnete die Fenster, ein anderer schloß sie wieder. Und mittendrin in all dem Aufruhr saß Kate, die junge Herzogin, hilflos jammernd auf einem Stuhl. Ein halbes Dutzend Apotheker stritt sich am Bett des Herzogs.

»Ruhe!« rief Tradescant laut, der beim Anblick dieses Wirrwarrs viel zu aufgebracht war, als daß er seine übliche Höflichkeit walten ließ. Er packte ein paar Bedienstete und stieß sie hinaus. Dann zeigte er auf die Mägde, die den Fußboden wischten, und auf die Gehilfen, die gerade neue Holzscheite in den Kamin legten. »Ihr da! Raus mit euch!«

Die Bediensteten murrten, verschwanden aber, und Tradescant wandte sich den Apothekern zu. »Wer hat hier das Sagen?« fragte er.

Die sechs Männer, die allesamt erbitterte Rivalen waren, stritten sich laut. Die junge Herzogin wimmerte wie ein Kind.

Tradescant öffnete die Tür. »Die Kammerfrauen Ihrer Gnaden!« rief er. Schon kamen sie gelaufen. »Nehmt Ihre Gnaden mit in Ihre Gemächer«, sagte er freundlich. »Auf der Stelle.«

»Ich möchte hierbleiben!« rief Kate.

Tradescant ergriff sie am Arm und trug sie halb hinaus. »Laßt mich dafür sorgen, daß es ihm wieder besser geht, und Ihr könnt kommen, sobald er Euch empfangen will«, schlug er vor.

Sie wehrte sich. »Ich möchte bei meinem Gebieter sein!«

»Ihr möchtet doch nicht, daß er Euch weinen sieht«, sagte John ruhig. »Wo Eure Nase ganz rot ist und Eure Augen verquollen sind.«

Der Appell an ihre Eitelkeit besänftigte sie sofort, und sie verließ widerspruchslos den Raum. John wandte sich wieder den Apothekern zu. »Wer von Euch ist der Älteste?« fragte er.

Ein Mann drängte sich vor. »Ich«, sagte er und glaubte, daß es nach dem Alter ging und er auserwählt wurde.

»Und wer ist der Jüngste?«

Ein junger Mann, wohl kaum dreißig, trat hervor. »Das bin ich.«

»Ihr beide verlaßt den Raum«, lautete Tradescants barsche Anordnung. »Ihr anderen vier einigt Euch im Flüsterton, wie Ihr vorgehen wollt, sofort.«

Er öffnete die Tür. Die beiden entlassenen Männer zögerten zwar, doch nach Johns vernichtendem Blick gingen sie hinaus. »Wartet dort«, sagte Tradescant. »Wenn die hier zu keinem gemeinsamen Entschluß kommen, werdet Ihr an ihrer Statt entscheiden.«

Endlich trat er ans Bett. Der Herzog war kreidebleich. Seine blau umschatteten Augenlider zitterten, dann blinzelte er John an. »Ausgezeichnet gemacht«, sagte er leise mit heiserer Stimme. »Ich möchte einfach nur schlafen.«

»Gut«, erwiderte Tradescant. »Jetzt weiß ich, was Ihr wollt.« Er deutete auf die Apotheker. »Ihr drei dort – verlaßt das Zimmer.« Er zeigte auf den vierten Mann. »Und Ihr bewacht den Schlaf des Herzogs und haltet jeglichen Lärm und jegliche Störung von ihm ab.«

Buckingham machte mit der Hand eine kurze Bewegung. »Verlaßt mich nicht, John.«

John verbeugte sich und schickte nun alle Männer fort. »Beratet Euch und tut, was immer nötig ist«, sagte er entschlossen. »Ich werde seinen Schlaf bewachen.«

»Er muß geschröpft werden«, sagte einer von ihnen.

»Unsinn!«

»Oder setzen wir Blutegel an?«

John schüttelte den Kopf. »Er braucht Schlaf und keine Folter.«

»Was wißt Ihr denn schon? Ihr seid doch nur der Gärtner.«

John warf den Apothekern ein unfreundliches Lächeln zu. »Ich vermute, ich verliere weniger Pflanzen als Ihr Patienten«, sagte er zu Recht. »Und ich sorge mich um ihr Wohl, indem ich sie ruhen lasse, wenn sie Ruhe brauchen. Und ich gebe ihnen Nahrung, wenn sie hungrig sind. Weder schröpfe ich sie, noch setze ich ihnen Blutegel an, ich hege und pflege sie. Und das ist, was ich für meinen Herzog tun werde, bis er anderweitige Wünsche hat.«

Dann schlug er ihnen die Tür vor der Nase zu und stand am Fuß des Bettes seines Herrn und harrte dort aus, bis der genügend geschlafen hätte.

Tradescant konnte seinen Herrn zwar vor dem herzoglichen Haushalt beschützen, doch als der König erfuhr, daß sein Favorit krank und fast dem Tode geweiht war, da schickte er Nachricht, daß er und mit ihm der ganze Hofstaat auf der Stelle herbeieilen würde.

Buckingham, der immer noch blaß, aber durchaus schon ein wenig bei Kräften war, saß am Erkerfenster, von dem man über den neuen Ziergarten blicken konnte. Der Gärtner stand neben ihm, als man die Botschaft des Königs überbrachte.

»Also stehe ich wieder in seiner Gunst«, sagte Buckingham träge. »Ich dachte, das wäre ein für allemal vorbei.«

»Aber Ihr habt doch Prinz Charles sicher nach England zurückbegleitet«, protestierte Tradescant. »Was wollte denn Seine Majestät noch?«

Buckingham warf seinem Gärtner von der Seite her ein schelmisches Lächeln zu und roch kurz an dem Strauß Schneeglöckchen, den ihm Tradescant mitgebracht hatte. »Eher ein bißchen weniger als noch mehr«, sagte er. »Er hat mich um den triumphalen Einzug in London beneidet. Er dachte, ich selbst wolle nun König werden. Er nahm an, daß ich meinen jüngeren Bruder Kit Villiers mit der Tochter des Kurfürsten Friedrich von Böhmen, dem Schwiegersohn von James I., vermählen und mich so mit den Stuarts verbinden wolle.« Er lachte kurz. »Als würde ich Kit über mir dulden«, fügte er verächtlich hinzu. »Und dann blickte er von mir auf den Prinzen und wieder zurück und hatte Angst vor meinem Einfluß auf den Thronfolger. Der König ist so eifersüchtig wie ein altes Weib. Er kann es nicht ertragen, daß wir fröhlich sind, während er alt und gebrechlich ist und sich nach seinem Bett sehnt. Ich bekomme von ihm alles, worum ich ihn bitte, und nun ist er neidisch, daß ich so wohlhabend und umworben bin. Eifersüchtig, daß ich der reichste Mann im Königreich bin und das schönste Haus besitze.« Er hielt inne und warf den Kopf zurück.

»Obwohl es besser wäre, Euren Reichtum nicht so zur Schau zu stellen«, bemerkte Tradescant, der auf den Himmel vor dem Erkerfenster starrte.

»Was meint Ihr damit?«

»Ich denke nur daran, daß mein früherer Herr Theobalds Palace wie sonst nichts auf der Welt geliebt hat, und der König, ebendieser König, es ist wahr, hatte tatsächlich ein Auge darauf geworfen, den Wert erkannt und Anspruch darauf erhoben. Und hier haben wir gerade erst die Allee bepflanzt.«

Buckingham brach in Gelächter aus. »John! Mein John! Wenn er es haben will, dann muß er es haben! Allee und alles Drum und Dran. Alles, solange ich nur wieder in seiner Gunst stehe.«

John nickte. »Meint Ihr, er wird Euch vergeben?«

Der jüngere Mann lehnte sich gegen die kostbaren Kissen, mit denen man den Sessel am Fenster versehen hatte, ihr Weiß leuchtete vor dem roten Samt.

»Was meint Ihr, John? Wenn ich sehr blaß wäre und sehr still und ganz unterwürfig und so gucken würde – so etwa –, würdet Ihr mir dann vergeben?«

Tradescant versuchte seinen Lord ganz ungerührt anzuschauen, doch er mußte ihn anlächeln, als sei sein Herr ein zartes eigensinniges Mädchen in der ersten Blüte der Schönheit, dem alles verziehen wird. »Ich denke, ja«, gab er ungelenk zu. »Wenn ich ein verliebter alter Narr wäre.«

Buckingham grinste. »Ich denke auch.«

Der Herzog winkte der königlichen Kutsche und den Hunderten Ladys und Gentlemen des Hofes und den Vorreitern zum Abschied hinterher. Er sah, wie sie sich langsam auf der neu angelegten Allee davonbewegten. John Tradescant hatte sein Bestes getan, doch die Linden in der doppelreihig bepflanzten Allee waren immer noch bloße junge Stämmchen. Der Herzog sah zu, wie die Kutsche mit der Krone und den wippenden Federn von einem dünnen Blätterschatten zum nächsten rumpelte. In einigen Jahren würden die Bäume ein mächtiges Symbol der Größe dieses Hauses sein. Und dann würde der Prinz auf dem Thron sitzen und Buckingham sein Ratgeber sein, und der König, der eifersüchtige, schwierige, übellaunige alte König, er wäre tot.

Nach einem langen erbitterten Streit hatte der König geweint und um Vergebung gebeten. Er hatte Buckinghams Heirat mit Kate Manners längst toleriert, er liebte Kate geradezu, und er amüsierte sich über Buckinghams berüchtigte Affären mit jeder Schönen bei Hofe, doch er konnte es nicht ertragen, daß sein Sohn, der Prinz, ihn ausgestochen hatte in Buckinghams Zuneigung. Er beschuldigte sie unter Tränen der Wut, daß sie sich zusammen gegen ihn verschworen hätten und daß Prinz Charles – der immer ignorierte Sohn – seinem Vater die Liebe, seine einzige Liebe, gestohlen habe.

In aller Öffentlichkeit nannte er Prinz Charles einen Wechselbalg und wünschte, daß sein Bruder, der schöne und göttliche Prinz Henry, nie gestorben wäre. In aller Öffentlichkeit bezeichnete er Buckingham als einen Schwerenöter. Er schimpfte ihn einen Verräter und vergoß erneut Tränen, so wie man es im Alter leicht tut, und er beklagte, daß ihn niemand liebe.

Buckingham hatte all seinen Charme aufbieten müssen, um mäßigend auf den König einzuwirken, und nur mit äußerster Geduld konnte er die feuchten Küsse auf

Gesicht und Mund ertragen. Obwohl Buckingham noch geschwächt war, sich soeben erst vom Krankenlager erhoben hatte, tanzte er mit Kate vor dem König, saß an dessen Seite, mußte sich seine weitschweifigen Beschwerden über die spanische Allianz und die spanische Bedrohung anhören und zeigte nicht einmal einen Anflug von Müdigkeit.

Buckingham wartete, bis die königliche Kutsche außer Sicht war, ehe er sich wieder den Hut aufsetzte und sich zu den Steinstufen des Ziergartens umwandte. Die Anlage war schon so, wie Tradescant es versprochen hatte. Die Beete waren jeweils in einer einzigen Farbe bepflanzt, mit dunkelgrünem Buchsbaum eingefaßt und in einem nicht endenden Knotenmuster miteinander verwoben. Buckingham spazierte dort umher; er spürte, wie beim Anblick der verschlungenen Linien und der Vollkommenheit der Bepflanzung alle Besorgnis von ihm abfiel.

Es war eine Freude, die er nie zuvor gespürt hatte. Bisher hatte er Gärten als Teil der Ausstattung eines großen Herrensitzes betrachtet, als etwas, das ein großer Mann zu seinem Ruhm eben haben mußte. Doch Tradescant hatte es geschafft, daß er die Dinge aus der Sicht eines Gärtners sah. Nun wandelte er über die Wege des kunstvollen Ziergartens mit dem Gefühl innerer Freude und wiedergewonnener Freiheit. Die kleinen Hecken hoben jede Perspektive auf. Schaute er über sie hinweg von einem Ende des Ziergartens zum anderen, so schien es, als umgäben sie ganze Morgen Land, ein Feld aufs andere, und maßen doch nur ein paar hundert Schritte im Umfang.

»Etwas von großer Schönheit«, murmelte Buckingham leise vor sich hin. »Ich sollte ihm dafür danken. Danken, daß er es für mich geschaffen und mir die Augen dafür geöffnet hat.«

Der Herzog lief von dem symmetrisch angelegten Garten zum See. Dort wuchsen die Lilien, die ihm Tradescant versprochen hatte. In der leichten Brise schwankten der goldene Hahnenfuß und die gelben Sumpfschwertlilien hin und her. Ein kleiner Steg ging aufs Wasser hinaus, an seinem Ende stand John Tradescant und blickte aufs Wasser. Er beaufsichtigte einen Jungen, der Körbe mit Weidenbaumwurzeln in den tiefen Schlamm hinunterließ.

Als er hörte, wie Buckingham sich ihnen näherte, zog er den Hut und stieß den Jungen mit dem Fuß an. Der Junge fiel auf die Knie. Buckingham winkte ihn fort.

»Rudert Ihr mich ein wenig?« fragte er Tradescant.

»Natürlich, mein Lord«, erwiderte John. Sofort bemerkte er die dunklen Schatten unter dessen Augen und den blassen Schimmer auf dessen Haut.

John zog das kleine Boot heran und hielt es fest, während der Herzog hineinstieg und sich gegen die Kissen lehnte.

»Ich bin erschöpft«, sagte er kurz.

John legte ab und beugte sich schweigend über die Ruder. Zuerst ruderte er seinen Herrn zu der Insel, wo man den Hügel aufgeschüttet hatte. Langsam umrundete er die Insel. Ein paar Enten schwammen schnatternd aus ihrem Versteck hervor, doch Buckingham schien sie nicht zu bemerken.

»Denkt Ihr oft an Robert Cecil?« fragte er beiläufig. »Gedenkt Ihr seiner in Euren Gebeten?«

»Ja«, antwortete Tradescant überrascht. »Jeden Tag.«

»Jemand erzählte mal, daß er bei seinem ersten Besuch in Theobalds Palace Sir Robert nirgendwo finden konnte. Schließlich entdeckte man ihn in Eurem Schuppen, wo er Brot und Käse mit Euch aß.«

Tradescant mußte kurz lachen. »Er hat mir immer gern bei der Arbeit zugeschaut.«

»Er war ein großer Mann. Ein großer Diener des Staates«, sagte Buckingham. »Niemand hat ihn geringer geachtet, nur weil er erst der Monarchin und dann ihrem Thronfolger diente.«

John nickte und beugte sich über die Ruder. Sie glitten weiter.

»Doch ich ...« Buckingham hielt inne. »Was hört Ihr über mich, John? Die Leute verachten mich, nicht wahr? Weil ich aus dem Nichts gekommen bin und meine Stellung bei Hofe einzig meinem guten Aussehen verdanke?«

Er erwartete, daß sein Untergebener das nun abstreiten würde.

»Ich fürchte, man redet genau das«, bestätigte ihm John.

Buckingham richtete sich auf seinem Sitz auf, das Boot ruckte. »Das sagt Ihr mir ins Gesicht?«

John nickte.

»Das hat niemand in ganz England bisher gewagt! Ich könnte Euch für diese Unbotmäßigkeit die Zunge abschneiden lassen!« rief Buckingham aus.

Johns Ruder glitten unverändert gleichmäßig durchs Wasser. Er lächelte seinen Herrn an. »Ihr habt von Sir Robert gesprochen«, sagte er. »Ich habe ihn auch nie angelogen. Wenn Ihr mir eine Frage stellt, so beantworte ich sie, Sir. Ich bin nicht unbotmäßig, ich schwatze nicht nur so daher. Wenn Ihr mir ein Geheimnis anvertraut, so ist bei mir sicher. Wenn Ihr mich nach Neuigkeiten fragt, so werde ich sie Euch berichten.«

»Hat Euch Sir Robert ins Vertrauen gezogen?« fragte Buckingham neugierig.

John nickte. »Wenn man einen Garten für einen großen Mann anlegt, so erfährt man, was für ein Mensch er ist«, erklärte er. »Man verbringt viel Zeit zusammen, man sieht, wie die Dinge wachsen und sich verändern. Wir haben in Theobalds alles gemeinsam geplant, und dann sind wir nach Hatfield gezogen und haben dort alles zusammen aufgebaut, Sir Robert und ich, aus dem Nichts. Und wir haben uns unterhalten, während wir im Garten herumspazierten.«

»Und was für ein Mensch bin ich?« fragte Buckingham. »Ihr habt schon einmal für einen Ratgeber des Königs gearbeitet. Was denkt Ihr von mir? Halte ich einem Vergleich stand?«

Tradescant beugte sich wieder nach vorn und stieß sanft die Ruder ins Wasser. Das Boot glitt ruhig dahin. »Ich denke, Ihr seid immer noch recht jung«, sagte er freundlich. »Und ungeduldig, so wie junge Leute es eben sind. Ich denke, daß Ihr sehr ehrgeizig seid – und niemand weiß, wie hoch ihr noch aufsteigen werdet und wie lange Ihr Euch auf der Höhe Eurer Macht halten werdet. Gewiß habt Ihr Eure Stellung bei Hof durch Eure Schönheit erlangt, aber Ihr habt sie durch Euren Verstand gefestigt. Und beides wird Euch auch in Zukunft begleiten.«

Buckingham lachte und lehnte sich wieder in seine Kissen zurück. »Sowohl schön als auch klug!« rief er aus.

John blickte auf das Gewirr der dunklen Haare und die langen dunklen Wimpern, die die glatten Wangen berührten. »Ja«, sagte er schlicht. »Ihr seid jetzt mein Lord. Nie hätte ich gedacht, einen Lord zu finden, dem ich wieder mit Herz und Seele dienen könnte.«

»Liebt Ihr mich, wie Ihr Lord Cecil geliebt habt?« fragte ihn Buckingham plötzlich hellwach, wobei seine Augen verschmitzt unter den Wimpern hervorblickten.

John lächelte seinen Herrn mit unschuldigem Herzen an. »Ja.«

»Ich werde Euch bei mir behalten, so wie er Euch bei sich behalten hat«, sagte Buckingham, der damit ihre gemeinsame Zukunft festlegte. »Und die Leute werden bemerken, wenn Ihr mich so lieben könnt, wie Ihr ihn geliebt habt, dann kann ich nicht geringer sein als er. Sie werden vergleichen und denken, daß ich ein neuer Cecil bin.«

»Mag sein«, erwiderte Tradescant. »Oder sie werden am Ende denken, daß ich nur in den besten Gärten arbeiten will. Ihr solltet besser Eurem eigenen Gefühl folgen, als Euch zu fragen, wie die anderen Euch und die Dinge sehen – meiner Meinung nach.«

## März 1625

John Tradescant arbeitete bis in den späten Abend. Der Herzog wünschte einen Wasserlauf von einer Terrasse zur nächsten. Er hatte den Einfall gehabt, in jedem Terrassenbecken jeweils nur eine Fischart auszusetzen, die sich farblich von den oberen zu den unteren Becken unterschieden. Goldfische sollten sich nur im obersten dicht am Haus befinden. Auch der Garten um das Becken sollte ganz in Gold gehalten sein, und er sollte vor den Gemächern liegen, in denen König James bei seinen Besuchen wohnte. Tradescant sandte an jedes Schiff der königlichen Flotte die Botschaft, man solle ihm von überallher Samen und Wurzeln gelber und goldener Blumen schicken. Der Herzog von Buckingham selbst hatte die höchsten Admirale angewiesen, an Land zu gehen und sich nach Blumen umzusehen.

Die Idee war ganz schön, und es wäre Seiner Majestät gegenüber eine entzückende Geste gewesen, doch Tradescants Goldfische verschwanden so schnell wie Schwalben im Herbst. Ganz gleich, wie er auch den Wasserlauf veränderte, immer glitten sie in die anderen Becken hinunter und vermischten sich dort mit den silbernen auf der einen Terrasse, mit den Regenbogenforellen auf der nächsttieferen Ebene und schließlich mit den gesprenkelten Karpfen im folgenden Becken, die sie dann auffraßen.

Tradescant hatte es mit Netzen versucht, doch die Fische verfingen sich darin und verendeten. Er hatte kleine Steindämme gebaut, doch das Wasser wurde ganz schlammig und rann nicht mehr wie vorgesehen von einer Ebene zur nächsten. Und am schlimmsten war, daß das Wasser, wenn es erst einmal stand oder nur langsam abfloß, grün und trüb wurde und man überhaupt keine Fische mehr erkennen konnte.

Am Ende war er darauf gekommen, eine kleine Barriere aus winzigen Glasstücken zu errichten, durch die das Wasser strömte, von der die Fische aber zurückgehalten wurden. Es war eine teure Lösung, das kostbare Glas für so eine Spielerei zu verwenden. Tradescant machte ein finsteres Gesicht, während er die kleinen Scheiben, die alle sorgfältig abgerundet waren, um die Fische nicht aufzuschlitzen, in einer Reihe anordnete und für das Wasser nur kleine Lücken ließ.

Vom Stehen im kalten Wasser schmerzten ihm die Füße, der Rücken war vom Bücken ganz steif. Die Finger waren klamm vor Kälte – war es doch erst März, und nachts gab es Frost. An dem Leinenstoff seiner Hosen rieb er sich kurz die Hände ab. Im nachlassenden Licht konnte er sein Werk kaum noch erkennen, aber er vernahm das melodische Plätschern des Wassers, das von einem Becken ins nächste darunter floß. Gerade wie er hinsah, entdeckte er einen Goldfisch, der an die Glasbarriere anstieß, sich umdrehte und wieder in die Beckenmitte schwamm.

»Endlich hab ich dich!« brummte Tradescant. »Hab ich dich, du kleiner Bastard!«

Er lachte vergnügt vor sich hin und setzte den Hut auf, nahm sein Werkzeug hoch und wollte gerade zu seinem Schuppen hinüberlaufen, um die Geräte zu säubern, sie aufzuhängen und nach Hause zu gehen. Plötzlich hörte er, wie ein Pferd im schnellen Galopp die lange, imposant geschwungene Auffahrt hinaufkam und in vollem Tempo auf die Eingangstür des Hauses zuhielt.

Der Bote entdeckte Tradescant. »Ist Seine Gnaden zu Hause?« rief er.

Der Gärtner blickte auf die hell erleuchteten Fenster des Schlosses. »Ja«, sagte er. »Er wird bald sein Dinner einnehmen.«

»Führt mich zu ihm!« befahl der Mann. Er sprang vom Pferd ab, ließ die Zügel fallen, als wäre das edelblütige Roß nicht so wichtig.

John ergriff die Zügel und rief nach einem Stalljungen. Als jener angerannt kam, übergab er ihm das Pferd und führte den Boten hinein.

»Wo ist der Herzog?« fragte er einen Diener.

»Bei seinen Gebeten in der Bibliothek.« Der Mann nickte zur Tür hinüber.

John klopfte an und trat ein.

Buckingham lümmelte auf einem Stuhl hinter einem großen Tisch und hörte dem Kaplan zu, der Gebete vorlas. Als er Tradescant sah, hellte sich seine Miene auf. »Da ist mein Zauberer!« rief er. »Kommt herein, mein John! Habt Ihr es geschafft, für mich das Wasser den Hügel hinauffließen zu lassen?«

»Hier ist ein Bote, in aller Eile vom König gekommen«, erwiderte John kurz und schob den Mann in den Raum.

»Ihr sollt nach Theobalds kommen«, stieß der Bote hastig hervor. »Der König ist krank und hat Fieber und verlangt nach Euch. Er sagt, Ihr sollt auf der Stelle zu ihm kommen.«

Buckingham schreckte auf und erstarrte dann wie eine Katze, die eine Beute erspäht hat.

»Sattelt mir ein Pferd!« rief er schließlich. Er hatte sich vom Tisch erhoben. »John, holt Euch auch eins. Kommt mit. Ihr kennt den Weg besser als ich. Und noch ein Mann soll mit uns reiten. Wie schlecht ist es um ihn bestellt?« rief er über die Schulter dem Boten zu.

»Es heißt, er hat eher mehr Kummer, als daß er krank ist.« Der Mann lief ihnen hinterher. »Aber er befahl, daß Ihr kommen sollt. Der Prinz ist schon da.«

Buckingham rannte die Stufen hinauf und blickte auf Tradescant hinunter. Sein Gesicht leuchtete, sein Ehrgeiz war aufs neue angestachelt. »Vielleicht jetzt!« sagte er und betrat sein Zimmer, um die Kleider zu wechseln.

John erteilte die nötigen Anweisungen, die Pferde fertigzumachen, und schickte einen Mann rasch in die Küche nach einem Ranzen mit Essen und Trinken. Er ließ Elizabeth keine Nachricht zukommen. Wegen der Eile des jungen Herzogs, wegen der Verlockung des Abenteuers und wegen des Gefühls, in großen Zeiten zu leben, dachte er gar nicht mehr an seine häuslichen Bindungen.

Als der Herzog die Treppe herunterpolterte, strahlend schön in seinen Reitstiefeln und seinem langen Umhang, war John schon auf ein tüchtiges Pferd gestiegen und hielt ein weiteres an den Zügeln. Der Diener, der mit ihnen reiten sollte, kam aus dem Stall gerannt.

Der Herzog blickte John an. »Ich danke Euch«, sagte er, und er meinte es ehrlich.

John lächelte. Das große Übel dieser riesigen Häuser war die Langsamkeit, mit der alles vonstatten ging. Das Fleisch wurde immer halb kalt serviert, die Jagdausflüge mußten Tage im voraus geplant werden und fingen trotzdem erst Stunden nach dem angesagten Termin an. Was John auszeichnete, war sein Vermögen, in kürzester Zeit ein gestriegeltes und zum Ausritt bereites Pferd aus dem Stall zu beschaffen.

»Seid Ihr auch bereit?« fragte Buckingham und blickte dabei auf Johns ausgebeulte Kniebundhosen und seine Stiefel.

»Ich werde Euch hinbringen«, sagte John. »Keine Sorge.«

In langsamem Trab ritt er den Weg voran, die kalte Mondsichel, die gerade am Himmel aufstieg, ließ er zu seiner Rechten und hielt auf Waltham Cross nach Westen zu.

Auf der vierundzwanzigstündigen Reise wechselten sie

zweimal die Pferde. Beim ersten Mal pochten sie an die Tür eines Gasthofs. Als der zunächst widerwillige Wirt das Gold, das Tradescant bereithielt, sah, lieh er ihnen die eigenen Pferde. Beim zweiten Halt gab es keine Pferde zu mieten, so daß sie einfach welche aus den Stallungen stahlen. Tradescant hinterließ eine Nachricht, damit der Besitzer am Morgen wußte, daß er dem großen Herzog einen Gefallen getan habe und sich bei ihm zwecks Bezahlung melden könne.

Buckingham war erstaunt über Tradescants Kühnheit. »Bei Gott, John, Ihr seid für die Gärten glatt zu schade«, sagte er. »Ihr solltet mindestens General sein.«

Auf das Lob hin lächelte John nur. »Ich sagte, ich würde Euch nach Theobalds bringen, und das werde ich auch«, erwiderte er schlicht.

Buckingham nickte. »Ich werde nicht mehr ohne Euch reisen.«

Es fing gerade an zu dämmern, als sie erschöpft die Auffahrt vor dem großen Portal von Theobalds erreichten. Die dunklen Fenster des Schlosses blickten auf sie herab. John sah dorthinauf, wo sich die große Rundung des Erkerfensters wie das Achterdeck eines Segelschiffs breit nach außen wölbte. Er konnte durch die Schlitze der Fensterläden das Licht vieler Kerzen erkennen.

»Im Schlafgemach des Königs ist man noch wach«, sagte er. »Soll ich vorangehen?«

»Geht und erkundet die Lage«, ordnete Buckingham an. »Wenn der König schläft, werde ich mich waschen und mich zur Ruhe begeben. Morgen könnte ein großer Tag für mich sein.«

John stieg mit steifen Gliedern vom Pferd. Seine abgetragenen Hosen klebten vom Schweiß und vom Blut der wundgeriebenen Stellen an den Oberschenkeln fest. Vor Schmerzen blickte er ganz finster, dann wankte er O-beinig ins Haus, die Treppe hinauf zu den königlichen

Gemächern. Eine Wache versperrte ihm mit der Lanze den Zugang.

»John Tradescant«, murrte John. »Ich habe den Herzog hergebracht. Laßt mich vorbei.«

Die Wache nahm Haltung an, und John öffnete die Tür. Im Raum befanden sich ein halbes Dutzend Ärzte und unzählige Hebammen und weise Frauen, die man wegen ihrer Kenntnisse der Heilpflanzen hatte rufen lassen. Im Vorzimmer herrschte gedämpfte Stimmung. Höflinge saßen herum, einige dösten in der Ecke, andere spielten Karten oder tranken. Als John, von der Reise gezeichnet und müde, eintrat, wandten sich alle zu ihm um.

»Ist der König wach?« fragte John. »Ich habe den Herzog hergebracht.«

Einen Augenblick schien es, als wisse es niemand. Man war so damit beschäftigt, über seine Gesundheit zu debattieren und auf seine Genesung zu warten, daß sich eigentlich niemand um ihn kümmerte. Da löste sich ein Arzt aus der Gruppe, ging zur Tür des Schlafgemachs und spähte hinein.

»Er ist wach«, sagte er. »Und ganz ruhelos.«

John nickte und ging wieder in die Halle hinunter. Er konnte hören, wie hinter ihm alles aufgeregt hin und her eilte, denn die Höflinge wollten sich auf die Ankunft des größten Hofmanns von allen vorbereiten – auf George Villiers, den Herzog von Buckingham.

Er saß auf einem Stuhl in der Halle, ein Glas Punsch in der Hand. Ein Bursche kniete vor ihm und bürstete ihm den Schmutz von den Stiefeln.

»Er ist wach«, sagte John bloß.

»Dann gehe ich hinauf«, erklärte Buckingham. »Sind denn viele bei ihm?«

»Mindestens zwanzig«, antwortete John, »doch keiner von Bedeutung.«

Buckingham stieg müde die Treppenstufen empor.

»Sorgt dafür, daß man mir ein Bett zurechtmacht«, rief er über die Schulter zurück. »Und laßt Euch auch ein Bett in meinem Schlafgemach bereiten, John. Ich möchte Euch in meiner Nähe haben, John, denn ich werde in den nächsten Tagen vielleicht viel zu tun haben.«

John goß sich aus dem Fläschchen des Herzogs etwas ein und ging, um alles zu erledigen.

Langsam begann man sich im Haus zu regen, auch wenn viele überhaupt nicht geschlafen hatten. Es hieß, der König sei auf Jagd gewesen und dann erkrankt. Zuerst war es nur ein leichtes Fieber, von dem man annahm, es werde schnell vergehen, doch es war geblieben, und der König redete nun im Fieberwahn. Er fürchtete um sein Leben, manchmal träumte er, er sei wieder in Schottland und unter seinen Kleidern mit Steifleinen ausgestopft, um sich vor den Messerstichen eines Mörders zu schützen. Manchmal rief er seine Feinde um Vergebung an, die er unter einem Vorwand verurteilt hatte und dann hängen, zu Tode foltern oder vierteilen ließ. Manchmal träumte er von den Hexen, die ihn, wie er glaubte, sein ganzes Leben verfolgten, von den unschuldigen alten Frauen, die er hatte ertränken oder hängen lassen. Manchmal, und das war das Jämmerlichste von allem, rief er seine Mutter, die arme Mary von Schottland, und flehte sie um Vergebung dafür an, daß er sie 1587 ohne ein Wort des Trostes in Fotheringhay zum Richtblock hatte gehen lassen, obwohl sie einen Brief nach dem anderen an ihren geliebten Sohn geschrieben und nie das kleine Baby vergessen hatte, das er einst gewesen war.

»Wird er sich wieder erholen?« fragte John eine der Mägde.

»Es ist nur ein Fieber«, sagte sie. »Warum sollte er sich nicht erholen?«

John nickte und ging in das Schlafgemach des Herzogs. In der kalten Morgendämmerung des März wich das

Schwarz des Himmels nun einem Grau, die Terrassen waren vom Frost ganz weiß. John lehnte sich mit den Ellbogen auf den Fenstersims und sah, wie die vertraute Landschaft von Theobalds, seinem ersten großen Garten, langsam aus dem Nebel auftauchte. In der Ferne konnte er die Wälder erkennen, die nun ganz kahl waren. Darunter befanden sich tief in dem gefrorenen Boden versteckt die Zwiebeln der Narzissen, die er für den König angepflanzt hatte, der nun alt war, und um seinem Herrn zu gefallen, der schon lange unter der Erde ruhte.

Er fragte sich, was Lord Cecil wohl von seinem neuen Herrn gehalten hätte, ob er den Herzog verachtet oder bewundert hätte. Er fragte sich, wo Cecil nun war; in einem Garten, dachte er, dem gesegneten letzten Garten, in dem die Blumen immer blühten.

Dann öffnete sich hinter ihm die Tür, und Buckingham trat herein.

»Du liebe Güte, John, schließt das Fenster!« fuhr er ihn an. »Es ist eiskalt!«

John gehorchte und wartete.

»Geht nun schlafen«, sagte der Herzog. »Und wenn Ihr aufwacht, dann möchte ich, daß Ihr nach London reitet und meine Mutter holt.«

»Ich könnte schon jetzt aufbrechen«, bot John an.

»Ruht Euch erst aus«, sagte der Herzog. »Macht Euch auf den Weg, sobald Ihr dazu in der Lage seid. Nehmt folgende Botschaft mit. Ich werde sie nicht niederschreiben.« Er trat zu Tradescant und senkte seine Stimme: »Sagt ihr, daß der König krank ist, aber noch nicht im Sterben liegt. Und daß ich ihre Hilfe brauche. Dringend. Versteht Ihr?«

John zögerte. »Ich verstehe die Worte, und ich kann sie wiederholen. Doch ich wage nicht daran zu denken, was Ihr damit sagen wollt.«

Buckingham nickte. »John, mein John«, bemerkte er

ruhig, »so wünsche ich es auch. Erinnert Euch nur an die Worte, und überlaßt mir den Rest.« Mit offenen Augen blickte er in Johns besorgtes Gesicht. »Ich habe den König wie meinen Vater geliebt«, fuhr er fort. »Ich möchte, daß man ihn mit Liebe und Respekt pflegt. Die Leute da drinnen werden ihn nicht in Ruhe lassen, sie quälen ihn mit Arzneien, sie lassen ihn zur Ader, sie wenden ihn, sie schröpfen ihn, sie lassen ihn schwitzen, und sie lassen ihn frieren. Ich möchte, daß meine Mutter kommt und ihn mit sanften Händen pflegt. Sie ist eine sehr erfahrene Frau. Sie wird wissen, wie man seine Schmerzen lindern kann.«

»Ich werde sofort aufbrechen«, sagte John.

»Legt Euch jetzt hin, aber macht Euch auf den Weg, sobald Ihr wieder munter seid«, sagte der Herzog und verließ leise den Raum.

John zog die abgewetzten Hosen von seinen wunden Beinen, taumelte in das Himmelbett und schlief sechs Stunden lang.

Als er aufwachte, war es nach zwölf Uhr. Jemand hatte eine Schüssel und eine Kanne mit Wasser auf die dunkle Holztruhe am Kopfende seines Bettes gestellt, und so wusch er sich. In der Truhe befanden sich Kleider zum Wechseln, und John schlüpfte in ein sauberes Hemd und neue Hosen. Rasieren wollte er sich nicht. Langsam lief er die Treppe hinunter und zu den Stallungen hinaus.

»Ich brauche ein gutes Pferd«, sagte er zum Stallmeister. »Ich bin für den Herzog unterwegs.«

»Der Lord hat schon gesagt, daß Ihr fortreiten würdet«, erwiderte der Mann. »Da stehen ein gesatteltes Pferd für Euch und ein Bursche, der Euch einen Teil des Wegs begleiten wird, um das Pferd wieder zurückzuschaffen, wenn Ihr ein neues braucht. In welche Richtung geht es?«

»Nach London«, sagte Tradescant kurz.

»Den Weg schafft dieses Pferd allein. Es ist so stark wie ein Ochse.« Der Stallmeister bemerkte, wie steif John lief. »Obwohl ich mir nicht vorstellen kann, daß Ihr galoppieren werdet.«

John verzog das Gesicht und griff nach dem Sattel, um sich selbst hochzuziehen.

»Und wohin in London?« fragte der Mann neugierig.

»Zum Hafen«, erwiderte John umgehend. »Für den Herzog sind ein paar verrückte Kuriositäten aus Indien eingetroffen, die seiner Meinung nach dem König vielleicht gefallen und ihn von seiner Krankheit ablenken werden. Ich soll sie abholen.«

»So geht es dem König besser?« fragte der Stallmeister. »Heute morgen hieß es, er sei auf dem Wege der Besserung, doch ich weiß es nicht genau. Er hat befohlen, seine Pferde nach Hampton Court zu bringen. Demzufolge dachte ich, daß es ihm besser gehen muß.«

»Besser, ja«, sagte John.

Der Mann ließ die Zügel locker, und das Pferd machte drei Schritte zurück. Johns geschundene Muskeln schmerzten, doch er beugte sich trotz des Schmerzes vor und setzte sein Pferd so sanft in Trab, wie es nur ging, die Straße nach London entlang.

Die Gräfin hielt sich in dem großen Londoner Haus ihres Sohnes auf. John ging zuerst zu den Stallungen und ordnete an, die Kutsche für Ihre Gnaden anzuspannen. Dann erst betrat er das Haus. Sie war eine einflußreiche alte Frau, hatte so dunkle Augen wie ihr Sohn, jedoch fehlte ihr jeglicher Charme. Als junges Mädchen war sie eine berühmte Schönheit gewesen, wegen ihres Aussehens unter die Haube gekommen und mit einem kühnen Satz von der Dienerschaft in den Adelsstand gesprungen. Doch ihr ständiges Bemühen um Respekt hatte seine Spuren hinterlassen. Ihre Miene wirkte stets fest entschlossen; wenn sie ruhte, sah sie verbittert aus. John wiederholte ihr im Flüsterton die Botschaft, und sie nickte.

»Wartet unten auf mich«, sagte sie kurz.

John ging in die Halle zurück und schickte eine Magd rasch nach Wein, Brot und Käse. Nach kurzer Zeit kam Lady Villiers die Treppe heruntergeeilt. Sie trug einen Reiseumhang und eine Parfümkugel an einer Kette vor ihrer Nase, um sich auf den Straßen Londons keine Krankheiten zu holen. In der Hand hielt sie eine kleine Schatulle.

»Ihr werdet voranreiten, um meinem Kutscher den Weg zu weisen.«

»Wie Ihr wünscht, Mylady.« John erhob sich steif.

Sie ging an ihm vorbei, aber als sie in die Kutsche stieg, machte sie eine kurze Handbewegung. »Klettert auf den Kutschbock, Euer Pferd kann hinten angebunden werden.«

»Ich kann auch reiten«, bot John an.

»Ihr seid doch halb lahm und wund geritten«, bemerkte sie. »Setzt Euch nur bequem hin. Ihr seid weder meinem Sohn noch mir von Nutzen, wenn Ihr aus einem Dutzend Schrunden blutet.«

John kletterte neben den Kutscher hoch. »Eine scharfsichtige Frau«, sagte er.

Der Kutscher nickte und wartete darauf, daß man den Kutschenschlag zuwarf. John sah, daß er die Zügel auf ganz merkwürdige Weise festhielt, die Daumen waren zwischen Zeige- und Mittelfinger geschoben: Es war das alte Zeichen gegen Hexerei.

Die Straßen befanden sich in einem schlechten Zustand, denn im Winter lag immer dicker Schlamm auf den Wegen. In der Mitte von London streckten Bettler flehentlich ihre Hände aus, als die reiche Kutsche an ihnen vorbeirumpelte. Jene, die sich von der Pest erholt hatten, waren von rosafarbenen Narben gezeichnet. Der Kutscher hielt den Wagen in gleichmäßiger Geschwindigkeit in Fahrt, und so war es an ihnen, beiseite zu springen.

»Schwere Zeiten«, merkte John an und dachte mit Dankbarkeit an seinen Lord wegen des kleinen Hauses in New Hall und daran, daß sich sein Sohn und seine Frau in sicherer Entfernung von diesen gefährlichen Straßen befanden.

»Acht Jahre lang schlechte Ernten hintereinander und auf dem Thron ein König, der seine Pflichten vergessen hat«, sagte der Kutscher zornig. »Was kann man da schon erwarten?«

»Ich erwarte nicht, solch hochverräterische Worte aus dem Hause des Herzogs hören«, sagte John kurz. »Und ich will sie auch nicht hören!«

»Ich sage nur das«, erwiderte der Kutscher. »Da sind ein christlicher Fürst und eine Fürstin, König James' eigene Tochter Elizabeth, die von den Armeen des Papstes vom Thron in Böhmen gejagt wurden. Dann ist da noch die spanische Heirat, die er immer noch durchsetzen würde, wenn er könnte. Der spanische Gesandte soll zurückkehren – auf sein höchstpersönliches Ersuchen hin! Und Jahr für Jahr wird das Land ärmer, wohingegen der Hof immer reicher wird. Ihr könnt nicht erwarten, daß die Leute vor Freude auf den Straßen tanzen. Dazu fährt zu häufig der Leichenwagen vorbei.«

John schüttelte den Kopf und blickte fort.

»Manche meinen, das Land müsse an alle aufgeteilt werden«, sagte der Kutscher ganz leise. »Und es bringe England nichts Gutes, wenn das Volk Winter für Winter hungert und andere krank sind vor Völlerei.«

»Es geschieht nach dem Willen Gottes«, entgegnete John starrsinnig. »Und ich werde nichts weiter dazu sagen. Das klingt alles nach Hochverrat. Die Dinge, wie sie sind, beim Namen zu nennen ist schlimmste Ketzerei. Wenn Euch Eure Gebieterin hörte, wäret Ihr selbst auf der Straße. Und ich auch, da ich Euch Gehör geschenkt habe.«

»Ihr seid ein guter Diener«, sagte der Mann höhnisch. »Da Ihr sogar voller Gehorsam an Euren Herrn denkt!«

John warf ihm einen finsteren Blick zu. »Ich bin ein guter Diener«, wiederholte er. »Und stolz darauf. Natürlich halte ich in unbedingtem Gehorsam zu meinem Lord. Wie sollte es sonst auch sein?«

»Es gibt andere Möglichkeiten«, entgegnete ihm der Kutscher. »Ihr könntet für Euch selbst denken und leben und beten.«

John schüttelte den Kopf. »Ich habe Untertanentreue geschworen«, sagte er. »Ich werde mein Wort nicht brechen, und ich zahle den vollen Preis dafür. Mein Herr ist mein Gebieter, ihm gehören mein Herz und meine Seele. Und Ihr werdet mir vergeben, wenn ich sage, daß Ihr ein glücklicherer Mann wäret, wenn Ihr das gleiche behaupten könntet.«

Der Kutscher schüttelte den Kopf und schwieg düster vor sich hin. John legte sich den geborgten Mantel um und schlief langsam ein. Er erwachte erst wieder, als sie auf der großen doppelreihigen Allee von Eschen und Ulmen auf Theobalds zufuhren.

Die Kutsche hielt vor dem Portal, und der Herzog trat heraus, um seine Mutter zu empfangen.

»Ich danke Euch«, rief er John über die Schulter zu und führte die Gräfin ins Haus und hinauf in die Gemächer des Königs.

»Geht es dem König besser?« fragte John einen Diener, als die Schatulle der Gräfin nach oben getragen wurde.

»Ist auf dem Weg der Besserung«, sagte der Mann. »Er hat zum Mittag etwas Suppe gegessen.«

»Dann, glaube ich, werde ich wohl eine Runde durch den Garten machen. Wenn mich Seine Lordschaft sprechen will, so wird man mich im Badehaus finden oder auf dem Hügel. Ich bin hier schon seit vielen Jahren nicht mehr gewesen.«

Er ging durch die Vordertür hinaus und lief auf den ersten der schönen Ziergärten zu. Sie müßten vom Unkraut befreit werden, dachte er, und dann mußte er über sich selbst lächeln. Das hier war nicht mehr sein Unkraut, sondern das des Königs.

An diesem Abend sah er Buckingham vor dem Dinner. »Wenn Ihr mich nicht benötigt, so werde ich morgen wieder nach Hause reiten«, sagte er. »Ich hatte meiner Frau nicht mitgeteilt, daß ich Euch begleiten würde, und im Garten von New Hall ist noch allerhand zu tun.«

Buckingham nickte. »Wenn Ihr durch London kommt, so erkundigt Euch, ob mein Schiff aus Indien schon eingetroffen ist«, sagte er. »Und überwacht das Entladen der Güter. Ich hatte angeordnet, daß man mir viel Elfenbein und Seide mitbringt. Sorgt dafür, daß sie in Eurer Begleitung sicher nach New Hall gelangen, und dann sollen diese seltenen und kostbaren Sachen in meinen Gemächern aufgestellt werden. Prinz Charles hat seine Spielzeugsoldaten, habt Ihr sie schon einmal gesehen? Sie feuern richtig aus den Kanonen, und man kann sie in Schlachtlinie aufstellen. Das ist sehr vergnüglich.«

»Soll ich in London auf die Ankunft der Waren aus Indien warten?«

»Wenn es Euch nichts ausmacht«, sagte Buckingham ganz liebenswürdig. »Und wenn Mrs. Tradescant so lange auf Euch verzichten kann.«

»Sie weiß, daß der Dienst bei Euch an erster Stelle steht«, erwiderte John. »Wie ist es heute um den König bestellt? Geht es ihm besser?«

Buckingham sah ernst aus. »Es geht ihm schlechter«, antwortete er. »Das Fieber hat ihn ganz gepackt, und er ist kein junger Mann mehr und war nie sehr widerstandsfähig. Heute hatte er mit dem Prinzen eine private Unterredung und klärte ihn über seine Pflichten auf. Er bereitet sich vor ... Ich glaube wirklich, daß er sich vorbereitet. Mir fällt es zu, dafür zu sorgen, daß er seinen Frieden hat.«

»Ich hatte gehört, daß es ihm besser geht«, hob John vorsichtig an.

»Wir geben nur die erfreulichen Nachrichten weiter, doch die Wahrheit ist, er ist ein alter Mann und bereit, dem Tod gegenüberzutreten.«

John verneigte sich und verließ den Raum. Dann ging er zum Dinner in die große Halle.

Dort herrschte ein großer Aufruhr. Ein halbes Dutzend Ärzte, die John zuvor im Schlafgemach des Königs angetroffen hatte, riefen nach den Pferden und ihren Dienern. Die Gentlemen des Hofes schrien nach ihren Kutschen und baten um etwas zu Essen für unterwegs.

»Was ist denn los?« fragte John.

»Das haben wir alles Eurem Herrn zu verdanken«, erwiderte eine Frau kurz. »Er hat den Ärzten verboten, in die Nähe des Königs zu kommen, und dem halben Hof ebenso. Er sagte, sie würden ihn mit ihrem Lärm und ihrem Spiel nur quälen. Er sagte, die Ärzte seien nichts als Narren.«

John lächelte verschmitzt und trat etwas zurück, um sich den Tumult des allgemeinen Aufbruchs anzusehen.

»Das wird er noch bereuen!« rief ein Arzt einem anderen zu. »Seine Majestät wird leiden, und wir können ihm nicht beistehen!«

»Er nimmt keinen Rat an! Ich habe ihn gewarnt, aber man hat mich einfach hinausgeschoben!«

»Er hat mir die Pfeife aus dem Mund gerissen und sie zerbrochen!« fiel nun einer der Höflinge ein. »Ich weiß, daß der König den Rauch verabscheut, aber er ist ein sicheres Mittel gegen Ansteckung, und wie sollte Seine

Majestät ihn im anderen Zimmer riechen? Ich werde dem Herzog schreiben und mich über eine solche Behandlung beschweren. In bin nun zwanzig Jahre bei Hofe, und er hat mich aus der Tür gestoßen, als sei ich sein Leibeigener!«

»Er hat alle aus dem Raum gejagt; nur eine Pflegerin, seine Mutter und er halten sich noch darin auf«, erklärte ein anderer. »Und er besteht darauf, daß der König Frieden und Ruhe braucht und nicht mehr belästigt werden soll. Als ob ein König nicht immer von seinem Volk umgeben sein sollte!«

Tradescant ließ sie reden und ging essen. Buckingham und seine Mutter saßen an der erhöhten Speisetafel. Der Platz für den König war voller Respekt frei gelassen worden. Prinz Charles hatte neben dem leeren Stuhl Platz genommen und tuschelte mit dem Herzog.

»Sie haben sicher eine Menge zu besprechen«, sagte ein Mann zweideutig und setzte sich neben Tradescant.

John nahm etwas von dem feinen Weißbrot und eine große Fasanenkeule von der Platte in der Mitte des Tisches. Er schnipste mit dem Finger nach einer Serviermagd, damit sie ihm Wein eingoß.

»Was tut denn die Gräfin hier?« fragte einer. »Der König kann sie doch nicht ausstehen.«

»Offensichtlich kümmert sie sich um den König. Die Ärzte wurden davongejagt, und Mylady wird ihn nun gesund pflegen.«

»Eine merkwürdige Wahl«, stellte ein Tischnachbar fest, »wo er schon ihren bloßen Anblick haßt.«

»Der König befindet sich auf dem Weg der Besserung«, meinte ein anderer und zog seinen Stuhl hervor. »Der Herzog tat recht daran, all diese Narren fortzuschicken. Seine Majestät hat Fieber, na und, wir alle hatten mal Fieber. Wenn die Gräfin ein Mittel kennt, das bei dem Herzog gewirkt hat, warum soll sie es nicht dem König verabreichen?«

Alle richteten plötzlich ihre Augen auf John. »Habt Ihr sie nicht hergebracht?« fragte einer.

John hatte gerade den köstlichen Geschmack des gebratenen Fasans auf der Zunge. »Daran kann ich mich nicht erinnern«, sagte er mit gedämpfter Stimme. »Wißt Ihr, das hier ist meine erste richtige Mahlzeit seit anderthalb Tagen. Gestern um diese Zeit habe ich in Essex einen Fischteich eingedämmt. Und nun bin ich wieder zurück in Theobalds. Es ist wahrlich ein recht gutes Essen.«

Einer der Männer zuckte die Schultern und lachte kurz. »Ach«, sagte er, »von Euch werden wir keine Geheimnisse erfahren. Wir alle wissen, wer Euer Herr ist, und Ihr seid ihm ein guter Diener, John Tradescant. Ich hoffe nur, Ihr werdet es nie bereuen!«

John blickte durch die Halle zur erhöhten Tafel hin, wo sich der Herzog nach vorn lehnte, um einen Bediensteten zu rufen. Das Kerzenlicht warf einen rötlichen Heiligenschein um seine schwarzen Locken. Sein Gesicht strahlte, und er war so vergnügt wie ein Kind.

»Nein«, sagte John zärtlich. »Ich werde es nie bereuen.«

John blieb noch lange in der Halle und trank mit den Männern an seinem Tisch. Gegen Mitternacht machte er sich leicht schwankend in das Schlafgemach des Herzogs auf.

»Wo schlaft Ihr?« fragte einer seiner Trinkkumpane.

»Bei meinem Lord.«

»Oh, ja«, sagte der Mann betont. »Ich habe gehört, daß Ihr sein Günstling seid.«

Tradescant wirbelte herum und blickte ihn scharf an. Der andere hielt seinem Blick stand, mit halb fragendem Gesichtsausdruck, der eine Beleidigung darstellte. John erwiderte etwas und wollte dem Mann schon an den Kragen, doch in dem Augenblick eilte eine Dienstmagd an ihnen vorbei. Sie trug eine Schüssel und war in ihrer Hast ganz blind.

»Was ist los?« fragte John.

»Der König!« rief sie. »Das Fieber ist gestiegen, und sein Urin ist so blau wie Tinte. Er ist ganz furchtbar krank. Er fragt nach den Ärzten, doch es ist nur Lady Villiers da, um ihn zu versorgen.«

»Er fragt nach den Ärzten?« vergewisserte sich der Mann. »Dann muß der Herzog sie sofort zurückzuholen.«

»Das wird er auch tun«, sagte John ein wenig unsicher. »Dazu ist er verpflichtet.«

Er ging in Buckinghams Gemach und stieß auf den Herzog, der am Fenster saß und sein eigenes Spiegelbild in dem dunklen Scheibenglas betrachtete, als könne es ihm eine Frage beantworten.

»Soll ich losreiten und die Ärzte zurückholen?« fragte ihn John leise.

Der Herzog schüttelte den Kopf.

»Ich habe gehört, daß der König nach ihnen gerufen hat.«

»Er wird gut versorgt«, sagte Buckingham. »Wenn Euch jemand fragen sollte, John, so antwortet, daß er in guten Händen ist. Er braucht Ruhe, nicht ein Dutzend Männer, die ihn zu Tode quälen.«

»Das werde ich antworten«, sagte John. »Doch er verlangte seine Ärzte, und Eure Mutter steht nicht gerade in seiner Gunst.«

Der Herzog zögerte. »Noch etwas?«

»Es ist genug«, warnte ihn John. »Mehr als genug.«

»Geht schlafen«, entgegnete der Herzog freundlich. »Ich werde auch gleich zu Bett gehen.«

John warf seine Hosen und seine Schuhe ab, legte sich in seinem Hemd hin und war kurz darauf fest eingeschlafen.

In den frühen Morgenstunden pochte es kräftig gegen die Tür. John schreckte auf, sprang aus dem Bett und rannte los, doch nicht zur Tür, sondern zum Bett des Herzogs, um sich zwischen ihn und jene zu stellen, die die Tür einschlugen, ganz gleich auch, wer sie sein mochten. Als er rasch die Vorhänge des Bettes zurückschlug, erblickte er den jüngeren Mann und sah, daß er nicht schlief, sondern mit offenen Augen dalag, als würde er auf etwas warten, als sei er die ganze Nacht wach gewesen und hätte gewartet.

»Es ist alles in Ordnung, Tradescant«, sagte er. »Ihr könnt die Tür öffnen.«

»Mein Lord Herzog!« erscholl ein Ruf. »Ihr müßt auf der Stelle kommen!«

Buckingham erhob sich von seinem Bett und warf sich einen Umhang um. »Was ist?« rief er.

»Der König! Der König!«

Er nickte und verließ schnell den Raum. John zog sich unterdessen rasch an und rannte ihm hinterher.

Buckingham ging eilig durch die Tür zum Vorraum, doch John versperrten die Wachen den Weg.

»Ich begleite meinen Lord«, sagte John.

»Niemand geht hier hinein außer dem Prinzen und den Villiers: Mutter und Sohn«, erwiderte der Wachhabende.

John blieb stehen und wartete.

Die Tür öffnete sich, und Buckingham blickte heraus. Sein Gesicht war blaß und ernst. »Oh, John. Gut. Schickt jemanden, dem Ihr vertrauen könnt, zu Seiner Gnaden, dem Bischof von Winchester. Der König braucht ihn.«

John verneigte sich und war schon unterwegs.

»Und kommt wieder zurück«, befahl Buckingham noch. »Ich brauche Euch.«

»Natürlich«, sagte John.

Den ganzen Tag über herrschte eine gedämpfte Stimmung unter den Höflingen. Dem König ging es schlechter, daran bestand kein Zweifel. Doch es hieß, die Gräfin sei zuversichtlich. Sie machte ihm gerade ein neues Pflaster, denn der König fieberte; sie war sicher, daß ihre Methode dem König die Hitze aus dem Körper ziehen würde.

Gegen Abend traf die Nachricht ein, der Bischof von Winchester sei zu krank zum Reisen. »Beschafft mir einen anderen Bischof«, sagte Buckingham zu John. »Irgendeinen verdammten Bischof. Holt mir den, der am nächsten wohnt und am schnellsten kommt. Aber holt mir einen Bischof!«

John rannte zu den Ställen und schickte drei Diener aus zu unterschiedlichen Palästen mit dem Ersuchen an ihre Herren, unverzüglich zu erscheinen. Dann wartete er im Gang vor den Gemächern des Königs auf den Herzog.

Er vernahm das langgezogene, leise Stöhnen eines Mannes, der litt. Schließlich öffnete sich die Tür, und Lady Villiers kam heraus. »Was tut Ihr denn hier?« fragte sie in barschem Ton. »Was habt Ihr hier zu lauschen?«

»Ich warte auf meinen Lord«, sagte John leise. »So wie er mich geheißen hat.«

»Nun, so haltet die anderen fern«, ordnete sie an. »Der König hat große Schmerzen, er möchte nicht, daß andere mithorchen.«

»Geht es ihm denn bald besser?« fragte John. »Läßt sein Fieber nach?«

Sie warf ihm ein merkwürdiges Lächeln von der Seite her zu. »Es geht ihm gut«, sagte sie.

Das Fieber wollte nicht weichen. Der König lag noch zwei weitere Tage schwitzend im Bett und rief um Hilfe. Buckingham sagte, daß Tradescant nun nach New Hall zurückkehren könne, doch er brachte es nicht fertig, nach Hause zu reiten, bevor er das Ende miterlebt hatte. Der restliche Hofstaat ging auf Zehenspitzen umher, das flatterhafte Scherzen und die Spiele hatten aufgehört. Den trauernden jungen Prinzen umgab eine Aura von Stille –

überall, wo er auftauchte, schwiegen die Leute sofort und neigten die Köpfe. Die Damen und Herren des Hofes hatten nun nichts anderes im Sinn, als sich ihm anzuempfehlen; einige hatten mit seinem Vater gegen ihn paktiert, einige hatten ihn ausgelacht, als er noch der sprachlose, schwächere jüngere Sohn gewesen war. Jetzt war er der künftige König, und nur Buckingham hatte den großen Balanceakt mit Bravour gemeistert, der beste Freund des Vaters und des Sohnes zugleich zu sein.

Buckingham war überall. Im Krankenzimmer, wo er am Bett des Königs wachte, an der Seite von Prinz Charles, wenn sie im Garten spazierengingen, unter den Höflingen, wobei er hier ein ermunterndes Wort und da einen sorgfältig abgewogenen Tadel fallenließ.

Der Bischof von Lincoln traf von seinem Palast ein und wurde zum König vorgelassen. Flüsternd machte sich das Gerücht aus dem Schlafgemach breit, der König sei zu schwach zum Sprechen und habe den Gebeten beigepflichtet, indem er seine Augen zum Himmel erhob. Er würde als ein treuer Sohn der anglikanischen Kirche sterben.

In dieser Nacht lag John in Buckinghams Gemach und lauschte auf die leisen Atemgeräusche seines Herrn, doch er wußte, daß dieser sich nur schlafend stellte. Gegen Mitternacht stand der Herzog auf, zog sich in der Dunkelheit an und verließ leise das Zimmer. John war nicht nach Schlafen zumute, er richtete sich in seinem Bett auf und wartete.

Schließlich hörte er die leichten Schritte einer Frau auf dem Flur und dann ein Klopfen. »Mr. Tradescant! Der Herzog verlangt nach Euch!«

John erhob sich, zog die Hosen an und eilte in das königliche Schlafgemach. Buckingham stand an der Fensterleibung und blickte auf Tradescants Garten hinunter. Als er sich von dem Dunkel der Nacht abwandte und in den Raum schaute, leuchtete sein Gesicht vor Erregung.

»Jetzt ist es soweit!« sagte er bloß. »Endlich. Weckt den Bischof, und holt ihn ohne Aufhebens her. Und dann weckt den Prinzen.«

John eilte durch das Labyrinth holzgetäfelter Gänge, klopfte an die Tür des Bischofs und zwang den verschlafenen Bediensteten, Seine Gnaden zu wecken. Als der Bischof heraustrat, in seine Kirchengewänder gehüllt und mit der Bibel in der Version von König James in Händen, führte ihn John durch die Gesindehalle, an den schlafenden Leuten und Hunden vorbei. Nur eine Fackel und der wandernde silberne Mond, dessen Licht durch die großen, hohen Fenster fiel, leuchtete ihnen den Weg.

Der Bischof begab sich in das Schlafgemach. John rannte zu den Gemächern des Prinzen.

Er klopfte an und flüsterte durch das Schlüsselloch. »Eure Hoheit! Wacht auf! Der Herzog hat mir aufgetragen, Euch zu holen.«

Die Tür wurde aufgerissen, und Charles trat rasch heraus. Er trug nur sein Nachthemd. Ohne ein Wort zu sagen, lief er den Korridor zum Schlafgemach des Königs entlang und verschwand darin.

Im Schloß vernahm man keinen Laut. John wartete vor dem königlichen Gemach und spitzte die Ohren. Er konnte hören, wie der Bischof leise die Sterbesakramente erteilte, dann vernahm er Gebete. Schließlich herrschte Stille.

Langsam öffnete sich die Tür, und der Herzog kam heraus. Er blickte Tradescant an und nickte, als hätte man eine schwierige Aufgabe gut zu Ende gebracht.

»Der König ist tot«, sagte er. »Lang lebe Seine Majestät König Charles.«

Charles stand an seiner Seite und wirkte ganz erstaunt. Seine dunklen Augen blickten blind auf Tradescant. »Ich habe nicht gewußt ...«, begann er sofort. »Ich habe nicht gewußt, was sie gemacht haben. Bei Gott, ich hatte keine Ahnung, daß Eure Mutter ...«

Buckingham kniete vor ihm nieder, und John folgte seinem Beispiel.

»Gott segne Eure Majestät!« sagte Buckingham rasch.

»Amen«, fügte Tradescant hinzu.

Charles war zum Schweigen gebracht; was immer er vielleicht sagen wollte, es würde nie ausgesprochen werden.

## Frühjahr 1625

Drei Stunden später wurde Prinz Charles am Tor von Theobalds Palace zum König ausgerufen und stieg in die königliche Karosse ein, um in vollem Staate nach London zu fahren. Buckingham, der königlicher Oberstallmeister war, nahm jedoch nicht, der Tradition gehorchend, den Ehrenplatz am Kopf des Zuges ein, der sich der königlichen Kutsche anschloß. Vielmehr folgte er, nur einen halben Schritt hinter Seiner Majestät, diesem in die königliche Kutsche und ließ sich wie ein Prinz an der Seite des neuen Königs nieder. Tradescant ritt im langen Troß des Hofstaats, zwang sich aber, nicht die erschrockenen Ausrufe wahrzunehmen, die angesichts der Anmaßung seines Lords allgemein aufkamen.

Gegen Nachmittag fuhr man vor dem St. James's Palace vor, und John wartete auf Buckinghams Befehle. Zunächst konnte er aber dessen Unterkunft im Palast nicht finden und blieb so in der Halle. Im Hause herrschte ein völliges Durcheinander. Man hatte angenommen, König James würde sich viele Tage lang zur Jagd in Theobalds aufhalten und dann mit seinem Hofstaat weiter nach Hampton Court ziehen. Während seiner Abwesenheit hatte man den Palast zum Reinigen und Erneuern geschlossen. In den Küchen gab es kein Essen, und in den Kaminen der Zimmer brannte kein Feuer. Die wenigen Bediensteten, die nicht mit dem König gereist waren, hatten gerade mit dem Frühjahrsputz begonnen, die ausgestreuten Kräuter von den Fußböden aufgefegt und die Vorhänge von den Fenstern, die Wandteppiche von den Wänden genommen.

Die Diener und Hausmägde bemühten sich, den Palast in kürzester Zeit für den neuen König und dessen Gefolge herzurichten. Dabei wurde das Gesinde von den im Schloß herumschwirrenden Gerüchten von der Arbeit abgehalten, die beschrieben, wie der König erkrankt war, wie ihn die Villiers, Mutter und Sohn, gepflegt und alle anderen davon ausgeschlossen hatten und wie der König in ihrer Obhut schließlich verstorben war.

Es mußte ein Fest gegeben werden. Der königliche Haushofmeister mußte all sein flüssiges Geld und den gesamten Kredit des neuen Königs dafür verwenden, Lebensmittel zu besorgen. Er schickte alle in die Küche – von den Küchenjungen, die am Blasebalg die Küchenfeuer unterhielten, bis zu den großen Meisterköchen –, um ein Festmahl für den neuen König des Landes vorzubereiten.

Viele Menschen drängten ins Schloß, um den neuen König und den ersten Mann des Landes zu sehen: den Herzog von Buckingham. Die ärmeren Leute wollten einfach nur zuschauen; sie blickten gerne den Höhergestellten beim Essen zu, auch wenn ihre eigenen Bäuche leer waren. Hunderte andere wollten jedoch ihre Beschwerden über die Steuern, über den ungleich verteilten Landbesitz und andere Ungerechtigkeiten loswerden. Als sich König Charles und sein Herzog den Weg in die Halle bahnten, wurde Tradescant hinter Dutzende von lauten, fordernden Bürgern zurückgedrängt. Doch selbst da, als er um einen Platz in der Menge rang, blickte sein Herr über die schwankenden Köpfe hinweg und rief ihn.

»John Tradescant! Seid Ihr noch da? Warum seid Ihr geblieben?«

»Ich warte auf Eure Befehle.«

Die Leute reckten die Hälse und wollten wissen, was die Aufmerksamkeit des Herzogs auf sich gezogen hatte. Tradescant arbeitete sich nach vorn.

»Oh, vergebt mir, John. Ich bin so beschäftigt gewesen.

Ihr könnt nun nach New Hall zurück. Macht auf dem Weg beim Hafen halt und holt nun endlich meine Güter aus Indien ab. Dann reitet nach Hause.«

»Euer Gnaden, für Euch ist hier kein Schlafgemach vorbereitet«, sagte John. »Ich habe danach gefragt, doch hier gibt es keins. Wo werdet Ihr schlafen? Soll ich in Euren Stadtpalast gehen und die Lady bitten, Eure Mutter, daß sie alles für Eure Übernachtung zurechtmacht? Oder soll ich warten, bis wir beide zusammen nach New Hall aufbrechen?«

Der Herzog schaute jetzt dorthin, wo sich der junge König langsam durch die Menge schob, die Hand zum Küssen ausgestreckt und die Verneigungen der Leute mit einem leichten Kopfnicken quittierend. Als er Buckingham sah, warf der ihm ein recht vertrauliches, verstohlenes Lächeln zu.

»Heute nacht schlafe ich im Zimmer Seiner Majestät«, erwiderte er. »Er braucht mich an seiner Seite.«

»Aber dort gibt es doch nur ein Bett …«, hob John an, doch dann verkniff er sich die Worte. Sicher konnte man ein zusätzliches Bett auftreiben. Oder die beiden Männer schliefen ganz bequem zusammen in dem großen königlichen Bett. König James hatte nie allein geschlafen, warum sollte es also sein Sohn tun, wenn er gern Gesellschaft hatte?

»Natürlich, mein Lord«, sagte John, wobei er sorgsam darauf bedacht war, daß man ihm seine Gedanken nicht anmerkte. »Ich werde Euch verlassen, wenn Ihr gut versorgt werdet.«

Buckingham warf John ein zufriedenes Lächeln zu. »Besser denn je.«

John verneigte sich, bahnte sich seinen Weg ans Ende der Halle und lief hinaus in die Abenddämmerung zu den Stallungen. Nach dem Tagesritt waren die Pferde recht erschöpft, doch er hatte nicht die Absicht, schnell zu reiten.

Er wählte sich ein zuverlässig aussehendes Tier aus und stieg auf.

»Wann werdet Ihr wieder zurück sein, Mr. Tradescant?« fragte ein Stalljunge.

John schüttelte den Kopf. »Ich reite zu meinem Garten«, sagte er.

»Ihr seht krank aus«, bemerkte der Bursche. »Ihr habt Euch doch wohl nicht am Fieber des Königs angesteckt, oder?«

Tradescant dachte einen Moment an die tiefe Sehnsucht des alten Königs nach Buckingham und an das Gewirr von Halbwahrheiten und Betrügereien, das den Mittelpunkt des höfischen Lebens bildete. »Vielleicht ein bißchen«, sagte er.

Er wandte das Pferd nach Osten und ritt zum Hafen. Dort wartete nur eine Wagenladung darauf, befördert zu werden. Er sorgte dafür, daß man sie auf ein Fuhrwerk verlud, und ordnete an, daß man ihm über die schlammigen Straßen nach New Hall folgen solle. Die ganze Zeit über ärgerte er sich über das Knarren und Rumpeln des Frachtwagens und über den langsamen, schwerfälligen Trott der Pferde. Den Hut tief in die Augen gezogen, den Kragen hochgeschlagen, um sich vor dem kalten, leichten Frühlingsregen zu schützen, so ritt John auf der Landstraße voran. Seine Gedanken waren mit den jetzt anfallenden Gartenarbeiten beschäftigt. Er wollte nicht an den neuen König denken und an seinen besten Freund, den Herzog, oder an den alten König, der doch ein gesunder Mann von nur neunundfünfzig Jahren gewesen und an einem leichten Fieber gestorben war, unter ihrer Pflege, nachdem man seine Ärzte weggeschickt hatte. Wenn Böses geschehen war, so gab es Männer, die die Pflicht hatten, Anklage zu erheben. Es war nicht Johns Pflicht, seinen Herrn oder den neuen König zu beschuldigen, nicht einmal vor sich selbst in seinem besorgten Gewissen.

Außerdem war John nicht der Mann, der mit gespaltener Treue in seinem Herzen leben konnte. Wenn Böses getan worden war, so konnte Tradescant nicht anders, als sich dem gegenüber blind und taub zu stellen. Er konnte nicht einen Herrn lieben und ihm gehorchen und sich zugleich als Richter dieses Herrn aufspielen. Treu ergeben folgte er ihm – so wie er Cecil gefolgt war, einem Herrn, der zwar die Gesetze verletzte, dem man aber vertrauen konnte, daß er dies nur zum Wohle des Landes tat.

Im kühlen Licht des frühen Abend gelangte John bei seinem Haus an. Elizabeth war in der Küche und bereitete das Abendessen für J. vor. »Verzeih mir«, sagte John bloß, als er ins Haus trat und ihre Hand küßte. »Ich war in aller Eile fortgerufen worden, und ich hatte keine Zeit, dir eine Nachricht zu schicken. Später geschahen große Dinge, und ich war vollauf beschäftigt.«

Neugierig blickte sie ihn an, doch die gewöhnliche Herzlichkeit fehlte. »J. hat man gesagt, daß du stehenden Fußes den Herzog nach Theobalds begleiten solltest«, sagte sie. »So wußte ich, daß du wieder etwas für ihn zu erledigen hattest.«

Tradescant bemerkte, daß sie das Wort »ihn« leicht betont hatte. »Er ist doch mein Gebieter«, erwiderte er entschieden. »Wo sollte ich sonst sein?«

Sie zuckte leicht die Schultern und drehte sich zum Feuer um. Im Topf, der über dem Feuer hing, kochten ein paar Stücken Fleisch und quollen in einer dicken Suppe hoch. Elizabeth hielt den Topf fest und rührte alles mit einem langen Holzlöffel um.

»Ich habe gesagt, es tut mir leid, daß ich keine Nachricht geschickt habe«, versicherte Tradescant noch einmal. »Was hätte ich sonst tun können?«

»Nichts weiter«, entgegnete sie ruhig. »Da du dich doch dazu entschlossen hattest, mit ihm spätabends mitzureiten.«

»Ich habe mich nicht entschlossen ...«
»Du hast es nicht abgelehnt ...«
»Er ist mein Gebieter ...«
»Das ist mir klar!«
»Du bist auf ihn eifersüchtig!« rief Tradescant. »Du denkst, ich verhalte mich zu unterwürfig! Du denkst, er behandelt mich wie einen Diener und benutzt mich, wann immer er mich braucht, und schickt mich in den Garten zurück, wenn er meiner Dienste überdrüssig ist!«

Elizabeth richtete sich auf. Die Wange, die sie dem Feuer zugekehrt hatte, war ganz rot, die andere jedoch sehr blaß. »Ich habe nichts dergleichen gesagt«, betonte sie. »Stell dir vor, ich habe es nicht einmal gedacht.«

»Du glaubst, daß er mich in seine Ränke und seine dunklen Machenschaften verwickelt«, fuhr Tradescant beharrlich fort. »Ich weiß, daß du ihn verdächtigst.«

Sie langte nach dem Haken, zog den Topf von den Herdflammen fort, nahm ihn von den Ketten ab und stellte ihn vorsichtig auf die Steine um das Herdfeuer. Sie war dabei so versunken in ihre Arbeit und so schweigsam, als wolle sie nicht von ihm gestört werden.

»Das tust du!« sagte Tradescant. »Du verdächtigst ihn, und du verdächtigst mich noch dazu!«

Sie schwieg nach wie vor und griff nach drei Schalen und einem Schneidebrett. Sie schnitt das selbstgebackene Brot in drei gleich große Stücke. Mit dem langstieligen Löffel schöpfte sie in jede Schale Suppe und Fleisch und trug sie zum Tisch hinüber.

»Ich habe in diesen Tagen Dinge erfahren, die er keinem anderen anvertrauen würde«, sagte John eilig. »Dinge, die ich keinem erzählen würde, nicht einmal dir. Wenn er ein geringerer Mensch wäre, würden sie mir sehr zu schaffen machen. Er vertraut mir. Er vertraut einzig und allein mir. Und wenn er mich wieder in meinen Garten zurückschickt, so gehört das zu unserer Vereinbarung. Ich bin an seiner Seite, wenn er einen Mann benötigt, der zu schweigen vermag.«

Elizabeth legte drei Messer und drei Löffel auf den Tisch, zog ihren kleinen Stuhl hervor und senkte den Kopf. Dann wartete sie darauf, daß er sich setzte.

John ließ sich auf seinen Stuhl sinken, ohne sich die Hände zu waschen und sein Tischgebet zu sprechen, und stocherte verstimmt in der Suppe herum.

»Du glaubst, daß er schuld hat«, sagte er auf einmal.

Sie schaute zu ihm auf, und ihr Gesicht war völlig gelassen und klar. »Gemahl, ich denke nichts. Ich habe dich vor langer Zeit einmal gebeten, diesen Ort sofort zu verlassen, und als du es nicht tatest, habe ich meinen Kummer meinem Gott vorgetragen, im Gebet. Ich denke nichts mehr.«

Doch John wollte unbedingt weiter streiten, wollte ihr alles bekennen. »Das ist eine Lüge. Du glaubst, daß ich Zeuge der Taten war, die ihn ins Verderben stürzen können, Taten, die ein schreckliches Verbrechen sind, das schlimmste Verbrechen der Welt, und daß er mich weiter dazu bringt, ihn so zu lieben, daß ich ganz verfangen bin in dieser Liebe, so daß ich selbst schuldig werde!«

Sie schüttelte den Kopf und löffelte ihre Suppe.

Tradescant schob seine Schale weg, denn er konnte vor lauter Zorn und schlechtem Gewissen nichts zu sich nehmen. »Du glaubst, ich habe Beihilfe zum Mord geleistet!« zischte er sie an. »Beihilfe zu einem Attentat. Und daß das mein Gewissen quält und mich vor lauter Kummer ganz krank macht! Du glaubst, ich bin mit dieser Schuld auf meinen Schultern heimgekehrt! Du glaubst, ich bin mit einer befleckten Seele zu dir gekommen! Und daß er selbst nach alldem, was ich für ihn tat – nämlich Augen und Ohren zu verschließen vor dem, was ich sehen und hören konnte –, daß er mich selbst dann nicht an seiner Seite haben will, sondern immer noch höher hinauswill, und daß er heute nacht neben dem neuen König schläft und mich mit knappen Worten fortgeschickt hat!«

Elizabeth legte instinktiv die Hände über die Augen, schirmte sich so vor den Qualen ihres Mannes ab. Sie konnte all die Todsünden nicht auseinanderhalten, die ihr Mann andeutete: Mord, Hochverrat und verbotenes Verlangen.

»Hör auf! Hör auf!«

»Wie kann ich denn aufhören?« rief John nun in Angst um seine sterbliche Seele. »Wie kann ich weitermachen? Wie kann ich zurück? Wie kann ich aufhören?«

Plötzlich herrschte betretene Stille. Elizabeth nahm die Hände vom Gesicht und blickte zu ihrem Mann auf.

»Verlasse ihn«, flüsterte sie.

»Ich kann nicht.«

Sie stand vom Tisch auf und ging zum Herd. John sah ihr nach, so als hätte sie vielleicht den Schlüssel, um diesem Netz der Sünden zu entkommen. Als sie sich wieder zu ihm umwandte, war ihr Gesicht ganz versteinert.

»Was denkst du?« flüsterte er.

»Ich denke nur, daß ich dir den falschen Löffel gegeben habe«, sagte sie. Sie nahm ihre Schürze ab, hängte sie auf den Haken und verließ den Raum.

»Was meinst du?« rief ihr John nach, als sie durch die Tür ging.

»Du brauchst jenen da.«

Als er die Bedeutung ihrer Worte verstand, zuckte er vor ihr zurück.

Sie zeigte auf den Löffel, den sie zum Kochen verwendete, den Löffel mit dem langen Stiel. Und er dachte über das Sprichwort nach: Wer mit dem Teufel essen will, muß einen langen Löffel haben.

Am nächsten Tag erreichte die Nachricht von König James' Tod und der bevorstehenden Krönung seines Sohnes, des

Königs Charles I., das kleine Dorf Chorley. Elizabeth erfuhr es an ihrem kleinen Stand, wo sie Kräuter verkaufte. Sie nickte und sagte nichts. Ihre Nachbarin fragte sie nach ihrem Mann und ob er weitere Neuigkeiten über die Lage in London mitgebracht hätte.

»Gestern abend war er sehr müde«, sagte Elizabeth in ihrer gewohnten zurückhaltenden und aufrichtigen Art. »Er hat kaum ein vernünftiges Wort hervorgebracht. Ich habe ihn heute morgen schlafen lassen. Später werde ich gewiß alles über London erfahren, doch dann wird es bereits die Runde gemacht haben.«

»Es ist Zeit für eine Veränderung!« stellte ihre Nachbarin entschlossen fest. »Ich bin ganz für einen neuen König. Gott segne König Charles, sage ich, und er möge uns vor den verdammten Spaniern schützen! Und Gott segne auch den Herzog! Der weiß, was zu tun ist, darauf könnt Ihr wetten!«

»Gott segne sie beide«, sagte Elizabeth. »Und führe sie auf bessere Pfade.«

»Der König soll mit einer Französin verheiratet werden!« fuhr die Nachbarin fort. »Warum kann er nicht ein englisches Mädchen heiraten, das in unserem Glauben erzogen wurde? Warum muß es eine von diesen papistischen Prinzessinnen sein?«

Elizabeth schüttelte den Kopf. »Ich weiß es nicht«, sagte sie. »Der Lauf der Welt ist wirklich eigenartig. Man könnte doch denken, daß sie mit dem ganzen Land zu ihren Füßen zufrieden sein müßten ...« Sie hielt inne, und ihre Nachbarin wartete ab, denn sie hoffte auf ein ordentliches Stück Klatsch. »Eitelkeit«, setzte Elizabeth hinzu, für die Nachbarin unbefriedigend. »Es ist alles nur Eitelkeit.«

Sie blickte sich auf dem ruhigen Markt um. »Ich werde nun nach Hause gehen«, sagte sie. »Vielleicht ist mein Mann jetzt wach.«

Sie packte ihre kleinen Töpfe mit Kräutern in den Korb, nickte ihrer Nachbarin noch einmal zu und lief den schlammigen Weg zu ihrem kleinen Haus.

John saß am Tisch in der Küche, einen Becher Dünnbier und ein unangetastetes Stück Brot vor sich. Als Elizabeth eintrat und ihre Haube an den Haken auf der Innenseite der Tür hängte, fing er zu sprechen an.

»Es tut mir leid, Elizabeth«, sagte er rasch. »Ich war gestern erschöpft und wütend.«

»Ich weiß«, sagte sie.

»Ich war verärgert über das, was ich gesehen und gehört hatte.«

Sie wartete, falls er noch mehr sagen wollte.

»Das Leben bei Hofe steckt voller Versuchungen«, meinte er unbeholfen. »Man glaubt, es sei der Mittelpunkt der Welt, und es trägt einen immer weiter fort von den Dingen, auf die es wirklich ankommt. Was ich mehr als alles andere liebe, ist doch die Gartenarbeit und bist du und J. – das letzte, was ich tun sollte, ist, wie eine Dirne in den Vorzimmern der großen Herren meine Zeit totzuschlagen.«

Sie nickte.

»Und dann wieder denke ich, ich befinde mich im Zentrum großer Ereignisse und bin ein Akteur auf einer großen Bühne«, fuhr er fort. »Ich denke, ohne mich würde alles schiefgehen. Ich halte mich für unentbehrlich.« Nun mußte er kurz lachen. »Ich bin ein Narr, ich weiß es. Denn sieh nur mal! Er steht jetzt im Zenit seiner Macht, und das erste, was er tat, war, mich nach Hause zu schicken.«

»Wirst du zum Schloß gehen?« fragte Elizabeth.

John wandte sich zur Tür. »Nein. Ich werde etwas herumlaufen, bis ich mit mir ins reine gekommen bin. Ich fühle mich ...« Er machte eine merkwürdig betrübte Geste. »Ich fühle mich so ... gemartert ... Mehr kann ich nicht sagen. Als hätte ich selbst an mir herumgezerrt und müsse nun irgendwie wieder zu mir kommen.«

Elizabeth nahm ein kleines Stück Leinen und wickelte Brot und Käse ein. »Geh nur«, riet sie ihm. »Hier ist dein Essen, und heute abend werde ich eine schöne Mahlzeit für dich haben. Du siehst aus wie einer, der vergiftet worden ist.«

John schreckte zurück, als hätte sie ihn geschlagen. »Vergiftet? Was redest du da?«

Elizabeths Gesicht war ernster denn je. »Ich wollte sagen, du siehst so aus, als sei dir der Hof nicht bekommen, John. Was sollte ich sonst meinen?«

Schnell fuhr er sich mit der Hand übers Gesicht, als wolle er sich den kalten Schweiß der Angst abwischen. »Der Hof ist mir in der Tat nicht bekommen.«

Er griff nach Brot und Käse. »Ich werde in der Dämmerung zurück sein«, versprach er.

Sie zog ihn zu sich heran und nahm sein sorgenvolles Gesicht in die Hände. Dann küßte sie seine Stirn, als sei sie seine Mutter, die ihm Segen und Absolution erteilte. »Sprich unterwegs ein kleines Gebet«, sagte sie, »und ich werde für dich beten, während ich das Haus in Ordnung bringe.«

John griff seinen Hut vom Haken und öffnete die Tür. »Worum wirst du für mich beten, Lizzie?« fragte er.

Elizabeth blickte ruhig und gelassen. »Daß du der Versuchung widerstehst, mein Gemahl. Denn ich glaube, daß du einen Pfad gewählt hast, auf dem die Fallen dieser Welt aufgestellt sind.«

Das ganze Frühjahr arbeitete John mit mürrischer Verbissenheit in den Gartenanlagen von New Hall. Die Kirschen, die immer eine besondere Freude für ihn gewesen waren, blühten herrlich, und er beobachtete, wie die rosafarbenen und weißen Knospen immer dicker wurden und dann aufgingen. Dabei unterdrückte er das Gefühl, daß ihr süßer Duft ganz umsonst sei, weil ihr Herr sie nicht sah.

Buckingham kam nicht. Es hieß, daß in London die Pest mehr denn je wütete. Tote lagen auf den Straßen der ärmeren Viertel, und der Leichenwagen kam zwei- oder dreimal am Tag vorbei. Die noch gesunden Bürger wichen erschrocken in ihre Türeingänge zurück und schlossen sich in ihren Häusern ein. Ein jeder, der es sich leisten konnte, zog aufs Land, wo man sich jedoch in den Dörfern am Weg zur Hauptstadt vor den Londoner Händlern verbarrikadieren mußte. Niemand wußte, wie sich die Seuche verbreitete; vielleicht durch Berührung, vielleicht durch die Luft. Die Leute sprachen von einem Pestwind, wenn es wärmer wurde, und daß die lauen Winde des Frühlings die Pest angeblich unter die Haut wehten, wo sie Beulen groß wie Eier unter den Achseln und in den Leisten hervorrief.

John wollte Buckingham wiedersehen. Er konnte kaum glauben, daß sich der Hof weiter in London aufhielt, wenn das heiße Wetter vor der Tür stand. Der junge König mußte verrückt sein, sich und seine Freunde solch einer Gefahr auszusetzen. Doch niemand in New Hall konnte sagen, wann der Hof London verlassen würde, niemand wußte, ob der Hof zu Besuch käme oder ob eventuell der Herzog, wenn er von dem Zank und den Rivalitäten bei Hofe genug hatte, allein in seinen Garten zu denen zurückkehren würde, die ihn liebten.

Während sich John solchen Gedanken hingab, packte er die indischen Raritäten aus und stellte sie in einem kleinen Kabinett auf. Da gab es ein paar prächtige Häute und Seidenstoffe, und er befahl den Mägden, sie auf steife Leinwände zu nähen, damit man sie als Wandbehang anbringen konnte. Für die Juwelen hatte er einen Schrank anfertigen lassen, an dem ein kompliziertes Goldschloß angebracht war, zu dem es nur einen Schlüssel gab, den er für den Herzog aufbewahrte. Aber der Herzog kehrte noch immer nicht heim.

Dann drang die Nachricht zu John vor, daß es mit der verzögerten Heirat des Königs mit der französischen Prinzessin vorangehen sollte; der Herzog war schon nach Frankreich abgereist.

»Er ist nicht mehr im Lande?« fragte John den Verwalter in der sicheren Ungestörtheit seiner Amtsstube.

William Ward nickte.

»Wen hat er von seinem Haushalt mitgenommen?« fragte John.

»Ihr wißt, wie er ist«, sagte Ward. »Innerhalb eines Tages machte er sich auf und davon und hat dabei die Hälfte seiner eleganten Garderobe vergessen. In dem Augenblick, als der König sagte, er solle reisen, war er schon verschwunden. Er hat kaum ein Dutzend Diener mitgenommen.«

»Hat er sich nicht nach mir erkundigt?«

Ward schüttelte den Kopf. »Aus den Augen, aus dem Sinn, wenn man Seiner Gnaden dient.«

John nickte und ging hinaus.

Der Plan mit den Fischen hatte funktioniert. Im Sonnenlicht des Aprils bot die Terrasse einen entzückenden Anblick. Die Goldfische schwammen im oberen Becken, und die Rasenbänke dort leuchteten vor Hahnenfuß und Scharbockskraut so golden wie die Fische selbst. Das Wasser quoll über und plätscherte zur nächsten Ebene hinunter, wo unter den übers Wasser gebeugten blaßgrünen Stielen bald erblühender weißer Nelken die silbernen Fische schwammen. Der Glasdamm war fast unsichtbar, und das Wasser rieselte hinunter, so wie John es vorgesehen hatte. Er setzte sich in eine der Lauben, sah dem Wasserspiel zu und wußte, er bildete sich nur ein, daß das Plätschern traurig klang. Er hatte das Gefühl, daß weit fort von ihm große Dinge geschahen.

Im Garten gab es viel zu tun. Die Schiffe der Flotte befolgten immer noch Buckinghams Auftrag, und John konnte sich stets Raritäten und neue Pflanzen aussuchen, wenn sie von ihren Seefahrten heimkehrten. Häufig kamen Reisende zu den Gärten von New Hall, um etwas anzubieten: eine Pflanze, etwas Samen, eine Nuß oder irgendein anderes seltenes, merkwürdiges Stück. John kaufte viele Dinge und fügte sie der Sammlung hinzu, wobei er sorgfältig Buch führte und seine Erwerbungen William Ward vorlegte, der ihm die Auslagen erstattete. Langsam stauten sich die Dinge in dem Raum, die indischen Häute wurden schmutzig, und John ordnete an, daß eine Frau in dem Raritätenkabinett alles entstauben und säubern solle. Immer noch kehrte der Herzog nicht zurück.

Schließlich traf im Mai eine Botschaft für Tradescant ein, in der Handschrift des Herzogs persönlich niedergekritzelt und den ganzen Weg von Paris bis hierher befördert. Darin stand:

*Habe in der Eile meine besten Kleider und Hemden vergessen. Bringt alles mit, was ich brauchen könnte, und alles Kostbare und Seltene, was der kleinen Prinzessin gefallen könnte.*

»Hat er Euch rufen lassen?« fragte der Verwalter.

John las die Nachricht mehrmals durch und lachte dann laut auf. Es war ein befreiendes Lachen. »Er braucht mich. Endlich braucht er mich. Ich soll seine besten Kleider und ein paar merkwürdige Spielereien für die Prinzessin persönlich mitbringen!« Er stopfte sich die Nachricht in die Tasche und eilte in das Raritätenkabinett. Seine Schritte waren nun weitaus leichtfüßiger, seine Gestalt wirkte aufrechter und entschlossener, als hätte man einen jungen Ritter zur Bewährung auf Abenteuer geschickt.

»William, bitte helft mir. Laßt den Haushalter holen

und seine Sachen auf der Stelle einpacken. Alles, was er brauchen könnte. Seine besten Gewänder, aber auch Hemden, und ich sollte zwei seiner Pferde mitnehmen. Denkt an seine Reitkleider und seine Hüte. Alles, was er vielleicht verlangen könnte, ich muß alles mitnehmen. Seine Schmuckschatulle und seine schönsten Diamanten. Nichts darf vergessen werden!«

Der Verwalter lachte angesichts der Eile Tradescants. »Und wann soll das alles fertig sein?«

»Sofort!« rief John. »Sofort! Er hat nach mir geschickt, und er vertraut mir, daß ich nichts vergesse. Ich muß heute abend aufbrechen.«

Tradescant verteilte Aufträge treppauf, treppab, in den Stallungen, in der Küche, bis jeder im Haus herumeilte und alles zusammensuchte, was der Herzog in Frankreich vielleicht nötig hätte.

Dann rannte er durch den Park zu seinem Cottage. Elizabeth saß am Spinnrad, das unterhalb des Fensters stand, so daß die Sonne auf ihre Hände fiel. John bemerkte kaum die Schönheit der dahinfließenden Wollfäden im Sonnenlicht und den stillen Frieden seiner Frau, die während der Arbeit einen Psalm vor sich hin summte.

»Ich muß fort!« rief er. »Endlich hat er nach mir gerufen!«

Sie stand auf und machte ein erschrockenes Gesicht. Sie wußte sofort, was er meinte.

»Gott sei gelobt!«

Aber »Amen« sagte sie nicht.

»Ich soll ihm nach Frankreich folgen, mit seinem Gepäck«, sagte John. »Er hat mir geschrieben. Er weiß, daß sich niemand sonst um alles so kümmern könnte. Er hat mir persönlich geschrieben!«

Einen Augenblick wandte sie ihr Gesicht ab, dann legte sie ruhig die Spindel beiseite. »Du wirst deinen Reiseumhang benötigen und deine Reithosen«, sagte sie und stieg die kleine Treppe zu ihrem Schlafzimmer hinauf.

»Er braucht mich!« wiederholte Tradescant begeistert. »Er hat nach mir geschickt! Den ganzen Weg von Frankreich hierher!«

Elizabeth drehte sich um und sah ihn an. Einen Moment lang konnte er ihren Gesichtsausdruck nicht deuten. Er war voller Bedauern, voller eigenartigem, unerklärlichem Mitleid für ihn.

»Darauf habe ich gewartet!« sagte er. Doch irgendwie klangen seine Worte gedämpfter.

»Ich weiß, du hast darauf gewartet, daß er nach dir pfeift und du zu ihm rennen kannst«, sagte sie freundlich. »Und ich werde beten, daß er dich nicht auf Abwege bringt.«

»Er führt mich an den Hof von Frankreich!« rief John aus. »Mitten ins Herz von Paris, um die neue Königin von England heimzugeleiten!«

»An einen papistischen Hof zu einer papistischen Königin«, sagte Elizabeth ruhig. »Ich werde Tag und Nacht für deine Erlösung beten, Gemahl. Das letzte Mal, als du bei Hofe warst, kehrtest du mit einer kranken Seele zurück.«

John fluchte vor sich hin und verließ eilig das Haus. Er wartete draußen, bis Elizabeth seine Sachen gepackt hatte. Als sie sich schließlich verabschiedeten, nahm er sie nicht in die Arme, sondern nickte ihr nur unmerklich zu. »Lebe wohl«, sagte er. »Ich kann nicht sagen, wann ich wiederkomme.«

»Wenn er mit dir fertig ist«, bemerkte sie bloß.

John verzog das Gesicht. »Ich bin sein Diener, so wie er der Diener des Königs ist«, sagte er. »In seinen Diensten zu stehen ist sowohl eine Ehre als auch meine Pflicht.«

»In der Tat hoffe ich, daß die Dienste bei ihm immer ehrenvoll sind«, erwiderte sie. »Möge er niemals etwas von dir verlangen, was du nicht tun solltest.«

John nahm ihre Hand und küßte Elizabeth leicht und

kühl auf die Stirn. »Natürlich nicht«, sagte er verärgert. Der mit dem Gepäck des Herzogs vollgepackte Wagen holperte, von zwei tüchtigen Pferden gezogen, über den Weg heran, hinten hatte man die beiden edelsten Jagdpferde Seiner Lordschaft angebunden. John winkte dem Kutscher zu und schwang sich neben ihn auf den Kutschbock. Als er auf seine Frau hinabschaute, kam sie ihm sehr klein vor, doch sie war immer noch genauso unbeugsam wie an ihrem Verlobungstag vor vierundzwanzig Jahren.

»Gott segne dich«, sagte er schroff. »Ich werde zurückkommen, sobald ich meine Pflicht getan habe.«

Sie nickte, immer noch blickte sie ernst. »J. und ich werden auf dich warten«, sagte sie. Der Wagen rumpelte los, sie drehte sich um und sah ihm nach. »So wie immer.«

Als J. zum Essen kam, schickte Elizabeth ihn zur Pumpe hinaus, damit er sich die Hände wusch. Er war hereingekommen und hatte sich die Hände am Kittel abgewischt und ihn dabei ganz schmutzig gemacht.

»Sieh dich nur an!« rief Elizabeth mit ruhiger Stimme.

»Die Erde ist sauber«, verteidigte er sich. »Und ich habe noch nie die Hände meines Vaters ohne schmutzige Schwielen gesehen.«

Elizabeth stellte Brot und Suppe mit Fleischbrocken auf den Tisch.

»Wieder Hühnerbrühe?« fragte J., ohne jedoch darüber ungehalten zu sein.

»Hammel diesmal«, sagte sie. »Mrs. Giddings hat ein Schaf geschlachtet und mir Lunge und ein Bein verkauft. Morgen gibt es Braten.«

»Wo ist Vater?«

Sie ließ ihn etwas vom Brot abbrechen und einen Löffel Suppe essen, ehe sie ihm antwortete. »Nach Frankreich zu seinem Lord Buckingham.«

Ihm fiel der Löffel aus der Hand. »Wohin ist er gegangen?« fragte er ungläubig.

»Ich dachte, du wußtest davon.«

Er schüttelte den Kopf. »Ich hatte heute in der äußersten Ecke des Anwesens bei den Jagdvögeln zu tun und habe nichts mitbekommen.«

»Der Herzog hat nach ihm geschickt, wollte, daß er ihm ein paar Kleider nachbringt und ein paar hübsche Dinge für die französische Prinzessin.«

»Und ist er fort?«

Sie blickte in sein wütendes Gesicht. »Natürlich, mein Junge. Natürlich ist er fort.«

»Wie ein Hund rennt er dem Herzog hinterher!« brach es aus J. heraus.

Elizabeth blickte ihn böse an. »Erinnere du dich an deine Pflicht!« fuhr sie ihn an.

J. starrte nun auf den Tisch und versuchte sich zu beherrschen. »Ich vermisse ihn«, sagte er ruhig. »Wenn er nicht hier ist, dann erwarten die Leute von mir, daß ich ihnen sage, was sie tun sollen. Weil ich sein Sohn bin, nehmen sie an, daß ich das alles weiß, doch dem ist nicht so. Und die Stallburschen machen sich hinter meinem Rücken über mich lustig, wenn er nicht da ist, und rufen mir etwas hinterher. Sie sagen Dinge über ihn und den Herzog, die zu schlimm sind, um sie zu wiederholen.«

»Er wird nicht lange fort sein«, sagte Elizabeth, kaum selbst davon überzeugt.

»Das kannst du doch gar nicht wissen.«

»Ich weiß, er kommt, so bald er kann.«

»Erst wenn der Herzog ihn nicht mehr braucht, und nicht einen Augenblick früher. Außerdem reist er gerne, und wenn er die Möglichkeit hat, wird er wieder durch ganz Europa ziehen. Hat er dir eine Adresse hinterlassen, wo wir ihn erreichen können?«

»Nein.«

»Oder Geld?«

»Nein.«

J. seufzte und löffelte weiter seine Suppe. Als die Schale leer war, nahm er ein Stück Brot und wischte damit sorgfältig den letzten Rest auf. »Dann muß ich wohl Ende des Monats zum Almosenpfleger gehen und um seinen Lohn bitten, und der wird mir sagen, daß man ihn in Paris auszahlt, und wir werden bis zu seiner Rückkehr mit meinem Geld auskommen müssen.«

»Das werden wir schon schaffen«, sagte Elizabeth. »Ich habe ein paar Ersparnisse, und er wird später alles wieder begleichen.«

J. wußte, wie er seine Mutter quälen konnte. »Und er wird an einem papistischen Hof trinken und speisen und leben. Ich bezweifle, daß es dort eine Kirche gibt, in der er beten kann. Er wird nach Hause kommen und sich bekreuzigen und einen Priester benötigen, der für ihn betet.«

Daraufhin wurde sie ganz weiß. »Das wird er nicht«, sagte sie mit schwacher Stimme.

»Es heißt, daß Buckingham selbst zum Katholizismus neigt«, fuhr J. fort. »Seine Mutter ist zur Papistin geworden oder zu einer Hexe oder was weiß ich.«

Elizabeth ließ den Kopf hängen und schwieg einen Weile. »Unser Herr wird ihn beschützen«, sagte sie dann. »Außerdem ist er ein frommer Mann. Er wird unbeschadet nach Hause kommen, in sein Haus, zu seinem Glauben.«

J. war es nun leid, sich weiter über die Frömmigkeit seiner Mutter lustig zu machen. »Wenn ich erwachsen bin, werde ich niemanden meinen Gebieter nennen.«

Sie lächelte ihn an. »Dann wirst du mehr Geld verdienen müssen, als es deinem Vater je gelungen ist! Jeder Mann hat seinen Oberen, jeder Hund ein Herrchen.«

»Ich werde nie einem Mann so dienen, wie mein Vater dem Herzog dient«, sagte J. kühn entschlossen. »Nicht einmal dem König von England. Ich werde für mein eigenes Wohl sorgen, ich werde meine eigenen Reisen machen. Mich soll man nicht an einen Ort befehlen und dann wieder fortschicken.«

Elizabeth streckte in einer seltenen Anwandlung von Zärtlichkeit die Hand aus und berührte seine Wange. »Ich hoffe, daß du in einem Land leben wirst, in dem die großen Männer ihre Macht nicht so ausüben wie hier«, sagte sie. So etwas Radikales hatte sie noch nie gesagt. »Wo sich die Großen an ihre Pflicht gegenüber den Armen und gegenüber ihren Dienern erinnern. Doch noch leben wir nicht in einer solchen Welt, mein J. Du mußt dir einen Herrn aussuchen und auf sein Geheiß handeln. Es gibt niemanden, der nicht einem anderen dient, ob man nun unten ist oder oben auf der Leiter steht. Immer gibt es einen über dir.«

Instinktiv sprach J. nun mit gesenkter Stimme. »England wird sich verändern müssen«, sagte er leise. »Schon der Bauernjunge fragt, ob sein Herr das von Gott gegebene Recht hat, über ihn zu bestimmen. Der unterste Bauernjunge hat eine Seele, die im Himmel ebenso willkommen ist wie die des höchsten Landedelmannes. In der Bibel steht, daß die Ersten die Letzten sein werden. Das heißt nicht, daß sich nie etwas verändern wird.«

»Still«, sagte Elizabeth. »Du hast noch genug Zeit, so zu sprechen, wenn sich die Dinge verändert haben, falls das jemals geschehen sollte.«

»Die Dinge verändern sich schon jetzt«, sagte J. beharrlich. »Dieser König wird sich mit dem Volk auseinandersetzen und auf das Parlament hören müssen. Die ehrlichen, guten Menschen kann er nicht so betrügen wie sein Vater. Wir haben es satt, für einen Hof zu bezahlen, der uns nichts als Prunksucht und Sünde zeigt. Wir werden uns nicht mit den Papisten verbünden, wir werden keine Brüder von Ketzern sein!«

Sie schüttelte den Kopf, aber sie konnte ihn nicht zum Schweigen bringen.

»In New Hall gibt es einen Mann, der wiederum einen anderen kennt, der gesagt hat, man sollte eine Petition gegen den König einbringen, in der man ihn an seine Pflichten erinnert. Daß er keine Steuern erheben kann, ohne das Parlament einzuberufen und ohne auf seine Berater im Parlament zu hören. Daß der Herzog nicht alles bestimmen und sich den ganzen Reichtum in die eigenen Taschen stecken darf. Daß die Waisen und Witwen den Schutz der Krone genießen sollen, damit ein Mann in Frieden sterben kann, weil er weiß, daß sein Anwesen in seinem Sinne geführt und nicht vom Herzog zu dessen Wohl bewirtschaftet wird.«

»Gibt es denn viele, die so denken?« Ihr Flüstern war kaum zu hören.

»So sagt man.«

Ihre Augen wurden groß. »Gibt es Leute, die so im Beisein deines Vaters reden?«

J. schüttelte den Kopf. »Von Vater weiß man, daß er durch und durch der Mann des Herzogs ist. Doch es gibt viele, auch in Diensten des Herzogs, die wissen, daß sich die Stimmung im Land gegen den Herzog wendet. Sie schieben ihm die Schuld für alles zu, was schiefläuft, vom heißen Wetter bis zur Pest.«

»Was wird mit uns geschehen, wenn der Herzog fallen sollte?« fragte sie.

Der junge Mann machte eine entschlossene Miene. »Wir werden es überstehen«, sagte er. »Selbst wenn das Land nie mehr einen neuen Herzog wollte, Gärtner würde es immer brauchen. Ich würde immer Arbeit finden, und du wirst bei mir ein Zuhause haben. Doch was wird aus Vater werden? Er ist nicht nur der Gärtner des Herzogs – er ist sein Sklave. Wenn der Herzog scheitert, wird das, so glaube ich, Vaters Herz brechen.«

## Mai 1625

John traf seinen Herrn in Paris, so wie ihm befohlen worden war. Er wartete auf ihn in der schwarz-weißen Marmorhalle des herrschaftlichen Hauses, bis die Doppeltüren aufflogen und der Herzog eintrat, eingerahmt von der hellen Pariser Sonne. Sein Hut war mit Diamanten verziert, ebenso sein fein besticktes Wams. Sein Schultermantel war mit Edelsteinen übersät, und sosehr John auch hoffte, sie mögen aus Glas sein, ahnte er doch, daß es ebenfalls geschliffene Diamanten waren. In der Frühlingssonne funkelten sie wie die jungen Blätter einer Silberbirke.

»Mein John!« rief er voller Freude aus. »Und habt Ihr all meine Kleider dabei? Mir sind nichts als Lumpen geblieben!«

John bemerkte, daß er beim Anblick seines Herrn vor lauter Freude strahlte. »Das sehe ich, mein Lord. Ich hatte schon befürchtet, Euch höchst ärmlich und schäbig gekleidet wieder anzutreffen. So habe ich alles mitgebracht, und Eure Kutsche samt der sechs Pferde kommt bald nach.«

Buckingham packte ihn an der Schulter. »Ich wußte, daß Ihr das für mich tun würdet«, sagte er. »Keinem anderen kann ich vertrauen. Wie steht es in New Hall?«

»Alles steht zum besten«, sagte John. »Der Garten sieht gut aus, Euer Wasserspiel funktioniert perfekt und sieht prachtvoll aus. Eure Frau und Eure Mutter sind beide in New Hall und wohlauf.«

»Oh, ja, die Gartenanlagen«, sagte der Herzog. »Ihr müßt die Gärtner am französischen Hof kennenlernen,

Ihr werdet beeindruckt sein von den Dingen, die man hier macht. Die Königin wird mir ein Schreiben mitgeben, das Euch bei ihnen einführt.« Er beugte sich zu Tradescant hinüber und flüsterte ihm leise ins Ohr. »Ich glaube, die Königin würde mir noch eine ganze Menge mehr geben, wenn ich sie darum bäte!«

John mußte über die schamlose Eitelkeit des Mannes lächeln. »Ich kenne die beiden Robins und würde mich sehr freuen, sie wiederzusehen. Und Ihr habt Euch amüsiert?«

Buckingham küßte seine Fingerspitzen wie die Franzosen, wenn sie von der Schönheit schwärmen. »Ich bin im Paradies gewesen«, sagte er. »Und Ihr werdet mich künftig begleiten, wir werden uns die Schloßgärten zusammen anschauen. Kommt, John, ich werde die Kleider wechseln und Euch dann auf einen Rundgang in die Stadt mitnehmen. Sie ist sehr schön und sehr fröhlich, und die Frauen sind hier so leicht zu haben wie rossige Stuten. Für mich ist diese Stadt einfach vollkommen!«

John lächelte zögernd. »Meine Frau wäre höchst betrübt. Ich werde mitkommen und mir die Gärten ansehen, aber nicht die Frauen.«

Buckingham legte seinen Arm um Tradescants Schultern und zog ihn fest an sich. »Ihr werdet von nun an mein Gewissen sein«, sagte er, »und mich auf dem schmalen Pfad der Rechtschaffenheit halten.«

Das sollte jedoch nicht möglich sein. Selbst der Erzengel Gabriel mit seinem flammenden Schwert hätte 1625 in Paris den Herzog von Buckingham nicht auf dem Tugendpfad halten können. Der gesamte französische Hof war wie vernarrt in die Engländer, war doch dort ein neuer Herrscher auf dem Thron, dessen zukünftige Gemahlin die Schwester Louis' XIII. sein sollte, und der stattlichste Lord Europas sollte sie nach England geleiten. Ganze Scharen von Damen versammelten sich vor Buckinghams

Residenz, nur um ihn beim Eintreffen und Verlassen des Hauses zu sehen und um die höchst beeindruckende sechsspännige Kutsche und die Juwelen an Kleidern und Hut, dem *bonnet d'anglais*, zu bewundern, den hundert Hutmacher gleich darauf nachahmten.

Selbst die Königin errötete, wenn er sich ihr näherte, und betrachtete ihn hinter vorgehaltenem Fächer, sobald er auch nur mit einer anderen Dame sprach, und die kleine Prinzessin Henrietta Maria geriet bei seiner Anwesenheit ins Stottern und vergaß das wenige Englisch, das sie sprach. Ganz Frankreich war in ihn verliebt, und ganz Paris betete ihn an. Und Buckingham, lächelnd und lachend, ließ sich überall feiern und schritt durch die ihn anhimmelnde Menge hindurch, als sei er der König selbst und nicht sein Abgesandter: der Bräutigam und nicht dessen Beauftragter.

Schon nach wenigen Tagen war John Tradescant der unzähligen Feste Buckinghams überdrüssig.

»Laßt es Euch nicht verdrießen, John«, warf ihm Buckingham über die Schulter zu. »Heute abend gehen wir auf einen Maskenball.«

»Wie Ihr wollt«, sagte John.

Buckingham drehte sich um und machte sich über Johns gleichmütige Bemerkung lustig. »Habt Ihr keine Verabredungen? Niemandem einen Tanz versprochen?«

»Ich bin verheiratet«, sagte John. »So wie Ihr, mein Lord.« Er hielt kurz inne, da Buckingham in lautes Lachen ausbrach. »Aber ich werde Euch begleiten und so lange auf Euch warten, wie Ihr es wünscht, mein Lord.«

Buckingham legte seine Hand auf Tradescants Schulter. »Nein, ich habe ein Dutzend Männer, die mir dienen würden, doch nur einer liebt mich wie ein Bruder. Ich werde Eure Liebe und Treue nicht damit auf die Probe stellen, daß Ihr mir beim Tanzen zusehen müßt. Was würdet Ihr am liebsten tun?«

Tradescant dachte nach. »Ich habe ein paar Blumen entdeckt, die sich in New Hall gut ausnehmen würden«, sagte er vorsichtig. »Wenn Ihr auf mich verzichten könntet, würde ich den Garten der Robins besichtigen und Pflanzen bestellen, die wir dann bei unserer Abreise mitnehmen könnten.«

Buckingham überlegte und neigte dabei seinen Kopf zur Seite. »Ich glaube, es gibt noch etwas Besseres.« Er griff tief in seine Manteltasche und zog einen Geldbeutel heraus. »Wißt Ihr, was das ist?«

»Geld?«

»Viel mehr. Bestechungsgeld. Eine enorme Summe von Minister Richelieu oder seinen Spionen.«

John betrachtete den Geldbeutel, als handele es sich um eine giftige Schlange. »Wollt Ihr, daß ich es zurückbringe?«

Buckingham warf den Kopf in den Nacken und lachte. »John! Mein John! Nein! Ich möchte, daß Ihr es ausgebt!«

»Französisches Geld? Was wollen die dafür haben?«

»Meine Freundschaft, meinen Rat für den König, meine Unterstützung für die kleine Prinzessin. Nehmt es!«

John zögerte immer noch. »Doch was geschieht, wenn Ihr den König vor den Franzosen warnen müßt? Was geschieht, wenn sich die Dinge ändern?«

»Wer ist unser ärgster Feind? Der größte Feind des Glaubens? Die größte Gefahr für die Freiheit unserer protestantischen Brüder in Europa?«

»Die Spanier«, sagte John langsam.

»Also sind wir den Franzosen behilflich und verbünden uns mit ihnen gegen die Spanier«, sagte Buckingham einfach. »Und wenn sie mir ein Vermögen für einen Dienst anbieten, den ich ohnehin getan hätte – dann sollen sie nur!«

»Doch was geschieht, wenn sich alles ändert?« fragte

John. »Was ist, wenn sich die Spanier mit den Franzosen verbünden? Oder wenn sich die Pläne der Franzosen gegen uns richten?«

Buckingham warf den Geldbeutel in die Luft und fing ihn wieder auf. Er schien tatsächlich sehr schwer zu sein. »Dann ist das Geld längst ausgegeben, und ich habe meinem Land den Dienst erwiesen, die Schatzkammer unseres Feindes erleichtert zu haben. Hier! Fangt auf!« Er warf ihm den Geldbeutel zu, und John fing ihn mit einer Reflexbewegung auf, ehe er sich versah.

»Nehmt das Geld mit nach Amsterdam«, sagte Buckingham. »Nehmt es mit nach Amsterdam, und kauft Tulpen, mein John.«

Mit etwas anderem hätte er Tradescant nicht so gründlich überzeugen können. Gedankenverloren wog John den Beutel in der Hand und schätzte sein Gewicht ab. »Sie sind zur Zeit furchtbar teuer«, sagte er. »Auf dem Markt dreht sich alles nur noch um Tulpen. Alle kaufen, jeder spekuliert mit Tulpen. Leute, die noch nie ihre Geldstuben verlassen haben, schreiben auf Papierfetzen die Namen von Tulpen und kaufen sie, ohne sie je zu Gesicht zu kriegen. Ich weiß nicht, wie viele Blumenzwiebeln ich dafür bekomme, selbst mit so viel Geld.«

»Macht Euch auf den Weg«, befahl ihm Buckingham. Er ließ sich in den Sessel fallen und legte seine langen Beine über die Lehne. Mit seinem neckenden Lächeln betrachtete er Tradescant. »Euer Verlangen bringt Euch doch fast um, mein John. Geht und besichtigt die Tulpenfelder, und kauft, soviel Ihr nur mögt. Ihr habt den Geldbeutel, und ein weiterer folgt. Bringt mir ein paar Zwiebeln mit, wir werden sie in einen Topf pflanzen und uns als Städter etablieren und reich werden.«

»Die Semper Augusta ist rot und weiß«, sagte John. »Ich habe sie auf einem Bild gesehen. Sie ist auffallend schön gesprenkelt und wunderbar geformt. Es ist die echte Tulpenform, doch jedes Blütenblatt läuft ein wenig spitz zu, so daß sich jedes einzelne stolz vom nächsten abhebt. Und lange geschwungene Blätter ...«

»Fürwahr! Das ist Liebe!« belächelte ihn Buckingham. »Das ist wahre Liebe, John. Ich habe Euch noch nie so aufgewühlt gesehen.«

Tradescant strahlte. »Es hat noch nie eine so vollkommene Blume gegeben. Sie ist einfach die schönste, und noch nie war eine so teuer.«

Buckingham wies auf das Geld der Franzosen, das Tradescant in Händen hielt. »Geht und kauft sie«, sagte er einfach.

Noch in der gleichen Nacht packte Tradescant seine Sachen, um bei Morgengrauen aufzubrechen. Er hinterließ dem Herzog eine Nachricht und versprach, daß das Gold bei ihm sicher sei und er so viele Tulpenzwiebeln wie möglich mitbringen würde. Doch als er auf der Straße vor Buckinghams Palais auf sein Pferd steigen wollte, sah er zu seiner Überraschung, daß der Herzog höchstpersönlich herausgeschlendert kam. Er trug nur Hemd, Hosen und Stiefel und warf sich wegen der kühlen Morgenluft gerade einen Morgenrock über.

»Mein Lord!« Tradescant ließ die Zügel seines Pferdes fallen und ging auf ihn zu. »Ich nahm an, Ihr würdet bis mittag ruhen!«

»Ich wurde wach und dachte daran, daß Ihr nun allein zu einem Abenteuer aufbrecht, da wollte ich mich von Euch verabschieden«, sagte Buckingham zwanglos.

»Wenn ich das gewußt hätte! Ich hätte auch später losreiten können, dann hättet Ihr länger schlafen können.«

Buckingham klopfte John auf die Schulter. »Ich weiß. Das spielt keine Rolle. Ich wußte, daß Ihr Euch früh auf den Weg macht, und wollte Euch gern losreiten sehen.«

John erwiderte nichts; dem höchsten Manne Englands

konnte man nichts darauf erwidern, daß er nach einer durchtanzten Nacht beim Morgengrauen aufstand, um seinen Diener zu verabschieden.

»Eine vergnügliche Zeit wünsche ich«, spornte Buckingham ihn zur Eile an. »Bleibt so lange, wie Ihr mögt, sendet meinem Bankier die Zahlungsaufforderungen, kauft alles, wonach Euch der Sinn steht, und bringt es nach New Hall. Im nächsten Frühjahr will ich Tulpen haben, mein John. Ich will Tausende wunderschöner Tulpen haben.«

»So sollt Ihr sie haben«, sagte Tradescant leidenschaftlich. »Ich werde Euch Gärten von strahlender Schönheit übergeben, mein Lord.« Er hielt einen Moment inne, um sich zu räuspern. »Und wann soll ich wieder zurück sein, mein Lord?«

Buckingham legte seinen Arm um Johns Schulter und zog ihn fest an sich. »Sobald Ihr alles erledigt habt, mein John. Geht und gebt mit vollen Händen das Geld aus, das mir in den Schoß gefallen ist. Wir sehen uns in New Hall wieder, wenn Ihr nach Hause kommt.«

»Ich werde Euch nicht enttäuschen«, versprach John, dabei ging ihm durch den Kopf, daß ein Mann, der nicht so ehrlich war wie er, mit dem Beutel voller Gold auf Nimmerwiedersehen verschwinden würde.

»Ich weiß. Ihr enttäuscht mich nie«, sagte Buckingham voller Zuneigung. »Und deshalb möchte ich, daß Ihr Euch auf den Weg begebt und Euch mit den Tulpen eine Freude macht – als Lohn für Eure Treue. Wenn ich Euch nicht mit leichten französischen Damen und Wein verführen kann, möchte ich Euch das geben, was Ihr am liebsten habt. Tobt Euch auf den Tulpenfeldern aus, mein John. Begehrt Blütenblätter, und stillt Eure Begierde!«

Der Herzog winkte ihm zu und verschwand wieder im Haus. Tradescant wartete mit dem Hut in den Händen, bis sich die großen Doppeltüren hinter seinem Herrn schlossen. Dann stieg er aufs Pferd, schnalzte aufmunternd mit der Zunge und wandte es nordwärts, fort von Paris, in die Niederlande und zu den Tulpenfeldern.

Diesmal wurde er von einem Amsterdam empfangen, in dem eine ansteckende, immerwährende Erregung herrschte. All jene Schenken, in denen sich damals die Tulpenanbauer getroffen und Tulpen verkauft hatten, waren inzwischen doppelt und dreifach so groß geworden. Sie öffneten nun bereits am Vormittag ihre Türen für den Handel. Vergeblich suchte er die Männer, die er kennengelernt hatte, die ruhigen, soliden Gärtner, die ihm erklärt hatten, wie man die Zwiebeln einschnitt und dann pflanzte. An ihrer Stelle stieß er nun auf Leute mit zarten weißen Händen, die statt der Tulpenzwiebeln große Bücher schleppten, in denen sich Abbildungen von Tulpen befanden, die ebenso schön und sorgfältig gezeichnet waren wie gute Porträts. Die Zwiebeln wurden gegen Schuldscheine versteigert. Geld wanderte nicht mehr von Hand zu Hand. Einzig und allein John trug einen Beutel mit französischem Gold bei sich. Er kam sich wie ein Narr vor, als er mit Geld bezahlen wollte, wo jedermann nur noch auf Kredit kaufte.

Noch mehr fühlte er sich wie ein Narr, als er für einen Sack Gold Tulpenzwiebeln kaufen und mitnehmen wollte – für richtiges Geld einen Sack Zwiebeln – richtige Zwiebeln. Man kaufte und verkaufte hier das Versprechen auf den Ertrag der Tulpenernte, wenn man die Zwiebeln aus dem Boden holen würde, oder man kaufte und verkaufte den Namen einer Tulpe. Einige Blumen waren so selten, daß es nur zehn oder zwölf Stück im ganzen Land davon gab. Solche Zwiebeln würden nie direkt auf den Markt kommen, versicherte man Tradescant. Er müsse ein Stück Papier mit dem Namen der Tulpe darauf kaufen und es sich an der Börse beglaubigen lassen. Wenn er klug sei, solle er am nächsten Tag das Papier verkaufen, da die

Preise unberechenbar rauf und runter schnellten. Er solle am wachsenden Markt seinen Schnitt machen und nicht bei den Händlern nach echten Tulpen fragen. Der Markt existierte nicht für eine Tulpenzwiebel in einem Topf, sondern für die Idee von einer Tulpe, für das Versprechen einer Tulpe. Der Markt war leicht geworden, er bestand aus Luft. Es war sozusagen ein »Windhandel«.

»Was ist denn das?« fragte John.

»Ein Windmarkt«, erklärte ihm ein Mann. »Man kauft nicht mehr die Waren an sich, sondern ein Versprechen auf die Waren. Und man bezahlt mit dem Versprechen zu zahlen. Man muß also kein Gold im Gegenzug für eine Tulpe geben, erst – oh – im Jahr darauf. Doch wenn man über einen Funken Verstand verfügt, dann verkauft man das Papier gewinnbringend, und so kann man ein Vermögen einzig und allein damit verdienen, sich den Wind durch die Finger blasen zu lassen.«

»Aber ich möchte Tulpen kaufen!« rief John Tradescant enttäuscht aus. »Ich will keinen Fetzen Papier mit dem Namen einer Tulpe darauf, den ich weiterverkaufen soll.«

Der Mann zuckte mit den Schultern, offensichtlich hatte er plötzlich das Interesse an ihm verloren. »So machen wir hier keine Geschäfte«, sagte er. »Doch wenn Ihr den Kanal runter nach Rotterdam fahrt, dann werdet Ihr Leute antreffen, die Euch auch Zwiebeln verkaufen, die Ihr mitnehmen könnt. Sie werden sich wundern, daß Ihr an Ort und Stelle bezahlen wollt.«

»Das ist mir schon einmal passiert«, sagte John grimmig. »Das kann ich ertragen.«

Am Ende seines Aufenthaltes in Holland aß er zu Abend in einer Schenke, nahm einen kräftigen Schluck von dem starken Bier, das die Holländer so liebten, und genoß ihre reichhaltigen Speisen. Da stand auf einmal ein dunkler Schatten in der Tür, und eine ihm wohlvertraute Stimme rief ins Düstere der Schenke: »Ist mein John Tradescant hier?«

John verschluckte sich am Bier und sprang auf die Füße, wobei er seinen Stuhl umwarf. »Euer Gnaden?«

Es war Buckingham, der ganz unauffällige weiche braune Wollsachen trug und ganz ausgelassen vor sich hin gluckste, als er Johns erstauntes Gesicht sah.

»Hab ich Euch erwischt«, sagte er ungezwungen. »Vertrinkt einfach mein Vermögen.«

»Mein Lord! Noch niemals habe ich ...«

Wieder lachte er. »Wie ist es Euch ergangen, mein John? Bringt Ihr einen Berg von Tulpen-Papieren mit?«

John schüttelte den Kopf. »Ich bringe einen Haufen echter Tulpenzwiebeln mit, mein Lord. Die Händler hier scheinen vergessen zu haben, was sie kaufen und verkaufen; es geht nur noch um ein Stück Papier mit einem Namen darauf und dem Siegel der Börse darunter. Ich mußte tief ins Landesinnere reisen, um auf die Gärtner zu stoßen, die mir wirklich die Ware verkaufen wollten.«

Buckingham ließ sich an Johns Tisch nieder. »Beendet Euer Mahl, ich habe bereits gegessen«, sagte er. »Wo sind sie also? Diese Tulpen?«

»Schon verpackt und bereit, heute abend mit dem Schiff verschickt zu werden«, sagte John und griff zögernd nach einem Stück Brotkruste, das mit cremiger holländischer Butter bestrichen war. »Ich wollte gerade mit den Tulpen nach New Hall aufbrechen.«

»Können sie auch allein segeln?«

John dachte schnell nach. »Ich werde sie einem vertrauenswürdigen Mann in Obhut geben. Die Ware ist zu kostbar, als daß ich damit den Kapitän beauftragen könnte. Außerdem muß jemand sie direkt bis nach New Hall begleiten.«

»Dann macht das so«, sagte der Herzog ein wenig unbeteiligt.

John schluckte seine Frage mit dem Brot hinunter, erhob sich, verbeugte sich rasch vor dem Herzog und verließ die Schenke. Er rannte geschwind zu seinem Gasthof und beauftragte den Sohn des Wirts damit, nach England zu reisen und die Fässer mit den Tulpen wohlbehalten nach New Hall zu bringen. Er drückte dem jungen Mann Geld und eine Nachricht für J. in die Hand und lief zurück in die Schenke, in der der Herzog gerade sein zweites Glas Bier leerte.

»Es ist alles erledigt, Euer Gnaden«, berichtete er, noch ganz außer Atem.

»Ich danke Euch, Tradescant«, antwortete der Herzog.

Dann herrschte quälendes Schweigen. John stand vor seinem Herrn.

»Oh, Ihr könnt Euch ruhig setzen«, sagte der Herzog. »Und ein Bier trinken. Ihr müßt durstig sein.«

John ließ sich dem Herzog gegenüber nieder und betrachtete ihn, während das Schankmädchen das Bier brachte. Buckingham sah blaß aus, ein wenig ermüdet von den Festivitäten am französischen Hof, doch seine dunklen Augen funkelten. John spürte, daß sich der Unternehmungsgeist seines Herrn regte.

»Seid Ihr ganz ohne Gefolge, Euer Gnaden?«

Der Herzog schüttelte den Kopf. »Ich reise unter fremdem Namen.«

John wartete, doch sein Herr gab nichts freiwillig preis.

»Wo werdet Ihr übernachten?«

»Ich dachte, daß ich bei Euch schlafen werde.«

»Wenn Ihr mich nun nicht gefunden hättet?« John mußte lächeln bei dem Gedanken, daß der höchste Mann Englands kreuz und quer durch die Niederlande reiste, um seinen Gärtner zu suchen.

»Ich wußte, daß ich mich nur irgendwo in die Nähe der Tulpenbörse zu begeben brauchte, um Euch aufzuspüren«, erwiderte Buckingham ungezwungen. »Außerdem verkümmere ich nicht gleich ohne ein Dutzend Diener, John. Ich kann für mich selbst sorgen.«

»Natürlich«, stimmte ihm John rasch zu. »Ich hatte mich nur gefragt, was Ihr hier wollt?«

»Oh, das«, sagte Buckingham, als sei er an seine Mission erinnert worden. »Nun, ich habe einen Auftrag für meinen Herrn auszuführen und meinte, daß Ihr mir dabei behilflich sein könntet.«

»Natürlich«, erwiderte John spontan.

»Laßt uns noch etwas trinken und dann ein bißchen herumkrakeelen, und morgen vormittag werden wir ein paar Geschäften nachgehen«, erklärte Buckingham auf seine gewinnende Art.

»Werden wir weit reisen?« erkundigte sich John, der gleich an die Schiffe dachte, die zu den holländischen Kolonien nach Ostindien oder in das übrige, ständig wachsende holländische Reich aufbrachen. »Dann müßte ich wohl noch etwas vorbereiten, während Ihr hier ruhig weitertrinken könnt.«

Der Herzog schüttelte den Kopf. »Meine Geschäfte lassen sich in der Stadt erledigen, bei den Gold- und Diamantenhändlern. Doch ich möchte, daß Ihr bei mir bleibt. Mein Glücksbringer. Morgen werde ich viel Glück benötigen.«

Sie schliefen im Gasthof im gleichen Bett. Als John am Morgen erwachte, hatte der jüngere Mann im Schlaf einen Arm ausgestreckt, der nun auf Johns Gesicht ruhte, als wolle er ihn streicheln. Unter der ihm zufällig erteilten Wohltat rührte er sich eine Weile nicht. Dann schlüpfte er aus dem Bett und blickte von dem kleinen Fenster auf die Straße hinunter.

Auf dem Kopfsteinpflaster des Kais tummelten sich die Brot-, Käse- und Milchverkäufer, die bei Morgengrauen mit ihren Booten aus dem Norden des Landes gekommen waren und nun ihre Stände aufbauten. Auch Schuster und Händler mit Haushaltswaren breiteten gerade ihre Güter aus: Bürsten und Seifen, Anmachholz und Kupferkessel und -pfannen. Die Maler stellten ihre Staffeleien auf und offerierten den Passanten, ihr Porträt zu zeichnen. Seeleute, die aus dem Norden von den Hochseedocks gekommen waren, schlenderten in der Menge umher und boten Raritäten und Waren aus fremden Ländern an – Seidenschals, Flaschen, die seltene Getränke enthielten, und kleines Spielzeug. Auf dem Wasser des Kanals schimmerte das Sonnenlicht und spiegelte die Marktstände und die dunklen Schatten des Gewirrs von unzähligen Brücken wider.

Tradescant hörte, wie sich hinter ihm Buckingham im Bett regte, und er wandte sich sofort um.

»Guten Morgen, mein Lord, kann ich Euch mit etwas dienen?«

»Ihr könnt mir mit einhunderttausend Pfund in Gold dienen, oder ich bin ruiniert«, sagte Buckingham und hatte dabei sein Gesicht im Kopfkissen vergraben. »Folgendes haben wir heute vor, mein John, wir werden die Kronjuwelen verpfänden.«

Dank seiner langjährigen Übung unter Robert Cecil konnte Tradescant diesen Tag gut durchstehen. Buckingham versuchte Geld aufzutreiben, um eine mächtige protestantische Armee auszurüsten. Damit sollten Spanien überfallen und Charles' Schwester, Elizabeth von Böhmen, und ihr Gemahl, Friedrich V. von der Pfalz – seit 1620 im Exil –, auf ihren rechtmäßigen Thron in Prag zurückgebracht werden. In der königlichen Schatzkammer befand sich kein Heller. Das englische Parlament wollte keine Gelder mehr bewilligen und damit einen König unterstützen, der die vom Parlament verlangten Reformen so gut wie gar nicht in Angriff genommen hatte.

So lag es an Buckingham, die Gelder zu besorgen. Und als Sicherheit konnte er nichts weiter bieten als die Kronen von England, Schottland und Irland und alle damit verbundenen Kostbarkeiten, die die Geldverleiher verlangen mochten.

Tradescant stand mit dem Rücken zur Tür im Raum und wurde Zeuge, wie sein Herr die mächtigen Geldleute von Amsterdam zu überzeugen versuchte. Die Szene ähnelte ganz den Abbildungen auf den neuen Ölgemälden, die König Charles in letzter Zeit kaufte. Der Raum war in Halbdunkel getaucht, die Fenster waren mit dicken, bestickten Vorhängen versehen. Der Tisch wurde einzig von ein paar Kerzen beleuchtet, die hinter einem geschnitzten Schirm standen und kabbalistische Muster an die Wände warfen. An der einen Seite des Tisches saßen drei Männer, an der anderen Buckingham. Einer von ihnen war ein verläßlicher Bürger, ein Stadtvater im besten Sinne des Wortes und voller Vorsicht. Ihm begegnete Buckingham mit dem gehörigen Respekt und bezauberte ihn mit seinem jugendlichen Charme. Während der Unterredung konnte John beobachten, wie der große Mann zusehends entspannter wurde, wie ein Pferd auf dem Treidelpfad, das den Kopf senkte, um gestreichelt zu werden. Neben ihm saß ein jüdischer Geldmann, der so dunkle Augen wie Buckingham hatte und dessen Haar ebenso schwarz glänzte wie das des Herzogs. Auf dem Hinterkopf trug er eine kleine Kappe. Er war in ein langes, dunkles Gewand aus einfachem Stoff gekleidet. John kam in den Sinn, daß sich Buckingham anderswo in Europa nie mit einem Juden an einen Tisch gesetzt hätte; doch die Niederlande waren ein Land, das sich seiner Toleranz rühmte.

Bei dem Geldverleiher war sich Buckingham nicht so sicher. Es gelang ihm nicht, den richtigen Ton zu finden, um ihn zu beeinflussen. Der Mann war sehr zurückhaltend, sein langes Gesicht gab nichts von seinen Gefühlen preis. Er hielt sich zurück, und wenn er doch sprach, so auf französisch mit einem Akzent, den John nicht entschlüsseln konnte. Er behandelte Buckingham mit aller Ehrerbietung, doch es schien, als verberge er seine wahren Ansichten. Wie jeder Engländer war Tradescant Juden gegenüber mißtrauisch und ängstlich. Diesen Mann fürchtete er besonders.

Der dritte stammte aus irgendeinem Adelsgeschlecht und hätte Zugang zu einem riesigen Vermögen, wenn die anderen beiden dem Geschäft zustimmen würden. Er war schlank und jung, trug teure Kleider und war an den sorgfältigen Berechnungen von Gewinn und Zinsen auf den kleinen Notizzetteln, die die anderen beiden Männer sich zuschoben, nicht sonderlich interessiert. Er lehnte sich zurück und blickte müßig umher. Ab und zu tauschten Buckingham und er ein Lächeln aus, als wollten sie sich gegenseitig versichern, Männer von Welt zu sein, die über diesen ordinären Details stünden.

»Noch ein Wort über die Sicherheit der Juwelen«, sagte der Bürger. »Sie werden hier verwahrt werden.«

Buckingham schüttelte den Kopf. »Sie dürfen aus London nicht fortgebracht werden«, sagte er. »Aber einer Eurer Vertrauten kann sie in London bewachen, wenn Ihr es wünscht. Und Ihr bekommt einen versiegelten Brief von König Charles, in dem er Eure Rechte anerkennt.«

Der Bürger wirkte beunruhigt. »Doch wenn wir sie abholen müßten?«

»Wenn Seine Majestät den Kredit nicht zurückzahlen kann?« Buckingham lächelte. »Ach, verzeiht, aber der König wird alles zurückzahlen. Er wird Euch nicht enttäuschen. Sobald Fürst Friedrich und seine Gemahlin wieder in ihre Rechte eingesetzt sind, werden mit dem Reichtum Böhmens auch jegliche Schulden getilgt, die für den Feldzug gemacht werden mußten.«

»Doch wenn der Feldzug scheitert?« fragte der Jude leise.

Buckingham überlegte einen Augenblick. »Das wird nicht der Fall sein«, erwiderte er.

Nun folgte ein kurzes Schweigen. Der Jude wartete auf Antwort.

»Wenn er scheitern sollte, so wird Seine Majestät die Schulden in der Weise begleichen, wie es Eure Regelung vorsieht«, sagte Buckingham ruhig. »Wir reden hier vom König von England, Gentlemen. Er wird wohl kaum nach Amerika fliehen.«

Auf diesen Scherz hin lachte der Edelmann, und Buckingham schenkte ihm ein kurzes Lächeln. Der Jude blieb weiterhin unbeeindruckt.

»Doch auf welche Weise werden wir an die Juwelen kommen, im Falle, daß Seine Majestät unter gewissen Umständen mit dem Vorhaben scheitert?« erkundigte sich der Bürger höflich.

Buckingham zuckte die Schultern, als sei eine solche Sache unvorstellbar. »Oh, das ist wohl nicht anzunehmen – nun – wenn die Pläne Schiffbruch erleiden und die königlichen Herrschaften von Böhmen Euch nicht selbst alles zurückzahlen und wenn der König von England Euch nicht bezahlt, so werde ich, der Herzog von Buckingham höchstpersönlich, Euch die Kronjuwelen von England ausliefern. Stellt Euch das zufrieden?«

Johns Blick wanderte von einem Gesicht zum nächsten. Der Edelmann, der sich nicht ausmalen mochte, daß Buckingham etwas anderes tun würde, als er versprach, gab sich damit zufrieden. Der Bürger hingegen schwankte, war halb überzeugt und halb ängstlich. Der Jude schien unergründlich. Sein dunkles, ernstes Gesicht verbarg jede Regung. Vielleicht mochte er dem Geschäft innerlich zustimmen, vielleicht aber hatte er es vom ersten Augenblick an auch abgelehnt. John wußte es einfach nicht.

»Und Ihr würdet das schriftlich festhalten?«

»Mit Blut unterschrieben, wenn Ihr es wünscht«, sagte Buckingham sorglos, galt doch die offensichtliche Anspielung auf das beliebte Theaterstück über den jüdischen Wucherer jedem jüdischen Geldverleiher schon als halbe Beleidigung. »Ich habe meinem Herrn, dem König von England, versprochen, daß ich die Gelder für die Aufstellung einer Armee auftreiben werde, um seiner Schwester wieder auf den Thron zu verhelfen. Das ist eine Sache, der wir uns alle als gute Protestanten und gute Christen widmen sollten. Eine Aufgabe, die insbesondere mich als treuesten Diener Seiner Majestät fordert.«

Die drei Männer nickten.

»Wollt Ihr die Sache unter Euch besprechen?« bot Buckingham an. »Ich muß Euch mit aller Höflichkeit darauf hinweisen, daß meine Zeit ein wenig knapp ist. Noch andere Leute warten auf mich, die dem König jenen Kredit gewähren und es für eine große Ehre halten würden. Doch ich habe versprochen, zuerst mit Euch zu verhandeln.«

»Natürlich«, sagte der Bürger etwas unbeholfen. »Und wir danken Euch. Wünscht Ihr vielleicht ein Glas Wein?«

Er zog einen der dichten Vorhänge zurück, hinter dem sich eine kleine Tür verbarg, die auf einen von Mauern umgebenen Hof führte. An der Wand stand ein riesiger Kübel mit einem Aprikosenbaum, zu dessen Füßen Tulpen wuchsen, die schon verblüht waren. John bemerkte sofort, daß es sich um Lack-Tulpen handelte, deren wunderschönes Weiß von roten Linien durchzogen war. Im Schatten des Baumes befanden sich ein paar Stühle und ein Tisch mit einer Karaffe Wein und einem kleinen Teller mit Gebäck.

»Bitte«, sagte der Bürger. »Erfrischt Euch hier ein wenig. Falls Ihr noch etwas benötigt, läutet. Es wird nicht lange dauern.«

Er verneigte sich und ging in den Raum zurück. Buckingham warf sich auf einen Stuhl und betrachtete John, wie dieser Wein einschenkte und ihm das Glas reichte.

»Was meint Ihr?« fragte er leise.

»Es ist möglich«, sagte John ebenfalls mit gedämpfter Stimme. »Habt Ihr wirklich noch andere Leute an der Hand, die Euch Geld borgen könnten?«

»Nein«, sagte Buckingham. »Meint Ihr, sie ahnen das?«

»Nein«, erwiderte John. »In dieser Stadt gibt es soviel Wohlstand, daß sie es nicht genau wissen. Den Edelmann habt Ihr in der Tasche, aber bei den anderen beiden habe ich meine Zweifel.«

Buckingham nickte und kostete von dem Wein. »Der ist gut«, sagte er anerkennend. »Süßer Alicante.«

»Was machen wir, wenn sie ablehnen?«

Buckingham hielt sein schönes Gesicht hoch in die Sonne und schloß die Augen, als ob ihn das nicht im geringsten beschäftigte. »Dann werden wir nach Hause zurückkehren mit der ganzen Außenpolitik des Königs in Scherben«, sagte er. »Ich werde dem König vermelden, daß seine Schwester aus ihrem Königreich vertrieben und beleidigt wurde und er nichts dagegen tun kann. Ich werde dem König ins Gesicht sagen, daß er ein verarmter Mann auf seinem eigenen Thron ist, solange er nicht in allen Dingen dem Parlament zustimmt, und daß sein oberster Minister ein besserer Oberstallmeister ist als ein Diplomat.«

»Ihr habt ihm die französische Prinzessin verschafft«, bemerkte John.

Buckingham öffnete halb die Augen, so daß John unter den dichten Wimpern das Funkeln seines Blicks erkennen konnte. »Hoffen wir bei Gott, daß sie ihm gefällt. Garantieren kann ich das nicht.«

Hinter John wurde nun die Tür geöffnet, und er fuhr rasch herum. In der Tür stand der jüdische Geldmann mit gesenktem Kopf. »Es tut mir leid, meine Herren«, sagte er leise. »Wir können Eurer Bitte nicht entsprechen. Ohne die Sicherheiten selbst in Händen zu halten, können wir das riesige Kapital, daß Ihr benötigt, nicht aufbringen.«

In einem seiner plötzlichen Wutausbrüche sprang Buckingham auf und wollte den Mann anschreien. John warf sich dazwischen und legte beide Hände auf die Schultern seines Herrn, als wolle er dessen Umhang glätten.

»Nur ruhig«, flüsterte er.

Er spürte, wie sich dessen Schultern wieder entspannten. Buckingham hob den Kopf. »Es tut mir leid, daß Ihr mir nicht entgegenkommen könnt«, sagte er. »Ich werde dem König von Eurer Ablehnung und meiner Enttäuschung darüber Mitteilung machen.«

Der Jude beugte den Kopf noch tiefer.

Buckingham wandte sich um, und John stürzte noch vor ihm zur Tür, um sie zu öffnen, damit der schwungvoll hochmütige Abgang seines Herrn aus dem Hof nicht stockte. Als sie durch die Seitentür auf die Straße gelangten, hielten sie inne.

»Was nun?« fragte Tradescant.

»Wir werden es woanders versuchen«, sagte Buckingham. »Und dann noch einmal. Und am Ende werden wir ein paar Tulpenzwiebeln kaufen. Das ist wohl das einzige, was wir meiner Meinung nach dieser dreimal verdammten Stadt abluchsen können.«

Buckingham hatte recht. Gegen Ende Mai war John Tradescant wieder in New Hall. Vor ihm waren schon ganze Wagenladungen voller Pflanzen und voller Säcke mit Tulpenzwiebeln eingetroffen. Er selbst trug sechs der kostbarsten Zwiebeln – jede kostete einen Beutel Gold – tief im Wamsinneren versteckt.

Sein erster Weg führte ihn in den Raritätenraum von New Hall. Dorthin bestellte er J. mit sechs großen Porzellantöpfen und einem Korb Erde.

J. betrat den Raum und entdeckte die sechs Zwiebeln auf dem Tisch. Mit unendlicher Vorsicht schnitt sein Vater eine leichte Kerbe in die Spitze jeder Zwiebel, denn er hoffte, das würde sie zur Teilung anregen und neue Zwiebeln hervorbringen.

»Was sind das für welche?« fragte J. voller Ehrfurcht. Dabei hielt er einen Weidenkorb mit gesiebter warmer Erde, die er von Unkraut befreit hatte, in Händen und betrachtete das sorgfältige Vorgehen seines Vaters. »Sind das Semper-Augusta-Zwiebeln?«

Sein Vater schüttelte den Kopf. »Ich hatte soviel Geld wie das Lösegeld für einen König zur Verfügung, doch selbst das war zu wenig, um diese Tulpe zu kaufen«, sagte er. »Niemand hat die Semper erstanden. Jeden Tag war ich an der Börse, doch der Preis war so hoch, daß sie niemand kaufen konnte. Und der Händler behielt die Nerven und ging mit dem Preis nicht runter. In der nächsten Saison wird er sie zum doppelten Preis anbieten, und jedes Jahr wird er darum beten, daß niemand eine andere Tulpe züchtet, die die Semper übertrifft, und ihm nichts als ein paar schöne, aus der Mode geratene Blumen bleiben würden.«

»Wäre das denn möglich?« J. war entsetzt.

John nickte. »Es geht nicht mehr um Pflanzenzucht, sondern um Spekulation«, sagte er voller Abscheu. »Es gibt Leute, die handeln mit Tulpen und haben noch nie in ihrem Leben Unkraut gezupft. Und sie machen ein Vermögen mit ihren Geschäften.«

Vorsichtig strich J. mit einem Finger über die trockene Oberfläche der Zwiebel vor ihm. »Die Haut ist fest, und die Form ist schön. Selbst als Zwiebel sehen sie hübsch aus, nicht wahr?« Er beugte sich nach vorn und roch an der warmen glatten Haut.

»Ist sie sauber?« fragte John ängstlich. »Ganz sicher kein Fleck?«

J. schüttelte den Kopf. »Nein. Was ist das für eine Sorte?«

»Das ist die Duck-Tulpe – sie blüht gelb und hat am Ansatz der Blütenblätter einen roten Schimmer.« John deutete auf die nächste Zwiebel. »Das ist eine Lack-Tulpe – sie ist weiß, hat schmale Blütenblätter, durch die sich rote Streifen ziehen. Und das hier ist eine *Tulipa australis* mit einem äußerst starken Stengel und scharlachroten Blüten, die von einem weißen Rand gesäumt werden. Geb es Gott, daß sie nun für uns wachsen, ich habe für die sechs hier beinah tausend Pfund ausgegeben.«

J.s Hand, mit der er eine kleine Schaufel hielt, zitterte nun. »Tausend Pfund? Tausend? Aber Vater – was geschieht, wenn sie nichts werden?« brachte er nur flüsternd hervor. »Was geschieht, wenn sie verkümmern und sich keine einzige Blüte zeigt?«

John lächelte grimmig. »Dann machen wir uns an eine andere Arbeit. Doch wenn sie wachsen und neue Zwiebeln ansetzen sollten, dann hat unser Herr in einer Saison sein Vermögen verdoppelt.«

»Und wir bekommen nach wie vor den gleichen Lohn«, bemerkte J.

John nickte und stellte die sechs Töpfe in ein kühles Regal in der Ecke. »So ist es nun mal«, sagte er schlicht. »Aber es ist nichts dagegen einzuwenden, daß wir nach jeder Vermehrung der ursprünglichen Zwiebel, die wir züchten, uns selbst eine nehmen. Das hat mir mein Lehrer Lord Cecil beigebracht.«

John wurde bei seiner Rückkehr nach New Hall in der großen Halle herzlich willkommen geheißen. Er konnte seinen gespannten Zuhörern von der Schönheit der kleinen französischen Prinzessin berichten: sie war erst fünfzehn

Jahre alt, hatte dunkle Haare und dunkle Augen. Er erzählte davon, wie sie tanzte und sang und daß sie absolut kein einziges Wort Englisch lernen wolle. Und weiter, daß man in London zu berichten wußte, der junge König Charles hätte ihr Gesicht mit Küssen bedeckt, als er sie in Dover Castle empfing, und er hätte über ihre vorbereitete Rede gelacht und die Nacht in ihrem Bett verbracht.

Der weibliche Teil erkundigte sich nach ihrer Garderobe, und John bemühte sich, ihre Kleider zu beschreiben. Er versicherte ihnen, daß der König und die Königin London in einem Gala-Boot auf dem Fluß angesteuert hatten, daß beide ganz in Grün gekleidet waren und zu ihrer Begrüßung Kanonenschüsse vom Tower abgefeuert wurden. Johns Schilderung war äußerst lebhaft und dazu angetan, an unzähligen Herdfeuern weitererzählt zu werden. Er verschwieg, daß es zwischen dem König und seiner Braut einen häßlichen Streit gegeben hatte, der einen Tag gewährt hatte. Die Braut hatte darauf bestanden, in der Kutsche von Dover nach London ihre gewohnte französische Begleitung mitzunehmen, doch der König war nicht davon abzubringen gewesen, daß sie mit Buckinghams Gattin und dessen Mutter zu reisen hatte.

Der König hatte ins Feld geführt, daß das französische Gefolge nicht den Rang besäße, um mit der Königin von England in einer Kutsche zu reisen. Unvorsichtigerweise hatte die junge Königin entgegnet, sie wisse sehr wohl, daß die Buckinghams selbst noch vor zehn Jahren von gewöhnlicher Herkunft gewesen waren. Sie hatte noch nicht gelernt, ihre Zunge im Zaum zu halten, sie wußte noch nichts von dem großen Einfluß des Herzogs. So geschah es, daß sie zusammen mit der Gattin und der Mutter des Herzogs den langen Weg in die Hauptstadt machen mußte, und man darf wohl behaupten, daß dabei keine freundschaftlichen Bande geknüpft wurden.

»Sah sie denn glücklich aus?« fragte Mrs. Giddings bei

ihrem Besuch bei den Tradescants. Sie arbeitete in der Wäscherei von New Hall, besaß aber selbst einen kleinen Bauernhof und würde für die Tradescants noch ein Schaf schlachten, wenn Johns Geschichte etwas hergab.

John dachte an die fünfzehnjährige Prinzessin und ihre unenglische Förmlichkeit, an ihren Hof, wo man nur französisch sprach, und an ihre beiden Beichtväter. Die segneten ihr Abendessen mit lateinischen Gebeten und warnten sie davor, Fleisch zu essen, auch wenn der Gemahl ihr gerade eine Scheibe abgeschnitten hatte, weil sie doch einen Fastentag einzuhalten hatte.

»So glücklich ein junges Mädchen nur sein kann«, sagte er. »Sie lacht und schnattert und singt.«

»Und der Herzog, mag er sie?«

Nur Elizabeth bemerkte den leichten Schatten, der über das Gesicht ihres Mannes flog. In Frankreich hatte es einen Skandal gegeben, mehrere Skandale. Buckingham hatte ihm das Schlimmste davon berichtet, als sie sich an Deck eines kleinen Fischerbootes begeben hatten, das von Rotterdam nach Tilbury segelte. Die Königin von Frankreich hatte Buckingham ermutigt, weit mehr, als es einer verheirateten Frau angestanden hätte. Er war die Mauer zu ihrem privaten Garten hochgeklettert, um sie dort zu treffen. Was sich dann ereignete, gab Buckingham nicht preis, doch ganz Europa zerriß sich das Maul darüber. Das Paar war von der eigenen Leibgarde der Königin entdeckt worden. Man hatte die Degen gezogen und Drohungen ausgestoßen. Einige meinten nun, die Königin sei von Buckingham unzüchtig überwältigt worden, andere hielten dagegen, die Königin sei verführt und halb nackt in seine Arme gesunken. Die Hofdamen der Königin sagten, es habe sich nur um einen eleganten Flirt gehandelt beziehungsweise es sei nichts dergleichen wahr und daß sich die Königin ganz woanders aufgehalten habe. Es gab eine ganze Reihe von Gerüchten und versteckten Andeutungen, und der

Herzog hatte zu allem immer nur gelächelt, er, der schönste Mann bei Hofe mit seinem höchst gottlosen Blick und seinem unwiderstehlichen Charme. John hatte die Stirn gerunzelt, als ihm Buckingham gestanden hatte, sein Herz an die Königin von Frankreich verloren zu haben. Er hätte wohl lieber bei seinem Herrn bleiben und ihn von heimlichen Verabredungen mit der am schärfsten bewachten Dame Europas abhalten sollen.

»Wer hätte das verhindern können?« seufzte Buckingham, doch der Funken in seinen Augen verriet, daß er etwas im Schilde führte. »Das ist Liebe, John. Ich werde mit ihr durchbrennen und sie von ihrem langweiligen Ehegatten befreien, und dann werden wir in Virginia leben.«

John hatte den Kopf geschüttelt. »Was wird ihr Mann wohl denken?« fragte er.

»Oh, der haßt mich«, sagte Buckingham vergnügt.

»Und Prinzessin Henrietta Maria?«

»Nun, sie ist meine Erzfeindin.«

»Sie ist jetzt Eure Königin«, erinnerte ihn John.

»Sie ist lediglich die Frau meines teuersten Freundes«, hatte Buckingham entgegnet. »Und sollte sich lieber daran erinnern, wen er liebt.«

»Was hält sie denn von ihm?« drang man weiter auf John ein. »Was hält die neue Königin von unserem Herzog?«

»Er ist ihr engster Freund bei Hofe«, antwortete John mit Bedacht. »Der Herzog verehrt sie und zollt ihr großen Respekt.«

»Wird er bald heimkehren?« erkundigte sich jemand aus dem Hintergrund der Menge, die sich inzwischen in Johns Küche versammelt hatte.

»Vorerst nicht«, erwiderte John. »Am Hof werden Festlichkeiten, Maskenbälle und Tänze veranstaltet, um die neue Königin willkommen zu heißen, und dann folgt noch die Krönungsfeier. Wir werden ihn in den nächsten Wochen nicht zu Gesicht bekommen.«

Daraufhin wurde allgemeines Gemurmel laut, das große Enttäuschung verriet. War der Herzog in New Hall, herrschte größere Fröhlichkeit im Schloß, und es bestand immer die Möglichkeit, einmal einen Blick auf den König zu erhaschen.

»Aber du wirst ihn doch treffen?« fragte Elizabeth, die die Zufriedenheit und Gelassenheit ihres Gatten richtig deutete.

»Ja, in London. Und dann werde ich mich wegen der Bäume nach New Forest aufmachen. Er ist scharf auf ein Labyrinth«, sagte Tradescant mit kaum verhohlener Heiterkeit. »Wo ich die vielen Eiben hernehmen soll, weiß ich nicht.«

John offenbarte den Neugierigen immer nur die Hälfte, und immer betonte er dabei die Dinge, die mitzuteilen er für richtig hielt. So ließ er durchblicken, daß der junge König Charles bereits ein Dutzend faulenzender Tunichtgute aus dem Kreis der Günstlinge seines Vaters entlassen hatte, daß der Hof sich nun an einen strengen Wechsel von Gebet, Arbeit und Pflichterfüllung zu halten hatte. Selten trank der König Wein, und wenn, dann nie übermäßig. Er las all die Schriftstücke, die man ihm vorlegte, und unterzeichnete jedes eigenhändig. Manchmal stießen seine Berater auf klein geschriebene Randbemerkungen, und der König erkundigte sich später stets, ob man seine Hinweise auch ausgeführt hätte. Er strebte danach, ein König mit einem Blick für das Detail zu sein, und wollte sowohl das Hofzeremoniell als auch die kleinsten Einzelheiten des Regierungsamtes genau befolgt wissen.

John verschwieg jedoch, daß ihm der Sinn für größere Entwürfe fehlte, daß er nicht in der Lage war, Folgen von Entscheidungen auf lange Sicht und in ihrem vollen Umfang zu beurteilen. Er war unbedingt loyal gegenüber Leuten, die ihm teuer waren, aber unfähig, sein Wort gegenüber jenen zu halten, die er nicht mochte. Der neue König betrachtete alles aus einer ganz persönlichen Perspektive; und wenn ihm ein Mensch oder eine Nation nicht gefielen, brachte er es nicht über sich, ihnen Beachtung zu schenken.

Seine Schwester Elizabeth von Böhmen, die sich immer noch im Exil befand und nach wie vor Beistand von ihrem Bruder erwartete, nahm in seinen Gedanken den ersten Platz ein, und er preßte aus seinen Schatztruhen den letzten Heller heraus, um eine Armee aufzustellen, die ihr zu Hilfe eilen sollte. Niemals, selbst nicht seiner Frau gegenüber, erwähnte John die langen Stunden in den verdunkelten Räumen der holländischen Geldverleiher und auch nicht die demütigende Erkenntnis, daß niemand in Europa einer Partnerschaft mit dem unerfahrenen König und dem extravaganten Herzog traute.

Es waren nicht nur die Geldverleiher, die den Herzog für unzuverlässig hielten. Ein Wanderprediger, dessen Kleider zerschlissen waren, dessen Gesicht aber vor Überzeugung glühte, kam nach Chelmsford und wollte unter dem Marktkreuz predigen.

»Du willst doch nicht etwa dort hingehen?« murmelte John, als Elizabeth ihm das Abendessen auf den Tisch stellte und sich ein Tuch um die Schultern legte.

»Eigentlich ja«, sagte sie.

»Der predigt nur ketzerisches Zeug«, sagte John. »Du solltest besser daheim bleiben.«

»Komm doch mit«, forderte sie ihn auf. »Und wenn er Unsinn verbreitet, können wir aufbrechen und in der Schenke auf ein Bier einkehren.«

»Ich will meine Zeit nicht mit Wanderpredigern vergeuden«, sagte John. »Von Jahr zu Jahr werden es mehr. Jeden Sonntag höre ich schon zwei Predigten. Da brauche ich nicht auch noch eine am Dienstag.«

Sie nickte und schlüpfte, ohne einen Streit heraufzubeschwören, aus der Tür. Rasch ging sie die Straße hinunter. In der Mitte des Dorfes hatte sich eine kleine Menschenmenge um den Prediger geschart.

Der Mann warnte die Leute vor dem Höllenfeuer und vor den Sünden der Großen. Elizabeth trat ein paar Schritte zurück in einen Türeingang und hörte von dort aus zu. John hatte recht. Was der Prediger äußerte, war wohl Ketzerei und vielleicht sogar Hochverrat. Aber wie er seine Beweisführung langsam vorantrieb, das wirkte überwältigend.

»Schritt für Schritt gehen wir den Weg ins Verderben«, sagte er so leise, daß sich seine Zuhörer noch enger um ihn scharten und eine verschwörerische Stimmung aufkam. »Heute wandert die Pest durch die Straßen Londons so frei und unbekümmert, als sei sie ein willkommener Gast. Nicht ein Haus ist dagegen gefeit, nicht einer kann sicher sein, daß er lebend davonkommt. Nicht eine Familie in der Stadt, die nicht ein oder zwei Angehörige verlöre. Und das nicht nur in London – alle Dörfer in diesem Land müssen sich vor Fremden in acht nehmen und sich vor Kranken fürchten. Sie trifft uns alle – und es gibt nur eine Möglichkeit, ihr zu entkommen: Buße und die Hinwendung zu unserem Herrn.«

Nun wurde ein leises Gemurmel der Zustimmung in der Menge laut.

»Warum greift die Pest um sich?« fragte der Prediger. »Warum sollte sie uns auslöschen? Betrachten wir ihren Ausgangspunkt. Sie kommt aus London. Dem Zentrum des Wohlstands, dem Zentrum des Hofes. Sie tauchte mit dem neuen König auf, zu einer Zeit, in der die Dinge eigentlich auf neue Art gehandhabt werden sollten. Die Pest macht sich breit, weil der König nicht die neue Art verkörpert. Weil er den Günstling seines Vaters weiter an seiner Seite behält, den Ratgeber seines Vaters, der ihm weiterhin alle Entscheidungen vorgibt. Das ist kein neuer

König; es ist der alte König, denn er wird von dem gleichen Mann beherrscht.«

Nun bewegte sich die Menge vom Prediger weg. Dieser bemerkte es sofort. »Oh, ja«, fuhr er rasch fort. »Er zahlt eure Löhne, ich weiß, ihr lebt in seinen Dörfern, ihr baut auf seinem Boden euer Gemüse an, aber blickt einmal von euren Misthaufen und euren schiefen Schornsteinen auf, und verfolgt, was dieser Mann in der weiten Welt tut. Er war es, der Prinz Charles 1623 in Spanien tödlicher Gefahr aussetzte. Er war es, der ihm später eine katholische französische Königin zuführte. Jedes hohe Amt in diesem Land bekleidet er, oder er kann es jemandem verleihen. In jedem hohen Amt sitzt ein Villiers ganz oben und scheffelt Geld. Wenn unser König die Städte und die Gilden anbettelt, weshalb hat er denn selbst kein Geld? Wo ist der ganze Reichtum geblieben? Weiß der Herzog – wenn er durch sein großes Haus in Samt und Seide spaziert –, weiß der Herzog vielleicht, wo das ganze Geld geblieben ist?

Wenn das alles wäre, dann wäre es schon mehr als genug. Aber das ist nicht alles. Es gibt noch andere offene Fragen. Warum gewinnen wir eigentlich keinen einzigen Feldzug gegen die Spanier, sei es zu Lande oder zu Wasser? Warum kehren die Soldaten heim und berichten, sie hätten nichts zu essen gehabt? Und kein Pulver für die Kanonen? Wer, wenn nicht der Herzog, ist für die Armee verantwortlich? Wenn die Seeleute beklagen, daß die Schiffe nicht in der Lage sind, in See zu stechen, und die Vorräte an Lebensmitteln verschimmeln, noch ehe sie gegessen werden – wer ist der Lord-Admiral? Wieder der Herzog!

Und wenn uns unsere Glaubensbrüder und Glaubensschwestern, Protestanten wie wir, aus dem französischen La Rochelle um Hilfe gegen die papistische Armee in Frankreich bitten, senden wir ihnen Unterstützung? Unsere eigenen Brüder, die wie wir beten, die vor dem Fluch der Papisterei wie wir geflohen sind? Erhalten sie von uns Beistand? Nein! Der große Herzog schickt englische Schiffe und englische Seeleute, um den Mächten der Dunkelheit, der Armee Roms und der Flotte Richelieus zu helfen! Er schickt gute protestantische Engländer, um sie beim Teufel, bei der geschminkten Hure von Rom, zu verdingen!«

Der Mann war ins Schwitzen geraten und neigte sich dem Steinkreuz zu. »Am schlimmsten ist aber«, fuhr er mit gesenkter Stimme fort, »es gibt Menschen, die fragen sich, warum während der letzten Stunden unseres Königs James, unseres guten Königs James, nur Villiers und seine Mutter zugegen waren. Dem König ging es scheinbar besser, aber man würde gern erfahren, warum seine Ärzte und Wundärzte fortgeschickt wurden und warum sich sein Zustand in Villiers' Obhut wieder verschlechterte und er schließlich sterben mußte!«

Auf diese skandalösen Behauptungen hin, die das größte Verbrechen in der Welt beinah beim Namen nannten – Königsmord –, ging ein ehrfürchtiges Raunen durch die Menge. Der Prediger richtete sich wieder auf. »Kein Wunder, daß die Pest uns heimsucht!« rief er aus. »Kein Wunder. Denn warum sollte der Herr der Hostie auf uns herablächeln, wo wir so betrogen wurden und dem Betrug keinen Einhalt gebieten!«

Jemand aus den hinteren Reihen rief etwas, und die um ihn Stehenden brachen in Gelächter aus. Der Prediger fuhr fort: »Ihr habt recht, ich kann so nicht vom Herzog reden. Doch andere werden das tun. Wir haben ein Parlament von Männern, guten Männern, die wissen, was das Land fühlt. Sie werden mit dem König sprechen und ihn vor dem Herzog, dem falschen Freund, warnen. Sie werden dem König raten, sich von Villiers abzuwenden und ein offenes Ohr für die Nöte des Volkes zu haben. Und er wird sich von ihm abwenden! Das wird er! Er wird allen

Gerechtigkeit widerfahren lassen und den Kindern Brot und den Landlosen Land geben. Denn es steht in der Bibel, daß jeder Mann sein eigenes Land haben soll und jede Frau ihr eigenes Heim. Dieser König wird sich von seinen falschen Ratgebern abwenden und das verwirklichen. Für jeden Mann ein Feld und ein Haus für jede Frau. Und keine Not für die Kinder!«

Nun folgte eine Pause – die Zuhörer waren vor allem Bauern, und ein eigenes Stück Land war ihr sehnlichster Wunsch.

»Wird der König das für uns tun?« fragte ein Mann.

»Wenn er sich seiner falschen Ratgeber erst einmal entledigt hat, dann wird er das ganz sicher für uns tun«, erwiderte der Prediger.

»Wie, und seine eigenen Parktore niederreißen?«

»Es gibt genügend Land. Das Gemeinde- und das Brachland nehmen eine riesige Fläche ein. Es gibt mehr als genug Land für uns alle, ja, und für alle Menschen in der Stadt ebenso. Und wenn wir mehr benötigen, dann brauchen wir uns nur umzusehen. Also! Allein die Gärten von New Hall würden fünfzig Familien ernähren, wenn wir sie unter den Pflug brächten! In diesem Land gibt es einen solchen Reichtum! Es gibt genug für alle, wenn wir den Niederträchtigen den Überfluß wegnehmen und alles den bedürftigen Kindern geben!«

Elizabeth spürte, wie jemand sanft eine Hand auf ihren Ellbogen legte. »Komm fort von hier«, flüsterte ihr John ins Ohr. »Das ist keine Predigt, sondern nur schwülstiges Zeug: Es enthält mehr Hochverrat als gottgefällige Worte aus der Bibel.«

Schweigend ließ sich Elizabeth von ihrem Mann nach Hause führen. »Hast du alles gehört?« fragte sie, als sie durch die Tür traten.

»Ich habe genug gehört«, entgegnete John kurz angebunden.

J., der am Tisch saß, blickte kurz auf und aß dann weiter.

»Er hat dem Herzog alles in die Schuhe geschoben«, sagte Elizabeth.

John nickte. »Das machen einige.«

»Er sagte, der König würde ohne dessen schlechten Rat allen Land geben und keine Kriege mehr führen.« John schüttelte den Kopf. »Der König würde wie ein König leben, ganz gleich, ob mein Herr an seiner Seite stünde oder nicht«, sagte er. »Und kein König würde jemals sein Land fortgeben.«

»Und wenn er es doch täte ...«, entgegnete Elizabeth beharrlich.

John zog seinen Stuhl hervor und setzte sich neben J. an den Tisch. »Das ist ein Traum«, sagte er. »Nicht die Wirklichkeit. Ein Traum, den man Kindern erzählen kann. Ein Land, in dem jedermann seinen eigenen Garten hat, in dem sich jedermann von seinem Land ernähren kann und dann noch Früchte und Blumen anbaut. Das ist nicht England, das ist das Paradies.«

In dem kleinen Raum herrschte Schweigen. John, der eigentlich die Vision des Predigers verspotten wollte, sah sich nun selbst von der Vorstellung verführt, es könne ein Land voller Gärten geben, jeder Park ein Obstgarten, alles Gemeindeland ein Weizenfeld, ein Land ohne Hunger und Not.

»In Virginia nehmen sie sich Land von den Wäldern, soviel sie wollen«, sagte J. »Es muß kein Traum bleiben.«

»Auch hier gibt es genug Land«, sagte John. »Wenn man es gerecht aufteilen würde. Es gibt das Gemeindeland, dann das brachliegende Land und die Wälder – es gibt für jedermann genug Land.«

»Also hatte der Prediger recht«, sagte Elizabeth. »Es ist der Überfluß der Reichen, der für die Armut der anderen sorgt. Die Reichen hegen ihr Land ein und machen daraus

Parks oder belassen die wilde Natur. Deshalb haben die Armen nicht genügend Land.«

Johns Gesichtszüge verhärteten sich plötzlich. »Das ist Hochverrat«, sagte er einfach. »Es gehört alles dem König. Er muß tun, was er für richtig hält. Niemand kann einfach kommen und ihn um Land bitten, als gehörte es keinem. Alles gehört dem König.«

»Mit Ausnahme der Felder, die dem Herzog gehören«, bemerkte J. schlau.

»Er verwaltet es für den König und der König für Gott«, sagte Tradescant und wiederholte damit die schlichte Wahrheit.

»So müssen wir zu Gott beten, daß er den Armen Land schenken möge«, sagte J. und stand vom Tisch auf, wobei er gereizt seine Schale beiseite stieß. »Denn ohne Hilfe werden sie den nächsten Sommer mit Pest und schlechter Ernte nicht überleben, wo doch weder der König noch der Herzog gewillt sind, ihrem Leid ein Ende zu setzen.«

## Sommer 1626

John Tradescant hatte angenommen, daß das Gemurre über den Herzog nur bei Unwissenden, bei Jungen wie J. und Frauen wie Elizabeth oder bei solchen Wanderpredigern auf geneigte Ohren stoßen würde. Deren Meinung konnte einen vielleicht zeitweilig beunruhigen, spielte aber sonst keine Rolle. Doch der König berief das Parlament nach Oxford ein, um der Pest zu entfliehen, die die Straßen Londons in ein Leichenschauhaus verwandelt hatte. Die Schulden hatten den König gezwungen, mit dem Parlament zu verhandeln, auch wenn er der Loyalität der Parlamentarier mißtraute und ihre Wichtigtuerei haßte.

Als das Parlament an Ort und Stelle war, wollte es sich nicht dem König beugen. Es lehnte die hohen Ausgaben des Hofes ab. Statt dessen konfrontierten ihn die einfachen Landbesitzer mit einer langen Beschwerdeliste über den Herzog und forderten, daß man ihn vor einen Ausschuß brächte, um ihn wegen seiner Vergehen zu verhören.

»Ich kann mir keine Meinung bilden, wenn ich nicht weiß, was da vorgeht«, sagte John zu Elizabeth. Er machte sich in ihrem eigenen kleinen Garten zu schaffen. Er legte Erbsen in geraden, ordentlichen Reihen. Sie bemerkte, daß seine Finger zitterten, während er sie einzeln in die Erde drückte. »Es heißt, sie wollen seine Amtsenthebung fordern! Es heißt, sie wollen ihn des Hochverrats anklagen!«

»Willst du ihn aufsuchen?« fragte sie.

John schüttelte den Kopf. »Wie kann ich? Ohne Auftrag?«

»Wird er dich nicht rufen lassen?«

»Wenn ich ihm behilflich sein kann, wird er mich rufen. Aber er hat keinen Grund anzunehmen, daß ich ihm nützen könnte. In Oxford wird er keinen Gärtner benötigen!«

»Aber er benötigt dich für alle möglichen Dienste«, sagte Elizabeth. Schmutzige Dienste, dachte sie im stillen. »Persönliche Dienste«, sagte sie laut.

John nickte. »Wenn er mich ruft, gehe ich«, wiederholte er. »Aber erst, wenn er mich zu sich beordert.«

Sie hatte den Eindruck, daß er traurig darüber war, daß der Herzog in Nöten oder Gefahr sei und nicht daran dachte, seinen Gefolgsmann zu rufen. »Ich muß warten«, sagte John.

Einer der Diener des Herzogs überbrachte die Botschaft von Oxford nach New Hall. Der Verwalter entdeckte von seinem Fenster aus John im Stallhof und schickte jemanden, ihn zu holen.

»Ich dachte mir, Ihr wollt gern wissen, daß der Herzog seinen Anklägern nicht gegenübertreten wird!« William Ward strahlte. »Ich weiß, daß Ihr besorgt wart.«

John riß den Hut vom Kopf und warf ihn in die Luft wie ein kleiner Junge. »Dem Himmel sei Dank!« rief er aus. »Ich habe mir in den letzten Tagen ziemliche Sorgen gemacht. Zum Glück haben sie Vernunft angenommen. Sie haben auf die Anklage verzichtet, nicht wahr? Sie verworfen? Wer kann sich schon gegen ihn erheben, he? Mr. Ward? Wer könnte jemals schlecht von ihm denken?«

Mr. Ward schüttelte den Kopf. »Sie haben die Anklagepunkte nicht fallenlassen.«

»Wie denn? Das müssen sie doch! Ihr sagtet ...«

»Ich sagte, er wird seinen Anklägern nicht gegenübertreten ...«

»Ach so?«

»Sie haben acht Punkte gegen ihn vorgebracht«, sagte der Verwalter mit leiser Stimme und sichtlich schockiert. »Sie haben ihm alles vorgeworfen, vom ruinösen Zustand der Flotte bis zum Diebstahl am König. Sie haben ihn sogar ... Es heißt, er war verwickelt ... Sie haben ihn für den Mord an König James verantwortlich gemacht.«

John erblaßte. »Mord?«

Der Verwalter nickte. Sein Gesicht war genauso von Entsetzen gezeichnet wie Johns. »Sie haben es ausgesprochen. Sie haben es Mord genannt. Und dann haben sie ihn als den Königsmörder bezeichnet.«

»Mein Gott«, sagte John leise. »Was hat er entgegnet?«

»Er gab darauf keine Antwort. Der König hat die Ankläger eingesperrt und das Parlament aufgelöst. Er hat die Parlamentsmitglieder nach Hause geschickt. Er wird sie nicht anhören.«

Einen Moment lang war John erleichtert. »Der König bleibt also sein Freund. Und seine Feinde sind auch die Feinde des Königs.«

William Ward nickte. Dann wurde Tradescant die ungünstige Situation bewußt. »Die Ankläger wurden zwar eingesperrt, aber sind denn die Anklagepunkte zurückgezogen worden?«

Der Verwalter schüttelte langsam den Kopf. »Nein, das ist ja das Schlimme. Seine Ankläger sitzen ohne Prozeß im Tower, aber sie ziehen die Anklage nicht zurück.«

»Um wen handelt es sich denn? Diese verfluchten Lügner. Wer ist es?«

»Sir Dudley Digges und Sir John Eliot.«

Tradescant erblaßte plötzlich. »Aber Sir John ist der engste Freund unseres Herrn«, sagte er leise. »Seit ihrer Kindheit waren sie wie Brüder zueinander.«

William Ward nickte.

»Mit Sir Dudley bin ich nach Rußland gereist. Er ist

keiner, der falsche Beschuldigungen in die Welt setzt, er ist ein wirklicher Ehrenmann! Nun, ich würde seinem Urteil solches Vertrauen schenken wie dem meinen. Auf der langen gefährlichen Schiffsreise waren wir Kameraden, und als er krank war, habe ich ihn gepflegt. Er ist ein guter, ein gerechter Mann. Er würde gegen niemanden eine Falschaussage machen. Niemals.«

Düster blickte ihn der Verwalter an. »Sein Wort steht gegen das des Herzogs.«

»Ich hätte mein Leben für seine Aufrichtigkeit verwettet«, sagte Tradescant unsicher.

Der Verwalter schüttelte den Kopf. »Die beiden Parlamentsabgeordneten haben gegen unseren Lord ausgesagt und sind dafür eingekerkert worden. Der König hat sie im Tower gefangengesetzt, von wo sie nicht mehr freikommen sollen.«

»Doch wessen beschuldigt man sie?«

»Es gibt keine Anklagepunkte – nur die Tatsache, daß sie gegen den Herzog ausgesagt haben.«

John ging mit schnellen Schritten zum Fenster und blickte auf die Terrassen unter ihm: die goldene Terrasse mit den Goldfischen, darunter die silberne und ganz unten die Teiche für die Regenbogenforellen.

»Das sind Männer, denen man in jeder Angelegenheit vertrauen kann«, sagte er mit gedämpfter Stimme. »Ginge es um etwas anderes, dann würde ich auf ihrer Seite stehen.«

Der Verwalter schwieg.

Als sich Tradescant umwandte, wirkte er äußerst bekümmert. »Das ist eine üble Sache. Keiner darf Sir Dudley einen Lügner schimpfen. Doch ebenso kann keiner behaupten, daß mein Herzog – daß er all diese Dinge getan haben soll.«

Der Verwalter blickte ihn eindringlich an. »Ihr wart im letzten Frühjahr dort, als der König starb. Ihr müßt es gesehen haben.«

»Ich habe nichts gesehen«, sagte John rasch. »Ich sah nur meinen Herrn, wie er am Bett seines Königs saß und später die Totenwache hielt. Der Prinz war da; sagt man, daß er seinen eigenen Vater umgebracht hat? Der Bischof von Lincoln war da. Sagt man, daß auch er daran beteiligt war?«

»Die Gräfin Villiers war dort, die Mutter des Herzogs«, bemerkte William Ward. »Und die Ärzte hat man fortgeschickt.«

John schaute ihn verwirrt an. »Wir müssen ihm glauben«, sagte er beherzt, doch es klang eher wie ein Appell. »Er ist unser Herr. Wir stehen zu ihm, bis wir den Beweis haben, daß er wider den König oder wider das Wort Gottes gehandelt hat. Als seine durch Eid gebundenen Diener können wir uns nicht zurückziehen, wenn sein Stern untergeht. In guten wie in schlechten Zeiten bin ich sein Gefolgsmann.«

William Ward nickte. »Zumindest wird der Herzog für ein paar Tage heimkehren. Er schreibt mir, daß er hierbleiben wird und dann weiter nach New Forest will, um mit dem König auf die Jagd zu gehen.«

Tradescant nickte. »Sie gehen auf Jagd? Doch was ist mit dem Parlament? Der König hat es doch gerade erst einberufen.«

»Aufgelöst«, sagte Mr. Ward kurz. »Es ist erst das zweite Parlament des Königs und schon wieder aufgelöst, nachdem man sich in keinem Punkt einigen konnte. Es wurde weder über Gelder entschieden noch über Politik. Der König wird allein mit dem Herzog regieren, ohne das Parlament. Doch wie will er Gelder auftreiben, um alles zu bezahlen? Was wird das Land von ihm denken?«

»Was werden sie unternehmen?« fragte sich Tradescant. »Beide sind noch so jung – und haben so viele Feinde gegen sich im Ausland und ...«

Der Verwalter zuckte die Schultern. »Sie gehen einen

gefährlichen Weg«, sagte er. »Gott möge sie beide beschützen.«

In diesem Sommer konnte man Nacht für Nacht einen Meteor erkennen, der ganz tief stand und hell leuchtete. Nach Sonnenuntergang sah man ihn einsam oben am Himmel, er zog einen gelb brennenden Schweif hinter sich her. Jeder wußte, daß es sich um ein Zeichen handeln mußte, und die meisten meinten, es sei eine Warnung. Nach wie vor ging die Pest um, die neue französische Königin konnte keine Kinder gebären, und außerdem kursierten Gerüchte, daß sie den König nicht ausstehen könne. Hinter verschlossenen Türen hatte es heftige Auseinandersetzungen und lautes Geschrei gegeben. Der Herzog mußte sich einmischen mit Ratschlägen und Zurechtweisungen. Zur Zeit, so hieß es, konnte sie nicht einmal mehr den Anblick des Königs ertragen und wurde nur in Anwesenheit des Herzogs zu ihrem Gatten gelassen.

Von New Hall aus war der Meteor gut zu erkennen, und in dem Dorf Chorley dachte man, daß er ein Sündenzeichen sei, ein sicheres Zeichen für Gift und Verderben, wie es hieß, das irgendwo in diesem Land lauerte. John Tradescant, der jeglichen Aberglauben ablehnte, fuhr J. an, daß es sich um einen Stern handele, der seinen Standort am Firmament verlassen habe, und daß alles weiter nichts bedeute – für Männer von Verstand sowieso nicht. Doch wenn er hochblickte, so drückte er dabei immer den Daumen in der Tasche und flüsterte vor sich hin: »Gott schütze den König! Gott schütze den Herzog!«

Im Juli spitzten sich die Dinge in der königlichen Ehe zu. Der König ordnete an, daß das französische Gefolge der Königin das Land zu verlassen habe, und legte fest, daß Buckinghams Gemahlin und seine Schwester nun den Platz der ersten Hofdamen der Königin einzunehmen hätten. Als John zusah, wie in New Hall die Arbeiten am neuen riesigen Springbrunnen vorangingen, fand sich J. bei ihm ein.

»Vater, warum kommt der König nicht mit seiner Frau aus?« fragte er ihn. »In der Küche erzählt man sich, er habe sie tätlich angegriffen und sie habe aus dem Fenster nach ihren Priestern und Zofen geschrien und der Herzog, unser Herzog, habe ihr gedroht, sie könne wegen Hochverrats enthauptet werden.«

John packte J. fest bei der Schulter und zog ihn von den Arbeitern fort. »Das ist nur Geschwätz«, sagte er barsch. »Weibergeschwätz. Bist du ein altes Weib, das vor dem Herd sitzt und alles glaubt?«

»Ich möchte das nur begreifen«, erwiderte J. rasch. Das Gesicht seines Vaters war vor Zorn ganz düster; er sah, daß er zu weit gegangen war.

»Was denn begreifen?«

Nun zögerte J. »Ich möchte wissen, warum du immer nur dem Herzog folgst«, platzte es plötzlich aus ihm heraus. »Warum verläßt du mich und Mutter manchmal monatelang. Ich möchte wissen, welche Macht er über dich hat. Welche Macht hat er über den König?«

Einen Augenblick dachte John nach. Er ging nun neben seinem Sohn her, wobei sein Arm schwer auf dessen jungen, schmalen Schultern ruhte. »Ich liebe ihn als meinen Herrn«, sagte er. »Er ist von Gott über mich gestellt, und ich bin sein Untertan, verstehst du? Er forderte mich auf, ihm zu dienen, und ich willigte ein. Das bedeutet, daß ich ihm bis in den Tod gehorche oder bis er mich aus seinen Diensten entläßt. Ich bin nicht auf die Knie gesunken und habe nicht wie in alten Zeiten einen Eid auf das Vasallentum geleistet, doch es geht um das gleiche. Ich bin sein Diener, und er ist mein Herr. Das ist das Band zwischen uns.«

J. nickte, wenn auch unwillig.

»Und ich liebe ihn wegen seiner Schönheit«, sagte John

einfach. »Ob er in Seide gehüllt und mit Diamanten übersät ist oder braune Jagdkleider trägt, er bewegt sich so geschmeidig wie eine Weide und ist so hübsch« – seine Blicke wanderten im Garten herum – »wie einer meiner Kastanienbäume in Blüte. Der Herzog besitzt den Liebreiz einer Frau und den Mut eines Ritters aus einer alten Sage.«

»Liebst du ihn mehr als uns?« fragte J., der damit der Sache auf den Grund ging.

»Meine Liebe zu ihm ist von anderer Art.« John wich der Wahrheit aus. »Ich liebe dich und deine Mutter wie mein eigen Fleisch und Blut. Ich liebe meinen Herrn, wie ich die Engel über ihm und meinen Gott über ihnen liebe.«

»Hast du dich nie gefragt«, erkundigte sich J. trotzig, da der Schmerz in ihm bohrte, »ob deine Liebe nicht vielleicht dem Falschen gilt? Ob dein Herr, so dicht unterhalb der Engel, vielleicht nicht eher das ist, als das man ihn auf dem Marktplatz bezeichnet? Ein falscher Freund, ein Dieb, ein Spion, ein Papist, ein Mörder ... und ein Sodomit?«

John wirbelte herum und versetzte seinem Sohn eine schallende Ohrfeige, einen solchen Schlag, daß der Junge der Länge nach hinfiel. Dann stellte er sich mit geballten Fäusten über ihn, bereit, ihn wieder niederzustoßen, sollte er aufstehen, um mit ihm zu ringen. »Wie kannst du es wagen!«

J. drehte sich auf dem Boden zur Seite, weg von seinem wütenden Vater. »Ich ...«

»Wie kannst du es wagen, jenen Mann zu beleidigen, dessen Brot du ißt? Der unseren Tisch deckt? Wie kannst du es wagen, die schmutzigen Reden von der Straße hier in seinem Garten in den Mund zu nehmen? Ich sollte dich dafür auspeitschen, John.« J. sprang auf die Beine und stellte sich seinem Vater entgegen; auf der Wange glühte noch die Ohrfeige von dessen Hand. »Ich will mir selbst meine Gedanken machen!« rief er aus. »Ich will keinen Herrn, dem ich gehorchen muß, und möchte nicht meine Ohren vor dem verschließen, was alle sagen. Ich will meinen eigenen Weg gehen.«

»Du wirst deinen eigenen Weg in die Hölle gehen«, sagte John verbittert. Er wandte sich um und ließ seinen Sohn ohne ein weiteres Wort stehen.

## Sommer 1627

Buckingham hielt sich den Sommer über in New Hall auf, war er doch aus Furcht vor dem feindselig gegen ihn gestimmten Parlament in die Grafschaft Essex zurückgekehrt. Er fand John Tradescant im Obstgarten vor, der dort die Pfirsichbäume an der roten Ziegelmauer festband. Als John die schnellen Schritte des Herzogs hörte, wandte er sich um. Buckingham bemerkte Tradescants plötzlich vor Freude strahlendes Gesicht und legte ihm eine Hand auf die Schulter. »Ich wünschte, ich könnte für alle Welt ein solcher Held sein, wie ich es für Euch bin, John«, sagte er.

»Gibt es Unannehmlichkeiten, mein Lord?«

Buckingham warf den Kopf zurück und stieß jenes Lachen hervor, das dem eines leichtsinnigen Glücksspielers glich. John lächelte zurück, fühlte sich allerdings äußerst unbehaglich dabei, hatte er doch gelernt, eher vorsichtig zu sein, wenn sein Herr gut gelaunt war. »Es gibt immer Unannehmlichkeiten«, sagte Buckingham. »Darauf pfeife ich. Und wie steht es mit Euch, John? Was macht Ihr gerade?«

»Ich bin dabei, etwas auszuprobieren, weiß aber nicht, ob es mir gelingt, den Pfirsichbäumen ein wenig zusätzliche Wärme zu verschaffen.«

»Wollt Ihr die Stämme in Brand setzen?«

»Ich werde Holzkohle verbrennen«, sagte Tradescant in vollem Ernst. »Hier.« Er wies auf die hohe Mauer und drei kleine Öfen, die übereinanderstanden. »Der Rauchabzug der drei Öfen führt über die ganze Länge der Wand, so daß die Ziegel die Bäume erwärmen und es schon früh Pfirsiche und Aprikosen gibt. Ich denke, die Natur sorgt dafür, ob und wann der Baum Früchte trägt; aber erst bei Sonnenwärme reifen sie richtig. Im ersten Jahr habe ich ihnen zuviel künstliche Wärme verschafft, im zweiten war ich zu vorsichtig, und so hat sie der Frost erwischt. Doch diesmal ist es mir wahrscheinlich gelungen, und Ihr werdet im Juni reife Früchte haben.«

»In diesem Jahr werde ich im Juni keine englischen Pfirsiche essen und Ihr auch nicht«, bemerkte der Herzog.

Alarmiert wandte sich John von seiner beheizten Wand ab. »In diesem Jahr nicht?«

»Es sei denn, Ihr wollt Pfirsiche essen, während ich in den Krieg ziehe!«

»Ihr, mein Lord?«

Buckingham warf den Kopf hoch und lachte wieder. »Hört mir gut zu, mein John. Wir werden uns Frankreich vornehmen! Wird das nicht ein Spaß? Während die Franzosen uns in den Niederlanden Kummer machen und die schöne Königin Elizabeth dort im Exil bedrohen, werden wir in See stechen und sie an ihrer Schwachstelle angreifen.«

»Im Mittelmeer?«

»La Rochelle«, sagte Buckingham triumphierend. »Wir werden dort an Land gehen und von den Protestanten wie Helden empfangen werden. Sie werden von ihren eigenen katholischen Landsleuten belagert und sind nun schon lange genug Märtyrer ihres Glaubens. Unsere Ankunft wird alles ändern. Ich nehme kaum an, daß wir auch nur einen Schuß abfeuern müssen! Und was für ein Handstreich gegenüber Richelieu!«

»Erst im letzten Jahr habt Ihr eine Flotte losgeschickt, um auf der Seite von Richelieu gegen die Protestanten zu kämpfen. Ihr wart sein Verbündeter gegen sie.«

»Politik, Politik!« Buckingham verdrängte diesen Gedanken. »Wir hätten damals unseren Glaubensbrüdern helfen sollen, gleich zu Beginn der Belagerung. Im ganzen Land war man Feuer und Flamme, gegen die Katholiken loszuziehen, ich ebenso. Doch genau zu dem Zeitpunkt war auf dem englischen Thron die Königin aus Frankreich eingetroffen, und von Spanien wurden wir bedroht – was sollte ich da tun? Jetzt liegen die Dinge anders. Die Aussichten sind gut.«

»Was aber das Gedächtnis der Menschen angeht ...«, bemerkte John warnend. »Sie werden sich womöglich erinnern, daß Ihr damals unsere Flotte zu Richelieus Unterstützung geschickt habt und daß in La Rochelle englische Waffen an Protestanten erprobt wurden.«

Buckingham schüttelte den Kopf und lachte. »Was ist denn heute los mit Euch, Tradescant? Wollt Ihr mich nicht begleiten?«

»Ihr segelt nie allein.«

Buckingham setzte sein charmantestes Lächeln auf. »Ich? Natürlich nicht! Wer sonst ist denn der Lord-Admiral?«

»Ich hätte nicht gedacht ...« John hielt inne. »Werdet Ihr nicht im Lande vom König gebraucht? Und Eure Feinde hier, werden die sich nicht gegen Euch zusammenrotten, wenn Ihr monatelang fort seid? Schamlose Gerüchte über Euch machen die Runde; selbst hier hörte ich von Vorwürfen gegen Euch – mein Lord, Ihr könnt doch nicht riskieren fortzugehen, oder?«

»Wie könnte man Gerüchte und Vorwürfe besser zum Schweigen bringen als mit einem Sieg? Wenn ich mit einem Sieg über Frankreich heimkehre, mit einem Triumph über die Katholiken und mit einem neuen Hafen Englands an der Westküste Frankreichs, meint Ihr nicht, daß meine Feinde auf der Stelle wie weggeblasen wären? Sie werden sich wieder meine engsten Freunde nennen. Sir John und

Sir Dudley werden mich wieder wie einen Bruder lieben und aus dem Tower herbeieilen, um mir die Hand zu küssen. Versteht Ihr das nicht? Ich werde alles zu meinen Gunsten wenden.«

John legte seine Hand auf den bauschigen Schlitzärmel des eleganten Wamses seines Herrn. »Doch wenn Ihr scheitert, mein Lord?«

Buckingham schüttelte sie nicht ab, wie er es hätte tun können, er brach auch nicht in Lachen aus, wie John halb erwartet hatte. Statt dessen legte er seine weißen Finger auf Johns Hand und zog sie enger an sich. »Ich darf nicht scheitern«, sagte er leise. »Um Euch die Wahrheit zu sagen, John, ich darf auf keinen Fall scheitern.«

John blickte in die dunklen Augen seines Herrn. »Seid Ihr in so großer Gefahr?«

»In der allergrößten. Sie werden mich wegen Hochverrats exekutieren, wenn sie können.«

Die beiden Männer standen eine Weile mit umklammerten Händen ruhig da, ihre Köpfe ganz dicht beieinander.

»Kommt Ihr mit mir?« fragte Buckingham.

»Natürlich«, erwiderte John.

»Wohin willst du?« fragte Elizabeth aufbrausend.

»Mit der Flotte nach Frankreich«, sagte John, den Kopf tief über sein Abendessen gebeugt. J., der am anderen Tischende saß, beobachtete still seine Eltern.

»Du gehst auf die Sechzig zu.« Elizabeths Stimme bebte vor Wut. »Es ist an der Zeit, daß du daheim bleibst. Der Herzog bezahlt dich, weil du sein Gärtner bist und seine Raritäten in Ordnung hältst. Warum kann er dich nicht im Garten lassen?«

John schüttelte den Kopf und schnitt sich eine Scheibe Schinken ab. »Ist der von unseren Tieren?«

»Ja«, fuhr sie ihn an. »Warum will der Herzog ausgerechnet dich haben?« erkundigte sie sich.

»Er hat mich darum gebeten«, sagte John so besonnen, wie er nur konnte. »Ich kann ihn kaum danach fragen, welche Gründe es dafür gibt. Er hat es mir befohlen.«

»Du bist in einem Alter, in dem die Männer am Kamin sitzen und den Enkeln von ihren Reisen berichten«, sagte sie, »und nicht als gewöhnliche Soldaten in den Krieg ziehen.«

Er war betroffen. »Ich bin kein gewöhnlicher Soldat. Ich reise als Gentleman in seinem Gefolge. Und als sein Begleiter und Ratgeber.«

Sie schlug mit der Hand auf den Tisch. »Worin kannst du ihn beraten? Du bist Gärtner.«

Er blickte ihr fest in die herausfordernden Augen. »Ich mag ein Gärtner sein, aber ich bin weiter gereist und habe mehr Gefahren bestanden als alle anderen Männer seines Gefolges«, entgegnete er. »Ich habe an der Schlacht von Algier teilgenommen und die lange Reise nach Rußland mitgemacht. Ich bin in ganz Europa herumgekommen. Er benötigt nun alle klugen Köpfe, die er zur Verfügung hat. Er hat nach mir gefragt, und ich werde gehen.«

»Du könntest doch ablehnen«, drang sie in ihn. »Du könntest aus seinen Diensten treten. Es gibt viele Möglichkeiten, woanders zu arbeiten. Wir könnten nach Canterbury zurückkehren, Lord Wootton würde dich wieder einstellen. Er sagt, keiner könne Melonen anbauen so wie du. Wir könnten nach Hatfield zurückkehren und wieder für die Cecils arbeiten.«

»Ich werde meinen Eid nicht brechen. Ich werde Seine Lordschaft nicht verlassen.«

»Du hast keinen Eid geleistet«, drängte sie ihn. »Du betrachtest dich als seinen Untertan, und er behandelt dich wie einen Vasallen, doch wir leben in anderen Zeiten, John. So wie du Lord Cecil mit Liebe und Hingabe gedient hast, so tat man es früher. Andere Männer arbeiten für Villiers nur wegen des Lohns, und wenn ihnen der

Sinn danach steht, ziehen sie weiter. Das solltest du auch tun. Du könntest ihm erklären, daß es dir nicht paßt, ihm in den Krieg zu folgen, und dir woanders eine Stellung suchen.«

Er war ernsthaft erschrocken. »*Ich* soll ihm sagen, daß es mir nicht paßt, in den Krieg zu ziehen, wenn er in fremden Landen für mein England kämpft? *Ich* soll abtrünnig werden, wo ich fünf Jahre lang sein Brot gegessen habe? Nachdem er mich bezahlt und mir vertraut und meinen Sohn eingestellt hat, damit er seine Lehre in einem der feinsten Schlösser Englands machen kann? Im schlimmsten Augenblick seines Lebens soll ich ihm sagen, daß ich nur so lange bleiben wolle, bis ich woanders etwas Besseres gefunden habe? Es geht hier nicht um einen Lohn, Elizabeth, es geht hier um Treue. Um Ehre. Das ist eine Sache zwischen meinem Lord und mir.«

J. gestikulierte ungeduldig, dann saß er wieder still da. John schaute nicht einmal zu ihm hin.

»So diene ihm, wie auch immer«, sagte Elizabeth hartnäckig. »Halte zu deinem Lord, und verrichte die Arbeit, für die er dich hergeholt hat. Verwalte sein Raritätenkabinett, pflege seine Gärten.«

»Man hat mich an seine Seite gestellt«, sagte John einfach. »Wo immer er ist, dort sollte auch ich sein. Ganz gleich wo.«

Sie schluckte ihren Stolz hinunter, den Stolz einer Ehefrau, den Stolz der Eifersucht, der durch die Hingabe in seiner Stimme aufgekommen war. Nur mit Mühe konnte sie sich beherrschen. »Ich möchte nicht, daß du dich in Gefahr begibst«, sagte sie ruhig. »Wir haben hier ein gutes Heim, dafür bin ich dem Herzog dankbar. Warum mußt du fort? Und noch dazu in den Krieg gegen die Franzosen! Du hast mir selbst berichtet, wie mächtig ihr Hof ist und was für eine Armee sie haben! Welche Aussichten hat denn die Flotte gegen sie?« Insbesondere wenn sie vom Herzog angeführt wird, dachte sie insgeheim.

»Der Lord glaubt, daß sie wie Helden empfangen und wieder nach Hause segeln werden«, sagte John. »Die Protestanten von La Rochelle werden seit Monaten von den französischen Regierungstruppen bedrängt. Wenn wir die Belagerung aufheben können, dann befreien wir die Hugenotten und wischen Minister Richelieu eins aus.«

»Und warum solltest ausgerechnet du Richelieu eins auswischen?« fragte sie. »Noch vor wenigen Monaten war er ein Verbündeter.«

»Politik«, sagte John, seine Unwissenheit verbergend.

Sie holte tief Luft, als könne sie sich damit etwas besänftigen. »Und wenn der Herzog Richelieu nicht so einfach bezwingen kann?«

»Dann wird mich der Herzog brauchen«, sagte John schlicht. »Wenn Gerätschaften zum Erstürmen der Stadt oder Brücken notwendig sind, dann bin ich gefragt.«

»Du bist doch Gärtner!« rief sie aus.

»Ja!« schrie er nun aufs äußerste gereizt. »All die andern sind nur Dichter und Musiker! Die Offiziere sind junge Männer vom Hof, die höchstens bei einem eintägigen Jagdausflug auf dem Pferd gesessen haben und keine brenzlige Situation kennen. Und die Sergeanten sind allesamt Trunkenbolde und Verbrecher. Er benötigt zumindest einen Mann in seinem Gefolge, der zupacken und mit seinen Augen Entfernungen messen kann! Und wem aus dem Gefolge kann er vertrauen?«

Sie stand von ihrem Stuhl auf und nahm die Holzteller vom Tisch. John sah, wie sie mühsam Tränen der Wut unterdrückte, und schlug einen sanfteren Ton an. »Lizzie ...«, sagte er freundlich.

»Werden wir denn nie in Ruhe zusammensein können?« fragte sie. »Und noch einmal: Du bist kein junger Mann mehr, John; kannst du denn nicht endlich zu Hause bleiben? Was mußt du um die halbe Welt reisen, um gegen die Franzosen zu kämpfen, die im letzten Jahr noch unsere Verbündeten und Freunde waren?«

Er ging zu ihr. Die Knie taten ihm weh, aber er gab acht, daß er richtig auftrat und nicht humpelte. Er legte einen Arm um ihre Taille. Unter dem grauen Kleid konnte er ihren warmen und weichen Körper spüren. »Verzeih mir«, sagte er. »Ich muß gehen. Gib mir deinen Segen. Du kannst mich nicht ohne deinen Segen in See stechen lassen.«

Sie wandte ihm ihr sorgenvolles Gesicht zu. »Ich kann dich segnen, und ich kann zu Gott beten, daß er dich beschützen möge«, sagte sie. »Doch ich fürchte, daß du in schlechter Gesellschaft in eine sinnlose Schlacht ziehst.«

Tradescant machte sich von ihr los. »Das ist kein Segen, sondern eine Verwünschung!«

Elizabeth schüttelte den Kopf. »Es ist die Wahrheit, John, und jeder im Lande weiß es, nur du nicht. Alle außer dir glauben, daß der Herzog das Land in den Krieg führt, um Richelieu eins auszuwischen und um den König von Frankreich zu ärgern, dem er bereits Hörner aufgesetzt hat. Alle außer dir sind davon überzeugt, daß er vor dem König nur protzen will. Alle außer dir wissen, daß er ein heimtückischer und gefährlicher Mensch ist.«

John war ganz bleich. »Wie ich sehe, bist du wohl wieder den Predigern und ihrem üblen Geschwätz auf den Leim gegangen«, sagte er. »Diese Bosheit stammt nicht von dir!«

»Die Prediger verkünden nichts als die Wahrheit«, erklärte sie fest und stellte sich ihm schließlich entgegen. »Sie sagen, eine neue Zeit wird anbrechen, in der die Menschen den Reichtum des Landes unter sich aufteilen und alle ihren Anteil bekommen. Sie sagen, daß der König Vernunft annehmen und die Ländereien seinem Volk geben wird, wenn sein Berater erst zur Strecke gebracht ist.

Und sie sagen, wenn der König nicht gegen die papistischen Rituale in seinem Hause und in seiner Kirche und gegen die Armut auf den Straßen vorgeht, dann sollten wir alle uns selbst eine neue Welt schaffen.«

»Virginia!« machte sich John auf verletzende Weise lustig. »Ich habe hier alles in ein vielversprechendes Unternehmen gesteckt. Nicht in einen Traum von einer neuen Welt.«

»In dieser alten Welt kann es keine Träume geben«, entgegnete sie schroff. »Unschuldige Männer im Tower, Arme, die durch Steuern noch ganz und gar mittellos werden. Jeden Sommer die Pest auf den Straßen, Hungersnot im ganzen Land, und der reichste König der Welt reitet, in Samt und Seide gekleidet, mit seinem Günstling neben ihm auf einem Araberhengst.«

John nahm ihr Kinn in seine Hand und hob ihr Gesicht so, daß sie ihm in die Augen blicken mußte. »Das ist Hochverrat«, sagte er entschlossen. »Und ich dulde es nicht, daß so etwas in meinem Haus ausgesprochen wird. Ich habe J. aus nichtigeren Gründen geschlagen. Merke dir, Elizabeth, wenn du schlecht von meinem Herrn sprichst, so werde ich mich von dir trennen. Wenn du schlecht vom König sprichst, werde ich dich aus dem Haus werfen. Ich habe dem Herzog und dem König mein Herz und meine Seele verschrieben, ich bin ihr Untertan.«

Einen Augenblick lang betrachtete sie ihn, als hätte er sie geschlagen. »Sage das noch einmal«, flüsterte sie.

Er zögerte. Er wußte nicht, ob sie ihn herausfordern wollte, seine Worte zu wiederholen, oder ob sie einfach ihren Ohren nicht traute. Doch weder so noch so konnte er vor einer Frau einen Rückzieher machen. Die Gefühle einer Frau konnten nicht die Treue eines Mannes zu seinem Herrn, zu König und Gott zerstören. »Ich werde mich von dir trennen, wenn du schlecht von meinem Herrn sprichst«, wiederholte er so ernst, wie er damals vor langen Zeiten in der Kirche von Meopham das Ehegelöbnis gesprochen hatte. »Ich werde dich aus dem Haus werfen, wenn du schlecht über den König sprichst.«

Er drehte sich um und verließ den Raum. Elizabeth hörte seine schweren Schritte die Treppe hinauf zum Schlafzimmer gehen. Dann folgte das Geräusch vom Öffnen der Holztruhe, aus der er sein Reisegewand herausnahm, das dort zwischen Lavendel und Gartenraute aufbewahrt wurde. Sie griff nach dem Kaminsims, um sich festzuhalten, denn sie hatte plötzlich ganz weiche Knie. Dann sank sie auf den kleinen dreibeinigen Schemel am Feuer.

»Ich möchte ihn begleiten«, sagte J. auf einmal, der immer noch am Tisch saß.

Elizabeth reagierte nicht gleich. Sie hatte vergessen, daß ihr Sohn noch da war. »Du bist zu jung«, sagte sie ganz abwesend.

»Ich bin beinahe neunzehn und erwachsen. Ich könnte ihn beschützen.«

Sie blickte in sein strahlendes hoffnungsvolles Gesicht hoch und in seine dunklen Augen, die denen des Vaters glichen. »Dich kann ich nicht auch noch ziehen lassen«, sagte sie. »Du bleibst bei mir. Diese Reise wird diesem Haus und anderen im ganzen Land noch genug Tränen bescheren. Ich kann dich nicht den Gefahren aussetzen.« Sie sah sein ablehnendes Gesicht. »Ach, John, verschwende nicht deine Zeit damit, mir Vorwürfe zu machen oder mich überzeugen zu wollen«, rief sie plötzlich verbittert aus. »Er wird dich nicht mitnehmen, denn er wird mit dem Herzog allein sein wollen.«

»Immer nur der Herzog«, sagte J. voller Groll.

Sie blickte wieder fort, ihre Augen wanderten zum Feuer. »Ich weiß«, sagte sie. »Wäre ich mit dieser Wahrheit nicht schon vorher vertraut geworden, so wäre sie mir heute mit großer Sicherheit aufgegangen. Jetzt, wo er es mir ins Gesicht gesagt und wiederholt hat – daß er *deren* Mann ist und nicht meiner.«

Elizabeth wohnte dem Aufbruch der Flotte aus Stokes Bay in der Nähe von Portsmouth nicht bei. Es lag zu weit weg von Essex, und außerdem wollte sie nicht sehen, wie ihr Gatte über die schmale Laufplanke das Schiff seines Herrn betrat, die *Triumph*, und wie er dort das Einladen der Güter des Herzogs überwachte. Buckingham nahm in den Krieg eine große Harfe samt Harfenisten mit, ein paar Milchkühe, ein Dutzend eierlegende Hühner, eine große Kiste mit Büchern, die er in den freien Stunden lesen wollte, und eine riesige Kutsche voller Livreen für seine Diener, letztere für seinen triumphalen Einzug in La Rochelle.

Als John die übertrieben reiche Ausstattung sah, die die Planken hinaufpolterte, war er erleichtert, daß Elizabeth nicht bei ihm war. Sechstausend Mann Fußtruppen lümmelten widerwillig an Bord der Schiffe herum, dazu kamen einhundert Mann Kavallerie. Der König selbst ritt nach Portsmouth hinunter, um seinem Lord-Admiral ein Abschiedsdinner zu geben. Er verabschiedete ihn mit unzähligen Küssen und wünschte ihm Gottes Beistand bei seinem militärischen Unternehmen.

Das Vorhaben selbst blieb ziemlich vage. Zuerst sollten sie auf dem Weg nach La Rochelle französische Schiffe plündern, doch, wie es so geschieht, war die See zwar im Juli ruhig und angenehm, aber es wurden keine französischen Schiffe gesichtet. Während man gen Süden segelte, spielte Buckinghams Gefolge Karten um hohe Einsätze und hielt einen Poetenwettstreit ab. Es wurde viel getrunken und gelacht.

Die nächste Order sah vor, daß sie in La Rochelle einlaufen sollten. Selbst diesem scheinbar so einfachen Befehl konnte nicht entsprochen werden. Als die Flotte vor der Stadt Anker warf und die Flaggen hißte, damit die Stadt sah, daß der Herzog persönlich gekommen war, um die Belagerung aufzuheben, zeigte sich die Bevölkerung weder dankbar noch gastfreundlich. Sie befand sich mitten in schwierigen und heiklen Verhandlungen mit Richelieus Beauftragten über das Recht, ihre Religion auszuüben und als Hugenotten frei unter anderen Franzosen zu leben. Ihre diplomatischen Bemühungen wurden durch die Ankunft Buckinghams empfindlich gestört.

»So können wir ehrenvoll heimkehren«, schlug John vor. Er stand im hinteren Teil der reich ausgestatteten Kajüte Buckinghams. Um den Tisch herum hatten seine Ratgeber Platz genommen, unter ihnen Führer der französischen Protestanten.

»Niemals! Wir müssen zeigen, daß wir es ernst meinen«, sagte der Franzose Soubise. »Wir sollten die Ile de Ré an der Hafeneinfahrt einnehmen, dann werden sie merken, daß wir nicht zum Spaß hier sind. Es könnte ihnen Mut machen, sich gegen Richelieu auszusprechen, die Verhandlungen abzubrechen und ihm Widerstand zu leisten.«

»Aber unser Auftrag lautet, erst ihre Entscheidung abzuwarten«, sagte John ruhig. »Keinen Aufruhr hervorrufen. Die Einwohner müssen uns um Beistand bitten. Und wenn sie sich nicht gegen Richelieu wenden, so ist vorgesehen, daß wir nach Bordeaux segeln und die englische Weinflotte nach Hause eskortieren. Wir brauchen nicht um La Rochelle zu kämpfen, wenn man uns dort nicht dazu auffordert.«

Der Franzose versuchte, Buckinghams Blick zu erhaschen. »Der Herzog hat nicht die ganze Reise unternommen, um eine Weinflotte sicher nach Hause zu geleiten«, sagte er lachend.

»Auch nicht, um in eine Auseinandersetzung gezogen

zu werden, die niemand möchte«, erwiderte John hartnäckig.

Buckingham, der gerade einen großen neuen Diamanten an seinem Finger bewundert hatte, hob den Kopf. »John, habt Ihr Heimweh?« fragte er kühl.

Tradescant errötete. »Ich bin Euer Diener«, sagte er unverwandt. »Nichts weiter. Und ich möchte nicht, daß Ihr in eine Schlacht geratet, in der es um eine kleine Insel gegenüber einer kleinen Stadt an einem kleinen Fluß in Frankreich geht.«

»Es ist immerhin La Rochelle!« rief Soubise aus. »Wohl kaum eine kleine Stadt!«

»Wenn sie sich nicht selbst zur Wehr setzen wollen, warum sollten wir es dann tun?« bohrte John unermüdlich weiter.

»Wegen des Glanzes und Ruhms?« warf Buckingham ein, der nun John am anderen Ende des Raumes anlächelte.

»Ihr seid schon glänzend genug, mein Lord«, erwiderte John und wies auf den neuen Diamanten und einen funkelnden Stein, der sich an Buckinghams pompösem Federhut auf dem Tisch vor ihm befand.

Der Franzose fluchte leise vor sich hin. »Sollen wir heimkehren, als wären wir Besiegte?« fragte er. »Ohne einen Schuß abgefeuert zu haben? Das wird dem König gefallen, das wird das Parlament zum Schweigen bringen! Man wird sagen, wir seien bestochen worden, wir seien Männer der Königin, Papisten! Man wird sagen, daß diese Mission nur eine Maskerade war, reines Theater.«

Buckingham erhob sich und reckte sich, seine dunklen Locken stießen an die vergoldete Decke der Kajüte. »Wird man nicht«, entgegnete er leise. John beobachtete alles wachsam. Er kannte die Zeichen.

»Man wird sich auf der Straße über uns lustig machen«, jammerte Soubise.

»Wird man nicht«, wiederholte Buckingham.

»Man wird sagen, daß dies nur inszeniert wurde, um die Königin von Frankreich zu verführen«, erklärte Soubise, der nun alles auf eine Karte setzte. »Daß wir ihrem Gemahl zwar einen Handschuh hinwarfen, dann aber feige abgezogen sind.«

Einen Augenblick dachte John, daß der Mann zu weit gegangen war. Buckingham erstarrte bei der Erwähnung der Königin. Doch dann kehrte sein Lächeln zurück. »Wird man nicht«, sagte er. »Und ich werde Euch sagen, warum sie sich nicht lustig machen werden. Weil wir die Insel belagern und einnehmen werden, und dann kommt La Rochelle dran, und wir werden als heldenhafte Eroberer heimkehren.«

Der Franzose hielt den Atem an und strahlte, während die Männer in der Kajüte lauthals zustimmten. Buckingham glühte förmlich bei diesem Zuspruch. »Dann los!« rief er in das Gelächter und in den Beifall hinein. »Wir werden morgen landen!«

Es gab ein wüstes Durcheinander, aber man gelangte ans Ziel. Die unerfahrenen Seeleute, die in den Schenken der Südküste Englands gewaltsam ausgehoben worden waren, hatten ihre Not, in den Strömungen, die vor den sumpfigen und wenig einladenden Stränden herrschten, die Landungsboote ruhig im Wasser zu halten. Unerfahrene Soldaten, die aus ihren armseligen Häusern und den Gaststuben ganz Englands, Irlands, Wales' und Schottlands geholt worden waren, schreckten vor den Wellen und vor den französischen Soldaten zurück, die, vorgewarnt und hervorragend ausgerüstet, sich schon zum Empfang der Engländer aufgereiht hatten. Alles wäre beinah verloren gewesen, wenn nicht der Herzog, der, deutlich sichtbar unter seiner Fahne, in glänzendes Gold und Rot gekleidet, zwischen den Booten auf und ab gerudert wäre und seine Männer zum Landen angetrieben hätte. Ungeachtet der Gefahren, lachend, als Geschosse aus seinen Schiffskanonen über seinen Kopf hinwegzischten, zeigte er sich wie ein Ritter aus einer alten Sage. Als seine Truppen bemerkten, wie er immer noch seine Diamanten zur Schau trug und sein goldenes Schwert bei sich führte, wurden sie zuversichtlicher. War es doch unmöglich, daß solch ein golden strahlender Mann jemals besiegt werden konnte.

Seine klare Stimme tönte laut über den rauschenden Wogen des Meeres, den donnernden Kanonenschlägen und den Schreien der schlecht ausgebildeten Offiziere. »Voran!« rief er. »Voran! Für Gott und den König! Für den König! Für mich! Wir machen die Katholiken fertig!«

Auf Buckinghams unflätige Rufe hin gingen die Soldaten vor Begeisterung brüllend an Land, und die Franzosen, die sich plötzlich einem wie ausgewechselten, erstarkten, ja sogar lachenden Feind gegenübersahen, machten kehrt und flohen. Gegen Nachmittag stand Buckingham am Strand von Ré, sein Schwert trug einzig die Spuren von Seewasser; nun wußte er, daß er den Sieg davongetragen hatte.

Tradescant lief mit dem Vortrupp ins Innere der Insel und sah, wie sich die französische Kavallerie über brachliegende Felder zurückzog, auf denen Hunderte, ja Tausende rote Mohnblumen blühten. »Wie Soldaten in roter Uniform«, sagte John. Er zitterte, als wäre es ein Omen, und beugte sich nach unten, um ein paar trockene Mohnkapseln zu pflücken.

»Immer noch beim Gärtnern, Mr. Tradescant?« fragte einer der Kundschafter.

»Der Mohn hat eine so schöne Farbe«, sagte er. »Und alles ist übersät damit.«

»So rot wie Blut«, sagte der Mann.

»Ja.«

Das Glück der Engländer sollte andauern. In wenigen

Tagen hatte Buckingham die ganze Insel Ré in Besitz genommen, und die französische Armee hatte sich in ein winziges, noch im Bau befindliches Kastell auf der Festlandseite zurückgezogen: St. Martin. John sollte die Lage erkunden.

»Berichtet mir, wie ihr Fort beschaffen ist, John. Beschreibt mir die ungefähre Größe und die Stärke der Anlage«, befahl ihm Buckingham, als er die Front seiner Soldaten abgeschritten hatte und vor Tradescant auftauchte. Dieser war gerade dabei, für alle seltenen Pflanzen, die ihm während seines Aufenthalts in die Hände fallen würden, ein kleines Zuchtbeet vorzubereiten. »Laßt das Graben, Mann, und berichtet mir, wie ihr Fort angelegt ist.«

Sofort tat John seinen kleinen Spaten beiseite, hängte sich den Leinensack über den Rücken und war fertig zum Losmarschieren.

»Ich bin kein ausgebildeter Festungsbaumeister«, warnte er Buckingham.

»Das weiß ich«, entgegnete Seine Lordschaft. »Aber Ihr seid vorsichtig, und Ihr habt ein gutes Auge. Und Ihr wart schon einmal bei einer Belagerung dabei und standet unter Beschuß, was auf alle anderen hier nicht zutrifft. Geht und sichtet die Lage, und wenn Ihr zurückgekehrt seid, berichtet mir sofort, was Ihr von allem haltet. Ich traue keinem Franzosen über den Weg. Alles, was die wollen, ist der Sieg um jeden Preis, selbst wenn ich der Preis bin.« John nickte. Er vermied es, die Frage zu stellen, was sie in diesem Falle hier an diesem französischen Strand auf dieser kleinen Insel vor Frankreich zu suchen hätten. Er nahm seinen Schlehdornstecken und machte sich auf den Weg, den Strand entlang zur anderen Seite der Insel. Buckingham sah ihm nach und bemerkte, wie John wegen seines schmerzenden arthritischen Knies humpelte.

Spät am Abend kehrte John zurück und hatte ein Bündel Stecklinge und eine grobe Zeichnung bei sich.

»Du liebe Güte, was tragt Ihr da in Eurem Hut?« fragte Buckingham. Er hatte vor seinem Zelt an einem Tisch mit erlesenen Intarsien Platz genommen und sah in dem weißen, am Hals offenen Leinenhemd und mit dem schwarzgelockten schulterlangen Haar jung und unbekümmert aus.

Vorsichtig nahm John eine der Pflanzen und hielt sie hoch. »Es handelt sich um eine neue Art Mauerpfeffer«, sagte er. »Solche Blätter habe ich noch nie gesehen. Haben sie nicht einen besonderen Duft?«

Buckingham roch daran. »Ich rieche nichts, John. Und – verzeiht mir – solltet Ihr nicht die französischen Befestigungen auskundschaften statt Pflanzen sammeln?«

»Während ich die Skizze von dem Fort anfertigte, befand ich mich inmitten von diesem Mauerpfeffer«, entgegnete John voller Würde. »Ein Mann kann zwei Dinge gleichzeitig tun.«

Daraufhin grinste Buckingham. »Ein Mann wie Ihr kann ein Dutzend Dinge tun«, sagte er liebevoll. »Zeigt mir den Plan, John.«

John faltete das Papier auseinander und breitete es vor seinem Herrn auf dem Tisch aus. »Die Anlage gleicht einem Stern«, sagte er. »Auf der einen Seite ist sie noch nicht fertig. Uns wird die Nordseite zu schaffen machen, die am Strand, gegenüber von La Rochelle. Denn von dort können die papistischen französischen Truppen, die La Rochelle belagern, vom Festland aus leicht ihren Kameraden zu Hilfe eilen. Wir halten die Insel im Griff, gut, von hier finden sie keine Unterstützung. Und die Bewohner von La Rochelle wehren sich gegen die französische Armee. Aber entlang der Wehrmauer von St. Martin sind lauter kleine Anlegestege, an denen Boote zum Ausfall bereitliegen. Wir müssen die Festung vom Festland abschneiden, ehe sie dorthin entwischen können.«

Buckingham betrachtete Johns Skizze. »Wie sieht es

mit einem direkten Angriff aus? Einem Angriff gegen die Mauern?«

John verzog den Mund. »Das kann ich nicht empfehlen«, sagte er kurz. »Sie sind neu und hoch. Die Fenster reichen tief ins Mauerwerk hinein. Man kann nicht einfach die Mauern einreißen und so hineingelangen. Bei dem Versuch, sie zu überwinden, werdet Ihr die Hälfte Eurer Männer verlieren.«

»Also aushungern?«

John nickte.

»Wenn wir unsere Leute entlang der Festung auf der Seite zum Inselinneren postieren, könnt Ihr mir dann eine Barriere für die Seeseite entwerfen, damit Schiffe weder hinein noch hinaus können?«

John dachte kurz nach. »Ich kann es versuchen, mein Lord«, sagte er. »Doch die Wellen hier sind sehr hoch. Kein Vergleich mit der Isis, über die man ein paar zusammengebundene Baumstämme ins Wasser legt; es ist eher wie beim Hafen von Portsmouth. Die Wellen schlagen äußerst hoch, und bei Sturm würde alles zerschellen.«

»Aber mit genügend Holz und Ketten…«

»Tja, sollte das Sommerwetter so ruhig bleiben, dann könnte die Konstruktion halten«, sagte John mit einigen Zweifeln. »Doch nur eine Nacht Sturm, und alles wäre dahin.« Buckingham stand rasch auf, ging nach vorn und blickte auf die Festungsanlage hinunter. »Ich muß Euch sagen, John, ich kann hier nicht vor einem kleinen Fort sitzen und es immerzu nur anstarren«, sprach er so leise, daß es außer Tradescant niemand hören konnte. »Ich werde sie belagern, und sie werden in ihrem Fort in der Falle sitzen, gut. Aber alles, was meinen Männern an Lebensmitteln zur Verfügung steht, befindet sich auf meinen Schiffen. Ich benötige ebenso Nachschub wie das Fort. Ihr Nachschub ist nur durch einen kleinen Kanal von ihnen getrennt, wohingegen sich meiner viele Meilen von hier entfernt befindet. Und ihr König erhält Order von Richelieu, wohingegen mein König ...« Er schwieg und bemerkte Johns besorgte Miene.

»Er wird mich nicht im Stich lassen«, sagte er entschlossen. »In diesem Augenblick bereitet er eine Flotte zur Abfahrt vor, um uns mit dem dringend benötigten Proviant und mit Munition zu versorgen. Doch wie Ihr seht, habe ich keine Zeit zu verlieren. Ich kann nicht warten. Die Franzosen in der Zitadelle von St. Martin müssen ausgehungert werden und sich ergeben. Andernfalls werden wir sie mit Gewalt dazu bringen. Sonst geht es uns selbst an den Kragen.«

»Ich werde einen Sperriegel entwerfen«, versprach John.

Für die Männer und die ärmeren Offiziere gab es nicht einmal Zelte. Niemand hatte in England daran gedacht, daß für diese militärische Operation Zelte vonnöten sein würden. John legte seine Habseligkeiten auf den Boden neben die anderen Männer, pflanzte seine neue Art Mauerpfeffer auf das kleine Beet und entwarf einen Plan für die Blockade von St. Martin.

Nach ein, zwei Stunden hatte er die Zeichnungen fertig. Der Zimmermannsmeister der Flotte und Tradescant leiteten die Arbeiten und beobachteten die Seeleute, wie sie das Holz ins Meer warfen und sich dann zum mühseligen Verketten der Hölzer weit aus ihren kleinen Booten lehnen mußten.

»Das waren unsere Ersatzmasten und Bohlen zum Ausbessern der Schiffe«, bemerkte der Zimmermann verdrossen. »Wir sollten beten, daß wir auf unserer Heimfahrt keinen Mast verlieren.«

»Wir können erst heimkehren, wenn die Zitadelle gefallen ist«, gab John zu bedenken. »Alles der Reihe nach.«

»Habt Ihr erfahren, wann Unterstützung eintreffen

wird?« fragte der Zimmermann. »Die Leute sagen, die große Flotte sei schon unterwegs, jetzt, wo der König weiß, daß der Herzog Erfolg hatte, wo sie nun wissen, daß wir uns im Krieg befinden.«

»Recht bald«, sagte John mit größerer Überzeugung, als er eigentlich selbst besaß. »Seine Lordschaft teilte mir mit, der König habe es versprochen.«

John hatte mit der Anfälligkeit der Holzbarriere recht. Der starke Wind, der in der nächsten Woche über ihr Lager hinwegfegte, warnte ihn vor dem kommenden Sturm. Er kroch aus seinem provisorischen Unterschlupf hervor und sah aufs Meer hinaus. In der Dunkelheit konnte er nichts erkennen. Dann spürte er auf der Schulter eine Hand. Es war Buckingham, der ebenfalls keinen Schlaf fand.

»Wird unsere Barrikade standhalten?«

»Nicht, wenn der Wind weiterhin so kräftig bleibt«, erwiderte Tradescant. »Es tut mir leid, mein Lord.«

Als er sich vorlehnte, damit der Herzog seine Worte im Rauschen des Windes hörte, spürte er dessen warmen Atem.

»Kein Grund für eine Entschuldigung, John«, sagte er. »Ihr habt mich vor den Gefahren gewarnt, und ich habe Euch meine Nöte genannt. Doch beim ersten Morgengrauen geht hinaus und baut eine neue Barriere. Ich muß St. Martin von außen abschneiden.«

Bei seinem nächsten Versuch verwendete John die Landungsboote, die er miteinander an Bug und Heck verband und vor der Zitadelle von St. Martin quer über dem Kanal aufreihte. An jeder Seite wurden am Ufer kleine Lager aufgeschlagen, und Soldaten bewachten von dort aus die Barriere und feuerten ab und zu einen Schuß auf all jene, die so kühn waren, über die unvollendeten Mauern zu lugen. Die Bauarbeiten dort waren fast zum Erliegen gekommen.

»Sie sind müde und hungrig«, sagte Buckingham zufrieden. »Wir haben den längeren Atem.«

Nach einer Woche nahm der Wind an Kraft zu, und die stürmische See sorgte dafür, daß die Landungsboote in so unterschiedliche Richtungen gezerrt wurden, daß die Absperrung brach. Als Kriegsrat abgehalten wurde, äußerten sich einige Offiziere verächtlich über Tradescant.

»Ihr habt mich aufgefordert, eine Barriere auf fast offener See zu errichten«, sagte John mürrisch. »Man kann die Absperrung neu aufbauen, die Boote näher ans Ufer bringen und Trossen von einem zum anderen spannen. Die Wachen können im Notfall, wenn ein Tau reißt, ein neues legen. Aber das Wetter verschlechtert sich, und den Herbststürmen wird nichts standhalten.«

Buckinghams Miene verdüsterte sich. »Die Flotte des Königs wird diesen Monat eintreffen«, sagte er. »Das ist ganz sicher. Ich habe das feierliche Versprechen Seiner Majestät, daß er im September eine Flotte losschickt. Ich habe darum gebeten, weitere Trossen und Hölzer mit an Bord zu nehmen wie auch Munition, Geld und Lebensmittel. Und weitere dreitausend Soldaten. Sobald die Schiffe hier eintreffen, stürmen wir die Festung und bewegen uns dann auf La Rochelle zu.«

Es folgte ein kurzes, entmutigendes Schweigen. Nur Tradescant traute sich zu bemerken, was ihnen allen durch den Kopf ging. »Wenn er nun nicht rechtzeitig ...«, fing er vorsichtig an. »Wenn der König nicht das Geld für die Flotte ...«

Ein harter Blick Buckinghams sollte John zum Schweigen bringen. Aber der fuhr fort: »Ihr müßt mir vergeben, mein Lord, doch wenn Seine Majestät nicht rechtzeitig Unterstützung sendet, dann müssen wir uns für dieses Jahr zurückziehen«, sagte er beherzt.

»Ihr habt Angst«, rief einer der Franzosen. Hinter vorgehaltener Hand flüsterte er etwas von Gärten und einem müßigen Leben.

»Uns werden bald Lebensmittel und Munition ausgehen«, meinte Tradescant unbeirrt. »Und die Männer erhalten nur halben Sold. Sie wären schon längst desertiert, wenn sie hätten fliehen können. Keiner wird kämpfen, wenn er hungrig ist. Keiner kann mit seiner Muskete schießen, wenn es kein Pulver gibt.« Sein Blick schweifte zu Buckingham, vorbei an jenen Männern, die offen über ihn lachten. »Vergebt mir, mein Lord, doch ich halte mich viel bei den einfachen Soldaten auf. Ich weiß, was in ihren Köpfen vorgeht, und ich weiß, daß sie Hunger haben.«

Buckingham sah auf seinen Tisch, auf dem eine Flasche Rotwein stand, daneben ein Teller mit Gebäck. »Wir haben nur noch wenig Lebensmittel?« fragte er überrascht.

»Die Rationen wurden bereits gekürzt«, erwiderte John. »Die Protestanten lassen uns aus La Rochelle zukommen, soviel sie nur können – aber es kann nicht sein, daß wir ihre Vorräte verzehren. Wir sind hier, um *sie* zu unterstützen, nicht um ihre Vorratslager zu leeren. Und sie selbst sind von papistischen französischen Truppen umzingelt, sie können uns nicht ewig beliefern.«

»Ich werde mit dem französischen Kommandanten sprechen«, sagte Buckingham nachdenklich. »Er ist ein Gentleman. Vielleicht können wir uns auf etwas einigen.«

»Wir sollten sie aushungern und dann ins Meer treiben«, warf Soubise hastig ein. »Wir haben die Belagerung von St. Martin angefangen, wir sollten die Papisten zerfetzen!«

»Nächstes Jahr«, entgegnete Tradescant schnell, »wenn wir mit einer anderen Flotte zurückkehren.«

Ein Päckchen Briefe für die englischen Truppen war sicher im Lager eingetroffen. Der König hatte geschrieben, Buckinghams Frau Kate hatte geschrieben ebenso wie seine Mutter, die schlaue alte Gräfin Villiers. Doch weder hatte jemand Geld für Lebensmittel oder den Sold der Armee geschickt, noch die Mitteilung überbracht, daß man eine Flotte ausgerüstet habe, die zum Auslaufen bereit sei. Der Herzog hatte die schlechte Nachricht für sich behalten, doch jeder, der ihm zusah, wie er sich den Brief des Königs in die bestickte Weste schob, hatte Zweifel daran, daß König Charles außer ein paar freundlichen Worten noch eine englische Flotte in Bewegung gesetzt hatte, die durch die stürmische See von Portsmouth her seinem geliebten Freund zu Hilfe eilte.

Der Brief von der alten Gräfin klang noch beunruhigender. Sie drängte ihren Sohn, heimzukehren und wieder seinen Platz bei Hofe einzunehmen. Keiner könne es riskieren, sich so weit weg von einem Stuart aufzuhalten, verfügten diese doch über ein berüchtigt kurzes Gedächtnis. Buckingham hatte damals von König James den Vorzug erhalten und Rochester abgelöst, den einstigen Günstling. Jetzt war König Charles unter den Einfluß neuer Ratgeber geraten. William Laud, der neue Bischof, ein gewöhnlicher, kleiner Mann mit rotem Gesicht, stand ihm nun bei jeder Entscheidung zur Seite. Buckingham solle umgehend nach Hause eilen, sonst würde man ihn vergessen.

Charles schrieb seinem teuersten Freund, daß er kein Geld besäße, aber alles Erdenkliche unternehmen würde, um welches aufzutreiben. Er betonte, daß er an nichts anderes dächte als an das Geld für eine Flotte. Die alte Gräfin hatte Buckingham in ihrer ihm vertrauten Geheimsprache zu verstehen gegeben, daß Charles gerade erst für fünfzehntausend Pfund die gesamte Bildersammlung des

Herzogs von Mantua angekauft habe – mit dem Geld hätte man gut zwei Flotten ausrüsten und losschicken können. Er habe einem solch günstigen Geschäft nicht widerstehen können, und nun besitze er keinen Penny mehr. Das Geld für die Flotte war gleich in doppelter Höhe verplempert worden – Buckingham brauche nicht auf Unterstützung zu hoffen.

Buckingham zerriß den Brief der Gräfin und verstreute die kleinen Schnipsel auf dem Heck der *Triumph.* »Oh, Charles«, seufzte er, »wie kannst du mich so lieben und mich dennoch so betrügen?«

Wie Schneeflocken flogen die Schnipsel bei einer Windböe auf. Mißtrauisch schaute Buckingham hinauf in den Septemberhimmel. Dicke Wolken zeichneten sich am Horizont ab, mit dem schönen Wetter würde es vorbei sein. »Er ist so reizend«, sagte er zu sich selbst. »Niemand ist so reizend wie er, doch einen so untreuen Freund und König hat es noch nie gegeben.«

Er schlang den Schultermantel enger um sich. Er wußte, es wäre nun an der Zeit, sich wieder bei Hofe blicken zu lassen, und daß Charles jedesmal, wenn sein Name bei Hofe erwähnt wurde, liebevoll an ihn dachte und ihn auch mit offenen Armen empfangen würde. Doch ihm war ebenso klar, daß jemand, dem man von Kindesbeinen an jeden Wunsch erfüllt hatte, der Bildersammlung eines Herzog von Mantua nicht hatte widerstehen können. Charles ging davon aus, daß Buckingham, daß die englische Flotte, daß der große Krieg mit Frankreich eben warten mußten, während er von den arg gebeutelten Steuerzahlern Englands immer mehr Geld einforderte. Nie würde er begreifen, daß er auf etwas verzichten mußte. Denn trotz seines einnehmenden Wesens, all seines Charmes und Reizes war Charles im Innersten egoistisch, und nichts kam dagegen an.

»Ich bin gezwungen, zu gewinnen und heimzukehren,

oder man wird mich hier dem Sterben überlassen«, sagte Buckingham. Die letzten Papierstreifen des Briefes seiner Mutter wehten fort, fielen ins Wasser und verschwanden im wogenden Grün des Meeres. Da wurde ihm klar, daß er seinem eigenen Untergang und Tod zusah und daß ihm zuvor nie in den Sinn gekommen war, sein Leben könnte jemals in Verzweiflung enden.

Er blickte zum Horizont auf die dichte, dunkle Wolkenbank. Der Wind blies den Regen auf die *Triumph* und auf die Reihe kleiner englischer Schiffe zu, die als schwache Barriere zwischen St. Martin und dem Meer von La Rochelle vertäut lagen.

»Ich werde siegen und heimkehren«, schwor sich Buckingham. »Ich wurde nicht geboren, um in der kalten See vor Frankreich zu sterben. Ich wurde geboren, um große Taten zu vollbringen, größere als diese hier. Ich möchte sehen, wie St. Martin dem Erdboden gleichgemacht wird, und *dann* werde ich heimkehren, und ich werde als Entschädigung für meine Mühen jene fünfzehntausend Pfund in Händen halten. Und ich werde aus dem Gedächtnis streichen, daß ich jemals hier gewesen bin, in Angst und in Not.«

Er wandte sich dem Mitteldeck zu und bemerkte, daß John Tradescant nur einen Meter entfernt von ihm gestanden und ihn beobachtet hatte.

»Zum Teufel mit Euch, John! Ihr habt mich erschreckt. Was um Himmels willen tut Ihr hier?«

»Ich schaue Euch nur zu, mein Lord.«

Buckingham lachte. »Befürchtet Ihr, daß sich auf meinem eigenen Schiff ein Mörder mit einem Dolch an mich heranschleicht?«

John schüttelte den Kopf. »Ich hatte Angst vor Enttäuschung und Verzweiflung«, sagte er. »Und manchmal kann Euch ein Begleiter auch davor beschützen.«

Buckingham strich John mit einer Hand über den

Rücken und lehnte sein Gesicht gegen den muskulösen Nacken des älteren Mannes. John haftete der tröstende Geruch der Heimat an, der Geruch des einheimischen Stoffes, des sauberen Leinens und der Erde. »Ja«, sagte Buckingham kurz. »Bleib bei mir, John.«

## Herbst 1627

Noch am gleichen Nachmittag traf ein Kurier vom Fort ein. Kommandant Torres wollte Frieden und die Konditionen einer Kapitulation aushandeln. Buckingham verbarg vor dem Boten, einem Offizier, sein Lächeln und nahm die Nachricht gleichgültig entgegen. »Ich darf wohl behaupten, daß Ihr sehr erschöpft seid«, sagte er höflich wie ein Gentleman zu einem anderen. Er wandte sich an seinen Diener. »Bring ihm Wein und etwas Brot.«

Der Mann war nicht nur erschöpft, sondern auch halb verhungert und stürzte sich auf das Brot. Buckingham beobachtete ihn. Das Befinden des Kuriers verriet ihm alles über den Zustand der Soldaten in der Festung.

Buckingham entfaltete den Brief, den der Mann überbracht hatte, und las ihn noch einmal mit aller Sorgfalt, wobei er an der silbernen Parfümkugel roch, die er um den Hals trug.

»Nun gut«, sagte er beiläufig.

Einer seiner Offiziere hob die Augenbrauen. Buckingham lächelte. »Kommandant Torres fragt nach den Kapitulationsbedingungen«, bemerkte der Herzog salopp, als handele es sich um etwas Unbedeutendes.

Der englische Offizier griff das Stichwort auf und nickte. »Soso!«

»Ich wurde beauftragt, eine Antwort entgegenzunehmen«, sagte der Kurier. »Die Festung gehört Euch, mein Lord.«

Buckingham genoß den Moment. »Ich danke Euch. *Merci beaucoup.*«

»Ich lasse einen Schreiber rufen«, sagte der englische Offizier. »Ich gehe davon aus, daß wir die Konditionen festlegen können?«

Der Kurier verbeugte sich.

Buckingham hob die Hand, der Diamant funkelte. »Keine Eile«, sagte er.

»Ich wurde beauftragt, eine Antwort entgegenzunehmen«, sagte der Bote. »Der Kommandant schlägt entsprechende Bedingungen in diesem Brief vor, unsere völlige und bedingungslose Kapitulation. Er meinte, daß ich eine mündliche Antwort überbringen könnte – ein Ja oder ein Nein –, und die Sache könnte heute abend beendet sein.«

Buckingham lächelte. »Ich werde morgen Eurem Kommandanten schreiben, wenn ich über die Bedingungen, die mir annehmbar erscheinen, nachgedacht habe.«

»Und wir können nicht schon jetzt eine Einigung treffen, Sir?«

Buckingham schüttelte den Kopf. »Ich werde jetzt mein Essen einnehmen«, sagte er herausfordernd. »Mein Koch bereitet Rinderbraten auf völlig neue Weise in einer dicken roten Sauce zu. Beim Mahl werde ich an Euch und Kommandant Torres denken, und ich werde morgen schreiben, nachdem ich mein Frühstück eingenommen habe.«

Bei der Erwähnung von Fleisch mußte der Mann schlucken. »Ich habe den Auftrag, eine Antwort zu überbringen, Sir«, sagte er ziemlich jämmerlich.

Buckingham lächelte. »Teilt Kommandant Torres mit, daß ich nun mein Dinner einnehme und daß er morgen mit mir speisen wird. Ich werde ihm eine Einladung zu einem großen Bankett schicken und dazu die Kapitulationsbedingungen.«

Der Kurier hätte noch Einwände hervorgebracht, wenn ihn nicht der französische protestantische Offizier sanft aus der Kajüte geschoben hätte. Sie hörten seine zögernden

Schritte auf den Laufplanken, und dann gab ihm ein Wachtposten sicheres Geleit zurück zur belagerten Festung.

»Wir lassen sie schwitzen«, sagte Buckingham. »Sie wollen nicht auf ihre Waffen verzichten, sicher nach La Rochelle zurückgelangen und außerdem die Kanonen aus dem Fort behalten. Das hat kaum etwas mit Kapitulation zu tun. Ich will ihre Waffen und ihre Standarten haben, und dann können sie abziehen. Ich brauche etwas, das ich nach all den Querelen hier nach England mitnehmen kann. Ihre Kanonen verladen wir auf meine Schiffe, und ihre Standarten möchte ich am Hofe vorführen. Die will ich dem König zu Füßen legen. Für den letzten Akt dieser Maskerade müssen wir über ein paar prächtige Requisiten verfügen.«

Während des Abendessens tranken die Offiziere reichlich. John hatte ein paar Gläser von dem Rochelle-Wein zu sich genommen, ging dann aber hinaus an Deck. Da der Wind aufgefrischt hatte, bewegte sich das Schiff unruhig in seiner Vertäuung hin und her. Über den immer dunkler werdenden Himmel zog sich ein dichtes Wolkenband, und am Horizont, wo die Sonne untergangen war, zeichnete sich eine gelbe Linie ab, wie ein Pilz, der sich um einem Baumstumpf gelegt hatte. John fragte sich, wie es wohl den anderen über die Bucht verteilten Schiffen der Flotte im Wind erging.

Er rief einem Seemann zu, ihm ein Boot zu holen.

Zögernd brachte der Mann ein kleines Ruderboot zum Fuß der Leiter, und Tradescant kletterte an der Längsseite der *Triumph* hinunter. Unter dem Kiel des kleinen Bootes hoben und senkten sich die Wellen. John konnte sehen, wie sie über die Bucht rollten und zum Teil höher lagen als sein Boot. Der Atlantik stieß die Wellen wie ein Feind auf die kleinen Schiffe zu, die sich in einem dichten Kreis um das belagerte Fort aneinanderklammerten.

»Rudere mich um die Landspitze herum«, sagte er laut,

um sich im Wind verständlich zu machen. »Ich möchte die Barriere begutachten.«

Der Matrose legte sich ordentlich in die Riemen, und das Boot bewegte sich mit den Wellen ruckartig auf und ab. Sie fuhren um die Landspitze, und John sah die Barriere.

Zuerst meinte er, daß sie dem Wind standhalten würde. Er blinzelte in der Dunkelheit und war überzeugt, daß die Schiffe immer noch Bug an Heck miteinander vertäut waren und daß ihr ungleichmäßiges Schaukeln auf die starken Wellen zurückzuführen sei, die die Boote wechselweise hoben und senkten. Dann entdeckte er, daß sich eins von ihnen losgerissen hatte.

»Verdammt!« rief John. »Ich muß sofort auf ein Schiff zurück! Ich muß Alarm schlagen.«

Der Seemann ruderte rasch auf eines der vertäuten Schiffe zu, und John kletterte die Strickleiter hoch. Auf der Hälfte versagte ihm sein krankes Bein den Dienst, und er mußte sich wie ein Affe mit den Armen hochziehen und an Bord hieven. Oben angelangt, drehte er sich um und rief hinunter. »Kehr um zur *Triumph*. Berichte dem Lord-Admiral, daß der Absperriegel auseinandergerissen ist. Sag ihm, ich tue, was in meinen Kräften steht.«

Der Mann nickte willig und machte sich daran, zu Buckinghams Schiff zurückzurudern, während John auf die Glocke zu stürzte und Alarm läutete. Aus dem Bauch des Schiffes krochen die Seeleute hervor, die gerade noch ihr Abendessen in den Händen hielten – nichts weiter als eine dünne Scheibe Brot und eine noch dünnere Scheibe französischen Schinken.

»Ich brauche Licht«, rief John. »Man muß den Schiffen signalisieren, daß sie das losgeschlagene Boot aufhalten sollen. Die Barriere ist entzweigebrochen.«

»Ich dachte, sie hätten kapituliert!« rief der Kapitän, als einer der Männer nach einer Laterne eilte.

»Sie haben ihre Bedingungen überbracht«, sagte John. »Doch Seine Lordschaft überlegt noch.«

Der Kapitän wandte sich um und rief nach dem Licht und befahl den Kanonieren, ihren Posten einzunehmen. Schnell traf auch der für die Signale verantwortliche Offizier mit brennenden Fackeln ein. »Übermittle ihnen, sie sollen das Schiff einholen«, sagte John.

Der Mann rannte nach vorn und begann, die Signale zu geben. John, der etwas höher stand, entdeckte plötzlich auf dem dunklen Wasser einen Widerschein von etwas.

»Was ist das?«

»Wo?«

»Dort im Wasser, neben dem Schiff.«

Einer der Offiziere sah auf die Stelle, auf die John deutete. »Ich kann nichts erkennen«, sagte er.

»Haltet die Fackel nach vorn!« befahl John.

Sie hielten eine Fackel dicht über das Wasser und entdeckten den dunklen Schatten einer französischen Schaluppe, die rasch zu der Lücke in der Bootsreihe ruderte.

»An eure Plätze!« schrie der Kapitän. John rannte zur Glocke und läutete sie erneut. Die Soldaten an den Kanonen öffneten die Luken und fuhren die Kanonen zurück, um sie zu laden und schußbereit zu machen. Die anderen Männer strömten an Deck. Jemand zündete ein Leuchtfeuer und warf es aufs dunkle Wasser. In dem kurzen niederfallenden Lichtschein konnte John erkennen, wie eine Reihe von Booten aus dem Papistenlager vor La Rochelle zielstrebig auf die Festung von St. Martin zu ruderte.

Vom anderen Ende der Barriere der englischen Schiffe konnte er Signale hören, die alle auf ihren Posten riefen. Ein einzelner Kanonenschuß wurde in der Dunkelheit abgefeuert, und dann spürte er, wie bei dem Abfeuern und dem Rückstoß auf seinem Schiff die Planken unter seinen Füßen bebten. Das losgeschlagene Boot schaukelte wild und frei vor sich hin. Die Mannschaft machte sich daran, rasch Segel zu setzen und das Boot einzufangen, um es wieder einzugliedern. Doch durch die entstandene Lücke strömte ein französisches Boot nach dem anderen mit Kurs auf die Zitadelle.

»Ein Brander!« stieß Tradescant hervor, als er sah, wie das in Flammen gesetzte Boot von den englischen Schiffen auf der anderen Seite der Bucht auf die französischen Boote zu geschoben wurde. Hinten im Brander stand ein Mann, der es mit all seinem Mut geradewegs in die französischen Versorgungsschiffe hineinstieß. Der Wind ließ die Flammen im Bug hochschlagen und prasseln, so daß sie sich im Wasser spiegelten, als sei es das Höllenfeuer selbst, das da loderte. Der Matrose blieb bis zum letzten Augenblick auf seinem Posten, bis ihn die Hitze ins Wasser trieb und die Flammen an den Pulverfässern züngelten. Genau in dem Moment, als die Sprengladungen auf dem Brander wie ein festliches Feuerwerk explodierten, tauchte er nach hinten ab. Sein Kopf verschwand unter Wasser, und einen Augenblick lang dachte John, daß der Mann verloren sei, doch dann kam er wieder hoch und schwamm zum nächsten Schiff, wo er hochgezogen wurde.

Plötzlich schwenkte der Wind um. Das unbemannte Boot, das nun völlig vom Kurs abkam, flog vor ihm her, entfernte sich immer mehr von den Franzosen und wies ihnen obendrein leuchtend den Weg über die Meereswogen zum Ufer und zur Festung.

»Verdammt!« fluchte Tradescant. »Es wird sie verfehlen.«

Der Brander geriet in eine Strömung und bewegte sich nun gefährlich auf die eigenen Linien zu. Die Seeleute kletterten mit Wassereimern längsseits und versuchten, die Flammen zu ersticken und die Masten zu wässern, um das Feuer fernzuhalten. Zumindest konnten die Kanoniere auf den anderen englischen Schiffen im grellen

Feuerschein die Ziele gut ausmachen. Sie eröffneten ein Dauerfeuer, und John sah, wie die französischen Boote getroffen wurden und die Männer in die Fluten stürzten.

»Neu laden!« rief der Kanonier-Offizier von unten. Als die großen Kanonen abgefeuert wurden und zurückstießen, ruckte und rumste das Schiffsdeck unter Johns Füßen. Ein weiterer Treffer, und noch ein feindliches Boot wurde genau mittschiffs zerstört. Die Männer schrien, als sie in die brausende dunkle See gerissen wurden.

Vor lauter Rauch mußte John blinzeln, konnte aber erkennen, daß sich einige französische Boote außerhalb der Reichweite befanden und auf die Zitadelle zu steuerten.

»Zielt weiter nach vorn!« rief er. »Zielt auf die Boote, die am weitesten weg sind!«

In dem allgemeinen Lärm konnte ihn niemand hören. Völlig machtlos sah John zu, wie das erste französische Boot unterhalb der Festung anlegte. Die Ausfallstore der Zitadelle öffneten sich, und rasch formierte sich eine Kette der Belagerten, um die Boote zu entladen und Säcke mit Lebensmitteln und Waffen in die Festung zu werfen. Ehe das Feuer auf dem Brander verlosch und die englischen Kanoniere ihre Ziele nicht mehr ausmachen konnten, zählte John vielleicht ein Dutzend Boote, die in Ruhe ausgeladen werden konnten. Die Schlacht war verloren.

Die Festung erhielt Verstärkung und Nachschub an Lebensmitteln. Am nächsten Tag würde es nun nicht mehr zu einem Besuch von Kommandant Torres kommen, bei dem er mit dem Herzog speiste und dessen Kapitulationsbedingungen akzeptierte.

John Tradescant nahm am Kriegsrat nicht teil. Er war in Ungnade gefallen. Seine Barriere hatte versagt, und die Festung, die kurz vor der Kapitulation gestanden hatte, war nun besser versorgt als die sie belagernden englischen Soldaten. Während Buckingham von seinen Offizieren beraten wurde, entfernte sich John vom Fort und von der Flotte und ging tief ins Inselinnere hinein, wobei er auf seltene Pflanzen achtgab. Sein Gesicht war finster und starr. Der Herzog war dem gleichen Druck von außen ausgesetzt wie zuvor, doch seine Lage war schlimmer denn je. Die Festung hatte Nachschub erhalten, das Wetter verschlechterte sich, und auf einem der Schiffe waren zwei Fälle von Flecktyphus aufgetreten. Das kalte Wetter würde noch mehr Krankheit und Fieber bringen. Und die Männer waren unterernährt. Sie hatten die Wahl, im Freien unter armseligen Dächern aus gebogenen Zweigen und aufgespannten Kleidungsstücken zu nächtigen und sich so Wechselfieber oder Rheuma zuzuziehen oder sich im Schiffsinneren, dicht an dicht gepackt, Krankheiten zu holen.

Tradescant war klar, daß sie sich noch vor den Winterstürmen zurückziehen mußten, aber er fürchtete, daß der Lord-Admiral blieb. Er kehrte um und marschierte wieder auf die Festung zu. Einer der französischen Wachtposten auf der Festungsmauer entdeckte ihn und rief munter irgendeine Beleidigung hinunter. John zögerte, dann verstand er die Botschaft. Der Posten hielt einen Spieß mit einem riesigen Stück Fleisch an der Spitze hoch, um mit dem neugewonnenen Wohlstand zu prahlen.

»*Voulez-vous, Anglais?*« rief er freudig hinunter. »*Avez-vous faim?*«

John drehte sich um und schleppte sich zur *Triumph* zurück, dem Schiff mit dem falschen Namen.

Buckingham wußte genau, was zu tun war. »Wir müssen angreifen«, sagte er schlicht.

Tradescant mußte vor Entsetzen schlucken, dann schaute er sich in der Kajüte des Herzogs um. Außer ihm schien niemand im geringsten verstört zu sein. Alle anderen nickten, als sei das der einzige Weg.

»Aber mein Lord ...«, fing John an.

Buckingham blickte zu ihm hinüber.

»Sie sind besser mit Lebensmitteln versorgt als wir, und sie verfügen über unzählige Kanonen und jede Menge Schießpulver, sie verbessern die Schutzwehr, und überhaupt ist es eine starke Festung.«

Buckingham mokierte sich nicht mehr über Johns Befürchtungen. »Das weiß ich alles«, erklärte er bitter. »Sagt mir etwas, woran ich noch nicht gedacht habe, John, oder schweigt.«

»Habt Ihr daran gedacht, heimzukehren?« fragte John.

»Ja«, sagte Buckingham streng. »Wenn ich jetzt heimkehre, ohne etwas vorweisen zu können, dann bin ich mir nicht einmal sicher, ob ich noch ein Dach über meinem Kopf vorfinde.« Er blickte sich in der Kajüte um. »Einige Leute warten doch nur darauf, mich wegen Hochverrats meines Amtes zu entheben«, sagte er mit schonungsloser Offenheit. »Wenn ich sterben muß, dann eher als Anführer eines Angriffs als auf dem Richtblock vor dem Tower.«

John verstummte. Daß der Herzogs vor allen die ungeschminkte Wahrheit sagte, war ein Zeichen dafür, wie groß seine Verzweiflung war.

»Und wenn ich in Ungnade falle und hingerichtet werde, dann sind auch Eure Aussichten nicht allzu rosig«, stellte Buckingham klar. »In Eurer Haut möchte ich nicht stecken, wenn Ihr befragt werdet, welchen Dienst Ihr dem König auf der Ile de Ré erwiesen habt. Ich werde tot sein, natürlich, also ist das nicht mehr meine Sorge. Aber Ihr werdet alle bis zum Hals drinstecken.«

Die Offiziere beschlich ein Unbehagen.

»Sind nun alle entschlossen?« fragte Buckingham mit einem wölfischen Grinsen. »Gehen wir zum Angriff über?«

»Torres kann sich nicht gegen uns behaupten!« rief

Soubise aus. »Er war schon zur Kapitulation bereit, wir kennen nun sein Kaliber. Ein Feigling ist er und wird nicht bis zum letzten kämpfen. Wenn wir ihm einen tüchtigen Schrecken einjagen, dann wird er aufgeben.«

Buckingham nickte zu John hinüber, als müsse nur noch er überzeugt werden. »Das ist wahr«, sagte er. »Wir wissen, daß er aufgeben wird, wenn er meint, daß die Schlacht verloren ist.«

Der Herzog beugte sich vor und breitete auf dem Tisch ein paar Papiere aus. John erkannte, daß es sich um seine Lagepläne handelte; die Skizzen waren vom häufigen Gebrauch am Rand ganz schmutzig geworden.

»Wir führen die Schiffe so nah wie möglich an die Festung heran, beschießen sie von See aus und lassen uns wieder zurückfallen«, sagte Buckingham. »Erst die eine Seite, dann die andere. Anschließend greifen wir die Festung von der Landseite her an. Mit Sturmleitern können die Männer die Mauerkrone erreichen und sich von dort abseilen. Bevor die Schiffe sich zurückziehen, werden Teile der Besatzung an Land gesetzt, um die Soldaten beim Sturm auf die Mauern zu unterstützen. Sobald unsere Leute ins Innere gelangt sind, werden sie die Ausfallstore für die restlichen Seeleute von den Schiffen öffnen.«

»Ein trefflicher Plan!« rief Soubise aus.

John blickte kritisch auf die Karte. »Auf welche Weise sollen sich die Schiffe vorwärts- und wieder zurückbewegen?« fragte er. »Was geschieht, wenn der Wind aus der falschen Richtung weht?«

Buckingham dachte kurz nach. »Können wir die Landungsboote auch als Schleppboote verwenden?« fragte er. »Damit sie die Schiffe ins Schlepptau nehmen, um ihnen beim Wendemanöver zu helfen?«

Ein Offizier nickte. »Der Wind muß immer aus der richtigen Richtung kommen, entweder für den Angriff oder für den Rückzug.«

Buckingham blickte zu John. »Was haltet Ihr davon, Tradescant?«

»Es könnte funktionieren«, sagte John vorsichtig. »Aber man kann nur ein oder zwei Schiffe auf einmal hinein- oder hinausführen. Wir können keinen so großen Angriff beginnen, wie Ihr ihn beschrieben habt.«

»Ein oder zwei würden schon reichen«, sagte Buckingham. »So können wir sie zur Seeseite hin ablenken, während wir von Land her angreifen.«

»Das sollte zum Gezeitenwechsel passieren«, schlug John vor. »Mit der Flut gelangen die Schiffe außer Reichweite, und sie hilft den Booten bei der Arbeit.«

Buckingham nickte. »Gebt die Befehle, John. Ihr werdet wissen, wie vorzugehen ist.«

»Das muß erst einmal geübt werden.«

»Sehr gut. Doch vom Fort aus darf das nicht bemerkt werden, und der Einsatz muß gegen Morgengrauen stattfinden, so früh, wie die Flut es gestattet.«

John verneigte sich und wollte die Kajüte verlassen. An der Tür zögerte er. »Und der Angriff auf die Festung?« fragte er.

»Ein Angriff wie aus dem Lehrbuch!« rief einer der Offiziere enthusiastisch. »Während sie gebannt aufs Meer schauen, attackieren wir sie vom Land her. Rasch und heimlich. Darf ich das Kommando übernehmen, Sir?«

Buckingham mußte über seine Begeisterung lächeln. »Genehmigt.«

»Wie steht es mit den Leitern?« wollte John wissen. »Und mit den Seilen?«

Ungeduldig wandte sich der Offizier an ihn. »Das könnt Ihr ruhig alles mir überlassen!«

»Verzeiht«, sagte John höflich. »Aber ich habe hier nur eine rohe Skizze angefertigt. Jemand muß den Winkel der Mauern überprüfen, jeden Überstand und die besten Stellen für die Leitern. Den Boden unterhalb der Mauern.«

Der Offizier lachte. »Ich wußte gar nicht, daß Ihr als Soldat schon Erfahrungen gemacht habt, Mr. Tradescant!« Er betonte das »Mr.«, um John daran zu erinnern, daß er sich nur auf stillschweigende Duldung hin unter Gentlemen befand und keinen Anspruch auf diesen Titel hatte. Buckingham, der sich auf seinem Sessel zurückgelehnt hatte, roch an seinem Parfüm und beobachtete, wie John versuchte, nicht die Beherrschung zu verlieren.

»Ich bin Gärtner und sammle Raritäten für meine Herrn, den Herzog«, sagte John knapp. »Ich habe nie so getan, als sei ich etwas anderes. Aber ich habe schon im Gefecht gestanden.«

»Einmal«, bemerkte jemand leise im Hintergrund. »Und kaum glorreich.«

John drehte sich nicht um. »Ich bin es gewöhnt, auch die unscheinbaren Dinge zu prüfen und sie mit ins Kalkül zu ziehen. Ich sage nur, daß man die Höhe und die Ausdehnung der Mauer genau kennen muß.«

»Vielen Dank«, erwiderte der Offizier mit kühler Höflichkeit. »Ich bin Ihnen für Ihren Rat dankbar.«

John blickte zu seinem Herzog hinüber. Buckingham deutete kurz mit dem Kopf zur Tür, und John verneigte sich und zog sich zurück.

Nach drei Monaten der Kränkungen war diese nur ein kleiner Stich, doch gerade diese Szene sollte John in seinen Träumen immer vor sich sehen, immer wieder.

Der Angriff konnte nicht zu dem Zeitpunkt unternommen werden, zu dem der Herzog es wünschte. Der Gezeitenwechsel war ungünstig, und der Mond schien zu hell. Doch zwei Tage nach seinen letzten Befehlen wurde die Festung angegriffen. John befand sich am Ufer und beobachtete, wie sich die Schiffe nach seinen Angaben vor der Festung hin und her bewegten. Alles verlief nach Plan. Die französischen Verteidiger brauchten eine gewisse

Zeit, ehe sie genau auf die angreifenden Schiffe zielen konnten, und wenn sie sie in Reichweite hatten, dann wurden auf den Schiffen die Segel gesetzt, und die Ruderboote und die Ebbe brachten sie rasch aus dem Schußbereich. John sah nur einige Minuten zu, dann wandte er sich um und rannte auf die Seite der Festung, die zum Inneren der Insel zeigte, wo die Armee gerade zum Angriff überging.

In der Zitadelle war man nicht unvorbereitet. Die Soldaten waren voll bewaffnet und auf der Landseite bereit zum Kampf. Von den hohen Mauern prasselte ein wahres Feuerwerk von Musketenschüssen auf die Angreifer. John bahnte sich seinen Weg durch den Soldatenhaufen, der manchmal nach vorn drängte, dann wieder nach hinten abfiel, bis er seinen Herzog erreichte. Buckingham befand sich genau in der Mitte der angreifenden Linie und zog die Männer mit sich vorwärts ins Musketenfeuer.

Vor ihm rannten die Soldaten mit den Sturmleitern. Buckingham manövrierte sie ins tödliche Feuer, auf die Mauern der Festung zu.

»Weiter! Weiter!« rief er. »Für England! Für Gott! Für mich!«

In den drei Monaten auf der Insel hatten die Soldaten einiges erleiden müssen. Buckingham konnte sie nicht mehr ermuntern. Sie zögerten und bewegten sich nur widerwillig voran. Die Kommandos der Offiziere befahlen alle in die erste Sturmreihe. Doch nur das Musketenfeuer – das für jene, die zurückfielen, ebenso gefährlich war wie für jene, die nach vorn stürmten – hielt sie in Bewegung.

»Um Gottes willen, richtet die Leitern auf!« schrie Buckingham. Am Fuße der langen Festungsmauer waren Soldaten damit beschäftigt, die Leitern in den felsigen Boden zu rammen.

»Hoch! Hoch!« schrie Buckingham. »Los! Und macht die verdammten Tore auf!«

Tradescant wurde von einem Mann umgerissen, der auf ihn fiel, als er von einem Musketenschuß getroffen wurde. Er wollte ihn auffangen, doch da sank zu seiner anderen Seite ebenfalls ein Soldat nieder.

»Helft mir!« rief der Verwundete.

»Ich komme wieder!« versprach John. »Ich muß ...«

Er hielt inne, machte sich von beiden Männern los und stürmte vorwärts, weil er sich dicht beim Herzog halten wollte. Buckingham befand sich am Fuß einer Sturmleiter und befahl den Männern hochzuklettern. Eine Schrecksekunde lang dachte Tradescant, daß Buckingham selbst eine Leiter erklimmen wolle.

»Villiers!« übertönte er laut das Geschrei und die Schüsse. Dann sah er, wie Buckingham, ohne Hut inzwischen, den Kopf umdrehte und nach ihm suchte.

John schob sich durch die Menge, um zu seinem Herrn zu gelangen. Er packte ihn mit aller Macht am Arm, um ihn davon abzuhalten, die Leiter hochzusteigen. Da bemerkte er plötzlich, daß etwas nicht in Ordnung war. Die Leute kletterten hinauf, einer nach dem anderen, die nächsten am Fuß der Leiter schoben die Gefährten weiter aufwärts. Doch dann stockte die Bewegung. Niemand regte sich. John trat einen Schritt zurück und schaute nach oben. Die Sturmleitern waren zu kurz. Die Männer konnten das obere Ende der Mauer nicht erreichen.

Der Anblick der Leitern, an die sich die Männer ohne Ausweg klammerten, und ihre Blicke nach oben, von wo es Musketenschüsse hagelte, brannten sich in Tradescants Gedächtnis ein.

»Zieht die Truppen zurück!« schrie er. »Mein Lord! Dieser Tag ist verloren. Die Leitern sind zu kurz. Wir müssen umkehren!«

In all dem Lärm und der Panik konnte ihn Buckingham nicht hören.

»Wir sind verloren!« wiederholte Tradescant. Er bahnte

sich den Weg zu Buckingham. »Schaut nach oben!« rief er verzweifelt. »Seht hin!«

Buckingham ließ die Leiter los und richtete seinen Blick nach oben. Sein Gesicht, das vor lauter Aufregung und Mut eben noch gestrahlt hatte, wurde plötzlich bleich und stumpf. John meinte, sein Herr sei in diesem Moment um zehn Jahre gealtert.

»Rückzug«, sagte er kurz. Er wandte sich an den Fähnrich. »Blast zum Rückzug«, befahl er. »Blast laut zum Rückzug!« Dann drehte er sich um.

John kämpfte sich zu der Stelle durch, wo der Mann niedergesunken war. Er war tot. John konnte nichts weiter tun als ein kurzes Gebet sprechen, während er stolpernd wie ein Feigling weiterrannte, um nicht getroffen zu werden. Immer weiter entfernte er sich von der Zitadelle von St. Martin – der Festung, deren Mauerhöhe nie gemessen worden war und für die die Sturmleitern zu kurz waren.


»Ich werde selbst gegen ihn antreten«, sagte Buckingham am nächsten Tag vor dem Kriegsrat. »Ich werde ihm meine Forderung zukommen lassen.«

John lehnte sich erschöpft und übel zugerichtet gegen den Türrahmen der Kajüte und bemerkte, daß sein Herr sehr entmutigt wirkte und daß er die großen Gesten eines in Verzweiflung geratenen Mannes machte.

»Das muß er annehmen!« rief Soubise aus. »Kein Gentleman könnte sich weigern.«

Buckingham blickte zu John hinüber und sah, wie sich auf dem Gesicht seines Vasallen ein mitleidiges Bedauern abzeichnete.

»Meint Ihr, John, daß er annehmen wird?« fragte er.

»Warum sollte er?«

»Weil er ein Gentleman ist! Ein französischer Gentleman!« stieß Soubise aus. »Das ist eine Frage der Ehre!«

Johns Schultern sanken herab. Er machte eine Bewegung, um sein schmerzendes Bein zu entlasten. »Was immer Ihr auch vorhabt«, meinte er, »es kann nichts schaden. Ihr würdet ihm mit dem Schwert entgegentreten, nicht wahr, mein Lord?«

Buckingham nickte. »Natürlich.«

John zuckte die Achseln.

»Die Sturmleitern waren bedaulicherweise zu kurz«, platzte es aus dem Offizier heraus. »Man hat die falsche Größe eingeladen. Jemand hätte sie vorher überprüfen müssen. Es war ein Wahnsinn anzunehmen, daß sie irgendwie von Nutzen sein würden. Mit so kurzen Leitern hätte man nicht einmal das Strohdach einer kleinen Hütte erreicht. Damit pflückt man Äpfel!«

Nun herrschte bedrückendes Schweigen.

»Schickt eine Forderung«, sagte Buckingham zu einem der Offiziere. »Vielleicht ist er so närrisch, sie anzunehmen.«

Wie Tradescant vorhergesagt hatte, nahm Kommandant Torres die Forderung nicht an. Vielmehr versuchten die Franzosen in der darauffolgenden Woche, aus der Festung auszubrechen und das englische Lager zu überrennen. Der Alarm hallte durch die Nacht. Die Männer lagen in Bereitschaft; sie kämpften wie wild und drängten die französischen Truppen zur Zitadelle zurück. Theoretisch war dies ein Sieg für die Belagerungstruppen, doch als man in der Morgendämmerung die Verwundeten und Toten zählte, wurde deutlich, daß man den Kampf unter schweren Verlusten geführt hatte, aber immer noch nicht vorangekommen war.

Die Belagerung konnte aufrechterhalten werden. Doch das Wetter würde bald umschlagen, und jene, die sich innerhalb der Festung mit Lebensmitteln, Wärme und einem festen Dach über dem Kopf befanden, würden den

Winter besser überstehen als die Soldaten, die außerhalb der Mauern auf morastigem Boden kampierten. Der Herzog hatte das Versprechen erhalten, daß sich eine Flotte zur Verstärkung im Hafen von Portsmouth befände und unter dem Kommando des Grafen von Holland jeden Tag auslaufen sollte. Doch sie blieb dort, und der englischen Armee auf der Insel halfen die vielen Liebes- und Treuebeteuerungen von König Charles kaum. Das schlechte Wetter, das den Grafen im Hafen festhielt, sorgte auch dafür, daß die Belagerung in Frankreich nicht vorankam. Im Oktober durchbrach eine weitere kleine Flotte von französischen Booten die englische Barrikade, und neue Truppenteile gelangten in die Festung. Da endlich entschloß sich Buckingham zum Rückzug.

Sie hatten die Hoffnung gehabt, sich im Morgengrauen davonzustehlen, so daß man in der Zitadelle erst etwas davon bemerkte, wenn es schon zu spät war. Nach diesem Plan sollten die Männer nicht dort an Bord gehen, wo sie an Land gekommen waren, an den Stränden und Dünen im Osten der Insel, sondern im Norden, wo die Schiffe in den Marschgewässern um die Ile de Loix sie erwarten sollten. Die Ile de Loix war mit der Insel über einen schmalen Damm verbunden, der bei Flut völlig im Wasser verschwand. Buckingham hatte vorgesehen, daß seine Truppen bei Einsetzen der Flut über den Damm eilen sollten, so daß die Franzosen die Verfolgung nicht aufnehmen konnten, wenn die Strömung stärker wurde. So könnten die englischen Soldaten geordnet an Bord gehen und lossegeln.

Als die kleinen provisorischen Zelte der Engländer abgebaut wurden und die Mannschaften Aufstellung nahmen, wurden sie jedoch von den französischen Wachtposten beobachtet, die daraufhin Alarm schlugen. Während sich die halbverhungerte englische Armee in Marsch setzte, öffneten sich die Tore von St. Martin, und die wohlgenährten, gut geführten Franzosen marschierten heraus. Buckinghams Leute, beinahe siebentausend Mann, ließen sich langsam vor den französischen Soldaten zurückfallen. Ihr Rückzug war beispielhaft, sie hielten sich gerade außer Reichweite und ließen sich nicht auf einen Schußwechsel mit den Franzosen ein, die sporadisch Schüsse abfeuerten.

»Wie steht es mit der Flut?« fragte Buckingham John rasch, während er versuchte, die Leute in gleichmäßigem Tempo in Richtung Damm vorwärts zu treiben. Der Boden unter den Füßen war morastig und feucht, und sie kamen nicht sehr schnell voran. Sie verloren den Halt und mußten sich auf dem schmalen Damm in einer Reihe formieren. Da die französischen Verfolger immer näher rückten, trafen auch die Schüsse von hinten immer häufiger.

»Die Flut kommt gleich«, warnte ihn John. »Laßt sie zu den Schiffen rennen, mein Lord, sonst ist die Flut da, und wir bekommen sie nicht von der Insel weg.«

»Rennt!« rief Buckingham. »So schnell ihr könnt!« Er schickte seinen Fähnrich an die Spitze, der den Männern den Weg zeigen sollte. Unvorsichtigerweise kam einer vom Damm ab und versank sofort bis zum Gürtel im dicken Schlick. Er schrie um Hilfe, und seine Gefährten, die ängstlich hinter sich blickten und sahen, daß sich die Franzosen näherten, legten ihre Spieße auf den Boden und zogen ihn daran heraus.

»Weiter! Weiter!« drängte John. »Rasch!«

Es war ein Wettlauf mit drei Gefahren. Die erste, die Engländer selbst, die in einem großen Durcheinander auf ihre Schiffe zu rannten; die zweite, die Franzosen, die ihnen auf den Fersen waren, so zuversichtlich wie Wilderer in einem Feld voller Kaninchen; sie blieben stehen, feuerten und luden nach und marschierten dann schnell weiter; und die dritte, die strömende Flut zu beiden Seiten der Insel, die den Damm in der Mitte bald zu überschwemmen drohte, unterstützt von dem immer stärker werdenden Wind.

Den Mannschaften war befohlen worden, für einen besseren Zugang zu den Schiffen Holzbohlen über die schlammigen Stellen zu legen, doch sie waren zu schmal, und es gab kein Geländer. Durch das Geschiebe und Gerempel wurden Leute an den Seiten hinuntergestoßen und kämpften dann in dem mit jeder Welle immer tiefer werdenden Marschwasser. John hielt an, als jemand neben ihm hinunterstürzte. Der Mann griff fest nach Johns Händen, bis dieser spürte, wie seine eigenen Füße auf dem rutschigen Boden nachgaben.

»Schwimm mit den Beinen!« rief John.

»Zieht mich hoch!« bettelte der Unglückliche.

Eine höhere Welle trug ihn schließlich, so daß John ihn wie einen zappelnden, ängstlichen Fisch herausziehen konnte. Doch mit der Welle, die den Leutnant hochgespült hatte, schlug auch das Wasser über den Damm hinweg und machte das Holz glitschig und naß. Die rasch von hinten herandrängenden Soldaten, die die Franzosen im Nacken spürten, stürzten über ihre Kameraden hinweg in die Fluten.

John schaute sich nach hinten um. Die Franzosen waren näher gerückt, die ersten Reihen hatten die Musketen über die Schulter geworfen und benutzten nun ihre Spieße, mit denen sie um sich stachen. Die Engländer hätten den Kampf von Mann zu Mann aufnehmen müssen. Doch die Hälfte von ihnen hatte im raschen Lauf die Waffen im Marschgewässer verloren, und Dutzende von Männern schwammen im Wasser oder kämpften gegen den Morast an. Die tückische Strömung zog sie hinunter, und sie schrien um Hilfe und erstickten dann im Schlick der Marsch.

Er blickte sich nach dem Herzog um. Zumindest befand der sich inzwischen sicher an Bord. Er lehnte sich über die Reling der *Triumph* und rief den Männern zu, rasch in die Landungsboote zu steigen und dann die Netze hinauf an Deck zu klettern.

»Gott segne Euch.« Der eben errettete Mann richtete sich langsam auf und ergriff Tradescants Arm. Dann drehte er sich um, denn er wollte wissen, warum dieser so entsetzt in die Ferne starrte. Die Franzosen hatten gleich aufgeschlossen; hier und da stießen sie schon ihre Feinde vom Damm. Rascher als ein galoppierendes Pferd kamen die Wellen über die flachen Sandbänke, sie spülten über den Damm und rissen die erschöpften englischen Soldaten von dem schmalen Pfad in das stinkende Brackwasser direkt vor die scharfen Spieße der Franzosen.

Der Leutnant schüttelte Tradescant am Arm. »Geht aufs Schiff!« rief er mit lauter Stimme gegen das Tosen des Wassers und die Schreie der Männer. »Sie rücken näher und näher! Man wird uns den Weg abschneiden!«

John schaute nach vorn. Es stimmte. Der Damm befand sich schon zur Hälfte unter Wasser. Er würde Glück haben, wenn er mit seinem kranken Bein noch auf die andere Seite gelangte. Der Leutnant packte ihn am Arm. »Kommt!«

Die beiden Männer, die einander stützten, um das Gleichgewicht zu halten, kämpften sich zur anderen Seite durch, wobei sie auf dem nassen Holz kaum Tritt fassen konnten. Jede große Welle drohte alle beide ins Meer zu spülen. John verlor plötzlich den Grund unter seinen Füßen, nur der feste Griff des anderen rettete ihn. Zusammen stolperten sie auf das Marschland und rannten zu den Landungsbooten der *Triumph*, die zwischen dem morastigen Ufer und dem Schiff hin und her pendelten.

John warf sich in eines der Boote und blickte zurück,

während das Boot ablegte. Man konnte in dem Chaos Freund von Feind nicht mehr unterscheiden. Die Männer, von Schlamm bedeckt, standen knietief im Wasser und stachen wild drauflos oder umklammerten einander, jeder auf seine eigene Sicherheit bedacht, während die hohen, dunklen Wellen heranrollten. Das Boot schlug plötzlich gegen die Seite der *Triumph*. John griff nach einem Fallstrick. Die dichtauf Folgenden stießen ihn hinauf; sein schwaches Bein war ohne jeden Halt, doch mit den Armen konnte er sich hochziehen. Oben ließ er sich über die Seite des Schiffs rollen und lag an Deck, japsend und keuchend, und da wurde er sich des glücklichen Umstands bewußt, den gescheuerten festen Holzboden unter seiner Wange zu spüren.

Nach einer Weile stand er auf und begab sich an die Seite des Herzogs.

Ein wahres Massaker fand stand. Fast alle englischen Soldaten, die sich hinter Tradescant befunden hatten, saßen zwischen dem Meer und den Franzosen fest. Entweder waren sie vom Damm gestürzt oder auf der Flucht in das tückische Marschland geraten. Die Schreie der Ertrinkenden glichen denen der Möwen an ihren Nistplätzen – laut, fordernd und unmenschlich. Jene, die im Wasser trieben, fanden schnell den Tod von den französischen Spießen. Die Franzosen, die sich im Trockenen vor dem Damm befanden, hatten genügend Zeit, um nachzuladen und genau zielend auf die Marsch und das Meer hinaus zu feuern, wo ein paar Männer versuchten, das Schiff zu erreichen. Die ersten Reihen, die ihr todbringendes Werk vor dem überschwemmten Damm verrichtet hatten, wichen vor dem Meer zurück und stachen auf die Körper der Engländer ein, die in den Wellen hin und her gewirbelt wurden.

Der Kapitän der *Triumph* ging auf Buckingham zu, der nun ganz bleich vor Entsetzen auf seine in Blut und Salzwasser ertrinkende Armee blickte. »Sollen wir die Segel setzen?«

Buckingham hörte ihn nicht.

Der Kapitän wandte sich an Tradescant. »Segeln wir los?«

John schaute in die Runde. Er hatte das Gefühl, als befände sich alles unter Wasser. Er selbst konnte den Kapitän kaum hören, der Mann schien auf ihn zu zu schwimmen und wieder zurückzuweichen. Er klammerte sich fester ans Geländer.

»Befindet sich hinter uns noch ein Schiff, um die Überlebenden aufzulesen?« fragte er. Seine Lippen waren wie betäubt, und seine Stimme klang recht schwach.

»Welche Überlebenden?« fragte der Kapitän.

John blickte sich wieder um. Er war mit dem letzten Landungsboot eingetroffen; die übrigen Männer taumelten in den Wellen, ertrunken oder erschossen oder aufgespießt.

»Setzt die Segel«, sagte John. »Und bringt meinen Herrn von hier fort.«

Erst als sich die gesamte Flotte außerhalb des tückischen Schlicks und der Wellen auf hoher See befand, begann man an Bord die Verluste zu zählen und sich darüber klarzuwerden, welchen Preis man in diesem Feldzug gezahlt hatte. Es fehlten neunundvierzig englische Standarten und viertausend Männer und Jungen, die man gegen ihren Willen rekrutiert hatte und die nun tot waren.

Buckingham blieb die ganze Reise über in seiner Kajüte. Es hieß, er sei krank wie so viele der übrigen Männer. Überall auf der *Triumph* roch es nach eiternden Wunden, und überall erscholl das Stöhnen der Verletzten. Buckinghams Leibdiener wurde von Flecktyphus heimgesucht, wurde immer schwächer und starb schließlich, und so war der Lord-Admiral plötzlich ganz auf sich gestellt.

John Tradescant ging in die Kombüse hinunter, in der ein Koch damit beschäftigt war, über dem Feuer einen Topf mit Brühe umzurühren. »Wo sind denn die anderen?«

»Das solltet Ihr doch wissen«, sagte der Mann verbittert. »Ihr wart dort, so wie ich. Ertrunken im Marschgewässer oder von einem französischen Spieß aufgeschlitzt.«

»Ich meinte vielmehr, wo die anderen Köche und die Männer sind, die das Essen austeilen?«

»Krank«, antwortete der Mann kurz.

»Macht mir ein Tablett für den Lord-Admiral zurecht«, sagte John. »Wo befindet sich der Mundschenk?«

»Tot.«

»Und sein Servierer?«

»Fleckfieber.«

Der Koch nickte und stellte eine Schale mit Brühe, etwas altes Brot und ein kleines Glas Wein auf ein Tablett.

»Ist das alles?« wollte John wissen.

Der Mann warf ihm einen wütenden Blick zu. »Wenn er mehr möchte, dann sollte er besser das Schiff mit neuen Lebensmitteln versorgen lassen. Das hier ist mehr, als alle anderen bekommen. Und dabei hat der größte Teil der Armee ins Gras gebissen und frißt nun den Schlamm und trinkt das Salzwasser vom Marschland.«

John schreckte vor der Bitterkeit im Gesicht des Mannes zurück. »Nicht alles war sein Verschulden«, sagte er.

»Wessen denn dann?«

»Man hätte ihm Verstärkung schicken müssen, und wir hätten für den Feldzug besser ausgerüstet sein sollen.«

»Wir hatten einen Sechsspänner und eine Harfe an Bord«, sagte der Koch boshaft. »Was hätten wir wohl sonst noch gebraucht?«

Johns Ton blieb freundlich. »Gebt acht, mein Freund«, sagte er. »Ihr seid drauf und dran, Hochverrat zu begehen.«

Dem Lachen des Mannes fehlte jede Heiterkeit. »Wenn mich der Lord-Admiral vor dem Mast hinrichten läßt, so wird es kein Essen geben für jene, die noch essen können«, sagte er. »Und ich würde mich bei ihm dafür bedanken, daß er mich befreit von alldem hier. Ich habe meinen Bruder auf der Insel der Reue verloren. Ich fahre nach Hause und muß seiner Frau erzählen, daß sie keinen Mann mehr hat, und meiner Mutter, daß sie nur noch einen Sohn hat. Der Lord-Admiral kann mir das ersparen, und ich würde mich bei ihm bedanken.«

»Wie habt Ihr die Insel genannt?« fragte John plötzlich.

»Was?«

»Die Insel.«

Der Koch zuckte mit den Schultern. »So wird sie nun von allen genannt. Nicht die Insel Ré, sondern die Insel der Reue, weil wir den Tag bereuen, an dem wir mit ihm in See gestochen sind, und weil er den Tag bereuen sollte, an dem er das Kommando übernommen hat. Und wie die Raute, dieses Sinnbild der Reue, so hat seine Befehlsgewalt hier einen giftigen und bitteren Beigeschmack, den man nie vergißt.«

Ohne ein weiteres Wort zu verlieren, griff John das Tablett und ging in Buckinghams Kajüte.

Dieser lag in seiner geräumigen Koje auf dem Rücken und hatte die Arme über den Augen gekreuzt. Die Parfümkugel baumelte an seinen Fingern. Als Tradescant hereintrat, rührte sich der Herzog nicht.

»Ich hatte Euch gesagt, daß ich nichts will«, sagte er.

»Matthew ist krank«, sagte John ruhig. »So habe ich Euch etwas Brühe gebracht.«

Buckingham wandte sich nicht einmal zu ihm um. »John, ich habe gesagt, ich will nichts.«

John trat etwas näher und stellte das Tablett ans Bett. »Ihr müßt etwas zu Euch nehmen«, drängte er ihn so sanft wie eine Amme ein Kind. »Seht Ihr? Hier ist etwas Wein.«

»Und wenn ich ein ganzes Faß trinken würde, es reichte nicht, um vergessen zu können.«

»Ich weiß«, sagte John ruhig.

»Wo sind meine Offiziere?«

»Sie ruhen sich aus«, sagte John. Er verschwieg die Wahrheit, nämlich daß mehr als die Hälfte tot war und der Rest auf dem Krankenbett lag.

»Und wie geht es meinen Leuten?«

»Sie sind niedergeschlagen.«

»Geben sie mir die Schuld?«

»Natürlich nicht!« log John. »Es ist das wetterwendische Kriegsglück, mein Lord. Jedermann weiß, daß eine Schlacht gut oder schlecht ausgehen kann. Hätten wir Verstärkung erhalten ...«

Buckingham stützte sich nun auf einen Ellbogen. »Ja«, sagte er plötzlich etwas munterer. »Das nehme ich auch an. Ich sage mir immer: Wenn wir Verstärkung erhalten hätten, oder wenn in jener Septembernacht der Wind nicht so stark aufgefrischt hätte, oder wenn ich Torres' Kapitulationsbedingungen gleich akzeptiert hätte, als ich sie erhielt, oder wenn die Bewohner von La Rochelle für uns gekämpft hätten ... wenn die Leitern länger gewesen wären oder der Damm breiter ... Ich gehe zurück, immer weiter, bis in den Sommer, und versuche herauszufinden, an welcher Stelle die Sache aus dem Ruder lief. An welcher Stelle ich versagt habe.«

»Ihr habt nicht versagt«, entgegnete John sanft. Er hatte sich unaufgefordert auf den Rand von Buckinghams Bett gesetzt und reichte ihm das Glas Wein. »Ihr habt Euer Bestes getan, jeden Tag. Erinnert Ihr Euch noch an jenen ersten Tag der Landung, als Ihr wie ein Held zwischen den Landungsbooten hin und her gerudert seid und die Franzosen umkehrten und flohen?«

Buckingham lächelte, so wie ein alter Mann über eine Kindheitserinnerung lächeln würde. »Ja. Das war ein Tag!«

»Und als wir sie immer weiter zurück in die Zitadelle getrieben haben?«

»Ja.«

John reichte ihm die Suppe und den Löffel. Buckinghams Hand zitterte so sehr, daß er ihn nicht zum Mund führen konnte. John nahm ihm den Löffel ab und fütterte ihn. Buckingham öffnete den Mund wie ein gehorsames Kind.

»Ihr werdet Eure Frau wiedersehen«, sagte er. »Zumindest werden wir sicher England erreichen.«

»Kate wird sich freuen, mich wiederzusehen«, sagte Buckingham. »Selbst wenn ich zwanzig Niederlagen erlitten hätte.«

Der Herzog hatte fast die ganze Suppe gegessen. John brach das trockene Brot in Stücke, tat sie in den Rest und schob sie seinem Herrn löffelweise in den Mund. Der Herzog hatte wieder Farbe bekommen, doch seine Augen trugen immer noch dunkle Ringe und wirkten matt.

»Ich wünschte, wir könnten weitersegeln und müßten nie mehr heimkehren«, sagte er langsam. »Ich möchte nicht zurück.«

John dachte an das kleine Feuer in der Kombüse und an die wenigen Vorräte, an den Gestank von den Verwundeten und an das ständige Platschen des Wassers, wenn Leichen nach notdürftigen Beisetzungszeremonien über Bord geworfen wurden.

»Wir werden im November den Hafen anlaufen, und Ihr werdet Weihnachten bei Euren Kindern sein.«

Buckingham drehte sein Gesicht zur Wand. »Dieses Weihnachten werden viele Kinder ohne ihre Väter zubringen müssen«, sagte er. »Überall im Land werden sie mich in ihren kalten Betten verfluchen.«

John stellte das Tablett zur Seite und legte seine Hand auf die Schulter des jüngeren Mannes. »Das sind die Opfer, die ein so hohes Amt wie das Eure mit sich bringt«, sagte er ruhig. »Die fröhlichen Seiten habt Ihr auch erfahren.«

Buckingham zögerte, nickte dann aber. »Ja, stimmt. Ihr tut recht, mich daran zu erinnern. Großer Reichtum fiel mir und meinen Angehörigen in den Schoß.«

Nun herrschte ein kurzes Schweigen. »Und Ihr?« fragte Buckingham. »Werden Euch Eure Frau und Euer Sohn mit offenen Armen empfangen?«

»Als ich aufbrach, war sie recht wütend«, sagte John. »Aber sie wird mir vergeben haben. Sie wünschte sich sehr, daß ich zu Hause bleibe und in Eurem Garten arbeite. Meine Reisen hat sie nie gern gesehen.«

»Und Ihr bringt eine neue Pflanze mit zurück?« fragte Buckingham, schon etwas schläfrig.

»Zwei«, erwiderte John. »Eine ist eine Art Mauerpfeffer, und die andere ist meines Erachtens nach ein Wermut. Und ich habe die Samen einer ganz roten Mohnart, die ich vielleicht zum Keimen bringen werde.«

Buckingham nickte. »Der Gedanke ist schon eigenartig, daß die Insel nun leer ist, so wie vor unserer Ankunft«, sagte er. »Erinnert Ihr Euch noch an diese weiten Flächen von roten Mohnblumen?«

John schloß kurz die Augen und dachte an die im Wind hin und her schaukelnden hauchdünnen Blüten, die über das ganze Land einen Hauch von Rot legten. »Ja. Diese leuchtenden Blumen, so wie Soldaten voller Hoffnung.«

»Geh nicht weg«, sagte Buckingham plötzlich. »Bleib bei mir.«

John wollte sich in den Sessel setzen, doch Buckingham streckte, ohne hinzusehen, seine Hand aus und zog John auf das Kissen neben sich. John lag auf dem Rücken, verschränkte die Arme unter dem Kopf und sah zu, wie sich die vergoldete Decke der Kajüte im Takt mit der *Triumph* auf den Wellen hob und senkte.

»Mein Herz ist so kalt«, sagte Buckingham leise. »Richtig eisig. Meint Ihr, daß mein Herz gebrochen ist, John?«

Ohne darüber nachzudenken, was er tat, streckte John die Hand aus, er griff nach Buckingham und legte dessen Kopf mit dem dunklen, wirren Haar auf seine Schulter. »Nein«, sagte er sanft, »es wird wieder heilen.«

Buckingham drehte sich um und legte die Arme um ihn. »Schlafe heute Nacht bei mir«, sagte er. »Ich bin so einsam wie ein König.«

John rutschte etwas näher, und Buckingham machte es sich zum Schlafen bequem. »Ich bleibe da«, sagte John ruhig. »Was immer Euer Wunsch ist.«

Die Hornlaterne schaukelte an ihrem Haken und warf sanfte Schatten an die vergoldete Decke, während das Schiff sich auf den sanften Wogen auf und ab wiegte. Auf dem Deck über ihnen herrschte Ruhe. Die Nachtwache war ganz leise, alle trauerten. John hatte auf einmal den merkwürdigen Eindruck, daß sie alle auf der Insel der Reue gestorben waren und daß er sich nun in einem Leben danach befände, in Charons Nachen, und daß er für immer mit seinem Herrn auf dem Wasser treiben würde, von einer dunklen Strömung ins Nichts getragen.

Irgendwann nach Mitternacht bewegte sich John. Einen Augenblick lang meinte er, zu Hause zu sein und Elizabeth zu umarmen, doch dann erinnerte er sich wieder daran, wo er sich befand.

Buckingham öffnete langsam die Augen. »Oh, John«, seufzte er. »Ich dachte schon, ich würde nie wieder einschlafen können.«

»Soll ich nun gehen?« fragte Tradescant.

Buckingham lächelte und schloß die Augen. »Bleib«, sagte er. Sein Gesicht schimmerte im Lampenschein golden und wirkte beinah zu schön: das klare, vollkommene Profil und die verschlafenen, sehnsuchtsvollen Augen, der warme Mund und die neue Sorgenfalte zwischen den geschwungenen Augenbrauen. John fuhr mit einer Hand über das Gesicht, als könne er mit dem Streicheln die Falte glätten. Buckingham griff nach der Hand und drückte sie gegen seine Wange. Dann zog er John hinunter in die Kissen. Ganz sanft erhob sich Buckingham über ihn und ließ seine warmen Hände unter Johns Hemd gleiten und öffnete die Schnüre seiner Hose. John lag da, ohne nachzudenken, ohne zu wissen, wie ihm geschah, regungslos, während Buckinghams Hände ihn berührten.

Buckingham streichelte ihn sinnlich und sanft vom Hals bis zur Taille, und dann legte er sein kühles, eiskaltes Gesicht auf Johns warme Brust. Seine Hand glitt zu Johns Glied hinunter und streichelte es mit ruhiger Zuversicht. John verspürte ein ungebetenes, unerwartetes Verlangen in ihm wachsen, als sei es das müßige Verlangen eines Traumes.

Die Laterne schwang hin und her, und John bewegte sich auf Buckinghams Aufforderung hin, drehte sich, wie er es wünschte, um, vergrub sein Gesicht im Bett und öffnete sich ihm. Der Schmerz, als er in ihn eindrang, war so groß wie der Schmerz einer tiefen, quälenden Begierde, ein Schmerz, den er gewollt hatte und der durch ihn hindurchschwemmen sollte. Dann veränderte sich der Schmerz und bereitete große Freude und Schrecken, es war ein Gefühl der Unterwerfung und Durchdringung, und es war ein plötzliches Verlangen und eine tiefe Befriedigung. Wenn er stöhnte, so war es nicht nur wegen des Schmerzes, sondern auch wegen einer inneren Freude und einem Gefühl der eigenen Auflösung, was er nie zuvor empfunden hatte, so als würde er schließlich nach einem ganzen Leben verstehen, daß Liebe den Tod des Selbst bedeutet, daß seine Liebe zu Villiers sie beide ins Dunkle und Mysteriöse führte, fort von dem eigenen Selbst.

Als Buckingham von ihm hinunterglitt, bewegte sich

John immer noch nicht; er war wie gelähmt von einer tiefen Freude, die ihm beinah heilig schien.

Buckingham schlief, doch John lag wach und hielt seine Freude fest.

Am Morgen waren sie ganz ungezwungen zueinander, so wie alte Freunde, Kampfgefährten, Kumpane. Buckingham wirkte nicht mehr ganz so melancholisch. Er stattete den verletzten Offizieren einen Besuch ab und begutachtete die Vorräte mit dem Schiffsfurier, dann ging er zum Geistlichen zum Gebet. Auf der Kajütentreppe bat ihn ein erschöpfter Mann um eine Unterredung, woraufhin ihm Buckingham sein charmantes Lächeln zuwarf.

»Mein Hauptmann ist genau vor meinen Augen umgekommen, er stürzte bei unserem Rückzug vom Damm und ertrank«, sagte der Mann.

»Das tut mir leid«, entgegnete Buckingham. »Wir alle haben Freunde verloren.«

»Ich bin Leutnant, ich sollte befördert werden. Bin ich nun Hauptmann?«

Buckingham wurde bleich und ernst. Angewidert wandte er sich ab. »In die Schuhe eines Toten schlüpfen.«

»Bin ich es nun? Ich habe Frau und Kind, und ich benötige das Geld und die Pension, sollte ich sterben ...«

»Laßt mich damit in Ruhe«, sagte Buckingham plötzlich wütend. »Wer bin ich? Irgendein Bettler, auf den man die Hunde hetzt?«

»Ihr seid der Lord-Admiral«, sagte der Mann kühl. »Und ich ersuche Euch, meine Beförderung zu bestätigen.«

»Zum Teufel mit Euch!« rief Buckingham. »Viertausend Männer sind tot. Wollt Ihr deren ganzen Lohn auch noch einstreichen?« Er ging fort.

»Das ist nicht gerecht«, sagte der Mann hartnäckig.

John betrachtete ihn genauer. »Ihr seid der Mann, der mich auf dem Damm gestützt hat!« rief er aus.

»Leutnant Felton. Sollte nun Hauptmann sein. Ihr habt mich aus dem Wasser gezogen. Vielen Dank.«

»Ich bin John Tradescant.«

Der Mann sah ihn nun eindringlich an. »Des Herzogs Gefolgsmann?« John spürte vor lauter Stolz seinen Puls schneller schlagen, war er doch des Herzogs Mann in jeder Hinsicht. Sein Mann des Herzens.

»Sagt ihm denn, daß ich Hauptmann sein sollte. Das ist er mir schuldig.«

»Er hat im Augenblick andere Sorgen«, sagte John.

»Ich habe ihm treu gedient, in seinen Diensten habe ich Tod und Krankheit ins Auge gesehen. Sollte ich dafür keine Anerkennung erhalten?«

»Ich werde ihm das später vortragen«, sagte John. »Wie heißt Ihr?«

»Leutnant Felton«, wiederholte der Mann. »Ich bin nicht habgierig. Ich möchte nur Gerechtigkeit für mich und uns alle.«

»Ich werde ihn darum bitten, wenn er sich wieder beruhigt hat«, sagte John.

»Ich wünschte, ich könnte auch meiner Pflicht aus dem Weg gehen, wenn mir nicht danach ist«, sagte Felton und blickte sich nach dem Admiral um.

John hatte ein paar Seeleute damit beauftragt, Makrelen zu angeln, und so konnte er an diesem Abend Buckingham Fisch servieren. Als er das Tablett abstellte, sagte Buckingham beiläufig: »Geht nicht.«

John wartete an der Tür, während Buckingham schweigsam sein Mahl zu sich nahm. Auf dem ganzen Schiff schien Stille zu herrschen.

»Bringt mir etwas heißes Wasser«, befahl er.

Tradescant nahm das Tablett mit in die Kombüse zurück und kehrte mit einem Krug heißen Meerwassers zurück. »Tut mir leid, es ist nur Salzwasser«, sagte er.

»Macht nichts«, erwiderte Buckingham. Er zog das Leinenhemd und die Hosen aus. Tradescant hielt ihm ein Handtuch bereit und sah zu, wie sich Buckingham wusch und mit nassen Fingern durch sein dunkles Haar fuhr. Er stand ruhig da, damit John ihn abtrocknen konnte. Dann legte er sich, immer noch nackt, auf die kostbare rote Überdecke auf seinem Bett. John konnte seine Blicke nicht abwenden, der Herzog war so schön wie eine Statue in den Gärten von New Hall.

»Möchtet Ihr heute nacht wieder hier schlafen?« fragte ihn Seine Lordschaft.

»Wenn es Euer Wunsch ist, mein Herr«, sagte John und versuchte, sein Sehnen danach zu verbergen.

»Ich fragte, ob es *Euer* Wunsch ist«, sagte Buckingham.

John zögerte. »Ihr seid mein Gebieter. Es ist an Euch zu bestimmen.

»Ich bestimme, daß ich Eure Gedanken erfahren will. Möchtet Ihr hier bei mir liegen, so wie letzte Nacht? Oder in Euer Bett zurückkehren? Ihr habt die Wahl, John.«

John schlug die Augen auf und blickte in das dunkle Lächeln des Herzogs. Er hatte das Gefühl, daß sein Gesicht brannte. »Ich will Euch«, sagte er. »Ich möchte bei Euch bleiben.«

Der Herzog seufzte, als sei ihm eine große Angst genommen. »Als mein Liebhaber?«

John nickte und spürte zugleich die Tiefe seiner Sünde und seines Verlangens, so als seien sie eins.

»Bring das Kännchen und den Krug hinaus und komm wieder«, befahl ihm der Herzog. »Heute nacht möchte ich die Liebe eines Mannes erleben.«

Am nächsten Morgen wurde Cornwall gesichtet, und so verblieb nur noch eine Nacht vor Erreichen von Portsmouth. John erwartete, fortgeschickt zu werden. Doch als der Geistliche nach den Abendgebeten gegangen war, winkte ihn Buckingham heran, und John schloß die Tür hinter sich und verbrachte die Nacht mit dem Herzog. Sie ließen sich von ihrem Verlangen leiten. Buckinghams Haut war so sanft und weich, doch sein muskulöser Körper war vom Reiten und Rennen durchtrainiert. John schämte sich ein wenig für die grauen Haare auf seiner Brust und für seine schwieligen Hände, doch unter dem Gewicht seines starken Körpers mußte der jüngere Mann unter ihm vor Lust stöhnen. Sie küßten sich, und ihre Lippen klebten zusammen, preßten sich aneinander, forschten und tranken vom Mund des anderen. Sie kämpften miteinander wie zwei Ringer, wie sich paarende Tiere, und prüften die Härte ihrer Muskeln in einem Liebesspiel ohne Nachsicht und Sentimentalität, das im Kern eine wilde Zärtlichkeit barg, bis Buckingham schließlich außer Atem sagte: »Ich kann nicht warten! Ich will es so sehr!« und nach John griff, so daß sie endlich in eine finstere Welt des Schmerzes und der Lust taumelten, bis Schmerz und Lust eins waren und die Finsternis sie völlig umgab.

## November 1627

Gegen Morgengrauen wachten sie auf, vom Lärm der Mannschaft geweckt, die das Schiff zum Anlegen vorbereitete. Für viel Worte blieb kaum Zeit, schließlich ging das, was zwischen ihnen war, tiefer als Worte. John Tradescant glaubte, sie seien auf untrennbare Weise miteinander verbunden – durch die Liebe eines Mannes für seinen Kampfgefährten, durch die starke, mächtige Liebe eines Vasallen zu seinem Herrn und nun durch die leidenschaftliche Hingabe von Liebenden. Buckingham lag im Bett und lächelte, während sich John rasch anzog. John spürte, wie sein Verlangen wieder wuchs – es schien nun unersättlich.

»Wo wird heute unser Nachtlager sein?« fragte er.

»Ich weiß nicht, welchen Empfang man mir bereiten wird«, sagte Buckingham, dessen Lächeln langsam verblaßte. »Wir müssen den Hof aufsuchen. Es könnte sein, daß Charles um diese Zeit in Whitehall ist. Es wird mich einige Mühe kosten, meine Stellung zu halten.«

»Welche Stellung auch immer Ihr haben werdet, ich bin Euer«, sagte John einfach.

Buckingham sah ihn mit leuchtenden Augen an. »Ich weiß«, sagte er leise. »Ich werde dich an meiner Seite brauchen.«

»Und nach Whitehall?«

»Nach Hause zum Neujahrsfest«, entschied Buckingham. Er warf John ein reumütiges Lächeln zu. »Zu unseren liebenden Ehefrauen.«

John zögerte. »Ich könnte Elizabeth nach Kent schikken«, bot er an. Die vielen Jahre seiner Ehe schienen nun einem anderen Leben anzugehören. Nichts sollte mehr seinem neuen Leben, seiner neuen Liebe, dem plötzlichen Erwachen der Leidenschaft in die Quere kommen.

»Meine Frau hat in Kent Verwandte, ihre Familie sozusagen. Sie könnte dort einen Besuch abstatten. Ich wäre mit Euch allein in New Hall.«

Buckingham lächelte. »Das ist nicht nötig. Wir werden auf Reisen sein, du und ich, John. Ich werde dich immer an meiner Seite benötigen. Die Leute werden reden, aber sie reden immer. Du wirst mir wieder in meinem Schlafgemach dienen, so wie auf dieser Reise. Nichts wird uns entzweien.«

Die beiden Männer umarmten sich. Buckinghams lokkiges Haar kitzelte John an der Wange und am Hals. Er fuhr mit der Hand zum Schoß seines Herrn hinunter und spürte, wie sich dessen Glied erhärtete und seine Berührung willkommen hieß.

»Ihr begehrt mich«, flüsterte John.

»Ja, sehr.«

John richtete sich auf. »Ich hatte befürchtet, daß alles vorbei sein würde«, vertraute er ihm an. »Daß alles nur zu dem Wahnsinn jener Tage gehören würde. Zur Niederlage und dem Kummer. Ich hatte Angst, alles wäre bei der Ankunft im Hafen vorbei und vergessen.«

Buckingham schüttelte den Kopf.

»Ich könnte es nicht aushalten ohne Euch, jetzt nicht.« John berührte es merkwürdig, daß er nach Jahren selbstauferlegten Schweigens nun von seinen Gefühlen sprach. Er fühlte sich merkwürdig frei, so als könne er endlich auf etwas Eigenes in seinem Kopf Anspruch erheben, gleichsam auf ein inneres Land Virginia.

»Du wirst nicht ohne mich sein«, sagte der Lord einfach. Er warf die Decke zurück, und John spürte, wie ihm beim Anblick des vollkommenen Körpers der Atem stockte. Die breiten Schultern, die langen Beine, die dunklen Haare und das anschwellende Glied, das sanfte Weiß der Haut auf seinem Bauch und auf der Brust und das Gewirr schwarzer Locken.

John lachte über sich selbst. »Ich bin so betört wie ein Mädchen! Ich bin außer Atem, wenn ich Euch anschaue.«

Buckingham lächelte und zog sich dann sein Leinenhemd über. »Mein John«, sagte er. »Liebe niemanden außer mir.«

»Das schwöre ich.«

»Das meine ich ernst.« Buckingham hielt inne. »Ich dulde keinen Rivalen. Weder die Ehefrau noch ein Kind, noch einen anderen Mann, nicht einmal deinen Garten.«

John schüttelte den Kopf. »Es gibt niemanden außer Euch«, sagte er. »Vorher wart Ihr mein Herr, doch nun gehören Euch mein Herz und meine Seele.«

Buckingham zog seine roten Strümpfe und die rote Kniehose an, die mit goldenen Schlitzen versehen war. In Gedanken versunken drehte er sich um, und John band ihm die roten Lederschnüre zu und genoß die Nähe zu ihm und die flüchtigen Berührungen.

»Du bist mein Talisman«, sagte Buckingham, der halb zu sich selbst sprach. »Du warst Cecils Gefolgsmann, und nun bist du meiner. Er starb, ohne versagt zu haben oder in Schimpf und Schande geraten zu sein. Das muß ich auch. Heute werde ich erfahren, ob mir der enttäuschte König meinen Mißerfolg vergibt.«

»Es war nicht Euer Mißerfolg«, sagte John. »Ihr habt getan, was man von Euch verlangte. Andere haben versagt, und die Marine hat darin versagt, Euch mit Nachschub zu versorgen. Eure Tapferkeit und Ehre waren makellos.«

Buckingham lehnte sich nun gegen ihn und spürte Johns warmen, kräftigen Körper hinter sich. Er schloß kurz die Augen. John legte die Arme um den jüngeren Mann und genoß die Festigkeit seiner Brust.

»Ich brauche dich, wegen solcher Worte«, flüsterte Buckingham. »Niemand sonst kann mir solche Dinge sagen und mich überzeugen. Ich brauche deinen Glauben an mich, John, besonders wenn ich meinen verloren habe.«

»Ich habe bemerkt, daß Ihr keinen Augenblick lang Furcht gezeigt habt«, sagte John ernst. »Nie habt Ihr gezögert oder seid gescheitert. Ihr wart jede Minute der Lord-Admiral. Niemand könnte etwas anderes behaupten. Niemand hat mehr getan als Ihr.«

Buckingham richtete sich auf, und John sah, wie sich seine Schultern strafften und sein Kinn sich hob. »Ich werde an diese Worte denken«, sagte er. »Was immer mir auch heute widerfahren mag, ich weiß, daß du dabeigewesen bist, daß du alles mit angesehen hast. Du bist hier bei mir, und ich habe deine Liebe. Du bist jemand, auf dessen Urteil man bauen kann, und du bist *mein* Mann – wie hast du dich ausgedrückt? – mit Herz und Seele.«

»Bis in den Tod.«

»Schwöre es.« Buckingham drehte sich um und hielt Johns Schultern mit einer plötzlichen leidenschaftlichen Intensität fest. Grob umfaßte er Johns Gesicht mit seinen Händen. »Schwöre, daß du bis in den Tod mein bist.«

John zögerte nicht. »Ich schwöre auf alles, was mir heilig ist, daß ich Euer Mann bin und niemandes sonst. Ich werde Euch folgen und bis in den Tod dienen«, versprach er. Es war ein großer Schwur, doch John spürte nicht dessen Gewicht. Statt dessen erfüllte ihn eine große Freude darüber, sich schließlich jemandem ohne Zwang verpflichtet zu fühlen, so als seien all die Jahre mit Elizabeth nur ein Annähern an eine Vertrautheit gewesen, die nie wirklich erreicht werden konnte. Immer hatten zwischen ihnen ihre gegensätzlichen Ansichten, ihr gegensätzlicher Geschmack und ihre unterschiedliche Lebensart gestanden.

Buckingham hingegen war zu Johns Herz vorgestoßen.

Nichts konnte sie nun entzweien. Es war nicht die Liebe zwischen Mann und Frau, die immer auf der Unterschiedlichkeit beruhte, die immer mit der Unterschiedlichkeit rang. Es war vielmehr die Leidenschaft zwischen Männern, die als Gleichgestellte ihren Weg zu beiderseitigem Verlangen und zu beiderseitiger Befriedigung nahmen.

Buckinghams Schultern waren nun nicht mehr angespannt. »Solche Worte haben mir gefehlt«, sagte er nachdenklich. »Es ist wie eine Kette von Macht; der alte König brauchte mich und nannte mich seinen Hund, und er nahm mich wie einen Hund. Jetzt brauche ich dich, und du wirst mein Hund sein.«

Der Lärm an Deck verstärkte sich; sie hörten, wie die Matrosen zu den Schleppbooten hinüber nach den Tauen riefen. Dann wurden auf dem Schiff die Segel gerefft, und es gab einen sanften Stoß, als es ins Schlepp genommen wurde.

»Bring mir heißes Wasser«, sagte Buckingham. »Ich muß mich rasieren.«

John nickte und verrichtete die Handreichungen, die sonst ein Kajütenjunge zu erledigen hatte, mit beflissenem Eifer. Während Buckingham seine sanfte Haut von den dunklen Stoppeln befreite, stand er neben ihm, und als er sich wusch, hielt er ihm ein Leinentuch hin und reichte ihm dann ein frisches Hemd, sein Wams und seinen kurzen Überrock. Buckingham zog sich schweigend an, seine Hand zitterte, als er nach seinem Parfümfläschchen griff. Er besprühte seine Haare mit etwas Parfüm, setzte den Federhut auf, an dem die Diamanten glitzerten, und lächelte sich selbst im Spiegel zu: ein falsches Lächeln, ein Lächeln der Angst.

»Ich werde nun an Deck gehen«, sagte er. »Niemand soll behaupten, daß ich mich davor gefürchtet hätte, mein Gesicht zu zeigen.«

»Ich werde bei Euch sein«, versprach ihm John.

Zusammen schritten sie durch die Tür. »Verlaß mich nicht«, flüsterte Buckingham, als sie die Kajütentreppe hochliefen. »Was immer geschehen mag, bleibe heute an meiner Seite. Wo immer ich hingehe.«

Tradescant wurde bewußt, daß sein Herr mehr als nur Demütigungen befürchtete; er befürchtete, festgenommen zu werden. Es waren schon andere Männer wegen gescheiterter militärischer Unternehmen im Tower ums Leben gekommen, die einst noch höher im Rang standen. Beide hatten sie mit angesehen, wie der Günstling Königin Elizabeths, Sir Walter Raleigh, von König James für ein geringeres Vergehen 1603 in den Tower geworfen und 1618 hingerichtet wurde.

»Ich werde Euch nicht verlassen«, versicherte ihm John. »Wo immer sie Euch auch hinbringen werden, sie werden mich mitnehmen müssen. Ich werde immer bei Euch sein.«

Buckingham hielt auf der engen Treppe inne. »Bis zum Fuße des Galgens?« fragte er.

»Zur Schlinge oder zum Beil«, sagte John so düster wie sein Herr. »Ich habe geschworen, Euer zu sein mit Herz und Seele – bis in den Tod.«

Buckingham ließ seine schwere Hand auf Johns Schulter fallen, und einen Augenblick standen sich die beiden Männer mit geschlossenen Augen gegenüber. Dann neigten sie sich wie auf ein Zeichen zugleich aufeinander zu und küßten sich. Es war ein leidenschaftlicher Kuß, als würden sich zwei wilde Tiere beißen, ohne Zärtlichkeit und ohne Sanftheit. Es war ein Kuß zwischen Männern, Männern, die gemeinsam in der Schlacht gestanden hatten und denen der Tod begegnet war, Männern, die nun in der Leidenschaft des anderen die Stärke fanden, wieder dem Tod gegenüberzutreten.

»Bleib bei mir«, flüsterte Buckingham und schritt die Kajütentreppe weiter hinauf an Deck.

Es wehte ein kühler Morgenwind. Die Küste von Southsea breitete sich vor ihnen aus, und dahinter schimmerte das Grün des Gemeindelands der Stadt. Die schmale Hafeneinfahrt von Portsmouth lag vor ihnen, und auf den grauen Hafenmauern warteten dicht gedrängt die Familien der Matrosen und Soldaten mit Gesichtern wie weiße Punkte. Die Fahnen, die über der Festung wehten, schlugen gegen die Masten. Tradescant konnte nicht erkennen, ob die königliche Standarte darunter war oder ob man Buckingham zu Ehren dessen Flagge gehißt hatte. Noch war die Sonne nicht aufgegangen, und es stieg ein rauher, kalter Nebel vom Wasser her auf, so als würden die Geister der Männer, die nicht heimkehren konnten, mit ihnen über das graue Meer kommen.

Es wurde kein Begrüßungssalut abgefeuert, keine Kapelle spielte auf, kein Beifall tönte zum Schiff herüber. Die *Triumph*, das Schiff mit dem unpassenden Namen, das eine Niederlage erlitten hatte und dessen Mannschaft stark dezimiert war, schob sich an den Kai, als würde es sich schämen.

Tradescant stand neben Buckingham beim Rudergänger. Der Herzog war in herausforderndes Rot und Gold gekleidet, wie ein siegreicher Führer, doch als ihn die Wartenden am Kai entdeckten, stießen sie nur dumpfe Laute des Unmuts aus. Buckinghams strahlendes Lächeln wich nicht, aber er blickte leicht über die Schulter zurück, als würde er sich vergewissern wollen, ob John noch bei ihm war.

Nun wurden die Landeplanken ans Ufer gelegt, und Buckingham bedeutete mit einem Wink der Besatzung, daß sie vor ihm an Land gehen sollte. Es war eine schöne Geste, doch es wäre für die beiden besser gewesen, sie wären als erste von Bord gegangen, hätten ihre Pferde bestiegen und wären auf und davon geritten. Denn nun folgte ein weiteres mürrisches Raunen vom Kai, und dann herrschte eine Stille des Entsetzens, als sich die ersten gehfähigen Verwundeten die Treppen von unten nach oben quälten.

Die Gesichter der Heimkehrenden waren bleich, außer an den Stellen, wo sich die Sonne rot eingebrannt hatte. Ihre Kleider hingen in Fetzen, ihre Stiefel waren ausgetreten und kaputt. Sie waren halb verhungert, die Arme und Beine mit Beulen übersät. Nur wenige wurden auf Tragen herausgebracht, nur sehr wenige, denn die anderen Kranken und Verwundeten waren in den flachen Marschgewässern umgekommen oder auf der Seereise elendig verblutet.

Die Männer wurden von ihren Familien empfangen. Einige verweilten noch etwas, um den anderen zuzuwinken, doch die meisten machten sich gleich auf den Weg nach Hause. Die Frauen weinten angesichts der menschlichen Wracks, die einst ihre gesunden Männer gewesen waren, Mütter weinten wegen ihrer Söhne, Kinder starrten hoch und begriffen nicht, wer sich hinter den so schnell gealterten Gesichtern, den Köpfen mit den frischen Narben und den tiefen, offenen Wunden verbergen mochte, und erkannten nicht den Vater.

Doch als die Menge stumm verharrte, da wurde Tradescant klar, wie viele Männer sie in den Marschgewässern der Ile de Ré verloren hatten, denn mehr als die Hälfte der Familien wartete noch auf ihre Angehörigen. Aber jene würden nicht mehr heimkehren. Ganze viertausend Familien hatten ihre Väter oder Söhne verloren!

Falls Buckingham von solchen Gedanken bewegt wurde, so ließ er es sich zumindest nicht anmerken. Fast unbeweglich und aufrecht stand er neben dem Steuerrad, balancierte erhobenen Hauptes ähnlich wie ein Tänzer auf den Fußballen leicht sein Gleichgewicht aus und hielt dabei die Hände in die Hüften gestemmt. Als ihn jemand vom Kai aus mit Schimpfworten bedachte, wandte er sich nach ihm um, als fürchtete er sich nicht vor den Blicken, und sein Gesicht strahlte wie eh und je.

»Er hat keinen Herold für mich geschickt«, sagte er leise, so daß es nur Tradescant vernehmen konnte. »Keine Wachen, um mich zu festzunehmen, aber eben auch keinen Herold, um mich zu empfangen.«

»Verzagt nicht«, erwiderte Tradescant. »Es ist noch früh am Morgen. Nur die Armen, die am Kai oder in der Stadt übernachteten, werden erfahren haben, daß unser Schiff gesichtet wurde. Der König selbst könnte jeden Moment eintreffen.«

Jemand rief einen Fluch vom Kai hinüber, und Buckingham drehte sich mit seinem strahlenden Lächeln um, als wäre es ein Hurra gewesen.

»Das könnte er«, stimmte er ruhig zu. »Das könnte er.«

»Dort! Seht nur!« rief John. »Eine Kutsche, mein Lord! Sie haben Euch eine Kutsche geschickt!«

Buckingham drehte sich um und blinzelte die Ufermauer entlang in die frühe Herbstsonne hinein. Einen Herzschlag lang waren sie unsicher, denn sie konnten die Farben der Livreen bei der Kutsche nicht erkennen. Sie hätte ebensogut eine königliche Vollmacht zu seiner Festnahme überbringen können. Doch dann atmete Buckingham auf.

»Bei Gott, es ist die königliche Kutsche! Ich werde in Ehren empfangen!«

Daran gab es keinen Zweifel. Buckingham selbst hatte die Mode der Sechsspänner in England eingeführt, und nur er und der König benutzten solch eine Kutsche. Zwei Reiter in königlicher Livree saßen auf den beiden Vorderpferden, der Kutscher in Rot und Gold auf dem Kutschbock, ein Lakai neben ihm und zwei livrierte Lakaien an der Rückseite der Kutsche. Die Mähnen der Pferde waren mit roten Federn geschmückt, ihre Hufe schlugen auf die Pflastersteine. Die Fahne des Königs wehte an allen vier

Ecken der Kutsche. Der königliche Herold befand sich im Innern.

Buckingham rannte wie ein Junge nach vorne, um besser sehen zu können, wie dieser strahlende Garant für das Weiterbestehen seines Wohlstands und seiner Macht auf ihn zu trabte. Dahinter rollte eine zweite Kutsche heran mit einem Wappen auf der Tür und dann noch eine. Ihr folgte eine vierte, und anschließend kamen Musikanten mit Flöten und Trommeln. Zwei Herolde trugen Buckinghams Fahne. Die Kutsche hielt an dem Plankensteg, und ein Treppchen wurde für den königlichen Herold herabgelassen. Nach ihm stiegen Kate, Buckinghams Gattin, und seine respekteinflößende Mutter, die papistische Gräfin, aus der zweiten Kutsche.

Buckingham schritt zum vorderen Ende der Landeplanken, um sie zu begrüßen, sein Kopf war etwas geneigt, sein Lächeln ein wenig spöttisch. John war dicht hinter ihm. Der Herold marschierte die Planke hinauf und kniete vor ihm nieder.

»Mein Herzog, seid willkommen daheim«, sagte der Mann. »Der König sendet Euch Grüße und bittet Euch, sofort zu ihm zu kommen. Der Hof befindet sich in Whitehall. Und er bat mich, Euch dies hier zu übergeben.«

Er zog einen Beutel hervor. Buckingham öffnete ihn mit einem leichten Lächeln. In seine Hand glitt ein schweres Armband, das mit riesigen Diamanten besetzt war. »Ein hübsches Geschenk«, sagte er ruhig.

»Ich habe für Euch geheime Nachrichten von Seiner Majestät«, fügte der Herold hinzu. »Und er bittet Euch, seine Kutsche für die Reise nach London zu benutzen.«

Buckingham nickte, als hätte er weniger nicht erwartet. Der Mann erhob sich nun und trat beiseite. Buckingham ging den Steg hinunter zu seiner Frau, die neben seiner Kutsche wartete. John Tradescant verneigte sich vor dem königlichen Boten und folgte seinem Herrn. Kate Villiers lag in den Armen ihres Gatten, ihre kleinen Hände umklammerten seine breiten Schultern.

»Seid Ihr krank?« flüsterte sie voller Leidenschaft. »Ihr seht so blaß aus!«

Er schüttelte den Kopf und sprach über ihren Kopf hinweg mit seiner Mutter. »Stehen die Dinge also zum besten?«

Sie nickte in grimmigem Triumph. »Er wartet in London auf dich und will dich sofort sehen. Wir haben Order, den Favoriten direkt zu ihm zu bringen.«

»Bin ich also noch der Favorit?«

Ihr starres Gesicht strahlte frohlockend. »Er sagt, niemand soll von einer Niederlage sprechen. Er sagt, deine Sicherheit sei ihm hundertmal wichtiger als all die Standarten, und was scherten ihn die viertausend Mann, ehe nicht der Teuerste von ihnen sicher heimgekehrt ist.«

Buckingham lachte laut. »Bin ich also nicht in Ungnade?«

»Wir alle sind es nicht«, erwiderte seine Mutter. »Komm in die Stadt. Kapitän Mason hat dir sein Haus zur Verfügung gestellt. Dort steht ein Barbier für dich bereit, der Schneider wartet mit Kleidern für dich, und der König hat dir Handschuhe und einen Umhang geschickt.«

Tradescant rückte etwas näher an seinen Herrn heran, denn herausgeputzte Höflinge strömten nun aus den anderen Kutschen und umdrängten ihn. Jemand hatte Buckingham ein Glas in die Hand gedrückt, und man trank auf seine sichere Heimkehr. Die entblößten Hälse und Schultern der Damen waren der kalten Morgenluft ausgesetzt, alle waren wie für ein Maskenspiel bei Hofe geschminkt. Die Herren staksten auf hohen Hacken herum, lachten und belagerten den Herzog. John wurde von einem Ellbogen beiseite gestoßen und an den Rand der Menge geschoben. Trotz der aufgebrachten Blicke der armen Leute begann am Ufer ein Fest, direkt neben dem ramponierten Schiffskörper der *Triumph*, ein Fest, das das Gejammer der weinenden Frauen übertönte, deren Männer nie mehr heimkehren würden.

»Wir sind gespannt auf Einzelheiten!« rief jemand. »Wie war die Sache mit der Landung? Es heißt, daß die französische Kavallerie einfach verschwunden sei!«

Buckingham lachte und wehrte ab, sein schönes Weib schmiegte sich eng an ihn, und er hatte einen Arm um ihre Hüfte gelegt. »Ich bin zutiefst betrübt darüber, daß wir heimkehren, ohne unser Ziel gänzlich erreicht zu haben«, sagte er bescheiden.

Sofort wurde ihm von allen Seiten widersprochen. »Aber Ihr wart schlecht versorgt! Und was soll man mit so einem Haufen schon anfangen? Das sind doch alles Stümper, jeder einzelne!«

John blickte weg. Er entdeckte eine Frau, die sich am Geländer der Landeplanken festklammerte und wie gebannt hinauf zum Deck des leeren Schiffes schaute. Er ging auf sie zu.

»Was habt Ihr, Frau?«

Sie wandte ihm ihr Gesicht zu, das vom langen Hunger ganz ausgezehrt war und vor Kummer ganz abgestumpft wirkte. »Mein Mann ... ich warte auf meinen Mann. Ist er auf einem anderen Schiff?«

»Wie heißt er?«

»Thomas Blackson. Er ist Pflüger, doch sie haben ihn zum Soldaten gemacht. Er hatte noch nie eine Waffe in der Hand.«

Tradescant erinnerte sich an Thomas Blackson, denn der Mann hatte ihm angeboten, seine Pflanzen zu pflegen, während John als Kundschafter für den Herzog unterwegs war. Ein Hüne war das gewesen, der so geduldig und schwer arbeitete wie der Ochse, den er angetrieben hatte. Zuletzt hatte ihn John vor der Zitadelle von St. Martin angetroffen. Er folgte dem Befehl, die Sturmleitern hinaufzuklettern und die Franzosen dort oben anzugreifen. Gehorsam erklomm er die Leiter, die anderthalb Meter zu kurz gewesen war. Ein Franzose hatte sich über die Mauer gelehnt und hinuntergezielt auf den großen Mann am Ende der Leiter, der direkt unter ihm feststeckte.

»Es tut mir leid, gute Frau, er ist tot.«

Ihr weißes Gesicht fiel in sich zusammen. »Das kann nicht sein«, sagte sie. »Ich erwarte ein Kind. Ich habe ihm einen Sohn versprochen.«

»Es tut mir leid«, wiederholte John.

»Vielleicht kommt er mit einem anderen Schiff.«

John schüttelte den Kopf. »Nein.«

»Er würde mich nie verlassen«, sagte sie in der Hoffnung, ihn umstimmen zu können. »Nie würde er das tun. Er wollte zuerst nicht gehen, doch sie haben ihn gegen seinen Willen mitgenommen. Sie haben versprochen, daß der Herzog mit ihnen zieht und sich um seine Männer kümmert.«

John spürte, wie ihn große Erschöpfung überkam. »Ich habe ihn fallen sehen«, sagte er. »Er starb als Held. Aber er starb, gute Frau.«

Sie machte einen Schritt zurück, als lehne sie es ab, solch einem Lügner Gehör zu schenken. »Ich werde warten«, sagte sie. »Er wird mit einem anderen Schiff kommen. Er wird mich nicht im Stich lassen. Nicht mein Thomas.«

John blickte zurück. Die laute Gesellschaft verschwand in den Kutschen. In Kapitän Masons Haus warteten ein Frühstück, erlesene Weine und Speisen auf die Jubelnden. Jemand warf eine leere Flasche ins Wasser. John wandte sich von der Frau ab und eilte zu Buckingham, als dieser gerade in seine Kutsche steigen wollte.

»Mein Lord?«

»Oh! John.«

»Wo befindet sich das Haus von Kapitän Mason?«

Die Herzogin packte ihren Gatten am Umhang und zog ihn in die Kutsche.

»Bei der Kathedrale hinauf«, sagte Buckingham. »Aber dich brauche ich nicht, Tradescant. Geh nach Hause.«

»Ich dachte, daß ich bei Euch bleiben sollte ...«

Buckingham legte sein fröhliches Lachen auf. »Sieh nur, wie herzlich mein Empfang war!« Er ließ sich in den Sitz fallen und legte den Arm um seine Frau. »Ich brauche deine Dienste nicht länger, John. Du kannst nach New Hall aufbrechen.«

»Mein Lord, ich ...« John hielt inne. Die alte Gräfin hatte ihn scharf angeschaut, er fürchtete sich vor ihrem dunklen Blick. »Ihr sagtet, daß ich heute nicht von Eurer Seite weichen sollte«, erinnerte er den Herzog.

Wieder lachte Buckingham. »Ja, doch Gott sei Dank brauche ich deine Fürsorge nicht mehr. Der König ist mein Freund, mein Weib ist an meiner Seite, meine Mutter wahrt die Interessen meiner Familie. Geh heim, John! Wir sehen uns in New Hall, wenn ich dorthin komme.«

Er nickte dem Lakaien zu, und der Mann schloß den Wagenschlag.

»Aber sehe ich Euch wieder?« rief John, als sich die Kutsche in Bewegung setzte. Der Lakai drängte sich an ihm vorbei und schwang sich hinten hinauf. John wünschte, daß er wenigstens dort auf dem Rückbrett mitfahren oder hinterherrennen oder wie ein Hund zu ihren Füßen liegen dürfte. »Wann sehe ich Euch wieder?«

»Wenn ich heimkomme!« rief Buckingham. Er winkte, als John vom Fenster zurücktrat. »Ich danke dir für deine Hilfe, John. Das werde ich nicht vergessen.«

Das Vorderpferd rutschte leicht auf den Pflastersteinen aus, und der Wagen hielt kurz an. John sah seine Chance und sprang wieder zum Fenster. »Aber ich dachte, daß ich bei Euch bleiben sollte! An Eurer Seite! ... Wie Ihr gesagt habt, mein Lord ...«

Buckinghams Frau schmiegte sich eng an ihn, ihr feines Seidenkleid wurde von seiner Hand ganz zerdrückt. Sie warf ihrem Mann einen Blick zu und machte sich über Johns Hartnäckigkeit lustig.

»Ich habe dich für heute entlassen«, sagte Buckingham bestimmt. »Sei nicht so aufdringlich, John. Geh nach New Hall. Belästige mich nicht weiter mit deiner Vermessenheit.«

Tradescant sah der Kutsche hinterher, wie sie den Kai entlangschaukelte. Die anderen Kutschen folgten dem königlichen Wagen wie in einer großen Prozession. Tradescant mußte zurücktreten, um ihnen Platz zu machen. Dann waren alle fort, die trabenden Pferde, die lachenden Höflinge, der strahlende Glanz der edlen Kleider und Livreen, und der Hafen lag, in Grau und Trauer gehüllt, wieder einsam da.

Tradescant wartete, bis die letzte Kutsche außer Sicht war. Es fiel ihm schwer, den Worten Glauben zu schenken, mit denen ihn sein Herr abgespeist hatte. Als er seinen Platz an der Seite von Buckingham eingefordert hatte, hatte dieser ihn behandelt, als sei er ein Bettler, der ihn um ein paar Münzen anging. Wie ein wunderschöner Vogel war Buckingham Johns Nähe entschlüpft. Doch der fühlte sich durch ein Verlangen gebunden, durch eine leidenschaftliche Liebe und einen heiligen Schwur. Er hatte geschworen, seinen Herrn bis in den Tod zu lieben. Erst jetzt wurde ihm klar, daß Buckingham keinerlei Schwur geleistet hatte.

Langsam ging Tradescant die Landeplanke hinauf in seine Kajüte. Jemand hatte ihm während der Überfahrt, als er kaum an seinem Schlafplatz gewesen war, die festen Stiefel und den warmen Umhang gestohlen. Nun mußte er sich in Portsmouth neue Sachen besorgen, wo alles so teuer war. Zunächst stopfte er den Rest seiner Habe in einen Leinensack. Die schaukelnde Bewegung des Schiffs, das nun vor Anker lag, kam ihm nach dem fünfmonatigen Dasein auf stürmischer See ungemein kraftlos vor. Sobald die Offiziere von Bord gegangen waren, hatte sich auch die Mannschaft zerstreut; kein Geräusch war zu hören außer dem Knarren des arg geschundenen Schiffsholzes. Die Kajüte zeigte Spuren seiner Vernachlässigung, hatte er doch die letzten Tage und Nächte bei Buckingham zugebracht. Sogar seine Pflanzen hatte er vergessen, die Erde in den kleinen Töpfen war trocken. John holte eine Kanne Wasser und befeuchtete sie vorsichtig. Er mußte nicht bei Sinnen gewesen sein; erst hatte er die Pflanzen allen Gefahren zum Trotz hinübergerettet, und dann hatte er vergessen, sie während der letzten drei Tage zu gießen.

Er dachte, so müsse sich eine Frau fühlen, die ihrem Liebsten ihr Herz und ihr Vertrauen geschenkt hatte, um dann zu entdecken, daß dieser die ganze Zeit nur leichtlebig, wankelmütig, sorglos und gleichgültig war. Tradescant empfand einen Schmerz wie bei einer richtigen Wunde und war tiefer gedemütigt denn je in seinem Leben. War man bei einem Gärtner in der Lehre, so befand man sich weit unten auf der Leiter des Lebens, aber man konnte auf seine Arbeit stolz sein und irgendwann eine Stufe höher steigen. Doch der Liebhaber eines Edelmannes zu sein kam dem Dasein eines Narren gleich. Buckingham hatte ihn benutzt, hatte ihn als Trost gebraucht, um die Ängste von sich fernzuhalten und um Mut und Zuversicht zurückzugewinnen. Jetzt hatte er seine Mutter und Kate und den König und den Hof und all seinen Reichtum und seine Vergnügungen wieder. Und alles, was Tradescant blieb, war sein neuer Mauerpfeffer, der langsam verwelkte, eine große Wermutpflanze in trockener Erde, der Schmerz in seinem Rücken, weil er mißbraucht worden war, und ein Schmerz in seinem Bauch vor Kummer.

Mürrisch packte er seine Sachen, zog seinen Kopf ein, um nicht gegen den niedrigen Balken der Kajütentür zu stoßen, und stieg die Treppe hoch ans Mitteldeck. Mühsam schleppte er sich den Steg hinunter. Niemand war mehr an Bord, um ihn zu verabschieden, niemand wartete am Kai, um ihn zu begrüßen. Nur die fahlgesichtige Witwe blickte auf, als sie auf der Planke Schritte hörte, doch dann sank sie wieder in sich zusammen. Tradescant ging wortlos an ihr vorbei. Er konnte keinen Trost mehr spenden. Mit vom Meer abgewandtem Gesicht trottete er schwerfällig in seinen für die Pflastersteine unbequemen Schuhen auf die Stadt zu.

Da wurde er von einem Mann eingeholt. »Habt Ihr mit ihm über meine Beförderung gesprochen?«

Es war noch einmal Felton. »Es tut mir leid«, sagte John. »Das habe ich vergessen.«

Doch diesmal schien der Mann ohne Arg. »Dann hat er es wohl selbst eingesehen«, sagte er frohgestimmt. »Wer ihn beschimpft, wird es mit mir zu tun bekommen. Der Herzog hat mir den Rang eines Hauptmanns versprochen. Als solcher werde ich in Pension gehen, und das bedeutet für mich sehr viel, Mr. Tradescant.«

»Das ist ja sehr schön«, sagte John mit schwerer Stimme.

»Nie wieder werde ich in eine Schlacht ziehen«, erklärte Felton. »Es war ein schlechtes Unternehmen, schlecht geplant, schlecht geführt und von grausamer Härte. Es gab Zeiten, da habe ich wie ein kleines Kind geweint und gedacht, ich würde wohl nie von dieser verfluchten Insel wegkommen.«

John nickte.

»Der Herzog wird sich doch nie wieder auf so etwas einlassen, oder?« fragte Felton. »Die Franzosen mögen ihre eigenen Schlachten schlagen. Dazu brauchen sie uns Engländer nicht. Wir sollten uns auf die Zeiten unter der alten Königin besinnen – Verteidiger unserer Küste und unseres Landes sein. Geschützt von unserem eigenen Meer. Was gehen mich die Franzosen und ihre Nöte an?«

»Das sehe ich auch so«, sagte John. Sie hatten das Ende des Kais erreicht. Er drehte sich um und streckte Felton seine Hand entgegen. »Gott sei mit Euch, Felton.«

»Und mit Euch, Mr. Tradescant. Jetzt sind wir zu Hause, vielleicht denkt der Herzog hier an seine Leute. Überall herrscht Armut. Die Kinder in meinem Dorf haben weder eine Schule noch etwas zum Spielen, und das Gemeindeland wurde eingehegt, so daß es keine Milch, kein Fleisch und keinen Honig gibt. Selbst an Brot fehlt es.«

»Vielleicht denkt er an seine Leute.«

Die beiden Männer schüttelten sich die Hände, doch Felton wollte immer noch nicht gehen. »Wenn ich der Herzog wäre und dem König einen Rat geben könnte, dann würde ich ihm sagen, mit den Einhegungen zugunsten des Adels aufzuhören und das Land den Leuten zur Verfügung zu stellen«, sagte er, »zum Anbau von Gemüse oder für die Haltung von Schweinen. So, wie es einmal war. Wenn ich dem König Ratschläge erteilen könnte, so sollte er den Altar in der Kirche nicht nach rechts oder zur Seite oder irgendwohin verschieben lassen, sondern lieber den Menschen etwas zu essen geben. Wir brauchen Brot nötiger als einen Schluck Abendmahlswein.«

Tradescant nickte, doch er wußte, was Felton nicht ahnen konnte, daß der König nämlich die Bettler auf der Straße und die hungernden Kinder nie zu Gesicht bekam. Er fuhr in seiner Kutsche von einem herrschaftlichen Landsitz zum nächsten und zur Jagd. Er fuhr in seinem königlichen Galaboot von einem Wasserschloß zum anderen. Außerdem brachte die den Grundeigentümern erteilte Erlaubnis, Gemeindeland einzuhegen, der königlichen Schatztruhe ersprießliche Einnahmen. Eine Rücknahme dieser Regelung käme nur den Armen zugute, und der König bliebe dann so knapp bei Kasse wie stets.

»Er ist doch ein gütiger König?« fragte Felton. »Und Buckingham ist ein großer Herzog, ein guter Mensch, nicht wahr?«

»Oh, ja«, sagte John. Der Schmerz in seinem Bauch schien sich nun bis in die Finger und Zehen zu ziehen. Beine und Schultern fühlten sich taub an. Wenn er sich nicht bald auf den Weg nach Hause machte, würde er sich einfach hinlegen und sterben. »Verzeiht, ich muß fort, meine Frau wird auf mich warten.«

»Ich muß auch gehen!« rief Felton, der sich besann. »Ich habe auch eine Frau, die auf mich wartet, Gott sei es gedankt. Ich werde ihr sagen, daß sie mich Hauptmann nennen soll!«

Er schulterte sein Gepäck und ging los, ein Lied vor sich hin pfeifend. John blickte an sich hinunter und setzte einen Fuß vor den anderen, so als hätte er soeben erst laufen gelernt. Bei jedem Schritt konnte er Buckingham hören, wie er lachte und sagte: »Ich habe dich für heute entlassen. Sei nicht so aufdringlich, John. Geh nach New Hall. Belästige mich nicht weiter mit deiner Vermessenheit.«

John hatte nicht darüber nachgedacht, wie er nach New Hall gelangen würde. Er hatte sich auf einer solchen Woge der Glückseligkeit befunden, daß er gemeint hatte, er und der Herzog würden Seite an Seite reiten, immer zusammen. Oder vielleicht hätten sie auch die Kutsche und die Pferde des Herzogs genommen und wären über die schlechten Straßen geholpert und hätten gelacht, wenn ein loses Rad sie zum Halten gezwungen hätte, oder sie wären Schulter an Schulter einen Berg hinaufgelaufen, um den Pferden den Anstieg zu erleichtern.

Doch nun marschierte er mühselig und allein in seinen steifen neuen Stiefeln dahin. Er hatte etwas Geld im Beutel, so daß er sich ein Pferd kaufen oder mieten konnte; oder er wäre auch auf irgendeinem Karren mitgefahren. Doch als die Sonne langsam aufging – eine englische Sonne, dachte er auf eine plötzliche Eingebung hin –, da wollte er auf einmal zu Fuß gehen, wie ein armer Mann, er wollte die holprige Straße vom Hafen von Portsmouth nach London hinein langsam zu Fuß gehen. Die unterschiedlichen Rottöne der Bäume wollte er sehen und die Beeren an den Hecken und die Grashalme, die sich im Wind wiegten. Er hatte das Gefühl, als sei er ein Dutzend Jahre im Exil gewesen, als hätte er von Straßen wie dieser und von einer Sonne, die so warm und mild war, geträumt, als sie auf der Insel festgesessen und auf Nachschub und die entscheidende Schlacht gewartet hatten, auf den Sieg und den Ruhm.

Gegen Mittag klopfte er gegen die Tür eines kleinen Bauernhauses am Wege und bat gegen Bezahlung um ein wenig Mittagessen. Die Bäuerin reichte ihm einen Holzteller mit Brot und Käse und einen Krug Bier. Schmutz hatte sich in ihre Hände und unter die Fingernägel eingegraben.

»Ihr seid Gärtnerin«, riet Tradescant.

Sie rieb sich die Hand an der Schürze ab. »Ich plage mich sehr mit meinem Garten«, sagte sie in dem breiten Akzent von Hampshire. »Doch er ist wie ein Wald, wie die Hecken bei Dornröschen. Wenn ich mich nicht ständig kümmere, wächst alles bis zu meinem Fenster hinauf. Im Erdbeerbeet entdeckte ich unlängst eine Pflanze, die Stacheln trägt. Eine Erdbeere mit Stacheln! Wenn ich sie drin ließe, würden das Unkraut und die Dornsträucher im ganzen Garten wuchern.«

»Eine Erdbeere mit Stacheln?« fragte John. Er stellte den Krug mit dem Bier zur Seite. Immer noch tat ihm der Körper weh, doch er konnte seine Neugierde kaum bezwingen. »Ihr habt eine solche Pflanze im Garten? Kann ich sie mir einmal ansehen?«

»Aber wieso denn, welchen Nutzen soll sie haben?« fragte sie. »Sie hat eine grüne Frucht, die weder zum Essen noch zum Abziehen auf Flaschen taugt.«

»Nun, es ist schon etwas Rares«, sagte er und merkte, daß er lächelte. Dabei entspannten sich die Wangenmuskeln, und sein finsterer Gesichtsausdruck wich. »Ich interessiere mich sehr für Raritäten und würde mich freuen, wenn Ihr mir die Pflanze zeigtet. Wenn es Euch nichts ausmacht. Und ich würde Euch bezahlen ...«

»Die könnt Ihr umsonst haben«, sagte sie. »Aber Ihr müßt sie Euch selbst holen, sie liegt mit dem anderen Unkraut auf dem Misthaufen. Es wird eine Weile dauern, die herauszusuchen.«

John lachte, hielt dann aber inne, da ihm sein Lachen merkwürdig vorkam. In all den Monaten hatte er nicht einmal gelacht. Die Zeit mit seinem Lord war eine Zeit der Leidenschaft gewesen, die in der Dunkelheit die Ängste vertrieben hatte. Doch nun war er zu Hause, wieder auf englischem Boden, und hier stand diese Frau mit ihrer grünen stacheligen Erdbeere.

»Ich werde sie finden«, versprach er. »Und ich werde mal sehen, ob ich sie nicht in meinem Garten anpflanzen kann, und wenn sie etwas Besonderes ist oder sonstige Qualitäten aufweist, dann werde ich Euch einen Trieb schicken.«

Auf diese eigenartige Idee hin schüttelte sie den Kopf. »Seid Ihr aus London?«

»Ja«, sagte er, denn er wollte New Hall nicht erwähnen. Er wollte nicht, daß herauskam, er sei der Diener des Herzogs von Buckingham.

Sie nickte, als würde sie sich nun alles erklären können. »Hier mögen wir unsere Erdbeeren rot und zum Verzehr geeignet«, sagte sie freundlich. »Schickt mir keinen Trieb, ich will ihn nicht. Ihr könnt mir einen Penny für das Essen geben und für die stachelige Erdbeere, und dann macht Euch auf den Weg. Hier in Hampshire haben wir gern rote Erdbeeren.«

## Winter 1627

Als John Tradescant das Tor von New Hall erreichte, befand sich Elizabeth im Garten vor ihrem Cottage. Im kühlen Abendlicht schnitt sie Kräuter, der Korb auf dem Boden vor ihr war voller Kamille. Sie blickte auf, als sie seinen ungleichmäßigen Schritt vernahm, und rannte ihm entgegen. Doch plötzlich blieb sie stehen. Sein langsamer Schritt und seine gebeugten Schultern verrieten ihr, daß dies keine fröhliche Heimkehr war.

Langsam ging sie auf ihn zu, und sie bemerkte in seinem Gesicht die Falten des Schmerzes und der Enttäuschung. Sein Hinken, das er vor ihr zu verbergen hoffte, war auffälliger denn je.

Sie legte eine Hand auf seine Schulter. »Mann?« sagte sie leise. »Willkommen zu Hause.«

Sein Blick wanderte von der Erde vor ihm zu ihr hoch. Und als sie in seine dunklen Augen sah, schreckte sie zurück. »John?« flüsterte sie. »Oh, mein John, was hat er dir nur angetan?«

Das war das Schlimmste, was sie hätte sagen können. Mit starrem Gesicht richtete er sich auf. »Nichts. Was meinst du damit?«

»Nichts. Nichts. Komm und setz dich.« Sie führte ihn zur Steinbank vor dem Haus und spürte, wie seine Hand in ihrer zitterte. »Setz dich«, sagte sie zärtlich. »Ich werde dir einen Becher Bier bringen, oder möchtest du lieber etwas Warmes trinken?«

»Irgend etwas«, sagte er.

Sie zögerte. J. war noch bei der Arbeit; er schnitt die Bäume im Obstgarten auf der anderen Seite des Schlosses zurück und hackte Unkraut. Sie ließ nicht nach ihm rufen, denn sie befürchtete einen Streit zwischen Vater und Sohn, und als sie Johns erschöpftes Gesicht sah, da war ihr klar, der Sohn würde Sieger sein. John war als alter Mann heimgekehrt. Sie eilte ins Haus und brachte Bier und eine Scheibe selbstgebackenes Brot mit hinaus. Alles stellte sie neben ihn auf die Bank und schwieg, während er sich am Bier stärkte. Essen wollte er nichts.

»Wir haben von der Niederlage gehört«, sagte sie schließlich. »Ich hatte Angst, daß du verwundet worden bist.« Sie schaute ihn von der Seite her an und fragte sich, ob er eine körperliche Verletzung habe, die er vor ihr verbergen wollte.

»Keinen Kratzer habe ich abbekommen«, sagte er schlicht.

So rührten die Schmerzen wohl von der Seele her. »Und Seine Lordschaft?«

Ein Blitz zuckte über sein Gesicht, der sofort wieder verschwand, ein Blitz in stockfinsterer Nacht. »Es geht ihm gut. Er ist jetzt mit seiner Frau beim König, der sich über seine Rückkehr freut, gottlob.«

Sie senkte kurz den Kopf, konnte aber kein Amen hervorbringen.

»Und du…«, drängte sie ihn sanft. »Ich spüre, daß mit dir etwas nicht stimmt, John. Du freust dich nicht ein bißchen.«

Er blickte sie fest an, und sie dachte, daß sie ihn nie zuvor so gesehen hatte, so als sei das Licht in seinen Augen erloschen.

»Ich will dich nicht mit meinen Sorgen belasten, Elizabeth«, sagte er freundlich. »Warte nur ab, ich bin kein Springinsfeld. Es wird schon besser werden.«

Ihr Blick blieb ernst. »Vielleicht solltest du dich mir anvertrauen, John. Oder deinem Heiland. Ein Geheimnis kann wie ein verborgener Schmerz sein, es kann nur schlimmer damit werden.«

Er nickte, als würde er jetzt alle verborgenen Qualen kennen. »Ich werde versuchen zu beten. Doch ich fürchte, mein Glaube war nie sehr groß, und nun habe ich ihn offenbar ganz verloren.«

Wenn sie das für bare Münze genommen hätte, wäre sie schockiert gewesen. Doch statt dessen fragte sie einfach: »Wieso kannst du deinen Glauben verloren haben?«

Er schaute weg, in den Garten hinüber. War es auf der Insel geschehen? War sein Glaube dahingesiecht, so wie die Soldaten, die auf der feuchten Erde schlafen mußten? Oder war er im Meer ertrunken, dort, wo der Damm so tückisch war und ihre letzte Fahne abhanden kam? Oder war sein Glaube auf der Heimreise ausgeblutet, als er die Schreie der Verletzten mit anhören mußte, die lauter waren als das Knarren des Schiffes? War er mit einer Kette an seinen Herrn gebunden und jener an den König und der König an Gott, und bedeutete der Verlust des einen in dieser Kette den Verlust aller? Oder hatte er nur einfach seinen Glauben vergessen, als er alles um sich herum vergessen hatte, selbst seinen Mauerpfeffer und die Wermutpflanze, weil er sich so sehr verliebt hatte und so glückselig gewesen war, daß er aus einem anderen Mann einen Gott gemacht hatte?

»Ich weiß es nicht«, sagte er langsam. »Vielleicht hat Gott mich verlassen.«

Elizabeth beugte ihren Kopf und murmelte leise ein Gebet vor sich hin, in dem sie um ein Zeichen bat, wie sie ihm wohl helfen könnte.

»Du hast recht und hast immer recht gehabt«, sagte er schließlich. »Wir werden von einem Narren regiert, der sich in der Hand eines Schurken befindet. Mein ganzes Leben lang habe ich Männer für das Vergnügen der beiden sterben gesehen: bei der Pest in London; in den Dörfern ringsum im Lande bei der Vertreibung der einfachen Leute aus ihren Häusern und Gärten, damit die

Grundbesitzer Schafweiden einhegen konnten; auf dieser verfluchten Insel, die wir mit weniger Nahrung belagerten, als der Feind in der Festung in seinen Vorratskammern hatte, wo wir mit Bauernjungen und Verbrechern in den Reihen marschiert sind, wo wir Sturmleitern mitbrachten, die viel zu kurz waren, und wo der Befehlshaber sich kaum um die Soldaten kümmerte und der König vergaß, uns Verstärkung zu schicken.«

Seine Verbitterung glich einer Explosion in dem stillen Garten; sie war noch schlimmer als seine blasphemischen Worte. Elizabeth hatte nie gedacht, ihn einmal so reden zu hören. Er kam ihr vor wie ein Fremder – ein verbitterter Mann, der Narben eines tödlichen Betrugs davongetragen hatte und am Ende Worte des Hochverrats laut aussprach.

»John ...«

Zu ihrer Überraschung lächelte er. »Das sollte dich freuen«, fuhr er unbarmherzig fort. »Du hast mich oft gewarnt. Nun sieh: Ich habe deine Hinweise beachtet und meinen Glauben an meinen Herrn, an meinen König und an meinen Gott verloren. Hast du das nicht beabsichtigt?«

Stumm schüttelte sie den Kopf.

»Hast du mich nicht immer und immer wieder gewarnt, daß er ein Sodomit und Marionettenspieler sei? Hast du mich nicht seit dem ersten Tag hier gebeten, aus seinen Diensten zu treten? Hast du mich nicht gemahnt, als ich anfing, seine Geheimnisse für mich zu behalten, und gesagt, wer mit dem Teufel speisen will, der braucht einen langen Löffel?«

Sie hielt sich die Hände vor den Mund und betrachtete ihn mit stillem Entsetzen.

John räusperte sich und spuckte wie ein Soldat auf den Boden, als sei ihm der Geschmack der Galle zu bitter.

Ohne nachzudenken, schob Elizabeth mit dem Fuß etwas Erde darüber. »John«, flüsterte sie. »Ich wollte nie, daß du deinen Glauben verlierst. Ich wollte dich nur warnen ...«

»Jetzt bin ich gewarnt«, sagte er. »Ich bin zur Besinnung gebracht und halte inne.«

Nun herrschte Schweigen. Irgendwo aus dem gepflegten Gehölz des herzoglichen Anwesens drang das eifrige, sorglose Gurren der Tauben. John schaute zum Himmel auf und bemerkte einen Schwarm Saatkrähen, der zu den Nestern in den hohen Bäumen flog.

»Was sollen wir tun?« fragte Elizabeth, als befänden sie sich in einer Ödnis und wären von lauter Trümmern umgeben.

Er sah sich um und schaute das schöne Haus und den Garten an, so als könnten sie ihn nicht mehr erfreuen. »Ich bin sein Diener«, sagte er langsam. »Er hat mir alles bezahlt, was er zu bezahlen hatte; das hat er mir gesagt. Er wird mich nach Gutdünken benutzen. Wenn er mich braucht – muß ich zur Stelle sein. Ich bin des Herzogs Gefolgsmann, ich habe einen feierlichen Schwur geleistet, ihm bis in den Tod zu dienen.«

Sie holte tief Luft »Einen Schwur?«

»Er bat mich darum, und ich habe ihn geleistet«, sagte John grimmig. »Ich werde mich damit abfinden müssen. Ich bin ein Diener, ich bin niedriger als ein Diener, denn er hat mir befohlen, sein Hund zu sein, und ich habe ihm die Schuhe geleckt.«

»Du gehst davon aus, daß er ein Narr und Betrüger ist, und du hast geschworen, sein Gefolgsmann zu sein?« fragte sie ungläubig.

»So ist es.«

Sie schwiegen eine Weile. Sie dachte, daß ihr Mann und der Herr, den er nun haßte, einen dunklen Pakt geschlossen haben müßten. Sie wagte nicht, daran zu denken, was der eine getan und der andere zugelassen hatte. Was immer vorgefallen war, es hatte John zu einem gebrochenen Mann gemacht.

»Haßt du ihn?« flüsterte sie.

Der Blick, den er ihr nun zuwarf, war der eines Mannes, der tief im Innersten eine tödliche Wunde trug. »Nein«, sagte er leise. »Ich liebe ihn immer noch. Aber ich weiß, daß er nicht gut ist. Das ist schlimmer für mich als Haß. Zu wissen, daß ich mein Wort und meine Zuneigung einem Mann gegeben habe, der nicht gut ist.«

Sie nahm seine Hände und spürte, wie kalt sie waren. »Kannst du ihm nicht entkommen?«

Er schüttelte den Kopf. »Ich gehöre ihm in jeder Hinsicht, bis in den Tod.«

Wieder folgte ein langes Schweigen. Elizabeth rieb seine Hände. Sie wußte im Augenblick nichts zu sagen, um seine dunkle, schmerzgezeichnete Miene aufzuhellen. Die Sonne begann langsam in dem tiefen Rot des Herbstes unterzugehen, und ein kühler Wind kam auf.

»Die Kastanie hat diesen Sommer geblüht«, sagte sie zusammenhanglos. »Als du weggingst, batest du mich, mich um sie zu kümmern, erinnerst du dich?«

Sein Blick haftete nach wie vor auf seinen Stiefeln. »Die süße Kastanie?«

»Nein. Dein Bäumchen, das ich gehegt habe. Die Kastanie aus der Türkei. Sie hatte eine eigenartig schöne Blüte, riesig wie Kiefernzapfen, eine weiße Blüte, die aus vielen kleineren besteht, die innen winzige rote Tupfer tragen; sie roch ganz süß.«

»Ach? Der Baum hat geblüht? Endlich?«

»Als du wegrittest«, sagte sie. »Jetzt kann man schon die Samenkapseln erkennen. Ganz ungewöhnlich sind die: dick und fleischig, und sie tragen ein paar mächtige Stacheln. Sie hängen noch am Baum und wachsen mit dem Reifen der Frucht im Inneren mit.«

Er richtete sich auf und sah sie an. »Bist du sicher?«

»Ich glaube schon«, erwiderte sie. »Doch du solltest dir besser selbst ein Bild davon machen, niemand kennt sich mit Bäumen so gut aus wie du.«

»Du hast recht.« Er stand auf und zuckte sofort zusammen, da seine Füße in den Stiefeln vom Marsch hierher wundgelaufen waren. Doch er humpelte trotzdem den Weg hinunter bis ans Ende des Gartens nahe der Küchenmauer, wo er seinen Baum in einem großen tragbaren Kübel aufgestellt hatte.

»Ich wünschte, wir hätten ihr deinen Namen gegeben«, sagte sie, denn plötzlich fiel ihr ein, wie wenig sie besaßen, wo er doch nun als Vasall alles verloren hatte. »Wir hätten sie ›Tradescantia‹ nennen sollen, als Lord Cecil sie dir damals gab. Du warst der erste, der sie gezüchtet hat, es wäre dein gutes Recht.«

John zuckte mit den Schultern, so als interessiere es ihn nicht, nach wem ein Gewächs benannt wurde, solange es nur groß und kräftig gedieh. »Der Name spielt keine Rolle. Rechte spielen keine Rolle. Aber einen Baum zu züchten, einen neuen Baum in den Garten England einzubringen – das ist das wahre ewige Leben.«

Daß sein Vater zurückgekehrt war, erfuhr J. erst, als er mit der Abenddämmerung nach Hause kam und die in Portsmouth neugekauften Stiefel neben der Eingangstür entdeckte. Er zögerte, doch dann war es zu spät. John, der an dem abgenutzten Tisch saß, hatte ihn schon gesehen.

J. trug ein Gewand aus grauem Tuch, vorn um den Hals mit weißem Leinenband gesäumt, alles ganz schlicht und ohne Spitze. Auf dem Kopf saß ein hoher, einfacher schwarzer Hut ohne Federn oder Spange. Über den Schultern lag ein warmer, schwarzer Umhang.

John hatte inzwischen gebadet und trug nun seine rostbraunen Kleider mit dem kostbaren Spitzenkragen. Langsam erhob er sich vom Tisch.

»Du bist sehr einfach gekleidet«, bemerkte John vorsichtig.

Elizabeth hörte, wie die Vordertür zuschlug, und kam langsam aus der Küche dazu. Sie wischte sich die Hände an der Schürze ab.

J. betrachtete seinen Vater und antwortete recht bestimmt: »Ich glaube, daß Putz die reinste Geldverschwendung ist und in den Augen des Herrn nur Abscheu erweckt.«

John fuhr herum und warf Elizabeth einen vorwurfsvollen Blick zu. Sie sah ihn an, ohne mit der Wimper zu zucken. »Du hast ihn schließlich zu einem Puritaner gemacht«, sagte er. »Ich nehme an, er predigt nun und legt Zeugnis ab und fällt in Ohnmacht, wenn es nötig wird?«

»Ich kann für mich selbst reden«, sagte J. »Es war nicht der Entschluß meiner Mutter, sondern mein eigener.«

»Entschluß!« spottete John. »Was kann ein Junge von achtzehn Jahren schon entscheiden?«

J. zuckte zusammen. »Mit jetzt neunzehn bin ich erwachsen«, sagte er. »Ich verdiene meinen Lohn wie ein Mann, ich verrichte die Arbeit wie einer, und ich erfülle Gott gegenüber meine Pflicht wie ein Mann.«

Einen Augenblick konnte man annehmen, daß John losbrüllen würde. J. war auf den Wutausbruch gefaßt, doch zu seiner Überraschung blieb er aus. Die Schultern des älteren Mannes sackten nach unten, er wandte sich um und ließ sich schwer auf einen Stuhl fallen. »Und denkst du, daß du noch lange deinen Lohn hier in Empfang nehmen kannst, wenn du so herumläufst?« fragte er. »Wenn der König New Hall einen Besuch abstattet? Oder Erzbischof Laud? Meinst du etwa, die werden einen Abtrünnigen in ihren Gärten dulden?«

J. hob den Kopf. »Ich habe keine Angst vor ihnen.«

»Offenbar sehnst du dich nach Märtyrertum und für deinen Glauben auch nach einem Ende auf dem Scheiterhaufen, aber dieser König verbrennt niemanden. Er wird sich einfach von dir abwenden, und Buckingham wird dich entlassen. Und wo wirst du dann arbeiten?«

»Bei einem Edelmann, der meinen Glauben teilt«, sagte J. einfach. »Im ganzen Land leben Menschen, die es vorziehen, unserem Gott in Schlichtheit und in Wahrheit zu dienen, und die dem Prassen und den Sünden bei Hofe den Rücken gekehrt haben.«

»Muß ich noch deutlicher werden?« rief John. »Sie werden dich rausschmeißen, und niemand wird dich mehr einstellen!«

»Gemahl ...«

»Was?«

»Du hast mir selbst gesagt, daß dein Glaube an den König und den Herzog erschüttert ist«, sagte Elizabeth freundlich. »J. versucht nur, seinen eigenen Weg zu finden.«

»Welchen Weg?« fragte John. »Es gibt keinen anderen.«

»Man kann zur Bibel zurückkehren und sein Heil im Gebet suchen«, sagte J. ernst. »In harter Arbeit, dort liegt die Schönheit, und in der Abkehr von Prunk, Maskenspielen und Verschwendungssucht. Man kann die Ländereien aufteilen, damit jeder seinen eigenen Grund und Boden hat, um sein eigenes Getreide anzubauen, und niemand hungern muß. Man kann die Schafgehege und die verschlossenen Parkanlagen öffnen und den Reichtum teilen, den uns Gott geschenkt hat.«

»Die Parktore öffnen?«

»Ja, auch diese hier«, sagte J. ernst. »Warum sollten meinem Herzog der große Park von achthundert Morgen und der kleine von knapp fünfhundert Morgen allein gehören? Warum sollte die öffentliche Straße in seinem Besitz sein und das Grün vor dem Tor? Warum benötigt er eine Lindenallee von einer Meile Länge? Warum sollte er gute Felder einzäunen, ertragreiche Felder, und dann nur ein paar hübsche Bäume und Gras dort anpflanzen und das Gelände bloß zum Spazieren und Reiten nutzen? Was für ein Unsinn, auf gutes Ackerland ein paar Büsche zu setzen und es wilde Natur zu nennen, wenn in Chorley Kinder vor Hunger sterben und die Leute aus ihren Hütten vertrieben werden, nur weil man ihnen ihr Stückchen Land fortgenommen hat?«

»Weil er der Herzog ist«, sagte John beharrlich.

»Verdient er es, das halbe Land zu besitzen?«

»Es gehört ihm, er hat es vom König erhalten, dem das ganze Land gehört.«

»Und was hat der Herzog für den König getan, daß er einen solchen Reichtum verdient?«

Plötzlich sah John die schwankenden Kajüte vor sich, die schaukelnde Laterne und Buckingham, der sich über ihm aufbäumte, und er spürte die Wunde wie von einem Schwertstoß, die äußerste Freude und äußersten Schmerz brachte.

J. wartete auf Antwort.

»Laß es sein«, sagte John kurz und knapp. »Quäle mich nicht, J. Es ist schon schlimm genug, daß du in meinem Haus wie ein Straßenprediger angezogen ein und aus gehst. Quäle mich nicht mit dem Herzog und dem König und was dabei Recht ist und was Unrecht. Ich habe dem Tod ins Auge geschaut, und mein Leben hing davon ab, ob sich der König seines Freundes weit weg auf einer öden Insel erinnerte oder nicht. Und das hat er dann nicht getan. Mir steht jetzt nicht der Sinn nach einem Streit mit dir.«

»Kann ich also über meine Kleider und meine Gebete selbst entscheiden?«

Müde nickte John und erhob sich. »Trage, was du willst.«

Nun herrschte Schweigen. J. wurde sich des Ausmaßes seines Sieges bewußt. Tradescant kehrte ihm den Rücken und ging zum Tisch zurück. J. zog sich seine schmutzigen Arbeitsstiefel aus und stellte sie draußen ab.

»Ich habe vor, mir eine Frau zu nehmen«, verkündete er leise, »und meinen Dienst beim Herzog zu quittieren. Ich möchte nach Virginia gehen und in einem Land den Neuanfang wagen, wo es keine Herren, keine Könige und keine Erzbischöfe gibt. Ich möchte dort sein, wo ein Garten Eden gepflanzt wird.«

Er glaubte, seinen Vater besiegt zu haben, und wollte den Vorteil nutzen. Aber John hob den Kopf und schaute seinen Sohn mit strengem Blick an. »Überlege dir das noch einmal«, riet er ihm.

Während des Abendessens herrschte bedrückendes Schweigen. Dann setzte J. seinen Hut auf und ging in die Dunkelheit hinaus. Er nahm nur eine kleine Laterne mit, die ihm den Weg leuchten sollte.

»Wo geht er hin?« fragte John Elizabeth.

»Zu den Abendgebeten, im großen Haus«, sagte sie.

»Sie halten Treffen ab und beten auf der Türschwelle meines Lords?«

»Warum nicht?«

»Weil der König angeordnet hat, wie die Gottesdienste stattzufinden haben«, sagte John entschlossen. »Sie dürfen nur von einem zugelassenen Pfarrer sonntags in der Kirche abgehalten werden.«

»Aber Buckinghams Mutter ist selbst Papistin«, warf Elizabeth ein. »Und sogar die Königin. Sie hören nicht auf den König und den anglikanischen Erzbischof. Und ihr Vergehen ist weit größer als das der einfachen Leute, die ihre Bibel lesen und in ihrer eigenen Sprache zu Gott beten.«

»Du kannst nicht Ihre Majestät mit einfachen Leuten vergleichen, mit J.!«

Sie blickte ihn mit ihrem klaren Gesicht an. »Ich schon,

ich kann das schon«, sagte sie ruhig. »Nur daß mein Sohn ein frommer junger Mann ist, der zweimal am Tag betet und ein enthaltsames und makelloses Leben führt, wohingegen die Königin ...«

»Kein einziges Wort mehr!« unterbrach Tradescant sie.

Sie schüttelte den Kopf. »Ich wollte nur sagen, das Gewissen der Königin ist ihre Angelegenheit. Aber ich weiß, mein Sohn nimmt nichts, was ihm nicht gehört; er verneigt sich nicht vor Götzenbildern und geht den Priestern und ihrer Schlechtigkeit aus dem Weg. Und er sagt nichts gegen den König.«

John blieb die Antwort schuldig. Er konnte nicht bestreiten, daß die Königin all diese Dinge tat. Er konnte nicht bestreiten, daß die Königin eine starrsinnige Anhängerin Roms war, die geschworen hatte, ihren Gatten und sein Land zu hassen, und die weder die Sprache des Volkes sprechen noch ihm ein Lächeln schenken würde.

»Wie auch immer seine Gesinnung ist, J. steht beim Herzog in Lohn und Brot«, betonte John. »Er ist sein Diener, solange er seinen Lohn annimmt, im Guten wie im Schlechten.«

Elizabeth stand vom Tisch auf und stellte die Holzteller ineinander, um sie abzuwaschen. »Nein«, sagte sie freundlich. »Er arbeitet für den Herzog, bis er einen besseren Herrn gefunden hat. Dann kann er ihm ohne das geringste Bedauern den Rücken kehren. Er hat keinen Treueschwur geleistet, nichts versprochen. Unser Sohn gehört nicht dem Herzog, bis daß der Tod ihn befreit. Er ist dem Herzog nicht hörig, ob im Guten oder Schlechten.«

Sie blickte zu John hinüber. Die Kerze auf dem Tisch machte seine schweren Augenringe sichtbar, aber auch die Entschlossenheit in ihrem Gesicht. »Nur du bist so gebunden«, sagte sie. »Durch deine Liebe zu ihm. Und durch einen Schwur, den du von dir aus geleistet hast.

Nicht aber J. Du hast dich selbst gebunden, John; doch mein Sohn ist Gott sei Dank frei.«

In der Küche von New Hall erfuhr John, daß sein Herzog äußerst herzlich aufgenommen worden war. Der gesamte Hof hatte London zu Pferde verlassen, um ihm in einer großen Kavalkade von Reitern mit siebzig Kutschen im Gefolge entgegenzueilen. Darin saßen die Damen des Hofes, die Rosenblätter und Rosenwasser verstreuten, um den heimkehrenden Helden gebührend zu empfangen. Einzig die Königin und ihr engster Kreis hatten sich von diesem Triumphzug ferngehalten und schmollten vor sich hin. Der König hatte anläßlich der triumphalen Rückkehr ein großes Abendessen gegeben. Danach hatte er Buckingham in sein privates Schlafgemach geführt, wo die beiden Männer die ganze Nacht zusammen verbrachten, allein.

»Ihr meint wohl eher, daß sie den Abend zusammen verbracht haben«, erwiderte John. »Der Herzog wird doch nach dem Fest zu seiner Frau, der Herzogin Kate, gegangen sein.«

Der Bote aus London schüttelte den Kopf. »Er lag die ganze Nacht beim König«, sagte er sicher. »Im Bett des Königs im Schlafgemach des Königs.«

John nickte kurz und wandte sich ab. Er wollte nicht noch mehr hören.

»Und er schickt Euch diesen Brief«, fuhr der Mann fort und wühlte in seiner Tasche.

Tradescant drehte sich rasch um. »Einen Brief! Verdammt, warum habt Ihr das nicht gleich gesagt?«

»Ich dachte nicht, daß es so dringend sei ...«

»Natürlich ist es dringend. Vielleicht möchte er mich auf der Stelle sehen. Ihr habt mich vielleicht aufgehalten mit Eurem Küchengetratsche und Eurem Unsinn über Betten und ganze Nächte und Rosenblätter ...«

John riß dem Mann den Brief aus der Hand und machte rasch zwei Schritte zur Seite, damit niemand etwa den Wortlaut über seine Schulter hinweg erspähen konnte. Er betrachtete das Siegel, das vertraute Siegel des Herzogs, er erbrach es und entfaltete das Papier. Der Herzog hatte eigenhändig geschrieben, in seiner für ihn typischen, merkwürdigen Handschrift. John hielt den Brief noch fester. Er begann mit »John …«

Die Erleichterung war beinah zuviel für John. Er konnte kaum die Buchstaben erkennen, so sehr zitterte ihm die Hand. Der Herzog hatte ihn gerufen. Die harten Worte am Kai waren vergessen. Buckingham wollte ihn an seiner Seite haben.

»Ernste Nachrichten?« fragte der Bote hinter Johns Rücken.

John preßte den Brief an die Brust. »Es ist vertraulich«, sagte er kurz und entfernte sich in den Garten. Er fand den Ziergarten mit den verschlungenen Beeten verlassen vor und ging einen der von ihm angelegten hübschen Pfade entlang. Am Ende der Miniaturallee ließ er sich auf einem Steinsitz nieder. Dann, erst dann öffnete er den Brief, um die Order seines Herrn zu lesen.

*John,*

*ein Schiff, die* Fortuna, *liegt im Hafen von London mit einem Dutzend Kisten für mein Raritätenkabinett. Sie kommen aus Indien, geschnitztes Elfenbein und geknüpfte Teppiche und ähnliche Dinge, ein paar Schatullen aus Gold und aus Silber. Darunter auch eine kleine Schachtel mit Samen, die Euch interessieren werden. Bringt sie für mich nach New Hall, oder schickt jemanden, dem Ihr vertrauen könnt. Ich werde Weihnachten mit meinem König in Whitehall bleiben.*

*Villiers.*

Das war alles. Keine Nachricht, daß er nach Whitehall gebeten wurde, kein Ruf nach ihm. Kein Wort der Liebe, nicht einmal eine Erinnerung daran. Er war nicht fallengelassen worden, er war kein verschmähter Liebhaber. Sein Stand war schlicht zu niedrig, um zurückgewiesen zu werden. Buckingham hatte einfach seine Versprechen vergessen, er hatte die Nächte vergessen und beschäftigte sich nun mit anderen Dingen.

John saß lange Zeit mit dem Brief in der Hand da. Über ihm wölbte sich der hohe, kalte und graue Himmel von Essex. Erst als der kalte Stein unter ihm und die kühle Winterluft ihn frösteln ließen, regte er sich wieder und bemerkte, daß die Kälte von der Umgebung herrührte und ihm nicht von seinem Herzen her so eisig durch die Adern strömte.

»Ich muß nach London«, sagte Tradescant zu J. Sie arbeiteten Seite an Seite im Rosengarten des Herzogs und schnitten die Triebe des letzten Jahres zurück, so daß nur bestimmte Stengel zurückblieben, die sorgfältig schräg angeschnitten waren.

»Kann ich für dich gehen?« fragte J.
»Weshalb?«
»Um dich zu entlasten.«
»Ich gehöre noch nicht zum alten Eisen«, sagte John. »Ich kann allein mit einem Wagen nach London und zurück fahren.«
»Wenn du aber wertvolle Sachen bei dir führst ...«
»Dann werde ich einen Mann mit einer Muskete mitnehmen.«
»Vielleicht könnte ich dich trotzdem begleiten ...«
»Aber vielleicht würde ich es vorziehen, allein zu reisen. Was steckt dahinter, J.? Du hast doch London noch nie gemocht?«

J. richtete sich auf und schob seinen einfachen

schwarzen Hut zurück. »Ich möchte gern eine junge Frau besuchen«, verkündete er. »Du könntest mitkommen und sie kennenlernen. Ihre Eltern würden uns beide gern empfangen.«

John stand mühsam auf, eine Hand hielt er dabei auf seinen schmerzenden Rücken. »Eine junge Frau? Was für eine junge Frau?«

»Sie heißt Jane. Jane Hurte. Ihr Vater betreibt eine Seiden- und Schnittwarenhandlung in der Nähe des Hafens. Als du fort warst, schickte Seine Lordschaft ein Päckchen, und ich mußte es in London abholen. Mutter wollte ein paar Knöpfe, und so betrat ich Hurtes Geschäft. Ich bezahlte bei Jane Hurte, und da tauschten wir ein paar Worte.«

John wartete ab und war darauf bedacht, nicht zu lächeln. Diese gestelzte Beschreibung, wie J. einem Mädchen den Hof machte, hatte etwas zutiefst Rührendes.

»Ein anderes Mal fuhr ich mit der Schafwolle zum Markt und stattete ihr erneut einen Besuch ab.«

»Im Juni?« fragte John und dachte daran, daß das die Zeit der Schafschur war.

»Ja. Und dann brauchte Ihre Gnaden etwas aus ihrem Haus in London, also fuhr ich mit ihrer Zofe in der Kutsche hin und verbrachte einen Tag bei den Hurtes.«

»Wie oft warst du schon dort?«

»Sechsmal im ganzen«, sagte J. ehrfurchtsvoll.

»Ist sie ein hübsches Mädchen?«

»Sie ist kein Mädchen, sie ist eine junge Dame. Sie ist dreiundzwanzig.«

»Oh, verzeih! Hat sie helles oder dunkles Haar?«

»Eher dunkel, nun, ihr Haar ist nicht golden, aber dunkel nun auch nicht.«

»Schön?«

»Sie schminkt sich nicht, hat keine künstlichen Locken

und ist nicht halb entblößt wie die Damen bei Hofe. Sie ist bescheiden und ...«

»Ist sie schön?«

»Für *mich* ja.«

»Wenn du der einzige bist, der so denkt, dann muß sie ziemlich unauffällig sein«, neckte ihn John.

»Sie ist nicht gewöhnlich«, entgegnete J. ernst. »Sie ist ... sie ist ... sie sieht ganz wie sie selbst aus.«

John gab die Hoffnung auf, von seinem Sohn über Jane Hurtes Aussehen irgend etwas Sinnvolles zu erfahren. »Hat sie den gleichen Glauben wie du?«

»Natürlich. Ihr Vater ist Prediger.«

»Ein Wanderprediger?«

»Nein, er hat sein eigenes Gotteshaus und seine Gemeinde. Er ist ein sehr angesehener Mann.«

»Ist es dir Ernst mit ihr?«

»Ich möchte sie gern heiraten«, sagte J. Er sah seinen Vater an, als wolle er abschätzen, wieviel er ihm anvertrauen konnte. »Ich möchte sie bald heiraten. Erst neulich war ich sehr beunruhigt.«

»Beunruhigt?«

»Ja. Manchmal fällt es mir schwer, an sie nur als Glaubensschwester und Seelengefährtin zu denken.«

John spannte die Backenmuskeln an, um nicht zu lächeln. »Du kannst ihren Körper genau wie ihre Seele lieben, nehme ich an.«

»Nur wenn wir verheiratet sind.«

»Möchte sie denn heiraten?«

J. wurde nun tiefrot und beugte sich über die Rosen. »Ich denke schon«, sagte er. »Doch ich konnte sie nicht fragen, als du fort warst. Du mußt ihren Vater kennenlernen und mit ihm über ihre Mitgift und all die nötigen Dinge sprechen.«

John nickte. »Wir werden in London übernachten«, entschied er. J.s unschuldige Liebe kam ihm im Vergleich zu seinem vielschichtigen Schmerz so echt und so köstlich jung vor. »Schicke ihnen eine Nachricht, daß wir gegen Abend eintreffen werden, vielleicht bitten sie uns zum Essen.«

»Da bin ich ganz sicher. Vater, es ist nur ...«

»Ja?«

»Es sind sehr fromme Leute, und sie denken schlecht über den König. Es wird besser sein, wenn wir nicht über den König, den Hof und den Erzbischof Laud reden.«

»Oder Irland oder die Einhegungen oder die Ile de Ré oder meinen Herrn, den Herzog von Buckingham, oder über Lord Strafford, den ersten Minister, oder das Schiffsgeld zur Ausrüstung der Kriegsflotte oder das Vormundschaftsgericht oder über etwas anderes«, sagte John ungeduldig. »Ich bin kein Narr, J. Ich werde dich nicht vor deiner Liebsten in Verlegenheit bringen.«

»Sie ist nicht meine Liebste«, sagte J. rasch. »Sie ist meine ... meine ...«

»Zukünftige Gefährtin«, schlug John ohne den Anflug eines Lächelns vor.

»Ja«, sagte J. erfreut. »Ja. Sie ist meine zukünftige Gefährtin.«


John Tradescant hatte einen nüchternen Laden mit einem ernsten Besitzer und einer bleichgesichtigen Tochter erwartet. Er war sehr überrascht, als er ein üppig ausgestattetes Geschäft vorfand. Davor saß eine dralle Frau mit rundem Gesicht, die die Kunden freundlich hineinbat.

»Ich bin Mrs. Hurte«, sagte sie. »Meine Tochter ist im Laden. Mein Mann stattet gerade einem kranken Freund einen Besuch ab und wird zum Abendessen zurück sein. Tretet ein, Mr. Tradescant.«

Jane Hurte kniete hinter dem Ladentisch und räumte die makellosen Regale auf. Als Vater und Sohn hereintraten, erhob sie sich. John mußte blinzeln, um sich an die Dunkelheit im Geschäft zu gewöhnen. Er bemerkte sofort den Grund für J.s Verwirrung, als er sie beschreiben sollte, besaß sie doch ein geistvolles Gesicht mit charaktervollem Ausdruck. Sie wirkte weder nur hübsch noch gewöhnlich. Über der breiten, sanften Stirn trug sie ihr braunes Haare zurückgesteckt unter einer einfachen Haube. Sie hatte ein gutgeschnittenes graues Kleid an mit einem mit weißer Spitze besetzten Kragen. Mit eifriger Aufmerksamkeit und einem heiteren Funkeln in den Augen betrachtete sie John.

»Guten Tag, Mr. Tradescant«, sagte sie. »Seid willkommen in unserem Hause. Würdet Ihr bitte hinaufgehen und dort warten? Vater wird gleich zurück sein.«

»Ich werde hier unten warten, wenn es Euch nichts ausmacht«, sagte John. Er sah sich im Laden um, an dessen Wänden Regale mit kleinen Schubfächern standen, alle unbeschriftet. »Es ist wie in einer Schatztruhe.«

»John erzählte mir, daß der Herzog von Buckingham einen Raum wie diesen hier besitzt und dort alle möglichen Kuriositäten aufbewahrt«, sagte sie. Entsetzt stellte John fest, daß sie seinen Sohn nicht J., sondern John nannte.

»Ja«, sagte er. »Der Lord besitzt sehr schöne und sehr ungewöhnliche Seltenheiten.«

»Und Ihr stellt sie zusammen und bewahrt sie für ihn auf?«

»Ja.«

»Ihr müßt schon viele wundersame Dinge gesehen haben«, sagte sie ernst.

John lächelte sie an. »Und viele Fälschungen. Dumme Fälschungen, die zusammengeschustert wurden und das unachtsame Auge täuschen sollen.«

»Für den Unachtsamen sind alle Schätze eine Falle«, bemerkte sie.

»So ist es«, sagte John, dem ihr frömmelnder Ton mißfiel. »Ich wollte bei Euch etwas für meine Frau kaufen. Habt Ihr hübsche Borten oder Spitze für einen Kragen?«

Jane beugte sich unter den Ladentisch, zog einen Kasten heraus und breitete ein kleines schwarzes Samttuch vor ihm aus, damit die Spitze darauf so gut wie möglich zur Geltung kam. Ein Stück nach dem anderen legte sie hin, damit er es begutachten konnte.

»Und Borten«, sagte sie. Aus einem Dutzend nach Farben sortierten Schüben holte sie nun Borten hervor. Sie zeigte ihm sowohl die billige dünne als auch die glänzende seidene Borte.

»Ist das nicht eine Falle für die Unachtsamen?« fragte John ironisch und beobachtete ihr hingebungsvolles Gesicht, als sie die Bänder vor ihm glättete und dann so legte, daß er ihren Glanz bewundern konnte.

Ohne Zeichen von Verlegenheit begegnete sie seinem Lächeln. »Das ist von fleißigen Frauen unter großen Mühen hergestellt worden«, sagte sie. »Sie arbeiten, um sich ihr täglich Brot zu verdienen, und wir zahlen ihnen einen fairen Preis und verkaufen die Sachen mit gutem Gewinn. Am Tage des Jüngsten Gerichts wird nicht nur darüber geurteilt, was man verdient, sondern auch wie man sein Geld ausgegeben hat. In diesem Hause kaufen und verkaufen wir zu gerechten Bedingungen, und nichts wird verschwendet.«

»Ich nehme diese Spitze«, entschied sich John. »Für einen Kragen.«

Sie nickte und schnitt die von ihm gewünschte Länge ab. »Einen Shilling«, sagte sie. »Doch Ihr könnt sie für zehn Pennies haben.«

»Ich zahle den ganzen Shilling«, sagte er. »Für die fleißigen Frauen.«

Plötzlich mußte sie vor Freude lachen und gluckste dabei vergnügt vor sich hin. Ihr ganzes Gesicht leuchtete auf, und ihre Augen funkelten. »Ich sorge dafür, daß sie ihn erhalten«, sagte sie.

Sie nahm seine Münze und steckte sie in eine Kassette unter dem Tisch, notierte den Verkauf in einem Buch, wickelte das Stück Spitze sehr sorgfältig ein und band es mit einem Wollfaden zu. Dann verstaute John das Päckchen in der tiefen Tasche seines Mantels.

»Da kommt Vater«, sagte Jane.

John drehte sich um, um den Mann zu begrüßen. Wider Erwarten sah er eher wie ein Bauer aus als wie ein Tuch- und Kurzwarenhändler. Er hatte breite Schultern und ein rotes Gesicht, war gut angezogen, ganz schlicht in Schwarz und Grau, und um seinen Hals lag ein kleiner Spitzenkragen. In einer Hand hielt er den Hut, die andere streckte er zu einem festen Händedruck aus.

»Ich freue mich, Euch endlich kennenzulernen«, sagte er. »Seit John das erste Mal hier war, hat er uns die ganze Zeit von nichts anderem als den Reisen seines Vaters erzählt, und wir haben für Euch gebetet, als Ihr vor Frankreich in solcher Gefahr wart.«

»Ich danke Euch«, sagte John überrascht.

»Jeden Tag und mit Eurem Namen«, fuhr Josiah Hurte fort. »Er ist ein großer allwissender und allmächtiger Gott; doch es kann nicht schaden, ihn an bestimmte Dinge zu erinnern.«

John mußte ein Lächeln unterdrücken. »Vermutlich nicht.«

Josiah Hurte blickte seine Tochter an. »Irgend etwas verkauft?«

»Nur ein Stück Spitze an Mr. Tradescant.«

Sein Händlerinstinkt rang mit dem Wunsch, sich Johns Vater gegenüber großzügig zu zeigen. Doch sein Wunsch nach einem kleinen Gewinn siegte. »Es sind sehr schwere Zeiten für uns«, sagte er schlicht.

John sah sich in dem mit allem wohlversehenen Geschäft um.

»Das ist hier so noch nicht zu erkennen«, beeilte sich Josiah zu erklären, der Tradescants Blick gefolgt war, »doch jeden Monat stehen die Dinge schlechter. Die ewigen Zahlungen an den König, Bußgelder hierfür, neue Steuern dafür. Und für Waren, die wir einst unverzollt erwerben und verkaufen konnten, wird plötzlich das Alleinhandelsrecht an Höflinge vergeben, an die wir nun noch zusätzlich eine Summe zu zahlen haben. Der König fordert Geschenke von seinen Untertanen, und der Vikar und die Kirchenvorsteher besuchen meinen Laden, sehen sich die Auslagen an und entscheiden ganz willkürlich, was ich erübrigen kann, und ich komme ins Gefängnis, wenn ich es ihnen verweigere.«

»Der König hat große Ausgaben«, sagte John friedlich.

»*Meine* Frau und *meine* Freunde würden auch gern mein ganzes Geld ausgeben, wenn ich es ihnen gestatten würde«, sagte der Puritaner kurz und bündig. »Also gestatte ich es ihnen nicht.«

John erwiderte nichts.

»Verzeiht mir«, sagte der Mann unvermittelt. »Meine Tochter hat mich beschworen, diese Angelegenheiten nicht aufs Tapet zu bringen, und ich mache genau das Gegenteil!«

John konnte sich ein Lachen nicht verkneifen. »Mein Sohn auch!«

»Sie haben beide befürchtet, daß wir aneinandergeraten würden, doch wegen der Politik würde ich nie einen Streit vom Zaun brechen.«

»In diesem Jahr habe ich von Gefechten auch genug«, stimmte John zu.

»Es ist dennoch eine Schande, die an ein Verbrechen grenzt«, fuhr Josiah fort, als er die Treppe vom Laden hinauf voranlief. »Meine Gilde kann den Handel nicht mehr kontrollieren wie bisher, wo nun die Favoriten bei Hofe den Markt von Garn und Spitze und Seide als Monopol in der Hand haben, und so kann ich meinen Lehrlingen weder Arbeit noch Lohn garantieren. Es dringen andere in das Gewerbe ein und lassen die Preise und Löhne nach Gutdünken fallen oder steigen. Ich wünschte, Ihr würdet dem Herzog sagen, wenn man den Armen Brot geben und die Witwen und Kinder beschützen will, dann brauchen wir eine starke Gilde und einen stabilen Handel. Wir können nicht ständig einem Auf und Ab ausgesetzt sein, sobald einer bei Hofe Geld für ein neues Haus benötigt.«

»Der Herzog ist nicht auf meinen Rat aus«, erwiderte John. »Ich glaube eher, daß er die Angelegenheiten der Stadt und des Handels anderen überläßt.«

»Dann hätte er das Monopol für den Handel mit Gold- und Silbergarn nicht an sich reißen sollen«, sagte der Tuchhändler triumphierend. »Wenn er sich nicht für den Handel interessiert, dann sollte er das unterlassen. Er wird den ganzen Handel und sich selbst und mich ruinieren.«

John nickte, war aber unsicher, wie er ihm antworten sollte. Sein Gastgeber hingegen klatschte sich mit der Handfläche gegen den Kopf. »Schon wieder!« rief er. »Und ich habe Jane versprochen, daß ich es nicht tun würde. Kein einziges Wort mehr, Mr. Tradescant. Nehmt Ihr ein Glas Wein mit mir?«

»Sehr gern.«

Das Abendessen war eine ehrbare Angelegenheit und wurde von einem ausführlichen Gebet eingeleitet. Mrs. Hurte hatte den Tisch reich gedeckt, und ihr Gatte spendierte ein Dünnbier und hatte eine gute Flasche Wein geöffnet. J. saß neben Jane. Er hatte sie die ganze Zeit über mit bewundernden Blicken angehimmelt. Mit einem gequälten Lächeln beobachtete John seinen Sohn.

Die Hurtes waren ein freundliches, offenes Ehepaar.

Mrs. Hurte teilte die Mehlspeisen an ihrem Ende des Tisches aus, und Josiah Hurte schnitt das Rindfleisch am anderen Ende. Zwischen ihnen saßen die beiden Gäste, Jane und zwei Lehrlinge.

»Wir essen so wie früher zu Abend«, gab Mr. Hurte zu, der sah, wie John den Tisch entlangblickte. »Ich bin der Ansicht, daß jemand, der einen Lehrling beschäftigt, ihn wie seinen Sohn behandeln sollte, und dazu gehört, seinen Leib wie auch seinen Geist zu nähren.«

John nickte. »Ich hatte immer nur meinen Sohn, der mir zur Hand ging, bei Tisch«, sagte er. »Meine anderen Gärtner und Gehilfen werden von meinem Herrn eingestellt und beköstigt.«

»Hält sich der Herzog zur Zeit in New Hall auf?« fragte Mrs. Hurte.

Selbst in dieser stillen Umgebung fühlte sich John durch die Erwähnung dieses Namens verletzt, so als quälte ihn der stechende Schmerz aus einer nicht verheilten Wunde.

»Nein, er ist bei Hofe«, sagte er kurz. J. blickte ihn mahnend an, und Jane wirkte recht besorgt.

»Diese Weihnachten finden große Festlichkeiten statt, da der Herzog wohlbehalten zurückgekehrt ist«, bemerkte Mrs. Hurte.

»Allerdings«, sagte John.

»Werdet Ihr ihn in Whitehall treffen, ehe Ihr nach New Hall zurückkehrt?«

»Nein«, sagte John. Wieder durchfuhr ihn unter den Rippen ein Schmerz, so stechend wie bei einer Magenverstimmung. Er schob den Teller zurück, denn ihn hatte der Kummer gesättigt. »Ich sehe ihn erst, wenn er nach mir ruft.«

Er bemerkte, daß er von der jungen Frau, Jane Hurte, beobachtet wurde und daß sie Mitleid mit ihm hatte, so als verstünde sie ein wenig, was er empfand. »Es muß eine schwierige Aufgabe sein, einem großen Herrn zu dienen«, sagte sie freundlich. »Es ist wohl so, daß er wie ein Planet am Himmel kommt und geht, und man kann dem nur zuschauen und darauf warten, daß er wiederkehrt.«

Ihr Vater senkte den Kopf und sagte leise: »Ich bete, daß wir alle einem größeren Herrn dienen mögen. Amen.«

Doch Jane wandte ihre Augen nicht von John ab und lächelte ihn weiter an.

»Es ist schwierig.« In seiner Stimme lag der ganze Schmerz; er konnte es selbst hören. »Doch ich habe meine Wahl getroffen, und ich muß ihm dienen.«

»Mögen wir alle Gott unserem Herrn weiterhin dienen«, betete Josiah Hurte, doch diesmal war es Jane, die amen sagte, während sie immer noch in Johns angespanntes Gesicht blickte.

Den beiden jungen Leuten hatte man gestattet, einen Spaziergang zu machen. Jane mußte noch ein paar Waren ausliefern, und J. half ihr und nahm den Korb. Als John sah, wie J. den Korb trug, als sei er aus Glas, und wie er Jane am Arm hielt, als sei sie ein Strauß Blumen, und wie sie die Londoner Straße entlangtrippelten, war ihm, als würde er dieses Bild nie vergessen.

Einer der Lehrlinge lief hinter ihnen mit einem dicken Stock.

»Sie darf jetzt nicht mehr ohne Begleitung auf die Straße«, sagte Mrs. Hurte. »Es sind so viele Bettler unterwegs, und viele sind krank. Sie kann nicht mehr allein fortgehen.«

»J. wird sich um sie kümmern«, versicherte ihr John. »Seht nur, wie er ihren Arm hält! Und seht ihn nur mit dem Korb!«

»Ein einnehmender junger Mann«, bemerkte Josiah Hurte erfreut. »Wir haben ihn gern.«

»Er ist sehr verliebt in Eure Tochter«, sagte John. »Würdet Ihr einer Verbindung zustimmen?«

Der Tuchhändler zögerte. »Würde er in den Diensten des Herzogs bleiben?«

»Ich habe ein paar Felder gepachtet, und auf den Rat meines früheren Herrn, des Grafen, habe ich ein wenig Land gekauft. Außerdem besitze ich das Eigentumsrecht an einem Kornspeicher in Whitehall...«

»Ihr habt einen Speicher?«

John besaß den Anstand, verlegen hochzuschauen. »Es ist eine Sinekure. Ich verrichte nicht die Arbeit, aber ich habe den Gewinn, wenn sie getan wird.«

Josiah nickte. Der zukünftige Schwiegervater seiner Tochter profitierte ausgerechnet von dem System, das er verurteilte: Stellen und Arbeit wurden an Leute vergeben, die nichts von dem Gewerbe verstanden, die nicht die Absicht hatten, es zu erlernen, die die Arbeit nur weitergaben und am schlechten Lohn verdienten.

»Doch unsere Hauptarbeit sind die Gärten des Herzogs«, fuhr John leise fort. »Das Anlegen und Bepflanzen seiner Gärten und die Sammlung von Raritäten für sein Kabinett. J. hat unter meiner Anleitung seine Lehre hinter sich und wird nach meinem Tode meine Stelle übernehmen.«

»Ich wäre nicht sehr begeistert, wenn Jane zum Haushalt des Herzogs gehörte«, sagte der Mann offen und ehrlich. »Er genießt einen schlechten Ruf.«

»Was Frauen betrifft?« Tradescant schüttelte den Kopf. »Mein Herr kann sich jede Hofdame aussuchen. Seine Bediensteten belästigt er nicht.« Bei seinen Worten spürte er wieder den Schmerz unter den Rippen. »Er wird von allen geliebt. Er muß sich sein Vergnügen nicht von der Dienerschaft erkaufen.«

»Könnte sie in Eurem Haus ihre Religion frei ausüben, so wie sie es gewohnt ist?«

»Vorausgesetzt, daß sie andere damit nicht beleidigt«, sagte John. »Meine Frau hat eine gewisse Neigung zum Puritanismus, ihr Vater war Vikar in Meopham. Und Ihr wißt doch, daß J. ihren Glauben teilt.«

»Doch Ihr wohl nicht?«

»Ich verrichte meine Andacht jeden Sonntag in der offiziellen anglikanischen Kirche«, sagte John. »Dort, wo der König auch betet. Wenn es für den König gut genug ist, dann ist es auch gut genug für mich.«

Es folgte ein diskretes Schweigen. »Ich glaube, daß wir in bezug auf den König ruhig unterschiedlicher Auffassung sein können«, bemerkte Mr. Hurte. Seine Frau, die am Kamin an einem Stück Spitze arbeitete, blickte ihn scharf an und klapperte dann mit den Klöppelhölzern auf dem Kissen weiter.

»Doch genug davon«, sagte er rasch. »Ihr dient dem Herzog, und ich habe nichts dagegen einzuwenden. Das Glück meiner Tochter steht im Mittelpunkt. Verdient J. genug, um eine Frau ernähren zu können?«

»Er bezieht inzwischen den vollen Lohn«, sagte John. »Und sie würden bei uns im Gärtnerhaus leben. Ich werde dafür sorgen, daß es ihr an nichts fehlt. Wird sie eine Mitgift bekommen?«

»Fünfzig Pfund jetzt und bei meinem Tode ein Drittel meines Geschäfts«, erwiderte Josiah. »Die Hochzeit kann hier stattfinden, ich werde die Bewirtung übernehmen.«

»Also kann ich J. mitteilen, daß er um ihre Hand anhalten kann?« sagte John.

Josiah lächelte. »Wie ich meine Tochter kenne, so hat er das schon getan«, sagte er, als sie sich die Hände reichten.

## Frühjahr 1628

Jane Hurte und der junge John Tradescant wurden in der Stadtkirche zu St. Gregory neben der St.-Pauls-Kathedrale getraut. Entgegen den Anordnungen von Erzbischof Laud trug der amtierende Pfarrer weder einen Chorrock, noch wandte er der Gemeinde den Rücken zu, während er das Abendmahl vorbereitete. Der Abendmahlstisch stand an jenem Ort, den die Tradition vorsah: am Kopf eines Seitenschiffs, dicht neben den Kommunikanten. Und der Vikar stand dahinter, ihnen zugewandt wie ein Diener, der die Tafel seines Herrn deckt, und verrichtete seine Arbeit in aller Öffentlichkeit. Ein papistischer Priester hingegen stand hinter den Altarschranken und murmelte bei Brot, Wein, Weihrauch und Wasser etwas vor sich hin, den Rücken den Leuten zugekehrt, für die er den Dienst verrichten sollte, und niemand konnte ahnen, was seine geschäftigen Hände taten.

Es war eine treffliche Baptistenhochzeit. John beobachtete den Pfarrer bei seinen Verrichtungen, wie er seinem Gott und der Gemeinde in aller Öffentlichkeit diente, und erinnerte sich an die Kirche in Meopham und an die eigene Trauung, die auf die gleiche Weise vollzogen worden war, und er wünschte sich, Erzbischof Laud hätte alles beim alten belassen und nicht einen Keil zwischen so aufrechte Leute wie ihn und Josiah Hurte getrieben.

Der Brautvater richtete ein schönes Hochzeitsmahl aus, so wie er es versprochen hatte, und die Eltern beider Seiten, die Lehrlinge und ein halbes Dutzend Freunde begleiteten das junge Paar in ihr Hochzeitsgemach und brachten sie zu Bett.

In seiner Schlafkammer blickte John auf die Straße hinaus, während Elizabeth in dem Himmelbett hinter ihm saß. Ihm fiel die eigene Hochzeitsnacht ein. »Erinnerst du dich, Lizzie«, fragte er Elizabeth, »wie schlimm es war?«

Sie nickte. »Ich bin froh, daß es für unseren John ruhiger verlaufen ist. Und ich glaube, niemand wird sich trauen, sich über Jane lustig zu machen; sie ist eine starke Frau.«

»Es würde dir nichts ausmachen, wenn sie zu uns zieht?«

Elizabeth schüttelte den Kopf. »Sie ist ein fröhliches Mädchen, und ich freue mich, wenn ich jemanden habe, mit dem ich tagsüber sprechen kann, wenn du und J. draußen zu tun habt.« Sie schlug die Bettdecke zurück. »Komm ins Bett, mein Gemahl, wir haben unser Tagewerk heute vollbracht.«

Immer noch verweilte er am Fenster und blickte auf die Londoner Straße hinunter, die bis auf eine herumstreunende Katze völlig ausgestorben war. Abgesehen vom gelegentlichen Ruf des Nachtwächters herrschte Stille. »Du bist mir eine gute Ehefrau gewesen, Elizabeth. Es tut mir leid, wenn ich dir jemals Kummer zugefügt habe.«

»Und du bist mir ein guter Ehemann gewesen.« Sie zögerte. Immer noch stand zwischen ihnen die andere Liebe und der Treueschwur bis in den Tod, selbst an diesem Tag. »Wirst du beim Herzog vorsprechen und fragen, ob er deine Dienste benötigt, ehe wir nach New Hall zurückkehren?«

»Er ist zur Jagd in Richmond«, antwortete John. »Und ich muß warten, bis er mich rufen läßt.«

»Wann wird das sein?«

»Das weiß ich nicht.«

Sie schlüpfte aus dem Bett und stellte sich neben ihn,

wobei sie eine Hand auf seine Schulter legte. Vom Fenster her zog es eisig kalt, doch John bemerkte es nicht.

»Habt ihr euch im Streit getrennt?« fragte sie. »Läßt der Herzog deshalb nicht nach dir rufen? Und warum siehst du so verletzt aus, wenn man seinen Namen erwähnt?«

»Wir sind weder im guten noch im bösen geschieden«, sagte John bedrückt. »Er hat mich fortgeschickt. Zwischen uns gibt es nur das Verhältnis von Herr zu Diener; ich hatte lediglich vergessen, welche Stellung ich einnehme, und er tat recht, mich daran zu erinnern. Du hast bestimmt gedacht, daß ich es doch wissen müßte, nicht wahr, Elizabeth?« Er warf ihr ein kurzes unglückliches Lächeln zu. »Da ich meine Erfahrungen mit Robert Cecil gemacht habe. Ich müßte doch am besten wissen, daß man einem großen Herrn nahestehen und sein Vertrauen haben kann, daß er aber stets der große Herr bleibt und man selbst sein Diener.«

»Das hast du vergessen?«

»Ich wurde schnell daran erinnert«, sagte John leise. Die Art, wie er am Kai fortgeschickt worden war, als sich Buckingham von ihm abgewendet und sich seiner Frau gewidmet hatte, schmerzte immer noch genauso wie in jenem Augenblick. »Doch er hatte recht und ich unrecht. Ich dachte, ich würde an seiner Seite bleiben, doch er benötigte mich nicht. Er hat viel mit dem König zu tun, mit seiner Frau und seinen Mätressen. Nach mir schickt er erst, wenn er einen aufrechten Mann braucht, und bei Hofe braucht er den nicht. Ein aufrechter Mann hat dort nichts verloren.«

»Ich bin sicher, daß er bald nach dir schicken wird«, sagte sie. Das waren die einzigen Worte, mit denen sie ihn trösten konnte.

Er nickte. »Er wird bald einen Hund brauchen«, sagte er verbittert. »Und dann wird er sich meiner erinnern.«

John hatte nicht recht, der Herzog brauchte keinen Hund. Der Frühling zog in New Hall ein, aber der Herzog blieb aus. Die Erde erwärmte sich, und John ließ die Rasenflächen mähen und die Sämlinge aus den Frühbeeten umpflanzen. Er ordnete an, daß die Rosen ihren Frühjahrsschnitt erhielten und daß die Knospen an den Obstbäumen abgeknipst wurden. In der hohlen Wand des Obstgartens ließ er Holzkohleöfen brennen, damit die Früchte schneller reifen würden für Seine Lordschaft. Doch dieser traf noch immer nicht ein.

Die Tulpenzwiebeln, die John eingekauft hatte, als er und sein Lord auf dem Kontinent waren und die Kronjuwelen Englands zum Einsatz bringen wollten, blühten nun in ihren Töpfen, und Buckingham sah sie nicht einmal. Später brachte John die abgeblühten Pflanzen nach draußen in den Halbschatten in seinem eigenen Garten, damit er sie täglich beobachten und gießen konnte. Er betete darum, daß die Zwiebeln in der Erde dick und kräftig wurden.

»Wann werden wir sie rausholen?« fragte ihn J., als er die entmutigend schlaffen Blätter erblickte.

»Im Herbst«, sagte John kurz. »Und dann wird sich herausstellen, ob wir dem Herzog einen Gewinn eingebracht haben oder nicht.«

»Doch ganz gleich, wie es kommt, er hat die Blüte verpaßt«, unterstrich J.

»Er hat sie verpaßt«, pflichtete ihm John bei. »Und ich habe verpaßt, sie ihm zu zeigen.«

Ein jeder in der Stadt Chelmsford, im Dorf Chorley, in den Küchen von New Hall und selbst die Schäfer in den Ställen, wo die kleinen Lämmer geboren wurden, ein jeder redete von nichts anderem als dem König und dem Parlament und ihrem Streit, vom König und dessen Gemahlin und ihrem Streit und vom Streit zwischen dem König und den Franzosen, zwischen dem König und den Spaniern, zwischen dem König und den Katholiken und zwischen dem König und den Puritanern. Hinter den Mauern des herzoglichen Parks traute man sich nicht, es laut zu sagen, aber in den Bierschenken von Chelmsford erzählte man sich einen Witz: »Wer regiert das Land? Der König! Wer regiert den König? Der Herzog! Und wer regiert den Herzog? Der Teufel!«

Es hätte ausgereicht, wenn es dabei geblieben wäre, doch der Witz breitete sich von den Schenkenbesuchern zu den Frauen aus, die eher geneigt waren, die ungeheuerliche Ungerechtigkeit des Lebens als ein Werk des Teufels anzusehen, und sie nahmen den Witz wörtlich. Von dort erreichte er auch die Prediger, die wußten, daß Satan täglich Böses säte und daß die Saat am besten um den König herum aufging – einen König, der weder seine Frau, seinen Hof noch das Parlament regieren konnte, geschweige denn sein Land zu beschützen wußte.

Sie sagten, der Herzog sei der am meisten gehaßte Mann in ganz England. Ein Gärtnerbursche, der die Krähen von Tradescants neuen westindischen roten Rankenbohnen fernhalten sollte, prahlte vor einem anderen, daß sie einem Mann dienten, der noch mehr als der Papst gehaßt wurde. Man machte den Herzog für alles verantwortlich: für die Pest, die wieder Hunderte von Männern und Frauen und Kindern hinwegraffte, die bereits von der Hungersnot im Winter geschwächt waren, für die Nässe des Frühlings, die die Ernte im Boden verderben würde, und immer wieder für die Korruptheit des Königs, der sonst gewiß mit seiner Frau in Frieden leben würde und bestrebt wäre, zusammen mit dem Parlament zu regieren.

Der König befand sich in einer solchen Finanznot, daß er das Parlament einberufen hatte, doch die Parlamentsmitglieder, die erneut aus dem ganzen Land zusammenströmten, hatten geschworen, daß der König kein Geld mehr für neue Kriegsunternehmen erhalten solle, ehe er nicht die Petition zur Herstellung der Rechte des Parlaments unterschrieben hätte. Er sollte akzeptieren, daß er keine weiteren Steuern ohne die Einwilligung des Parlaments eintreiben durfte – daß er keine weiteren unrechtmäßigen Forderungen stellen durfte, daß keine Erhebungen von Geld durch den König möglich waren, und diejenigen, die sich den Launen des Königs nicht beugten, sollten nicht mehr ohne gerichtliche Anhörung ihres Falls willkürlich ins Gefängnis geworfen werden. Der bankrotte König war gezwungen zuzustimmen. Er tat es widerwillig und sträubte sich bis zum letzten Moment dagegen, und schon bald, nachdem er den neuen Vertrag unterzeichnet hatte, sollte er es bereuen.

Jane saß auf der Bank an Johns Kamin, ihr Mann etwas tiefer auf einem Schemel zu ihren Füßen, den Kopf gegen ihre Knie gelehnt, und las der Familie den Brief ihres Vaters vor.

*»… Des Königs Zustimmung zur Petition wird als Beginn einer neuen Ära angesehen. Sie wird als neue Magna Charta bejubelt, die die Rechte der unschuldigen Menschen vor der Tücke jener beschützen wird, die deren Vorbild und Führer sein sollten. Während ich dies niederschreibe, läuten die Glocken, um die ersehnte Zustimmung des Königs zum Parlamentsbeschluß zu feiern. Ich wünschte, ich könnte sagen, daß Seine Majestät das Gesetz wie alle anderen begrüßt, doch er behauptet, daß es nicht neu sei, daß es keine neuen Freiheiten gäbe und daß ihm daher nicht die Zügel angelegt wurden. Die älteren Männer in meiner Gemeinde erinnern sich an früher, als das Parlament einmal gegen eine Verfügung Königin Elizabeths stimmte und sie sich freundlich bedankte; und als sie gezwungen wurde, das zu tun, was sie von ihr verlangten, da hatte sie gelächelt, so als sei es ihr Herzenswunsch.*

*Jetzt fragen die Hitzköpfe in meiner Gemeinde, welche*

*Maßnahmen noch erforderlich sind, um dem König beizubringen, seine Mitmenschen mit Respekt zu behandeln. Auf alle Fälle wird er das Geld bekommen, das er verlangt, und der Herr Deines Gatten, der Herzog, wird einen neuen Feldzug nach der Insel Ré unternehmen ...«*

»Was?« sagte John plötzlich und unterbrach Jane im Vorlesen.

»Er wird einen neuen Feldzug nach der Insel Ré unternehmen«, wiederholte sie.

Elizabeth blickte ihren Mann an. »Du wirst da auf keinen Fall mitmachen! Nicht noch einmal, John. Nicht einmal, wenn er dich dazu ruft.«

John sprang von seinem Stuhl auf und wandte sich von dem Lichtschein des Kaminfeuers und der Kerzen ab. Sie konnte erkennen, daß seine Hände, ja sein ganzer Körper zitterten, doch er sprach mit ruhiger Stimme. »Wenn er mich ruft, dann werde ich gehen müssen.«

»Das wird dein Tod sein!« rief Elizabeth leidenschaftlich. »Du kannst nicht immer solches Glück haben!«

»Es wird für Tausende der Tod sein«, sagte er düster. »Ob wir nun die Insel einnehmen oder verlieren, es wird für Tausende der Tod sein. Ich will diesen Ort nicht noch einmal sehen. Diese kleine Insel ist wie ein Friedhof ... Das ertrage ich nicht!«

Auf einmal drehte er sich zu Jane um. »Schreibt dein Vater auch, warum in Gottes Namen irgend jemand dorthin zurückkehren will? Was der Herzog sich davon erhofft?«

Sie war blaß, blickte von John zu Elizabeth. Sie meinte, ihn noch nie so bedrückt gesehen zu haben. »Ich werde den Rest des Briefes vorlesen«, erwiderte sie und strich ihn auf ihrem Schoß glatt.

*»... der Herzog wird einen neuen Feldzug nach der Insel Ré unternehmen, um die Schande der Niederlage auszumerzen*

*und den Franzosen zu zeigen, daß wir die Herren sind. Kein Mann wird sich freiwillig melden, doch die Patrouillen zum Ausheben von Soldaten machen die Straßen unsicher und nehmen jeden Mann mit, der nicht gerade wegen der Pest im Sterben liegt. Alle anderen werden nach Portsmouth geschickt. Jeder verflucht den Herzog.*

*Es sind schwere Zeiten für uns. Ich bete, daß Dein Mann und Dein Schwiegervater verschont bleiben. Heute habe ich meinen Gehilfen George verloren, den ich wie einen Sohn geliebt habe. Er wird den Feldzug nicht überleben, denn er hat eine schwache Lunge und hustet den ganzen Winter hindurch. Warum schleppt man einen sechzehnjährigen Burschen fort, der vor seiner Ankunft am Bestimmungsort schon gestorben sein wird? Warum nimmt man einen Jungen fort, der nur etwas von Baumwolle, Leinen und Seide versteht?*

*Ich werde persönlich nach Portsmouth fahren, um zu sehen, ob ich ihn finden und zurückbringen kann, doch Deine Mutter sagt zu Recht, daß wir seinen Eltern Mitteilung machen müssen, daß er so gut wie tot ist und daß wir für seine unsterbliche Seele beten sollten.*

*Es ist bitter, daß ein Land, das Frieden haben könnte, ständig Krieg führt, und daß ein Land, das so wohlhabend sein könnte, nie alle satt machen kann.*

*Es tut mir leid, daß ich so schlechte Neuigkeiten schreibe. Meinen Segen für Euch alle,*
*Josiah Hurte.*

»Ich werde an deiner Stelle gehen«, sagte J. ruhig, »wenn er nach dir schickt.«

»Er wird dich vielleicht nicht rufen ...«, warf Elizabeth ein.

»Er schickt immer nach meinem Vater, wenn es etwas zu tun gibt, was einen aufrechten Mann verlangt«, sagte J. rasch. »Wenn es schwierig oder gefährlich ist, wenn er einen Mann braucht, der die Arbeit macht, die niemand sonst machen würde.«

John warf ihm einen scharfen Blick zu.

»Es stimmt doch«, sagte J. hartnäckig. »Und er wird dich wieder rufen.«

»Du kannst nicht gehen«, flüsterte Elizabeth. »Auch dieser Feldzug ist zum Scheitern verurteilt, und du darfst dein Leben nicht aufs Spiel setzen.«

»Mein John darf auch nicht weg«, sagte Jane plötzlich. Mit einer kleinen Geste wollte sie etwas offenbaren und fuhr mit der Hand zum Bauch. »Ich brauche ihn hier.« Sie wurde rot. »Wir brauchen ihn hier. Er wird Vater werden.«

»Oh, meine Teure!« Elizabeth beugte sich am Feuer vorbei und hielt Janes Hände. »Ich bin so froh! Was für ein Segen.«

Die beiden Frauen hielten sich noch eine Weile fest, und Elizabeth schloß die Augen, während sie ein kurzes Gebet murmelte. John beobachtete sie und war sich bewußt, daß er von dieser Welt der kleinen Freuden ausgeschlossen war. »Ich freue mich für dich«, sagte er leise. »Und Jane hat recht, J. kann nicht fort, wenn ein Baby unterwegs ist. Wenn er nach mir schickt, werde ich wohl gehen müssen.«

Die kleine Familie schwieg eine Weile lang. »Vielleicht passiert das gar nicht?« meinte Jane.

John schüttelte den Kopf. »Ich glaube, es wird so kommen, und ich habe es versprochen.«

»Bis in den Tod?« fragte J. voller Leidenschaft.

John hob sein müdes Gesicht zu seinem Sohn hoch. »So lauten die Worte meines Schwurs«, sprach er langsam.

## Sommer 1628

Mitte Juni traf die Nachricht ein, gerade in einem der besten Monate für einen Gärtner. John Tradescant hatte sein Tagewerk im Rosengarten begonnen. Er schnitt den roten Rosen die Köpfe ab und warf die Blütenblätter in einen Korb für die Vorratskammer. Sie würden nun getrocknet und für Parfümkugeln verwendet werden oder sollten in den Schränken mit der Leinenwäsche dafür sorgen, daß die Laken des Herzogs schön dufteten. Oder die Köche würden die Rosenblätter kandieren und damit das Konfekt des Herzogs verzieren. Alles in dem Garten, von den einschläfernd summenden Bienen bis hin zu den herabfallenden blaßrosa Blütenblättern, gehörte dem Herzog und sollte ihn erfreuen. Nur daß der Herzog all das nie genießen kam.

Gegen Mittag ging John zur Vorderseite des Hauses herum, um nach den jungen Lindenbäumen zu sehen, die in der langen, leicht geschwungenen, doppelreihigen Allee angepflanzt worden waren. Ihm schwebte vor, sie in eine bessere Form zu bringen, indem er die unteren Äste entfernte. Mit einer kleinen Axt wollte er sich ans Werk machen; ein Bursche folgte ihm mit einer Leiter. Doch gerade als er dem Burschen zugerufen hatte, er solle die Leiter an den ersten Baum anlegen, da hörte er Pferdegetrappel.

John drehte sich um, hob eine Hand, um die Augen vor der Sonne zu schützen, und sah wie in einem Traum das lange erwartete Bild, den einzelnen Reiter, dessen vor Schweiß glänzendes Pferd im grellen Sonnenlicht grau wirkte, nun aber beim Eintauchen in den dunkelgrünen

Schatten schwarz erschien. John trat auf die breite, sonnige Straße, wo er auf den Boten wartete. Er wußte, daß man ihn rufen würde, und ihm war klar, daß er gehorchen mußte. Einen Augenblick hatte er das Gefühl, daß es der Tod persönlich war, der mit seiner geschulterten Sense unter den Bäumen angeritten kam.

John spürte in sich eine Dunkelheit, als hätte der Schatten der Linden sein Herz in ein dunkles Grün getaucht, und er spürte eine Kälte in sich, von der er meinte, daß es Furcht sei. Nun verstand er zum erstenmal, warum ihm seinerzeit die zum Feldzug gepreßten Männer zugeflüstert hatten: »Bittet ihn, daß er uns heimschickt, Mr. Tradescant, bittet ihn umzukehren.« Jetzt fühlte er sich ebenso sklavisch abhängig, so entmannt wie sie.

Der Reiter kam langsam auf ihn zu, und Tradescant hob seine Hand nach dem Brief.

»Woher wußtet Ihr, daß er an Euch gerichtet ist?« fragte der Bote, als er vom Rücken des Pferdes glitt und den Gurt lockerte.

»Ich habe von dem Tag an darauf gewartet, als ich hörte, daß Seine Lordschaft erneut zur Insel Ré aufbrechen will«, sagte John.

»So werdet Ihr der einzige freiwillige Rekrut sein«, sagte der Mann munter. »Als die Seeleute erfuhren, daß sie wieder dorthin segeln sollten, kam es vor seinem Haus zu Tumulten. Jedesmal, wenn Seine Lordschaft mit der Kutsche ausfährt, wird sie mit Steinen beworfen. Es heißt, dieses Unternehmen sei mit einem Fluch behaftet und zum Untergang verurteilt und werde alle in die Hölle reißen. In den Wirtshäusern trinkt man auf seinen Tod, in den Kirchen betet man für seinen Sturz.«

»Es reicht«, sagte John grob. »Geht und führt Euer Pferd in den Stall. Ich möchte nicht hören, wie sein eigener Diener auf seinem eigenen Grund und Boden schlecht über den Herzog redet.«

Der Mann zuckte mit den Schultern und schlug die Zügel über den Kopf des Pferdes. »Ich bin aus seinen Diensten ausgetreten. Ich bin unterwegs nach Hause.«

»Habt Ihr dort Arbeit?«

»Nein«, sagte er. »Doch ich gehe lieber als Bettler von Tür zu Tür, als daß ich mit dem Herzog zur Insel der Reue fahre. Ich bin kein Narr. Ich weiß, welche Befehle wir erhalten und welchen Lohn und was wir dabei riskieren werden.«

John nickte, sein Gesicht verriet nichts. Dann wandte er sich ab, verließ die Allee und ging über die Rasenfläche zum See. Er lief den kleinen Pfad zum Steg gegenüber dem Bootshaus hinunter, von wo Buckingham einst an Sommerabenden immer hinausgerudert war, manchmal mit seiner Frau Kate hinten im Boot und manchmal allein mit Schnur und Angel. John ließ sich auf dem Steg nieder und blickte über das Wasser. Die gelben Sumpfschwertlilien blühten gerade, so wie er es seinem Lord versprochen hatte, und die Fontäne, die sie zusammen entworfen hatten, machte ihre Wasserspiele in der warmen, stillen Luft das Nachmittags. Die Seerosen, die er angesiedelt hatte, schaukelten in dem leisen Windhauch sanft hin und her. Ihre Knospen öffneten sich gerade, und man konnte hellbraune und weiße Blütenblätter erkennen. Die Enten zogen eine zweite Brut von Küken groß, und sie kamen auf ihn zu und schnatterten um ihn herum, weil sie sich ein paar Maiskörner erhofften. John hielt den Brief in der Hand und betrachtete das schwere Siegel auf dem Falz des dicken bräunlichen Schreibpapiers. Er zögerte, das Siegel aufzubrechen, denn er wollte den Abdruck von Buckinghams Ring nicht zerstören. Eine ganze Weile saß er im Sonnenschein und dachte, was er wohl empfinden würde, wenn dies eine Botschaft von einem Herrn wäre, der ihn liebte, von einem Mann, der ihn wie seinesgleichen liebte.

John dachte, wenn sie sich liebten, würde er mit seinem

Herrn zu jenem öden Eiland segeln, in den sicheren Tod – mit einer Art wahnsinniger Freude darüber, daß ihre Liebe, die so umfassend und wild war, nur im Tod enden konnte und daß es etwas Heroisches und Kraftvolles an sich hatte, in einer Schlacht das Ende zu finden, Seite an Seite als Kampfgefährten.

John rieb sich die Augen mit der Hand. Es gab keinen Grund, zu träumen und über das Wasser zu starren. Dies würde kein Liebesbrief sein, sondern es würden Befehle darin stehen, die ungeachtet persönlicher Gefühle befolgt werden mußten. Er riß den Falz auf und entfaltete den Brief.

*John,*
*ich werde meine beste Reisekutsche und einige Kleidung benötigen, meine Hüte und die neuen Diamanten. Wir werden ein paar Kühe und Hühner mitnehmen – sorgt für alles so, wie ich es wünsche.*
*Bringt alles mit und trefft mich in Portsmouth. Wir werden ganz bestimmt Anfang Juli in See stechen.*
*Ihr werdet mit mir reisen und an meiner Seite sein, wie einst.*
*Villiers.*

Die Zeit verrann. John las den Brief wieder und wieder. Das war sein Todesurteil.

Es war ein sehr warmer Abend geworden. John beobachtete die kleinen Mücken, wie sie über dem ruhigen Gewässer tanzten. Seine Beine baumelten vom Steg über der spiegelglatten Oberfläche des Sees, als sei er ein kleiner, herumtrödelnder Junge. Noch immer konnte er nicht recht glauben, daß er all das zurücklassen sollte. Den Garten, den er angelegt hatte, die Bäume, die er gepflanzt hatte, das Gemüse und die Blumen, die er in New Hall – in ganz England – eingeführt hatte, all das würde ihm genommen werden, und er würde auf einer Insel, halb Fels, halb Marschland, sein Leben lassen, und das für eine Sache, die nicht die seine war, einem Herrn dienend, der kein guter Mensch war.

Die Treue, die John seinem Herrn so lange ohne Arg entgegengebracht hatte, war dahin. Und mit dem Verlust des Glaubens an seinen Herrn hatte John auch den Glauben an die Welt verloren. Wenn der Herzog kein besserer Mensch war, den Engeln nicht näher stand als sein Diener, dann stand der König auch nicht höher als er, und er war auch nicht dem Himmel näher. Und wenn der König nicht wie ein Gott war, dann war er auch nicht unfehlbar, wie John bisher angenommen hatte. Und wenn der König nicht unfehlbar war, dann waren alle Fragen, die die denkenden Menschen über die Rechte des neuen Königs und die miese Ausübung seiner Macht stellten, Fragen, die John hätte stellen sollen. Und das schon vor Jahren!

Wie ein Narr kam er sich vor, der sich der Möglichkeit einer großen Erfahrung verschlossen hatte. Lord Cecil war sein erster Herr gewesen, und dieser hatte ihm beigebracht, nicht über das Prinzip einer Sache nachzudenken, sondern über die praktische Anwendung. Hätte er jemals genauer hingesehen, so hätte er in Cecil einen Mann erkennen müssen, der in aller Öffentlichkeit stets so getan hatte, als sei der König Gott gleich, doch zu Hause immer darauf bedacht gewesen war, ihn zu beschützen, als sei er ein fehlbarer Sterblicher wie jeder andere. Cecil hatte sich nicht von der Maskerade des Königshauses zum Narren halten lassen; er glich eher Inigo Jones, dessen Arbeit darin bestand, die Maskerade widerzuspiegeln und zu unterstreichen. In New Hall hatte der berühmte Architekt die Treppe und ein marmornes Badezimmer gebaut. Tradescant hatte ihm dabei zugeschaut. Das war kein Priester von Mysterien, sondern er tat etwas, das hohe Fertigkeiten verlangte. Er schuf eine Treppe, er schuf die Illusion von majestätischer Würde. Doch obwohl er den Staatsmann Robert Cecil als obersten Spielleiter vor Augen hatte, war Tradescant seinerzeit von der Schau und den Kostümen und der raffinierten Maschinerie überwältigt worden, und er hatte geglaubt, daß ihm Götter erschienen seien, wobei doch nur eine gerissene alte Frau vor ihm gestanden hatte, Königin Elizabeth, danach ihr Neffe James, ein Lüstling, und dessen Sohn Charles, ein Narr.

John hegte keine Rachegefühle. Dafür war die Gewohnheit, seine Gebieter und darüber hinaus seinen König zu lieben und ihnen treu ergeben zu sein, zu tief in ihm verwurzelt. Er spürte, daß er den Verlust der Treue als etwas hinnehmen müsse, was er selbst verschuldet hatte. Den Glauben an den König und seinen Herrn zu verlieren war gleichzusetzen mit dem Verlust des Glaubens an Gott. Der Glaube war erschüttert, doch der Mensch vollzog nach wie vor die gewohnten Rituale; er diente, zog den Hut und hielt die Zunge im Zaum, damit bei anderen keine Zweifel aufkämen. John mochte wohl an seinem Herrn und seinem König zweifeln, doch niemand außer seinem engsten Familienkreis würde jemals davon erfahren. Er mochte wohl daran zweifeln, daß Gott ihm befohlen hatte, die Gebote zu befolgen, oder er in jüngster Zeit das zusätzliche Gebot aufgestellt hatte, dem König zu gehorchen; doch er würde sich nicht in der Kirche erheben und Gott verleugnen, wenn der Prediger die neuen Gebete für den König und die Königin sprach – diese waren dem Gottesdienst als eine Fürbitte für den Tag hinzugefügt worden –, denn John war zu Treue und Pflichterfüllung erzogen worden.

John gab seinem Herrn nicht die Schuld daran, daß er sich von seinem Gärtner abgewandt und dem Hof zugewandt hatte. Allein die Vorstellung war töricht. Natürlich würde Buckingham zum Hof halten. Es war närrisch zu glauben, daß er Tradescant in den Tagen seines Ruhmes brauchen würde, so wie er ihn auf See gebraucht hatte, als die Geister der Männer, die sie zurückgelassen hatten, jede Nacht in der Takelage heulten.

Als John am nächsten Tag seine Anweisungen zum Beladen der Kutsche in den Stallungen und im großen Haus erteilt hatte, als er zum Gutshof geritten war und mehrere Milchkühe und Hühner eingefordert hatte, wußte er, daß ihn Buckingham als Liebhaber vergessen hatte, ihm aber als Diener völliges Vertrauen schenkte.

Buckingham ging davon aus, daß John ihm treu ergeben war; und Buckingham hatte recht. Als John anordnete, die besten Kleider des Herzogs einzupacken, und die Diamanten in einen Beutel tat, den er sich selbst um den Hals hängte, da wußte er, daß er bis zum bitteren Ende wie ein treuergebener Diener handeln würde. Er würde die Reisekutsche und die Kleider, die Hüte und die neuen Diamanten, ein paar Kühe und Hühner den ganzen Weg nach Portsmouth mitnehmen, das Verladen der Güter auf die *Triumph* zusammen mit dem Verladen der in den Krieg gepreßten Soldaten überwachen und mit ihnen in den Tod segeln.

»Wir werden wie zusammengepferchtes Vieh in den Tod gehen«, sagte John leise zu sich selbst, als er zusah, wie die große Reisekutsche aus dem Stall gezogen wurde und man anschließend die vergoldeten Ornamente an den Ecken des Dachs polierte. »Wie das Rindvieh, das losbrüllt, wenn es an Bord gestoßen wird. Ich bin durch meinen Eid gebunden, und jetzt verstehe ich, was er damit gemeint hat. Er wird von mir und allen anderen, die ihn begleiten, erst lassen, wenn wir alle tot sind.«

Er wandte sich ab und ging mit schmerzendem Knie über das unebene Pflaster des Stallhofs hinüber zum Lustgarten, um J. zu suchen, seinen Sohn, der nun all seinen

Besitz erben und das Oberhaupt der kleinen Familie werden würde, denn John zog wieder in den Krieg und wußte, daß er dieses Mal nicht lebend heimkehren würde.

Der Lustgarten war von Cornelius van Drebbel, einem Ingenieur, entworfen und mit Springbrunnen und Wasserkünsten versehen worden. J. hatte die Trockenlegung und Säuberung eines riesigen runden Marmorbeckens am Fuße der Kaskade angeordnet und spritzte selbst mit Wasser das Becken aus, um sicher zu sein, daß es wirklich sauber war, ehe er neues Wasser einlaufen ließ. In der Hitze des Tages war diese Aufgabe recht angenehm, und J. war noch jung genug, um die Arbeit an dem mehrstufigen Wasserfall mehr als Vergnügen zu nehmen. Im Schatten am Rande des Springbrunnens stand ein Faß mit sich windenden Karpfen, die darauf warteten, ins Wasser zurückgesetzt zu werden. J. schaute auf, als er die Schritte seines Vaters auf dem weißen Kies vernahm. Sobald er dessen Gesicht sah, kletterte er aus dem Marmorbecken und ging ihm entgegen.

»Schlechte Nachrichten, Vater?«

John nickte. »Ich muß nach Ré mitsegeln.«

J. streckte die Hand nach dem Brief aus, und John zögerte nur einen Moment, ehe er ihn fortgab. Rasch überflog J. die Zeilen und reichte ihm den Brief zurück.

»Kutsche!« rief er in einem vernichtenden Ton. »Die besten Diamanten! Er hat nichts dazugelernt.«

»So ist er eben«, sagte John. »Er hat diese vornehme Art, und er übersteht alle Stürme heil.«

»Können wir nicht sagen, du bist krank?« fragte J.

John schüttelte den Kopf.

»Dann werde ich an deiner Stelle gehen, das ist mein Ernst.«

»Dein Platz ist hier«, sagte John. »Du wirst bald Vater werden, vielleicht wird es unser Erbe sein, jemand, der die

Kastanienbäume weiterpflegt.« Die beiden Männer lächelten sich an, doch dann wurde John wieder ernst. »Du bist gut versorgt: Da ist unser Land und das Geld aus dem Speicher von Whitehall. Da ist unsere eigene Raritätensammlung. Ich weiß, daß sie noch nicht viel wert ist, aber du könntest für die Objekte ein paar Pfund bekommen, wenn du in Not sein solltest, und mit der Ausbildung, die du bei mir in Lord Woottons Garten und hier erhalten hast, kannst du überall in Europa Arbeit finden.«

»Ich werde nicht beim Herzog bleiben«, sagte J. »Bestimmt nicht. Ich werde nach Virginia gehen, wo es weder Herzöge noch Könige gibt.«

»Ja«, sagte Tradescant. »Aber vielleicht kehrt er auch nicht von der Insel Ré zurück.«

»Das letzte Mal ist er ohne einen Kratzer davongekommen und mit Triumph empfangen worden«, sagte J. aufgebracht.

»Mach ihn dir nicht zum Feind.«

»All die Jahre hindurch hat er mir meinen Vater genommen«, sagte J. »Und nun verfügt er über dein Leben. Was, meinst du, geht da in mir vor?«

John schüttelte den Kopf. »Denke, was du willst. Doch mach ihn dir nicht zum Feind. Wenn du gegen ihn bist, so bist du auch gegen den König, und das ist Hochverrat und eine tödliche Gefahr.«

»Er steht zu hoch über mir, als daß ich ihm etwas anhaben könnte, das weiß ich. In England gibt es keinen, der ihn nicht haßt oder fürchtet, und nun werden wir unter seiner Führung wieder in den Krieg ziehen. Auch wenn wir wissen, daß er die falschen Befehle erteilt, nicht für den Nachschub Sorge trifft, keinen Angriff führen kann, daß er von allem keine Ahnung hat. Woher sollte er die auch haben? Er ist der Sohn eines Landadligen und hat seine Stellung durch seine Fähigkeiten im Tanz und in der Konversation und in Sodomie erlangt.«

John zuckte zurück. »Genug, J., genug.«

»Ich wünschte bei Gott, wir wären nie hierhergekommen«, sagte der junge Mann bewegt.

John blickte in die Vergangenheit zurück, als er Buckingham zum erstenmal in der dunklen Allee von New Hall begegnet war und von dessen Schönheit verzaubert war. »Er wollte die besten Gärten des Landes haben. Also mußten wir herkommen.«

Die beiden Männer schwiegen nun.

»Wirst du es Mutter erzählen?« fragte J. schließlich.

»Ich werde es ihr jetzt sagen«, sagte John. »Sie wird bekümmert sein. Du wirst sie immer bei dir wohnen lassen und gut für sie sorgen, wenn ich erst einmal fort bin, J.«

»Natürlich«, sagte J.

Schweigend packte Elizabeth Johns Sachen und legte auch die Winterstiefel, warme Mäntel und Decken dazu.

»Die werde ich wahrscheinlich nicht benötigen, denn wir werden vor dem Herbst zurückkehren«, sagte John, der versuchte, zuversichtlich zu sein.

Sie legte alles zusammen und tat es in einen großen Ledersack. »Er wird auf keinen Fall pünktlich ablegen«, sagte sie. »Das macht er nie. Nichts wird zum rechten Zeitpunkt fertig sein, und du wirst in die Herbststürme hineinsegeln und mit der Belagerung beginnen, wenn der Winter kommt. Du wirst deinen warmen Mantel benötigen, und Janes Vater hat mir einen Ballen wasserdichtes Öltuch geschickt, damit du deine Sachen darin einwickelst und sie vielleicht trocken halten kannst.«

»Bist du bald fertig? Seine Wagen sind beladen, und die Kutsche steht zur Abfahrt bereit.«

»Alles fertig.« Sie zog die Schnur fest.

Er streckte die Arme nach ihr aus, und sie sah ihn mit sehr ernstem Gesicht an. »Gott segne dich, mein John«, sagte sie.

Er umarmte sie und spürte die vertraute Wärme ihres Haubenbandes und fühlte ihr weiches Haar an seiner Wange. »Es tut mir leid, daß ich dir solchen Kummer mache«, sagte er mit stockender Stimme. »Bei Gott, Elizabeth, ich liebe dich sehr.«

Sie mißbilligte seine Beteuerung mit der Erwähnung Gottes nicht, sondern hielt ihn noch fester.

»Kümmere dich um meinen Enkel«, sagte er und versuchte lustig zu sein: »Und um meine Kastanienbäume!«

»Geh nicht!« rief sie plötzlich. »Bitte, John, geh nicht. Du kannst nach London fahren und dort mit einem Schiff nach Virginia segeln, innerhalb eines Tages und einer Nacht, noch ehe er davon erfährt, daß du ihn verlassen hast. Bitte!«

Er legte seine Hände auf den Rücken und löste ihre Finger. »Du weißt, daß ich nicht fortlaufen kann.«

Er nahm seinen Reisesack auf und ging die Stufen mit ungleichmäßigem Schritt hinunter, da er mit seinem arthritischen Knie nur humpeln konnte. Einen Augenblick blieb sie stehen, doch dann lief sie ihm nach.

Vor ihrem kleinen Cottage fuhr Buckinghams große Reisekutsche vor. John konnte jedoch ohne die ausdrückliche Erlaubnis seines Lords nicht darin Platz nehmen, und Buckingham hatte vergessen, John mitzuteilen, daß er bequem reisen solle. John warf seinen Sack auf den Gepäckwagen und prüfte mit einem Blick die bewaffneten Männer, die vor ihm und hinter ihm reiten würden, um die Schätze des Herzogs vor gewalttätigen Bettlern, Wegelagerern oder einem Mob zu schützen, der sich in jeder Stadt auf dieser Reise zusammenfinden und gegen den Herzog vorgehen könnte, sobald man das Wappen auf dem Kutschenschlag erkannte.

John war zum Fuhrmann hinaufgestiegen und hatte sich neben ihn auf den Kutschbock gesetzt. Er schaute zurück, um Elizabeth zuzuwinken. J. und Jane standen neben ihr an der Haustür und sahen John zu, wie er das Signal zur Abfahrt der Kutsche und der anderen Fuhrwerke gab.

Eigentlich hatte er »Auf Wiedersehen! Gott segne euch!« rufen wollen, doch er spürte, wie ihm die Worte im Hals steckenblieben. Er wollte lächeln und seinen Hut schwenken, damit ihr letzter Anblick von ihm der eines Mannes mit einem fröhlichen Herzen sei, der bereitwillig fortging. Doch Elizabeths weißes Gesicht versetzte ihm einen stechenden Schmerz, und er konnte nur seinen Hut als Zeichen des Respekts vor ihr lüften, dann hieß er die Pferde anziehen und ließ sie hinter sich.

John drehte sich noch einmal auf seinem Sitz um und sah, wie sie immer kleiner und kleiner wurden und der Staub des Gepäckwagens sie verschleierte. Schließlich bog der Troß um die Ecke auf die große Allee ein, und sie waren aus seinem Gesichtsfeld verschwunden. Er konnte nicht einmal mehr die Bienen über ihm hören, so laut rumpelten die Räder, und den berauschenden Duft der Linden hatte er niemals riechen können.

Buckingham war nicht in Portsmouth, obwohl er es angekündigt hatte. Die Flotte war zur Abfahrt bereit, die Seeleute alle an Bord, und mit jedem weiteren Tag, den er nicht eintraf, wurde das Murren lauter, und die Offiziere gingen zu schärferen und längeren Peitschenstrafen über, um die Männer ruhig zu halten. Täglich schmolz die Armee zusammen, und die Offiziere durchkämmten die Städte und Straßen nördlich von Portsmouth, um Bauernburschen und Schafhirten und Lehrlinge festzunehmen. Die rannten um ihr Leben und wollten von den Schiffen fort, die an der Hafenmauer hin und her schaukelten und auf den Befehlshaber warteten, der nicht kam.

John sah, wie die Kutsche des Herzogs verladen wurde, behielt aber den Beutel mit den Diamanten an der Schnur um den Hals. Die Kühe und die Hühner brachte er in einem Pferch auf dem Anger in Southsea Common unter, und er selbst nahm sich eine Unterkunft in der Nähe. Der Wirt war griesgrämig und nicht sehr entgegenkommend, da monatelang Soldaten bei ihm einquartiert waren, deren Rechnung nie beglichen wurde. John bezahlte ihn sofort aus dem eigenen Geldbeutel, auch wenn er wußte, daß Buckingham nicht daran denken würde, ihm die Auslagen zurückzuerstatten.

Am 19. Juli traf der König ein, um die Flotte zu inspizieren. Auf See blies ein kräftiger Wind, die Schiffe zerrten an den Trossen, als ob sie aufbrechen wollten, und selbst die Leute an Bord hatten düstere Gesichter. Der König besah sich die Schiffe, doch dieses Mal sollte es kein prächtiges Essen an Bord der *Triumph* geben. Alle, auch der König persönlich, warteten auf den Lord-Admiral.

Er kam nicht.

John dachte an die Prophezeiung seiner Frau, daß sie erst im Herbst lossegeln würden, und er ritt zu den Hügeln hinter der Stadt und kaufte eine Wagenladung Heu für die Kühe.

Der König verließ Southwick in Richtung des großen königlichen Jagdgebiets in New Forest. Er hatte nichts dagegen, daß die Flotte still lag, während Buckingham in London seinen Geschäften nachging. Andere Männer hätten riskiert, des Hochverrats beschuldigt zu werden und im Tower zu verschwinden, wenn sie den König auch nur eine Stunde hätten warten lassen. Doch es schien, daß Buckingham den König durch nichts beleidigen konnte. Seine Majestät lachte und sagte, der Herzog sei ein Bummler; darauf verbrachte er eine Nacht in Beaulieu und ging auf Rotwildjagd. Die Jagd war gut und das Wetter schön. An Bord der Schiffe schwitzten die in ihren engen Abteilen unter Deck zusammengepferchten Soldaten in der Hitze, und viele von ihnen mußten hinausgetragen werden, weil sie seekrank wurden oder noch schlimmer dran waren. Die Schiffsmannschaften und die Soldaten verzehrten den ganzen Proviant, der eigentlich für die Fahrt bestimmt gewesen war, und die Schiffsstewards mußten nach Hampshire oder Sussex aufbrechen und weitere Lebensmittel besorgen, um die Vorratskammern aufzufüllen. Überall auf den Märkten der Gegend stiegen die Preise für Lebensmittel, und in den kleinen Dörfern konnte sich keiner mehr Brot und Mehl zu den Preisen leisten, die die Flotte noch zu zahlen vermochte. An Hunderten häuslicher Herde wurde Buckingham von Hungernden verflucht.

John Tradescant schrieb seiner Frau, daß man das ganze Unternehmen wahrscheinlich abblasen würde. Die Flotte würde ohne den Lord-Admiral nicht in See stechen, und der Lord-Admiral ließ sich den ganzen Juli hindurch nicht blicken. Vielleicht, so dachte John, bluffte er nur und hatte nie vor, abzusegeln. Vielleicht war er klüger und geschickter, als man es zugeben wollte, so durchtrieben wie Lord Cecil. Vielleicht waren all die Vorbereitungen, die ganze Furcht, der ganze Gram nur Teil des größten Schachzuges aller Zeiten – nämlich die Franzosen so in Angst und Schrecken zu versetzen, daß sie sich aus La Rochelle zurückzogen, ohne daß ein Schuß abgefeuert wurde und ohne daß die englische Flotte ihren Hafen verlassen hatte. John erinnerte sich an das verschlagene und schelmische Grinsen von Buckingham, an seine Gerissenheit und Schläue, und dachte, daß nur einer einen Krieg gewinnen könnte, ohne seine Flotte losgeschickt zu haben, und das wäre Buckingham.

John bezahlte seinen Wirt für den ganzen Monat August und fragte sich langsam, ob er nicht verschont bleiben würde. An den heißen Sommermorgen wachte er mit einer solchen Lust zu leben auf, daß er sie auf der

Zunge schmecken konnte wie leidenschaftliches Verlangen. Er spazierte auf den Hafenkais entlang und schaute auf die See hinaus. Er spürte die sanfte Berührung des Leinens auf seiner sonnengewärmten Haut und die warme Luft auf seinem Gesicht und fühlte sich wie ein Jüngling. Er lief über die Kieselsteine am Ufer, scheuchte die Scharen von grau-braun gefiederten Strandläufern vor ihm auf und spürte das Leben durch seinen Körper pulsieren, von den Füßen bis in die Fingerspitzen. An einem schönen Tag konnte er sogar bis zur Insel Wight hinüberblicken, die in ihrem reizendem Grün vor ihm lag, und John überlegte, daß es sich vielleicht lohnte, ein kleines Fährboot zur Insel zu nehmen, um dort nach neuen Pflanzen zu suchen, die in den versteckten Mulden der Kreidehügel wuchsen.

John lenkte seine Schritte landeinwärts nördlich der Stadt, wo die großen Wälder lagen. Er lief unter den Zweigen entlang und erinnerte sich an seine Suche nach Bäumen für Sir Robert Cecil und an die langen Reisen mit den schwerbeladenen Fuhrwerken. Manchmal sah er Rothirsche und Rehe; er achtete bei jedem Schritt darauf, ob er nicht einen neuen Farn oder eine neue Blume entdeckte.

Ostwärts wanderte er nicht, denn auf jener Seite der Stadt befand sich ein fauliges, schlecht entwässertes Marschland, durch das sich heimtückische Pfade zogen und wo nur die Rufe der herumwatenden Sumpfvögel zu vernehmen waren. Unter der heißen Sonne stank es dort nach Schlamm und Verwesung, und im flimmernden Hitzeschleier darüber konnte man nicht erkennen, wo das Wasser begann und das Land aufhörte.

Buckingham kam erst Ende August, gerade als die Kapitäne und Offiziere darüber verhandelten, die Truppen aufzulösen, damit man nicht noch mehr Geld für ein Unternehmen verschwendete, das offensichtlich nicht stattfinden würde. Noch ein weiterer Monat, und das

Wetter würde umschlagen. Im Herbst könnte es Tage dauern, den Hafen zu verlassen, und keine Flotte konnte es riskieren, ihre Schiffe einzeln auslaufen zu lassen, wenn Sturm aufkam. Es würde zu spät sein, es war zu spät, sicher würde der Lord-Admiral einsehen müssen, daß es zu spät war. Und dann reiste er an, fröhlich, gutgelaunt, lächelnd kam er in seiner besten Kutsche aus London und nahm in Kapitän Masons Haus an der High Street ein Frühstück ein, so munter und ausgelassen, als wäre es nicht der Ort gewesen, an dem er sich das letzte Mal, als er von der Insel Ré zurückkehrte, das Blut seiner Soldaten von den Händen gewaschen hatte.

An Tradescants Ohr drang das Gerücht, daß Buckingham in der Stadt sei, als er das letzte Heu an die Kühe verfüttert hatte. Einen Moment schauderte es ihn. Er spürte eine Vorahnung des Todes und ein Aufflackern des Verlangens. John schüttelte über seine Torheit den Kopf, bürstete seine Kleider ab, setzte sich den Hut auf und begab sich zur High Street.

Das Haus war voller Menschen. Im äußeren Hof drängten sich lauter Offiziere, die auf Nachrichten warteten, dazu das übliche Gefolge und allerlei Bittsteller. Als sich Tradescant seinen Weg nach vorn bahnte, zog ihn jemand am Ärmel.

»Er ist gekommen, um die Reise abzublasen, nicht wahr?«

»Das weiß ich nicht. Ich habe noch nicht mit ihm gesprochen.«

»Der Kapitän der *Triumph* sagt, daß die Vorratskammern und Wasserfässer vor dem Ablegen neu aufgefüllt werden müssen. Und für die Bezahlung der Kerzenmacher ist kein Geld mehr da. Man wird das Unternehmen bis zum Frühjahr aufschieben müssen.«

»Das weiß ich nicht«, erwiderte Tradescant. »Ich weiß nicht mehr als Ihr.«

Der Mann verschwand wieder in der Menge, und Tradescant drängte sich weiter nach vorn. Als er jemanden vor sich an die Schulter stieß, drehte dieser sich um. Tradescant erkannte ihn sofort.

»Mr. Tradescant!«

»Felton, nicht wahr? Der Hauptmann geworden ist?«

Plötzlich bemerkte John, daß etwas nicht stimmte. Das Gesicht des Mannes war blaß, zwei tiefe Falten gruben sich um die Mundwinkel. »Was ist mit Euch? Seid Ihr krank?«

Er schüttelte den Kopf. »Ich habe gebetet, mich anzustecken, doch es geschah nicht. Sie ist in meinen Armen gestorben.«

John wich leicht zurück. »Wer ist gestorben?«

»Meine Frau. Oh! Keine Angst, ich habe mich nicht angesteckt. Man hat uns aus dem Dorf getrieben, uns beide, und dann haben sie mich erst in mein Haus zurückgelassen, als ich sie in der kalten Erde zur letzten Ruhe gebettet hatte. Ich mußte mich nackt ausziehen und meine Sachen verbrennen, ehe ich zurück durfte. Nackt wie ein Sünder mußte ich gehen. Doch als ich das Haus betrat, wißt Ihr, was ich da vorfand?«

John schüttelte den Kopf.

»Meine kleine Tochter, die hinter der verschlossenen Tür verhungert war. Niemand hatte ihr etwas zu essen gebracht, alle hatten sie Angst vor der Pest, und außerdem gab es im ganzen Dorf nichts zu beißen.«

John schwieg und begriff das schreckliche Schicksal des Mannes.

»Ich habe nie meinen Sold erhalten, versteht Ihr«, sagte Felton, dessen Stimme monoton und trüb war. »Weder den Sold eines Hauptmanns, der mir versprochen worden war, noch den eines Leutnants, den ich mir redlich verdient hatte. Nicht das Geld für den Feldzug, auch nicht das zur Entlassung. Nicht einen Penny. Als ich zu meiner Frau und meiner Tochter heimkehrte, hatte ich nichts als das Versprechen meines Lord-Admirals, und uns fehlte es an allem. Als sie krank wurde, konnte ich keine Medizin für sie kaufen, nicht einmal ein Stück Brot. Und begraben mußte ich sie dort, wo sie gerade lag.«

Er lachte kurz. »Und nun haben sie die Fläche eingehegt. Ich kann nicht einmal zu ihrem Grab, um ein Kreuz aufzustellen. Es war einst Gemeindeland. Ich dachte, ich könnte einen Rosenstrauch neben ihr Grab pflanzen, doch jetzt ist es eine Schafweide, und das Vieh meines Herrn trampelt über meine ruhende Frau.«

John blickte düster drein. »Bei Gott, es tut mir leid für Euch«, sagte er.

»Und nun werden wir erneut in See stechen«, fuhr Felton fort; in seinem bleichen Gesicht glühten die Augen. »Zurück zu dieser verdammten Insel. Es wird alles so kommen wie damals. Noch mehr Tote, noch mehr Schmerzen und noch mehr Sinnlosigkeit. Wir werden alles noch einmal durchmachen müssen und wieder und wieder, bis er es selbst satt hat.«

»Steht Ihr im Dienst?«

»Wer würde schon freiwillig gehen, wenn man bereits einmal dort war? Ihr etwa?«

John schüttelte den Kopf. »Ich bin durch ein Versprechen gebunden«, sagte er.

»Ich bin auch durch ein Versprechen gebunden«, sagte Felton. »Ein anderes Versprechen, als Ihr es gabt, meine ich. Ein heiliges Versprechen an Gott.«

John nickte. »Ich werde mit ihm reden, sobald ich in seine Nähe kann«, sagte er. »Ich werde Euch nicht vergessen, Felton. Ihr sollt Euren Lohn erhalten, und vielleicht könnt Ihr irgendwo noch einmal neu beginnen ...«

»Er hat mich vergessen«, rief Felton aufgebracht. »Doch er soll an mich denken. Ich werde ihm sagen, was es mich gekostet hat, ich werde ihm alles zurückzahlen, Schmerz für Schmerz.«

»Das ist nicht der richtige Weg. Seid still, Felton, er ist der Herzog, Ihr könnt genausowenig gegen ihn an wie gegen den König. Er ist unangreifbar.«

Felton schüttelte ablehnend den Kopf und ging davon. Tradescant sah ihm nach, sah die zusammengefallenen Schultern und wie er mit der Hand in seine Tasche fuhr, und er entdeckte durch die zerschlissenen Kleider hindurch die Umrisse eines Messers. Er blickte sich um. Der Hof war voller Gefolgsleute des Herzogs. Wenn er auf einen der Offiziere, denen er trauen konnte, stieß, wollte er ihm sagen, daß man auf John Felton achtgeben und ihn ohne Gewalt aus dem Haus entfernen solle. Sollte dann der Herzog Tradescant Gehör schenken, würde er Feltons Angelegenheit vorbringen: Der Sold und eine Entschädigung müssen bezahlt werden.

Aus dem Inneren des Hauses drang Gelächter, ein Toast wurde gegrölt. Tradescant wußte, daß sich sein Lord drinnen befinden mußte und der Mittelpunkt der Gesellschaft war. Nun, da er ihn bald sehen würde, bemerkte er seine schweißfeuchten Hände und seine trockene Kehle. Er rieb sich die Hände an den Hosen ab, schluckte einmal und drängte sich dann mit anderen durch die offenen Flügeltüren hinein.

Der Herzog saß an einem Tisch, eine Karte war vor ihm ausgebreitet, seine grüne Jacke funkelte vor lauter Diamanten, sein dunkles Haar fiel locker um sein vollkommenes Gesicht, und er lachte wie ein Junge.

John wich bei diesem Anblick zurück. Ein Mann, den er dabei angerempelt hatte, fluchte laut hinter ihm, doch John hörte nichts. Er hatte gemeint, daß er jede Linie, jede Stelle dieses Gesichts kennen würde, von der klaren Stirn bis zu den sanften Wangenknochen, doch als er Buckingham wiedersah, in seiner ganzen Vitalität, im Glanz seiner Schönheit, da wurde ihm bewußt, daß er sich an nichts erinnert hatte, nur an einen Schatten.

John mußte lächeln, dann strahlte er, als er seinen Herrn weiter unverwandt anblickte, und er spürte ein Feuer durch seinen Körper lodern, das weder Furcht noch Groll oder Haß war, sondern Freude, eine ungestüme, eigensinnige Freude, daß es auf der Welt solch eine Schönheit gab, solche Anmut. Wie im Traum sah er Buckingham am Kopf der Tafel lachen. Und zur gleichen Zeit stieg das Bild in ihm auf, wie er sich unter dem dunklen Licht in der vergoldeten Kajüte an ihn lehnte, in der die Laterne an ihrem Haken im unvergeßlichen Rhythmus der Wellen hin und her schaukelte, als würde sie mit den Schatten, die miteinander verschmolzen, tanzen.

Ah, du bist es! sagte John zu sich in einem Gefühl des freudigen Wiedererkennens, und er spürte, daß seine aus den Fugen geratene Welt zurechtgerückt wurde. Er wußte, daß es Liebe war, eine törichte, unmögliche Liebe, doch er empfand weder Scham, noch hatte er das Gefühl, daß die Liebe vergeblich sei. Es war eine Liebe, die nur wenige Männer jemals erfuhren. Buckingham hatte ihn nicht bemerkt. Er lachte mit den Gentlemen um ihn herum. »Ich schwöre«, rief der Herzog über den Lärm hinweg, »ich werde mich rächen. Uns ist von Frankreich Unrecht geschehen, und ich will Satisfaktion haben.«

Zustimmende Schreie übertönten seine Rede. Tradescant beobachtete lächelnd, wie der Herzog seine schwarzen Locken nach hinten warf und erneut lachte. »Der König leiht mir sein Ohr!« sagte er.

»Ja, und andere Teile auch!« rief jemand anzüglich.

Buckingham grinste, widersprach aber nicht. »Zweifelt jemand daran, daß, wenn ich es wünsche, wir nächstes Jahr um diese Zeit vor den Toren von Paris stehen?« fragte er in die Runde. »Ich sage, wir werden nach Frankreich zurückkehren und nicht auf einer verpesteten Insel haltmachen, sondern wir werden in Paris einmarschieren, und ich werde meine Rache haben.«

Tradescant schob sich weiter nach vorn. Die Männer waren nichts als ein zusammengedrängter Haufen von parfümiertem Samt und kostbarem Leinen – es waren die aristokratischen Freunde und Höflinge des Herzogs, die die ganze Zeit über in Portsmouth darauf gewartet hatten, ihm einen Abschied zu bereiten, der eines Helden würdig war. Als sie zufällig Buckingham die Sicht freigaben, blickte dieser genau John in die Augen, und einen Herzschlag lang, einen glückseligen Herzschlag lang, gab es nichts und niemanden, nur den Herrn und den Diener, die sich in tiefer Verbundenheit anschauten.

»Mein John«, sagte Buckingham leise, ein süßes Flüstern nach seinen prahlerischen Worten kurz zuvor.

»Mein Lord«, erwiderte Tradescant.

Buckingham stützte sich mit einer Hand auf den Tisch und sprang darüber an Tradescants Seite. Dann legte er die Hände auf dessen Schultern.

»Habt Ihr alles mitgebracht?« fragte er schlicht.

»Ich habe alles, was Ihr befohlen habt«, sagte John ruhig. Kein Wort, das sie beide hätte verraten können. Nur sie wußten, daß der Herzog John gefragt hatte, ob er immer noch ihm und nur ihm gehöre; John hatte geantwortet: ja, ja, ja.

»Wo seid Ihr untergebracht?« fragte ihn Buckingham.

»In einem kleinen Haus auf Southsea Common.«

»Laßt Eure Sachen packen und in meine Kajüte bringen, wir segeln heute los.« Buckingham drehte sich zu seinem Stuhl an der Tafel um.

»Mein Lord!« Bei diesem dringenden Ton von Tradescant hielt Buckingham inne.

»Was ist, John?«

»Wartet einen Augenblick. Geht zum Hafen hinunter, und hört Eure Offiziere an«, antwortete John ernst. »Sie sagen, es wird vielleicht nicht möglich sein, in See zu stechen. Nehmt die Ratschläge an, mein Lord. Laßt uns behutsam vorgehen.«

»Behutsam! Behutsam!« Buckingham warf den Kopf zurück und lachte ungestüm, und der ganze Raum lachte mit ihm. »Ich werde die Protestanten von La Rochelle befreien und dem Franzosenkönig eine solche Abfuhr erteilen, daß er sein impertinentes Verhalten uns gegenüber noch bedauern wird. Ich werde dafür sorgen, daß Charles' Schwester, Königin Elizabeth, ihren Thron in Böhmen wieder besteigen kann, und ich werde den Krieg bis vor die Tore von Paris tragen.«

Grölende Zustimmung setzte ein, in die auch etwas Verwirrung gemischt war. John blickte finster die Gentlemen um ihn herum an, die eine Schlacht höchstens aus dem Marinebericht kannten. »Sagt nicht solche Dinge. Nicht hier. Sprecht nicht so ausgerechnet in Portsmouth. Hier trauern die Familien immer noch um ihre Angehörigen, die aus dem letzten Feldzug nicht mehr heimgekehrt sind. Macht keine Scherze, mein Lord.«

»Ich? Scherze?« Die geschwungenen Augenbrauen des Herzogs zuckten hoch. »Tradescant glaubt, ich scherze!« rief er aus. »Doch ich sage ihm, ich sage Euch allen, daß der Krieg mit Frankreich noch nicht vorbei ist; er wird erst vorbei sein, wenn wir gewonnen haben. Und wenn wir sie besiegt haben, werden wir uns die Spanier vornehmen. Kein papistischer Mob soll sich gegen uns erheben. Ich bin für den wahren König und für den wahren Glauben.«

»Und woher werdet Ihr Eure Armee bekommen, Steenie?« rief jemand aus dem Hintergrund. »All die Männer, die das letzte Mal mit Euch ziehen mußten, sind tot oder verletzt oder siech oder haben den Verstand verloren.«

»Ich werde sie mit Gewalt ausheben«, rief er. »Ich werde sie kaufen. Ich werde sie aus den Gefängnissen und aus den Irrenanstalten holen. Ich werde sie unter Androhung des Hochverrats herbefehlen. Ich werde die Jungen aus den Schulen holen, die Bauern von ihren Pflügen. Zweifelt irgend jemand daran, daß ich das ganze Königreich zwingen könnte? Und wenn ich halb England aufs Spiel setzen wollte, um diese Kränkung meiner Ehre zu rächen, wer könnte mich daran hindern?«

John fühlte sich, als versuchte er, ein durchgehendes Pferd aufzuhalten, das sich durch nichts und niemand bremsen ließ. Fest packte er den Ärmel seines Herrn und zog ihn näher zu sich, um ihm etwas ins Ohr zu flüstern. »Mein Lord, ich bitte Euch, so kann man keinen Feldzug planen. Es ist zu spät im Jahr, wir werden es auf See mit den Herbststürmen zu tun bekommen, und wenn wir dort sind, wird schlechtes Wetter herrschen. Ihr erinnert Euch an die Insel, es gab keinen Schutz, es gab nur das stinkende Marschland und die ständigen Stürme. Sie werden die Zitadelle verstärkt haben. Das letzte Mal hat es uns viertausend Menschenleben gekostet, und wir kehrten trotzdem geschlagen heim. Denkt in Ruhe darüber nach, wenn Ihr nüchtern seid und nicht eine Herde Schafe auf jedes Eurer Worte blökt. Denkt nach, Villiers. Bei Gott, ich würde lieber sterben, als Euch dort noch einmal zu sehen.«

Buckingham, der immer noch von John festgehalten wurde, drehte sich um, befreite sich aber nicht aus dessen Griff, obwohl er es gekonnt hätte. So wie er es vor langen Zeiten in dem Obstgarten neben den Pfirsichbäumen getan hatte, so legte er nun wieder seine Hand auf Johns Kopf. Dieser konnte die warmen, langen, sanften Finger und die harten Ringe daran spüren.

»Wir müssen dorthin«, erwiderte er mit leiser Stimme. »Ein Sieg ist das einzige, was mich mit diesem Land ins reine bringen wird. Ich muß es wagen, auch wenn es das Leben jedes einzelnen Mannes in England kostete.«

John schaute in die dunklen, entschlossenen Augen des Herzogs. »Ihr würdet dieses Land Eurem persönlichen Triumph opfern?«

Buckingham preßte seinen Mund eng an Johns Ohr. Die seidigen Locken kitzelten Johns Hals. »Ja«, flüsterte er, »und das tausendmal.«

»So seid Ihr wahnsinnig, mein Lord«, sagte John ruhig. »Und der Feind Eures Landes.«

»So stecht mich wie einen tollwütigen Hund nieder«, forderte ihn Buckingham mit einem wölfischen Grinsen heraus. »Enthauptet mich wegen Hochverrats – weil mein Wahnsinn seinen Gang nehmen wird. Ich muß die Insel der Reue besiegen, John. Mir ist es egal, was es kosten wird.«

John war es, der zuerst seine Hand wegzog, und John war es auch, der ihr gegenseitiges Anstarren beendete. Buckingham ließ ihn gehen, schnipste mit den Fingern einem seiner Begleiter zu und nahm dessen Arm statt Johns. »Komm«, sagte er, »ich muß meine Locken neu wickeln lassen, und dann segle ich nach Frankreich.«

Gelächter und zustimmende Rufe wurden laut. Tradescant, der sich krank fühlte und dem kalt war, wandte sich ab. Der Herzog und seine lärmenden Freunde gingen durch die Menge in einen schmalen Korridor. Dort eilte einer der französischen Offiziere auf sie zu.

»Mein Herzog! Ich bringe Neuigkeiten! Die besten der Welt!«

Buckingham blieb stehen, die Leute hinter ihm drängten nach, um besser hören zu können.

»La Rochelle ist ausgebrochen! Die Protestanten sind frei, und die französische Armee ist besiegt! Die Franzosen bitten um die Friedensbedingungen.«

Buckingham wankte und rang um Selbstbeherrschung. »Nie im Leben!«

»Doch, es ist so!« erklärte der Mann, dessen Englisch

vor Aufregung immer unverständlicher wurde. »Wir haben gewonnen! Wir haben gewonnen!«

»Dann brauchen wir nicht in See zu stechen«, sagte John laut. »Mein Gott, wir brauchen nicht in See zu stechen!«

Buckingham hatte plötzlich seine Kraft und Entschlossenheit zurückerlangt. »Das verändert alles«, sagte er.

»So ist es«, stimmte ihm Tradescant zu, der sich wieder an seine Seite vorgedrängt hatte. »Gott sei Dank, ja. So ist es.«

»Ich muß mit dem König sprechen«, sagte Buckingham. »Jetzt ist der rechte Zeitpunkt, um Frankreich einen Schlag zu versetzen; wir müssen sofort aufbrechen, wir müssen eine größere Armee aufstellen. Wir sollten durch die Niederlande ziehen und dann …«

»Mein Lord«, sagte John verzweifelt. »Dafür gibt es keinen Grund mehr. Wir sind jetzt der Sache enthoben. La Rochelle ist frei, unsere Kränkung ist gerächt.«

Buckingham schüttelte den Kopf und lachte sein ungestümes, jungenhaftes Lachen. »John, nach allem was es mich bisher gekostet hat, meint Ihr, ich kehre in Frieden um, ohne daß eine Kanone abgefeuert wurde? Ich bin ganz verrückt nach einem Kampf, und die Männer ebenso! Wir werden bis ins Herz von Frankreich vorstoßen. Jetzt ist die Zeit für Vergeltung, jetzt werden sie scheitern. Gott weiß, was uns alles in den Schoß fällt … Wir könnten französische Schlösser und französisches Land in Besitz nehmen, und zwar für immer!«

Buckingham klopfte dem französischen Offizier auf den Rücken und trat nach vorn. Da tauchte plötzlich Felton neben ihm auf, der sich durch das Gedränge nach vorn gekämpft hatte. Tradescant entdeckte ihn und mußte vor Furcht nach Luft schnappen, denn er sah dessen wilde Augen und die Hand, die das Messer in der Tasche umklammert hielt. Er sah den Offizier, der den Herzog beschützen sollte, entfernt im Türeingang stehen, die Nase tief in einem Becher Wein.

Buckingham drehte sich um, um jemanden zu begrüßen, und verneigte sich wie immer anmutig. Für einen kurzen Augenblick schien jemand die Zeit angehalten zu haben, als würde ein Blütenblatt auf seinem Fall zu Boden zögern.

Tradescant sah Feltons entschlossenes Gesicht und wußte, daß die große Liebe seines Lebens, sein Herr, schließlich nicht unangreifbar war.

»Beschütze uns vor ihm«, sagte Tradescant leise. »Tut es, Felton.«

## Spätsommer 1628

Nach wenigen Augenblicken war er tot. John Tradescant war es, der nach vorn gesprungen war, um ihn aufzufangen, und nun den schlanken Körper langsam zu Boden gleiten ließ. Selbst in seinem qualvollen Tod hatte er immer noch das Gesicht eines Heiligen – Steenie, nach dem Märtyrer Stephan, wie ihn König James genannt hatte. Mit dem Dolchstoß hatte sich seine Haut rot gefärbt, wie die eines Mädchens, das sich schämte, und dann war sie so weiß geworden wie italienischer Marmor. John hielt den schwer herabhängenden Kopf in seinen Armen und spürte zum letztenmal die weichen schwarzen Locken an seiner Wange. Nun folgte ein lautes, heiser trockenes Schluchzen, und John bemerkte, daß es aus seiner eigenen Kehle kam. Dann zog ihn jemand von seinem Herrn fort und drückte ihm einen Krug Branntwein in die Hand.

Er hörte, wie John Felton festgenommen wurde und den schrecklichen Schrei von Buckinghams Frau Kate. Er hörte, wie die Männer hin und her rannten, die nun ohne Führer waren. Die Menge strebte auseinander, während es im Raum immer heller wurde, denn die Augustsonne strahlte unbekümmert durch die Fenster. John saß ganz still mit dem Branntwein da. Feiner Staub tanzte im Sonnenschein, so als sei nichts geschehen; dabei war nun alles anders.

Als John in der Lage dazu war, ging er zur Haustür hinaus. Zu seiner Linken befand sich am Ende der Straße immer noch die graue Mauer des Hafens, die abbröckelte wie eh und je. Vor sich sah er die verschachtelte

Silhouette der baufälligen Häuser und dahinter die Mastspitzen der Flotte, an denen immer noch Buckinghams Flaggen wehten. Niemand hatte angeordnet, sie auf Halbmast zu setzen. Die Leute rannten aufgeregt durcheinander, wollten die Nachricht nicht wahrhaben, ihren Zweifeln aber auch nicht vertrauen. Es war ein schöner Tag, dieser 23. August 1628. Der Wind wehte immer noch stetig von Land her. Es wäre ein guter Tag gewesen, um in See zu stechen.

Wie ein alter Mann bewegte sich John die High Street hinunter, seine Füße schlurften in den Stiefeln unsicher über das Pflaster und betonten sein Hinken. Er spürte, daß er in eine neue Welt lief, die von neuen Regeln bestimmt wurde, und er konnte nicht aufrechten Herzens behaupten, daß er dafür gewappnet war. Er zog seinen Hut tief über die Augen, um sie vor der grellen Sonne zu schützen, und als ein Junge ihn raschen Schrittes einholte und vor ihm stehenblieb, da schrak er zurück, als hätte er vor einem Schlag Angst vor einem tödlichen Schlag mitten ins Herz.

»Ist es wahr?« fragte der Junge.

»Was?«

»Daß der Herzog tot ist?«

»Ja«, sagte Tradescant leise.

»Gelobt sei Gott!« rief der Junge aus, wobei an der Erleichterung und Freude, die seine Stimme verriet, keine Zweifel bestehen konnten. »Es ist wahr!« rief er einem anderen Jungen zu, der ein wenig weiter weg stand. »Er ist tot! Der Teufel ist tot!«

Tradescant streckte seine Hand zur sonnengewärmten Mauer aus und folgte ihr bis zu seiner Unterkunft; dabei glitten seine Finger den bröckeligen Sandstein entlang, als sei er ein Blinder. Sein Wirt warf die Tür auf.

»Ihr wißt Bescheid – ich habe nichts weiter als wirre Gerüchte gehört – ist er tot?«

»Ja.«

Der Mann strahlte, als hätte man ihm ein wertvolles Geschenk gemacht. »Dem Himmel sei Dank«, sagte er. »Jetzt wird der König zur Besinnung kommen.«

John tastete sich den Weg zu seinem Zimmer entlang. »Mir ist nicht wohl«, sagte er. »Ich werde mich ausruhen.«

»Ihr werdet nicht viel Ruhe bekommen, fürchte ich!« sagte der Wirt fröhlich. Von der Stadt her konnte man das Krachen von Feuerwerkskörpern und ein Freudengeschrei hören, das immer mehr anschwoll. »Die ganze Stadt ist wie toll und will feiern. Ich gehe auch!«

Er trat aus der Vordertür und rannte die Straße hinunter zu den Leuten, die sich umarmten und an den Straßenecken tanzten. Die Soldaten am Kai feuerten Musketenschüsse in den Himmel, und die Frauen, die gekommen waren, um sich von ihren Männern zu verabschieden, die sie vielleicht nie mehr wiedersehen würden, weinten nun vor Erleichterung. In einem Dutzend Kirchen läuteten die Glocken wie zu einem großen Sieg.

Es hatte den Anschein, als sei Tradescant der einzige, der trauerte, und nur Tradescant und sein Herr lagen den ganzen sonnigen Freudentag über still und friedlich da.

Erst gegen Mitternacht in seinem Bett, wo er immer noch den Hut festhielt, wurde John klar, daß er von seinem Versprechen befreit war. Er war bis in den Tod des Herzogs Gefolgsmann gewesen, doch nun, wo der Tod eingetreten war, war er frei.

Frei und ohne einen Heller in der Tasche, ohne Aussicht auf Lohn und ohne Arbeit. Buckinghams Witwe war ganz krank vor lauter Kummer, und der König persönlich hatte ihr befohlen, sich in ein Versteck zu begeben, damit nicht auch sie noch einem Attentat zum Opfer falle.

Es war, als sei die Welt plötzlich aus den Fugen, und niemand wußte, was als nächstes passieren würde. Nun gab es keinen Lord-Admiral, der den Feldzug kommandieren würde; es gab keinen Lord-Schatzmeister, der die Schätze des Königreiches verwaltete; es gab keinen wichtigen Ratgeber, der die Politik festlegen würde; es gab keinen Favoriten, der alles bestimmen würde. Es gab außerdem auch keinen König, denn als Charles die Nachricht von Buckinghams Tod erhielt, beendete er seine Gebete, ging schweigend in sein Gemach und schloß sich zwei Tage und Nächte ein und fastete.

Tradescant dachte manchmal an diese ausgedehnte königliche Totenwache und meinte, daß er und der König nun vereint waren in der langen Trauernacht, beide schweigend und voller Kummer um den Verlust des schönsten Mannes, der ihnen jemals begegnet war. Des schönsten und tapfersten und rücksichtslosesten Menschen – und des gefährlichsten. Tradescant wußte, daß Buckingham ihn in den Tod geführt hätte und daß er nur durch dieses Attentat davongekommen war. Manchmal fragte er sich, ob der König ähnlich empfand, und wenn er das tat in den zwei langen Tagen und Nächten der königlichen Trauer, ob Charles auch die gleiche schändliche innere Erleichterung spürte.

Tradescant hätte sofort nach Hause aufbrechen können, doch er fühlte sich zu schwach, um die Reise anzutreten. Er hatte Elizabeth gesagt, daß er stark genug für die Reise nach Frankreich wäre. Doch in diesem neuen Leben, diesem Leben ohne seinen Herrn, brachte er nicht einmal die Kraft auf, einen Wagen nach Essex zu mieten. Er blieb in seiner Unterkunft und lief jeden Tag über den Kieselsteinstrand von Southsea am Meer entlang, sah am Horizont den langsamen Schwung von Feltons Messer und spürte den warnenden Schrei, der ihm im Halse steckengeblieben war.

Er bereute nichts. Sein Kummer schien keinen Raum dafür zu bieten. Er bereute nicht, daß er geliebt und abgewiesen worden war. Auch seinen Eid, bis in den Tod zu dienen, bereute er nicht. Er warf sich nicht vor, daß ein Schrei seinen Herrn vor Feltons Messer gerettet hätte und daß dieser Schrei nicht über seine Lippen gekommen war. Es wäre nie eine Liebe von Dauer gewesen, die einen alten Mann hätte erwärmen können. Jene, die den Herzog liebten, waren immer von Leidenschaft und Unsicherheit und Verzweiflung erfüllt gewesen. Tradescant konnte sich kein anderes Ende für Buckingham vorstellen als das, wie eine seltene Blume mitten in der Blüte des Lebens abgeschnitten zu werden, um bei jenen, die ihn geliebt hatten, in seiner ganzen Vollkommenheit in Erinnerung zu bleiben.

Erst im September konnte sich Tradescant dazu aufraffen, seinen Wagen zu beladen und die lange Reise nach Essex anzutreten. Zu dem Zeitpunkt war der Leichnam seines Herrn längst nach London gebracht und in der Westminster Abbey unter den Augen von nur hundert Trauernden bestattet worden. Buckinghams Familie, seine Anhänger, seine Höflinge, alle, denen er Pöstchen verschafft hatte, all die Hunderte und aber Hunderte Männer, die ihn um ein paar Gefallen angebettelt und mit seiner Unterstützung gerechnet hatten, alle waren sie verschwunden, wie vom Erdboden verschluckt, und leugneten ihn wie tausend falsche Jünger beim ersten Hahnenschrei. Sie suchten sich neue Herren, sie versuchten, neue aufsteigende Sterne zu erkennen, und sie versuchten zu vergessen, daß sie einem Mann Treue und Hingabe geschworen hatten, der nun von allen verachtet wurde.

Die Trauerfeier war kurz und ohne großes Zeremoniell. Doch wie so vieles im Leben Buckinghams war auch dies eine Maskerade. Man begrub einen leeren Sarkophag, und man sprach die geheiligten Worte über einem hohlen Kasten. Der Herzog war in aller Heimlichkeit bei Nacht und Nebel beerdigt worden, einen Tag vor der offiziellen Beisetzung. Die neuen Berater des Königs hatten diesen gewarnt: Man könne nicht garantieren, daß sich der Mob nicht gegen die Beerdigung des Günstlings erheben würde. Der aufgebrachten Menge genügte sein Tod nicht, sie könnten seinen Sarg aufbrechen und den vollkommenen Körper aufschlitzen, ihn am Verrätertor aufhängen oder ihm den Kopf abschlagen und diesen auf der Tower Bridge aufspießen. Bei dem Gedanken daran hatte es den König geschaudert, er hatte sein Gesicht in den Händen vergraben und seine Berater verlassen, damit diese die von ihnen gewünschten Vorkehrungen treffen konnten.

Es gab kein Geld, um die Dienerschaft des Herzogs zu entlohnen. John ging zu Kapitän Masons Haus zurück und traf dort den Mann, der mit den Finanzen des Feldzugs betraut worden war. Dieser packte gerade seine Sachen, aus Angst, man könne ihn für die leere Schatztruhe verantwortlich machen. Buckingham hatte mit dem Versprechen, einen sicheren Sieg zu erringen, seine Geschäfte auf Kredit geführt, und das monatelang. Auch der Kapitän der *Triumph* hatte keine Gelder mehr. Am Ende mußte John ein paar von Buckinghams Gütern verkaufen, um das Geld für den Wagen aufzubringen, mit dem er die restlichen Gegenstände mit nach Haus nehmen wollte. Die Diamanten jedoch behielt er sicher im Beutel um seinen Hals. Dem Wirt gab er die Milchkuh für seine Mietschulden, und für die Hühner erhielt er ein Paar Musketen. Nun mußte er sein eigener Bewacher und Kutscher sein, er konnte sich keine Begleiter leisten.

Er nahm sich einen offenen Wagen mit zwei alten Zugpferden, die an jeder Kreuzung mit der Peitsche in Bewegung gesetzt werden mußten und selbst dann nur gemächlich vorwärts gingen. John war es egal, wie langsam sie vorankamen. Er saß auf dem Kutschkasten, die Zügel schlaff in den Händen, und blickte über die Hecken auf die spätsommerliche Landschaft mit den dunkler werdenden Weizen- und Gerstenfeldern und den Heuwiesen.

Er spürte, daß *er* noch lebte, weil der Mann, den er mehr als irgendeinen anderen Menschen geliebt hatte, tot war.

J. wartete auf ihn an der Südseite der Westminster Bridge, wo John immer die Pferde wechselte. Als er das Rattern des Wagens vernahm, trat er aus der Tür des Gasthofs hinaus und lief auf das Fuhrwerk zu. Er hatte erwartet, einen gebrochenen Mann vorzufinden, war aber nun überrascht. John Tradescant wirkte erleichtert, als hätte man ihm eine Last abgenommen.

»J.«, sagte John in verhaltener Freude.

»Mutter sagte, ich solle dich hier in Empfang nehmen und gleich zu den Hurtes bringen.«

»Geht es ihr gut?«

»Macht sich Sorgen um dich, sonst aber geht es ihr gut.«

»Und Jane?«

»Hat einen ganz schön dicken Bauch.« J. errötete vor Scham und Stolz. »Wenn ich meine Hand auf ihren Bauch lege, dann tritt der kleine Bursche zurück.«

Bei dem Gedanken an J.s Baby mußte John lächeln.

»Und dir, geht es dir gut, Vater? Wir erhielten die Nachricht in New Hall. Warst du beim Herzog?«

John nickte. »Mir geht es gut«, sagte er kurz.

»Hast du ihn gesehen?« fragte J., der nun seiner Neugier freien Lauf ließ. »Warst du da, als er starb?«

John nickte. Er würde sich immer an diesen zeitlos langen Moment erinnern, in dem er ihn hätte warnen können, doch statt dessen mit seinem Zögern das Signal für den tödlichen Messerstich gegeben hatte. »Ich war da.«

»War es sehr schrecklich?«

John dachte an die Schönheit des Herzogs, an den weichen langsamen Schwung des Messers, an den Ausruf der Überraschtheit, an das eine Wort, das der Herzog dabei sprach: »Schurke!« Und daran, wie er niedersank und sein schlaffer Körper in Tradescants Armen lag.

»Nein«, sagte er einfach. »Er fiel in seiner ganzen Schönheit und seinem ganzen Stolz.«

Einen Augenblick schwieg J.; er verglich den Verlust, den sein Vater erlitten hatte, mit der Freude, die im ganzen Land nun herrschte. »Ich werde nie wieder für einen Herrn arbeiten«, schwor er.

John blickte ihn vom Wagen herab an, und plötzlich ahnte J., daß mit dem Tode Buckinghams noch mehr, als er jemals wissen würde, verbunden war, daß zwischen den beiden Männern, dem Herrn und dem Diener, mehr gewesen war, als jemals bekannt geworden war.

»Ich auch nicht«, sagte John.

J. nickte und schwang sich auf den Kutschkasten neben seinen Vater. »Bei den Hurtes steht noch ein Wagen«, sagte er. »Güter aus Indien und von der afrikanischen Westküste, die für Buckingham bestimmt sind. Jetzt braucht er sie nicht mehr.«

John nickte und erwiderte nichts, während J. den Wagen vorsichtig durch die Fußgängermenge – die Jungen mit den Handkarren, die Händler, die herumschlendernden Leute und die müßigen Männer der Bürgerwehr – bis vor die Tür der Hurtes lenkte. Auf der Rückseite des Hauses befanden sich ein kleiner Hof zum Entladen und ein paar Ställe. Der Wagen mit den Schätzen für Buckingham stand auf dem Pflaster und wurde von einem Burschen bewacht. J. stellte sein Fuhrwerk daneben ab und half seinem Vater beim Absteigen. Als seine Füße die Steine berührten, mußte sich John stark auf J. stützen.

»Ich bin von dem langen Sitzen ganz steif«, verteidigte sich John.

»Oh, ach so«, sagte J. etwas skeptisch. »Aber wie hättest du erst eine lange Seereise überstanden und dann auf dem Erdboden kampieren können, wo der Winter doch vor der Tür steht? Das wäre dein Tod gewesen! Es ist ein Segen, daß der Feldzug nicht stattfand.«

John schloß einen Moment die Augen. »Das weiß ich«, sagte er kurz.

J. ging den Weg durch das Lager hinter dem Laden voran und die Treppen zu den Wohnräumen hinauf. Als sie das Wohnzimmer betraten, stürzte Elizabeth ihm entgegen und warf sich ihm in die Arme. »Gelobt sei der Herr, du bist in Sicherheit«, rief sie, und ihre Stimme wurde von Schluchzern unterbrochen. »Ich habe gedacht, ich sehe dich nie mehr wieder, John.«

Er legte seine Wange auf ihr weiches Haar. Er dachte, wenn auch nur kurz, an einen warmen, parfümierten, wilden dunklen Lockenkopf. »Gelobt sei der Herr«, sagte er.

»Es ist ein Segen«, sagte sie.

John blickte zu Josiah Hurte, der ihn über den Kopf seiner Frau hinweg anschaute. »Nein, es war eine üble Sache«, erwiderte er ernst.

Josiah Hurte zuckte mit den Schultern. »Viele nennen es eine göttliche Erlösung. Sie sagen, Felton sei der Erlöser unseres Landes.«

»So loben sie einen Mörder.« John hatte Feltons blasses, entschlossenes Gesicht in dem Moment vor Augen, als John alle hätte warnen können und es doch nicht getan hatte. »Es war eine Sünde, und alle, die dabeistanden und es nicht verhindert haben, sind ebenso Sünder.«

Elizabeth, die in all den Jahren gelernt hatte, Johns Gemütsregungen zu deuten, trat ein wenig zurück, um seinen finsteren Gesichtsausdruck besser zu erfassen. »Doch du hättest es nicht verhindern können«, meinte sie. »Du warst nicht der Leibwächter des Herzogs.«

John wollte sie nicht belügen. »Ich hätte es verhindern können«, sagte er langsam. »Ich hätte dichter bei ihm stehen sollen und ihn vor Felton warnen. Man hätte ihn besser bewachen müssen.«

»Es hat keinen Sinn, Euch zu zerfleischen«, sagte Josiah Hurte rasch. »Ihr solltet besser Gott dafür danken, daß dem Land ein Krieg erspart blieb und Ihr vor den Gefahren bewahrt wurdet.«

Elizabeth sagte nichts, sie blickte in das Gesicht ihres Mannes. »Und überhaupt bist du jetzt frei«, bemerkte sie leise. »Endlich frei von deinen Diensten bei ihm.«

»Endlich bin ich frei«, bestätigte John.

Mrs. Hurte deutete auf einen Platz an der Tafel. »Wir haben schon gegessen, da wir nicht wußten, wann Ihr eintreffen würdet. Doch wenn Ihr einen Teller Suppe und eine Scheibe Fleischpastete essen wollt, so kann ich das sofort bringen lassen.«

John setzte sich an den Tisch, und die Magd brachte ihm einen kleinen Krug Bier und zu essen. Josiah Hurte saß ihm gegenüber und trank ebenfalls Bier, um ihm Gesellschaft zu leisten.

»Niemand weiß, was mit dem Anwesen des Herzogs geschehen wird«, sagte Josiah. »Die Familie befindet sich immer noch in ihrem Versteck, und der Londoner Stadtpalast ist verriegelt. Die Diener sind fortgeschickt worden, und für die Bezahlung der Händler und Handwerker ist kein Geld mehr da.«

»Es war nie welches da«, fügte John bitter hinzu.

»Es könnte sein, die Familie beschließt, alles zu verkaufen, um die Schulden zu bezahlen«, sagte Josiah. »Wenn sie überhaupt jemals ihre Schulden begleichen will.«

Mrs. Hurte war entsetzt. »Sie werden sich doch nie im Leben weigern, ihre Schulden zu begleichen!« rief sie aus. »Gute Kaufleute gehen bankrott, wenn sie ihr Wort nicht halten. Seine Lordschaft hat jahrelang auf Kredit gelebt. Man hätte es Hochverrat genannt, wenn ihm jemand einen Kredit verweigert hätte. Was ist mit den ehrlichen Leuten, die nun von der Bezahlung der Witwe abhängig sind?«

»Sie sagen, es sei kein Geld da«, meinte J. einfach. »Ich habe keinen Lohn erhalten. Du etwa?«

John schüttelte den Kopf.

»Was werden wir nur tun?« fragte Jane. Eine Hand ruhte auf der Rundung des Bauches, als wolle sie ihr Baby davor beschützen, sich solche Sorgen anzuhören.

»Ihr könnt hier bleiben«, bot ihr Vater an. »Wenn ihr keinen anderen Platz findet, könnt ihr jederzeit hier bleiben.«

»Ich habe versprochen, für sie zu sorgen, und das werde ich auch tun«, sagte J. gereizt. »Ich kann überall in diesem Land eine Stellung bekommen.«

»Aber du hast doch geschworen, nie wieder für einen hohen Lord zu arbeiten«, erinnerte ihn Jane. »Solche Arbeit führt zur Eitelkeit, und außerdem kann man keinem Mann im Dienste des Königs trauen.«

Auf diese radikalen Ansichten hin hob John den Kopf, doch Jane hielt seinem Blick stand. »Ich spreche nur aus, was jedermann weiß«, sagte sie fest. »Es gibt keine guten Menschen bei Hofe. Es gibt niemanden, den mein John freudig seinen Herrn nennen würde.«

»Ich besitze ein kleines Stück Land«, sagte Tradescant langsam. »Ein Stück Wald in Hatfield und einige Felder in New Hall. Wir könnten vielleicht ein Haus in der Nähe von New Hall bauen, in der Nähe meiner Felder, und uns dort selbständig machen ...«

Elizabeth schüttelte den Kopf. »Und womit, John? Wir müssen ein Gewerbe finden, das uns sofort unseren Lebensunterhalt sichert.«

Schweigend blickten sie einander an. »Ich kenne einen Mann, der ein Haus auf dem Südufer der Themse verkaufen will. Dazu gehören ein angelegter Garten und einige neugepflanzte Obstbäume«, sagte Josiah leise. »Drum herum liegen Felder, die ihr auch kaufen oder pachten könntet. Es handelt sich um einen kleinen Bauernhof, dessen Besitzer verstorben ist, und nun wollen die Erben alles verkaufen. Ihr könntet dort seltene Pflanzen züchten und Euer Geld als Züchter und Gärtner verdienen.«

»Wie sollten wir uns das leisten können?« fragte John in die Runde. Der Beutel mit den schweren Diamanten zog an seinem Hals.

Elizabeth warf ihrem Sohn einen kurzen verschwörerischen Blick zu, dann erhob sie sich vom Sessel am Fenster und setzte sich ihrem Mann gegenüber an den Tisch. »Dort unten im Hof steht ein Wagen voller Waren«, erklärte sie. »Und ein weiteres Schiff hat heute vormittag angelegt, das Pflanzen und Kuriositäten für Seine Lordschaft mitbringt. Wenn wir die Güter verkaufen, könnten wir das Haus samt Land erwerben. Die seltenen Pflanzen und Samen können wir aufziehen und vermehren und an Gärtner verkaufen. Du hast immer schon gesagt, wie schwierig es sei, zu einem guten Pflanzenbestand für die Gärten zu kommen. Erinnerst du dich noch, wie du wegen deiner Bäume durch ganz England gereist bist? Du könntest Pflanzen und Bäume züchten und sie verkaufen.«

In dem kleinen Raum herrschte ein angespanntes Schweigen. John mußte erst einmal die Tatsache verdauen, daß dies ein Plan war, den die Hurtes und seine Familie ausgeheckt hatten und ihm jetzt nahebrachten, damit er zustimme. Er schaute von Elizabeths entschlossenem zu J.s stoisch ausdruckslosem Gesicht hinüber.

»Ihr meint, wir sollten uns die Waren meines Herrn aneignen«, sagte John mit dünner Stimme.

Elizabeth holte tief Luft und nickte.

»Ich soll ihn bestehlen?«

Wieder nickte sie.

»Ich kann es nicht fassen, daß dies euer Wunsch ist«, sagte John. »Mein Herr ist vor einem Monat erst zu Tode gekommen, und ich soll ihn wie ein unehrlicher Page bestehlen?«

»Es gibt da noch die Tulpen«, sagte J. plötzlich. Sein Gesicht war vor Scham gerötet, doch er sah seinen Vater wie ein Mann den anderen an. »Was hätte ich deiner Meinung nach machen sollen? Die Tulpen mußten umgesetzt werden, die Zwiebeln steckten in den Schalen in unserem Garten, im großen Haus ging alles drunter und drüber, Leute rannten, Wandbehänge und Leinentücher hinter sich herschleifend, weg. Ich wußte nicht, was ich mit den Tulpen tun sollte. Niemand hätte sich um sie gekümmert. Niemand dort hätte gewußt, was mit ihnen werden soll.«

»Was hast du also getan?« fragte John.

»Ich habe sie mitgebracht. Und mehr als die Hälfte haben Triebe bekommen. Wir besitzen nun für beinahe zweitausend Pfund Tulpenzwiebeln.«

»Haben sich die Preise gehalten?« Johns Geschäftssinn flackerte kurz auf und verdrängte seinen Kummer.

»Ja«, sagte J. schlicht. »Sie steigen immer noch. Und wir besitzen die einzigen Lack-Tulpen in ganz England.«

»Wieviel schuldet man dir?« wollte Elizabeth auf einmal wissen. »Die zurückliegenden Löhne? Hat er dich für den letzten Feldzug zur Insel Ré bezahlt? Hat er dir den Lohn für die jetzige Reise vorgeschossen? Hat er dir Geld für die Reisekosten nach Portsmouth erstattet? Oder für deinen Aufenthalt in Portsmouth oder für die Heimreise? Denn wenn er dir nichts gegeben hat, von der Herzogin wirst du auch nichts bekommen. Sie hält sich versteckt, und der König persönlich weigert sich, irgend jemandem mitzuteilen, wo sie ist. Es heißt, sie fürchte sich vor Attentätern, doch viel mehr Angst hat sie vor ihren Gläubigern. Wieviel schuldet man dir, John?«

»Seit Mitte des Sommers hat man mir nichts mehr bezahlt«, erinnerte ihn J. »Es hieß, sie besäßen keinen Heller mehr, und sie gaben mir ein Schriftstück über ein Zahlungsversprechen, und zu Michaelis werde ich auch nichts bekommen. Man schuldet mir fünfundzwanzig Pfund. Als du fort warst, mußte ich ein paar Pflanzen und Stecklinge kaufen, und sie konnten mir das Geld dafür nicht erstatten.«

Unbewußt fuhr sich John mit der Hand an die Brust, wo der Beutel mit den Diamanten warm auf seiner Haut ruhte.

»*Ihr* könnt dem doch nicht zustimmen?« Er wandte sich an Josiah. »Das ist Diebstahl.«

Der Kaufmann schüttelte den Kopf. »Ich weiß nicht mehr, was in diesem Land Recht oder Unrecht ist«, sagte er. »Der König nimmt den Leuten ohne Rücksicht auf Gesetze oder die alten Gewohnheitsrechte Geld weg; das Parlament sagt, er dürfe das nicht, und er löst das Parlament auf und erhebt weiter Steuern. Wenn selbst der König aufrechten Menschen Geld stehlen kann, was sollen wir dann tun? Euer Herr hat Euch jahrelang um den Lohn für Eurer Hände Arbeit betrogen, nun ist er tot, und niemand wird Euch auszahlen. Sie werden die Schulden gar nicht erst anerkennen.«

»Stehlen bleibt dennoch eine Sünde«, sagte John hartnäckig.

»Es gibt Zeiten, in denen sich ein Mann nur von seinem Gewissen leiten lassen sollte«, erwiderte Josiah. »Wenn Ihr meint, daß Euch der Herzog gerecht behandelt hat, dann bringt die Güter zu seinem Haus, stapelt die Reichtümer übereinander und überlaßt sie dem König, damit er seine Maskenspiele bezahlen und seiner Prunksucht weiter frönen kann, denn Ihr wißt, daß er das tun wird. Wenn Ihr meint, daß der Herzog nach seinem Tode Euch etwas für Euren Dienst schuldet, J. etwas schuldet, wenn Ihr meint, daß dies Zeiten sind, in denen man gut beraten ist, sich ein kleines Haus zu kaufen und sein eigener Herr zu sein, dann glaube ich, ist es gerechtfertigt, wenn Ihr das nehmt, was man Euch schuldet, und wenn

Ihr Euren Dienst quittiert. Ihr solltet nur nehmen, was man Euch schuldet. Aber Ihr habt das Recht dazu. Ein guter Diener ist seinen Lohn wert.«

»Wenn du die Tulpen nach New Hall zurückbringst, werden sie ohne Pflege verkümmern«, sagte J. leise. »Niemand kann für sie sorgen, und dann werden sie die einzigen Lack-Tulpen Englands verrotten lassen.«

Die Vorstellung von der Verwahrlosung der Tulpen war für John schlimmer als alles andere. Er schüttelte den Kopf wie ein Bulle nach langer Hatz, der so erschöpft ist, daß er sich nach den Hetzhunden sehnt, damit sie ein Ende mit ihm machen. »Ich bin zu müde, um nachzudenken«, sagte er. Er stand auf, doch er konnte sich nicht von Elizabeths Blick lösen.

»Er hat dich gekränkt«, sagte sie. »Auf dieser letzten Reise nach Ré. Er hat etwas getan, was dir das Herz gebrochen hat.«

John hieß sie mit einer Geste schweigen. Doch sie fuhr fort: »Er hat dich mit diesem Schmerz in der Brust heimgeschickt, und dann hat er dich zurückgerufen, und er wollte dich mit in den Tod reißen.«

John nickte. »Das ist wahr«, sagte er, als spiele es kaum eine Rolle.

»So soll er dafür bezahlen«, sagte sie sanft. »Soll er für den Kummer und die Angst bezahlen, die er uns bereitet hat, und ich werde alles vergessen und ihn in meine Gebete einschließen.«

John legte seine Hand auf den kleinen Beutel mit Diamanten an seinem Hals. »Er war mein Herr«, sagte er, und alle konnten den tiefen Schmerz im Unterton seiner Stimme hören. »Ich war sein Gefolgsmann.«

»Laß ihn in Frieden ruhen«, sagte sie. »Alle Schulden sollen beglichen werden, aller Gram soll ein Ende haben. Er ist tot. Er soll seine Schulden bezahlen, und wir wollen ein neues Leben beginnen.«

»Du wirst für ihn beten? Und es aus tiefstem Herzen tun?«

Elizabeth nickte.

Schweigend nahm John den Beutel von seinem Hals und reichte ihn seiner Frau. »Geh und schau dir den Bauernhof an«, sagte er. »Du entscheidest. Wenn du und J. und Jane – wenn ihr den Hof haben wollt, so kaufe ihn, und wir werden uns dort unser Heim einrichten. Im Gegenzug dafür mußt du für seine Seele beten, Elizabeth. Denn er braucht deine Gebete, und es gibt nur wenige Menschen, die für ihn beten, Gott weiß, wie wenige.«

»Und die Tulpen?« fragte J.

John sah den fragenden Blick seines Sohnes. »Natürlich behalten wir die Tulpen«, sagte er.

## November 1628

Bei Lambeth überquerten sie die Themse, ein Fährmann setzte sie über: Jane, die inzwischen im achten Monat schwanger war und einen großen Bauch hatte, saß hinten im Heck, John, Elizabeth und J. hatten in der Mitte des Bootes Platz gefunden. Elizabeth hielt die Schlüssel zu ihrem neuen Heim im Schoß, sie hatten es ohne Vorbehalt auf der Stelle mit Buckinghams Diamanten erworben. Wie sie so den schweren Schlüssel mehrmals wendete, spiegelte sich die Sonne in dem kalten Metall.

Auf der Südseite des Flusses befand sich der »Gasthof zum Schwan«. Dorthin hatte J. ein Fuhrwerk bestellt. Er half Jane hinauf und kletterte dann neben sie. John lächelte, als er sah, wie sein Sohn seine Frau festhielt, während der Wagen über die Furchen der Straße nach South Lambeth rumpelte.

Es war eine kurze Reise, niemand sprach ein Wort. Sie warteten darauf, daß John das Schweigen brechen würde, doch er sagte nichts. Er hatte ihnen die Diamanten übergeben und damit auch die Verantwortung. Er saß in dem Wagen wie ein von langer Krankheit Gezeichneter, der sich auf dem Weg der Besserung befindet. Seine Frau und sein Sohn sollten nun die Entscheidungen treffen.

»Dort ist es«, sagte J. schließlich und zeigte nach vorn. »Ich hoffe bei Gott, daß es ihm gefällt«, murmelte er leise zu Jane. »Er hat gesagt, wir sollen es kaufen, doch wenn er mit unserer Wahl nicht einverstanden ist?«

Tradescant betrachtete sein neues Heim. Die Rückseite

ging zur Straße. Es war ein Fachwerkhaus mit sich kreuzenden Balken, die vom Wetter mit den Jahren silbergrau gebleicht waren. Der Putz zwischen den Balken war einst weiß gestrichen worden, doch die Farbe glich nun eher der von getrocknetem Schlamm. Zwischen der Straße und dem Gehöft floß ein kleiner Bach, über den eine niedrige Brücke führte, für ein Fuhrwerk breit genug. John stieg vom Wagen und lief allein hinüber; unterdessen warteten die anderen darauf, daß er etwas sagte.

Zwischen Straße und Haus gab es einen kleinen Gartenstreifen, in dem Dorngestrüpp und Nesseln wucherten. Tradescant ging um das Haus zur Vorderseite herum. Es blickte nach Südosten und hatte so am Vormittag und Mittag Sonne; davor erstreckte sich eine breite Wiese. Tradescant scharrte mit dem Hacken seines Stiefels in der Erde, dann beugte er sich hinunter, um sie zu untersuchen. Es war dunkle Erde, fruchtbar und leicht zu bearbeiten. John hob eine Handvoll auf und zerrieb sie auf seiner Handfläche. Er dachte, daß er auf diesem Boden einiges anbauen könne. An die Wiese schloß sich ein Obsthain an. Er ging hinunter bis zu der Stelle, wo ein kleiner Holzzaun die Wiese von den Bäumen trennte, und machte sich ein Bild von den Ausmaßen des Grundstücks. Etwa drei Morgen, dachte er, und bereits mit Apfelbäumen, Birnbäumen und Pflaumenbäumen bestückt. An der nach Süden gerichteten Mauer stand eine unbeschnittene Quitte, daneben wuchsen zwei schlecht an Spalieren hochgezogene Pfirsichbäume.

Für einen Augenblick überkam John die Sehnsucht nach seinem alten Küchen- und Obstgarten in New Hall mit der nach seinen Plänen erbauten beheizbaren Mauer und den Dutzenden Gehilfen, die den Dung und das Wasser für die Bäume geschleppt hatten. Er schüttelte den Kopf. Es gab keinen Grund, dem nachzutrauern. Am schlimmsten war es gewesen, Theobalds Palace aufzugeben und nach Hatfield in das neue Haus zu ziehen. Dann war Hatfield sein ganzer Stolz geworden. Aus diesem Garten könnte er auch etwas machen. Er würde zwar nicht mit Theobalds, Hatfield oder New Hall zu vergleichen sein, aber er würde nur ihm gehören. Die Früchte dieser Bäume würden für seinen Tisch bestimmt sein. Sein Enkel würde im Schatten dieser Bäume sitzen. Und niemand konnte ihm befehlen, den Ort wieder zu verlassen.

John drehte sich um und schaute das Haus an, zum erstenmal nahm er das schräge Dach aus roten Ziegeln wahr und den hübschen Anblick der hoch aufragenden Schornsteine. Vor dem Haus befand sich eine überdachte Terrasse mit Steinfliesen, die wie ein Schiff mit einem Geländer umgeben war; von dort aus konnte man die Wiese und den Obstgarten überschauen. John ging durch das hochgewachsene Gras zurück und schritt die drei knarrenden Stufen zur Terrasse hinauf. Er wandte sich um, lehnte sich auf das Geländer und blickte über seinen Besitz, den ersten großen Garten, den er jemals selbst besessen hatte.

Er spürte, wie sich ein zufriedenes Lächeln auf sein Gesicht stahl. Schließlich hatte er nun einen Ort gefunden, wo er Wurzeln schlagen konnte und der seinem Sohn und seinem Enkel eine sichere Zukunft bieten würde.

J., Elizabeth und Jane kamen um die Ecke des Hauses und sahen, wie John von der Terrasse aus sein Gelände betrachtete.

»Es ist wie auf einem Schiff«, bemerkte Jane scharfsichtig. »Kein Wunder, daß Ihr ausseht, als seid Ihr zu Hause.«

»Ich werde das Haus ›Arche‹ nennen«, sagte John. »Weil wir in Paaren hier eingetroffen sind, um uns vor der Flut zu schützen, die das ganze Land bedroht, und weil es eine Arche mit kostbaren Raritäten sein wird, die wir sicher durch sorgenvolle Zeiten retten werden.«

Sie zogen sofort ein. Tradescant entwarf Pläne für den Garten und ließ sich aus Lambeth ein paar Gehilfen kommen, die den Obstgarten umgraben und von Unkraut befreien sollten. Außerdem lieh er sich von einem nahe gelegenen Gutshof ein Pferd und einen Pflug aus, um die Erde vor dem Haus umzupflügen. Sie planten einen Garten, in dem Obst, Gemüse und Kräuter für den Markt in London wachsen sollten, wo man für gute Qualität auch gute Preise verlangen konnte. Außerdem waren sie sich sicher, daß jeder Gärtner im Königreich sich um einen Kastanienbaum, die Zwillingspflaumen und russische Lärchen reißen würde. Sie wollten ein Gewerbe gründen, das noch in den Kinderschuhen steckte. Jeder gute Gärtner bot eine große Auswahl an gewöhnlichen Pflanzen zum Verkauf an, da die übergroße Freigebigkeit Gottes dafür sorgte, dort, wo es eine Pflanze gab, hundert Samen im Herbst folgen zu lassen. Jeder erfolgreiche Gärtner tauschte seine Pflanzen gegen andere oder verkaufte sie mit Gewinn an andere Gärtner. Doch alle begehrten das Seltene, das Exotische, das Fremde. Als John noch für einen Lord gearbeitet hatte, gehörte es zu seinen Pflichten, dafür zu sorgen, daß zum Ruhme seines Herrn in den Gärten viele seltene Pflanzen wuchsen, und er hatte seine Samen und Schößlinge gehütet und nur an die engsten Freunde wie den berühmten Botaniker John Gerard oder den Gärtner und Apotheker John Parkinson weitergegeben. Jetzt könnte er sie an all jene weiterverkaufen, die ihn erst vor kurzem um einen Setzling angebettelt hatten. Und an die Gärtner, die ihm schreiben würden; schließlich hatte er schon Briefe aus ganz England erhalten und sogar welche vom Kontinent, in denen er um Samen und Schößlinge und einjährige Pflanzen gebeten wurde.

John hatte auch mit dem Haus Pläne. Er beauftragte einen Baumeister mit dem Bau eines neuen Flügels, womit die Fläche des Hauses beinah verdoppelt wurde.

Als die Männer Möbel von einem Fuhrwerk abluden, nahm J. seinen Vater beiseite und sprach mit ihm, während Jane und Elizabeth hin und her liefen und das Aufstellen der Truhen beaufsichtigten.

»Ich weiß, daß dies das Heim unserer Familie werden soll, doch wir müssen nicht alles auf einmal fertigstellen«, sagte er. »Die Fenster, die du für den unteren Raum vorsiehst, werden vom Boden bis zur Decke reichen. Wie sollen wir uns jemals das Glas leisten können? Und was passiert, wenn es zerbricht?«

»Deine Kinder sollen hier aufwachsen«, erwiderte John. »Es ist an der Zeit, daß ihr für euch ein wenig Platz habt. Und wir brauchen einen Raum von anständiger Größe für die Raritäten.«

»Aber die venezianischen Scheiben …«, hielt J. ihm entgegen.

John legte einen Finger an die Nase. »Dies wird mein Raritätensaal«, sagte er. »Wir bewahren sie hier in einem schönen Raum auf und zeigen sie jedem, der vorbeikommt. Wir werden Sixpence Eintritt verlangen, und dann können die Leute nach Belieben verweilen und alle Sachen betrachten.«

J. verstand nicht recht. »Was für Sachen?«

»Die beiden Wagenladungen mit Buckinghams Kuriositäten«, erklärte ihm John eindringlich. »Was meinst du, sollten wir sonst damit anfangen?«

»Ich dachte, wir würden sie verkaufen«, gestand J., ein wenig rot geworden, »und das Geld behalten.«

John schüttelte den Kopf. »Wir werden die Sachen behalten«, sagte er. »Damit sind wir gemachte Leute. Seltene Pflanzen im Garten, seltene und schöne Gegenstände im Haus. Es ist unsere Arche mit seltenen und wunderbaren Dingen. Und jeden Tag treffen Schiffe ein, die noch mehr Raritäten bringen, die der Herzog geordert hatte. Wir werden sie auf eigene Kosten kaufen und sie hier ausstellen.«

»Und wir verlangen von den Besuchern Geld?«

»Warum nicht?«

»Es kommt mir nur so eigenartig vor. Davon habe ich noch nie gehört.«

»Der Herzog hatte sein Raritätenkabinett für seine Freunde geöffnet, damit sie alles betrachten und sich daran erfreuen konnten. Und Graf Cecil machte es schon vor ihm so.«

»Er hat aber nicht jedesmal dafür Sixpence verlangt!«

»Nein, doch wir werden allen möglichen Besuchern unsere Türen öffnen. Nicht nur unseren Freunden oder Leuten, die Empfehlungsschreiben mit sich führen. Einfach jedem, der neugierig ist und schöne und eigenartige Gegenstände bewundern will.«

»Doch wie soll sich das herumsprechen?«

»Wir werden schon dafür sorgen. Außerdem machen wir einen Katalog, damit man über all unsere ausgestellten Sachen etwas lesen kann.«

»Meinst du, daß jemand kommen wird?«

John nickte. »Die Universitäten von Leiden und Paris besitzen große Sammlungen, und sie zeigen sie den Studenten und jedem, der sie um eine Besichtigung ersucht. Warum soll das hier nicht gehen?«

»Weil wir keine Universität sind!«

John zuckte die Schultern. »Wir besitzen eine Sammlung, die der meines Herrn Cecil gleicht, und die haben schon viele Leute bewundert. Wir richten einen schönen Raum ein, wo die großen Objekte von der Decke herabhängen und an den Wänden ausgestellt sind, die kleinen werden in Schubladen in großen Schränken aufbewahrt. Samen und Muscheln, Kleider und Stoffe, Spielzeug und allerlei Spielereien. Das wird gut funktionieren, J. Und es bedeutet, daß wir auch im Herbst und im Winter immer Einnahmen haben.«

J. nickte, erinnerte sich aber dann an die Kosten für die

Glasscheiben. »Doch die venezianischen Fenster sind unnötig ...«

»Wenn wir die Kuriositäten ausstellen, sind wir auf viel Licht angewiesen«, sagte John entschlossen. »Dies hier soll nicht irgendein kleines verstaubtes Kabinett werden, sondern die erste hübsch angeordnete Raritätenausstellung des Landes, und sie wird zu den Sehenswürdigkeiten Londons zählen. Die Leute werden nicht herkommen, wenn nicht alles mit einer gewissen Großartigkeit und Eleganz untergebracht ist. Venezianische Fenster und gebohnerte Fußböden! Und einen Sixpence pro Kopf!«

J. gab dem Urteil seines Vaters nach und murmelte nur während des Abendessens etwas von zu großen Vorhaben und dem übertriebenem Geschmack eines Herzogs. Die beiden Männer gerieten jedoch am nächsten Morgen erneut aneinander, als J., der einen jungen Baum in einer Schubkarre um die Mauer des neuen Flügels schob, plötzlich aufblickte und den Steinmetz dabei antraf, wie er ein großes Wappen anbrachte.

»Was tut Ihr da?« rief er zu ihm hinauf.

Der Steinmetz schaute hinunter und zog seinen Hut vor J. »Schön, nicht wahr?«

J. stellte die Schubkarre ab und rannte in den Obstgarten. John stand oben auf einer Leiter und schnitt die toten Äste eines alten Birnbaums ab. »Könnte es sich um eine spanische Birne handeln?« fragte John. »Ich habe einen solchen Baum für Sir Robert aus den Niederlanden mitgebracht. Ob noch jemand einen hier gepflanzt hat?«

»Das interessiert mich jetzt nicht«, sagte J. »Der Steinmetz bringt gerade ein Wappen an unserem Haus an!«

John hängte die Säge an den nächstbesten Ast und wandte sich ganz seinem Sohn zu. J., der zu seinem Vater hochblickte und sah, wie dieser bequem gegen den Baumstamm lehnte, dachte, daß sie die Rollen vertauscht hätten – daß John dort oben wie ein ertappter kleiner Junge beim Obststehlen wirkte, während er unten den älteren, verärgerten Mann spielte.

»Ich weiß«, sagte John mit funkelnden Augen. »Das wäre sehr nützlich, dachte ich.«

»Du hast das gewußt?« fragte J. »Du wußtest, daß er ein lächerliches Wappen für uns entworfen hat?«

»Ich halte es nicht für lächerlich«, sagte John ruhig. »Ich habe es selbst entworfen. Mir gefällt es. Blattwerk im Hintergrund und dann ein Schild mit drei Lilien schräg davor und ein Helm mit einer kleinen Krone und Lilien darüber.«

»Doch was wird das Wappenamt dazu sagen?«

John zuckte mit den Achseln. »Wer macht sich schon was daraus, was die sagen?«

»Das fällt doch auf uns zurück, wenn sie uns eine Geldstrafe auferlegen, es wieder abgenommen werden muß und wir vor unseren Nachbarn gedemütigt dastehen.«

John schüttelte den Kopf. »Wir werden schon ungeschoren davonkommen«, sagte er zuversichtlich.

»Aber wir gehören nicht zum Adel! Wir sind Gärtner.«

John stieg mit steifen Beinen von der Leiter, packte J. an der Schulter und drehte ihn zum Haus um.

»Was ist das?«

»Unser Haus.«

»Ein großes Haus, ein neuer Flügel, venezianische Fenster, stimmt's?«

»Ja.«

John drehte seinen Sohn wieder südwärts. »Und was ist das?«

»Der Obstgarten.«

»Wie groß ist er?«

»Nur drei Morgen.«

»Und dahinter?«

»Nun, gut, noch einmal über dreißig Morgen ... Doch Vater ...«

»Wir sind Grundbesitzer«, sagte John. »Wir sind keine Gärtner mehr. Wie sind Grundbesitzer mit bestimmten Pflichten und Obliegenheiten und einem großen Familienunternehmen, das geleitet werden will ... und einem Wappen.«

»Sie werden uns zwingen, es wieder abzunehmen«, warnte ihn J.

Tradescant winkte ab und kletterte langsam auf seiner Leiter hoch. »Die nicht. Nicht, wenn sie sehen, wer unsere Arche besuchen wird.«

J. zögerte. »Wieso? Wer wird denn kommen?«

»Jeder, der etwas darstellt«, sagte John mit großer Geste. »Und all ihre Verwandten vom Lande. Euer Kind wird später einmal zum Ritter geschlagen werden. Daran habe ich keinen Zweifel. Sir John Tradescant ... Das klingt doch gut, nicht wahr? Sir John.«

»Ich werde ihn möglicherweise Josiah nennen, nach seinem anderen Großvater, einem angesehenen Bürgersmann und Händler, der seinen Rang kennt und stolz darauf ist«, sagte J. aufbegehrend und freute sich darüber, einen Schimmer von Zweifel über das Gesicht seines Vaters huschen zu sehen.

»Unsinn!« sagte John. »Sir John Tradescant von Lambeth.«

## Dezember 1628

Schließlich war es weder ein Sir John Tradescant von Lambeth noch einfach nur ein John oder Josiah. Es war eine Frances, und sie wurde um vier Uhr früh an einem dunklen, trüben Dezembertag geboren. J. und sein Vater tranken unten Branntwein, während die Frauen und Mägde jammerten und schimpften und immer wieder hinaufrannten, bis die Männer schließlich jenen kleinen Schrei der Entrüstung hörten.

J. stellte sein Glas mit großer Wucht hin und lief zum Fuß der Treppe. Oben stand seine Mutter mit strahlendem Gesicht. »Ein Mädchen«, verkündete sie. »Ein hübsches, dunkelhaariges Mädchen.«

J. rannte die Treppe hinauf in Janes Schlafgemach.

»Und Jane?« fragte Tradescant, der an J.s Geburt dachte und an den furchtbaren Schmerz, den Elizabeth zu ertragen hatte, und dann an die Nachricht, daß sie nie wieder Kinder bekommen konnte.

»Gott sei Dank ist sie wohlauf«, sagte Elizabeth. »Sie ruht jetzt.«

Mann und Frau blickten einander mit einem ruhigen, ergebenen Lächeln an. »Unser Enkel«, sagte John verwundert. »Ich dachte, ich hätte nur einen Jungen gewollt, doch nun bin ich froh, daß es ein Mädchen ist, das gesund und munter zur Welt kam.«

»Vielleicht wird es das nächste Mal ein Junge«, sagte Elizabeth.

John nickte. »Wird es ein nächstes Mal geben?«

Sie lächelte. »Ich glaube nicht, daß ihr beide das letzte

Mal zusammen Branntwein getrunken habt, während die Frauen die ganze Arbeit tun.«

»Nun, ein Amen darauf. Ich werden den Stallburschen mit der Botschaft zu den Hurtes schicken. Sie werden es auf der Stelle erfahren wollen.«

»Laß ihnen sagen, daß sie herkommen und bleiben können, so lange sie wollen«, rief Elizabeth. »Ich kann ihnen im dritten Schlafzimmer das Bett herrichten.«

John grinste, weil Elizabeth so selbstverständlich auf das »dritte Schlafzimmer« anspielte, als hätten sie nie in einem Haus mit weniger als zwölf Zimmern gelebt. »Und sie können gleich ihre ganze Gemeinde mitbringen«, sagte er, »wo wir hier so großartig wohnen.«

Elizabeth schwenkte ihre Schürze nach ihm. »Geh und schick den Boten los. Ich habe noch zu tun.«

»Gott sei mit dir, Frau«, sagte John liebevoll vom Fuße der Treppe aus. »Und segne Jane. Hat sie dem Kind schon einen Namen gegeben?«

»Sie möchte es Frances nennen.«

John trat durch die Vordertür auf die Veranda hinaus. Die Nachtluft war frisch und schneidend kalt, und die Sterne wirkten vor dem dunkelblauen Seidenhimmel wie Stecknadeln. Der Mond war schon untergegangen, und es war so dunkel, daß man nicht mehr als die verwitterten Dielen der Veranda und die kahlen Zweige der Obstbäume erkennen konnte. John hatte einen Kastaniensteckling ausgepflanzt und die beiden ersten angewurzelten Ableger davon als Paar vor das Haus gesetzt und dann in Zweiergruppen jeweils ein Dutzend Stecklinge davon so angeordnet, daß sie eine kleine Kastanienallee bilden würden, die den ganzen Obstgarten hinunterführte. Gegen den hohen, kalten Himmel wirkten die Kastanienzweige so dünn wie Peitschenruten.

John atmete aus. Kurz dachte er an andere Nächte, in

denen er Wache gehalten und gewartet hatte. Nächte an Bord eines Schiffes, in denen das einzige Geräusch das Knarren der Planken war, Nächte, in denen er auf den gefährlichen kalten Gewässern Rußlands auf Wacht wegen der Eisberge gestanden hatte oder in denen er benommen oben im Ausguck hin und her schwankte und auf den dunklen Mittelmeergewässern nach Piratenschiffen Ausschau hielt. Er dachte daran, wie er in den feuchten Nebeln der Insel Ré gewacht hatte, und auch an die ein, zwei, drei Nächte, in denen er nackt neben seinem Herrn gelegen und dessen kostbaren Schlaf bewacht hatte.

»Nun schlafe in Frieden, mein Lord«, sagte er in die stille Dunkelheit hinein.

Jetzt, da Buckingham tot war und die Tradescants mit seinen Besitztümern ihre Arche erstanden hatten, hatte John das Gefühl, als hätte sich all das Ringen um die Liebe zu seinem Herrn aufgelöst. Er konnte ihn ohne Sünde lieben, er konnte ihn ohne Scham lieben. Mochte er um ihn trauern, doch er gab sich keine Schuld mehr, ihn nicht durch ein Wort gewarnt zu haben. Und Elizabeth hielt sich an ihr Versprechen und schloß jeden Sonntag den Namen des Herzogs in ihr Gebet ein.

Manchmal fragte sich John, ob der andere Mann, der Buckingham geliebt hatte, der König von England, ebenso empfand. Und ob es für ihn im Kreis seines Hofes und all der Lustbarkeiten wohl eine Lücke gab, ein fehlendes Gesicht, das schöne, eigensinnige Gesicht eines Engels. Und ob er ebenso das Gefühl hatte, die Welt sei nun sicherer geworden, ruhiger, wenn auch trüber ohne George Villiers, den Herzog von Buckingham.

Im Geiste berührte John das Gesicht, so wie der König vielleicht seinen Finger auf die Lippen eines Porträts legen würde, wenn er daran vorüberginge. Dann lief er zu den Ställen, pochte gegen die Tür, bis der Stallbursche die

Treppe hinuntergestürzt kam, und schickte ihn zum Haus der Hurtes in London.

Frances versetzte das ganze Haus in Aufregung, so wie es Neugeborene gewöhnlich tun. Sie weinte und wollte nachts nicht zur Ruhe kommen, und J. erblickte Morgen für Morgen durch die großen venezianischen Fenster den anbrechenden Tag, wenn er sie, in seinen Armen wiegend, durch den großen Saal mit den Raritäten spazierentrug.

»Schlaf nur«, sagte J. immer zu seiner Frau, wenn ein Wimmern aus der Wiege eine weitere schlaflose Nacht ankündigte. »Ich werde sie herumtragen.« Er schlug das Baby in eine warme Decke ein, warf den Soldatenumhang seines Vaters über sein Nachthemd und ging mit Frances nach unten, wo er in dem vom Mondlicht durchfluteten Raum herumlief, in dem jedes Geräusch ein Echo machte, manchmal eine Stunde lang, manchmal drei Stunden, bis sie Ruhe fand und schlief. Dann konnte er nach oben zurückkehren, wo er sie sanft in ihre kleine Wiege legte.

Jane hatte nicht genügend Milch. Elizabeth sagte, daß sie im Bett bleiben, soviel wie möglich essen und sich ausruhen solle. »Du mußt dir nicht mehr Gedanken machen als eine Milchkuh«, verlangte sie, als ihre Schwiegertochter protestierte. »Ansonsten werden wir eine Amme für Frances brauchen.«

Angesichts einer solchen Drohung ließ sich Jane auf die Kissen zurückfallen und schloß die Augen. »Ich werde dir zum Mittag etwas Hühnerbrühe bringen«, sagte Elizabeth. »Schlaf jetzt.«

»Wo ist Frances?« fragte Jane. »Ist sie bei J.?«

»J. schläft wie ein Toter im Wohnzimmer«, antwortete Elizabeth mit einem Lächeln. »Er hatte sich an den Tisch gesetzt und wollte die Pflanzbücher auf den letzten Stand bringen, da fiel sein Kopf aufs Tintenfaß, und weg war er. Ich habe ihm eine dicke Wolldecke umgelegt und ihn allein gelassen. Frances ist bei John.«

»Weiß John, wie er mit Frances umgehen muß? Hast du ein Auge auf ihn?«

»John hat seine eigenen Methoden«, sagte Elizabeth. »Aber ich werde auf ihn aufpassen.«

Sie schaute aus dem Schlafzimmerfenster und sah John mit seiner Enkelin. Er hatte sich das Baby in fremdländischer Manier auf den Rücken gebunden, so wie er es bei Eingeborenen auf einer seiner Reisen gesehen haben mußte. Mit dem warm eingeschlagenen Baby, das sich behaglich an seinen Wollrock schmiegte, ging er durch den Garten hinunter zu den Obstbäumen, um nachzusehen, ob alle Kastanien den Frost überstanden.

Einen Moment lang mußte Elizabeth ihren Wunsch unterdrücken, hinauszueilen, um ihm das Kind abzunehmen. Das Baby weinte nicht, Johns hinkender Gang wirkte beruhigend auf die Kleine. Dazu sang er ein Liedchen vor sich hin: »Mäuselchen, Säuselchen, Häuselchen, Pudding«, einen Vers ohne Sinn. Frances schlief ein, während John am Ende seines Obstgartens die Obstbäume überprüfte.

Noch konnten sie sich keine beheizbare Mauer leisten, wie er sie in New Hall gebaut hatte. Doch John hatte seine Bäume in Sackleinen und Stroh gewickelt, in der Hoffnung, den Frost fernzuhalten. Die gleiche Technik wandte er bei den zarten, neuen Stecklingen an, besonders bei jenen aus dem Mittelmeerraum oder aus Afrika, die wahrscheinlich noch nie zuvor einem Frost ausgesetzt gewesen waren. Die neuen Pflanzen aus Amerika konnten mehr vertragen, so nahm er an. Alle kleinen Pflanzen hatte er in eine Reihe neuer, besonderer Beete in der Nähe des Hauses gesetzt, die er mit Holzbrettern eingefaßt hatte, um die Erde ein wenig wärmer zu halten. Dort gab es auch große Glashauben, die sonst für das Reifen von Melonen bestimmt waren, nun aber den kalten Wind fern- und die spärliche Wärme der Wintersonne festhalten sollten.

Obwohl der Herzog tot war, trafen mit den Schiffen immer noch Pflanzen und Raritäten ein, und recht häufig kam ein Seemann nach Lambeth zu John Tradescant, um ihm eine kleine Kuriosität oder einen Schatz anzubieten. Mochte der Herzog auch nicht mehr sammeln, was die Schiffskapitäne mitbrachten, war nun an John Tradescant adressiert: Die Arche, Lambeth; und sie konnten sicher sein, daß sie von Mr. Tradescant oder seinem Sohn einen fairen Preis erhielten. Manche prahlten sogar damit, daß ihr Fund der Mittelpunkt von Tradescants Ausstellung sei, die immer mehr Berühmtheit erlangte. Manchmal waren es riesige Objekte: der Kieferknochen eines Wals oder ein anderer gewaltiger unbekannter Knochen. Manchmal waren sie ganz winzig: ein geschnitztes Haus in einer Walnuß. Die Gegenstände waren aus Stein oder Haut, aus Holz oder Elfenbein, von einem Kunsthandwerker angefertigt oder von der Natur so geformt. Die Tradescant-Sammlung war höchst vielfältig und offen für alle möglichen Dinge. Jedes seltene, exotische Objekt war hier willkommen, fand seinen Platz irgendwo in den Schränken in dem großen Saal.

John hielt inne und blickte mit Freude auf sein Haus. Irgendwann hatte er vorgehabt, auch die Terrasse verglasen zu lassen, um dort im Winter seine empfindlichsten Pflanzen unterzubringen, doch das hätte ihm das Vergnügen geschmälert, an sonnigen Tagen draußen auf der Terrasse zu sitzen.

»Es ist ein hübsches Haus«, sagte er über die Schulter zu dem schlafenden Baby. »Ein hübsches Heim für eine größer werdende Familie. Wenn du erst einmal noch zwei Brüder und eine Schwester hast, dann werdet ihr alle auf dem Rasen vor dem Haus spielen, und ich werde noch ein Feld dazukaufen, damit ihr euch dort einen Esel halten könnt.«

## Frühjahr 1629

Daß das Haus in Lambeth eine Arche darstellte, die die Familie sicher durch schwierige Zeiten bringen würde, sollte sich beweisen müssen, noch ehe Frances zwei Monate alt war. Der ständige Unmut des Königs über das Unterhaus, das Buckingham verleumdet und versucht hatte, ihn seines Amtes zu entheben, flammte aufgrund des offenen Entzückens der Parlamentsmitglieder über den Tod des Herzogs erneut auf. Der König gab nun Sir John Eliot, dem radikalsten Wortführer im Parlament, an Buckinghams Ermordung die Schuld – angeblich sollte er den Mörder Felton gedungen haben. Der König befahl, Felton zu foltern, bis er die Verschwörung aufdecke. Nur die Anwälte, die gegen den zornigen König auftraten, bewahrten Felton vor größeren Qualen. Felton schwor unterm Galgen, er habe nur aus Liebe zu seinem Vaterland und allein gehandelt.

Eliot spürte, daß das Land auf seiner Seite war; so packte er im Januar im neu einberufenen Unterhaus die Gelegenheit beim Schopfe und lehnte es ab, dem König auch nur einen Penny der fälligen Abgaben zu zahlen, bis das Parlament nicht über den aufrührerischen Antrag beraten hätte, der König auf Erden solle dem König im Himmel weichen – das war ein klarer Aufruf der Puritaner, der weltlichen Macht des zunehmend katholischer werdenden Charles und seinen hochkirchlichen Bischöfen Widerstand zu leisten.

Während in der Stadt Gerüchte über die Debatte umgingen, pochte es laut gegen die Hintertür von Tradescants

Haus. Die Köchin kam in den Raritätensaal gelaufen, wo Jane gerade kleine Schilder beschriftete und Frances' Wiege mit dem Fuß schaukelte. J. spannte vor dem Kamin eine seltene Tierhaut in einen Rahmen.

»Eine Nachricht für den Herrn, aus Whitehall!« rief die Köchin.

Jane erhob sich und ging zum Fenster. »Er ist bei den Beeten mit den Sämlingen«, sagte sie, pochte an die Scheibe und winkte John. »Jetzt kommt er.«

John trat ein und rieb sich die Hände an den Lederhosen ab. »Um was geht es?«

»Eine Botschaft«, sagte die Köchin. »Auf Antwort wird nicht gewartet. Aus Whitehall.«

John streckte eine Hand aus und betrachtete das Siegel. »William Ward«, sagte er kurz. »Der Verwalter meines Herrn.« Er drehte das Blatt um und las. J. sah, wie sein Vater trotz der wettergebräunten Haut blaß wurde.

»Was ist?«

»Der König hat Sir John Eliot festnehmen lassen und ihn in den Tower geworfen. Er hat das Parlament aufgelöst. Er nennt das Parlament ein Nest von Schlangen und sagt, er will von nun an ohne Parlament regieren.« Er las rasch. »Sie haben die Türen des Parlaments vor dem König von innen verriegelt und beschlossen, daß der Schiffszoll, die Abgaben nach Gewicht der Güter – das sogenannte Tonnen- und Pfundgeld – und des Königs Theologie illegal seien.« Er las weiter und fluchte.

»Was noch?« fragte Jane ungeduldig.

»Zwei Unterhausmitglieder haben den Sprecher – also den Beauftragten des Königs – auf seinem Stuhl festgehalten, damit die Resolutionen verabschiedet werden konnten, ehe die Wache des Königs hereinstürmen und sie festnehmen konnte.«

Jane blickte in die Wiege auf das schlafende Baby. »Was hat der König vor?« fragte sie.

John schüttelte den Kopf. »Das weiß Gott allein.«
»Was bedeutet das für uns?« erkundigte sich J.
John schüttelte wieder den Kopf. »Für uns und das Land? Stürmische Zeiten.«

## 1630

Es brachen keine stürmischen Zeiten an, sondern eine Art Frieden, der das ganze Land überraschte. Die Parlamentsmitglieder zerstreuten sich gemäß dem Befehl des Königs, und obwohl sie ihre Klagen wieder mit in ihre Heimatorte nahmen, begehrte das Volk nicht auf und verlangte nicht, das Parlament solle erneut in London zusammentreten. Der König regierte nun ohne Parlament – so wie er es angedroht hatte. Er tat das bis 1640, und praktisch hieß das, daß eigentlich niemand das Land regierte, niemand mehr über irgend etwas debattierte. Während dieses Machtvakuums schleppten sich die Dinge so mühselig dahin wie eh und je. Die kleinen und großen Städte wurden wie immer von einem losen Bündnis aus Verwaltungsbeamten, Adligen und Pfarrern gelenkt, von verschiedenen Gepflogenheiten und der Macht der Gewohnheit.

In Lambeth ließ immer noch der versprochene Bruder von Frances auf sich warten, obwohl diese schon ihre Kinderkrankheiten hinter sich hatte, zu laufen und zu sprechen begann und bereits eine kleine Ecke im Garten hatte. Mit zwölf Nelkenpflanzen und zwanzig Erbsen sollte sie sich im Gärtnern versuchen. Sie wurde verwöhnt – so wie das einzige Kind in einem Haushalt mit vier Erwachsenen wohl stets verwöhnt wird; doch sie konnte durch nichts verzogen werden. Auch als sie etwas älter war, liebte sie immer noch den hohen Raritätenraum mit seinem Echo und wollte gern huckepack von ihrem Großvater den Weg bis zum Ende des Obstgartens getragen werden. Als sie kräftiger und schwerer wurde, verstärkte sich Johns hinkender Gang unter ihrem Gewicht, und er fing an, sich wie ein alter Seemann, der er manchmal zu sein vorgab, beim Gehen zu wiegen. Wenn Elizabeth ihn und die Kleine vom Fenster aus beobachtete, wie sie im Garten herumliefen, spürte sie eine Art Erleichterung darüber, daß sie und John, J. und Jane endlich seßhaft geworden waren.

»Wir haben Wurzeln geschlagen«, sagte John eines Abends zu ihr, als er sah, wie sie über den Abendbrottisch zu ihm hinüberlächelte. Die Magd hatte das Essen aufgetragen – sie hatten jetzt eine Dienstmagd, eine Köchin, einen Burschen für das Haus und drei Gärtner. »Ich glaube, wir sollten uns einen Wahlspruch zulegen.«

»Keinen Wahlspruch«, flüsterte J. »Bitte nicht.«

»Einen Wahlspruch«, sagte John bestimmt. »Der unter dem Wappen stehen soll. Du wirst ihn schreiben, J., du kannst Latein.«

»Ich kann mir nichts Unpassenderes für Gärtner vorstellen«, erwiderte J.

John lächelte gelassen. »Nun, selbst der König ist letztlich nur der Enkel eines einfachen Mannes«, sagte er. »Jetzt sind Zeiten angebrochen, in denen man aufsteigen sollte.«

»Der Herzog von Buckingham wurde am Ende seiner Tage als Emporkömmling bezeichnet«, bemerkte Jane.

John blickte auf den Teller hinunter, damit niemand bemerkte, wie sehr ihn das traf.

»Mir fällt außerdem kein passender Spruch ein«, sagte J.

Die Familie ließ sich nach den üblichen Anforderungen des Wappenamtes nicht recht zuordnen. Sie waren auf dem besten Wege, in den adligen Stand der Grundbesitzer, der Gentry, aufzusteigen, da sie über ein eigenes Haus, eigenes Land und Einkünfte aus den Feldern bei Hatfield und aus mehreren Häusern in der City verfügten, die sie zu einem günstigen Preis erworben hatten.

Doch John und J. arbeiteten immer noch mit den Händen auf ihren Feldern und in ihren Gärten, und sie konnten bis auf den kleinsten Heller genau sagen, wieviel sie ein Sämling an Arbeit und Geld für den Kauf des Samens gekostet hat.

Tradescants Pflanzen wurden im ganzen Land, ja in ganz Europa gehandelt. Der Botaniker John Gerard ließ sich von ihnen beliefern und tauschte Ableger mit ihnen aus. John Parkinson erwähnte den Namen Tradescant in seinem Buch über Gartenkunst und schrieb, daß er ihnen viel verdanke, und das, obwohl er der Botaniker des Königs war. Alle Gärtner der großen Herrenhäuser des Landes wußten, daß man nur bei den Tradescants in der Arche verschiedene fremde und ungewöhnliche Pflanzen und Bäume bekommen konnte. Die Arche war der einzige Ort außerhalb der Niederlande, wo man seltene Tulpen erwerben konnte, und die Preise dafür waren so vernünftig, wie sie auf einem Markt nur sein konnten, der sich mit jedem Frühjahr mehr und mehr ausweitete.

Fast jeden Tag trafen Bestellungen ein. Da die Parlamentsmitglieder auf ihre ländlichen Anwesen verbannt waren, hatten die Gentlemen nun kaum etwas anderes zu tun, als sich um ihre Felder und Gärten zu kümmern.

»Seine Majestät hat uns einen großen Dienst erwiesen«, sagte John zu Elizabeth, als sie am Eßtisch saß und Samen eintütete, die Jane dann beschriftete und versandte. »Wenn die Squires nämlich noch in Westminster wären, dann würden sie sich nicht um ihre Gärten kümmern.«

»Wir sind wahrscheinlich die einzigen, die dafür dankbar sind«, erwiderte sie ironisch. »Mrs. Hurte erzählte mir, in London sagt man, das Leben sei so, als hätten wir nie ein Parlament gehabt, denn der König regiere das Land wie ein Tyrann und höre nie auf das, was sein Volk will. Jeden Tag ordnet er neue Steuern an. Erst gestern forderte er eine Salzsteuer.«

»Sei still!« sagte John leise, und Elizabeth wandte sich wieder ihrer Arbeit zu.

Sie hatten beide recht. Das Land genoß eine Friedenszeit, die damit erkauft war, daß niemand die Schwierigkeiten zwischen Parlament und König zu erwähnen wagte. König Charles regierte so, wie seiner Meinung nach seine bedeutende Tante Elizabeth regiert hatte: mit wenig Rücksicht auf das Parlament, mit wenigen Ratschlägen von außen und mit Hilfe der unterwürfigen Liebe der Untertanen. Er und die Königin zogen von einem Landsitz zum anderen, gingen auf Jagd, veranstalteten Bälle, wirkten mit bei Maskenspielen, schauten sich Theateraufführungen an. Und überall, wo sie auftauchten, wurde ihnen bei unzähligen prächtigen Festzügen in Versform laut und deutlich versichert, daß sie vom Volk beinah so innig wie Gott selbst geliebt wurden.

Henrietta Maria hatte mit den Jahren ein wenig Erfahrung gesammelt. Als sie hörte, daß ihr ärgster Feind Buckingham tot war, entschlüpfte ihr nicht ein Wort der Freude darüber. Sie ging geradewegs zum König. Als dieser seine einsame Totenwache beendete, war sie da, um ihn zu empfangen; sie war ganz in Schwarz gekleidet und sah von Kummer gezeichnet aus. Sogleich übertrug er auf sie das leidenschaftliche Verlangen, das er immer wie eine Krankheit in sich trug, die Krankheit des weniger geliebten Sohnes, die des zweiten Sohnes eines Königs, der schöne Männer geliebt hatte. Henrietta Maria geriet bei seiner heftigen Umarmung ins Schwanken, doch sie hielt sich auf den Beinen. Sie wollte nichts mehr auf der Welt als von ihm bewundert werden. Das allein machte sie als Frau vollkommen, das machte sie als Königin vollkommen.

Nichts stand seinem neuen Glück entgegen; man ließ nicht zu, daß Seine Majestät etwas betrübte oder beunruhigte. Die Pest in London bewirkte nur, daß der Hof früher als üblich nach Oatlands Park in das Schloß bei Weybridge zog oder nach Windsor oder Beaulieu in Hampshire. Die Armut in Cornwall, der presbyterianische Glaube in Schottland, die Briefe von den Landadligen oder den Friedensrichtern, die dem König warnend klarzumachen versuchten, daß nicht alles im Königreich so rosig und im Lot sei, all das verfolgte ihn von einem Landsitz zum nächsten. Erst an einem regnerischen Tag würde er sich flüchtig mit alldem befassen. Sein einstiger Arbeitseifer hatte nachgelassen, sobald er bemerkte, wie wenig Lob ihm das einbrachte. Das Parlament hatte sich nie bei ihm für seine eigenhändig geschriebenen Memoranden bedankt, doch nun gab es ja kein Parlament mehr. Die mit den hohen Staatsämtern betrauten Männer waren inkompetent und korrupt und arbeiteten genausogut ohne Kontrolle wie unter dem ziellosen Blick des Königs.

Der erste Sohn und Thronfolger des Königs wurde im Mai 1630 geboren. Drei Monate später klopfte ein Bote des Hofes, der sich gerade in Windsor aufhielt, heftig gegen die Tür der Tradescants. Er schaute hoch, machte aber keine Bemerkung über das Wappen, das dort stolz an der Mauer prangte.

»Eine Botschaft für John Tradescant«, verkündete er, als Jane die Tür öffnete.

Sie trat zurück, um ihn ins Wohnzimmer zu bitten, und er schritt ihr voran, wie er es bei einer Quäker-Bediensteten gewohnt war. Jane wußte, daß sie die Eitelkeit weltlichen Scheins verachten sollte, trotzdem wies sie ihn mit hoheitsvoller Geste zu dem Sessel am Kamin. »Ihr dürft Platz nehmen«, sagte sie mit der Würde einer Herzogin. »Mr. Tradescant, mein Schwiegervater, wird sofort bei Euch sein.« Sie wandte sich um und eilte in den Garten, wo John gerade dabei war, Sämlinge umzupflanzen.

»Du mußt kommen, mach dich aber vorher sauber! Ein

königlicher Bote wartet auf dich im Wohnzimmer!« rief sie aus.

Langsam erhob sich John. »Ein königlicher Bote?«

»Gibt es Ärger?« fragte J. »Etwa wegen des Wappens, oder?«

»Sicher nicht«, beruhigte ihn John. »Gib ihm ein Glas Wein, Jane, und richte ihm aus, daß ich sofort komme.«

»Du mußte deinen Rock noch wechseln«, erinnerte sie ihn. »Er ist in voller Livree und trägt eine mächtige Perücke.«

»Es ist nur ein Bote«, sagte John sanft. »Nicht Königin Henrietta Maria persönlich.«

Jane raffte ihre Kleider, rannte zurück ins Haus, rief bei der Küchenmagd nach einem kühlen Glas Wein und stellte es auf das beste Silbertablett.

Als sie den Raum wieder betrat, blickte der Bote gerade aus dem Fenster in den Garten hinunter.

»Wie viele Männer hat Mr. Tradescant hier angestellt?« fragte er und versuchte sie in eine Unterhaltung zu verwickeln, um seine frühere Unhöflichkeit wettzumachen.

Sie schaute hinaus. Sie war peinlich berührt, als sie nicht die Gartengehilfen, sondern ihren Mann und ihren Schwiegervater sah, die jeder mit einer Hacke und einem Eimer vom Obstgarten heraufkamen. »Ein halbes Dutzend im Sommer«, sagte sie. »Im Winter weniger.«

»Habt Ihr viele Besucher?«

»Ja«, sagte sie. »Sowohl für den Garten als auch für das Raritätenkabinett. Im Garten gibt es lauter seltene Früchte und Pflanzen zu sehen; Ihr könnt dort gern einen Spaziergang machen, wenn Ihr wollt.«

»Vielleicht später«, sagte der Bote hochmütig. »Ich muß jetzt mit Mr. Tradescant sprechen.«

»Er wird auf der Stelle hier sein«, sagte Jane. »Während Ihr wartet, könnte ich Euch ein paar Gegenstände aus den Schränken zeigen.«

Zu ihrer Erleichterung öffnete sich hinter ihr die Tür. »Da bin ich«, sagte John. »Verzeiht, daß ich Euch habe warten lassen.«

Wenigstens hatte er sich die Hände gewaschen, doch er trug immer noch seinen alten Gärtnerrock. Dem Boten, der sich nichts anmerken ließ, wurde klar, daß der Arbeiter, den er vom Fenster aus gesehen hatte, tatsächlich jener Gentleman war, dem sein Besuch galt.

»Mr. Tradescant«, begann er. »Ich habe einen Brief des Königs bei mir, und ich soll auf Eure Antwort warten.«

Er hielt ihm eine Schriftrolle hin, die am unteren Rand ein dickes rotes Siegel trug.

Jane mußte sich zwingen, sich nicht hinter ihn zu stellen und heimlich mitzulesen.

»Hmm-hmm-hmm«, sagte John, der die üblichen Komplimente und Anreden am Anfang des Briefes überflog. »Nun! Seine Majestät befiehlt mir, sein Gärtner im Schloß von Oatlands zu werden! Ich fühle mich geehrt.«

»Seine Majestät hat gerade Ihrer Majestät der Königin das Schloß geschenkt«, teilte ihnen der Bote mit. »Und sie wünscht sich einen Garten wie in Hatfield oder in New Hall.«

John hob den Kopf. »Es ist schon lange her, daß ich einen Garten für ein Schloß angelegt habe. Und dieses Jahr werde ich sechzig. Es gibt andere Gärtner, die Ihre Majestäten einstellen könnten. Auch hätte ich gedacht, daß die Königin einem Garten nach französischer Art den Vorrang gibt.«

Der Bote zog seine gezupften Augenbrauen hoch. »Vielleicht. Doch es ist nicht an mir, Seine Majestät oder Ihre Majestät über dero Vorgehensweise zu beraten. *Ich gehorche lediglich dero königlichen Anordnungen.*«

»Oh«, sagte John, der zurechtgewiesen worden war. »Ich verstehe.«

»Seine Majestät hat mir befohlen, ihm eine Antwort zu

überbringen«, fuhr der Bote hochmütig fort. »Wünscht Ihr wirklich, ich soll Seiner Majestät mitteilen, daß Ihr sechzig Jahre alt seid und daß Seine Majestät Eurer Meinung nach auf Euch verzichten sollte?«

John verzog das Gesicht. Eine Aufforderung vom König kam einem königlichen Befehl gleich. Er konnte gar nicht ablehnen. »Teilt Seiner Majestät mit, ich fühle mich geehrt und nehme das Anerbieten an. Es wird mir immer eine Freude sein, Ihren Majestäten nach bestem Vermögen zu dienen.«

Der Bote wirkte nicht mehr ganz so angespannt. »Ich werde Eure Nachricht überbringen. Seine Majestät erwartet Euch in einer Woche im Schloß von Oatlands.«

John nickte. »Es wird mir ein Vergnügen sein.«

Der Bote verneigte sich. »Es war mir eine Freude, Euch kennengelernt zu haben, Mr. Tradescant.«

»Ganz meinerseits«, erwiderte John würdevoll.

Der Bote verneigte sich zum Abschied noch einmal und ließ John und seine Schwiegertochter allein im Raum zurück.

»In den Dienst des Königs«, sagte sie bitter. »Das wird J. nicht gefallen.«

»Er wird es ertragen müssen«, meinte John streng. »Man kann einem König keine Bitte abschlagen. Du hast ihn ja gehört. Meine Zustimmung war nur eine Formsache, er wußte doch schon, an welchem Tag ich mit der Arbeit anfangen muß.«

»Wir waren übereingekommen, nie wieder für einen Herrn zu arbeiten«, erinnerte ihn Jane.

John nickte. »Damit haben wir nicht gerechnet. Doch vielleicht wird alles nicht so schlimm.« Er drehte sich um und blickte aus dem Fenster auf sein kleines Anwesen. »Ich habe gehört, daß es da eine große Orangerie gibt«, sagte er. »Doch die Gärtner hatten nie viel Glück, die Bäume zum Blühen zu bringen. Es gibt einen Garten für den König und extra einen nur für die Königin. Das Ganze ist wie ein Dorf mit vielen Gärten, die ganz miserabel angelegt sind; ein Hof geht in den nächsten über, mit Blick auf die Themse. Es wird darauf ankommen, daß jede Ecke eine hübsche Pflanze erhält, so daß man eine gewisse Geschlossenheit erreicht und jeder Winkel einen schönen Anblick bietet.«

Jane ging auf die Tür zu. »Soll ich es J. sagen oder du?« fragte sie kühl. »Er hat sicher wenig Lust, schöne Anblicke für solch einen König zu schaffen.«

»Ich werde es ihm sagen«, antwortete John. »Ich frage mich, ob wir genügend Kastanienbäumchen haben, um sie in die Mitte jedes Hofes pflanzen zu können?«

John teilte seinem Sohn beim Abendessen die Neuigkeit mit. Bereits als J. den Raum betrat, hatte John geahnt, daß Jane ihn vorgewarnt und J. sich gewappnet hatte.

»Ich habe geschworen, nie wieder für einen Herrn zu arbeiten«, sagte J.

»Du würdest es für mich tun«, berichtigte ihn John sanft. »Für uns alle. Für unser aller Wohl.«

J. blickte zu seiner Frau.

»Er würde es für die Königin tun«, sagte sie offen. »Eine Frau voller Eitelkeit und eine Ketzerin obendrein.«

»Mag sie beides sein«, stimmte ihr John zu. »Doch sie zahlt nur den Lohn. Wir stehen nicht unter ihrer Aufsicht. J. wird nie mit ihr sprechen müssen.«

»Trotzdem bleibt mir bei dem Gedanken etwas im Halse stecken«, sagte J. nachdenklich. »Ein Mensch, der von sich selbst behauptet, Gott näher zu sein als ich, dem haftet etwas Eigenartiges an. Einer, der sich für etwas Besseres hält, als ich oder jeder andere Erdenbürger es ist – fast für einen Engel! Selbst wenn ich ihn nie zu Gesicht bekäme ... Das geht mir gegen den Strich.«

»Weil es Ketzerei ist«, sagte Jane entschieden.

J. schüttelte den Kopf. »Nicht deshalb«, sagte er. »Weil das System mich nicht anerkennt – es erkennt nicht an, daß ich selbst denke, so wie er selbst denkt. Daß ich Ideale habe, so wie er Ideale hat. Daß ich auch den Wunsch und den Glauben an bessere Zeiten habe und dafür bete, für den großen Tag, den Jüngsten Tag. Wenn der König so weit über mir steht wie ein Engel, dann brauchte ich nicht zu denken und zu hoffen und zu beten. Es ist, als würde mich seine Bedeutsamkeit kleiner machen.« Er blickte in die überraschten Gesichter. »Ich glaube, ich drücke mich unverständlich aus«, sagte er, sich verteidigend. »Ich kann solche Dinge nicht so gut darlegen. Es waren nur meine Gedanken.«

»Das, was du sagst, würde jeden König leugnen«, sagte John. »Diesen und alle anderen. Einen guten wie einen schlechten.«

Zögernd nickte J. »Ich verstehe einfach nicht, wieso sich irgendein Mensch über einen anderen erheben kann. Ich verstehe nicht, wieso irgendein Mensch mehr als ein Haus benötigt, wieso einer Dutzende von Häusern und Hunderte von Dienern braucht. Wieso sollte er Gott mit diesen Dingen näher sein – ich hatte angenommen, daß er sich damit immer weiter von Gott entfernte!«

John rutschte unruhig auf seinem Holzstuhl hin und her. »So redet ein Leveller, mein Sohn, ein Gleichmacher. Als nächstes wirst du noch alle Könige außer König Jesus leugnen und ins freie und wüste Land aufbrechen.«

»Es ist mir egal, wie es genannt wird«, sagte J. ruhig. »Ich hätte keine Furcht, das, was ich denke, zu sagen, auch wenn andere die gleichen Gedanken haben, ihnen aber auf radikalere Weise Ausdruck verleihen. Tatsächlich wäre England besser dran ohne einen Mann an der Spitze, der meint, für uns zu sprechen und uns zu kennen, aber über sein Volk nichts weiß.«

»Er hat doch Berater.«

J. zuckte die Schultern. »Er ist von Höflingen und Schmeichlern umgeben. Er hört nur, was sie ihm erzählen, und sie erzählen ihm nur, was er hören will. Er kann sich kein Urteil bilden, besitzt keine Weisheit. Er ist in seiner Eitelkeit und Ignoranz gefangen wie ein Fisch in einem Teich.« John prustete vor Lachen bei dem Gedanken an das lange Trauergesicht seines Monarchen, das an den Kopf eines Karpfens erinnerte.

»Doch wen willst du einstellen, wenn J. nicht mitkommt?« sprach Elizabeth die praktische Seite an.

»Dann muß ich jemanden finden«, sagte John. »Es gibt viele, die sich um eine solche Stellung reißen. Doch ich möchte lieber mit dir zusammenarbeiten, J., und eigentlich verlange ich das.«

»Du würdest mich nicht zwingen«, sagte J. »Du würdest meine Ansichten respektieren, Vater. Ich bin ein erwachsener Mann.«

»Du bist zweiundzwanzig«, erwiderte John ohne Umschweife. »Gerade mal erwachsen geworden. Du triffst deine eigenen Entscheidungen, du hast selbst eine Familie. Doch ich bin immer noch dein Vater, und meiner Hände Arbeit bringt das Brot auf deinen Tisch hier.«

»Ich bleibe hier!« rief J. gereizt aus. »Und ich arbeite schwer genug!«

»Im Winter verdienen wir fast nichts«, erinnerte ihn John. »Dann leben wir von unseren Ersparnissen. Im Lager sind keine Pflanzen mehr vorrätig zum Verkauf, und kein Besucher kommt bei schlechtem Wetter. Im letzten Jahr haben wir bis zum Frühjahr all unsere Einkünfte ausgegeben. Im Schloß dagegen würde man uns das ganze Jahr hindurch bezahlen.«

»Papistengold«, murmelte Jane und blickte auf ihren Teller.

»Das wir uns ehrlich verdienen würden«, entgegnete John. »Ich bin ein alter Mann. Ich hätte mir nie vorgestellt, arbeiten zu müssen, um euch zu ernähren, J. Sind dir deine Ansichten wichtiger als deine Pflicht mir gegenüber?«

J. warf seinem Vater einen wütenden Blick zu. »Es ist immer das gleiche!« platzte es aus ihm heraus. »Du bist stets der, der einfach macht, was er will. Und ich bin der, der gehorchen muß. Nun, wo wir hier alle ein Heim haben und du frei bist und ebenfalls bleiben könntest, da beschließt du, wieder fortzugehen. Und ich soll mit!«

»Ich bin nicht frei«, entgegnete John ernst. »Der König hat mich zu sich befohlen.«

»So widersetze dich dem König!« rief J. »Einmal in deinem Leben geh nicht auf Geheiß eines großen Mannes weg. Einmal in deinem Leben sprich für dich selbst! Widersetze dich dem König!«

Es folgte ein langes Schweigen des Entsetzens.

John erhob sich vom Tisch und trat zum Fenster. Er blickte über den Garten hinweg, der im grauen Licht der Abenddämmerung schimmerte. Über dem Kastanienbaum leuchtete ein Stern, und irgendwo im Obstgarten sang eine Nachtigall.

»Niemals werde ich mich dem König widersetzen«, sagte er. »Und ich möchte nicht noch einmal solche Worte in meinem Haus hören.«

Das Schweigen schien langsam unerträglich zu werden. Da wandte sich J. mit leiser und ernster Stimme an John. »Vater, es ist nicht mehr Königin Elizabeth, und du arbeitest nicht mehr für Sir Robert Cecil. Charles ist nicht wie sie. Dies ist nicht mehr das Land von damals. Dieses Land wurde in Schulden gestürzt und von Ketzerei zerrissen. Es wird von einem eingebildeten Narren regiert, den eine papistische Frau beherrscht, die sich ihrem Bruder, dem König Louis XIII. von Frankreich, verpflichtet fühlt. Ich kann es nicht ertragen, unter einer solchen Herrschaft zu arbeiten. Falls du mich dazu zwingst, werde ich lieber dieses Land ganz verlassen.«

John nickte. Die beiden Frauen, Elizabeth und Jane, saßen schweigend da, atmeten kaum und warteten gespannt auf seine Antwort.

»Ist das dein Ernst?«

J. holte tief Luft und nickte nur.

John seufzte. »Dann mußt du deinem Gewissen folgen und gehen«, sagte er einfach. »Denn der König ist vor Gott mein Herr, und er hat mich zu sich befohlen. Und ich bin dein Vater und sollte von dir Gehorsam verlangen. Wenn du dich mir widersetzen willst, dann solltest du gehen, J. So wie Adam und Eva *ihren* Garten verlassen mußten. Es gibt Gesetze im Himmel und auf Erden. Dein ganzes Leben lang habe ich freie Gedanken und unbesonnenes Gerede von dir mit Nachsicht geduldet, selbst im Garten meines Herrn. Doch wenn du dem König nicht dienen willst, dann solltest du nicht in seinem Garten arbeiten. Dann solltest du in diesem Land nicht Gärtner sein.«

J. erhob sich vom Tisch. Seine Hände zitterten. Rasch ließ er sie auf dem Rücken verschwinden, damit niemand es bemerkte.

»Warte …«, sagte Elizabeth leise. Keiner der beiden Männer schenkte ihr Beachtung.

»So werde ich gehen«, sagte J., als wolle er die Entschlossenheit seines Vaters auf die Probe stellen.

»Wenn du dich dem Gehorsam mir gegenüber nicht beugst und deinem König über mir und dem Gott über ihm, dann bist du nicht mehr länger mein Sohn«, sagte John schlicht. »Ich bete zu Gott, daß du diesen Weg nicht beschreiten wirst, J.«

J. drehte sich um und schritt zur Tür. Jane stand ebenfalls auf, zögerte etwas, blickte von ihrem Mann zu ihrem Schwiegervater. Ohne ein weiteres Wort zu verlieren, verließ J. den Raum.

»Geh ihm nach«, sagte Elizabeth rasch zu Jane. »Beruhige ihn. Er kann es nicht so gemeint haben. Er soll wenigstens die Nacht noch hierbleiben – morgen wollen wir weiterreden.« Elizabeth nickte rasch zum Fenster hinüber, wo John stand, und bedeutete damit Jane, daß sie ihren Mann umstimmen wollte.

Jane zögerte. »Doch ich glaube, er hat recht«, flüsterte sie so, daß John es nicht hören konnte.

»Was sind schon Worte?« hauchte Elizabeth. »Was sind schon Worte? Nichts ist wichtiger, als daß ihr hier wohnen bleibt und auch noch hier wohnen werdet, wenn wir einmal nicht mehr sind. Die Gärten und der Name Tradescant. Geh rasch und halte ihn zumindest davon ab, seine Sachen zu packen.«

Jane hielt J. davon ab, in jener Nacht das Haus zu verlassen, indem sie ihm deutlich machte, wie unsinnig es sei, ein schlafendes Kleinkind aus der Wiege zu reißen, es der kalten Nacht auszusetzen und in eine Stadt zu gehen, wo die Pest herrschte. Die beiden Männer, Vater und Sohn, sahen sich beim Frühstück wieder und gingen verstockt und schweigend zusammen in den Garten.

»Was können wir nur tun?« fragte Jane ihre Schwiegermutter.

»Beten, die beiden mögen erkennen, daß die Interessen der Familie wichtiger sind als die Herkunft des Geldes, mit dem wir die Rechnungen bezahlen«, antwortete Elizabeth.

»Vater sollte J. nicht zwingen, gegen sein Gewissen zu handeln«, sagte Jane.

»Ach, meine Liebe, für uns war alles so anders, als wir so alt waren wie ihr. Damals gab es keine andere Arbeit als die bei einem Lord. In J.s Alter hätte sein Vater nicht einmal davon träumen können, ein eigenes Haus oder eigene Felder zu besitzen. Damals war er Gärtnergehilfe in

Cecils Haus, wohnte mit der übrigen Dienerschaft zusammen und konnte nicht einmal zum Frühstück sein Fleisch auswählen – alles kam aus der Küche des Lords. Die Zeiten haben sich so rasch geändert, ihr zwei müßt das verstehen. Die Welt ist jetzt anders.«

»Die Zeiten verändern sich«, sagte Jane zustimmend. »Doch nicht zuungunsten der Adligen und des Hofes. Vielleicht sollten die Tradescants nichts mehr mit dem König zu tun haben. Vielleicht wäre es besser, wenn sie wie meine Familie wären – unabhängige Kaufleute, die nicht die Gnade oder Ungnade des Königs fürchten müssen. Wir sind von niemandem abhängig.«

»Ja, wenn wir Handelsleute wären«, antwortete Elizabeth freundlich, »und ein kleines Geschäft hätten und jeder ringsum im Land unsere Waren benötigte und sie sich leisten könnte! Doch wir sind Gärtner und Besitzer einer Raritätensammlung. Nur die Wohlhabenden kaufen, was wir anbieten und zeigen. Und wir brauchen unser Land dazu. Dieses Gewerbe kann man nur im großen Rahmen betreiben, und wir sind dabei auf die großen Herren des Landes angewiesen. Wir machen Geschäfte mit den Herrenhäusern, wir verkaufen an die Gentlemen bei Hofe. Es war vorauszusehen, daß sich der König früher oder später auf uns besinnen würde.«

»Er möchte uns haben, so wie er alles haben möchte, was schön und selten ist«, sagte Jane verbittert. »Und er glaubt, daß er uns auch kaufen kann.«

Elizabeth nickte. »So ist es.«

Vater und Sohn kamen schweigend zum Mittagessen. Jane und Elizabeth tauschten ein paar Worte über das Wetter und den Fortgang der Arbeiten im Garten aus, doch als keiner der Männer mehr als ein Nicken zur Unterhaltung beisteuern wollte, gaben sie es auf.

Sobald sie gegessen hatten, drängte es die Männer

wieder nach draußen. Jane stand am Fenster im Raritätensaal und sah J. zum Obstgarten laufen, so weit weg vom Haus, wie er nur konnte. John jätete unterdessen Unkraut in den Frühbeeten im kühlen Schatten des Hauses. Es war ein heißer Tag. Selbst die Wildtauben waren still. Jane nahm Frances zum Entenfüttern mit an den Teich seitlich von den Obstbäumen. Sie sah, wie ihr Mann in einer Ecke weit hinten die Brennesseln absichelte. Als er sie entdeckte, steckte er behutsam die Sichel in eine Hülle und kam zu ihr herüber.

»Meine liebe Frau.«

Sie blickte in sein unglückliches Gesicht. »Oh, John!«

»Du möchtest wohl diesen Ort nicht verlassen«, sagte er mit ausdrucksloser Stimme.

»Natürlich nicht. Wo sollten wir auch hin?«

»Wir könnten zu deinen Eltern ziehen, während wir uns nach einer neuen Stellung umschauen.«

»Du hast geschworen, nie wieder für einen Herrn im Garten zu arbeiten.«

»Sogar der Teufel persönlich wäre besser als der König.«

Sie schüttelte den Kopf. »Du sagtest, für keinen Herrn.«

Frances lehnte sich neugierig nach vorn zum tiefen Wasser. Jane packte die kleine Hand. »Nicht zu nah«, sagte sie.

»Es gibt zwei Orte, an denen ich leben würde, wenn du damit einverstanden bist«, sagte J. zaghaft.

Jane wartete.

»Es gibt eine Gemeinschaft von Männern und Frauen, die versuchen, sich ein unabhängiges Leben aufzubauen, zu glauben, was sie wollen, und so zu leben, wie sie es wollen.«

»Quäker?« fragte Jane.

»Keine Quäker. Aber sie glauben an die Freiheit von beiden Geschlechtern. Sie bewirtschaften einen Bauernhof in Devon nahe am Meer.«

»Von wem hast du davon erfahren?«

»Von einem Wanderprediger, der von ihnen erzählt hat, vor ein paar Monaten.«

Jane dachte kurz nach. »Also kennst du sie nicht direkt.«

»Nein.«

Er bemerkte, wie sie Frances fester an sich hielt. »Ich kann nicht unter Fremden leben und so weit von meiner Familie entfernt«, sagte sie bestimmt. »Was ist, wenn einer von uns krank wird? Ich kann nicht so weit weg von meiner Mutter sein. Was ist, wenn wir noch ein Baby bekommen? Wie könnten wir das alles ohne meine oder deine Mutter schaffen?«

»Andere Frauen schaffen das«, sagte J. »Verlassen ihr Heim, leben unter Fremden. Du wirst dich mit ihnen anfreunden.«

»Warum sollten wir weggehen?« fragte Jane einfach. »Wo wir zwei Familien haben, die uns lieben? Wo wir ein Haus haben, das schönste von ganz Lambeth und für seine Raritäten und die Gärten in der ganzen Welt berühmt?«

»Weil der Preis dafür zu hoch ist!« rief J. aus. »Weil ich dafür mit meinem Gehorsam bezahle und mein Gewissen in die Hände meines Vaters lege, der nie einen Gedanken gedacht hat, der nicht von seinem Herrn genehmigt worden ist. Er ist ein höriger, pflichtgetreuer Mann, Jane, ich nicht.«

Sie überlegte einen Moment. Frances zog an ihrer Hand. »Frances Enten füttern«, sagte die Kleine.

»Dort«, sagte Jane, beinahe ohne hinzusehen. »Dort, wo das Ufer nicht so steil ist. Mach dir die Füße nicht naß.« Sie ließ das kleine Mädchen gehen und sah ihr nach, wie sie ans Wasser lief. Die Enten versammelten sich in freudiger Erwartung um Frances, die mit den Händen in die Taschen ihres Kleidchens griff und dann Brotkrumen in ihren Fäusten hielt.

»Und der andere Ort, den du dir vorstellen kannst?« fragte Jane.

J. holte tief Luft. »Virginia«, sagte er.

Jane blickte in sein Gesicht und suchte dann einfach seine Umarmung, so wie sie es am Tag ihrer Hochzeit getan hatte. »Oh, mein Liebster«, sagte sie. »Ich weiß, daß du davon träumst. Aber wir können nicht nach Virginia gehen, es würde meiner Mutter das Herz brechen. Und ich könnte es nicht ertragen, sie zu verlassen. Außerdem sind wir keine Abenteurer, wir sind nicht auf ein Vermögen aus oder müssen von hier fliehen. Hier ist unser Platz, wir haben hier unser Auskommen, und ich möchte hier bleiben.«

J. mied ihren Blick. »Du bist mein Weib«, sagte er kategorisch. »Es ist deine Pflicht, dort hinzugehen, wo ich hingehe. Du mußt mir gehorchen.«

Sie schüttelte den Kopf. »Ich bin durch meine Pflicht an dich gebunden, so wie du an deinen Vater und wie er an den König. Wenn du ein Glied dieser Kette zerreißt, so ist die gesamte Kette zerstört, J. Wenn du nicht deiner Pflicht gegenüber deinem Vater nachkommst, dann brauche ich nicht die meine gegenüber meinem Gatten zu erfüllen.«

»Was wird dann aus uns?« fragte er voller Ungeduld. »Alles ein wirrer Strudel, beziehungslos, wie Distelwolle, die im Wind treibt?«

Sie schwieg. Hinter ihnen setzte Frances gerade zögernd einen Fuß ins Wasser.

»Wenn du dich nur von deinem Gewissen leiten läßt, dann wird es so kommen«, sagte sie nachdenklich.

»So kann eine Gesellschaft nicht existieren«, erwiderte J.

»Und eine Familie auch nicht«, sagte Jane. »Sobald man jemanden liebt, sobald man ein Kind hat, erkennt man auch seine Pflicht an, die Bedürfnisse eines anderen obenan zu stellen!«

J. zögerte.

»Der andere Weg ist der des Königs«, fuhr Jane fort. »Genau das, was du so verabscheust. Ein Mann, der seine eigenen Sehnsüchte und Bedürfnisse über die aller anderen stellt.«

»Aber ich lasse mich von meinem Gewissen leiten!« protestierte J.

»Das könnte er auch sagen«, entgegnete sie leise. »Wenn du König Charles wärst, dann könnten dir deine Wünsche sehr wohl wie dein Gewissen erscheinen, und niemand würde dir sagen, was deine Pflicht ist.«

»Welchen Weg soll ich denn gehen?« fragte J. »Wenn du heute schon mein Berater bist!«

»Einen irgendwo zwischen Pflicht und deinen eigenen Wünschen«, sagte Jane. »Wir finden gewiß einen Weg, der deine Seele vor Ketzerei bewahrt und doch ein Leben hier möglich macht.«

J.s Gesicht verdüsterte sich. »Du würdest deine Bequemlichkeit über mein Gewissen stellen«, sagte er mit ausdrucksloser Stimme. »Alles, wonach du dich sehnst, ist, hier zu leben.«

Sie wandte sich nicht von ihm ab. »Denk nach«, bedrängte sie ihn. »Willst du wirklich dein Erbe aufgeben? Den Kastanienbaum, den dein Vater deiner Mutter schenkte, als du empfangen wurdest? Die schwarze Herzkirsche? Seine Geranien? Die Tulpen, die du aus New Hall gerettet hast? Die Lärchen aus Archangelsk?«

J. drehte seinen Kopf von ihrem bittenden Gesicht weg, doch Jane ließ nicht von ihm ab. »Wenn wir kein weiteres Kind haben können«, sagte sie tapfer, »und Frances unser einziges bleibt – wenn Gott uns nicht gnädig ist, dann werden wir nie einen Sohn haben, der deinen Namen trägt –, dann wird alles, was von den Tradescants übrigbleibt, der Name der Bäume sein. Diese sind dann deine Nachfahren, John – willst du sie im Stich lassen, damit ein anderer ihnen seinen Namen gibt oder sie von ihm gehegt werden? Oder noch schlimmer, von ihm vernachlässigt und gefällt werden?«

Er blickte auf sie herab. »Du bist mein Gewissen und mein Herz«, sagte er leise. »Sagst du mir, daß wir für des Königs Garten arbeiten sollen – selbst für einen König wie diesen –, damit ich nicht meinen Vater und meine Rechte auf seinen Namen verliere und meinen Anspruch auf einen Platz in der Traditionsreihe?«

Sie nickte. »Ich wünschte, es gäbe einen einfacheren Weg«, sagte sie. »Doch du kannst sicher Gärtner des Königs werden und sein Gold annehmen, ohne deiner Seele oder deinem Gewissen zu schaden. Du mußt nicht sein Mann sein, so wie es dein Vater war, an Cecil und dann an Buckingham gekettet. Du nimmst den Lohn und führst die Aufträge aus. Du kannst ein unabhängiger Mann sein, der für seinen Lohn arbeitet.«

J. zögerte noch einen Moment. »Ich wollte von alldem frei sein.«

»Ich weiß«, sagte sie liebevoll. »Doch wir müssen auf den richtigen Zeitpunkt warten. Wer weiß, ob sich nicht einst das ganze Land von ihm befreien will? Dann wirst du deinen Weg gehen. Doch bis dahin, J., müssen wir bei deinem Vater und deiner Mutter leben und die Arche über Wasser halten.«

Schließlich nickte er. »Ich werde es ihm sagen.«

Erst am darauffolgenden Tag beim Mittagessen sprach J. mit seinem Vater. Frances saß neben ihrer Mutter, John an einem Ende des großen, dunklen Holztisches und J. am anderen, Elizabeth zwischen dem Ehemann und dem Sohn.

»Ich habe reiflich nachgedacht. Ich werde mit dir im Park von Oatlands arbeiten«, verkündete J. plötzlich.

John sah auf, verbarg aber seine Überraschung. »Das

freut mich zu hören«, sagte er und versuchte, sich seine Freude nicht anmerken zu lassen. »Deine Fähigkeiten werden vonnöten sein.«

Elizabeth und Jane schauten sich erleichtert an. »Doch wer wird sich um das Geschäft hier kümmern, wenn wir fort sind?« fragte J. ganz nüchtern.

»Wir machen das«, sagte Elizabeth lächelnd. »Jane und ich.«

»Frances auch«, sagte Frances entschlossen.

»Und Frances, natürlich. Peter wird die Besucher durch den Raritätenraum führen; das macht er jetzt schon ausgezeichnet. Und einer von euch wird doch sicher ein oder zwei Tage die Woche hier sein, oder?«

»Wenn der Hof Oatlands verläßt, können wir tun, was wir wollen«, sagte John. »Während ihres Aufenthalts dort legen sie Wert darauf, daß alles schön aussieht. Danach können wir unserer Arbeit in Lambeth nachgehen. Die Hälfte der Pflanzen züchten wir ohnehin hier und pflanzen sie dorthin um.«

»Ich will dort keinen Ketzereien ausgesetzt sein«, sagte J. warnend.

»Ich werde dein zartes Gewissen persönlich beschützen«, versicherte ihm sein Vater.

J. mußte lachen. »Mir ist es ernst, Vater. Ich will keine Ketzereien hören, und ich werde mich nicht vor ihr verneigen.«

»Du wirst den Hut ziehen und dich verneigen müssen«, erklärte ihm John bestimmt. »Das gebietet die Höflichkeit.«

»Nicht bei den Quäkern«, ergriff Jane das Wort.

John sah sie rasch von der Seite her an. »Ich danke dir, Frau Lehrerin. Ich weiß, daß es bei den Quäkern nicht so ist. Doch J. ist kein Quäker ...«, er wandte den Blick seinem Sohn zu, als wollte er ihn drängen, noch einen Schritt von seinem radikalen Glauben abzugehen,

»und im königlichen Garten arbeiten keine Quäker für mich.«

»Die Quäker sind immer noch seine Untertanen«, sagte Jane standhaft.

»Und ich schätze ihren Glauben. So wie J. des Königs Untertan ist und ein Recht auf sein Gewissen hat, innerhalb der Grenzen des Rechts. Doch er wird gehorsam sein, und er wird höflich sein.«

»Was werden wir tun, wenn das Gesetz geändert wird?« fragte Elizabeth. »Dieser König ändert sogar die Kirche, sein Vater, König James, hat sogar die Bibel verändert. Was geschieht, wenn er noch mehr Neuerungen einführt und uns zu Geächteten unserer eigenen Kirche macht?«

J. schaute seine Mutter an. »Das ist genau der Punkt«, sagte er. »Ich kann mich den Dingen eine Zeitlang beugen, doch was geschieht, wenn sich die Lage verschlechtert?«

»Das Handeln kommt vor den Prinzipien«, sagte John, sich an einen weisen Spruch Cecils erinnernd. »Wir werden darüber nachdenken, wenn es soweit ist. Zunächst können wir dem König gehorchen, den Garten seiner Frau umgraben und unseren Glauben für uns behalten.«

»Ich werde mir keine ketzerischen Reden anhören, und ich werde mich vor der papistischen Königin nicht verbeugen«, erklärte J. »Aber ich kann höflich zu ihr sein und die Arbeit für meinen Vater verrichten. Zwei Löhne sind besser als einer. Und außerdem ...« Er schaute still bittend zu seinem Vater auf. »Ich möchte dir gegenüber immer meine Pflicht tun, Vater. In Lambeth soll es immer einen Tradescant geben. Wenn schon der König an seinem Platz seinen Aufgaben nicht gerecht wird, so möchte ich, daß hier alles seinen rechten Gang geht – so wie du.«

John schenkte seinem Sohn ein warmes, liebevolles Lächeln. »Ich werde noch einen Cecil aus dir machen«, sagte er freundlich. »Wir wollen im Garten der Königin ein wenig Ordnung schaffen, unser Leben in steter Ordnung halten wie bisher und beten, daß der König sein Pflicht tut so wie wir.«

Die Königin hatte befohlen, daß John im Park von Oatlands ganz nach seinen Wünschen ein Quartier haben sollte. Sein Haus befand sich neben der Seidenraupenzucht und wurde den ganzen Tag von der Sonne und des Nachts von den Holzkohleöfen gewärmt, die an den Mauern des Seidenraupenhauses brannten. Zuerst hatte John die Vorstellung von seinen Raupennachbarn, die sich tagein, tagaus still durch die Maulbeerblätter fraßen, äußerst widerwärtig gefunden. Doch seine Unterkunft war sehr schön – ein kleines Spielzeugschloß aus Holz, das nach Süden gerichtet war und Fenster mit Mittelpfosten hatte. Es war auf Anordnung der Königin mit hübschen hellen Tischen, Stühlen und einem Bett ausgestattet worden.

Seine Mahlzeiten sollte er mit den anderen Bediensteten in der großen Halle einnehmen. Der König hatte angeordnet, daß man das Essen in der großen Halle servierte, die mit allem Pomp ausgestattet sein sollte, ganz gleich, ob er im Schloß weilte oder nicht. Das Zeremoniell verlangte, daß man eine Tischdecke auf den Tisch vor seinem Sessel legte, daß man dort ein Gedeck hinstellte und ein jeder sich beim Betreten oder Verlassen der Halle vor dem leeren Thron verbeugte.

»Das ist doch aberwitzig«, rief John aus, als er sah, wie sich die Leute vor dem leeren Thronsessel verneigten.

»So hat es der König befohlen«, erwiderte einer der königlichen Kammerdiener. »Um die Würde des Throns zu wahren. So hat man es schon zu Elizabeths Zeiten gehalten.«

John schüttelte den Kopf. »Ich erinnere mich recht gut an Elizabeths Zeiten«, sagte er. »Man verbeugte sich vor ihrem Thron, wenn sie sich auf ihm niederlassen wollte. Und man verbeugte sich vor ihrem Mahl, wenn sie speisen wollte. Sie war viel zu knauserig, als daß sie hätte in zehn Schlössern servieren lassen, wenn sie sich nur in einem davon aufhielt.«

Der andere bedeutete John warnend, er solle lieber schweigen. »So wird jedenfalls jetzt verfahren«, sagte er. »Der König hat es selbst so angeordnet.«

»Und wann wird er kommen?«

»Nächste Woche«, sagte der Kammerdiener. »Und dann werdet Ihr bemerken, wie sich alles wandelt. Hier ist nicht viel los, wenn Ihre Majestäten abwesend sind.«

Er hatte recht. Oatlands wirkte wie ein von der Pest heimgesuchtes Dorf, wenn der Hof woanders weilte. Die Wege zwischen den Gebäuden waren leer und still, die Hälfte der Küchen ungenutzt und kalt, es brannte kein Feuer dort. Doch Anfang September traf ein Zug von Karren und Wagen auf der Straße von Weybridge her ein. Einhundert Boote fuhren von London die Themse aufwärts, um die Habe des Königs zum Schloß zu bringen, da sich der Hof einen Monat lang in Oatlands aufhalten wollte.

Das Schloß wurde von einer Armee von rufenden, streitenden, befehlenden, singenden Köchen, Mägden, Pferdejungen, Kammerdienern, Servierern und niederen Adligen des Hofstaats beherrscht. Ein jeder hatte einen dringenden Auftrag zu erfüllen und eine wichtige Arbeit zu verrichten, und jeder kam jedem in die Quere. Es galt, Gobelins und Gemälde am rechten Ort aufzuhängen, die Fußböden zu fegen und Teppiche auszurollen. Der König reiste stets mit seinen schönsten Möbelstücken. Sein Schlafgemach und das der Königin mußten hergerichtet werden. Die Schornsteine mußten vor Benutzung der Kamine gereinigt werden, und die Kamine mußten rasch beheizbar sein, um das klamme Bettzeug zu trocknen. Das ganze Dorf, das sich über fünfzehn Morgen erstreckte, befand sich in heller Aufregung. Selbst die Jagdhunde in den Zwingern bemerkten das Durcheinander und bellten unter dem gelben Septembermond die ganze Nacht hindurch.

Tradescant widersetzte sich der Anordnung, in der großen Halle zu speisen, und ging ins Dorf Weybridge, um sich Brot, Käse und Bier zu kaufen. Das nahm er in sein kleines Haus mit. Er und die Seidenraupen verzehrten zur gleichen Zeit sozusagen Wand an Wand ihre Speisen. »Gute Nacht, ihr Raupen«, rief Tradescant fröhlich, als er seine Kerze ausblies und die tiefe ländliche Dunkelheit sein Schlafzimmer erfüllte.

John hatte keinen Gedanken auf ein Zusammentreffen mit dem König verschwendet. Bei seiner letzten Begegnung mit Seiner Majestät hatten beide in Portsmouth auf Buckingham gewartet. Davor hatte er ihn bei der Abfahrt der Flotte anläßlich des ersten Feldzugs nach der Insel Ré getroffen. Als John nun in das königliche Prunkschlafgemach geführt wurde, mußte er zu seiner Bekümmerung feststellen, daß er nach seinem Herrn suchte. Er konnte nicht glauben, daß der Herzog nicht da war.

Doch auf einmal sah er ihn, als hätte seine Sehnsucht einen Geist heraufbeschworen. Vor ihm hing ein lebensgroßes Porträt Buckinghams, in dunklen Ölfarben gemalt. Der Herzog streckte eine Hand aus, als wolle er zeigen, wie lang und graziös seine Finger seien und wie kostbar jeder einzelne Diamantring; die andere Hand ruhte auf dem verzierten Knauf seines Degens. Sein Bart war hübsch gestutzt, die Kleider leuchteten und waren reich verziert und mit viel Spitze versehen, doch es war sein Gesicht, das Tradescants Blick auf sich zog. Es war sein Herr, es war sein verlorener Herr. Das dichte schwarze Haar, die im arroganten Lachen hochgezogenen

Augenbrauen über den dunklen Augen, das unwiderstehliche Lächeln, das Funkeln seiner Augen und dieser Anflug von etwas Überirdischem, von etwas Heiligem, das sogar König James erkannt hatte, als er die sinnliche Schönheit dieses Gesichts geliebt hatte.

Das Porträt war neu in dem Schlafgemach, ebenso die kostbaren Vorhänge und die dicken türkischen Teppiche auf dem Boden. Die Gegenstände, die dem König am liebsten waren, nahm er überall mit auf Reisen. Und das liebste Stück des Königs war dieses Bildnis, das immer über seiner Bettstatt hängen mußte, damit er es sehen konnte, ehe er nachts die Augen schloß und wenn er morgens aufwachte.

Ganz leise betrat Charles das Schlafgemach von seinen privaten Räumen her, die sich daran anschlossen, doch als er sah, wie John zu dem Gemälde aufschaute, blieb er stehen. Etwas in der Neigung des Kopfes und in dem ausdauernden Blick Tradescants erinnerte den König daran, daß auch jener einen Mann verloren hatte, der den Mittelpunkt seines Lebens bildete.

»Ihr s…seht Euch mein P…Porträt des … Herzogs an.«

John drehte sich um, bemerkte den König und fiel auf die Knie, wobei er sein Gesicht ein wenig verzog, da sein krankes Knie schmerzte.

Der König befahl ihm nicht, sich zu erheben. »Euer v… verstorbener Herr.« Immer noch stotterte er ein wenig, wie er es als Kind getan hatte. Nur mit zwei Menschen konnte er, ohne zu stottern, sprechen: mit dem Herzog und jetzt auch mit seiner Frau; sonst wollte es ihm nie gelingen.

»Ihr m…müßt ihn sehr vermissen«, fuhr der König fort. Es klang eher wie ein Befehl als der Versuch, Mitleid auszudrücken.

John blickte auf und sah das Gesicht des Königs. Der Kummer hatte Charles verändert, er wirkte älter und erschöpfter, sein braunes Haar schien dünner zu werden. Auf seinen Augen lagen schwere Lider, so als sei er dessen müde, was er sah, als würde er nicht mehr damit rechnen, das zu sehen, was er sehen wollte.

»Ich trauere immer noch um ihn«, sagte John aufrichtig. »Jeden Tag.«

»Ihr h...habt ihn geliebt?«

»Aus ganzem Herzen«, erwiderte John.

»Und er h...hat Euch geliebt?«

John schaute zu seinem König auf. Hinter der Frage verbarg sich große Leidenschaft. Selbst nach seinem Tod konnte Buckingham noch Eifersucht wecken. John, der ältere Mann, lächelte gequält. »Er hat mich ein wenig geliebt«, sagte er, »wenn ich ihm einen besonders guten Dienst erwiesen habe. Doch ein Lächeln von ihm war mehr wert als ein Stück Gold von einem anderen.«

Nun herrschte Schweigen. Charles nickte, als sei die Erklärung nur von geringer Bedeutung; dann wandte er sich zum Fenster und blickte in den Königshof nach unten.

»Ihre M...Majestät wird Euch mitteilen, w...was sie haben will«, sagte er. »Doch ich m...möchte, daß ein Hof mit R...Rosen bepflanzt wird. Rosenblätter zum Werfen bei meinen Maskenspielen.«

John nickte. Ein Mann, der vom Tod seines Freundes zu Rosenblättern für Maskenspiele übergehen konnte, den würde man nur schwer lieben können.

Der König zog die Brauen hoch und blickte sich um.

»Ja, Eure Majestät«, sagte John, noch immer auf den Knien. Er fragte sich, was sein früherer Herr, Lord Cecil, wohl von einem König gehalten hätte, der seinen Kummer einem Gärtner anvertraute, ihn aber die ganze Zeit dabei auf seinem arthritischen Bein knien ließ.

Nun hörte er das Rauschen seidener Gewänder und das Trippeln sich nähernder hoher Absätze.

»Ah! Mein Gärtner!« erklang die Stimme der Königin.

John, der sich schon tief nach unten beugte, versuchte sich noch mehr zu verneigen und kam sich dabei lächerlich vor. Er blickte auf. Die Königin war eine kleine, gedrungene Frau mit vielen Fingerringen und Locken, stark geschminkt und in ein tief ausgeschnittenes Gewand gehüllt, das Elizabeths Abscheu hervorgerufen hätte. Ihre Röcke umgab eine starke Wolke von Weihrauch. Sie schenkte ihm ein strahlendes Lächeln und streckte ihre kleine Hand nach oben.

»Erhebt Euch! Erhebt Euch!« befahl sie. »Ich möchte, daß Ihr mir den ganzen Garten zeigt, damit ich weiß, was zu tun ist!«

Nach den so zögernd hervorgebrachten Sätzen ihres Gatten sprudelte sie ihre mit starkem französischem Akzent so schnell hervor, daß John nicht gleich verstand, was sie sagte.

»Eure Majestät?« Fragend blickte er den König an. Charles machte ein kurze abweisende Geste, die John deutlich zeigte, er solle gehen. Also verbeugte er sich noch einmal und verließ den Raum. Zu seiner Überraschung folgte ihm die Königin.

»Hier entlang! Kommt!« sagte die Königin und lief anmutig die Treppen hinunter und hinaus in den Sonnenschein der königlichen Privatgärten.

»An dieser Stelle sollen lauter duftende Blumen stehen«, erklärte sie ihrem Gärtner. »Die Fenster des Königs blicken nach hier, und ich möchte, daß die Düfte zu ihm aufsteigen.«

John nickte und bemerkte die hohen Mauern um den Hof. Die nach Süden gerichteten Wände gäben noch zusätzlich Wärme ab, die nach Osten böten vor dem Wind Schutz. »Hier könnte ich fast alles anpflanzen«, sagte er.

»Das war der Garten der Königinmutter«, sagte die Königin. Ihre leichte Kopfbewegung machte deutlich, daß sie nicht viel vom Geschmack ihrer Vorgängerin hielt, die niedrige Kräuter und zu Knoten verschlungene Ziersträucher mit farbigen Kieselsteinen dazwischen hatte anlegen lassen. »Ich möchte, daß an den Mauern Rosen ranken, und überall sollen Lilien wachsen. Das sind die Blumen in meinem Wappen. Ich möchte, daß der Garten voller Rosen und Lilien ist, damit der König immer an mich denkt, wenn er aus seinem Fenster blickt.«

John verneigte sich leicht. »Habt Ihr einen Wunsch, was die Farben betrifft?« fragte er. »Ich kann sehr hübsche rot-weiße Rosen besorgen, Rosamund-Rosen. Ich habe sie in meinem Garten in Lambeth.«

»Ja, ja«, sagte sie hastig und verhaspelte sich beim Sprechen. Selbst nachdem sie nun schon fünf Jahre im Land weilte, sprach sie Englisch, als sei es eine eigenartige und äußerst abstoßende Fremdsprache. »In dem Beet in der Mitte möchte ich ein Ornament mit unseren ineinandergeschlungenen Initialen. C und H M. Könnt Ihr das so anlegen?«

John nickte. »Natürlich ...«

Plötzlich wurde sie ganz steif. »Natürlich, Eure Hoheit«, berichtigte sie ihn barsch.

»Verzeiht«, sagte John ruhig. »Ich habe mich so darauf konzentriert, was Eure Hoheit zu sagen haben, daß ich meine Manieren ganz vergessen habe. Natürlich, Eure Hoheit.«

Auf einmal lächelte sie ihn wieder an und gab ihm die Hand, damit er sie küssen sollte. John beugte sich tief hinunter und preßte seine Lippen leicht auf die kleinen Finger. »Es soll ein Garten sein, der ganz allein Liebe ausdrückt«, sagte sie. »Die höchste Liebe, die es unter dem Himmel geben kann. Die Liebe zwischen einem Mann und seiner Frau, und noch höher: die Liebe zwischen einem König und einer Königin.«

»Selbstverständlich, Eure Majestät«, sagte John. »Ich könnte ein paar symbolische Blumen um die Rosen setzen.

Weiße Veilchen für die Unschuld und Immergrün für die Beständigkeit und Gänseblümchen.«

Sie nickte begeistert. »Und eine Ecke in Blau als Tribut an Unsere Liebe Frau.« Sie wandte ihm ihre dunklen Augen zu. »Seid Ihr vom rechten Glauben, Tradescant?«

John dachte kurz an Elizabeth in ihrem quäkerhaften grauen Kleid, an den eisernen baptistischen Glauben seiner Schwiegertochter und an das J. gegebene Versprechen. Er bewahrte eine vollkommen ruhige Miene. »Ich besuche die Kirche meiner Väter, Eure Majestät«, sagte er. »Ich bin ein einfacher Gärtner, ich denke nicht viel an andere Dinge außer an Pflanzen und Raritäten.«

»Ihr solltet an Eure unsterbliche Seele denken«, befahl sie. »Die Kirche Eurer Väter ist die Kirche von Rom. Das sage ich immer dem König!«

Tradescant verbeugte sich und dachte, sie habe gerade etwas gesagt, was sie beide an den Galgen bringen könnte, wenn der König die Gesetze des Landes ernst nehmen würde – was er nur tat, wenn es ihm paßte.

»Und ich will Blumen für meine Kapelle haben, für meine Privatkapelle«, sagte sie. »Blaue und weiße Blumen für Unsere Liebe Frau.«

»Selbstverständlich, Eure Majestät.«

»Und für meine Privatgemächer und Kräuter zum Verstreuen. Außerdem wünscht der König, daß Ihr den Garten mit den Heilkräutern weiterführt und neu bepflanzt und auch den Küchengarten pflegt.«

Wieder verbeugte sich Tradescant.

»Ich möchte, daß das Ganze hier einem Märchenschloß gleicht«, sagte sie, und die soeben noch fromme, römisch-katholische Königin verwandelte sich in die kokette Königin. »Ich möchte, daß alle Menschen im ganzen Land, in ganz Europa erfahren, dies sei ein Märchengarten, ein vollkommener Garten. Habt Ihr schon einmal von dem platonischen Ideal gehört?«

Wie noch nie zuvor war es John leid, über einen Garten zu sprechen. Auf einmal empfand er großes Mitgefühl mit dem König, der seinen männlichen Gefährten verloren und statt Buckingham nun niemand anderen als diese eitle Frau zur Seite hatte.

Die Königin lachte. »Vermutlich nicht!« rief sie. »Das macht nichts, Gärtner Tradescant. Es ist ein Gedanke, der uns bei Hofe viel beschäftigt, bei unseren Maskenspielen, in der Dichtung und in den Stücken. Ich werde Euch nur folgendes sagen: Es ist die Vorstellung, daß es von allen Dingen eine vollkommene Form gibt – von einer Frau, von einem Mann, einer Ehe, einem Garten, einer Rose, und der König und ich möchten dieses Ideal erreichen.«

John blickte sie an, um sich zu vergewissern, ob sie es ernst meinte. Er stellte sich vor, wie sich der Herzog über diese Pedanterie und Exaltiertheit vor Lachen ausgeschüttet hätte. Er hätte John auf den Rücken geklopft und ihn von nun an »Gärtner Tradescant« genannt.

»Denkt darüber nach«, sagte sie mit zuckersüßer Stimme. »Ein vollkommener Garten als Umgebung für ein vollkommenes Schloß, für einen vollkommenen König und eine vollkommene Königin.«

»In einem vollkommenen Land?« fragte John unvorsichtig.

Sie lächelte. Sie kam gar nicht darauf, daß sich hinter dieser Frage etwas anderes als faszinierte Bewunderung verbergen könnte. »Oh, ja«, sagte sie. »Wie sollte es sonst sein, wo es von meinem Gatten und von mir regiert wird?«

## Sommer 1631

John hatte geglaubt, es würde ihm guttun, ein wenig von Lambeth fort zu sein – nie zuvor in seinem Leben war er so seßhaft gewesen, und so fürchtete er, daß ihn die ganze Häuslichkeit dort einengen könnte. Doch nun wurde ihm klar, daß er die täglich wechselnde Arbeit in der Arche vermißte, die mittsommerliche Blüte des Gartens und die schnellen Fortschritte, die Frances machte, denn in jenem Sommer 1631 wuchs sie von einem Kleinkind zu einem kleinen Mädchen von ungewöhnlicher Entschlossenheit heran.

Zu jeder sich bietenden Gelegenheit kehrte er nach Lambeth heim, um Pflanzen aus seiner eigenen Zucht auszuwählen und um seine Enkelin zu sehen. Jedesmal, wenn er sich wieder zum Schloß aufmachte, hielt sich J. im Stallhof auf und ging ihm beim Beladen des Wagens zur Hand.

»Brauchst du mich dort?« fragte er dann immer, und John legte die Hand auf die Schulter seines Sohnes.

»Ich komme noch eine weitere Woche ohne dich aus«, erklärte er stets. »Ich werde dir schon sagen, wann ich dich dort brauche.«

»Ich werde da sein«, versprach daraufhin J., »so wie ich es gesagt habe.«

Danach sah er zu, wie sich sein Vater auf den Sitz schwang und abfuhr. John schmunzelte über die Ernsthaftigkeit seines geliebten Sohnes, der sich auf so widersprüchliche Weise gebunden hatte: an sein Gewissen, an sein Versprechen, an seinen Vater und an sein Weib.

Gegen Ende des Sommers hatte Tradescant die Entwürfe für den Hof des Königs fertig und sie der Königin vorgelegt; nun sollte es ans Umgraben und die Neubepflanzung gehen. Ihm stand ein Trupp von Gehilfen zur Verfügung, aber er benötigte J., um die Arbeiten zu beaufsichtigen, während er sich mit der Herbstbepflanzung im Privatgarten der Königin befassen wollte. »Kommst du dieses Mal mit, J.?« fragte er, als sich die Familie abends auf der Terrasse versammelt hatte. J. trank ein Glas Dünnbier, John einen kleinen Schluck Rum. »Der Heilkräutergarten muß neu bepflanzt werden, und die Königin hat um eine Blumenwiese gebeten.«

Jane blickte erschrocken von ihrer Handarbeit auf. »Eine was?«

John lächelte. »Eine Blumenwiese«, sagte er. »Wie sie auf einem alten Gobelin dargestellt ist, auf dem ein Einhorn zu sehen ist, von Jägern umringt. Es soll eine Wiese sein, eine vollkommene Wiese, mit all den Blumen, die in Wald und Flur wachsen, aber ohne Brennesseln. Man sät und pflanzt wilde Blumen und Gartenblumen durcheinander, und dann mäht man eine kleine Schneise für einen Weg hinein, damit man dort lustwandeln kann.«

»Warum geht sie nicht über eine natürliche Wiese?« fragte Jane.

John trank noch einen Schluck Rum. »Diese Frau lebt nach anderen Regeln, sie ist die Königin. Sie hat es lieber, wenn alles ganz vollkommen gemacht ist. Selbst eine wilde Blumenwiese. Das hat es in der Gartenkunst schon früher gegeben. Ich hätte nicht gedacht, daß ich noch einmal eine solche Wiese anlegen würde. Wild und unberührt soll sie aussehen, und man wird unendlich viel Mühe aufwenden müssen, damit sie ständig blüht und das Unkraut nicht wuchert.«

»Darum kann ich mich kümmern«, sagte J. »Ich habe noch nie so etwas gemacht. Das reizt mich.«

John erhob das Glas auf seinen Sohn. »Und du wirst kaum etwas oder gar nichts mit Ihrer Majestät zu tun haben«, sagte er. »Seit sie mir das erste Mal den Garten gezeigt und erklärt hat, was sie wünscht, bin ich ihr fast nie begegnet. Den größten Teil des Tages verbringt sie mit dem König oder den Hofdamen und Kavalieren des Hofes. Sie möchte, daß der Garten für ihr Spektakel, in dem sie die Königin ist, die Kulisse bildet. An der Gärtnerei hat sie eigentlich kein Interesse.«

»Um so besser«, sagte J. »Denn ich habe kein Interesse an ihr.«

John wollte verhindern, daß J. dem König und der Königin über den Weg lief. Also hatte er seine Ankunft auf einen Tag gelegt, an dem der Hof längst weitergezogen sein wollte. Doch wie immer verzögerte sich alles, und es herrschte ein großes Durcheinander. Man war bereits eine Woche länger geblieben. J. schnitt gerade die voll aufgeblühten Rosen im Rosenhof ab und schüttelte die Blütenblätter vorsichtig in einen breiten, flachen Korb, wo sie trocknen sollten. Plötzlich fiel ihm auf, daß ihn eine kleine, dunkelhaarige Frau beobachtete.

Er bemerkte die vielen Juwelen, die kostbare Seide und die Spitze ihres Kleides und den Troß von Höflingen hinter ihr. Er zog den Hut und verbeugte sich gerade tief genug, um noch höflich zu erscheinen, aber nicht mehr.

»Wer seid Ihr?« fragte sie.

»Ich bin John Tradescant, der jüngere John Tradescant, Eure Hoheit«, sagte J.

»Ich möchte, daß die weißen von den rosafarbenen Blättern getrennt werden«, erklärte sie ihm.

»Ich werde sie trennen, Eure Majestät«, erwiderte J.

»Bringt sie dann in den Vorratsraum, wenn sie trocken sind«, sagte sie.

J. verneigte sich. Sie sollten im Seidenraupenhaus getrocknet werden. Die Frau, die für den Vorratsraum zuständig war, benötigte sie nicht. Sie waren für die Maskenspiele bestimmt, und der Meister der Lustbarkeiten und die Kostümverwahrerin würden sie schon nehmen. Doch es hatte kaum Sinn, darüber mit der Königin zu streiten, wenn diese zu wissen vorgab, wie die Dinge im Schloß gehandhabt wurden.

»Ich möchte, daß in der Mitte dieses Hofes ein Baum gepflanzt wird«, verkündete sie auf einmal. »Ein großer Baum, und Rosen sollen an seinen Wurzeln blühen. Das soll die Sorge meines Gatten für sein Volk ausdrücken. Eine Eiche, die Macht und Stärke symbolisiert, und weiße Rosen, die für die unschuldigen, guten Menschen stehen sollen, die sich um ihn scharen.«

»Rosen mögen keinen Schatten, Eure Majestät«, brachte J. vorsichtig an. »Ich glaube kaum, daß sie unter einer Eiche gedeihen.«

»Aber sicher werdet Ihr doch welche pflanzen können!«

»Sie benötigen Sonne, und sie mögen viel Luft um ihre Blätter«, sagte J. »Sie werden absterben, wenn man sie unter eine Eiche setzt.«

Sie verzog den Mund, als stelle er sich absichtlich begriffsstutzig. »Es ist aber ein Symbol!«

»Das verstehe ich«, sagte J. »Doch die Rosen werden nicht gedeihen.«

»Dann müßt Ihr immer wieder neue pflanzen!«

J. nickte. »Das könnte ich machen, Eure Majestät, wenn es Euer Wunsch ist. Doch das wäre pure Verschwendung.«

»Es ist mir egal, was es kostet«, sagte sie einfach.

»Und Ihr würdet nie einen großen Rosenstrauch haben, da er keine Zeit zum Wachsen hätte, Eure Majestät.«

Sie nickte, hielt nachdenklich inne und scharrte mit ihrem kleinen Fuß in dem glatt geharkten Kiesweg.

J. dachte, daß es wohl sehr selten vorkam, daß ihr jemand eine Bitte abschlug. Die Höflinge, die ein wenig zurückgeblieben waren, traten nun näher und straften ihn mit ihren Blicken. Sie schauten auf die Königin, als fürchteten sie, der Starrsinn des Gärtners würde in aller Öffentlichkeit zu einem Ausbruch ihres königlichen Temperaments führen.

Doch statt dessen lächelte sie. »Die Eiche soll die Wohltätigkeit der Regentschaft meines Gemahls symbolisieren«, sagte sie langsam und deutlich, als sei J. ein Schwachsinniger. »Unter dem Schutz der Eiche müßt Ihr etwas anpflanzen, was die Menschen seines ganzen Königreiches darstellen soll, die unter seiner Macht Schutz finden. Und darum herum eine Reihe von Rosen und Lilien, die mich versinnbildlichen.«

J. ahnte sehr wohl, welche Kraft Symbole haben, obgleich ihm das seine Jahre auf der Lateinschule nicht vermitteln konnten. »Ich verstehe, Eure Majestät«, sagte er höflich, »doch unglücklicherweise schadet der Schatten einer Eiche allen Gewächsen. Nichts kann darunter wachsen außer vielleicht Moos und Gras. Die Eiche erstickt und erwürgt alle Pflanzen, die versuchen, sich unter ihr anzusiedeln.«

Sie zog die Augenbrauen hoch und wandte sich von ihm ab. »Ich hoffe, Ihr versucht nicht, klüger zu sein, als es Eurer Stellung gebührt!« sagte sie scharf.

J. ließ sich nichts anmerken. »Ich bin nur ein einfacher Gärtner, Eure Majestät. Ich weiß nur, was in Euren Gärten gedeihen kann. Von anderen Dingen außer Pflanzen und Unkrautjäten verstehe ich nichts.«

Die Königin zögerte, entschloß sich aber dann zu einem Lächeln. »Nun, so pflanzt etwas Schönes in die Mitte des Hofs«, sagte sie, wobei sie geschickt das Unbehagen umging, daß ihre Pläne nicht verwirklicht werden konnten. »Es ist mir gleich, was.«

J. verneigte sich tief und sah, wie die Damen und Herren des Hofs rasch und erleichtert Blicke austauschten. Die Königin ging weiter, ein Höfling lief vor und nahm ihre Hand, flüsterte ihr etwas ins Ohr, woraufhin sie lachte und ihren kleinen Kopf nach hinten warf. Ein Herr blieb zurück und beobachtete J., der sich wieder den Rosen zuwandte und die Blütenblätter abschüttelte.

»Was habt Ihr gesagt, Gärtner? Daß die Macht eines Königs, der seine Macht ewig erweitern will, das Wachstum und die Gesundheit des Königreiches erstickt?«

J. wandte sich mit unschuldigem Blick dem Fremden zu. »Ich, Sir? Nein. Ich habe über Eichen gesprochen.«

Der Mann schaute ihn an. »Es gibt viele, die der Meinung sind, daß das, was auf Pflanzen zutrifft, auch für die königliche Macht gilt«, sagte er. »Viele meinen, daß die Macht eines Monarchen beschnitten und gekürzt werden muß, damit sie sich in den Garten einpaßt und neben den anderen großen Pflanzen wie Parlament und Kirche den rechten Anblick bietet.«

J. wollte schon zustimmen, beinahe hätte er die Maske der Zurückhaltung fallen lassen, die er seit seiner Ankunft hier getragen hatte. Doch dann erinnerte er sich an die Warnungen seines Vaters. »Davon verstehe ich nichts«, sagte er stur. »Ich schneide nur die Rosen.«

Der Höfling nickte und ging fort. J. richtete sich erst auf, als er weg war. Dann blickte er ihm nach. »Die Leveller haben gute Gesellschaft«, sagte er nachdenklich, »wenn sie sich bereits im Schloß befinden.«

J. hatte recht. Nicht jeder, der bei den Maskenspielen tanzte und die immer größer werdende Porträtsammlung bewunderte, die Charles als den Erfinder der Weisheit und Henrietta Maria als die größte Schönheit zeigte, glaubte den Bildern, die er sah, oder den Worten, die er hörte. Für einige war es ein Spiel, um sich in einem Königreich die

Zeit zu vertreiben, in dem das Regieren durch die Nichtwahrnehmung der Regierungsämter erfolgte. Die Großgrundbesitzer machten sich überall ihre eigenen Gesetze, an übergreifende nationale Angelegenheiten dachte man nur selten. Die jungen Adelssöhne kamen an den Hof und taten so, als seien sie in Henrietta Maria verliebt, schrieben Sonette auf ihre dunklen Locken, priesen den weißen Schimmer ihrer Haut. Sie gingen mit Charles auf die Jagd, sie unterhielten ihn mit ihrem Gesang, mit Theaterstücken und mit lebenden Bildern. Es war ein leichtes Leben, wenn auch belanglos. Nur die Klügeren oder die Ehrgeizigen strebten nach mehr. Nur die wenigen Patrioten dachten, daß man ein Königreich, das einst als Weltmacht galt, nicht so regieren durfte.

Henrietta Maria wollte nichts von Veränderung wissen. Um dem Ausland gegenüber die englische Macht zu demonstrieren, bedurfte es einer stärkeren Armee oder einer stärkeren Flotte, doch ohne Geld waren diese Pläne zum Scheitern verurteilt. In der königlichen Schatzkammer herrschte Ebbe, und Geld konnte allein durch das Erfinden neuer, raffinierter Steuern aufgetrieben werden, was ohne Parlament möglich war. Das letzte, was König und Königin im Sinn hatten, war die Einberufung des Parlaments. Dann hätten sie sich die kritischen Bemerkungen des Unterhauses zu ihren Vorhaben, ihrer Verschwendungssucht, ihren religiösen Praktiken und ihrem Haushalt anhören müssen.

»Wir könnten uns auch Geld leihen«, schlug Henrietta Maria bei einer Zusammenkunft des königlichen Rats vor.

Die Männer verneigten sich. Niemand wollte dem König oder der Königin mitteilen, daß sich Englands Kreditwürdigkeit auf dem Nullpunkt befand.

»Ja, das ist es«, sagte Charles erfreut. »Kümmert Euch darum, Gentlemen«, und lächelnd verließ er das Treffen, als hätte er seine Arbeit getan.

Niemand besaß die Autorität, ihn zurückzurufen. Charles hörte nur auf die Königin, und diese auf ihren Beichtvater, auf den französischen Botschafter, auf die Günstlinge ihres kleinen Hofes, auf ihre vertrauten Bediensteten und auf jeden, an dem sie Gefallen fand. Sie stand über Bestechung und Korruption, weil sie so launenhaft war. Nicht einmal der Repräsentant ihres Heimatlandes konnte sich ihrer vollen Aufmerksamkeit gewiß sein. Während er mit ihr sprach, blickte sie meist aus dem Fenster oder ging im Raum umher, spielte mit hübschen Gegenständen in den Händen, war stets abgelenkt und suchte die Abwechslung. Nur in Anwesenheit des Königs sammelte sie ihre Gedanken. Sie war einzig bestrebt, daß er sich ihr widmete, allein ihr.

»Sie mußte ihn so lange mit deinem Lord Buckingham teilen«, sagte Elizabeth zu John, als sie eines Abends zu Bett gingen. »Sie muß immer auf der Hut sein, daß er nicht einen neuen Favoriten findet.«

John schüttelte den Kopf. »Er ist treu«, sagte er. »Sie besitzt nun sein Herz. Zwischen ihnen kann man keine Leidenschaft entdecken, keine Lebendigkeit, doch er hängt an ihr, als sei er ein kleiner Hund.«

Elizabeth lächelte. »Der König ein Hund? Du klingst ja wie J.!«

»Er verfolgt sie stets mit den Augen.« John setzte sich die Nachtmütze auf. »Und wenn er sie beobachtet, so tändelt sie hin und her. Sie spielt immer die Rolle der entzückenden Frau.« Mit einem fröhlichen Grunzen zog er die Decke höher. »Sie würde mich in den Wahnsinn treiben«, sagte er offen.

Elizabeth setzte sich im Bett auf und schlug die Decke höher um seine Schultern. »Die Nächte werden länger. Hast du es in deinem Haus in Oatlands warm genug?«

»Natürlich«, sagte John. »Die Larven und ich, wir leben wie die großen Herren. Acht Holzkohleöfen befinden sich in ihrer Behausung, und mir kommt die Wärme auch zugute. Verglichen mit meinen Larven bist du eine kühle Gefährtin.«

Elizabeth lachte fröhlich und fühlte sich nicht beleidigt.

»Er war ein trauriger kleiner Junge«, setzte John ihr Gespräch über den König fort. »Manchmal habe ich ihn in Hatfield getroffen. König James hatte keine Zeit für ihn, und seine Mutter hat ihn nie gesehen. Niemand dachte, daß er jemals König werden würde, gab es doch den starken älteren Bruder und Thronerben. Einige meinten sogar, er würde nicht lange leben. Seinen älteren Bruder und die Schwester liebte er über alles. Und dann starb der eine, und die andere wurde in die Ferne geschickt. Erst als sich mein Lord seiner annahm, hatte er jemanden gefunden, den er lieben konnte.«

»Und dann starb auch er«, sagte Elizabeth.

John neigte den Kopf nach unten. »Gott sei seiner Seele gnädig. Nun ist ihm nur die Königin geblieben. Und der einzig wahre Freund auf Erden, dessen sie sich sicher sein kann, ist der König. Alle anderen wollen etwas von ihr oder hoffen, durch sie etwas von ihm zu erlangen. Sie müssen sehr einsam sein.«

»Warum können sie nicht mit weniger Luxus leben?« wollte Elizabeth wissen, so praktisch denkend wie immer. »Die Schmarotzer und Schmeichler, die ihnen nichts Gutes wollen, können sie doch wegschicken! Warum verbringen sie ihre Zeit nicht mit den Kindern? Wieso umgeben sie sich nicht mit aufrechten Leuten? Gott weiß, es gab genug prinzipientreue Männer im letzten Parlament; der König muß ihnen häufig genug begegnet sein.«

»Der Preis, den ein König zahlen muß, ist der Verlust des gesunden Menschenverstandes«, sagte John trocken. »Ich habe es immer wieder erlebt, bei Königen und großen Herren. Sie werden so heuchlerisch angelogen und so oft, daß sie jegliches Gefühl für die Wahrheit verlieren.

Ihnen werden Zucker und Honig um den Mund geschmiert, bis ihnen ganz schlecht davon ist, aber sie verlangen trotzdem nicht nach Brot und Käse.«

»Die Armen«, sagte Elizabeth mit ironischer Freude.

»Die Armen, wirklich«, sagte John, der einen Augenblick an seinen Herzog dachte, der am Ende ganz verlassen war und bei Nacht in aller Heimlichkeit begraben wurde.

## Winter 1632/33

Jane war gesundheitlich nicht ganz auf der Höhe. Sie war immerzu müde und mochte nicht essen. Weihnachten kam und ging vorüber, und es wurde nicht besser. Als Frances am Morgen des Dreikönigstages zu ihren Eltern gerannt kam, um ihre Geschenke zu betrachten, bemerkte sie, daß ihre Mutter ganz blaß und krank aussah.

»Sollten wir nicht einen Arzt kommen lassen?« fragte Elizabeth.

»Sie möchte für ein paar Tage zu ihrer Mutter«, sagte J. »Ich werde sie morgen im Wagen mitnehmen.«

»Laß Frances hier«, sagte John über den Frühstückstisch hinweg. »Du bleibst bei deinem Großvater, nicht wahr, Frances?«

Sie sprang auf. »Ja«, sagte sie entschlossen. »Und wir werden Sachen machen.«

»Was denn für Sachen?« fragte John vorsichtig.

»Große Sachen«, sagte sie geheimnisvoll.

»Ich werde bei den Hurtes übernachten und übermorgen zurückkommen«, sagte J. »Auf dem Nachhauseweg schaue ich an den Kais vorbei, ob es dort etwas für uns gibt.«

»Ich mache einen Korb mit Essen zurecht«, erbot sich Elizabeth und stand vom Tisch auf. »Komm und hilf mir, Frances, du kannst in die Vorratskammer gehen und ein Glas Pflaumen für Großmutter Hurte aussuchen.«

John ging erst in seinen Obstgarten, als Jane abgefahren war. Er hatte bei dem Fuhrwerk im Hof gewartet, bis er sie sicher auf dem Sitz wußte und ihre Reisetaschen verstaut waren. »Du wirst bald zurück sein«, hatte er in plötzlicher Angst gesagt.

Sie war blaß, brachte aber dennoch ihr vertrautes Lächeln zustande. »Nein, ich werde bei meiner Mutter bleiben und ihr erzählen, daß du mich schlägst und mir zuviel Arbeit aufhalst.«

»Du bist mir sehr teuer«, hatte John mit rauher Stimme entgegnet. »Ich möchte dich nicht mehr so blaß sehen.«

Sie hatte sich nach vorn gebeugt, um ihm etwas ins Ohr zu flüstern. »Ich glaube, daß es mir aus einem guten Grund so schlecht geht«, hatte sie gesagt. »Aus einem sehr guten Grund. Ich habe es John noch nicht erzählt, also verliere bitte auch kein Wort darüber.«

Es hatte ein Weilchen gedauert, ehe er begriffen hatte, was sie meinte, dann hatte er einen Schritt zurück gemacht und sie angeschaut. »Sir John Tradescant von Lambeth?«

»Ebenjener Sir John Tradescant«, hatte sie gesagt.

## Sommer 1633

Diesmal war es eine leichte Schwangerschaft für Jane. Und die Arbeit im Schloß war für ihren Ehemann schnell getan, denn im Mai verließ der König England und begab sich auf eine große Reise nach Norden.

»Die Engländer haben ihn genug verherrlicht«, sagte J. verbittert zu seiner Frau. »Nun muß er zu den armen Schotten, um zu sehen, wie sie nach seiner Pfeife tanzen.«

Sie nickte, ohne etwas zu erwidern. In der warmen Juninacht nähte sie auf der Terrasse Sachen für das Baby; John befand sich in Hörweite.

»Wie verläuft die Reise denn?« fragte sie.

»Mit Unterbrechungen, wie üblich. Er reitet und geht auf die Jagd. Und überall, wo er erscheint, gibt es Feste, und viele werden zu Rittern geschlagen, und Umzüge werden veranstaltet. Er sieht, wie das ganze Land ihn begrüßt, und meint, daß alles in Ordnung sei.«

»Und ist es nicht so?« fragte Jane. Ihre Hand fuhr sanft über die weiche Wölbung ihres Bauches. »Jetzt, wo das Parlament aufgelöst ist und das Land Frieden hat? Vielleicht gibt es nur wenige Menschen wie dich, J., die nicht mit diesem König zufrieden sind?«

J. zuckte die Schultern. »Was weiß ich? Wenn ich einen Amtsgehilfen oder Wanderprediger treffe, dann erzählen sie mir von Leuten, die festgenommen wurden, weil sie ungehörige Bemerkungen gemacht und sich über ungerechte Steuern beschwert haben. Ich weiß, daß es in der Stadt mehr Papisten gibt denn je, und die Königin ist Papistin und die Paten ihres Kindes ebenso. Und ich weiß, daß unser eigener Pfarrer in Lambeth mit dem neuen Erzbischof von Canterbury, William Laud, im Streit liegt, der Bischof von überall ist, wie es scheint, und nun Erzbischof von allen. Doch du hast recht – keine Stimme erhebt sich dagegen – vielleicht nur ich allein.«

Jane lehnte sich nach vorn und berührte seine braune Wange. »Und ich«, sagte sie. »Ich billige es nicht, wenn der Erzbischof anordnet, wie ich zu beten habe. Und Vater ist über die Steuern wütend. Doch niemand kann etwas dagegen ausrichten. Es gibt kein Parlament – wer kann da dem König schon sagen, daß er falsch handelt?«

»Insbesondere, wenn die Dummköpfe herbeiströmen und Rosenblätter vor sein Pferd auf die Straße streuen«, brummte J. mürrisch. »Und wenn er eine Horde pockenkranker Idioten, die Skrofulose haben, berührt und sie überzeugt, daß sie von seiner Hand geheilt wurden.«

Jane schwieg einen Augenblick. »Ich möchte so gern glauben, daß bessere Zeiten kommen«, sagte sie.

J. bemerkte die Wehmut in Janes Stimme. Er nahm ihre Hand und legte seine andere sanft auf ihren Bauch. »Die werden wir erleben«, versicherte er ihr. »Was immer mit dem König oder seinem närrischen Hof geschehen mag. Ein neues Baby und ein gedeihender Garten. Es sind gute Zeiten für uns, Jane, und bessere werden kommen.«

John hatte recht, was die Geburt eines Enkels anging. Jane brachte mitten am Nachmittag eines warmen Septembertages ein großes, braunhaariges Baby zur Welt. J. pflückte im entlegensten Teil des Obstgartens Äpfel, um Janes kaum erträgliche Schreie während der Wehen nicht zu hören. John und Frances leisteten einander Gesellschaft und suchten zeitig herabgefallene Kastanien auf Johns kleiner Allee.

»Wir werden sie rösten«, neckte Frances ihren Großvater auf die naseweise Art, die Dreijährigen eigen ist.

»Das sind keine süßen Kastanien! Essen kann man die nicht.«

»Dann ist der Baum nutzlos«, erwiderte Frances unschuldig. »Ich mag ihn nicht.«

»John! J.!« Es war Elizabeths Stimme, die von der Terrasse rief. John sah, wie sein Sohn das bleiche Gesicht dem Haus zuwandte, die Leiter hinunterglitt und loslief, an Tochter und Vater vorbei, die Allee zum Haus hinauf.

»Geht es ihr gut?«

Schon das Gesicht seiner Mutter allein war ihm Beruhigung genug. »Ihr geht es gut«, sagte sie. »Sie ist sehr müde. Du hast einen Sohn.«

J. stieß einen kleinen Freudenschrei aus. »Einen Sohn!« rief er die Allee hinunter, wo Tradescant hinkend angelaufen kam und Frances hinter ihm herhüpfte. »Ein Sohn! Ein Junge!«

John wurde sich der Nachricht bewußt, und ein breites Lächeln zog sich über sein Gesicht. Er drehte sich zu Frances um. »Du hast einen Bruder«, erklärte er ihr. »Deine Mutter hat einen kleinen Jungen zur Welt gebracht.«

Sie fühlte sich ganz erhaben, die Erhabenheit einer Dreijährigen, und sie war entschlossen, unbeeindruckt zu bleiben. »Ist das so gut?« fragte sie.

John hob sie hoch und setzte sie auf ihren gewohnten Platz auf seinen Schultern. »Das ist sehr gut«, sagte er. »Das bedeutet, unser Name wird weiterleben, ein Sohn wird den Stammbaum weiterführen. Sir John Tradescant von der Arche Lambeth. Das klingt doch wirklich sehr gut.«

»Ich werde auch ein Sir sein«, sagte Frances mit gedämpfter Stimme, als sie ihr Gesicht an seinen Rücken drückte.

»Ja, das wirst du«, stimmte John ihr zu. »Ich werde dafür sorgen, daß der König bei unserem nächsten Treffen erfährt, daß du zum Ritter geschlagen werden sollst.«

## Winter 1633/34

Die Königin fand Gefallen an J. Es war, als sinne sie darauf, seinen Affront, was ihren Wunsch betreffs der Eiche anging, immer wieder zu übertrumpfen. Sie konnte es nicht dabei belassen, daß er ihre Pläne zurückgewiesen hatte, denn es kratzte an ihrer Eitelkeit. Wenn sie mit ihren Hofdamen in den Gärten umherspazierte, in die kostbarsten Pelze gehüllt, oder ihre Höflinge dabei beobachtete, wie sie sich im Bogenschießen übten, hielt sie stets an, wenn sie J. entdeckte, und rief ihn zu sich. »Hier kommt mein Gärtner, der nur das pflanzt, was ihm gefällt!« rief sie dann mit ihrem starken französischen Akzent. »Der junge Tradescant.«

J. zog stets trotz des eisigen Windes seinen Hut, schließlich wollte er die Anweisungen seines Vaters und seiner Frau befolgen; er verbeugte sich, zwar nicht sehr tief, doch zeigte er sich verbissen geduldig.

»Ich möchte, daß Ihr auf der Allee alle Eiben ausgrabt. Es ist so dunkel und trüb, jetzt wo es Winter ist.«

»Natürlich«, erwiderte J. »Nur ...«

»Da seht Ihr?« rief sie. »Nie kann ich in meinem eigenen Garten machen, was ich wünsche. Tradescant will immer seinen Kopf durchsetzen. Warum darf ich diese Bäume nicht ausgraben lassen?«

J. blickte zu der wunderschönen Allee hin. Die Bäume waren so alt, daß sie sich zueinanderwölbten und in den Kronen zusammenwuchsen, so daß ein natürlicher Tunnel entstanden war, durch den ein kahler brauner Pfad mit runden Trittsteinen verlief. In dem trüben grünlichen

Licht unter den Bäumen wuchs nichts, nicht einmal mitten im Sommer drang ein Sonnenstrahl hindurch. War der Tag heiß, so war es dort kühl wie in einer Grotte. Es käme böswilliger Zerstörung gleich, wollte man solche Bäume außer zum Ausputzen und Formschneiden antasten.

»Sie sind von Nutzen für Eure Majestät, denn Ihr könnt daraus Bogen für Eure Bogenschützen machen lassen«, sagte er höflich. »Die Eibe wird extra zu diesem Zweck gepflanzt, Eure Majestät.«

»Wir können von woanders her Eiben beziehen«, erwiderte sie sorglos.

»Aber nicht so gute wie diese hier.«

Sie warf ihren Kopf zurück und lachte wie ein kleines Mädchen, doch J. zeigte sich von der Koketterie der Königin unbeeindruckt.

»Seht Ihr nun, wie das ist? Seht Ihr es?« fragte sie, an einen ihrer Höflinge gewandt. Der junge Mann lächelte. »Man erlaubt mir nicht, irgend etwas mit meinem eigenen Grund und Boden zu tun. Tradescant, ich bin froh, daß ich nicht Eure Frau bin. Habt Ihr eine Frau?«

»Ja, Eure Majestät.« J. antwortete höchst ungern, wenn es um sein Privatleben ging.

»Bei Euch zu Hause? In – wie nennt Ihr es – der Arche?«

»Ja, Eure Majestät.«

»Und Kinder?«

»Einen Jungen und ein etwas älteres Mädchen.«

»Aber das ist doch vortrefflich«, rief sie aus. »Und verehrt Ihr Eure Frau, Tradescant? Erfüllt Ihr ihr jeden Wunsch?«

J. zögerte.

»Nicht alle Frauen haben solch ein Glück wie Ihr, Eure Majestät«, vermittelte rasch der Höfling. »Nur wenige werden von ihrem Gatten so verehrt wie Ihr vom König.

Ihr seid für Seine Majestät eine Göttin – ja, für uns alle eine Göttin.«

Henrietta Maria wurde ein wenig rot und lächelte. »Oh, das ist wohl wahr; doch ganz gleich, Ihr müßt zu Eurer kleinen Frau recht freundlich sein, Tradescant. Jede Frau im Königreich soll so viel Glück haben wie ich.«

J. verneigte sich, um darauf nichts entgegnen zu müssen.

»Und sie muß Euch gehorchen«, fuhr die Königin fort. »Und sie muß die Kinder so erziehen, daß sie Euch beiden gehorchen, so wie der König und die Königin für das ganze Land wie freundliche Eltern sind. Dann wird sowohl im Land als auch in Eurem Haus Frieden herrschen.«

J. preßte die Lippen fest aufeinander, um nichts zu erwidern, und verbeugte sich noch einmal.

»Und jeder wird glücklich sein«, sagte die Königin. Sie wandte sich ihrem Höfling zu. »Stimmt das nicht?«

»Aber natürlich«, sagte er schlicht. »Solange sich die Leute daran erinnern, daß sie Euch und den König lieben und Euch gehorchen sollen, als wäret Ihr aller Eltern, solange wird ein jeder glücklich sein.«

Auf J. lastete das ganze Interesse der Königin, da er in jenen Herbsttagen weitaus häufiger in Oatlands war als sein Vater. Im Oktober erkrankte Elizabeth, sie hatte Schmerzen in der Brust und einen quälenden Husten, der sich nicht löste. Da wollte John sie nicht allein lassen.

Im November erhob sie sich von ihrem Krankenlager, um bei der Taufe von Klein John in ihrer Kirche anwesend zu sein. Doch sie verließ schon früh das Taufmahl. John fand sie zitternd im Bett, obwohl die Magd im Schlafzimmer Feuer gemacht hatte.

»Meine Liebe«, sagte er. »Ich hatte keine Ahnung, daß du so krank bist.«

»Mir ist kalt«, sagte sie. »Kalt in den Knochen.«

John legte mehr Holzscheite auf und nahm noch eine Decke aus der Truhe am Fußende des Bettes. Ihr Gesicht war immer noch weiß, und ihre Fingerspitzen waren eiskalt.

»Du wirst im Frühjahr genesen«, sagte er frohgemut, »wenn sich die Erde erwärmt und die Narzissen herauskommen.«

»Ich bin keine Pflanze, die ihre Blätter verliert«, protestierte sie mit blassen Lippen. »Ich werde nicht wie ein Baum erblühen.«

»Aber ja«, sagte John, der auf einmal beunruhigt war. »Es wird dir besser gehen, Lizzie.«

Sie schüttelte den Kopf so leicht, daß es ihm beinah nicht aufgefallen wäre.

»Sag das nicht!« rief er. »Ich habe immer gedacht, daß ich zuerst gehen würde. Du bist um viele Jahre jünger als ich, es ist nur eine Erkältung!«

Wieder schüttelte sie den Kopf. »Es ist mehr als eine Erkältung«, sagte sie. »Ich spüre, wie ein Knochen in mir wächst, mich erdrückt. Ich kann spüren, wie er gegen meine Lunge drückt.«

»War schon ein Arzt hier?« fragte John.

Sie nickte. »Er konnte nichts finden, doch ich kann es hier drinnen fühlen, John. Ich glaube nicht, daß ich die Narzissen im nächsten Frühjahr erleben werde.«

Er spürte, wie sich ihm die Kehle zuschnürte und seine Augen zu brennen begannen. »Sag nicht so etwas!«

Sie lächelte und wandte ihm den Kopf zu, um ihn anzuschauen. »Von allen Männern, die ohne ihre Frau auskommen könnten, wärest du der erste«, sagte sie. »Die Hälfte deines Ehelebens warst du in deinen Gärten unterwegs oder hast sie auf Reisen verbracht, und die andere Hälfte warst du mit deinem Lord zusammen.«

Dieser alte Vorwurf traf ihn sehr schmerzhaft, da sie ihn

offenbar zum letztenmal aussprach. »Habe ich dich vernachlässigt? Ich dachte – du hattest J. und dein Haus –, und so war mein Leben, ehe ich dich geheiratet habe ... Ich dachte ...«

Elizabeth warf ihm ihr sanftes, verzeihendes Lächeln zu. »Deine Arbeit stand an erster Stelle«, sagte sie einfach, »und dein Herr über allem. Aber an dritter Stelle in deinem Leben kam ich. Du hast doch keine andere Frau so geliebt wie mich, nicht wahr, John?«

Tradescant dachte kurz an die Serviermagd mit den Grübchen in Theobalds, es schien alles Jahrzehnte, ja Jahrhunderte zurückzuliegen, und an ein Dutzend halbverblaßter Erinnerungen an Frauen zwischen damals und jetzt.

»Nein«, sagte er und sprach damit die Wahrheit. »Keine, nichts war auch nur im entferntesten mit meiner Liebe zu dir vergleichbar, Elizabeth. Du warst die einzige Frau für mich.«

»Und was für einen langen Weg wir zurückgelegt haben«, sagte sie verwundert. Durch die hölzernen Dielen ihres Schlafzimmers drangen gedämpft die Laute des Tauffestes herauf. Sie konnten die alles übertönende Stimme von Josiah Hurte hören und dann, als alle plötzlich schwiegen, das fröhliche Glucksen von Frances, die von jemandem hochgehoben wurde.

John nickte. »Wir haben jetzt ein großes Haus, eine Raritätensammlung, eine Baumschule und eine Pflanzenzucht, einen Obsthain und eine Anstellung im Schloß des Königs.«

»Und Enkel«, sagte Elizabeth mit Genugtuung. »Ich hatte schon Angst, als es nur J. gab – und dann, als sie nur Frances hatten ...«

»Daß niemand unseren Namen weitertragen würde?« Sie nickte. »Ich weiß, daß es eitel ist ...«

»Es gibt noch die Bäume«, sagte John. »Die Blumen, die

Früchte und meine Kastanienbäume. Wir haben sie großgezogen, so wie wir J. großgezogen haben. Und heute steht ein Baum von uns in jedem großen Garten des Landes. Das ist unser Vermächtnis.«

Sie drehte den Kopf fort und schloß die Augen. »Ich wußte, daß du das sagen würdest«, flüsterte sie, aber es klang nicht wie eine Beschwerde.

»Bleib ruhig liegen«, sagte John, der sich mit steifen Gliedern von ihrem Bett erhob. »Ich werde das Mädchen mit einem stärkenden Getränk hochschicken. Bleib ruhig liegen und werde gesund. Du wirst im nächsten Frühjahr meine Narzissen sehen, Elizabeth, und sogar die rosafarbenen und weißen Kerzen unserer blühenden Kastanienbäume.«

Während im Januar das kleine Baby stetig gedieh, Elizabeth jedoch immer schwächer wurde und nie mehr ihr Bett verließ, traf J. seinen Vater dabei an, wie er einen Burschen anwies, ein Kastanienbäumchen auszugraben und es in einen großen tragbaren Kübel umzupflanzen. J. und der Gehilfe steckten Tragestangen durch die Ringe des Kübels und trugen ihn dorthin, wo John sie hindirigierte, nämlich geradewegs ins Haus in den Raritätensaal. Dort stellten sie ihn vor dem großen Fenster ab, wo das Winterlicht auf die Pflanze fiel.

»Was hast du vor?«

»Ich sorge dafür, daß er schneller wächst«, sagte John kurz.

Neben dem Kübel stand ein großes halbes Faß mit Narzissen, die aus dem Garten geholt worden waren. Ihre grünen Triebe hatten gerade die feuchte Erde durchstoßen.

»Wir brauchen eine Orangerie«, sagte John. »Wir hätten sie schon vor Jahren bauen sollen.«

»Das stimmt«, sagte J. »Doch nur für empfindliche

ausländische Pflanzen, nicht für Narzissen und Kastanienbäumchen. Was bezweckst du damit?«
»Ich möchte, daß sie blühen«, sagte John. »So schnell, wie ich es nur möglich machen kann.«
»Warum?«
»Damit sich deine Mutter daran erfreut«, sagte John, der ihm den traurigen Rest verschwieg.

Jede Nacht fachte John das Feuer an, damit die Pflanzen warm standen, und jeden Tag goß er sie – drei- oder viermal – mit warmem Wasser. Am Abend stellte er Kerzen um den Kübel und das Faß, damit sie noch zusätzliche Wärme und Licht hatten. J. hätte darüber gelacht, doch sein Vater betrieb das Vorhaben mit einer Intensität, die ihn verwirrte.
»Warum möchtest du, daß sie früher blühen?«
»Ich habe da meine Gründe«, sagte John.

## Frühjahr 1634

John erreichte sein Ziel. Als Elizabeth im März starb, war ihr Zimmer von dem goldenen Licht von einem Dutzend Narzissen erfüllt, deren süßlicher Duft sich im ganzen Raum verteilte. Das letzte, was sie sehen konnte, war, wie John mit einem warmen Lächeln auf den Lippen ihr Zimmer betrat und in seinen Händen die bezaubernden weißen und rosafarbenen Blüten seiner Kastanien hielt.

»Für dich«, sagte er, neigte sich zu ihr hinunter und küßte sie.

Elizabeth versuchte zu sagen: »Vielen Dank. Ich liebe dich, John«, doch das Dunkel machte sich breit; er aber wußte ohnehin, was sie hatte sagen wollen.

Nach dem Begräbnis zog John für den Rest des Frühjahrs ins Seidenraupenhaus von Oatlands. Ohne Elizabeth fiel es ihm schwer, daheim zu sein. Nachts konnte er nicht schlafen; doch die Wärme des Holzhauses behagte ihm, und der Gedanke an die Tausende von Seidenraupen, die nebenan in ihren Seidenkokons schliefen und ihren Seidenraupenträumen nachhingen, hatte etwas merkwürdig Tröstendes für ihn.

Die Königin hatte den Bau eines Heizhauses und einer neuen Orangerie verfügt. In den wenigen Stunden des Tageslichts überwachte John den Bau. Es wurde ein weiteres wunderliches, leichtes Fachwerkgebäude, das einem kleinen Holzpalast glich und sehr schnell in die Höhe wuchs. John schrieb an J., daß er ihm ein paar Zitronenbäumchen mitbringen solle, wenn er das nächste Mal käme.

Abgesehen von dem Bau der Orangerie gab es während der kalten Frühlingstage in den Gärten wenig zu tun, doch John ging gerne herum und kontrollierte, ob die Bäche und Springbrunnen von Blättern befreit waren und die kleinen grünen Triebe der Blumenzwiebeln tapfer ihren Weg durch die kalte Erde fanden. Als es wärmer wurde, sollte er einen neuen Rasenplatz zum Bowling für Ihre Majestäten anlegen. Er sah zu, wie die Gehilfen den Boden umgruben, die Erde glätteten und mit der Egge bearbeiteten, bis der kleinste Stein entfernt und der Boden für den Grassamen bereit war.

Als die Schneeglöckchen unter den Bäumen blühten, schneeweiß und grün, da dachte John an seinen Herzog Buckingham, der den Anblick der Schneeglöckchen in New Hall so geliebt hatte. Doch bei den Narzissen mußte er an Elizabeth denken.

Er dachte an die zwei Lieben seines Lebens – an seine Leidenschaft für den Herzog und seine beständige Zuneigung zu Elizabeth – und betrachtete dabei die Fontäne des Springbrunnens im großen Hof. Da fiel ein Schatten auf das Becken, und er drehte sich um. Es war der König. John zog den Hut und kniete auf den kalten Steinen nieder.

»Wie viele Jahre ist es nun her, daß Euer Herr gestorben ist?« fragte der König ganz unerwartet. Dabei sah er John nicht an, sondern richtete seinen Blick auf das Wasser im Marmorbecken.

»Fünf Jahre und sieben Monate«, sagte John augenblicklich. »Er starb gegen Ende des Sommers.«

»Erhebt Euch«, sagte der König. Er wandte sich vom Springbrunnen ab und lief den Weg entlang, wobei er mit einer kleinen Geste John zu verstehen gab, daß er ihm folgen sollte.

»Ich glaube nicht, daß ein Mann wie er jemals er...ersetzt werden kann«, sagte der König halb zu sich selbst. »Weder im königlichen Rat noch im Herzen.«

Bei dem Gedanken an Buckingham spürte John den alten dumpfen Schmerz in sich.

»Die Liebe einer Frau ist nicht das gleiche«, bemerkte der König. »Einer Frau zu gefallen, das kostet immer Anstrengung, und Frauen sind launisch: mal wollen sie dies, dann wieder das. Die Liebe eines Mannes ist einfacher, be...beständiger. Als George und ich junge Männer waren, da verbrachten wir ganze Tage damit, an nichts anderes als an Jagd und Spiele zu denken. Der König nannte uns seine lieben K...Knaben.«

John nickte. Der König hielt kurz inne. »Seid Ihr jemals meinem Bruder Henry begegnet?« fragte er dann.

»Ja«, antwortete John. »Als Gärtner in Theobalds und später in Hatfield habe ich Prinz Henry und König James häufig gesehen; ich erinnere mich auch an Euch, Eure Majestät.«

»Meint Ihr, daß er wie der H...Herzog von Buckingham war? Mein Bruder? Auf seine Art?«

John dachte nach. Sie hatten die gleiche Arroganz besessen, das gleiche leichte Lächeln. Sie hatten beide das Gefühl, die halbe Welt sei in sie verliebt und sie brauchten nichts weiter zu tun, als die Huldigungen entgegenzunehmen.

»Ja«, sagte er bedächtig. »Der Prinz war in vielerlei Hinsicht wie der Herzog. Aber der Herzog besaß ...« Er hielt inne.

»Was?«

»Der Herzog besaß jene leuchtende Schönheit«, sagte John. »Der Prinz war ein hübscher Junge, so hübsch wie andere auch. Doch der Herzog war wie ein Engel so schön.«

Charles lächelte auf einmal, sein ernstes Gesicht wurde herzlicher. »Das stimmt, nicht wahr?« sagte er. »Man kann so leicht v...vergessen. All die Porträts, die ich von ihm habe, zeigen seine Schönheit, doch auf P...Porträts sind alle meist schön, selbst wenn sie sonst eher unauffällig sind. Es ist gut zu wissen, daß Ihr in Eurem Herzen ein Bild von ihm tragt, Tradescant.«

»Das tue ich«, sagte John einfach. »Ich sehe ihn Tag und Nacht. Manchmal träume ich von ihm.«

»Als sei er noch l...lebendig?«

John nickte. »Ich kann mich in meinen Träumen nie daran erinnern, daß er tot ist«, bekannte er. »Ab und an wache ich auf und bilde mir ein, daß er mich ruft ...«

»Die Königin m...mochte ihn nicht«, sagte der König nachdenklich.

Tradescant erwiderte darauf nichts.

»Sie war eifersüchtig.«

Tradescant nickte leicht. Der König blickte ihn an. »War Eure Frau eifersüchtig auf die Liebe zu Eurem Herrn?«

Tradescant dachte an Elizabeth und an ihre ewig feindlichen Gefühle gegenüber dem Herzog und allem, wofür er stand: dem Luxus, dem Papistentum, der Verschwendungssucht und der fleischlichen Sünde.

»Oh, ja«, sagte er mit einem Lächeln. »Doch die Frauen waren immer entweder in ihn vernarrt oder seine schlimmsten Feinde oder beides.«

Der König lachte kurz. »Das stimmt. Was Frauen angeht, so war er ein b...beklagenswerter Mann.«

Der Gärtner und der König lächelten sich an, zum erstenmal blickte der König Tradescant ins Gesicht.

»Habt Ihr irgendwelche Sachen von ihm in der Arche?« fragte der König.

»Ein paar Pflanzen aus dem Garten von New Hall und ein paar Raritäten von der Ile de Ré«, erwiderte Tradescant vorsichtig, da er sich der Gefahren dieses Gesprächsgegenstandes bewußt war. »Er hat mir ein paar Dinge aus seiner eigenen Raritätensammlung gegeben. Alles, was er nicht brauchte, alles, was er schon besaß. Ich habe viele Jahre für ihn gesammelt.«

»Ich werde mal hinkommen und sie mir anschauen«, sagte der König. »Ich werde die Königin mitbringen. Ich habe ein paar Dinge, die Ihr vielleicht mögt, ein Paar Handschuhe und so etwas.«

Tradescant verneigte sich tief. »Es wäre mir eine Ehre.«

Als er sich wieder aufrichtete, blickte ihn der König an, als würde er mit ihm ein Geheimnis teilen. »Er war ein ganz großer Mann, nicht wahr?«

»Jawohl«, sagte Tradescant und schaute in das melancholische Gesicht des Königs, wobei er ihm die Wahrheit ersparte, wie jeder es immer tat. »Er war der größte Lord in England und jemand, der mehr als alle anderen für sein hohes Amt geschaffen war.«

Der König nickte und wandte sich ohne ein weiteres Wort ab. Tradescant kniete dennoch nieder, als der König verschwand. Als er fort war, kam er nur beschwerlich wieder auf die Beine; bei dem kalten Wetter schmerzte ihn sein krankes Knie arg.

Während John in Oatlands war, blieb J. in Lambeth. Jane war nun zur Hausherrin geworden und führte den Haushalt mit frommer Sorgfalt. Der Tag begann mit Gebeten für das Haus, die J. laut vortrug, und dann betete jeder, von der jüngsten Küchenmagd bis hin zum obersten Gärtner, wie es ihm oder ihr beliebte. Anschließend gingen die Bediensteten den lieben langen Tag ihrer Arbeit nach und kamen zum Abend vor der Schlafenszeit erneut zusammen, um noch einmal kurz gemeinsam zu beten. Kaum wahrnehmbar änderte sich die Kleidung der Leute; ganz selbstverständlich übernahmen sie Janes bescheidene, stille Art.

J. glaubte, sein Vater würde sich darüber beschweren, wenn er schließlich nach Hause zurückkehrte, doch ein mißbilligender Ausbruch lieb aus.

»Du mußt das Haus so führen, wie du es für richtig

hältst«, sagte er ruhig zu Jane. »Du bist nun hier die Hausherrin.«

»Ich glaube, daß jeder es so will«, stellte Jane spröde fest.

John lächelte sie wissend an. »Und was, wenn es andersherum wäre?« fragte er. »Was, wenn die Köchin und die Küchenmagd, Peter und die beiden Gärtner und ihr Bursche eher meinten, sie wollten lieber tanzen und singen und einen Becher Bier trinken? Lieber grüne und rote Kleider und Bänder im Haar tragen? Würdest du es gestatten?«

»Ich würde sie zu überzeugen versuchen«, entgegnete Jane steif. »Und mit ihren Seelen ringen.«

»Also können die Menschen das tun, was sie wollen, solange sie das Richtige tun?«

»Ja«, sagte sie, und dann, »nein, nicht genau so.«

John lächelte sie an. »Wenn du über Menschen Macht hast, dann kannst du ganz leicht vergessen, daß sie das tun, was du befiehlst, weil du es befiehlst«, sagte er. »Man kann Gehorsam mit Zustimmung verwechseln. Ich sage, mein Haus soll dir gehorchen. Ich glaube nicht, daß alle hier alles so wollen, wie du es willst. Doch sie werden gehorchen, weil ich es befehle. Ganz gleich, ich werde den Gebeten nur ab und an beiwohnen – wenn ich es wirklich wünsche.«

»Ich bin sicher, dir wäre es ein Trost ...«, fing Jane an.

John streichelte ihre Wange. »Ich glaube, daß du nun mit meiner Seele ringst«, sagte er. »Aber laß meine Seele lieber in Frieden.«

»Na gut«, räumte Jane ein. »Möchtest du Klein John sehen?«

»Ja«, sagte John.

Frances brachte das Baby und setzte es vorsichtig dem Großvater auf den Schoß. Klein John legte seine Fäuste an dessen Brust, lehnte sich zurück und untersuchte sein Gesicht.

»Er ißt immer noch nicht richtig«, sagte Frances mißbilligend.

»Warum nicht?« fragte John.

»Er nimmt immer nur die Brust«, sagte Frances. »Er ist wie ein kleines Zicklein.«

John lächelte. »Hast du deinen kleinen Bruder nicht lieb?« fragte er.

Frances trat näher zu ihm hin. »Eigentlich ja«, sagte sie. »Aber ich mag nicht, wenn er so im Mittelpunkt steht. Ich bin immer noch dein Liebling, nicht wahr, Großvater?«

John behielt eine Hand fest um Klein John, mit der anderen zog er seine Enkelin zu sich heran und küßte ihren warmen Kopf vor dem Rand der einfachen weißen Haube, die Jane sie nun tragen ließ.

»Es ist nicht immer das beste, der Liebling aller zu sein«, sagte er und dachte an seinen Herrn und an das Parlament, das ihn beschuldigt hatte, und an den König, der um ihn trauerte.

»Doch«, widersprach sie. »Ich war immer dein Liebling und bin es noch.«

Er hob sie auf seinen Arm. »Ja, das bist du«, sagte er. »Du bist mein liebes Mädchen.«

»Und wenn ich groß bin, werde ich beim König Gärtner«, sagte sie entschlossen, »und führe die Arche weiter.«

»Mädchen können nicht Gärtner werden«, sagte John freundlich.

»Die Köchin sagt, Mädchen können das werden, weil Frauen am Tag des Jüngsten Gerichts den Männern gleichgestellt sind«, gab Frances zum besten. »Und das Prophezeien und Predigen ist von Natur aus den Frauen gegeben, die geschlechtigen Umgang mei...meiden.«

»Ich glaube, du meinst geschlechtlichen Umgang«, sagte John unsicher.

»Geschlechtig«, berichtigte ihn Frances. »Das bedeutet, daß man nicht zum Maibaumfest gehen kann oder auf dem Jahrmarkt Geschenke kaufen oder auf dem Kirchhof an Feiertagen spielen kann.«

»So ist es, nehme ich an.« John war kurz davor, in Lachen auszubrechen, doch er rettete sich in einen rauhen Husten.

»Ich werde geschlechtigen Umgang meiden und ohne Sünde leben«, fuhr Frances fort. »Und dann kann ich des Königs Gärtner werden.«

»Wir werden sehen«, sagte John versöhnlich.

»Wird Klein John Gärtner beim König?« fragte sie.

John drückte das Baby an sich. »Ich glaube, er ist noch zu klein dafür«, sagte er taktvoll. »Wohingegen du bereits ein großes Mädchen bist. Ehe er soweit ist, wirst du schon jahrelang prophezeit und im Garten gearbeitet haben.«

Das war genau die richtige Antwort. Frances strahlte ihn an und lief zur Tür. »Ich muß jetzt gehen«, sagte sie ernst. »Ein paar Pflanzen müssen gegossen werden.«

John nickte. »Siehst du? Du bist schon eine Gärtnerin, und Klein John kann nichts weiter als auf dem Schoß seines Großvaters sitzen.«

Frances nickte und schlüpfte durch die Tür. John schaute aus dem Fenster und sah, wie sie die schwere Wasserflasche zu den Beeten an der warmen Südmauer schleppte. Ihr Daumen war zu klein für die Flaschenöffnung, und so hinterließ sie auf ihrem Weg eine glänzende Spur Wasser, die sich wie eine Schlange hinter ihr herzog.

## Januar 1635

Der Brief, der für die Tradescants in Lambeth eintraf, trug am unteren Rand das königliche Siegel. Es war eine Zahlungsaufforderung für eine Steuer, eine neue Steuer, noch eine neue Steuer. John öffnete den Brief im Raritätensaal, wobei er sich neben die venezianischen Fenster stellte, um mehr Licht zu haben; J. stand neben ihm.

»Es ist eine Steuer, um die Flotte zu unterstützen«, sagte er. »Schiffsgeld.«

»Die bezahlen wir nicht«, sagte J. sofort. »Das ist nur für die Häfen und die Städte am Meer, die den Schutz der Flotte vor Piraten und Schmugglern benötigen.«

»Es sieht so aus, als müßten wir sie bezahlen«, sagte John verbittert. »Ich glaube, daß jeder sie zahlen muß.«

J. fluchte und machte ein paar Schritte durch den Raum und wieder zurück. »Wieviel?«

»Zu viel«, sagte John. »Haben wir etwas Geld gespart?«

»Wir haben meinen Lohn vom letzten Quartal noch nicht angerührt, doch damit wollten wir im Frühjahr Stecklinge und Samen kaufen.«

»Wir müssen ihn dafür antasten«, erklärte ihm John.

»Können wir die Zahlung ablehnen?«

John schüttelte den Kopf.

»Wir sollten sie ablehnen«, erklärte J. leidenschaftlich. »Der König hat kein Recht, Steuern zu erheben. Das Parlament erhebt Steuern und leitet das eingetriebene Geld an den König weiter. Das Parlament sollte über die Steuern abstimmen, und jede Beschwerde aus dem Volk muß vor dem Parlament gehört werden. Der König kann nicht einfach nach Belieben Geld eintreiben. Wo soll denn das enden?«

»Der König hat das Parlament bereits 1629 aufgelöst, und ich bezweifle, daß er es wieder einberuft. Die Zeiten haben sich geändert, J., der König steht an oberster Stelle im Land. Wenn er eine Steuer ansetzt, müssen wir sie bezahlen. Wir haben keine Wahl.«

J. starrte seinen Vater wütend an. »Stets sagst du, wir haben keine Wahl!« rief er.

John blickte müde auf seinen Sohn. »Und du brüllst immer wie ein hartnäckiger Gesetzesleugner. Ich weiß, daß du mich für einen verdammten Narren hältst, J. Sag mir nur, was du zu tun gedenkst. Du lehnst es ab, die Steuern zu bezahlen, also werden die Männer des Königs oder die Gemeindebüttel kommen und dich wegen Hochverrats festnehmen. Sie werfen dich ins Gefängnis. Deine Frau und deine Kinder werden hungern müssen. Das Geschäft wird eingehen, die Tradescants werden ruiniert sein. Das ist dein großartiger Plan, J. Ich gratuliere dir.«

J. sah aus, als wolle er aus der Haut fahren, doch dann brach er nur in ein kurzes verbittertes Lachen aus. »Ah«, sagte er. »Nun gut. Du hast recht. Doch das geht mir gegen den Strich.«

»Das wird vielen gegen den Strich gehen«, prophezeite John. »Aber sie werden alle zahlen.«

»Es wird eine Zeit kommen, wo sie sich weigern werden«, warnte J. seinen Vater. »Man kann ein Land nicht jahrelang unterdrücken, ohne daß dessen Bewohner einem am Ende die Stirn bieten. Irgendwann wird der König seine Untertanen anhören müssen.«

»Vielleicht«, sagte John nachdenklich. »Doch wer weiß, wann das sein wird?«

»Wenn der König wüßte, wie mißlich es ist, in die Kirche befohlen zu werden und Gebete vorgeschrieben zu bekommen; wenn der König wüßte, daß es im Land

Menschen gibt, die den Tag des Herrn zum Nachdenken und zur Besinnung nutzen wollen und nicht zum Bogenschießen und zu anderem Sport – wenn der König all das wüßte ...«

»Ja, aber er hat keine Ahnung davon«, machte John deutlich. »Er hat die Leute entlassen, die ihn davon hätten unterrichten können, und jene, die noch am Hof sind, würden ihm nie schlechte Nachrichten überbringen.«

»Du könntest es ihm sagen«, bemerkte J.

»Ich bin nicht besser als all die anderen«, erwiderte John. »Ich habe recht spät in meinem Leben gelernt, ein Höfling zu sein. Bei meinen Herren habe ich mit der Wahrheit nie hinterm Berge gehalten, als ich bei ihnen in Diensten stand, und ich habe niemandem mit Lügen geschmeichelt. Doch der König ist ein Mann, der nicht zur Wahrheit einlädt. Man kann ihm einfach nicht die Wahrheit sagen. Er lebt in einer Phantasiewelt. Wie sollte ich es wagen, ihm zu sagen, daß er und die Königin nicht überall, wo sie erscheinen, bewundert werden. Und daß die Männer, die er ins Gefängnis warf, nicht Wilde, Verwirrte oder Hitzköpfe sind, sondern vernünftige, bedachtsame und ehrbare Zeitgenossen. Ich kann nicht derjenige sein, der ihm beibringt, daß er unrecht hat. Der König selbst hat dafür gesorgt, daß die Welt ihm so erscheint, wie es ihm am liebsten ist. Ich allein könnte diese Welt nicht zurechtrücken.«

Der König hielt sein Versprechen, der Arche einen Besuch abzustatten, auch wenn Tradescant geglaubt hatte, er würde seine Zusage im nächsten Augenblick vergessen. Anfang Januar traf ein Zeremonienmeister vom Hof in der Arche ein und wurde in den Raritätenraum geführt.

Er schaute sich um, wobei er seine Überraschung verbarg. »Das ist ein imposanter Saal«, sagte er zu J., der ihn hereingelassen hatte. »Ich hatte keine Ahnung, daß Ihr so großzügig gebaut habt.«

Innerlich gratulierte J. seinem Vater zu dessen Maßlosigkeit beim Bau. »Wir brauchen hier viel Platz«, sagte er bescheiden. »Jeden Tag trifft etwas Neues ein, und die Stücke müssen bei gutem Licht ausgestellt werden.«

Der Zeremonienmeister nickte. »Die Majestäten werden Euch morgen mittag einen Besuch abstatten«, sagte er, »um diese berühmte Sammlung kennenzulernen.«

J. verneigte sich. »Es wird uns eine Ehre sein.«

»Sie werden nicht hier speisen, aber Ihr dürft ihnen Gebäck, Wein und Früchte anbieten«, sagte der Zeremonienmeister. »Ich vermute, daß Euch das keine Umstände machen wird, oder?«

J. nickte. »Natürlich nicht.«

»Und es braucht auch keine Ansprache oder so etwas zu geben, mit der Ihr Eure Treue unter Beweis stellt«, sagte der Zeremonienmeister. »Kein Willkommensgedicht oder dergleichen. Es ist nur ein informeller Besuch.«

J. dachte daran, daß der König und die Königin von seiner Frau wohl kaum ein Willkommensgedicht erhalten würden, doch er nickte. »Ich verstehe.«

»Falls es in Eurem Hause Personen gibt, die falsche und aufsässige Ansichten vertreten ...«, der Zeremonienmeister hielt inne, um sicherzugehen, daß J. ihn verstand, »so tragt Ihr die Verantwortung dafür, daß sie nicht vor Ihren Majestäten erscheinen. Der König und die Königin wollen bei ihrem Besuch keine mürrischen puritanischen Gesichter sehen und keine abfälligen Äußerungen hören. Sorgt dafür, daß nur gutgekleidete und fröhliche Nachbarn auf der Straße sind.«

»Ich kann dafür sorgen, daß der Aufenthalt in meinem Haus Ihren Majestäten Vergnügen bereitet, doch ich kann Lambeth nicht von Bettlern und Armen säubern«, erwiderte J. barsch. »Werden sie mit dem Boot kommen?«

»Ja, ihre Kutsche wird in Lambeth auf sie warten.«

»Dann sollten sie ganz rasch durch Lambeth hindurchfahren«, antwortete J. wenig liebenswürdig. »Oder sie werden ein paar von ihren Untertanen zu Gesicht bekommen, die nicht glücklich sind und nicht lächeln.«

Der Zeremonienmeister blickte ihn ernst an. »Wenn irgend jemand nicht seinen Hut zieht und nicht ruft ›Gott segne den König‹, so wird es ihm noch leid tun«, warnte er. »Im Gefängnis sitzen Leute wegen Hochverrat, deren Vergehen nicht halb so schlimm waren. Es gibt Männer mit abgeschnittenen Ohren und herausgeschnittener Zunge, die nichts weiter taten, als vor der königlichen Kutsche ihren Hut nicht zu ziehen.«

J. nickte. »In meinem Haus werden sie nur mit äußerster Höflichkeit und mit Ehrerbietungen empfangen werden«, sagte er. »Aber ich kann nicht für die Leute beim Anlegeplatz der Pferdefähre geradestehen.«

»Für die bin ich verantwortlich«, erwiderte der Zeremonienmeister. »Und ich glaube, daß Ihr dort nur freudige Zurufe für den König hören werdet.«

Er warf seinen Mantel nach hinten, damit J. den Beutel mit dem Kleingeld an seinem Gürtel sehen konnte.

»Gut«, sagte J. »Dann bin ich mir sicher, daß Ihre Majestäten einen vergnüglichen Besuch haben werden.«

Er hatte Angst, daß Jane sich dagegen auflehnen würde, doch der königliche Besuch stellte eine so große Herausforderung an ihre Haushaltsführung dar, daß sie für den Moment ihre Prinzipien beiseite schob. Sie sandte eine Nachricht an ihre Mutter in der Stadt, und im Morgengrauen des nächsten Tages traf Mrs. Hurte mit ihren Vorräten an Damasttischtüchern, einer Schachtel selbstgemachten Ingwergebäcks und mit kandierten Pflaumen ein. Josiah Hurte hatte es abgelehnt, sie zu begleiten, doch die Frauen brannten vor Eifer und waren entschlossen, dafür zu sorgen, daß es bei Hofe keine kritischen Bemerkungen über das Haus des obersten Gärtner gab.

Seit der Zeremonienmeister das Haus verlassen hatte, waren der Raritätenraum und das Wohnzimmer ununterbrochen gefegt und poliert worden. Jane deckte in letzterem den Tisch und entfachte im Kamin ein Feuer, um die Kälte des Januartages zu vertreiben. Unterdessen ließen J. und sein Vater zum hundertstenmal ihre Blicke durch den großen Saal schweifen, um sicherzugehen, daß jedes Objekt – bis zur kleinsten geschnitzten Haselnußschale – im besten Licht erschien.

Als alles glänzte und vorbereitet war, konnte man nur noch warten.

Um halb elf Uhr setzte sich Frances auf die Gartenmauer vor dem Haus. Gegen elf Uhr schickte John den Gartenburschen los, um Ausschau zu halten, ob sich die königliche Kutsche über die holprige Straße näherte. Gegen Mittag kam Frances wieder herein, ihre Finger waren vor Kälte ganz blau. Sie sagte, daß weit und breit nichts von ihnen zu sehen sei, und der König sei ein Lügner und Dummkopf.

Jane gebot ihr zu schweigen und schickte sie eilig in die Küche, damit sie sich am Herdfeuer aufwärmte.

Gegen zwei Uhr sagte John, er habe Hunger und könne nicht mehr warten; er ging in die Küche, um sich Suppe zu nehmen. Frances thronte auf ihrem Stuhl, das Gesicht über eine große Schüssel mit Brühe gebeugt. Sie schaute nur hoch, um zu sagen: »Wenn er der König ist, dann sollte er halten, was er verspricht.«

»Du bist nicht die erste, die so denkt«, bemerkte John.

Gegen drei Uhr, nachdem jeder in gereizter Stimmung war und die Feuer in Wohnzimmer und Raritätenraum niedergebrannt und wieder neu entfacht worden waren, pochte es heftig an der Tür zur Gartenseite. Der Bursche steckte seine erfrorene blaue Nase herein und sagte: »Endlich kommen sie!«

Frances schrie auf und rannte los, um ihren Umhang zu

holen. All ihre Beschwerden waren vergessen, und sie eilte auf ihren Platz auf der Gartenmauer zurück. J. sprang von seinem Stuhl am Küchentisch hoch, wischte sich den Mund ab und säuberte sich die Hände an der Tischdecke.

John zog seinen besten Rock über, den er zuvor ausgezogen hatte, weil es in der Küche zu warm geworden war. Dann hinkte er zur Vordertür, um sie für den Besuch des Königs und der Königin in seiner Arche zu öffnen.

Als die Kutsche vorfuhr, bemerkten Ihre Majestäten Frances auf der Mauer nicht, obwohl sie dort oben ihren besten Knicks machte. Als sie ohne einen Blick in ihre Richtung vorübergingen, kletterte Frances, die gehofft hatte, an diesem Tag zum Gärtner des Königs ernannt zu werden, von der Mauer herunter, jagte zum Hintereingang und postierte sich an der Tür zum Raritätensaal, wo sie von ihnen beim Eintreten nicht übersehen werden konnte.

»Eure Majestäten!« John verneigte sich tief, als die Königin über die Schwelle schritt. J., der hinter ihm stand, tat es ihm gleich.

»Ah, Tradescant!« sagte die Königin. »Da sind wir nun, um Eure Raritäten zu betrachten, und der König hat Euch ein paar Dinge für die Sammlung mitgebracht.«

Der König winkte einem Diener zu, der ein Stück Tuch aufschlug. Darin befand sich ein wunderschönes Paar heller Wildlederhandschuhe.

»König Henrys Jagdhandschuhe«, sagte der König. »Und ein paar andere Sachen, die Ihr später in Ruhe betrachten könnt. Jetzt zeigt mir Eure Schätze.«

John führte die Gesellschaft durch den Saal. Der König wollte alles sehen: die geschnitzten Elfenbeinfiguren, das Riesenei, die schöne, aus dem Horn eines Rhinozerosses geschnitzte Tasse, die Trommel aus Benin, das bearbeitete Leder eines Stinkdachses aus Java, die Papiere, die eine

Frau aus der Festung der Ile de Ré schmuggeln wollte und dazu verschluckt hatte, die wundersamen Kristalle und Steine, den Körper der Meerjungfrau aus Hull, den Schädel eines Einhorns und Häute von Tieren und Vögeln, worunter sich auch die eines eigenartigen und häßlichen flugunfähigen Vogels befand.

»Das ist bemerkenswert«, sagte der König. »Und was befindet sich in diesen Schubladen?«

»Kleine und große Eier, Eure Majestät«, sagte John. »Ich habe die Schubladen extra dafür anfertigen lassen.«

Der König zog eine Schublade nach der anderen auf. John hatte die Eier der Größe nach angeordnet; die kleinsten befanden sich in den flachen Schubladen zuoberst, die großen in den tiefen Schubladen ganz unten. Die Eier, die es in allen Farben von schwarz gesprenkelt bis hin zum klarsten Weiß gab, lagen in kleinen Nestern aus Schafwolle wie kostbare Juwelen.

»Was für eine Schar Vögel Ihr wohl hättet, wenn sie alle ausschlüpften!« rief der König aus.

»Die Eier sind alle ausgeblasen und so leicht wie Luft, Eure Majestät«, erklärte ihm Tradescant und gab ihm ein winziges blaues Ei, das nicht größer als seine Fingerkuppe war.

»Und was ist das?« fragte der König, der das Ei zurückreichte und weiterging.

»Das sind getrocknete Blüten von den vielen seltenen Pflanzen meines Gartens«, erwiderte John und zog ein Tablett nach dem anderen voller Blüten heraus. »Meine Frau hat sie für mich in Zucker getrocknet, damit die Leute die Blüten zu jeder Jahreszeit betrachten können. Häufig kommen Künstler und zeichnen sie.«

»Hübsch«, sagte die Königin anerkennend. Sie blickte auf ein Tablett mit Blüten.

»Diese hier sind von Lack-Tulpen, die ich in den Niederlanden für meinen Herrn, den Herzog von Buckingham, erworben habe«, sagte John und berührte ein vollkommenes Blütenblatt mit seiner Fingerspitze.

»Wachsen die Tulpen immer noch?« fragte der König, der die Blüte betrachtete, als berge sie eine Erinnerung an seinen Besitzer.

»Ja«, sagte John freundlich. »Sie wachsen immer noch.«

»Ich möchte sie gerne haben«, sagte der König. »Zu seinem Andenken.«

John verbeugte sich, als er die Tulpe fortgab, die den Wert eines Jahreseinkommens besaß. »Selbstverständlich, Eure Majestät.«

»Und habt Ihr auch mechanische Objekte? Habt Ihr mechanisches Spielzeug?« erkundigte sich der König. »Als kleiner Junge besaß ich eine Armee von Bleisoldaten mit Kanonen, die richtig Schüsse abfeuern konnten. Ich plante mit ihnen meine Feldzüge; in Richmond ließ ich meine Soldaten wie für einen Angriff Aufstellung nehmen.«

»Ich besitze eine kleine Windmühle, so wie man sie in den Niederlanden verwendet, um die Gräben zu entwässern«, sagte John und ging zur anderen Seite des Raumes. Er bewegte die Flügel mit der Hand, und der König konnte sehen, wie sich die Pumpe innen hob und senkte.

»Und ich habe eine Miniaturuhr und eine Modellkanone«, sagte John und winkte den König in eine andere Ecke. »Und ein Miniaturspinnrad, das aus Bernstein gearbeitet ist.«

»Und was besitzt Ihr aus der Sammlung von meinem Buckingham?« fragte der König.

J. war plötzlich alarmiert und blickte seinen Vater an.

»Etwas, das mir sehr teuer ist und so viel Wert hat wie alles andere zusammen«, sagte John. Er zog den König zu einem Schrank unter dem Fenster und öffnete einen der Schübe.

»Was ist das?« fragte der König.

»Der letzte Brief, den er mir geschrieben hat«, erwiderte John. »In dem er mir befahl, nach Portsmouth zu kommen und ihn auf dem Feldzug nach Ré zu begleiten.«

Die Königin schaute die beiden Männer voller Unwillen an. Sie konnte es immer noch nicht ertragen, wenn der Name Buckinghams über die Lippen des Königs kam. »Welches ist der größte Gegenstand Eurer Kuriositätensammlung?« fragte sie J. laut.

»Wir besitzen den Kopf eines Elefanten mit den beiden großen Stoßzähnen«, antwortete J. und zeigte zum Dachgebälk hinauf, wo er den riesigen Schädel aufgehängt hatte. »Und ein Horn und den Kiefer eines Rhinozerosses.«

Der König blickte nicht einmal hoch, sondern faltete den Brief auseinander. »Seine Handschrift!« rief er, als er die nachlässig hingeworfenen Federstriche sah. Er las den Brief. »Und er befiehlt Euch, sofort zu kommen«, sagte er. »Oh, Tradescant, wenn doch nur alles bereit gewesen wäre!«

»Ich war da«, sagte John, »so, wie er es gewünscht hatte.«

»Aber er kam nicht pünktlich, kam Wochen später«, sagte der König und lächelte voller Reue. »Das war ganz typisch für ihn, nicht wahr?«

»Und was gefällt Euch am besten?« frage die Königin laut, an J. gewandt.

»Ich glaube, daß mir der chinesische Fächer am meisten gefällt«, sagte J. »Er ist so zart und so fein bemalt.«

Er öffnete eine Schublade, nahm ihn heraus und legte ihn in ihre Hand. »Oh! Ich muß genau so einen haben!« rief sie aus. »Charles! Sieh nur!«

Widerwillig blickte er von dem Brief auf. »Ganz hübsch«, sagte er.

»Komm her, und schau ihn dir an«, befahl sie ihm. »Du kannst von dort aus die Bemalung doch gar nicht erkennen!«

Er gab John den Brief zurück und ging zu ihr hinüber. Mit Erleichterung bemerkte J., daß die Frage nach der Anzahl der Objekte aus Buckinghams Nachlaß nun wohl unter den Tisch gefallen war.

»Ich muß so einen Fächer wie diesen haben!« rief die Königin. »Ich werde mir diesen hier ausleihen und ihn kopieren lassen.«

J. war zu wenig ein Höfling, als daß er zugestimmt hätte. Doch John machte sofort einen Schritt auf sie zu. »Eure Majestät, es wäre uns eine Ehre, wenn Ihr ihn als Geschenk annehmen würdet«, sagte er.

»Braucht Ihr ihn nicht, um ihn den Besuchern zu zeigen?« fragte sie mit weitgeöffneten Augen.

John verbeugte sich. »Die Sammlung, ja die Arche selbst, gehört Euch gänzlich, Eure Majestät, so wie alles voller Liebreiz und von Seltenheit Euch gehören muß. Ihr werdet entscheiden, was Ihr hierlaßt oder mitnehmt.«

Sie lachte entzückt, und einen Augenblick hatte J. die Befürchtung, daß ihre Habgier über das Verlangen, großzügig zu erscheinen, triumphieren würde. »Natürlich werde ich alles hierlassen!« sagte sie. »Doch wann immer Ihr etwas Neues und Seltenes und Hübsches habt, werde ich kommen, um es mir anzusehen.«

»Es wird uns eine Ehre sein«, sagte J. mit dem Gefühl, daß soeben eine große Gefahr abgewendet worden war. »Möchten Eure Majestät ein Glas Wein zu sich nehmen?«

Die Königin wandte sich zur Tür. »Wer ist denn das?« fragte sie, als Frances vorsprang, um ihr die Tür zu öffnen. »Ein kleiner Lakai?«

»Ich bin Frances«, sagte das kleine Mädchen. Sie hatte alles vergessen, was ihr Jane über Höflichkeit beigebracht hatte. »Ich habe eine Ewigkeit auf Euch gewartet.«

Einen Augenblick dachte J., daß die Königin daran Anstoß nehmen würde, doch sie lachte nur mädchenhaft.

»Es tut mir leid, daß ich dich habe warten lassen!« rief sie. »Bin ich nun so, wie du dir eine Königin vorgestellt hast?«

Sowohl John als auch J. machten einen Schritt nach vorn. J. stand ruhig neben Frances und kniff sie geschickt warnend in ihre schmale Schulter. John füllte unterdessen die entstandene Pause. »Sie erwartete Königin Elizabeth«, sagte er. »Wir besitzen ein Miniaturporträt von Ihrer Majestät, auf Elfenbein gemalt. Sie wußte nicht, daß eine Königin so jung und schön sein kann.«

Henrietta Maria lachte. »Und eine Frau und die Mutter eines Sohnes und Erben«, erinnerte sie ihn. »Ganz im Gegensatz zu der armen ketzerischen Königin.« Frances hielt entsetzt die Luft an und wollte schon protestieren. Doch zu J.s großer Erleichterung schritt die Königin an dem kleinen Mädchen vorbei, ohne es eines weiteren Blickes zu würdigen. Jane öffnete die Tür des Wohnzimmers und machte einen Knicks.

»Ich habe nicht Königin Elizabeth erwartet, und überhaupt, sie war keine Ketzer...«, fing Frances zu widersprechen an. J. lehnte sich schwer auf ihre Schultern, als der König vorbeiging.

»Sie ist meine erste Enkelin und einigermaßen verwöhnt«, erklärte John.

Der König blickte zu ihr hinunter. »Du mußt Wohlwollen mit Gehorsam belohnen«, sagte er ernst.

»Das werde ich«, entgegnete Frances rasch. »Aber darf ich zu Euch kommen und für Euch arbeiten und Euer Gärtner sein, so wie mein Großvater und mein Vater? Ich kann sehr gut mit Samen umgehen, und ich kann Ableger machen, und ein paar davon wachsen auch.«

Ein Lächeln und ein zustimmendes Wort hätten den König nichts gekostet; doch er war immer ein Mann gewesen, der auswich – den ein Gefühl von Scheu beschlich und gleichzeitig die Sehnsucht, öffentlich stets das Richtige zu tun. Nur bei einem einzigen Menschen hatte er es nicht gehabt, doch dieser Mensch war schon lange tot.

»M...Mädchen und Frauen gehören an den Herd«, bestimmte er ungeachtet des schockierten Gesichtchens von Frances. »Jeder an seinem r...rechten Platz, das wünsche ich mir jetzt für mein Königreich. Du mußt deinem Vater und dann deinem Gatten gehorchen.« Damit ging er ins Wohnzimmer hinüber.

Rasch warf J. seiner erschrockenen Tochter einen gequälten Blick zu und folgte ihm.

Frances schaute zu ihrem Großvater auf und sah, daß er sie mitleidig anblickte. Sie warf sich in seine Arme.

»Ich glaube, der König ist ein Schwein«, jammerte sie leidenschaftlich in seinen Rock hinein. John, der sein Leben lang Royalist gewesen war, konnte das nicht bestreiten.

Mrs. Hurte fuhr noch am selben Abend heim. Sie war erheitert, betroffen und empört zugleich über die Juwelen der Königin, den schweren Duft ihres Parfüms, das glänzende Haar des Königs, seine Spitzen und seinen Spazierstock. Als Frau eines Tuchhändlers hatte sie besonders auf die Stoffe geachtet, und sie wollte mit den Neuigkeiten über französische Seide und spanische Spitze rasch nach Hause eilen. Der König hatte an seinem Finger einen Diamanten, der so groß wie Frances' Faust war. Und die Königin trug an den Ohren Perlen in der Größe von Taubeneiern, und sie hatte ein Kreuz um, ein Kruzifix, ein höchst gottloses und sündiges Symbol. Sie hatte es wie ein Schmuckstück getragen – Ketzerei und Eitelkeit in einem. Es lag um ihren Hals und forderte zu lüsternen Gedanken heraus. Sie war ein ketzerisches, heimtückisches Weib, und Mrs. Hurte konnte es nicht erwarten, zu ihrem Mann nach Hause zu kommen und seine schlimmsten Befürchtungen zu bestätigen.

»Besuche mich im nächsten Monat«, sagte sie und drückte Jane bei ihrem Abschied ans Herz. »Dein Vater möchte dich sehen, und bringe Klein John mit.«

»Ich muß hierbleiben, um die Raritäten zu hüten, solange Vater Tradescant und John fort sind«, erinnerte sie Jane.

»Dann komm, wenn sie beide hier sind«, sagte ihre Mutter. »Dein Vater wird auch alles über Oatlands erfahren wollen. Hast du die Qualität der Spitze gesehen, die sie auf dem Kopf trug? Damit könnte man ein Haus innerhalb der Stadtmauern erwerben, das schwöre ich.«

Jane half ihrer Mutter auf das Pferdefuhrwerk hinauf und reichte ihr den Korb mit den leeren Gläsern und den gebrauchten Tischdecken hoch.

»Kein Wunder, daß das Land in einem solch schlechten Zustand ist«, sagte Mrs. Hurte entsetzt.

Jane nickte und trat zurück, als der Kutscher mit den Zügeln auf die Rücken der Pferde klatschte.

»Gott segne dich«, rief Mrs. Hurte liebevoll. »War das nicht ein Skandal?«

»Ein wahrer Skandal«, stimmte ihr Jane zu; sie blieb am Gartentor stehen und winkte dem Wagen nach, bis er nicht mehr zu sehen war.

## Frühjahr 1635

Das ganze Frühjahr hindurch stattete Jane ihrer Mutter keinen Besuch ab. Sowohl John als auch J. befanden sich entweder im Schloß von Oatlands oder waren im Obsthain und im Garten von Lambeth beschäftigt. Immerzu klopfte jemand an die Gartentür und hatte eine kleine Pflanze in einem Topf oder einen kostbaren, in ein Tuch gewickelten Gegenstand bei sich. Jane schätzte dann den Wert und kaufte die Gegenstände mit der Autorität einer guten Hausfrau und Geschäftspartnerin an. Schließlich mußten die Tulpen, die ihre ersten Blätter zeigten, gepflegt werden, bis die Blüten aufbrachen. John hatte den Bau einer Orangerie angeordnet, in der sie empfindliche Pflanzen aufziehen konnten. Nun mußte die Arbeit der Handwerker überwacht werden, die die Mauer für einen Durchgang von der Orangerie zum Haupthaus durchbrachen. Erst als der Mai kam, hatte Jane das Gefühl, daß sie nun genug Zeit hatte und die Arche verlassen konnte, um ihre Mutter in der Stadt zu besuchen.

Ohne Jane herrschte im Haus eine eigenartige Leere. Frances vermißte sie nicht so sehr. Wie ein Schatten hing sie immer am Großvater, und war dieser fort, dann hielt sie sich viel bei ihrem Vater im Garten auf. Klein John hingegen, jetzt fast zwei Jahre alt, wackelte durchs ganze Haus und fragte den ganzen Tag: »Wo ist Mama? Wo ist Mama?«

Sie hatten erwartet, daß sie nach einer Woche in ihrem alten Zuhause erholt und glücklich zurückkehren würde, doch als sie dann endlich wieder da war, wirkte sie blaß und müde. Sie sagte, in der Stadt sei es unerträglich heiß gewesen. Es gäbe mehr Bettler auf den Straßen als zuvor, und sie hätte einen Mann im Rinnstein sterben sehen und Angst davor gehabt, ihn zu berühren, weil er vielleicht die Pest gehabt hatte.

»Was ist das nur für ein Land, in dem es zu gefährlich ist, wie der Barmherzige Samariter zu helfen?« fragte sie, denn sie war ernsthaft bekümmert, da sie sich zwischen ihrem Gewissen und ihrer Sicherheit hin und her gerissen fühlte.

Ihr Vater und all die Händler beschwerten sich, daß man ihnen für ihr Geschäft Steuern auferlegte und dann noch eine Steuer für den Verkauf und eine weitere für das Lagern von Waren. Sie sollten ebenfalls Schiffsgeld bezahlen. Ein Steuereinschätzer machte die Runde und beurteilte den Wert der Häuser und Läden, wobei er sich nur vom Erscheinungsbild leiten ließ, und bestimmte daraufhin die Höhe der Steuer. Man konnte keinen Einspruch dagegen erheben.

Josiah Hurte sollte weitere Kosten entrichten, da er in seiner eigenen Kapelle einen eigenen Prediger unterhielt, und er sollte dazu noch seine Abgaben an eine Kirchgemeinde zahlen, deren Kirche er jedoch nie betrat, und darüber hinaus sollte er den Zehnt an einen Pfarrer zahlen, den er wegen seiner römisch-katholischen Rituale mißbilligte. Unterdessen waren die Preise für bestimmte Waren in die Höhe geschnellt. In aller Öffentlichkeit machten Piraten den englischen Kanal unsicher. Auch gab es Gerüchte, daß es in Irland zu einer Rebellion gekommen war, und es hieß, der König gebe mehr Geld für seine Gemäldesammlung aus als für die Flotte.

Als Frau und Schwiegertochter von Männern im Dienste des Hofes wurde Jane von Verwandten und Bekannten regelrecht bestürmt, ihnen skandalöse Details vom Hof zu erzählen. Und sie litt darunter, daß man ihr die Verbindung zum Hofe vorwarf.

»Von diesem König wird nichts Gutes kommen«, hatte ihr Vater gesagt. »Du magst glauben, daß dein Mann hoch in seiner Gunst steht, doch von dem König kann nichts Gutes kommen, da er schon mit einem Bein in der Hölle steht. Und wenn ihr nicht achtgebt, so wird er euch mit hinunterziehen. Warum können dein Schwiegervater und dein Mann nicht in dem schönen Haus in Lambeth bleiben?«

Es hatte keinen Sinn, Josiah zu erklären, daß man wegen Hochverrats gehängt werden konnte, wenn man einem Befehl des König nicht Folge leistete. »Das hat der König persönlich angeordnet«, erwiderte Jane. »Wie könnten wir das ablehnen?«

»Indem man einfach ablehnt«, sagte ihr Vater starrköpfig.

»Lehnst du etwa ab, deine Steuern zu zahlen? Lehnst du ab, das Schiffsgeld zu zahlen? Andere machen es.«

»Und sie sitzen im Kerker«, sagte Josiah. »Und beschämen uns alle, die wir nicht so standhaft sind. Nein, ich befolge die Anordnung.«

»Genau das macht auch mein Mann«, verteidigte Jane hartnäckig die Tradescants. »Der König und der Hof bedienen sich unserer Fähigkeiten, so wie sie dein Geld nehmen. Dieser König nimmt, was ihm beliebt, und nichts hält ihn davon ab.«

»Du mußt doch froh sein, daß du wieder zu Hause bist«, sagte J. in dieser Nacht im Bett. Er legte einen Arm um sie, und sie lehnte den Kopf an seine Schulter.

»Ich bin so müde«, sagte sie gereizt.

»Dann ruh dich aus«, sagte er. Er drehte ihr Gesicht zu sich, um sie zu küssen, aber sie wendete sich ab.

»Das Zimmer riecht nach Geißblatt«, rief sie ungestüm. »Du hast wieder Ableger ins Schlafzimmer gestellt, John! Das mag ich nicht.«

»Nein«, sagte er. In seinem Innersten spürte er Furcht aufkeimen, so klein wie ein Sämling. »Hier steht keine Pflanze. Riecht die Luft für dich süß, Jane?«

Plötzlich wurde ihr bewußt, was sie gesagt hatte und was er dachte. Ruckartig hielt sie sich die Hand vor den Mund, als wolle sie sich zum Schweigen bringen und verhindern, daß ihr Atem zu ihm drang. »O Gott, nein«, sagte sie. »Nicht das.«

»Ist es aus der Stadt?« fragte J. dringlich.

»Es ist immer in der Stadt«, sagte sie bitter. »Doch ich habe mit niemandem gesprochen, von dem ich wußte, daß er es in sich trägt.«

»Nicht mit den Bedienten, den Ladengehilfen?«

»Würde ich mich dem Risiko aussetzen? Wäre ich nach Hause gekommen, wenn ich wüßte, daß ich es auch habe?«

Sie war schon halb aufgestanden, schlug die Decke zurück und riß das Fenster auf. Immer noch hielt sie den Mund bedeckt. J. streckte eine Hand nach ihr aus, zog Jane aber nicht an sich. Seine Angst vor der Krankheit war ebenso groß wie seine Liebe zu ihr. »Jane! Wohin gehst du?«

»Man muß mir in der neuen Orangerie ein Bett herrichten«, sagte sie. »Und du mußt mir Essen und Wasser vor die Tür stellen und darfst nicht in meine Nähe kommen. Die Kinder müssen ferngehalten werden. Und mein Bettzeug muß verbrannt werden, wenn es schmutzig ist. Und stelle brennende Kerzen vor die Tür.«

Er hätte sie gern festgehalten, doch sie wandte ihm ein solch wütendes Gesicht zu, daß er zurückwich. »Geh weg von mir!« schrie sie ihn an. »Meinst du etwa, ich will dich anstecken? Meinst du etwa, ich will, daß dieses Haus, dessen Einrichtung doch meine ganze Lebensfreude war, niedergerissen wird?«

»Nein ...«, stammelte J. »Aber Jane, ich liebe dich, ich möchte dich umarmen ...«

»Wenn ich das überlebe«, versprach sie ihm, und ihre Miene wurde freundlicher, »dann werde ich wochenlang in deinen Armen liegen. Das schwöre ich, John. Ich liebe dich. Aber wenn ich sterbe, dann darfst du mich überhaupt nicht mehr berühren. Du mußt anordnen, daß sie meinen Sarg zunageln und mich nicht mehr anschauen.«

»Das kann ich nicht ertragen!« rief er auf einmal. »Das darf nicht geschehen!«

Jane öffnete die Tür und rief nach unten: »Sally! Richte mir in der Orangerie eine Schlafstatt her, und bringe all meine Kleider dorthin.«

»Wenn ich auch daran erkranke, werde ich zu dir kommen«, sagte J. »Und dann werden wir wieder zusammensein.«

Sie blickte ihn mit entschlossenem Ausdruck an. »Du wirst dich nicht anstecken«, sagte sie voller Leidenschaft. »Du wirst leben und für Klein John und Frances sorgen und für die Bäume und die Gärten. Selbst wenn ich sterbe, dann trägt immer noch Klein John unseren Namen weiter, und die Bäume und die Gärten auch.«

»Jane ...«, es war ein leiser Schrei, wie von einem verletzten Tier.

Sie ließ sich keinen Augenblick erweichen. »Halte die Kinder von mir fort«, ordnete sie barsch an. »Wenn du mich liebst, dann halte sie von mir fern.«

Sie drehte sich um, packte ihre Sachen zusammen, die sie aus der Stadt mitgebracht hatte, ging die Stufen in die neue Orangerie hinunter, legte sich auf das Strohbett, das ihr die Magd auf dem Boden bereitet hatte, blickte hinauf ins goldene Mondlicht, das durch das kleine Fenster in der Holzwand fiel, und fragte sich, ob sie sterben würde.

Am vierten Tag bemerkte Jane, daß ihre Lymphknoten unter den Achseln ganz geschwollen waren, und sie wußte nicht mehr, wo sie sich befand. Um die Mittagszeit war sie kurz bei Sinnen. Als J. kam, um sich hinter den Kerzen mit ihr durch die Tür hindurch zu unterhalten, befahl sie ihm, ein Schloß anzubringen, so daß sie nicht hinaus konnte, um etwa im Fieberwahn nach Klein John zu sehen.

Am fünften Tag traf eine Nachricht von ihrer Mutter ein, in der es hieß, ein Gehilfe sei an der Pest erkrankt und Jane sollte alles verbrennen, was sie bei ihrem Besuch getragen und von dort mitgebracht hatte. Sie schickten den Boten zurück mit der Nachricht, daß die Warnung zu spät gekommen sei, daß ihre Haustür schon mit einem weißen Kreuz versehen war und ein Wächter davorstand, der verhinderte, daß jemand das Haus verließ und in Lambeth die Pest verbreitete. Alle Waren und Lebensmittel und selbst die Raritäten wurden auf der kleinen Brücke abgestellt, die von der Straße zum Haus führte. Und das Geld befand sich in einer Schale mit Essig, damit die Münzen gereinigt wurden. Niemand wagte sich in die Nähe des Hauses. Die Gemeindebüttel waren per Gesetz dazu verpflichtet, dafür zu sorgen, daß alle Pestopfer in ihren Häusern isoliert wurden, bis sie für geheilt befunden oder tot geborgen wurden, und niemand, nicht einmal die Tradescants mit ihrem blühenden Geschäft und ihren Verbindungen zum Königshaus, konnten sich den Anordnungen entziehen.

Am sechsten Tag ihrer Krankheit klopfte Jane nicht mehr am Morgen gegen die Tür. Als J. sie öffnete und hineinblickte, lag sie auf dem Bett, ihre Haare flossen über das Kopfkissen, ihr Gesicht wirkte dünn und totenbleich. Als sie ihn hereinlugen sah, versuchte sie zu lächeln, doch ihre Lippen waren vom Fieber ganz rissig geworden und brannten.

»Bete für mich«, sagte sie. »Und steck dich nicht an, John. Beschütze Klein John. Geht es ihm immer noch gut?«

»Er ist wohlauf«, sagte J. Er erzählte ihr nicht, daß ihr kleiner Sohn ständig weinte und nach ihr rief.

»Und Frances?«

»Keine Anzeichen der Krankheit.«

»Und du und Vater?«

»Niemand im Haus scheint die Pest zu haben. Aber in Lambeth ist sie ausgebrochen. Wir sind nicht das einzige Haus mit einem weißen Kreuz an der Tür. Es wird ein schlechtes Jahr werden.«

»Hab ich sie mitgebracht?« fragte sie voller Schmerz. »Habe ich die Pest nach Lambeth eingeschleppt? Ist sie mir über die Themse gefolgt?«

»Sie war schon vor dir hier«, versicherte er ihr. »Gib dir nicht die Schuld dafür. Es hat sich jemand angesteckt und versucht, das zu verbergen. Sie war schon seit Wochen hier, ohne daß es jemand wußte.«

»Gott möge ihnen helfen«, flüsterte sie. »Gott möge mir helfen. Vergrabe mich tief in der Erde, John. Und bete für meine Seele.«

Einer plötzlichen Regung folgend, stieg er über die Kerzen und trat in den Raum. Sofort richtete sie sich im Bett auf. »Willst du, daß ich in voller Verzweiflung sterbe?« fragte sie.

Er besann sich und wich zurück, als sei sie die Königin persönlich. »Ich möchte dich umarmen«, sagte er voller Kummer. »Ich möchte dich umarmen, Jane, ich möchte dich an mein Herz drücken.«

Einen Augenblick lang war ihr ausgezehrtes, abgespanntes Gesicht, auf das der goldene Schein von zwölf Kerzen fiel, ganz sanft und jung, so wie damals, als sie ihm im Tuchgeschäft einen Zoll Band nach dem anderen verkaufte und er dort immer wieder unter verschiedenen Vorwänden auftauchte.

»Trage mich in deinem Herzen«, flüsterte sie, »und sorge für meine Kinder.«

Als John über die Kerzen zurückschritt und sich auf die Schwelle kauerte, ließ sie sich wieder in die Kissen fallen.

»Ich werde hier bleiben«, sagte er entschlossen.

»Nun gut«, sagte sie. »Hast du eine Parfümkugel?«

»Eine Parfümkugel, und ich sitze inmitten eines Meeres von Duftkräutern«, sagte John.

»So bleib«, sagte sie. »Ich möchte nicht einsam sterben. Doch wenn mich das Fieber überkommt und ich herumwandere und auf dich zugehen will, dann mußt du die Tür vor mir zuwerfen und abschließen.«

Er betrachtete sie durch das Flackern der Kerzen hindurch mit einem Gesicht, beinahe so abgehärmt wie das ihre. »Das kann ich nicht«, sagte er. »Ich werde das nicht fertigbringen.«

»Versprich es mir«, forderte sie ihn auf. »Das ist das letzte, um was ich dich je bitten werde.«

Einen Moment schloß er die Augen. »Ich verspreche es«, sagte er endlich. »Ich werde dich nicht berühren, ich werde nicht näher kommen. Doch ich werde für dich dasein. Hier draußen, vor der Tür.«

»Das ist mein Wunsch«, sagte sie.

Gegen Mitternacht stieg das Fieber, und Jane warf sich auf dem Kissen hin und her und stieß Schreie gegen die Ketzerei und die Papisten und den Teufel und die Königin aus. Gegen drei Uhr morgens beruhigte sie sich. Er konnte sehen, wie sie zitterte, und er konnte dennoch nicht hinein und ihr ein Tuch um die Schultern legen. Gegen vier Uhr lag sie völlig friedlich da, doch um fünf Uhr sagte sie plötzlich, so einfach wie ein Kind: »Gute Nacht, mein Liebster«, und schlief ein.

Als der Morgen graute und die Sonne gegen sechs Uhr aufstieg und auf die Apfelblüten schien, wachte sie nicht mehr auf.

## Sommer 1635

Wegen Janes Begräbnis gab es eine kurze unerfreuliche Auseinandersetzung. Die Kirchenvorsteher, die mit der unmöglichen Aufgabe betraut waren, die Pest einzudämmen, verfügten von Amts wegen, daß man Janes Leichnam um Mitternacht mit einem Karren abholen würde. Die Angehörigen sollten ihn beladen und sich danach selbst eine Woche im Haus einschließen, bis festgestellt wurde, daß sie von der Pest verschont geblieben waren.

»Kommt gar nicht in Frage«, sagte J. kurz zu seinem Vater. »Ich werde sie nicht in einem Jutesack in die Pestgrube werfen. Sie können anordnen, was sie wollen. Sie kommen nicht zu uns herein, um sie abzuholen, das wäre viel zu gefährlich für sie!«

John zögerte und überlegte, was er erwidern sollte.

»Ich mache das nicht«, sagte J. wütend. »Sie soll in Ehren begraben werden.«

John sprach mit dem Kirchenvorsteher, der sich aus Vorsicht auf der anderen Seite der kleinen Brücke über den Straßengraben aufhielt. Der Mann zögerte, doch John konnte ihn überreden. Er warf einen kleinen schweren Beutel auf die andere Seite. Am Tag darauf brachte man einen verbleiten Sarg zur Brücke. Und eine Woche später, als man meinte, die Tradescants und ihre Bediensteten könnten das Haus wieder verlassen, sollte das Begräbnis stattfinden. Als Janes Todesursache sollte nicht Pest, sondern die neutrale Bezeichnung »Fieber« eingetragen werden. Sie sollte, ganz wie J. es vorgehabt hatte, im Familiengrab bestattet werden.

Die Hurtes reisten aus der Stadt nach Lambeth und hatten ihre eigene Leichenwäscherin mitgebracht, um die Tote herzurichten. Sie war sehr alt, ihr Gesicht war mit den Narben einstiger Pestbeulen überzogen. Sie sagte, sie sei daran als Mädchen erkrankt und hatte überlebt, weil sie der Herr der Heerscharen gerettet hätte, da sie wohlhabende Tote aufbahrte und sich um die wenigen Überlebenden kümmerte.

»Doch warum hat er ausgerechnet Euch und nicht Jane gerettet?« fragte J. und ließ sie allein, damit sie Jane in den Bleisarg betten konnte.

Die Hurtes hatten sie in der Stadt auf dem Friedhof in der Nähe ihrer Kapelle begraben wollen, doch J. hatte seinen Willen durchgesetzt. Jane sollte an der Kirche von St. Mary's in Lambeth begraben werden, wo ihre Kinder zweimal am Sonntag vorbeigingen. J. hatte das Gefühl, daß er durch ein großes Meer von Kummer schritt.

Schließlich fand das Begräbnis mit allen Feierlichkeiten statt. Halb Lambeth hatte sich versammelt, um der verschiedenen jungen Mrs. Tradescant die letzte Ehre zu erweisen. J., der sehr unglücklich schien, mißgönnte den anderen ihren Gram, als könne nur er wissen, was es bedeutete, Jane Tradescant geliebt und nun verloren zu haben. Doch John fand Trost in der Gemeinschaft. »Sie war sehr beliebt«, sagte er. »Sie führte ein so stilles Leben, ich habe ja nicht gewußt, wie beliebt sie war.«

Später bot Mrs. Hurte J. an, die Kinder mit in die Stadt zu nehmen.

»Nein«, erwiderte er.

»Du kannst doch hier für sie nicht sorgen«, erklärte sie ihm.

»Das schaffe ich schon«, entgegnete er. Selbst seine Stimme klang anders, sie wirkte angespannt und farblos. »Mein Vater und ich können hier für sie sorgen; ich werde eine gute Frau finden, die den Haushalt führt.«

»Ich wäre doch wie eine Mutter für sie«, sagte Mrs. Hurte.

J. schüttelte den Kopf. »Klein John bleibt hier bei mir«, sagte er. »Und Frances könnte es nirgendwo sonst aushalten. Sie liebt ihren Großvater, sie weicht ihm kaum von der Seite. Und sie liebt den Garten und den Obsthain. In der Stadt würde sie sich zu Tode grämen.«

Mrs. Hurte hätte noch weiter in ihn dringen wollen, doch sein strenges, blasses Gesicht verbot jedes weitere Wort. »Ich erwarte dich zu ihrem Gedenkgottesdienst in unserer Kapelle. Dann können wir um Erleuchtung beten.«

Er half ihr auf den Sitz neben dem Kutscher. »Ich werde nicht kommen«, sagte er. »Ich habe ihr schwören müssen, nicht in die Stadt zu fahren, solange die Pest dort wütet. Sie wollte ganz sicher sein, daß sich die Kinder nicht anstecken. Ich muß mich hier um sie kümmern, und sollte die Pest näher rücken, nehme ich sie mit nach Oatlands.«

»Du kommst also nicht, wenn ihr Vater den Gedenkgottesdienst abhält?« rief Mrs. Hurte entsetzt aus. »Aber das würde dir doch Trost spenden!«

John blickte zu ihr auf den Kutschersitz hinauf. Sein Gesicht wirkte vor Schmerz wie eine weiße Maske. Es war sinnlos, dieser Frau zu erklären, daß ihn sein Glaube an Gott in jenem Moment verlassen hatte, als er mit ansehen mußte, wie Jane die Schlafzimmerfenster aufgerissen, die Luft eingeatmet und versucht hatte, den nur in ihrer Einbildung vorhandenen Duft nach Geißblatt aus dem Zimmer zu vertreiben. »Nichts kann mir Trost spenden«, sagte er ausdruckslos. »Nichts wird mir jemals wieder ein Trost sein.«

Statt dessen schickte er Blumen. Er schickte eine große Bootsladung den Fluß hinunter in die Stadt; und die Kapelle glich einem Garten voller rot-weiß gestreifter Rosamund-Rosen, die sie so geliebt hatte. Am Tag des Gedenkgottesdienstes für sie arbeitete J. im Garten von

Lambeth; er pikierte Pflanzen und goß sie mit stiller Entschlossenheit, so als würde er leugnen, daß an diesem Tag für die Seele seiner Frau gebetet wurde, so als würde er selbst seinen Kummer leugnen. Gegen Mittag schlugen die Glocken von St. Mary's in Lambeth einunddreißigmal – für jedes Jahr ihres kurzen Lebens einmal –, und J. zog den Hut unter der heißen Sonne und lauschte dem langen, klaren Glockenklang. Dann ging er wieder an seine Arbeit und trennte die langen, seidigen kleinen Pflanzen voneinander, als könne er nur am Frühbeet der Erinnerung an ihren Tod entkommen und daran, wie nah er ihr gewesen war, ohne sie berühren zu dürfen.

Sie aßen wie immer zu Abend, und John wartete darauf, daß sein Sohn etwas sagen würde, doch er schwieg. So war es an John, die Gebete des Hauses zu sprechen. Er verfügte nicht über Janes Gabe, den Allmächtigen so einfach anzureden, als sei Er ein wohltätiger Freund der Familie. Er las daher das Abendgebet aus der König-James-Bibel vor, und als die Küchenmagd schon das Wort ergreifen wollte, da schoß unter seinen grauen Augenbrauen ein scharfer und entmutigender Blick zu ihr hinüber, daß sie sofort schwieg.

»Vielleicht solltest du die Gebete sprechen«, sagte John seinem Sohn nach einer Woche. »Ich habe dafür kein Geschick.«

»Ich habe einem solchen Gott nichts zu sagen«, sagte J. kurz angebunden und verließ den Raum.

## 1636

Im Januar, während der schwersten Zeit für einen Gärtner, der von seinen Pflanzen lebt und nur glücklich ist, wenn seine Hände in der Erde wühlen, wandte sich den Tradescants wieder das Glück zu. Man bot ihnen die Aufsicht über den Kräutergarten von Oxford an, eine wundervolle Anlage auf kleinem Raum, die sich an dem Fluß Isis entlangzog und in welcher die Kräuter für die medizinische Fakultät der Universität wuchsen.

»Geh du hin, und stelle fest, was benötigt wird«, sagte John und betrachtete das Gesicht seines Sohnes, das in den langen, kalten Wintermonaten immer magerer und kantiger geworden war. »Sie zahlen uns fünfzig Pfund pro Jahr. Mit der Arche haben wir in dieser Saison fast nichts eingenommen. Mach dich auf den Weg, und stelle fest, was zu tun ist, und nimm alles in die Hand, J. Mitten im Winter kann ich nicht nach Oxford aufbrechen, die Kälte würde mir in die Knochen kriechen.«

John hatte gehofft, daß die für ihre große Gastfreundschaft berühmte Stadt J. aus der Starrheit seines Leides befreien könnte. Doch schon nach einem Monat kehrte er zurück und berichtete, nur sorgfältiges Bepflanzen und Unkrautjäten seien dort nötig. Lord Danby, der 1622 den Garten dem Magdalen College geschenkt hatte, hatte angeordnet, daß man eine Mauer und ein Pförtnerhäuschen bauen und den Garten vor dem im Winter über die Ufer tretenden Fluß schützen solle.

»Jetzt ist dort weiter nichts zu tun«, sagte J. »Ich werde zusätzlich ein paar Kräuter ziehen, die ich dann im Frühjahr dort einpflanze; außerdem habe ich ein paar Mädchen zum Unkrautjäten eingestellt.«

»Sind sie hübsch?« fragte John unbedacht.

J. blickte ihn düster an. »Darauf habe ich nicht geachtet«, sagte er.

Im Februar meldete sich bei ihnen ein Mann mit einem Tontopf, in dem sich aus einer Knolle sprießende grüne Spitzen zeigten.

»Was ist das?« fragte J. und verbarg seine Müdigkeit.

»Ich muß dringend John Tradescant sprechen«, sagte der Mann. »Ihn und sonst niemanden.«

»Ich bin John Tradescant der Jüngere«, erklärte ihm J., dem jedoch klar war, daß dem anderen das nicht genügen würde.

»Ja«, sagte der Fremde. »Also möchte ich Euren Vater sprechen.«

»Wartet hier«, sagte J. kurz und ging seinen Vater suchen. John befand sich im Raritätensaal und genoß das wärmende Feuer. »An der Tür ist ein Mann mit einer Blumenzwiebel in einem Topf«, teilte ihm J. mit. »Er möchte nur dich sprechen. Ich vermute, daß es eine Tulpe ist.«

Bei dem Wort »Tulpe« wandte sich John um. »Ich komme sofort.«

Der Mann wartete in der Diele. John führte ihn in das Vorderzimmer, J. folgte ihnen, und dann schlossen sie die Tür.

»Was habt Ihr für mich?«

»Eine Semper Augustus«, sagte der Mann leise. Aus den Tiefen seiner Tasche holte er einen Brief hervor. »Das Schreiben hier bestätigt es.«

»Haltet Ihr uns für Dummköpfe?« fragte J. »Woher solltet Ihr eine Semper Augustus haben? Und wie hätten sie Euch damit aus dem Land gelassen?«

Der Mann sah ihn mit verschlagenem Blick an. »Das

hier bestätigt es«, wiederholte er. »Ein Brief nur für Euch, mit Van Meers Unterschrift.«

John öffnete das Siegel und las. Dann nickte er zu J. hinüber. »So ist es«, sagte er. »Er schwört, daß sich in dem Topf eine Zwiebel von der echten Semper Augustus befindet. Wie ist sie in Eure Hände gelangt?«

»Ich bin eigentlich nur der Bote, Herr«, sagte der Mann verlegen. »Ein Haus ist bankrott gegangen. Wessen Haus müßt Ihr nicht wissen. Die Gerichtsvollzieher haben alles mitgenommen, doch die Tulpenzwiebeln hat man nicht weiter beachtet.« Nun blickte er Vater und Sohn verschmitzt an. »Die Hausherrin hatte sie zusammen mit normalen Zwiebeln in einen Topf gesteckt. Da sind sie nun, zum Verkauf. Der bankrott gegangene Gentleman, dessen Name weiter nichts zur Sache tut, wollte, daß man sie außerhalb Hollands anbietet. Er dachte an Euch und hat mich damit beauftragt, sie Euch zu bringen. Bargeld«, fügte er noch hinzu.

»Wir zahlen, sobald wir die Blüten sehen, und nicht einen Tag eher«, sagte J.

»Der Brief beglaubigt es«, sagte der Mann. »Und ich habe Order, Euch nur einen Tag Bedenkzeit zu lassen und die Tulpe dann anderweitig anzubieten. In England gibt es noch andere große Gärtner, Gentlemen.«

»Das sind alles Freunde von uns«, brummte J. »Und wenn ich das hier für eine normale Zwiebel halte, dann denken die anderen ebenso.«

Der Mann lächelte. Er war ganz zuversichtlich. »Das hier ist keine normale Zwiebel. Aber wenn Ihr sie Euch aufs Brot legen wollt, so wird es das teuerste Essen sein, das Ihr jemals zu Euch genommen habt.«

»Darf ich sie aus dem Topf nehmen?« fragte John.

Der Mann verzog ein wenig den Mund, und das allein überzeugte J. davon, daß es sich bei der Blumenzwiebel tatsächlich um die unbezahlbare Semper handeln mußte.

»Nun gut«, sagte er. »Aber seid vorsichtig ... Ich würde keinem anderen gestatten, sie anzurühren.«

John drehte den Topf um und pochte kräftig auf die Unterseite. Da glitten die Erde, die drahtig miteinander verflochtenen weißen Wurzeln und die Zwiebel in seine Hand, die weiche Erde fiel zu Boden. Ganz ohne Zweifel handelte es sich um eine Tulpenzwiebel. Mit seiner rauhen Hand strich John über die glatte, papierene nußbraune Haut. Die ersten Triebe, die oben herausragten, waren kräftig und grün, die Zwiebel wuchs aus. Die Blätter würden gesund sein, und es gab keinen Anlaß anzunehmen, daß es keine guten Blüten geben würde. Natürlich konnte er an Hand der Zwiebelhaut nicht vorhersagen, welche Farbe die Blüten haben würden, doch der Brief bescheinigte, daß es sich um eine Semper Augustus handelte. Van Meer war ein vertrauenswürdiger Kaufmann, und die Geschichte über den Bankrott und die Gerichtsvollzieher war in diesen Tagen in Holland nicht ungewöhnlich, wo die Tulpenzwiebeln am Tag ein dutzendmal den Besitzer wechselten und die Preise jedesmal stiegen.

Am meisten gefiel ihm die winzige Ausbuchtung an der Seite. Dabei könnte es sich um eine Mißbildung handeln oder aber auch um den Ansatz einer kleinen Tochterzwiebel, die den Sommer über wachsen und im Herbst eine eigenständige Zwiebel sein würde – ein Gewinn von hundert Prozent

John zeigte J. die Stelle. Sein Finger glitt über die Ausbuchtung; dann setzte er die Tulpenzwiebel vorsichtig wieder in den Topf zurück.

J. zog ihn zum Erkerfenster, wo ihnen der Mann nicht zuhören konnte.

»Es könnte alles mögliche sein«, warnte er ihn. »Es könnte eine von den Dutzend Tulpensorten sein, die wir schon haben.«

»Ja. Doch der Brief sieht echt aus, das hier ist Van

Meers Siegel, und die Geschichte ist glaubhaft. Wenn es sich tatsächlich um eine Semper handelt, dann befindet sich in dem Topf hier ein Vermögen, J. Hast du die Ausbuchtung an der Seite gesehen? Wir könnten mit der Mutterzwiebel in einem Jahr unseren Einsatz verdoppeln und dann sogar vervierfachen.«

»Oder wir ziehen eine rote Tulpe heran, von der wir schon fünfzig haben.«

»Ich glaube, wir sollten es wagen«, sagte John. »Wir könnten eine Menge Geld verdienen, J.«

John wandte sich dem Mann wieder zu. »Wieviel verlangt Ihr dafür?«

Der zögerte nicht mit der Antwort. »Mir ist aufgetragen, eintausend englische Pfund zu nehmen.«

J. mußte schlucken, doch John nickte. »Seid Ihr befugt, einen Teil des Geldes jetzt entgegenzunehmen und den Rest dann, wenn die Tulpe blüht? Jeder Käufer würde erst die Blüte abwarten.«

»Jetzt achthundert und einen Schuldschein, der bis Mai eingelöst werden muß.«

J. trat ganz dicht an seinen Vater heran. »Das können wir nicht. Eine solche Summe läßt sich nicht aufbringen.«

»Wir leihen uns das Geld«, sagte John leise. »Das ist die Hälfte des Preises, den wir in Amsterdam dafür bezahlen müßten.«

»Aber wir sind nicht in Amsterdam«, gab J. eindringlich zu bedenken. »Wir spekulieren nicht mit Tulpenzwiebeln.«

Doch John glühte vor Erregung, seine Augen funkelten. »Denk nur daran, was der König für eine Semper bezahlen würde!« sagte er. »Wenn zwei Tulpen aus einer entstehen, denk nur an den Gewinn! Die verkaufen wir nach Amsterdam, das wird uns ein Vermögen einbringen, und wir werden uns als Tulpenzwiebelzüchter einen Namen machen. Eine in England gezogene Semper an der Börse!«

»Das kann ich nicht glauben«, murmelte J. vor sich hin. »Wir haben all unser Erspartes zusammengekratzt, um die neue Steuer zu bezahlen, wegen der Pest haben wir im Sommer zwei Monate lang keine Besucher hier gehabt, und nun geben wir acht Jahreslöhne für eine Zwiebel aus?«

John drehte sich zu dem Mann um. »Hier ist meine Hand darauf«, sagte er feierlich. »Morgen werde ich das Geld für Euch beschafft haben. Kommt gegen Mittag zurück.«

Den restlichen Tag über trieben die Tradescants, Vater und Sohn, ihre Schulden in der ganzen Stadt ein, mahnten Kleinigkeiten an, suchten unverdrossen die großen Handelshäuser auf und nahmen Kredit auf, wobei sie die Tulpenzwiebel als Sicherheit boten und schließlich Anteile daran verkauften. Der Name Tradescant galt so viel, und der Wunsch, sich an dem holländischen Spekulationsgeschäft zu beteiligen, war so groß, daß sie sich zweimal soviel für die gewinnbringende Tulpe hätten borgen können. Die Hysterie von Holland hatte sich über ganz Europa ausgebreitet. Jeder wollte einen Anteil an dem Tulpengeschäft haben, und ein Ende war nicht abzusehen. John mußte keine großen Anstrengungen unternehmen, um Teilhaber zu finden; er hätte alle Anteile bis zur Mittagszeit verkaufen können. Als die beiden Männer sich dann bei Sonnenuntergang in der Arche einfanden, hatten sie die volle Summe beisammen.

John triumphierte. »Ich hätte sie mehrfach verkaufen können!« prahlte er. »Mit dem Gewinn werde ich einen Adelstitel kaufen, J. Dein Sohn wird aufgrund des Reichtums, den wir heute erworben haben, Sir Johnny heißen!«

Er hielt inne, weil er J.s ernste Miene und seine schweren Augenlider wahrnahm. »Ist es nur, daß man dich für nichts begeistern kann?« fragte John seinen Sohn zärtlich.

Der junge Mann blickte weiter düster. »Sie ist noch nicht einmal ein Jahr unter der Erde, und wir spekulieren und spielen um Geld.«

»Wir handeln«, erklärte John. »Jane hatte nichts gegen einen ehrlichen Handel. Sie war die Tochter eines Kaufmanns und kannte den Wert von Profit. Ihr eigener Vater hat an diesem Geschäft einen Anteil.«

»Ich nehme an, sie hätte es anders genannt«, sagte J. »Aber du hast recht – ich kann mich für nichts begeistern. Ich glaube, mir ist das Herz schwer, weil ich daran denke, wie hoch das Risiko für uns ist. Nichts weiter.«

»Nichts weiter!« John klopfte seinem Sohn auf den Rücken. »Der Gewinn daraus wird unsere Herzen erleichtern«, versprach er.

Sie behielten die Zwiebel in der Orangerie, wo sie im warmen blassen Sonnenlicht des Frühlings stand, das durch die Fenster schien; vor der Mittagssonne wurde sie allerdings geschützt. Jeden Morgen goß sie John mit lauwarmem Wasser, versetzt mit einem Sud aus gekochten Brennnesseln und Pferdemist. Die Zwiebel brachte frische grüne Blätter hervor, und endlich schob sich aus der Mitte des Herzens die Spitze der kostbaren Blütenknospe heraus.

Im ganzen Haus hielt man den Atem an. Frances ging tagtäglich mehrmals in die Orangerie, um zu beobachten, wie das Grün der Blüte langsam Farbe annahm. John konnte nie an der Tür vorbeigehen, ohne hineinzublicken. Nur J. verharrte in seiner Düsterkeit. Die Orangerie war für ihn nicht der Ort, wo ihr Glück langsam erblühte; er hatte dort immer Jane vor Augen, und es schien ihm, als könne aus diesem Raum im Gefolge ihres kleinen bleiernen Sarges nichts Gutes mehr kommen.

»Sie ist weiß! Sie ist rot und weiß!« stürmte Frances eines Morgens ins Schlafzimmer ihres Großvaters, als dieser sich gerade ankleidete.

»Die Tulpe?«

»Ja! Ja! Sie ist rot und weiß!«

»Eine Semper Augustus!« stieß er hervor und packte sie, halb angezogen, wie er war, an der Hand und rannte mit ihr die Treppe hinunter. An der Tür zur Orangerie hielten sie an; sie hatten Angst, durch ihre Tritte die nackten Dielen so zu erschüttern, daß vielleicht die Farbe von den Blütenblättern fiel.

Die erlesenen, gerundeten, vollkommenen Blütenblätter fingen im Licht der Morgendämmerung in ihrer Farbe an zu leuchten, auch wenn die Knospe immer noch ganz dicht geschlossen war. Es war deutlich zu sehen, ein dunkles Rot, das wie bei einem Seidenärmel mit weißen Schlitzen versehen war.

»Ich habe ein Vermögen gemacht«, sagte John bloß und sah auf die Wunderblume und ihren schlanken wachsgrünen Stengel. »Am heutigen Tag habe ich ein Vermögen gemacht. Klein John wird Baronet werden, und niemand von uns muß jemals wieder für andere Herren arbeiten.«

Sie stellten die Tulpe natürlich im Raritätensaal als die kostbarste Tulpe der Welt aus. Als der Bote kam, um den Rest der Kaufsumme abzuholen, hatten sie sich nur zwei Drittel davon borgen müssen. Das übrige hatten sie von den Besuchern eingenommen, die sich in Scharen einfanden, um die einzigartige, unschätzbare Blume zu sehen.

Als die Königin in Oatlands davon erfuhr, sagte sie, sie würde sie so kaufen, wie sie war, im Topf. J. wollte schon eine Summe nennen, die den von ihnen gezahlten Preis abdecken und ihnen noch einen christlichen Gewinn von zwei Prozent einbrächte. Doch John kam ihm zuvor.

»Wenn die Zwiebel aus der Erde genommen wird, Eure Majestät, so wird es uns eine Ehre sein, sie Euch zu schenken«, sagte er mit großer Geste.

Die Königin strahlte, sie liebte Geschenke. John zog J.

fort, ehe dieser etwas einwenden konnte. »Vertrau mir, J. Wir werden eine der Tochterzwiebeln für sie einpflanzen und die Mutterzwiebel behalten. Später wird die Königin sich für unsere Großzügigkeit erkenntlich zeigen. Hab keine Angst. Sie weiß so gut wie ich, wie man sich schicklich verhält.«

Sie sahen, wie die Blüte in ihrem großartigen Farbenglanz erstrahlte und sich dann vollends öffnete. »Was wird aus den Blütenblättern?« wollte Frances wissen.

»Du kannst die Blütenblätter bekommen«, sagte John. »Vielleicht kann man sie in Zucker und Sand in einem der Raritätenkästchen aufbewahren.«

Erst im November, zum spätestmöglichen Zeitpunkt, kippte John unter den Augen von J. und Frances den Topf um und wartete darauf, daß sich ihr neuer Reichtum auf seine Hände ergoß.

Die kostbare Zwiebel besaß nicht eine, nicht zwei, sondern drei kleine Knollen, die um die Mutterpflanze herum gewachsen waren. »Gott sei gelobt«, sagte John fromm.

Mit unglaublicher Vorsicht trennte John sie mit einem scharfen Messer von der Mutterzwiebel. »Vier anstatt der einen vorher«, sagte er zu J. »Wie kannst du es Wucher nennen, wenn es die Reichhaltigkeit Gottes ist, die unseren Reichtum verdoppelt und vervierfacht?«

Ein Topf war für die Königin bestimmt. John würde eine Zwiebel behalten. Und die restlichen beiden würde er voller Triumph nach Holland zurückschicken, im Februar, zu der Zeit, in der man Tulpenzwiebeln kaufte, und dann würden sie zu den reichsten Gärtnern gehören, die er kannte, so reich wie Krösus selbst.

## Dezember 1636

In diesem Jahr verlebten sie ein stilles Weihnachtsfest in der Arche. Jane hatte immer das Haus mit Stechpalme und Efeu geschmückt und über die Eingangstür einen Mistelzweig gehängt. Weder J. noch sein Vater brachten es übers Herz, das zu tun. Sie kauften den Kindern Geschenke für die zwölf Tage der Weihnachtszeit, Ingwerbrot, kandierte Früchte, ein neues Kleid für Frances und für Johnny ein mit wunderschönen Kupferstichen versehenes Buch, doch man fürchtete sich vor den Ritualen des Geschenkeverteilens und der Feierlichkeiten. Es herrschte eine fürchterliche Leere, wo es früher unbeschwerte, spontane Freude gegeben hatte.

Am Weihnachtsabend saßen sich die beiden Männer am Kamin gegenüber, tranken Glühwein und knackten Nüsse. Frances, der man gestattet hatte, lange aufzubleiben, hatte sich zwischen ihnen auf einem Fußschemel niedergelassen, starrte in die Flammen und nippte so langsam an ihrer heißen Milch wie nur möglich, um diesen Augenblick zu verlängern.

»Meinst du, Mama möchte gern hier sein?« fragte sie ihren Großvater. Rasch blickte John zu J. hinüber und bemerkte den Kummer in seinem Gesicht.

»Ich bin sicher, daß sie das wünscht. Doch sie ist glücklich mit den Engeln im Himmel«, sagte er, um seine Enkelin zu beruhigen.

»Meinst du, sie blickt zu uns herab und sieht, daß ich ein braves Mädchen bin?«

»Ja«, sagte John schroff.

»Meinst du, sie würde ein Wunder, ein kleines Wunder vollbringen, wenn ich sie darum bäte?«

»Was für ein Wunder möchtest du denn, Frances?« fragte John.

»Ich möchte, daß der König einsieht, daß er mich zum Lehrling meines Vaters machen muß«, sagte Frances; sie legte dabei ihre Hand auf Johns Knie und blickte ernst zu ihm auf. »Ich dachte, Mama könnte ein kleines Wunder vollbringen und den König auf mich aufmerksam machen.«

John tätschelte ihre Hand. »Du kannst deine Lehre hier machen«, sagte er. »Du mußt keinem hohen Herrn dienen, um ein großer Gärtner zu werden. Du brauchst nicht die Anerkennung des Königs. Ich werde dir selbst alles beibringen, was du können mußt, Frances.«

»Und kann ich hier weiter gärtnern, wenn du fort bist? Damit es immer einen Tradescant in der Arche von Lambeth gibt?«

John legte eine Hand auf ihren warmen Kopf und ließ sie dort liegen, als wolle er sie segnen. »In hundert Jahren wird es in jedem Garten von England ein bißchen von einem Tradescant geben«, prophezeite er. »Die Pflanzen, die wir gezüchtet haben, blühen jetzt schon überall. Größeren Ruhm wollte ich nie, und ich habe das Glück, ihn genießen zu können. Aber der Gedanke, daß du hier gärtnerst, wenn ich nicht mehr bin, gefällt mir sehr. Frances Tradescant, die Gärtnerin.«

## 1637

Der Bote betrat das Haus in Lambeth gar nicht erst richtig. Er stand mit seinen Stiefeln, an denen immer noch der Schmutz von der Straße klebte, an einem Februarvormittag im Flur. Unter seinem Mantel holte er die beiden kostbaren Tulpentöpfe hervor.

»Was ist das?« fragte John erstaunt.

J. kam gerade aus dem Garten. Seine Finger waren vor Kälte ganz blau. Er hörte die Angst in der Stimme seines Vaters, rannte rasch hinein und hinterließ auf dem sauberen Holzfußboden eine Spur.

»Eure Zwiebeln zurück«, sagte der Mann kurz.

Daraufhin herrschte lähmendes Schweigen.

»Zurück?«

»Der Markt ist zusammengebrochen«, erklärte der Mann. »Die Börse hat den Handel mit Tulpen beendet. Die Leute hängen sich in ihren vornehmen Häusern auf und werfen ihre Kinder in die Kanäle, um sie zu ertränken. Die Tulpenmanie ist vorbei, in Holland sind alle ruiniert.«

John wurde kreidebleich und stolperte zurück. Er sank auf einen Stuhl. »Henrik Van Meer?«

»Tot. Von eigener Hand. Seine Frau ist verarmt und mit einer Schürze voller Tulpenzwiebeln zu ihren Verwandten nach Frankreich gezogen.«

J. legte eine Hand auf die Schulter seines Vaters. Er hatte das unangenehme Gefühl, sich nie deutlich genug gegen jene Leidenschaft ausgesprochen zu haben, Pflanzen und Geldgeschäfte miteinander zu verbinden.

Jetzt hatten sich Pflanzen und Geld voneinander getrennt.

»Du hast mich gewarnt«, sagte John mit ruhiger Stimme zu seinem Sohn, doch sein Gesicht zeigte großes Entsetzen.

»Leider nicht entschieden genug«, erwiderte J. verbittert. »Ich habe so leise wie ein Kind gesprochen, als ich wie ein Mann hätte brüllen sollen.«

»Kann man denn gar nichts mehr dafür bekommen?« erkundigte sich John. »Für meine Semper Augustus? Ich würde nur fünfhundert für jede Zwiebel nehmen. Ich würde auch vierhundert nehmen.«

»Nichts«, sprach der Mann mit klarer Stimme. »Die Leute verfluchen diesen Namen. Die Zwiebeln sind wertlos. Sie sind mehr als wertlos, da man sie nicht einmal mehr sehen will. Auf sie schiebt man die ganze Schuld. Es heißt, daß man in Holland nie wieder Tulpen anbauen wird. Daß man allein schon ihren Anblick haßt.«

»Das ist heller Wahnsinn«, sagte John und versuchte, ein Lächeln zustande zu bringen. »Tulpen sind die schönsten Blumen, die jemals gezüchtet wurden. Man kann sich doch nicht gegen sie wenden, nur weil der Markt dafür zusammengebrochen ist. Sie sind unvergleichlich ...«

»Man hat sie doch nie als Blumen betrachtet«, erklärte der Bote geduldig. »Man hat in ihnen nur den Reichtum gesehen. Und solange noch alle Welt verrückt danach war, standen sie für den Reichtum an sich. Doch in dem Augenblick, wo sie keiner mehr wollte, sind es nur noch Zwiebeln, aus denen schöne Blumen wachsen. Ich kam mir wie ein Narr vor, daß ich diese hier mit mir herumschleppte – als trüge ich Steckrüben und hielte sie für den kostbarsten Schatz.«

Er stellte die beiden Töpfe auf dem Fußboden ab. »Es tut mir leid, daß ich Euch so schlechte Nachrichten übermitteln muß. Doch Ihr solltet Euch glücklich schätzen, daß Ihr nur zwei davon habt. Die Männer, die damals gleich ein Dutzend kauften, liegen nun in den Kanälen und singen den Fischen etwas vor.«

Er drehte sich um und schloß die Tür hinter sich. J. und sein Vater rührten sich nicht.

»Sind wir nun ruiniert?« fragte J.

»Gott sei Dank nein.«

»Werden wir das Haus verlieren?«

»Wir haben einige Sachen, die wir verkaufen können, etwa einen Teil der Raritäten. Wir können uns über Wasser halten.«

»Wir stehen am Rande des Bankrotts.«

John nickte. »Am Rande. Am Rande. Nur am Rande, J.« Er erhob sich von seinem Stuhl und hinkte zur Tür, die auf die Terrasse und in den Garten führte. Er öffnete sie und blickte hinaus, ungeachtet der kalten Luft, die hereinwehte und womöglich den Tulpen in den Töpfen schaden konnte.

Die jungen Kastanienbäumchen sahen so linkisch und unbeholfen aus wie kleine Fohlen. An den schlanken Zweigen glänzten dicke Knospen. Erst würden winzige Blätter erscheinen, dann die wunderbaren weißen Blüten und später die glänzenden braunen Kastanien, die in ihrer dicken, stachligen Hülle versteckt lagen. John blickte sie an, als würden sie nun ihr Rettungsanker sein.

»Ruiniert sind wir nicht. Nicht, solange wir diese Bäume haben«, sagte er.

Doch sie hatten es äußerst schwer und mußten sich nach der Decke strecken. Das ganze Frühjahr und den Sommer über jonglierten sie mit ihren Schulden; sobald sie Einnahmen von ihren Pflanzen hatten, sandten sie das Geld an die Gläubiger, um sie zufriedenzustellen.

»Was wir brauchen«, sagte J. eines Abends, als sie Blumenzwiebeln aus den Beeten holten, sie mit einem weichen Kaninchenschwanz säuberten und in lange flache Kisten legten, »sind ein paar neue seltene Gartenpflanzen. Etwas, was alle haben möchten.«

John nickte. »Eigentlich treffen ständig neue Pflanzen ein. In dieser Woche erhielt ich eine schöne kleine Blume von den Westindischen Inseln.«

»Wir müssen eine plötzliche, stürmische Nachfrage entfachen«, sagte J., »damit alle herkommen, etwas kaufen und sich an unseren Namen erinnern. Wir müssen für einen Pflanzenwahn sorgen, eine Gier nach Tradescant-Pflanzen.«

John kniete neben seinem Sohn. Er lehnte sich kurz zurück, um auszuruhen. »Das ist eine gute Idee«, sagte er und sah J. an.

»Vielleicht sollte ich nach Virginia reisen«, sagte J. »Dort kann ich jede Menge seltene Pflanzen sammeln. Bestimmt sind welche dabei, die man uns aus den Händen reißen wird.«

»Vorher müssen wir das Geld für die Schiffsreise auftreiben«, warf John ein. »Die Idee ist gut. Doch zuvor brauchen wir etwa dreißig Pfund. Und Geld ist knapp bei uns, J. Sehr knapp.«

J. sagte nichts, und John blickte wieder in das bleiche Gesicht seines Sohnes. »Es geht dir nicht nur um das Geschäft, nicht wahr. Es ist, weil du Jane verloren hast.«

»Ja«, gab J. aufrichtig zu. »Mir wird immer mehr klar, daß ich das alles hier ohne sie nicht ertragen kann.«

»Aber wenn du nach Virginia gehst, kämst du auch wieder zurück? Wie lange bleibst du weg? Hier sind deine Kinder und die Arche und unsere Arbeit in den Gärten der Königin. Und ich werde alt.«

»Ich werde zurückkommen. Doch jetzt muß ich erst einmal fort. Du verstehst nicht, was es für mich bedeutet, nachts in ihrem Bett zu schlafen, und sie ist nicht da. Und ich kann es nicht ertragen, diese verdammte Orangerie zu betreten. Jedesmal, wenn ich dort nach den Pflanzen schaue oder sie gieße, dann denke ich, sie liegt immer noch in der Ecke und verbietet mir, mich ihr zu nähern und sie zu umarmen. Sie ist wie eine Bettlerin auf der Straße ganz allein gestorben. Es gab noch so viel, daß ich ihr gern gesagt hätte ...« Er hielt inne. »Das verstehst du nicht«, wiederholte er.

»Doch, das verstehe ich«, sagte John langsam.

»Nein. Das kannst du gar nicht verstehen. Als Mutter starb, da wußtest du es schon Monate im voraus, und du konntest ihr sogar am Ende ein paar Blumen schenken. Du hattest Zeit, dich zu verabschieden. Du konntest sie in die Arme nehmen ...«

»Ich habe einmal eine Liebe verloren, eine große Liebe, ohne jede Vorwarnung«, brachte John nur mit großer Mühe hervor. »Und vieles blieb ungesagt. Ich weiß, was es bedeutet, sich nach jemandem zu sehnen und immer wieder an seinen Tod zu denken und daran, auf wie viele unzählige Arten man ihn hätte verhindern können, bis man sein eigenes Leben satt hat, da man es nicht anstelle des anderen opfern durfte.«

J. blickte seinem Vater ins Gesicht. »Das habe ich nicht gewußt.«

John wurde klar, daß sein Sohn dachte, er spräche von einer Frau, vielleicht von einer Frau, die er vor langer Zeit geliebt hatte. Er wollte ihn nicht berichtigen. »Also verstehe ich es sehr wohl.«

»Wirst du mich fortlassen?«

John legte seine Hand auf J.s Schulter und stand langsam auf. Wieder einmal mußte er zu seiner Überraschung feststellen, daß aus dem Bürschchen ein erwachsener Mann geworden war, dessen Schultern so breit und stark wie seine eigenen waren. »Es ist nicht an mir, dir etwas vorzuschreiben«, sagte er. »Du bist erwachsen und mir ebenbürtig. Wenn du gehen mußt, so mußt du gehen, und mein Segen wird dich begleiten. Ich werde mich in deiner Abwesenheit um Frances und Klein John kümmern und um die Arche und Oatlands. Und ich vertraue dir, daß du so bald wie möglich zurückkehrst. Ich werde alt, J., ich brauche dich hier, und deine Kinder brauchen dich auch.«

J. erhob sich, doch seine Schultern hingen herab. »Ich werde meine Pflicht nicht vergessen.«

»Und sie werden eine Mutter brauchen«, sprach John wagemutig.

J. warf den Kopf zurück. »Ich kann nicht wieder heiraten«, sagte er mit schwacher Stimme.

»Nicht aus Liebe«, sagte John freundlich. »Niemand bittet dich darum. Aber die Kinder verlangen nach einer Mutter. Sie können nicht von mir und ein paar Mägden großgezogen werden. Klein John kann gerade mal laufen, er wird eine Mutter brauchen. Und du wirst eine Frau brauchen. Du bist noch jung, J. Du hast das Leben noch vor dir.«

J. wandte sich ab und legte seine Hand auf die rauhe Rinde des Apfelbaumes, um sich abzustützen. »Wenn du wüßtest, wie weh es tut, an eine andere Frau auch nur zu denken, dann würdest du so etwas nicht sagen«, sprach er. »Das ist das Grausamste, was du sagen konntest. Es wird nie jemanden geben, der sie ersetzen kann. Niemals.«

Wieder streckte John seine Hand aus, doch dann zog er sie zurück. »Du hast recht«, erwiderte er freundlich. »Ich vermisse sie auch.« Er hielt inne. »Sie war einzigartig«, bekannte er. »So jemandem wie ihr bin ich nur einmal begegnet.« Das war sein höchstes Lob.

Das Geld für die Schiffspassage konnten sie nicht zusammentragen, die Arche erwies sich als sinkendes Schiff. Dann hatte J. den Einfall, der Königin nahezulegen, daß sie ihn nach Amerika senden solle. Als sie eines Tages neben ihm stehenblieb, während er gerade Kletterranken an einer Mauer festband, ließ er eine kurze Bemerkung in dieser Richtung fallen.

»Ihr würdet meinen Garten verlassen? Aus meinen Diensten treten?« fragte sie.

J. fiel auf die Knie. »Niemals«, sagte er. »Ich dachte an den Reichtum, den die großen Seefahrer Raleigh und Drake für Königin Elizabeth mitgebracht haben, und da kam mir der Gedanke, für Euch dort Schätze zu sammeln.«

Sofort regte sich ihre immer wache Eitelkeit. »Nun, Ihr wäret mein fahrender Ritter!« rief sie aus. »Gärtner Tradescant zieht auf Abenteuer aus für seine Königin.«

»Ja«, stimmte er zu, wobei er sich selbst für seine Verstellung haßte, aber das Spiel weiter trieb.

»Dort muß es irgendwo Gold und Silber geben«, sagte sie. »Die Spanier haben reichlich davon, wie Unser süßer Gemahl weiß. Ein paar Edelsteine würden Seiner Majestät sehr helfen. Es ist mir ein Rätsel, wieviel Geld man für den Erwerb von ein paar Bildern benötigt und für den Unterhalt des Hofes.«

»Richtig, Eure Majestät«, sagte J., den Blick auf den Boden geheftet.

»Ihr werdet mir Perlen besorgen!« rief sie. »Nicht wahr? Oder Smaragde?«

»Ich werde tun, was in meiner Macht steht«, sagte er vorsichtig. »Aber ich kann Euch versichern, daß ich seltene und schöne Pflanzen und Blumen heimbringen werde.«

»Ich werde den König bitten, Euch eine Vollmacht mitzugeben«, versprach sie ihm. »Das wird er auf der Stelle tun.«

So war es eben am launenhaft geführten Hof der Stuarts: Es konnte über das Eintreiben des Schiffsgeldes im ganzen Land Unruhen und Aufstände geben, aufrechte Männer konnten des Hochverrats beschuldigt und mit Verbrechern und Bettlern in den Kerker geworfen werden, und der König war sich dessen kaum bewußt.

War aber die Königin über Tradescant, den jungen Gärtner, und seine Idee, nach Virginia zu reisen, so entzückt, daß sie es unverzüglich dem König mitteilte, stand eine solche Reise den ganzen Tag über im Mittelpunkt seines Interesses.

»Ihr müßt ein paar hübsche Pf...Pflanzen mitbringen«, sagte der König freundlich zu J. »Blumen, Bäume und Muscheln, ich habe erfahren, daß es dort kostbare M... Muscheln gibt. Ich werde Euch ein königliches Schreiben mitgeben. Alles, was Ihr seht und was gewinnbringend für mich oder das K...Königreich sein könnte, muß ich haben, ohne Bezahlung; bringt es her. Ich werde Euch einen Freibrief zum Sammeln mitgeben. Meine treuen Untertanen in der Neuen Welt werden Euch helfen.«

J. wußte, daß eine große Anzahl der treuen Untertanen des Königs nach Amerika geflohen war, fest entschlossen, nie wieder unter solch einem Herrscher zu leben, und sie zahlten ihre Steuern an England nur höchst widerwillig.

»Ihr müßt auch mit R...Raritäten zurückkommen«, sagte der König. »Und versucht, indianischen Mais mitzubringen, den man hier anbauen kann.«

»Das werde ich, Eure Majestät.«

Der König machte eine Geste, und einer seiner Hofbeamten tat einen Schritt nach vorn. »Einen F...Freibrief zum Sammeln in Virginia«, sagte der König mit zusammengekniffenen Lippen. Der Schreiber, der sich nun an die Arbeit machte, hatte noch nicht gelernt, daß der König es haßte, Befehle zu geben. Die Hälfte seiner Dienerschaft versuchte stets zu erraten, was er gerade wollte. »Schreibt es nieder. Für Mr. T...Tradescant.«

J. verneigte sich. »Ich bin Eurer Majestät zu großem Dank verpflichtet.«

Charles streckte eine Hand zu J. aus, damit dieser sie küßte. »Das seid Ihr sehr wohl.«

## Dezember 1637

J. ging an Bord der *Brave Heart*, die von Greenwich aus segelte. John kam hinunter zum Kai, um sich von ihm zu verabschieden. In den »Drei Raben« nahmen sie ihr letztes gemeinsames Mahl ein, während J.s Gepäck an Bord des Schiffs gebracht wurde.

»Sorge dafür, daß du genügend Wasser mitführst, um während der Rückreise die Pflanzen feucht zu halten«, erinnerte ihn John. »Auf See ist selbst der Regen salzig.«

J. lächelte. »Ich habe schon genügend Pflanzen ausgepackt, die kurz davor waren einzugehen, um zu wissen, wie man sie richtig versorgt.«

»Bringe Samen mit. Sie überstehen eine Reise viel besser als Pflanzen. Samen und Wurzeln sind am besten. Verpacke sie unbedingt in Kisten, damit sie dunkel und trocken lagern.«

J. nickte und warf seinem Vater einen Blick zu, der ihm sagen sollte, er könne seinem Sohn nichts mehr beibringen.

»Ich möchte nur, daß du auf alles eingerichtet bist«, erklärte ihm John. »Dort kann man auf wahre Schätze stoßen, das weiß ich.«

J. blickte aus dem kleinen Fenster auf das Schiff am Kai. »Meine ganze Kindheit, so scheint es mir, habe ich dich irgendwohin abfahren sehen. Da ist es seltsam, daß ich nun an der Reihe bin.«

»Das steht dir zu«, sagte John großzügig. »Ich beneide dich nicht einmal. Mein Rücken schmerzt, meine Knie sind steif, meine Tage des Reisens sind vorbei. Dieser

Winter hat mir sehr zugesetzt, das kalte Wetter, der Kummer, meine schlechte Verfassung und die ganzen Sorgen. Bis zu deiner Rückkehr werde ich vom Kamin in meinen Garten humpeln und wieder zurück.«

»Schreib mir alles über die Kinder«, sagte J. »Daß sie bei guter Gesundheit sind.«

»In diesem Jahr kann die Pest nicht mehr so wüten«, sagte John. »Sie hat im letzten so viele dahingerafft. Jetzt brechen bessere Zeiten an. Ich werde die Kinder von der Stadt fernhalten.«

»Sie trauern immer noch um ihre Mutter.«

»Sie werden lernen, den Kummer weniger schwerzunehmen«, prophezeite John. »Frances kümmert sich schon um Klein John, und manchmal vergißt er alles und nennt sie Mama.«

»Ich weiß«, sagte J. »Ich sollte mich darüber freuen, daß er nicht mehr nach seiner Mutter schreit; doch ich ertrage es nicht, daß er Frances so nennt.«

John leerte seinen Humpen und stellte ihn auf den Tisch. »Komm nun. Ich will dich zum Schiff bringen, und du wirst an Bord dieses Land und deinen Kummer vergessen.«

Die beiden Männer stiegen die enge Treppe hinunter und liefen zur Anlegestelle hinaus. »In diesem Haus wimmelt es nur so an Durch- und Ausgängen; es ist wie ein Kaninchenbau«, bemerkte John. »Wenn die ausgeschickte Preßpatrouille zum Soldatenrekrutieren vorn hereinkommt, dann rennen die Seeleute hinten raus. Ich habe es mit eigenen Augen gesehen, als mein Herzog die Leute mit Gewalt für den Krieg gegen die Franzosen rekrutierte.«

J. blickte zum Schiff. Die Flut erreichte gerade den Höchststand, und das Schiff zerrte an der Vertäuung, als wolle es seine Stärke ausprobieren. Er drehte sich um, und sein Vater nahm ihn unbeholfen in die Arme.

»Gott segne dich«, sagte er.

J. hatte auf einmal die böse Vorahnung, seinen Vater nicht wiederzusehen. Der Verlust der Mutter und dann seiner Frau hatte ihm jede Zuversicht genommen. »Arbeite nicht zu schwer«, drang er in ihn. »Überlaß es mir, an unsere Erfolge wiederanzuknüpfen. Rechtzeitig zum Frühjahr werde ich ganze Fässer voller Pflanzen heimbringen. Das verspreche ich.« Er blickte in das Gesicht seines Vaters. Der alte Mann sah so wie immer aus, dunkle Augen und das wettergegerbte Gesicht; er war so zäh wie ein Büschel Heidekraut.

»Gott segne dich«, flüsterte J. und ging dann die Laufplanke hinauf.

John setzte sich auf ein Faß am Ufer, streckte seine müden Beine aus und wartete darauf, daß das Schiff ablegte. Er sah, wie die Männer den Steg aufs Schiff schoben und wie die Haltetaue hinübergeworfen wurden. Die kleinen Boote kamen und schleppten das Schiff zur Themse-Mitte. Dann hörte John in der Ferne, wie ein Kommando gerufen wurde, und daraufhin bot sich ihm der schöne Anblick der Segel, die nun hinuntergerollt wurden und sich im Wind blähten.

Als das Schiff Fahrt aufnahm, winkte John mit einer Hand seinem Sohn. Dann drehte es sich ein wenig im Strom, korrigierte den Kurs und entschwand flußabwärts, wobei es sich durch den dichten Verkehr von anderen auslaufenden Schiffen, von Flußfähren, Fischerbooten und Ruderbooten den Weg bahnte.

Von seinem Standort am Schiffsgeländer konnte J. die Gestalt seines Vaters sehen, die kleiner und kleiner wurde, während der Kai selbst immer mehr zu einem Teil eines größeren Panoramas schrumpfte. Als sie weiter aufs offene Meer hinaus kamen, war der Hafen nur noch ein dunkler Strich am Horizont.

»Auf Wiedersehen«, sagte er leise. »Gott segne dich.«

Ihm war, als würde er nicht nur seinen Vater und seine Kinder und die Erinnerungen an Frau und Mutter hinter sich lassen, sondern als ließe er seine Kindheit und die lange Zeit seiner Lehrjahre hinter sich, als würde er einem neuen Leben entgegenfahren.

## Frühjahr 1638

Während der Abwesenheit seines Sohnes vernachlässigte John den Garten in Oatlands keineswegs. Er hatte im Herbst eine neue Sendung von Narzissenzwiebeln in den Boden gesteckt, und in diesem Frühjahr war er täglich im Hof des Königs und konnte beobachten, wie sich ihre grünen Spitzen durch die Erde schoben. Für die Königin hatte er in große Porzellanschalen Tulpen gesteckt, die er zu früher Blüte anregte. Mochten sie auch nur einen Bruchteil ihres ursprüngliches Wertes besitzen, John wollte die Tulpenzwiebeln nicht einfach zum Abfall werfen, nur weil sie einmal ein Vermögen gekostet hatten und jetzt nur noch ein paar Heller einbrachten. Er hatte sie gekauft, weil er ihre Farbe und ihre Form liebte, und also umhegte er sie. Am Fenster der Orangerie hatten sie ausreichend Licht und Wärme. Ihre Majestäten wurden Ende Februar im Schloß erwartet, und John wollte, daß dann blühende Tulpen in ihren Privatgemächern standen.

Er hatte Glück, daß die königliche Gesellschaft noch in Richmond aufgehalten wurde und erst Anfang März nach Oatlands kam. Die Tulpenknospen waren dick und grün und versprachen, sich bei ihrer Ankunft in allen Farben zu öffnen.

Ihre Majestäten wurde von einem ganzen Trupp von Dekorateuren und Dekorationsmalern begleitet. Es war der Wunsch der Königin, ihre Gemächer neu gestalten zu lassen. »Welche Farben sollen die Wände bekommen?« fragte sie John. »Das hier ist Monsieur de Critz, der mir Cherubim oder Engel oder Heilige malt, was immer ich will.«

John blickte auf die Tulpen auf ihrem Tisch, die in einem dunklen Rot leuchteten. »Scharlachrot«, sagte er.

Sie lief um ihn herum und war ganz aufgebracht. »Wollt Ihr mich beleidigen?« fragte sie.

Ihm wurde sofort klar, daß sie unter den obszönen Liedern litt, die man in den Straßen Londons über die beiden scharlachroten Huren sang – den Papst und die Königin von England, die sich schändlicherweise in seinen Fängen befand.

»Nein!« brachte John stockend hervor. »Nein! Ich habe nur Eure Blumen betrachtet!«

Sie drehte sich um und bemerkte die Tulpen. »Oh!« Ihr Liebreiz hatte sie ganz und gar verlassen. »Nun, wie dem auch sei. Cremefarben, rosa und blau, Mariä Himmelfahrt«, sagte sie scharf zu dem Maler und verließ den Raum.

Der Maler hob eine Augenbraue, als er John anschaute.

»Ich sollte besser aufpassen«, sagte John.

»Sowohl sie als auch der König sind in diesen Tagen recht launisch und aufbrausend«, sagte der Mann mit leiser Stimme. »Tag für Tag treffen schlechtere Nachrichten ein. Es ist nicht immer leicht, bei Hof in Diensten zu stehen.«

John nickte und streckte seine Hand aus. »Es freut mich, Euch wiederzusehen, Monsieur de Critz.«

»Es ist schon lange her«, sagte der Mann. »Ich habe Euch das letzte Mal vor Jahren gesehen, als mich Lord Cecil zu sich rief.«

»Ich erinnere mich«, sagte John. »Ihr habt das Porträt meines Herrn gemalt, nach dem dann ein Mosaik für den Kamin in Hatfield angefertigt wurde.«

Sie hörten die erregte Stimme der Königin aus dem inneren Gemach.

»Ich muß in meinen Garten«, sagte John eilig.

»Werdet Ihr mir den Weg zeigen, ehe Ihr geht? Ich verlaufe mich hier bestimmt.«

John nickte und führte ihn fort. »Das hier sind die

Gemächer der Königin, die des Königs setzt Ihr genau auf der gegenüberliegenden Seite. Darunter im Hof befindet sich der Garten des Königs, auf der anderen Seite der der Königin.«

Der Maler blickte aus dem Fenster auf Johns verschlungenen Ziergarten hinunter, der grün, weiß und blau leuchtete. Am äußeren Rand stand Lorbeer, hübsch geschnitten, und im Inneren des Vierecks war ein Liebesknoten zu sehen, so wie die Königin es befohlen hatte, ein Knoten aus Lorbeer mit den Monogrammen HM und C, und in jeder Ecke leuchteten blaue Veilchen und weißgoldene Narzissen.

»Wenn sie einen Monat später gekommen wären, dann hätte man alles wieder ausgraben und Stiefmütterchen pflanzen müssen«, sagte John.

»Habt Ihr das entworfen?« erkundigte sich John de Critz beeindruckt.

»Mein Sohn hat den Entwurf gemacht«, erklärte ihm John. »Doch wir haben beide an der Bepflanzung gearbeitet. Mit Ihren Majestäten ist es schwieriger als mit einem Lord, der die meiste Zeit zu Hause ist. Wenn sie herkommen, dann wollen sie alles ganz perfekt haben, doch man weiß nie, wann sie eintreffen. Wir müssen alles in Töpfen und Frühbeeten anziehen und können die Pflanzen erst in die Erde bringen, wenn man sie erwartet. Nie kann man es so einrichten, daß die Pflanzen direkt in den Beeten wachsen und andere Blumen sie später ablösen.«

»So seid Ihr auch ein Maler«, bemerkte der andere. »Was für Muster und was für eine Farbe! Das ist ja noch großartiger als Hatfield.«

»Ich kann leider keinen Geruch wahrnehmen«, erklärte ihm John. »Mein Sohn lobt die Blumen wegen ihres Dufts, und er beschäftigt sich gern mit Kräutern, weil sie so gut riechen. Ich dagegen liebe die Blumen wegen ihrer Farbe und Gestalt.«

Die beiden Männer wandten sich vom Fenster ab. John ging den Weg voran zur großen Halle, wo der König mit seinem Gefolge und der ganzen Dienerschaft speisen würde, und dann schritt er hinaus in den Hof.

»Schlaft Ihr im Schloß?« fragte John.

»Meine Nichte begleitet mich, wir haben Räume im alten Flügel bezogen«, erwiderte der Mann.

»Begleitet sie Euch immer?« erkundigte sich John überrascht. Die aristokratischen Mitglieder des Hofes mochten sich vielleicht mit platonischer Liebe oder zarten Rendezvous begnügen, aber die anderen Angehörigen des königlichen Haushalts waren sehr grob, das heißt: Für ein junges Mädchen war das hier nicht der rechte Ort, wenn das königliche Gefolge mit seinem ausgefallenen, schwärmerischen Gehabe erst einmal weitergezogen war.

»Ihr Vater ist an der Pest gestorben, und ihre Mutter kann sie nicht ernähren«, sagte der Mann. »Und um Euch die Wahrheit zu sagen, sie hat ein gutes Auge und arbeitet so gut wie jeder andere Zeichner. Ich lasse sie oft für mich die Entwürfe zu Papier bringen, und dann übertrage ich sie auf die Wände.«

»Ich werde Euch zum Essen wiedersehen«, sagte John. Die Frühlingssonne schien warm auf sein Gesicht, und er konnte die Vögel zwitschern hören. »Ich muß hinaus und nachschauen, wie man mit dem Umgraben im Küchengarten vorankommt.«

De Critz hob die Hand und ging zurück ins Schloß, um mit den Zeichnungen für die Königin zu beginnen.

John setzte sich an der Dinnertafel in der großen Halle zu de Critz. Am Kopf der Tafel hatten der König und die Königin und die an jenem Tage favorisierten Damen und Herren des Hofs Platz genommen. Hunderte köstlicher und erlesener Speisen standen vor ihnen. Die Königin hielt ihre weißen Hände nach vorn, damit ihr die aufwartende Hofdame einen kostbaren Ring nach dem anderen von den Fingern ziehen und warmes Wasser über die Fingerspitzen gießen konnte, um sie danach mit einer Serviette aus feinstem Damast abzutupfen.

John fiel auf, ohne daß er sich seine Mißbilligung darüber anmerken ließ, daß neben der Königin ihr Beichtvater saß und neben dem König der französische Botschafter. Der Beichtvater der Königin murmelte auf lateinisch das Tischgebet, und ohne Zweifel war es ein römisch-katholisches Gebet. Nichts deutete darauf hin, daß es sich um einen protestantischen Hof in einem protestantischen Land handelte.

Der Rest der königlichen Familie war nicht anwesend. Es hing lediglich ein Gemälde da, alle fünf Kinder, die der Maler taktvollerweise so reizend wie Engel dargestellt hatte. Die Kinder selbst nahmen nie an der Tafel ihrer Eltern teil. Die Königin rühmte sich zwar ihrer mütterlichen Gefühle, doch nur gelegentlich wurden den Kindern diese auch zuteil, vor allem, wenn die Königin in der Öffentlichkeit weilte.

Mit raschen Schritten betrat eine junge Frau Mitte Zwanzig den Saal; sie war einfach, aber in zurückhaltenden Farben elegant gekleidet. Am Kopf der Tafel verneigte sie sich tief und knickste vor ihrem Onkel.

»Das ist meine Nichte, Hester Pooks«, sagte John de Critz. »John Tradescant, der Gärtner des Königs.«

Sie machte keinen Knicks vor ihm, sondern blickte Tradescant direkt an und lächelte dabei; dann streckte sie ihre Hand aus und schüttelte die seine kurz, aber mit festem Griff. »Ich bin erfreut, Euch kennenzulernen«, sagte sie. »Lange bin ich durch die Gärten spaziert, und ich glaube, ich habe noch nie so etwas Schönes gesehen.«

Das war der schnellste Weg, um Johns Herz zu erobern. Er zog einen Stuhl für sie hervor und reichte ihr ein Stück Brot aus der flachen Schale und ein Stück Fleisch aus der

Servierschüssel, die vor ihnen stand. Dann erzählte er ihr von der Gestaltung der Gärten von Oatlands, von den neuen Tulpenarten, die gerade ihre volle Blütenpracht entfalteten, vom Umgraben im Küchengarten und vom riesigen Spargelbeet.

»Ich habe von den blühenden Obstbäumen und den Narzissen darunter ein paar Skizzen gemacht«, sagte sie. »Ich habe noch nie einen so hübschen Obstgarten gesehen.«

»Ich würde mir gern Eure Skizzen anschauen«, sagte John.

»Das Gras wirkt wie ein Wandteppich oder ein Gemälde«, bemerkte sie. »Die wahre Blumenwiese. Vor lauter Blumen kann man das Grün kaum sehen.«

»Genau das war meine Absicht«, erklärte John mit wachsender Begeisterung. »Alles muß aufeinander abgestimmt und zur rechten Zeit gemäht werden, damit man nicht die Blumen abschneidet, ehe sie sich aussäen, und man muß die Pflanzen, die die anderen überwuchern, herausziehen... Doch es freut mich, daß Ihr es bemerkt habt. Es soll nicht künstlich wirken, und das ist am allerschwierigsten!«

»Also habe ich eine Zeichnung von einem Garten gemacht, der nach einem Wandteppich gestaltet wurde, der wiederum auf einer Zeichnung basiert.«

»Und vielleicht geht all das auf einen einzigen Garten zurück.«

Rasch blickte sie ihn mit ihren wachen dunklen Augen an, denn sie hatte verstanden. »Auf den ersten Garten? Den Garten Eden? Seht Ihr ihn als Blumenwiese? Ich hatte mir ihn immer als französischen Garten vorgestellt, mit schönen Wegen.«

»Es muß ganz sicher einen Obstgarten gegeben haben.« John hatte immer daran Gefallen gefunden, über die Bibel eigene Betrachtungen anzustellen und sie nicht, wie gewohnt, mit kritikloser Inbrunst zu lesen. »Es muß mindestens zwei Apfelbäume gegeben haben.«

»Zwei?«

»Zur Befruchtung. Anderenfalls hätte selbst der Teufel keinen Apfel gehabt, um den armen Adam in Versuchung zu führen!«

»Aber ich dachte, die Gelehrten bestätigen jetzt, Adam habe nicht einen Apfel, sondern eine Aprikose gegessen.«

»Wirklich?« John fürchtete auf einmal, daß ihr Gespräch die Grenzen seines leichtherzigen Skeptizismus überschreiten könnte. »Doch in der Bibel steht Apfel.«

»Unsere englische Bibel wurde aus dem Griechischen übersetzt, das wiederum auf dem hebräischen Text beruhte.«

»Mein Sohn würde sagen ...« Hier hielt er inne. Er war sich nicht mehr sicher, was J. in diesem Fall sagen würde. »Ein frommer Mensch würde meinen, daß es keine Fehler geben kann. Daß es richtig sein *muß*, weil es das offenbarte Wort Gottes ist.«

Sie nickte, als wäre dies nicht so wichtig. »Ein frommer Mensch müßte daran glauben«, sagte sie schlicht. »Doch jemand, der Fragen stellt, müßte die Dinge in Frage stellen.«

John sah sie voller Zweifel an. »Und seid Ihr jemand, der die Dinge in Frage stellt?«

Sie lächelte ihn an; es war ein plötzliches Lächeln, das ihr Gesicht erstrahlen ließ und sie auf einmal in eine schöne junge Frau verwandelte. »Ich habe ein Gehirn in meinem Kopf, um mir meine eigenen Gedanken zu machen – aber keine hohen Prinzipien.«

Ihr Onkel war schockiert. »Hester!« Er wandte sich an John. »Wahrlich, sie tut sich selbst unrecht. Sie ist eine junge Frau mit festen Grundsätzen.«

»Daran zweifle ich nicht ...«

Hester schüttelte den Kopf. »Ich bin durchaus anständig, das meint mein Onkel. Doch ich spreche von Überzeugungen und politischen Prinzipien.«

»Ihr klingt, als seid Ihr eine Zweiflerin«, bemerkte John.

»Ich mache mir meine eigenen Gedanken, aber ich verachte nie die Konventionen«, erklärte sie ihm. »Wir alle leben in einer schwierigen Welt, insbesondere die Frauen. Ich bin bestrebt, niemandem zu nahe zu treten und auf meinem eigenen Weg voranzukommen.«

»Als Malerin?« fragte John.

Sie warf ihm ihren offenen, ehrlichen Blick zu. »Vorerst als Malerin und Gehilfin. Doch ich möchte einmal heiraten und mich um meine Familie und den zukünftigen Wohlstand meines Mannes kümmern.«

John, an Janes hohen moralischen Standpunkt gewöhnt, war einerseits über ihre Offenheit schockiert, andererseits verspürte er die Freiheit, die aus ihren Worten sprach. »Und sonst nichts weiter?«

Sie zuckte die Schultern. »Ich glaube nicht, daß es noch etwas *anderes* gibt.«

»Sie kann wirklich gut zeichnen.« Ihr Onkel lenkte die Unterhaltung nun in sicherere Bahnen. »Ich dachte, ich könnte ihre Skizzen von Eurer Blumenwiese als Hintergrund für einige meiner Bilder nehmen, die an die Wände der Königin kommen.«

Vor Freude errötete die junge Frau.

»Könnt Ihr auch Tulpen zeichnen?« wollte John wissen. »In den Räumen der Königin befinden sich einige, die gerade aufblühen; ich würde gern ein Bild davon haben, um es meinem Sohn zu zeigen. Er hat sie ausgewählt, gekauft und in die Erde gesteckt. Er wird wissen wollen, wie sie gedeihen. Mit Tulpen haben wir schon bittere Enttäuschungen erlebt ...«

»Finanziell?« riet sie richtig. »Wart Ihr vom Zusammenbruch der Tulpen-Börse betroffen?«

John nickte. »Doch mein Sohn soll wissen, daß sie immer noch schön sind, selbst wenn sie keinen Gewinn mehr abwerfen.«

»Es wäre mir eine Freude, mich daran zu versuchen«, sagte sie. »Ich habe bisher noch nicht viele Tulpen in Blüte gesehen. Aber natürlich kenne ich die holländischen Tulpengemälde.«

»Kommt heute abend in mein Haus«, schlug John ihr vor, »gleich neben der Seidenraupenzucht. Ich werde eine kleine Schale mit Tulpen mitbringen.«

Hester machte keinen Knicks, als sie die Tafel verließ, sondern nickte kurz mit dem Kopf wie ein Junge.

»Schickt es sich eigentlich, daß sie zu mir kommt?« fragte John ihren Onkel. »Ich hatte das Gefühl, mit einem jungen Mann zu sprechen. Ich vergaß ganz, daß sie eine junge Frau ist.«

»Wenn sie ein Junge wäre, könnte sie bei mir in die Lehre gehen«, sagte ihr Onkel, der ihr hinterhersah. »Gewiß kann sie Euch besuchen, Mr. Tradescant, doch bei Hofe muß ich auf sie aufpassen. Es ist eine Plage, denn einige dieser Gentlemen, die den ganzen Tag der Königin verliebte Sonette schreiben, verhalten sich nachts wie lüsterne Hurenböcke.«

»Zu Hause habe ich auch ein kleines Mädchen«, sagte John und meinte Frances, die sich nichts sehnlicher wünschte, als Gärtnerin des Königs zu werden. »Wir sagen ihr immer, sie muß einen Gärtner heiraten, um Gärtnerin sein zu können, anders wird es nicht gehen.«

»Was meint ihre Mutter dazu?«

»Sie hat keine mehr. Die Pest.«

Der Mann nickte voller Mitgefühl. »Es ist schwer für ein Mädchen, ohne Mutter aufzuwachsen. Wer sorgt für sie?«

»Eine Köchin, die schon seit vielen Jahren bei uns ist«, antwortete John. »Und Hausmägde. Doch wenn mein Sohn aus Virginia zurückkommt, wird er sich eine neue Frau suchen müssen. Es gibt da auch noch einen Enkel, und beide können nicht allein den Bediensteten überlassen werden.«

De Critz warf ihm einen nachdenklichen Blick von der Seite her zu. »Hester hat eine gute Mitgift«, sagte er beiläufig. »Ihre Eltern haben ihr zweihundert Pfund hinterlassen.«

»Oh«, sagte John, und er dachte daran, wie selbstbewußt ihr Nicken und ihr Gang waren.

Hester Pooks saß am Tisch in Johns kleinem Wohnraum und zeichnete die Schale mit den Tulpen der Königin. Sie mußte im Kerzenlicht und gegen die letzten Strahlen der Abendsonne blinzeln.

»Ich habe die Tulpenbücher gesehen«, sagte sie. »Mein Onkel hat sich eins ausgeliehen, um es zu kopieren. Darin sind auch die Zwiebeln abgebildet, nicht wahr? Und die Wurzeln daran?«

»Die hier kann man zur Zeit nicht aus der Erde nehmen«, sagte John rasch. »Sie dürfen nicht gestört werden. Gott gebe, daß sie sich vermehren, so daß ich bald zwei oder drei Tulpen von jeder Zwiebel habe.«

»Und was tut Ihr mit den neuen Tulpen?« fragte sie, wobei sie die Augen nur von den Blumen abwandte, um auf ihr Zeichenblatt zu schauen. John beobachtete sie. Er mochte ihren direkten, forschenden Blick.

»Einige setze ich in neue Töpfe und lasse sie im nächsten Frühjahr für die Majestäten blühen, und andere nehme ich mit in meinen eigenen Garten für meine eigene Zucht.«

»Wem gehören sie dann aber?« fragte sie beharrlich.

»Dem König und der Königin gehören die Mutterzwiebeln«, sagte John. »Sie haben meinen Sohn mit dem Kauf beauftragt, und sie haben sie bezahlt. Und die kleinen neuen Zwiebeln teilen wir uns. Die Hälfte ist für meinen Sohn und mich, die andere ist für die Majestäten.«

Sie nickte. »So verdoppelt Ihr jedes Jahr Euren Bestand? Das ist ein gutes Geschäft.«

John dachte, daß sie für die Nichte eines Malers überraschend scharfsinnig war. »Aber es bringt nicht mehr den Gewinn ein wie früher«, sagte er wehmütig. »Im Februar ist der Tulpenmarkt zusammengebrochen. Zuvor erzielte man für die besten Zwiebeln Preise, für die man ein Haus hätte erwerben können. Von Händler zu Händler sind sie als Wertpapier weitergewandert und verteuerten sich dabei.«

»Was ist mit dem Markt passiert?«

John breitete die Hände aus. »Ich weiß es nicht«, sagte er. »Ich habe es kommen sehen; doch ich begreife es immer noch nicht. Es war wie Hexerei. Zuerst waren es Blumenzwiebeln, selten und kostbar und für einen Gärtner, der sie züchten wollte, gerade noch erschwinglich. Dann wurden die Tulpen wie Perlen gehandelt, und alle wollten sie haben. Und plötzlich schien es, als sei die Börse aufgewacht und hätte erkannt, daß dieser ganze Tulpenhandel Wahnsinn war. Da wurden die Tulpen wieder zu normalen Blumenzwiebeln. Tatsächlich waren sie nichts mehr wert, und niemand wollte mehr Tulpenhändler sein. Ein Tulpenzüchter galt in der Öffentlichkeit auf einmal als habgieriger Narr.«

»Habt Ihr viel Geld verloren?«

»Reichlich.« John wollte nicht preisgeben, daß er alle Ersparnisse in die Tulpenzwiebeln gesteckt hatte, daß ihr Wohlstand mit dem Einbruch des Tulpenmarkts dahingegangen war und daß er und J. sich geschworen hatten, nie wieder etwas anderem als dem Wert von Grund und Boden zu vertrauen.

Hester nickte. »Es ist schrecklich, wenn man sein Geld verliert. Mein Vater hatte früher ein Geschäft für Künstlerbedarf. Als er krank wurde, war auch sein ganzes Geld weg. Das einzige Gewinnbringende, das wir noch erwarteten, befand sich auf einem Schiff, das aus Westindien kommen sollte, sich aber ein Jahr lang damit Zeit ließ. Damals verkaufte ich zuerst einen Teppich, dann die

Vorhänge und schließlich alle Möbel, die wir besaßen. Zuletzt kamen meine Kleider dran. Ich habe mir geschworen, nie wieder arm zu sein.« Sie warf ihm rasch einen forschenden Blick zu. »Ich habe gelernt, daß nichts so wichtig ist, wie an dem festzuhalten, was man hat«, ergänzte sie.

»Da sind immer noch Gottes Lenkung und der eigene Glaube«, entgegnete John.

Sie stimmte dem zu. »Das streite ich nicht ab. Doch wenn man alles bis auf den letzten Stuhl verkauft hat und auf einer kleinen Truhe sitzt, in der sich die gesamte Habe befindet, dann hat man auf einmal viel mehr Interesse am Leben hier auf Erden als an dem im Jenseits.«

Jane wäre über derart freimütige Worte entsetzt gewesen, John jedoch nicht. »Eine harte Lektion für eine junge Frau«, bemerkte er.

»Es ist eine harte Welt für eine junge Frau, für alle, die keinen sicheren Platz haben«, sagte sie. Ihre Augen folgten dem Stiel der Tulpe hinauf. Sie zog mit ihrem Holzkohlestift eine geschwungene Linie auf dem Papier. John schaute auf ihre Hand. Alles wirkte so einfach. Sie ist ein offenes Mädchen, dachte er, ein geradliniger Charakter und spricht freiheraus. Seine Frau Elizabeth hätte sie sicher gemocht. So einer konnte man ein Geschäft anvertrauen; einem vernünftigen Mädchen, das von ihrem Mann Zuverlässigkeit und Vertrauen erwartete und nicht unbedingt mehr. Jemandem, der den Wert des Geldes kannte und nicht den verschwenderischen Frauen bei Hofe glich. Ein gutes Mädchen, das sich um die Kinder kümmern würde, die eine Mutter brauchten.

»Mögt Ihr Kinder?« fragte er auf einmal.

»Ja«, antwortete sie. »Ich hoffe, daß ich eines Tages Kinder habe.«

»Ihr könntet auch einen Mann heiraten, der schon Kinder hat«, sagte John.

Nun blickte sie ihn über den Rand ihrer Zeichnung mit scharfen Augen an. »Dagegen hätte ich nichts.«

»Auch wenn sie schon größer sind?« fragte John behutsam, denn er mußte an Frances und ihren entschlossenen Charakter denken. »Die Kinder einer anderen Frau, die auf deren Weise erzogen wurden und nicht auf Eure?«

»Ihr habt wohl Eure Enkel im Sinn«, sagte sie, womit sie seine Andeutungen auf den Punkt brachte. »Mein Onkel hat Euch erzählt, daß ich über eine gute Mitgift verfüge, und Ihr fragt Euch nun, ob ich mich um Eure Enkel kümmern würde.«

John zog ein wenig an seiner Pfeife. »Ihr sprecht immer alles offen aus.«

Sie wandte sich wieder ihrer Zeichnung zu. »Es muß etwas passieren«, sagte sie ruhig. »Ich kann nicht ewig mit meinem Onkel herumreisen, und ich möchte mein eigenes Heim und einen Gatten haben, mit dem ich einen Hausstand gründe. Ich hätte gern Kinder und würde mich auch gern um ein gutes Geschäft kümmern.«

»Mein Sohn trauert immer noch um seine Frau«, warnte John sie. »Es kann sein, daß es in seinem Herzen keinen Platz mehr für eine andere Frau gibt. Ihr könntet ihn heiraten und Euer Leben mit ihm verbringen und niemals ein Wort der Liebe von ihm hören.«

Hester nickte, ihre Hand bewegte sich ruhig und geschickt, während sie den Stift seitlich hielt und auf dem groben Blatt vorsichtig rieb, um die zarte Maserung des Tulpenblattes anzudeuten. »Es wäre eine Übereinkunft. Ein Vertrag, keine Liebesbeziehung.«

»Würde Euch das genügen?« fragte John neugierig. »Einer jungen Frau in Eurem Alter?«

»Ich bin kein junges Ding mehr«, sagte sie ruhig. »Ich bin eine ledige Frau aus dem Pfarrbezirk von St. Bride's. Einem jungen Mädchen stehen noch alle Verheißungen des Lebens offen. Aber ich bin eine ledige Frau von fünfundzwanzig

Jahren, die einen Gatten sucht. Wenn mich Euer Sohn nimmt und mich freundlich behandelt, so werde ich einwilligen. Es stört mich nicht, daß er eine andere Frau geliebt hat, selbst wenn er sie noch immer liebt. Mir liegt daran, ein eigenes Heim zu haben und Kinder, für die ich sorgen kann. Einen Ort, an dem ich erhobenen Hauptes leben kann. Ihr und er, Ihr seid wohlbekannt. Er arbeitet direkt für den König, und die Königin schenkt ihm Gehör. Wo nun das Parlament aufgelöst ist und der ganze Handel in London schlecht läuft, gibt es keinen anderen Weg, nach oben zu kommen, als bei Hofe. Für mich wäre es eine sehr gute Partie. Für ihn wäre es lediglich eine angemessene Heirat, aber ich werde dafür sorgen, daß es sich für ihn lohnt. Ich werde mich um sein Geschäft und seine Kinder kümmern.«

John hatte auf einmal das Gefühl, daß er diese Unterhaltung besser nicht angefangen hätte. J. war kein Junge mehr, für den man solche Dinge in die Wege leiten mußte, er war ein Mann, der seine eigene Wahl traf. Aber dennoch hätte John gern alles nach seinem Wunsch geregelt, und außerdem machte er sich um seine Enkel Sorgen.

»Frances ist neun Jahre alt, ihr Bruder erst vier. Ein Mädchen braucht eine Mutter, und Johnny ist noch ziemlich klein. Würdet Ihr für sie sorgen und ihnen die Liebe geben, die sie benötigen?«

»Das würde ich tun. Und ich würde Euch noch mehr Enkel schenken, so Gott gnädig ist.«

»Ich werde nicht mehr lange bei Euch sein«, prophezeite John. »Ich bin ein alter Mann. Deshalb drängt es mich so, meine Enkel in guten Händen und meinen Sohn verheiratet zu sehen. Ich möchte die Gewißheit haben, daß ich alles wohlgeordnet zurücklasse.«

Sie legte den Stift hin, zum erstenmal blickten sie sich in die Augen. »Vertraut mir. Ich werde mich um alle drei kümmern und um Eure Raritäten, um die Arche und um die Gärten.«

Sie hatte den Eindruck, daß tiefe Erleichterung über sein Gesicht huschte, als hätte er soeben einen Weg aus einem verworrenen Labyrinth entdeckt.

»Nun gut«, sagte er. »Wenn Ihre Majestäten von hier aufbrechen, werde ich nach Lambeth fahren. Ihr könnt mich dann begleiten. Ehe wir weitersehen, solltet Ihr die Kinder kennenlernen und sie Euch. Wenn J. aus Virginia zurück ist, könnt ihr herausfinden, ob ihr euch ausreichend mögt.«

»Was ist, wenn er mich nicht mag?« fragte Hester. »Ich bin keine Schönheit. Ihm schwebt vielleicht vor, eine bessere Partie zu machen.«

»Dann werde ich Euch zu Eurem Onkel zurückbringen, und Ihr hättet keinen Schaden daran genommen«, sagte John. Er dachte, daß er noch nie einer so offenherzigen Frau begegnet war. Ihm gefiel, daß ihr alle Eitelkeit abging und wie klar sie sich ausdrückte. Er fragte sich, ob J. sie dafür auch mögen oder ob es ihn peinlich berühren würde. »Natürlich könnte er ebensogut Euch nicht gefallen.«

Sie schüttelte den Kopf. »Ich bin keine Prinzessin aus einem Märchen, die nach Liebe schmachtet«, sagte sie. »Wenn er mir ein Dach überm Kopf gibt und eine Aufgabe und ein paar Kinder, so ist das alles, was ich will. Ich könnte schon heute unsere Abmachung per Handschlag besiegeln.«

John gab zu bedenken, daß es sowohl für sie als auch für seinen Sohn eine Falle wäre, wenn sie bereits heute die Sache fest abmachen würden. Er hatte Cecils weise, zynische Worte im Ohr, die ihm rieten, den Dingen ihren Lauf zu lassen. »Ich möchte nicht, daß Ihr etwas übereilt«, bemerkte er und widerstand der Versuchung. »Besucht mich in der Arche in Lambeth und lernt die Kinder kennen und das Haus!«

Hester nickte, ihre Augen waren wieder auf die Tulpe gerichtet. »Gut«, sagte sie.

Auf der Heimreise von Oatlands nach Lambeth war John bis ins Mark erschöpft. Die Fahrt erschien ihm länger als gewöhnlich. Als sie den Fluß überquerten, war es kalt, ein schneidender Wind blies die Themse hinauf und drang durch seine Lederweste und den Mantel aus Wolle. Das Wechselfieber, das er von der Insel Ré mitgebracht hatte und das ihn immer überkam, wenn er sich verausgabt hatte, sorgte dafür, daß ihm alle Knochen weh taten. Er war froh, daß Hester ihn begleitete und den Fährmann bezahlte und ein anderes Fuhrwerk bestellte, mit dem sie die South Lambeth Road nach Hause fahren konnten. Den ganzen Weg über sorgte sie für seine Bequemlichkeit, doch nicht einmal ihr gelang es, den eisigen Wind abzuhalten oder das Ruckeln des Wagens über die zerfurchten winterlichen Straßen abzuwenden.

Als sie vor der Arche hielten, mußte sie ihm über die kleine Brücke ins Haus helfen, und sobald sie eingetreten war, gab sie den Bediensteten Anweisungen, die seine Heimkehr annehmlicher machen sollten, so als sei sie schon längst die Herrin hier.

Bereitwillig gehorchten ihr alle – sie machten in Johns Zimmer Feuer, brachten ihm einen Sessel und ein Glas Glühwein. Sie kniete sich vor ihm hin, ohne sich von ihrem Umhang und ihrem Muff, der an der Seite hing, befreit zu haben, und rieb ihm die kalten Hände so lange, bis sie nicht mehr blau waren und vor Kälte brannten.

»Vielen Dank«, sagte John. »Ich komme mir wie ein Narr vor; erst locke ich Euch hierher, und dann bin ich auf Eure Hilfe angewiesen.«

Hester erhob sich mit einem leichten Lächeln, mit dem sie ihre Sorge um ihn abtat. »Es ist schon gut«, beruhigte sie ihn.

Sie gehörte zu denen, die im Handumdrehen in einem Haus für Ordnung sorgten. In kürzester Zeit hatte sie Johns Bettwäsche gewechselt, eine Schale warmer Suppe und einen Laib helles Weizenbrot zu ihm hinaufgeschickt, damit er in seinem Schlafgemach speisen konnte. Dann wandte sie sich den Kindern zu und saß mit ihnen in der Küche beim Abendbrot.

Sie bemerkte, daß sie nach dem Essen ein Gebet sprachen, die Köpfe fromm über die Hände gebeugt. Klein John hatte noch die goldenen Kinderlocken, die ihm über den weißen Spitzenkragen fielen. Frances' glattes braunes Haar war unter einer weißen Haube verborgen. Hester mußte an sich halten, um nicht die Hände auszustrecken und die zwei auf ihren Schoß zu ziehen.

»Die verstorbene Frau hat jeden Morgen und jeden Abend das Gebet gesprochen«, sagte die Köchin vom Herd aus vorsichtig. »Erinnerst du dich noch, Frances?«

Das kleine Mädchen nickte und blickte fort.

»Möchtest du, daß wir so beten, wie es deine Mutter immer gemacht hat?« wurde sie von Hester freundlich gefragt.

Wieder nickte Frances wortlos und wandte ihren Kopf ab, damit niemand ihren Schmerz erkennen konnte. Hester faltete die Hände, schloß die Augen und betete. Es war ein Gebet aus dem von Erzbischof Cranmer 1552 herausgegebenen alten Gebetbuch. Sie hatte noch nie eine Kirche betreten, in der man die Gebete ganz freiheraus sprach, wie Jane es getan hatte. Hester hätte das für ungehörig gehalten, vielleicht sogar für ungesetzlich. Sie sprach die Worte, die der Erzbischof vorgesehen hatte.

Frances ging ganz langsam einen Schritt rückwärts auf Hester zu, ohne ihren Kopf zu wenden oder sonstwie anzudeuten, daß sie umarmt werden wolle; sie näherte sich ihr langsam und lehnte sich schließlich mit dem Rücken an sie, immer noch, ohne sich zu ihr umzudrehen. Sanft und vorsichtig ließ Hester ihre bisher im Gebet gefalteten Hände nach unten gleiten und legte eine auf Frances' schmale Schultern, die andere auf Johnnys goldene

Locken. Johnny hatte es gern, daß sie ihn streichelte, und beugte sich zu ihr vor. Hester spürte, wie die Schultern des kleinen Mädchens einen Moment ganz angespannt waren, sich dann aber lockerten, als würde sich das Kind von einer Last befreien, die es ganz allein hatte tragen müssen. Während die anderen laut ihr »Amen« nach dem vertrauten Text sagten, fügte Hester für sich noch einen eigenen Wunsch hinzu, daß sie diese Kinder von einer anderen Frau annehmen und sie so erziehen könne, wie es ihre Mutter getan hätte, und daß sie sie mit der Zeit lieben lernten.

Als die Gebete verstummt waren, rührte sie sich nicht fort, sondern stand still da, jede Hand auf einem Kind. Johnny wandte sein kleines rundes Gesicht zu ihr empor und hob die Arme; schweigend bat er darum, hochgenommen zu werden. Sie bückte sich und setzte ihn auf ihre Hüfte. Sie empfand tiefe Zufriedenheit darüber, daß sie das Gewicht des Kindes an ihrer Seite spürte und es die Arme um ihren Hals schlang. Immer noch schaute Frances nicht zu ihr, auch kam kein Wort über ihre Lippen, als sie sich auf einmal zu Hester wandte, woraufhin diese sie in den Arm nahm und das traurige kleine Gesicht in ihre Schürze drückte.

Nach ein paar Tagen in seinem Zuhause hatte sich John erholt. Bald steckte er wieder Samen in die Töpfe und schickte Frances in den eisigen Garten hinaus, um sorgfältig die letzten Kastanien aufzusammeln, die von den Bäumen an der Allee heruntergefallen waren.

Die Kastanien waren so kostbar, daß man im Herbst unter den weit ausladenden Zweigen der Bäume Leinentücher ausbreitete, damit nicht eine einzige von ihnen im Gras verlorenging.

Er nahm Hester auf seine Spaziergänge bis ans Ende des Obstgartens mit, zeigte ihr jeden einzelnen Baum und erklärte ihr, wie er heißt. An stürmischen, feuchten Tagen hielt er sich in der Orangerie auf und topfte Blumen um, die er auf einem Tisch vor sich hatte. Neben ihm befand sich ein Faß mit gesiebter Erde. Dort brachte er auch Hester bei, wie man Samen aussät. Er zeigte ihr die Pflanzen, die vom Herbst bis zum Frühjahr in der Orangerie blieben, um sie vor den Winterfrösten zu schützen, und er machte sie mit den im Winter anfallenden Arbeiten vertraut: dem Säubern der großen Pflanzenkübel, dem Auswaschen und Trocknen der Töpfe, damit diese im Frühling bereitstanden. Ein Bursche hatte den ganzen Winter über Erde für die Frühbeete und die Töpfe gesiebt. Ein anderer hatte ein riesiges Faß mit einem Sud aus Wasser, Pferde- und Kuhdung und einem Nesselaufguß nach Johns Rezept vorbereitet, der auf alle kostbaren Jungpflanzen gesprenkelt werden mußte.

Ein Seemann, der gerade im Hafen eingetroffen war, überbrachte ein versiegeltes Päckchen mit Samen und einen Brief aus Virginia für John.

»Er kommt Ende April«, sagte John. »Diese Zeilen hat er geschrieben, ehe er für eine Woche in die Wälder aufbrach. Er hat einen indianischen Führer bei sich, der ihm alle Pflanzen zeigt und ihn sicher wieder zurückbringt.« Er machte eine Pause und blickte in die Glut des Kamins. »Ich wünschte, er wäre schon hier«, sagte er. »Ich warte ungeduldig auf seine Rückkehr und darauf, daß alles geregelt wird.«

»Er wird bald kommen«, beruhigte ihn Hester. Sie hatte kurz den treulosen Gedanken, daß sie ganz gut ohne ihn auskamen, John war reichlich beschäftigt und zufrieden, durch das Museum nahmen sie zwar nicht viel, dafür aber ständig Geld ein; die Kinder wurden jeden Vormittag von ihr unterrichtet und zur Nacht von ihr mit einem Kuß zu Bett gebracht.

»Inzwischen wird er schon unterwegs sein«, sagte John.

»Dieser Brief wurde vor acht Wochen geschrieben. Er wird jetzt auf See sein.«

»Gott beschütze ihn«, sagte Hester und blickte aus dem Fenster auf den dunklen Himmel.

»Amen«, sagte John.

Ende März erkrankte John erneut. Jeder Knochen tat ihm weh, und er klagte über die Kälte. Doch er bestand darauf, daß ihm nichts weiter fehle. »Ich bin nur müde«, sagte er lächelnd zu Hester. »Es sind nur die alten Knochen.« Sie drängte ihn weder, das Bett zu verlassen, noch, etwas zu essen. Sie fand, daß er aussah, als hätte er das Ende eines langen, beschwerlichen Weges erreicht.

»Ich glaube, ich sollte einen Brief für J. schreiben«, verkündete er eines Morgens ruhig, als sie am Fuß seines Bettes saß und an einer Schürze für Frances nähte.

Auf der Stelle legte sie ihr Nähzeug beiseite. »Er wird ihn nicht erhalten, wenn er die Kolonie wie geplant verlassen hat. Er ist jetzt bestimmt auf See.«

»Ich will ihn nicht abschicken. Er soll ihn hier lesen. Falls ich nicht mehr da bin, um mit ihm zu sprechen.«

Sie nickte ernst, sie wollte ihn nicht übereilt vom Gegenteil überzeugen. »Fühlt Ihr Euch schlechter?«

»Ich fühle mich alt«, sagte er freundlich. »Ich gehe nicht davon aus, daß ich ewig lebe, und ich möchte sicher sein, daß hier alles geregelt ist. Würdet Ihr ihn für mich schreiben?«

Sie zögerte. »Wenn es Euer Wunsch ist. Aber ich könnte auch nach einem Schreiber schicken. Es wäre vielleicht besser, wenn es nicht meine Handschrift ist.«

Er nickte. »Ihr seid eine vernünftige Frau, Hester. Das ist ein guter Rat. Holt mir den Schreiber aus Lambeth, und ich werde ihm meinen Brief an J. diktieren und mein Testament beenden.«

»Natürlich«, sagte sie und verließ rasch den Raum. An

der Tür hielt sie inne. »Ich hoffe, Ihr werdet Eurem Sohn klarmachen, daß er mich nicht nehmen muß. Euer Sohn wird seine eigene Entscheidung treffen, wenn er heimkehrt. Ich bin nicht Teil seines Erbes.«

Ein kurzes schelmisches Lächeln leuchtete in Johns blassem Gesicht auf. »Das wäre mir nie eingefallen«, sagte er wenig überzeugend. Er mußte mühevoll Luft holen. »Doch es soll sein, wie Ihr es wünscht. Laßt den Schreiber aus Lambeth rufen und die Testamentsvollstrecker ebenfalls. Ich möchte die Dinge geordnet hinterlassen.«

Der Schreiber kam und die Testamentsvollstrecker mit ihm – Elizabeths Bruder, Alexander Norman, und William Ward, Buckinghams Verwalter, der beim Herzog vor vielen Jahren mit John in Diensten gestanden hatte.

»Es ist mir eine große Freude, Euer Testamentsvollstrecker zu sein«, versicherte ihm Alexander und setzte sich neben das Bett. »Aber eigentlich hoffe ich, daß Ihr der meine sein werdet. Es handelt sich doch nur um ein winterliches Rheuma. Im nächsten Frühjahr werden wir Euch wieder im Garten sehen.«

John brachte ein müdes Lächeln zustande und lehnte sich in seine Kopfkissen. »Vielleicht«, sagte er. »Aber ich bin schon recht alt.«

Alexander Norman blickte auf das Testament und setzte seinen Namen darunter. Er reichte es John wieder zurück und schüttelte ihm die Hand. »Gott schütze Euch, John Tradescant«, sagte er ruhig.

Der alte Verwalter des Herzogs machte nun einen Schritt nach vorn und unterzeichnete das Testament an der Stelle, auf die der Schreiber deutete. Er nahm Johns Hand. »Ich werde für Euch beten«, sagte er leise. »Ihr werdet jeden Tag in meinen Gebeten sein, wie unser Lord auch.«

»Betet Ihr immer noch für ihn?« fragte John.

Der Verwalter nickte. »Natürlich«, antwortete er freundlich. »Sie mögen über ihn sagen, was sie wollen, doch wir, die wir in seinen Diensten standen, erinnern uns an ihn als einen Herrn, den man verehren muß, nicht wahr? Für uns war er kein Tyrann. Er hat uns immer bezahlt, er hat uns Geschenke gemacht, er lachte über ein Versehen, und er brauste auf, und dann war auch schon wieder alles vergessen. Sie haben schlecht über den Herzog geredet, und jetzt reden sie noch schlechter über ihn, aber jene, die ihn kannten, haben nie einem besseren Herrn gedient.«

John nickte. »Ich habe ihn geliebt«, flüsterte er.

Der Verwalter nickte. »Wenn Ihr in den Himmel gelangt, werdet Ihr ihn sehen«, sagte er in schlichter Frömmigkeit. »Sein Glanz wird den der Engel verblassen lassen.«

Das Testament wurde unterzeichnet und versiegelt und dem Schreiber mitgegeben, mit Einverständnis der Testamentsvollstrecker, doch Hester glaubte ganz fest, John würde erst von ihnen scheiden, wenn er die Tulpen im Garten ein letztes Mal hatte blühen sehen. Es gab keinen Gärtner auf der Welt, der den Frühling nicht wie ein Heide verehrte. Jeden Tag setzte sich John ans Schlafzimmerfenster, spähte hinaus und versuchte zu erkennen, wie unten die grünen Spitzen der Tulpenblätter durchstießen.

Jeden Tag kam Frances in sein Zimmer gelaufen und hatte die Hände voller neuer Blütenknospen. »Sieh mal, Großvater, die gelben Narzissen sind raus und auch die kleinen weißen.«

Sie verstreute sie über die Bettdecke, und beiden war es gleich, ob der klebrige Saft aus den Stengeln darauftropfte. »Ein wahres Fest«, sagte John und schaute sie an. »Und duften sie?«

»Ganz himmlisch«, erwiderte Frances begeistert. »Die gelben, die riechen wie Sonnenschein und Limonen und Honig.«

John lachte vergnügt. »Kommen die Tulpen?«

»Da mußt du noch warten«, sagte sie. »Die Knospen sind immer noch geschlossen.«

Der alte Mann lächelte sie an. »Ich hätte doch lernen müssen, Geduld zu haben, meine Frances«, sagte er sanft. »Aber vergiß nicht, morgen nachzusehen.«

Hester hoffte, daß Johns hartnäckiger Wille seinen Tod bis über das Frühjahr hinaus verschieben würde. Er wollte die Tulpen sehen, ehe er starb, und die Blüten an seinen Kirschbäumen. Sie dachte, seine Seele könne den erschöpften Körper nicht verlassen, ehe er nicht noch einmal ein paar Sommerblumen in den Armen hielt. Als die kalten Winde nachließen und das Licht am Fenster seines Schlafzimmers immer heller und wärmer wurde, bekam er kaum noch Luft, doch er hielt am Leben fest – er wartete auf den Sommer, er wartete auf die Heimkehr seines Sohnes.

Eines Tages bat John Hester leise und fast atemlos: »Sagt dem Gärtner, daß er mir ein paar Blumen hochschicken soll. Alles, was wir haben. Vielleicht werde ich nicht mehr in der Lage sein, zu warten, bis sie blühen. Sagt ihm, er soll mir ein paar Tulpen in Töpfe setzen. Ich möchte sie sehen. Ihre Blüten müssen sich doch jetzt bald öffnen.«

Hester nickte und ging hinaus, den Gärtner suchen. Er jätete Unkraut und bereitete die Beete auf die große Pflanzzeit vor, die anbrechen würde, wenn die Nachtfröste vorüber waren.

»Er möchte seine Tulpen haben«, erklärte sie ihm. »Ihr sollt sie in Töpfe setzen und hineinbringen. Und schneidet Narzissen ab, einen richtigen Armvoll. Noch etwas: Welches sind die herausragendsten Pflanzen, die er gezüchtet hat? Können wir sie nicht alle mit hineinnehmen, damit er sie von seinem Bett aus betrachten kann?«

Der Gärtner mußte über ihre Unkenntnis lächeln. »Das wird ein großer Topf werden!«

»Dann also mehrere Töpfe«, drängte ihn Hester. »Was für Pflanzen sind noch seine?«

Der Gärtner deutete mit einer Geste auf den ganzen Garten und den Obstgarten dahinter. »Es geht nicht nur um Blumen und kleine Gewächse«, sagte er. »Da gibt es seinen Obstgarten: Wißt Ihr, wieviel Kirschbäume dort allein stehen? Vierzig! Und einige von seinen Obstbäumen wurden zuvor noch nie gezüchtet, wie zum Beispiel der Zwillingspflaumenbaum aus Malta.

Und er hat wundervolle Bäume für Park und Garten eingeführt. Seht Ihr die frischen grünen Schönheiten da mit den blassen Nadeln? Die hat er aus Samen gezogen. Das sind Archangelsk-Lärchen, direkt aus Rußland. Er brachte die Zapfen mit, und ihm ist es gelungen, daraus Bäume großzuziehen. Im Herbst werden die Nadeln so golden wie Buchenblätter und fallen ab wie Regen. Im Frühjahr sprießen dann neue Nadeln hervor.

Im Obstgarten steht ein Vogelbeerbaum, und sein Lieblingsbaum ist die große Roßkastanie. Seht Euch nur die Allee an, die in den Garten hinunterführt! Die Bäume haben Blüten wie mächtige Kerzen und Blätter wie Fächer. Diesen Baum dort hat er seinerzeit aus einer einzigen Kastanie gezogen. Und auf der Wiese vor dem Haus steht eine Morgenländische Platane. Niemand kann sagen, wie hoch sie noch werden wird, da noch keiner je zuvor eine gesehen hat.«

Hester blickte auf die Allee hinab. »Das habe ich nicht gewußt«, sagte sie. »Er hat mich durch den Garten und den Obstgarten geführt und mir alles gezeigt, aber er hat mir nicht gesagt, daß er all die Pflanzen und Bäume entdeckt und zum erstenmal in Lambeth gezüchtet hat. Er hat mir nur erzählt, daß sie selten und wunderschön sind.«

»Und da sind noch die Kräuter und das Gemüse«, erinnerte sie der Gärtner. »Er hat allein sieben Sorten Knoblauch, einen roten Salat, der bis zu einem Pfund gute Salatblätter haben kann, einen neuen, schmalblättrigen Lavendel und den Jamaika-Nelkenpfeffer heimisch gemacht. Seine Blumen kommen aus der ganzen Welt, und wir versenden sie ins ganze Land. Und hier die *Tradescantia* – die Pflanze trägt seinen Namen. Es ist eine Blume mit drei Blütenblättern, blau wie der Himmel. An feuchten Tagen schließen sich die Blüten, so daß man meinen könnte, sie seien verblüht, doch bei Sonne sind sie so blau wie Euer Kleid. Eine Blume, die einen fröhlich stimmt und die man überall pflanzen kann. Dann der Bergbaldrian, Wiesenschaumkraut, großblütige Enziansorten, die silberne Flockenblume, Dutzende von Geraniensorten, Ranunkeln – eine Blume wie eine Frühlingsrose –, Anemonen aus Paris, fünf verschiedene Sorten von Zistrosen, Dutzende verschiedene Clematisarten, der Mondklee, der buschige Gamander, Berufskraut – so hübsch wie Gänseblümchen und so weiß und anmutig wie Schneeglöckchen –, seine große Rosennarzisse mit Hunderten von Blütenblättern. In den Tulpenbeeten allein steckt ein Vermögen. Wißt Ihr, wie viele Sorten sich da befinden? Fünfzig! Und eine Semper Augustus ist darunter. Die schönste Tulpe, die je gezüchtet wurde!«

»Das habe ich nicht gewußt«, sagte Hester. »Ich hatte gedacht, er sei nur ein Gärtner ...«

Der Gärtner lächelte sie an. »Er ist ein Gärtner und ein Abenteurer und ein Mann, der immer zur Stelle war, wenn Geschichte geschrieben wurde«, sagte er schlicht. »Obwohl er doch stets nur in Diensten eines anderen gestanden hat, ist er der größte Mann seines Zeitalters. Allein fünfzig Tulpensorten!«

Hester blickte die Kastanienallee hinunter. Die Bäume hatten dicke Knospen, die ganz geschwollen waren und glänzten, feucht und braun wie Melasse.

»Wann werden sie blühen?«

Der Gärtner folgte ihren Augen. »Erst in ein paar Wochen.«

Sie dachte kurz nach. »Wenn wir ein paar Zweige abschnitten und sie hineinnähmen und warm hielten?«

»Sie könnten austrocknen und absterben. Aber sie könnten auch vorzeitig ausschlagen.«

»So setzt die Tulpen in Töpfe«, entschied sie, »je eine von den fünfzig Arten. Und bringt alles aus dem Raritätensaal und der Orangerie, was demnächst erblüht. Wir wollen sein Schlafzimmer in eine herrliche Wiese aus Zweigen, Blumen und Pflanzen verwandeln, mit allem, was er so liebt.«

»Damit es ihm besser gehen soll?« fragte der Gärtner.

Hester wandte sich ab. »Damit er Abschied nehmen kann.«

Tradescant saß beinahe in seinen dicken Kissen, damit er besser Luft bekam. Auf dem Kopf trug er eine Nachtmütze, das Haar war gekämmt. Das Feuer im Kamin loderte, und das Fenster war leicht geöffnet. Der Raum war vom Duft unzähliger Blumen erfüllt. Über seinem Bett waren Kastanienzweige angebracht, die Blätter waren aus den klebrigen Knospen hervorgebrochen. Darüber hingen Buchenzweige, deren erste Knospen sich öffneten. Auf langen Bänken an den Wänden standen Tulpen in allen Farben, die jemals in Holland gezüchtet worden waren: leuchtend rote, gestreifte, geflammte, weiße, gelbe, die strahlend reinen Lack-Tulpen, die *Tulipa australis* und die Tulpe, die immer noch Johns ganze Freude war, die rot-weiße Semper Augustus. Dann gab es da noch Rosenzweige, ihre prallen Knospen erzählten verheißend von den zu erwartenden Blüten, wenn John noch einen weiteren Monat und vielleicht noch einen am Leben blieb. Da waren Glöckchen-Blausterne, weiße und blaue Veilchen in Töpfen, außerdem Narzissen, deren Köpfe hin und her wippten, und zwischen all der Pracht von Farben und Formen sah man Tradescants eigenen Lavendel mit frischen grünen Trieben an den blassen Stengeln.

John lehnte sich in seine Kissen zurück und ließ die Augen von einer Blumenart zur nächsten wandern. Die Farben waren so hell und fröhlich, daß er die Augen schloß, um sie auszuruhen, und immer noch sah er das leuchtende Rot seiner Tulpen, das strahlende Gelb seiner Narzissen, das Blaßgrün seines Lavendels.

Hester hatte einen kleinen Weg von seinem Bett zur Tür frei gelassen, damit sie jederzeit zu ihm gelangen konnte.

»Ich habe da einen Brief für Euch, den Ihr bitte John bei seiner Heimkehr gebt«, sagte John leise zu ihr.

Sie nickte. »Ihr braucht Euch um mich keine Gedanken zu machen. Wenn er mich heiraten will, so bleibe ich, doch ganz gleich, was geschehen mag, ich werde den Kindern immer eine Freundin sein. Ihr könnt mir vertrauen, ich bleibe ihre Freundin.«

Er nickte und schloß einen Moment die Augen.

»Warum habt Ihr all die Pflanzen nicht nach Euch benannt?« fragte sie ruhig. »Es sind ja so viele. Ihr hättet Euren Namen ein dutzendmal am Tag in allen Gärten des Landes hören können.«

Tradescant lächelte. »Weil es nicht an mir ist, sie zu benennen. Ich habe sie nicht gemacht wie ein Tischler einen Treppenpfosten macht. Gott hat sie geschaffen. Ich habe sie nur entdeckt und in die Gärten gebracht. Sie gehören allen. Jedem, der sie gerne züchten will.«

Er schlummerte eine Weile.

In der Stille konnte Hester hören, wie ein jeder im Hause seiner Arbeit nachging; der Bursche fegte den Hof, und aus dem Raritätensaal drang das Gemurmel von Besuchern an ihr Ohr, die die Ausstellungsstücke bewunderten. Das helle Licht der Frühlingssonne schien in den Raum.

»Soll ich die Fensterläden schließen?« fragte Hester. »Ist es zu hell?«

John sah auf die rot-weißen Blütenblätter der Semper Augustus. »Es ist nie zu hell«, sagte er.

Eine Zeitlang lag er regungslos da, und Hester meinte, er sei eingeschlafen. Ganz leise erhob sie sich von ihrem Stuhl und ging auf Zehenspitzen zur Tür. Sie blickte zurück auf das von Blumen eingerahmte Krankenlager.

Vom Geräusch der sich öffnenden Tür wachte John auf. Er schaute dorthin, doch er konnte Hester nicht sehen. Seine Augen wanderten an eine Stelle über ihrem Kopf, und sein Blick war plötzlich voller übergroßer Freude, als würde er gerade die Liebe seines Lebens eintreten sehen, die ihn anlächelte und auf ihn zu lief. Er richtete sich ein wenig auf, als wolle er sich auf sie zu bewegen, wie ein junger Mann, der seine Liebste begrüßt.

»Ah! Endlich Ihr!« sagte er leise.

Hester ging rasch zum Bett, ihre Röcke strichen über die Blumen, und Blütendüfte stiegen auf. Als sie Johns Hand berührte, hatte sein Puls aufgehört zu schlagen. John Tradescant war in einem Meer seiner Blumen gestorben, als er die Person begrüßte, die er über alles in der Welt geliebt hatte.